COLLECTION FOLIO

Antoine Bello

Les falsificateurs

Gallimard

Né à Boston en 1970, Antoine Bello vit à New York. Après *Les funambules* et *Éloge de la pièce manquante*, *Les falsificateurs* est son troisième ouvrage édité par Gallimard.

Pour Laure, ma petite princesse

PREMIÈRE PARTIE

Reykjavík

1

« Félicitations, mon garçon, dit Gunnar Eriksson en me regardant parapher mon contrat de travail. Voilà qui fait de vous l'un des nôtres. »

Je rangeai mon exemplaire du contrat dans ma sacoche en me réjouissant encore une fois de la tournure qu'avaient prise les événements dernièrement. Quinze jours plus tôt, j'avais été à deux doigts d'accepter une proposition qui eût fait de moi l'adjoint du directeur export d'une conserverie de Siglufjördhur (1 815 habitants sans compter les ours). Le recruteur m'avait vanté le dynamisme du secteur et les perspectives d'évolution. Le salaire, misérable, ne devait surtout pas m'effrayer, les occasions de le dépenser étant de toute façon inexistantes.

Tant ma mère que la responsable du bureau de placement de l'Université de Reykjavík où j'avais obtenu mes diplômes me poussaient à accepter une offre qui, disaient-elles, ne se représenterait peut-être pas d'ici longtemps. Il faut dire qu'en ce mois de septembre 1991 le marché de l'emploi n'était guère brillant pour un diplômé en géographie de vingt-trois ans. La première guerre du Golfe avait plongé l'économie mondiale en récession et les entreprises embauchaient à l'époque plus volontiers des experts en restructuration que des géologues ou des cartographes.

Heureusement, le matin du jour que je m'étais fixé comme limite pour arrêter ma décision, je tombai sur une annonce qui paraissait écrite pour moi. « Cabinet d'études environnementales cherche chef de projet. Formation supérieure requise en géographie, économie ou biologie. Première ou deuxième expérience. Poste basé à Reykjavík. Voyages. Salaire compétitif. Adressez votre candidature à Gunnar Eriksson, directeur des Opérations, cabinet Baldur, Furuset & Thorberg. »

Bien décidé à saisir ma chance, j'avais porté en personne mon curriculum vitae à l'adresse indiquée. À ma grande surprise, la réceptionniste avait appelé Gunnar Eriksson, qui avait proposé de me recevoir aussitôt. J'acceptai bien volontiers, en m'excusant toutefois pour ma tenue, guère appropriée pour un entretien d'embauche.

« Bah, avait rétorqué Eriksson en m'invitant à le suivre, je me fiche de votre tenue comme de ma première aurore boréale. »

C'était une remarque étonnante de la part de quelqu'un qui accordait lui-même autant d'attention à sa mise. Je n'ai jamais vu quelqu'un être à la fois aussi bien habillé et si constamment dépenaillé. Il me semblait que si je portais un jour des chemises monogrammées, j'éviterais de les laisser sortir de mon pantalon.

Eriksson m'avait conduit à son bureau. À la vue

sur le port de Reykjavík dont on y jouissait, j'avais compris que le poste de directeur des Opérations n'était pas seulement honorifique. Panneaux lambrissés, éclairage reposant, épais tapis et même une cheminée, on y trouvait tous les attributs du luxe à la mode islandaise. Eriksson avait pris place dans un élégant fauteuil chocolat au cuir savamment fatigué en me faisant signe d'en faire de même.

« Vous vous demandez peut-être en quoi consiste notre métier, avait-il entamé. Vous voulez la version avec ou sans chichis ?

— Les deux, je suppose, avais-je répondu, un peu désarçonné par cette entrée en matière.

— Commençons par la version officielle, que vous trouverez dans la plaquette de notre cabinet. Chaque projet de construction d'infrastructures s'accompagne immanquablement d'une ou de plusieurs études environnementales. Avant de bâtir un barrage, de tracer une autoroute ou de détourner un cours d'eau, on tente de mesurer l'impact de l'intervention humaine sur l'écosystème. Le promoteur doit pouvoir garantir à la collectivité que la construction respectera la faune, la flore et même parfois l'équilibre démographique local. Vous me suivez ?

— Jusqu'ici, cinq sur cinq.

— Bien entendu, nos études ne constituent pas une fin en soi, avait-il continué. Le plus souvent, elles représentent le point de départ d'un débat nourri et fécond entre les promoteurs, les gouvernements et les associations écologistes. »

Il s'était arrêté et m'avait regardé d'un air narquois.

« Merveilleux, non ? Voyons si vous êtes capable de brosser le reste du tableau. »

J'avais réfléchi quelques instants en titillant ma lèvre inférieure entre mes doigts. L'introduction d'Eriksson semblait n'admettre qu'une seule conclusion possible :

« Eh bien, avais-je dit, j'imagine que si votre rapport met en lumière certains risques environnementaux, le promoteur devra financer des programmes d'adaptation, voire renoncer purement et simplement à son projet.

— Voilà, vous avez compris. Autrement dit — et sans chichis —, il va devoir raquer pour obtenir son permis de construire. Le montant et la nature de la taxe à acquitter prennent chaque fois des formes différentes et qui ne laisseront jamais de me surprendre : tantôt le promoteur doit s'engager à réimplanter des ours bruns dans les montagnes, tantôt on lui demande de soutenir financièrement la reconversion d'exploitations agricoles qui étaient de toute façon vouées à la faillite à plus ou moins brève échéance. On raconte même que certains élus exigent le virement d'importantes sommes sur des comptes numérotés en Suisse, mais je trouve ça difficile à croire, avait dit Eriksson en jaugeant ma réaction.

— Et votre cabinet cautionne ces pratiques ? avais-je demandé en me maudissant intérieurement de paraître si bégueule.

— Oh non ! s'était comiquement récrié Eriksson la main sur le cœur. Nos concurrents oui, mais pas Baldur, Furuset & Thorberg. Non, sérieusement, nous obéissons à des règles déontologiques très strictes. La profession a même adopté une charte éthique, c'est dire si nous avons les mains propres. Et rassurez-vous, le petit jeu que je vous décris prend toujours des allures éminemment respectables. Vous seriez par exemple surpris du nombre de gens qui s'intéressent à notre travail. Élus, industriels, urbanistes, ils veulent tous connaître notre opinion, si possible avant que nous la couchions par écrit. C'est leur façon d'essayer de nous influencer pour faire pencher la balance de leur côté. De manière générale, ce sont toujours ceux qui ont le plus à perdre ou à gagner qui parlent le plus fort. Nous écoutons ce qu'ils ont à nous dire — après tout, c'est notre métier de recueillir des faits et des avis, mais nous ne dévoilons jamais le fond de notre pensée. Vous savez garder un secret, j'espère ?

— Mais oui, je crois, avais-je répondu.

— Vous n'êtes pas du genre à bavasser, n'est-ce pas ? avait insisté Eriksson.

— Ma foi, non. » J'aurais pu ajouter qu'en n'ayant qu'une sœur, de six ans mon aînée, et en ayant très tôt perdu mon père, les tentations de me répandre m'avaient été épargnées.

« À la bonne heure. Bon, qu'avez-vous appris à l'Université de Reykjavík ? C'est une bonne turne, non ? Un de nos associés, Furuset, y a décroché son doctorat. Vous n'étiez probablement même pas né. »

Pendant quelques minutes, je m'étais efforcé de faire paraître mon cursus plus impressionnant qu'il n'était en réalité. À la vérité, la spécialisation dans l'étude des conflits territoriaux que j'avais choisie en quatrième année ne me préparait que lointainement aux études environnementales, mais Eriksson n'avait pas semblé le remarquer. Il avait rapidement abandonné le domaine académique pour me bombarder de questions sur l'actualité, prenant mon avis sur des sujets aussi variés que le conflit palestinien, l'éclatement de l'Union soviétique ou l'intérêt pour l'Islande de rallier la Communauté européenne. Nous avions ensuite parlé de moi, de mes hobbies, de mon goût pour les voyages, de mes racines campagnardes (je suis originaire de Húsavík, une petite ville de pêcheurs dans le nord de l'Islande où ma mère élève des moutons). Eriksson ne se contentait jamais de mes premières réponses, me poussant au contraire systématiquement dans mes retranchements par ses commentaires incisifs, à la limite de la brutalité. D'abord un peu ébranlé par ce traitement inhabituel, j'avais décidé de rendre coup pour coup et de dire, moi aussi, la vérité sans fard.

Au bout de deux heures, Eriksson m'avait chassé de son bureau en me faisant promettre que je reviendrais le lendemain pour un deuxième entretien. J'étais si excité que je n'avais même pas attendu d'être rentré chez moi pour appeler d'une cabine téléphonique la conserverie de Siglufjördhur et décliner son offre mirobolante.

Le deuxième entretien avait été suivi d'un troisième avec le responsable des ressources humaines, puis d'un quatrième avec Furuset, qui me donna du « camarade » en veux-tu en voilà, et enfin d'une interminable séance de tests psychologiques. Eriksson m'avait alors fait une offre ferme, assortie d'un salaire qui dépassait mes attentes d'un bon tiers. Entre-temps, j'avais pris mes renseignements et pu vérifier que le cabinet passait pour l'un des plus sérieux en Europe et comptait des clients dans le monde entier.

Et aujourd'hui je rentrais officiellement dans la vie active comme chef de projet chez Baldur, Furuset & Thorberg. Le roi n'était pas mon cousin.

« Bien, dit Eriksson, maintenant que nos affaires sont en ordre, que diriez-vous de faire le tour des bureaux ?

— Volontiers », dis-je en lui emboîtant le pas. Cette fois-ci, ce n'était pas sa chemise qui était mal ajustée, mais sa ceinture qui négligeait un passant sur deux.

« La firme occupe deux étages, déclama Eriksson comme s'il s'adressait à un amphithéâtre. Nous sommes ici au quatrième, le cinquième est réservé à la documentation et aux archives. À gauche, les bureaux des associés. Ils ne sont pas dans les murs. Furuset est en Allemagne et Baldur au Danemark. Quant à Thorberg, vous ne le verrez pas souvent : il part à la retraite l'année prochaine et passe tous ses après-midi sur les terrains de golf. À droite, la comptabilité et l'administration. Sept personnes en tout, je vous présenterai tout à l'heure. »

Nous débouchâmes au détour d'un couloir dans un vaste bureau paysagé.

« Nous arrivons dans l'antre des commerciaux. Ils sont quatre. »

Trois têtes se tournèrent dans notre direction. La quatrième appartenait à une jolie blonde qui, bien qu'en grande conversation téléphonique, m'adressa un signe de la main.

« Quatre, seulement ? m'étonnai-je. Cela ne me paraît pas beaucoup pour une firme de cent personnes...

— Quatre-vingt-quatorze exactement. Mais vous avez raison, notre force commerciale n'est pas très étoffée. Cela dit, nous ne vendons pas des stylos-billes. Le moindre contrat se chiffre en centaines de milliers de dollars. De plus, et vous vous en rendrez vite compte, les commerciaux ne sont pas les seuls à vendre : les chefs de projet ont aussi un rôle à jouer. Quand le client est content de leur travail, ils doivent en profiter pour lui en remettre une couche.

— Je ne sais pas si je saurai faire cela...

— Bien sûr que vous saurez », répondit Eriksson en remettant sa chemise dans son pantalon (son explication s'était accompagnée de force gestes désordonnés qui avaient, une fois de plus, ruiné son allure). « Vous verrez, c'est un coup à prendre. Après, ça devient très vite une seconde nature. Maintenant, retournons dans mon bureau. J'ai déjà quelque chose pour vous. »

Je retrouvai avec plaisir les fauteuils chocolat. Eriksson s'empara d'une pochette bleue qui traînait sur une table basse et s'assit à mes côtés.

« Nous avons remporté cette affaire la semaine dernière, commença-t-il. C'est le dossier idéal pour vous faire les dents.

— De quoi s'agit-il ?

— L'État autonome du Groenland projette de construire une station d'épuration à Sisimiut...

— Je croyais que la population du Groenland stagnait depuis des années, l'interrompis-je. Pourquoi ont-ils besoin d'une nouvelle station ? »

Gunnar Eriksson leva la tête de son dossier et me dévisagea.

« Bonne remarque, dit-il. On dirait que je ne me suis pas trompé sur votre compte. Pour répondre à votre question, ils ont déjà une station à Nuuk, un peu plus au sud, mais une panne survenue l'été dernier a paralysé l'île pendant plusieurs semaines et filé une sacrée pétoche au gouvernement. Pensez donc : il suffit qu'un phoque se coince dans une conduite pour bloquer l'approvisionnement en eau potable de tout le pays. Pour des raisons au moins aussi politiques que sanitaires — l'électorat de Sisimiut vote traditionnellement à gauche et la construction de l'usine représentera un paquet d'emplois —, le Parlement vient de se prononcer en faveur d'un doublement de la capacité de traitement du pays. Personne ne s'en plaindra, et surtout pas Baldur, Furuset & Thorberg, qui a décroché au passage une étude de 130 000 dollars pour dresser le cahier des charges "écologiques" qui sera ensuite soumis aux sociétés de travaux publics.

— Ça paraît intéressant », dis-je, faute de trouver un commentaire plus intelligent.

À la façon dont il me regarda, je compris que Gunnar se demandait si j'étais sérieux. Mon air studieux parut le rassurer.

« Ne vous emballez pas. Il s'agit d'une mission modeste, qui n'occupera que trois collaborateurs pendant deux mois. Je la superviserai personnellement. Concrètement, notre rôle consiste à définir les contours du cahier des charges, à sélectionner les experts ad hoc, un hydrologue et un architecte paysagiste, et enfin bien sûr à rédiger un rapport. Olaf Elangir, qui est avec nous depuis cinq ans, travaillera en collaboration avec l'hydrologue. Quant à vous, vous assisterez le paysagiste allemand, Wolfensohn, dans sa recherche du site le plus respectueux de l'environnement. Nous avons déjà eu recours à ses services, il est parfaitement qualifié pour ce genre de mission. Vous partez mercredi. Le client n'a autorisé qu'un seul billet d'avion, vous serez donc coincé au Groenland pendant deux mois. C'est un problème ?

— Nullement, dis-je.

— Vous êtes sûr ? insista Eriksson. Pas de petite amie qui s'ouvrira les veines de désespoir ou viendra faire un esclandre dans mon bureau ?

— Personne qui ne puisse survivre à mon absence pendant deux mois, confirmai-je en faisant semblant d'oublier que ma mère m'avait fait promettre de lui rendre visite à Húsavík prochainement.

— Parfait. D'ici à mercredi, Olaf vous aura préparé un peu de littérature sur le Groenland et ressorti des archives quelques dossiers portant sur des projets similaires. Des questions ?

— Non, tout cela est très clair. Je suis impatient de m'y mettre.

— Et moi de vous voir à l'œuvre. Nous fondons beaucoup d'espoir sur vous, Sliv. »

Pendant que je m'extrayais avec difficulté de mon fauteuil, Eriksson appela son assistante Margrét et lui demanda de m'escorter jusqu'à mon bureau.

Si j'avais pu nourrir quelques illusions à la mention du mot « bureau », je les perdis vite en découvrant un cagibi à la porte en verre dépoli, dont l'unique et minuscule fenêtre donnait miraculeusement sur le port. Même si j'avais imaginé mieux, notamment après l'accueil d'Eriksson, je compris qu'il eût été malséant de me plaindre de mes conditions de travail. Le vaguemestre qui vint ouvrir la porte de mon réduit me salua d'un hochement de tête et prit un air pénétré pour m'annoncer que j'y succéderais à Lena Thorsen. Je retournai quelques secondes ce nom dans ma tête. Aurais-je dû connaître Lena Thorsen ? Lui devait-on quelque traité définitif sur les relations entre Reykjavík et son *hinterland* ? Heureusement, Margrét vint à mon secours.

« Lena venait de la même université que vous. C'était une excellente recrue, peut-être la meilleure que nous ayons jamais eue. Je vous souhaite la même réussite.

— Qu'est-elle devenue ? » demandai-je. L'aura nostalgique dont tous deux la paraient ne présageait rien de bon à mon goût.

« Elle nous a quittés le mois dernier. Elle a trouvé un autre job, bien mieux payé, en Allemagne. »

Pendant ce temps, le vaguemestre essayait une à une les clés de son trousseau. Je me souviens avoir pensé qu'il faisait semblant de ne pas trouver la bonne, pour retarder le plus longtemps possible le moment où je finirais par violer le sanctuaire de Lena Thorsen.

2

Autant le dire tout de suite, les compagnies aériennes ne se bousculent pas pour desservir le Groenland. À l'époque, seuls trois aérodromes (Kangerlussuaq, Thulé et Narsarsuaq) disposaient de pistes assez longues pour accueillir des avions à réaction. Cela ne pose toutefois qu'un problème relatif, vu la rareté encore plus nette d'une autre ressource : les passagers désirant se rendre au Groenland.

Nous étions convenus que Hans-Peter Wolfensohn, le paysagiste allemand, nous rejoindrait à Reykjavík. De là, nous embarquâmes à bord d'un fragile bimoteur affrété par le Parlement du Groenland et qui devait nous conduire jusqu'à Sisimiut. Durant les trois heures et quelque de vol, j'eus l'occasion de faire la connaissance de Wolfensohn. C'était un solide gaillard, à la panse rebondie et à l'épaisse barbe blonde, qui se montra plein de bienveillance quand il apprit que je commençais à peine dans la profession.

« Un débutant ! s'exclama-t-il. Merveilleux ! Vous commencez par une mission facile, c'est une chance.

— Qu'est-ce qui vous fait dire que ce sera facile ?

— Réfléchissez deux minutes. Nous devons nous assurer que la nouvelle station n'entraînera aucune conséquence négative sur l'environnement. Par environnement, on entend traditionnellement la faune, la flore et la population. La faune d'abord. Vous croyez vraiment que Sisimiut est connue pour son extraordinaire biodiversité ? À part quelques ours et des rennes, nous ne devrions pas déranger grand monde. La flore ? M'est avis que rien de très vert ne pousse sur la banquise. Quant à la population...

— On pourrait construire une usine par habitant et avoir encore de la place, complétai-je.

— Voilà, vous avez compris. Non, vraiment, je ne m'inquiète pas pour vous. » Sur ce, il attrapa une bouteille de whisky dont il inspecta longuement l'étiquette. Il dut y trouver ce qu'il cherchait, car il remplit son verre aux trois quarts, laissant juste assez de place pour ajouter deux énormes glaçons. Il esquissa le geste du trinqueur.

« Vous devriez faire comme moi et boire pendant qu'il en est encore temps. Qui sait si les Lapons connaissent l'existence de l'eau-de-vie ? »

J'acceptai son offre, en gardant pour moi le fait que les Lapons vivent au nord de la Scandinavie et n'ont jamais mis les pieds au Groenland. Inutile de m'aliéner la sympathie de l'individu avec qui j'allais passer douze heures sur vingt-quatre pendant les deux prochains mois. Wolfensohn devait d'ailleurs se révéler un excellent compagnon de voyage. Il passa le reste du vol à me raconter ses missions les plus pittoresques. À l'arrivée, je m'étais déjà forgé deux convictions : premièrement, Gunnar m'avait placé en de bonnes mains, et deuxièmement l'argent menait le monde des études environnementales comme à peu près tous les autres d'ailleurs.

Il n'y a pas grand-chose à dire de Sisimiut. Si le pilote n'avait pas annoncé que notre destination était proche, je n'aurais probablement pas imaginé que ces quelques baraques dispersées sur la banquise constituaient la deuxième ville du Groenland. À ma grande surprise, il ne faisait pas froid (0 °C un 10 septembre), et le pilote nous confirma qu'il neigeait rarement avant le 15 septembre. « Après, dit-il en rigolant, c'est un autre problème. Il s'arrête rarement de neiger avant le 15 juin. » Nous eûmes droit à un accueil quasi officiel. Après nous avoir gravement serré la main, le maire de Sisimiut nous fit monter dans sa vieille Volvo garée au bord de la piste d'atterrissage. Quatre minutes plus tard, nous prenions possession de notre chambre d'hôtel (accueillante dans le genre dépouillé) ; une demi-heure à peine après nous être posés, nous entrions en réunion avec le conseil municipal. Les affaires au Groenland se mènent tambour battant.

À tel point d'ailleurs qu'à l'issue de notre réunion nous savions déjà à quoi nous en tenir. Personne n'attendait nos conclusions. Le site était choisi depuis belle lurette. Hans-Peter, un peu amer devant la bière que nous prîmes ce soir-là en ville (car l'eau-de-vie était bien arrivée jusqu'au Groenland), alla jusqu'à dire que la décision avait probablement précédé le vote du Parlement. De fait, nous apprîmes un peu plus tard que le terrain en question appartenait au fils du maire. Qu'il soit situé en plein cœur de Sisimiut alors que l'usine aurait pu se fondre à merveille dans le décor de la zone industrielle de Novgatir laissait totalement indifférents nos interlocuteurs, qui préféraient spéculer sur le montant de l'indemnité d'expropriation. Le premier adjoint nous fit d'ailleurs comprendre à demi-mot tout l'enjeu de notre rapport : plus celui-ci vanterait les mérites de l'emplacement intra-muros, moins le Parlement aurait de scrupules à débloquer des fonds importants.

Je peux bien avouer que, sur le moment, j'accusai le coup. Même en ce temps-là, je n'étais pas complètement idiot, et Gunnar avait bien pris soin de souligner que nos interventions avaient des implications financières qu'il ne nous appartenait pas de juger. Mais, même sans juger, la franchise balourde des édiles de Sisimiut avait un côté choquant qui me restait en travers de la gorge. En outre, la perspective de ces deux mois en terre esquimaude me paraissait soudain surhumaine. Heureusement, Wolfensohn, qui en avait vu beaucoup d'autres, s'employa à me remonter le moral avec beaucoup de drôlerie. Il commença par relever l'ironie de la notion même d'une prime d'expropriation dans un pays grand comme les deux tiers de l'Inde et abritant à peine 50 000 habitants, puis ajouta : « Personne ne lira notre rapport, et nous serons quand même payés. Profitons-en pour prendre un peu de bon temps. Ce n'est pas tous les jours qu'on a l'occasion de sillonner le Groenland aux frais de la princesse. »

Et pour sillonner le pays, nous le sillonnâmes. En moins d'une semaine, nous avions confirmé ce que pressentait Hans-Peter, à savoir que l'implantation choisie pour la construction de la nouvelle station, sans être optimale, ne présentait aucun danger pour l'environnement. Si impact négatif il y avait, il serait réservé aux contribuables danois (le Groenland est officiellement une province administrative du Danemark), qui n'étaient pas nos clients comme me le fit remarquer Gunnar au téléphone quand je l'appelai pour lui faire part de nos conclusions. Cette phase importante de notre mission terminée (avec cinq semaines d'avance sur le programme), nous justifiâmes notre envie de faire un peu de tourisme par la nécessité d'évaluer d'autres emplacements. Le maire, paniqué à l'idée que nous pourrions découvrir un site présentant des vertus supérieures au centre-ville de Sisimiut, tenta de nous dissuader, mais Hans-Peter le fit taire en le menaçant, en des termes à peine voilés, de solliciter l'arbitrage du président du Parlement. L'édile battit alors prudemment en retraite et proposa même d'organiser notre périple.

Nous remontâmes le long de la côte ouest, ce littoral qui a pour caractéristique d'enfler l'hiver quand la mer de Baffin est prise dans les glaces et de se rétrécir au printemps quand des bouts entiers de banquise se détachent et dérivent vers les côtes canadiennes. Aasiaat, Ilulissat, Uummannaq, Upernavik, autant de noms que je retenais sans effort, mais que Hans-Peter n'arriva jamais à mémoriser et encore moins à orthographier. Nous visitâmes plusieurs conserveries, dont une qui avait un accord commercial avec l'entreprise de Siglufjördhur où j'avais failli atterrir. Encore aujourd'hui, il m'arrive de méditer sur le tour qu'eût pu prendre ma vie si j'avais rejoint l'industrie du poisson en boîte.

Partout où nous passions, nous étions fêtés comme des rois. Rares sont les non-Inuits au-delà du cercle arctique, encore plus rares sont ceux qui acceptent de partager l'existence des indigènes pendant quelques jours (ou plutôt quelques nuits, car déjà à cette période de l'année le soleil ne se montrait jamais plus de trois ou quatre heures d'affilée). Je constatai avec une légère déception que les Inuits n'habitaient plus dans des igloos, qui n'étaient plus guère utilisés que comme des logements provisoires pendant les longues équipées cynégétiques. Ils vivaient désormais dans des petites maisons en bois construites par le gouvernement. Les hommes d'un village situé sur le cercle arctique nous invitèrent à les suivre dans une chasse au phoque qui dura trois jours. Je dois confesser que je m'attendais naïvement à courir après les phoques sur la banquise. J'appris au contraire qu'on pêchait le morse plus qu'on ne le pourchassait, en plaçant des filets sous la banquise, même si les puristes, eux, continuaient à harponner à travers un trou circulaire les mammifères qui nageaient sous la glace.

Je connaissais le Nord, je découvrais le Grand Nord. Moi qui me croyais rompu aux rigueurs de l'hiver, je voyais des femmes rigolardes affronter le blizzard par – 25 °C et leurs enfants, les mains et les oreilles à l'air, guider les troupeaux de rennes sur l'indlandsis.

La population se raréfiait à mesure que nous montions vers le nord. La moitié septentrionale de l'île est pour ainsi dire déserte, à l'exception notable de la base aérienne de Thulé bâtie dans les années cinquante et qui compte trois mille résidents militaires américains, soit tout de même 6 % de la population du Groenland. À entendre le commandant vanter la contribution de sa base à la science climatologique mondiale, on en oublierait presque que Thulé abrite les systèmes de détection anti-missiles les plus sophistiqués du monde et que les chasseurs qui en décollent peuvent atteindre la Russie en moins de deux heures. Inutile de dire qu'on nous refusa de visiter la base. Nous nous consolâmes en faisant une randonnée en traîneau dans le parc national du Nord-Est, où la couche de glace dépasse les deux kilomètres et où l'on trouve les derniers villages authentiquement inuits.

Même les meilleures choses ont une fin. Au bout de trois semaines, il nous fallut regagner Nuuk, où nous attendait Gunnar Eriksson pour la deuxième partie, la plus officielle, de la mission. Nous le retrouvâmes au Hans Egede Hotel, le meilleur (le seul ?) hôtel de la ville, où il s'était fait octroyer la plus belle chambre. En nous découvrant, le cheveu gras, la barbe en bataille et le paletot crasseux, il parut horrifié et nous envoya séance tenante prendre une douche et un sauna (les Islandais surpassent presque les Finlandais dans leur amour du sauna). Je ne me définirais pas comme un garçon matérialiste, mais je dois avouer que je goûtai ce soir-là ma douche chaude.

Nuuk compte un peu plus de 13 000 habitants. Cela en fait assurément une mégalopole selon les standards du Groenland, mais je n'aurais jamais cru pour ma part découvrir un jour une capitale huit fois plus petite que celle de mon pays. Nuuk est surtout une cité administrative, qui abrite tous les bâtiments officiels de l'île. Gunnar m'autorisa à l'accompagner dans tous ses déplacements, pendant que Hans-Peter restait à l'hôtel et rédigeait son rapport. À ce stade, nos rendez-vous n'avaient plus que deux buts : verrouiller le choix de l'emplacement de la station d'épuration et positionner Baldur, Furuset & Thorberg pour de futures et lucratives missions — ce que Gunnar avait naguère appelé devant moi « en remettre une couche ». En l'espace d'une semaine, nous visitâmes la station d'épuration de Nuuk, celle-là même qui en tombant en panne un an plus tôt se trouvait à l'origine de notre présence ; nous rencontrâmes le dignitaire le plus important de l'île, Lars Emil Johansen, qui m'interrogea longuement sur mon voyage en pays inuit ; enfin, le haut-commissaire nommé par le Danemark nous confia au détour d'une conversation que le comté danois de Bornholm pourrait prochainement recourir à nos services pour arrêter le tracé d'une autoroute. Gunnar prit note de l'information et appela le bureau à Reykjavík pour la transmettre au responsable commercial. « Une étude à 300 000 dollars, l'entendis-je dire au téléphone, ou je ne m'y connais pas. »

C'est ce même jour que se produisirent les premiers incidents d'une longue série qui devait bouleverser le cours de mon existence. Je relisais, allongé sur mon lit, le rapport intermédiaire que Gunnar m'avait passé pour information et qu'il s'apprêtait à remettre au Parlement. Je parcourais rapidement les premières pages qui portaient sur l'environnement général du projet quand mon regard s'arrêta sur un paragraphe. Gunnar y écrivait que les habitants de Skjoldungen avaient récemment abandonné la pêche à la morue pour se concentrer sur l'extraction du minerai de thorium, une activité autrement lucrative. Skjoldungen est un village du sud-est du pays, un peu au-dessous du fjord de Gyldenloves. J'y avais passé une nuit lors de ma randonnée en traîneau. Et je me souvenais pertinemment y avoir mangé de la morue séchée, que mon hôte s'était vanté d'avoir pêchée l'été précédent. J'avais en outre longuement discuté avec son fils, qui parlait bien anglais ; celui-ci n'avait à aucun moment évoqué le thorium. J'appelai Gunnar sur la ligne intérieure de l'hôtel et je lui en fis la remarque. Il me répondit qu'on lui avait sûrement fourni des informations erronées et ajouta que sur des missions aussi courtes, on n'avait pas toujours le temps de vérifier ses sources. Il me promit de corriger l'erreur et m'invita à poursuivre ma lecture et à lui signaler d'éventuelles autres anomalies. Quelques pages plus loin, je relevai une autre inexactitude : la station de Nuuk avait été inaugurée le 23 mars 1982 et non le 19 février de cette même année. J'avais noté la date sur la plaque de commémoration posée à l'entrée du bâtiment, car c'était l'anniversaire de ma sœur, Mathilde. Gunnar prit note de cette deuxième correction et nous en restâmes là. Évidemment, sur le moment, je ne prêtai pas plus d'attention que cela à ces menues erreurs.

Huit jours plus tard, Olaf Elangir échangea sa copie avec la mienne. Bien que ne nourrissant depuis longtemps plus aucune illusion sur l'influence de notre rapport, j'avais mis un point d'honneur à nuancer les conclusions de Wolfensohn. Ce cher Hans-Peter, en bon expert à qui ne viendrait jamais l'idée de mordre la main qui le nourrit, avait développé sur trente pages les raisons qui le poussaient à préconiser l'installation de la station dans le centre-ville de Sisimiut. En repassant derrière lui, je n'avais pu m'empêcher de pointer les inconvénients d'une telle solution : quiconque ferait l'effort de lire un peu attentivement mon rapport comprendrait que nos conclusions étaient dictées par des considérations qui n'avaient rien à voir avec l'écologie. Ma conscience trouvait à cette pensée une modeste consolation.

Le rapport hydrologique d'Olaf était moins polémique. Il est vrai que, sur un plan purement technique, construire la station à Sisimiut ou Novgatir ne présentait aucune différence notable. Les coûts de construction étaient de toute façon si élevés au Groenland que toute tentative de lésiner sur la qualité technique du projet aurait eu quelque chose de dérisoire. La nouvelle station incorporerait toutes les avancées récentes en matière d'aération et de traitement des boues. La seule véritable difficulté tenait à la glace qui empêchait plusieurs mois par an le rejet des eaux traitées dans des conditions traditionnelles. Les concepteurs du projet avaient eu l'idée de faire ressortir les tuyaux assez loin au large, vingt mètres sous le niveau de la mer. Olaf et son hydrologue d'expert avaient validé ce montage.

Un détail pourtant dans le rapport retint mon attention. Olaf écrivait que l'on fêterait les dix ans de la mise en service de l'usine de Nuuk le 19 février prochain. Comme je lui demandais sur quelle source il se basait, il me répondit qu'il avait pioché ce renseignement dans les éléments de contexte général préparés par Gunnar Eriksson. Je crus sur le moment m'être trompé. Sans doute ma mémoire me jouait-elle un tour et Gunnar, à la suite de notre conversation, avait-il vérifié la date en question. Pourtant, le lendemain, en retournant à la station de Nuuk, j'eus l'occasion de constater que mes sens ne m'avaient pas trahi. La plaque était là, accrochée au-dessus du comptoir d'accueil, et l'on pouvait y lire cette phrase : « Le 23 mars de l'année 1982, le maire de Godthaab [le nom danois de Nuuk], Poul Effelman, a inauguré cette station d'épuration en présence du Premier ministre danois, M. Anker Jorgensen. » Je signalai son erreur à Olaf, qui me répondit qu'il en prenait bonne note. Notre mission touchait à sa fin. Tout ça n'avait déjà plus beaucoup d'importance.

Nous passâmes notre dernière soirée dans la suite de Gunnar (le bougre avait réussi à faire déménager ses affaires dans la seule suite de l'hôtel dès que celle-ci s'était libérée) à peaufiner notre rapport en grignotant les sandwiches montés par le service d'étage. En ma qualité de benjamin de l'équipe, j'étais assis devant l'ordinateur — un antique IBM Thinkpad — sur lequel je rentrais les dernières modifications que me dictaient Gunnar et Olaf. Tombant sur le passage qui portait sur la station de Nuuk, je pris sur moi de modifier l'erreur de date, sans même le faire remarquer à mes collègues. Vers minuit, j'imprimai le rapport définitif et nous allâmes tous nous coucher,

Gunnar dans son lit d'empereur romain, Olaf et moi dans nos couches plus spartiates.

La présentation se déroula sans encombre. Tout le monde fit mine de découvrir notre rapport et de boire nos paroles. Le président du Parlement nous félicita pour la pertinence de notre travail et nous souhaita un bon retour. Les travaux commenceraient l'été prochain, quand la compagnie de travaux publics chargée d'appliquer notre cahier des charges aurait été désignée. Le même bimoteur qu'à l'aller nous ramena à Reykjavík le soir même. Hans-Peter Wolfensohn repartit pour Bonn, en me faisant promettre que nous resterions en contact. Je le vis glisser une flasque de whisky dans sa sacoche, sans doute par peur de découvrir que l'Allemagne avait interdit l'importation d'eau-de-vie pendant son absence.

3

Dans le bus qui me conduisait au bureau ce lundi matin, je tirais un bilan globalement positif de ces deux mois de mission. Je n'avais jamais vraiment eu l'impression de travailler, j'avais vu du pays, rencontré des gens plutôt sympathiques. Le salaire était bon, excellent même, si l'on tenait compte du fait que le cabinet me défrayait intégralement.

Les secrétaires parurent sincèrement ravies de me revoir. Il était à peine 8 h 30 et tout le monde s'affairait déjà, comme si de nos études environnementales dépendait la survie de la planète. Je me souviens avoir pensé en poussant la porte de mon cagibi que j'avais fait le bon choix et que j'allais passer un bout de temps chez Baldur, Furuset & Thorberg.

Mon euphorie ne dura guère. Sur mon bureau m'attendait un exemplaire du rapport que nous avions remis au Parlement. Gunnar y avait glissé une carte avec ces mots : « J'espère que cette première mission vous laissera un bon souvenir. Ce rapport vous doit en tout cas beaucoup. » Il ne croyait pas si bien dire. Sous le bristol qui, j'en eus la certitude immédiate, avait été délibérément placé à cet endroit, s'étalait insolemment la première phrase du rapport : « Presque dix ans après la construction de la station de Nuuk (mise en service le 19 février 1982), le moment paraît venu pour le Groenland de se doter d'une deuxième station d'épuration. » Je ne saurai jamais ce qui me posséda à cet instant, mais je lançai une bordée de jurons qui durent s'entendre jusqu'à la réception.

Je crois que Gunnar Eriksson m'attendait. Il ne parut en tout cas pas surpris de me voir faire irruption dans son bureau, les traits rageurs et mon rapport à la main. Il avait déjà tombé la veste et m'accueillit de manière positivement cordiale.

« Vous avez passé un bon week-end, Sliv. Vous avez regardé le hockey hier ?

— Vous vous fichez de moi, Gunnar ! Qu'est-ce que tout cela signifie ?

— Du calme, mon garçon. De quoi parlez-vous ? Vous n'aimez pas le hockey ? »

Il se payait très ostensiblement ma tête. J'explosai :

« Vous savez très bien de quoi je parle ! De cette erreur dans la date d'inauguration de la station de Nuuk. J'ai pris la peine de la corriger trois fois : dans votre rapport intermédiaire, dans celui d'Olaf, et jeudi soir à l'hôtel. Elle n'y était plus dans le document que j'ai imprimé à minuit. Et voilà qu'elle réapparaît subitement dans le rapport définitif. Vous le faites exprès ou quoi ?

— Évidemment que je le fais exprès. Vous ne me croyez quand même pas assez stupide ou assez vicieux pour repasser derrière vous à trois reprises tout en sachant pertinemment que vous avez raison. »

J'en restai bouche bée : mon chef, l'une des personnes les plus importantes de cette agence, venait de m'avouer qu'il sapait consciencieusement mon travail.

« Sliv, reprit-il en me regardant droit dans les yeux, il faut que nous ayons une explication. Mais, avant tout, sachez que le rapport que vous avez entre les mains n'est pas celui que j'ai rendu au Parlement vendredi. C'est un exemplaire que j'ai retiré spécialement pour vous. Je sais que ce point est important à vos yeux, je connais votre conscience professionnelle.

— Elle est assurément plus grande que la vôtre. »

Je sus, sitôt que ces paroles eurent quitté mes lèvres, que j'étais allé trop loin. Eriksson ne pouvait accepter ce genre de remarques de la part d'un gamin de vingt-trois ans. Et pourtant, il ne montra aucun signe d'énervement, m'observant au contraire comme un prêtre miséricordieux le ferait d'un jeune voyou qui se serait rendu coupable de blasphème dans la maison du Seigneur. Il attrapa une boîte en argent dans la poche de sa chemise, en sortit une cigarette qu'il alluma sans se presser mais sans cesser non plus de me regarder. Puis il s'assit dans un de ses fauteuils chocolat et m'invita d'un geste à faire de même. Je m'exécutai machinalement, hypnotisé malgré moi par sa bonhomie.

« Le croyez-vous vraiment, Sliv ? Vous m'avez vu à l'œuvre pendant deux mois. Trouvez-vous réellement que j'ai fait du mauvais travail ? Pouvions-nous vraiment, au regard du temps et des moyens qui nous étaient impartis, produire une meilleure étude ? Honnêtement, je ne le pense pas.

— Elle aurait été encore meilleure sans ces erreurs que je vous ai signalées et que vous vous obstinez à y maintenir. »

Je fus coupé dans mon élan par le sifflement d'une bouilloire. Tranquillement, comme si j'avais quitté son bureau, Gunnar la débrancha, attrapa une tasse de fine porcelaine bleue et se prépara un thé aux mûres. Il goûta le breuvage du bout des lèvres et dut le trouver trop chaud, car il reposa la tasse devant lui.

« Honnêtement, Sliv, quelle importance que cette station ait été inaugurée le 19 février ou le 23 mars ?

— J'y vois quand même une différence.

— Et laquelle, s'il vous plaît ?

— Celle que je fais entre la vérité et le mensonge. » Je ne pus m'empêcher, en prononçant ces paroles, de les trouver pompeuses.

« Oh ! oh ! tout de suite les grands mots. Car vous détenez la vérité, n'est-ce pas ?

— Disons que je sais lire. La plaque dans le hall est formelle.

— Est-ce là votre seule preuve ? Une plaque comme celles que ces entrepreneurs funéraires vous gravent en soixante minutes ?

— Où voulez-vous en venir ? Vous contestez la date d'inauguration de la station ?

— Ah, fichez-moi la paix avec cette station ! » s'emporta-t-il en s'extirpant de son fauteuil, ce qui eut pour conséquence immédiate de révéler son nombril poilu. Une gorgée de thé l'aida à recouvrer son calme. Il reprit :

« Laissez-moi formuler les choses autrement. En

admettant que la station d'épuration de Nuuk ait réellement été inaugurée le 19 février 1982 — je dis bien en admettant — et que vous deviez faire croire à quelqu'un qu'elle l'a été le 23 mars, comment vous y prendriez-vous ?

— Quelle question !

— Purement rhétorique, je l'avoue. N'importe, répondez.

— Eh bien, je commencerais évidemment par changer la plaque.

— De quelle façon ? Ne me dites pas que vous arriveriez à la réception avec la nouvelle plaque sous le bras en demandant à remplacer l'ancienne...

— Bien sûr que non. Je suppose que je trouverais un prétexte. Je prétendrais avoir été appelé par les services généraux pour vérifier la fixation de la plaque. Je la décrocherais du mur pour l'examiner et j'en profiterais pour la remplacer par celle que j'aurais apportée dans mon sac.

— Mais encore, continuez », m'encouragea Gunnar. Son thé devait avoir la bonne température à présent. Il le buvait à petites gorgées en m'observant par en dessous.

« Mais à quoi bon tout cela ?

— Ne songez pas au pourquoi. Pour l'instant, il s'agit du comment.

— On ne pourrait pas s'arrêter à la plaque. Les journaux locaux ont forcément relaté l'événement. Il faudrait retrouver l'édition du jour dans les archives de la bibliothèque municipale.

— Et voilà, c'est toujours ce que les gens citent en premier, les journaux ! s'emporta Gunnar. Comme s'il était difficile de subtiliser le journal de la bibliothèque de Nuuk et de le remplacer par une édition presque identique... Mais c'est un jeu d'enfants ! Surtout au Groenland, dans un des seuls pays au monde qui ne comptent qu'une bibliothèque. Quoique. Ils envoient peut-être un exemplaire de leur torchon à Copenhague. Sûrement même. À vérifier. » Il était totalement perdu dans ses pensées. Finalement, il reprit : « Non, Sliv, la difficulté n'est pas là. Elle réside dans cette multitude de détails sur lesquels nous n'avons aucune prise : les souvenirs des riverains, la lettre dans laquelle le directeur de la station, bouffi d'orgueil, raconte à sa mère qu'il a serré la main du Premier ministre, le bulletin de salaire de février 1982 que le gardien de nuit garde précieusement pour faire valoir ses droits à la retraite, les factures téléphoniques détaillées que le chef de service a demandées pour confondre un employé indélicat. Croyez-moi, je ne me lancerais dans une telle opération qu'à condition d'avoir un budget de dix unités et le concours actif d'au moins trois centres.

— Mais de quoi parlez-vous ? » J'avais subitement l'impression d'avoir basculé dans un univers parallèle. Pourtant j'apercevais toujours par la fenêtre les yoles qui dansaient dans ce bon vieux port de Reykjavík.

« Tout ça pour dire, Sliv, que si j'avais voulu changer la date d'inauguration de cette maudite station, j'aurais pu le faire. Cela m'aurait pris du temps, coûté pas mal d'argent, mais j'y serais parvenu. Joli challenge, pas vrai ?

— Si l'on veut, concédai-je, sans savoir s'il parlait sérieusement. Gunnar, où voulez-vous en venir ? »

Il se resservit du thé et, cette fois, m'en proposa une tasse, que je refusai d'un geste.

« Ce que je veux dire, Sliv, c'est que nous pourrions nous amuser, vous et moi. Bien entendu, nous n'en resterions pas à de minables histoires de date d'inauguration. Vous vous souvenez de Skjoldungen ? Elle n'était pas mal vue, mon histoire de thorium. C'est un métal radioactif, qui peut être utilisé pour produire de l'énergie nucléaire. Je me suis renseigné, l'essentiel de la production mondiale provient d'Inde et d'Australie. Au prix où s'échange la tonne sur les marchés de matières premières, m'est avis que votre pêcheur de morue va rapidement troquer ses filets contre une pioche et un tamis. Ce n'est qu'une question d'années, de mois peut-être. Parfois nous ne faisons que devancer la réalité.

— Nous ? Vous êtes plusieurs à jouer ce petit jeu ?

— Ma foi oui, vous seriez surpris d'apprendre combien de vos collègues s'adonnent à ce passe-temps.

— Qui, par exemple ?

— Qui connaissez-vous ? Eh bien, pas plus loin qu'Elangir...

— Olaf Elangir ? Allons, Gunnar, vous blaguez ?

— Étonnant, n'est-ce pas ? dit Gunnar, songeur. Qui aurait cru qu'en l'espace de cinq ans ce garçon passerait maître dans l'art de la falsification ? C'est bien simple, avec lui, vous n'êtes jamais sûr de rien. Alors, Sliv, je peux vous compter parmi nous ? Je suis sûr que vous ferez une brillante recrue... » Je scrutais maintenant l'expression de Gunnar comme si ma vie en avait dépendu. Se pouvait-il qu'il soit sérieux ? Il avait dans l'œil cette étincelle qu'on retrouve chez les fous ou les prédicateurs.

« Mais je ne sais rien de ce que vous faites. Dites-m'en un peu plus. »

Je sus aussitôt que je venais de tomber dans le panneau et de prononcer les mots qu'il attendait, car il embraya instantanément :

« Ah ah, j'ai piqué votre curiosité, on dirait. Mais en voilà assez pour aujourd'hui. Rentrez chez vous, je n'ai rien d'intéressant pour vous cette semaine. Nous reparlerons de tout cela lundi prochain.

— Mais, protestai-je, je dois travailler, il y a des dossiers...

— Non, je n'ai rien à vous donner, vraiment. Et puis vous avez travaillé dur pendant ces deux mois, une semaine de vacances vous fera le plus grand bien. »

Eriksson s'était levé, l'entretien était terminé. Il était neuf heures moins le quart et je n'avais pas eu le temps d'enlever mon manteau. Gunnar me raccompagna jusque sur le palier et appuya sur le bouton de l'ascenseur, comme pour s'assurer que je décampais vraiment pour de bon. Tandis que les portes de l'ascenseur se refermaient sur moi, l'idée me traversa l'esprit que j'avais oublié mon journal sur mon bureau et que je n'avais pas lu les pages sportives.

Eriksson l'avait dit. J'avais une semaine pour réfléchir. Mais pour réfléchir à quoi ?

4

Le lendemain de notre discussion, comme je revenais du supermarché où j'étais allé faire quelques courses, j'eus la surprise de trouver un parapluie mouillé ouvert dans le couloir de l'immeuble à côté de mon paillasson. À peine eus-je tourné la clé dans la serrure et poussé la porte que j'entendis une voix s'élever du canapé du séjour.

« Oh, Sliv, hello ! » cria Gunnar Eriksson, comme s'il était surpris de me voir franchir le seuil de mon propre domicile.

Je conçus un certain soulagement de voir les événements s'accélérer ainsi. Depuis vingt-quatre heures, la curiosité me consumait littéralement. J'avais lutté toute la journée précédente contre la tentation de retourner voir Eriksson pour lui arracher son histoire. Et, fait exceptionnel, j'avais mal dormi. J'avais pris l'habitude au fil des ans de me fier à ce signe plus qu'à n'importe quel autre.

Gunnar lisait le journal que j'avais laissé traîner sur la table de la cuisine. Le moindre de ses gestes était de toute évidence soigneusement calculé. Il voulait que je sache qu'il pouvait à tout moment s'introduire chez moi et que bien qu'il m'ait donné rendez-vous une semaine plus tard, lui seul décidait du timing de nos entretiens. Je décidai cependant d'ignorer son effraction caractérisée et, tout en rangeant les courses dans le réfrigérateur, je lui demandai s'il voulait boire quelque chose.

« Un thé ne serait pas de refus. Avec toute cette pluie et le froid qui commence à s'installer, j'ai bien peur d'avoir attrapé quelque chose. »

Ainsi Gunnar était venu m'entretenir de sa santé. S'il l'entendait ainsi, je ne serais pas le premier à changer de sujet.

« Oui, je crois que nous allons au-devant d'un hiver rigoureux.

— Vous serez sans doute content d'apprendre que la commission architecturale du Parlement du Groenland a approuvé hier après-midi notre cahier des charges. Cela conclut notre mission de manière éclatante.

— Vous m'en voyez en effet ravi, répondis-je d'un ton qui indiquait tout le contraire.

— Mais vous vous doutez que je ne suis pas ici pour vous parler de la pluie et du beau temps.

— Ah tiens ? fis-je en levant un sourcil. Et de quoi voulez-vous parler ?

— De vous, Sliv », répondit-il en feignant d'ignorer l'insolence qui pointait dans ma question. Il replia soigneusement le journal et le posa devant lui. J'attendais la suite adossé contre le mur du séjour, mais il me fit signe de m'asseoir.

« Sliv, démarra-t-il quand je me fus exécuté, je

m'apprête à vous faire une série de révélations qui pourraient bien changer le cours de votre vie. Je sais que vous êtes en colère, mais si je ne me trompe pas sur votre compte, vous allez m'écouter attentivement et sans idées préconçues. Surtout, je vous demande, dans votre propre intérêt, de m'arrêter si vous jugez à un moment donné que vous ne voulez pas en entendre davantage. »

Il avait mis dans son ton suffisamment de gravité pour que je me retienne de l'interrompre.

« Puis-je compter sur vous Sliv ? reprit-il en me regardant droit dans les yeux.

— Oui, Gunnar. Je suis curieux d'entendre ce que vous avez à dire.

— Bien. Sachez qu'il existe au sein de Baldur, Furuset & Thorberg une poignée d'hommes et de femmes pour qui les études environnementales ne constituent qu'une couverture. Olaf Elangir, moi-même et quelques autres dont vous n'avez pas à connaître le nom pour l'instant travaillons en fait pour une organisation internationale occulte. Le CFR — c'est son nom — opère sur les cinq continents et dans plus d'une centaine de pays. L'implantation de Reykjavík a le rang d'antenne. Au-dessus des antennes se trouvent les bureaux, qui eux-mêmes rapportent aux centres. Dites, ce n'est pas l'eau de mon thé que j'entends siffler ? »

Je courus arrêter le feu sous la bouilloire. Elle devait siffler depuis un bon moment, car je me brûlai en saisissant le manche. Je nous préparai à chacun une tasse et regagnai rapidement ma place.

« Quelle est l'activité du CFR ? demandai-je.

— Les agents du CFR, répondit-il en faisant infuser son sachet de thé, échafaudent des scénarios parfaitement plausibles, auxquels ils donnent ensuite corps en altérant des sources existantes, voire en en créant de nouvelles. Autrement dit, ils modifient la réalité. Vous n'auriez pas du miel par hasard ? Dans le thé, c'est souverain contre le mal de gorge.

— Non, Gunnar, je n'ai pas de miel, répondis-je sans cacher mon énervement, et je me fiche pas mal de votre gorge. Donnez-moi un exemple de modification de la réalité.

— C'est regrettable, cela risque de dégénérer en extinction de voix », commenta Gunnar, comme si cette perspective était susceptible de me rappeler où je stockais mes réserves de miel. « Disons qu'une mission aurait pu consister à falsifier la date d'inauguration de la station d'épuration de Nuuk. Comme je vous le disais hier, c'est une mission qui n'aurait présenté aucune difficulté : une plaque à changer, quelques éditions du canard local à réimprimer et le tour était joué.

— Mais quel intérêt ?

— Dans ce cas précis, aucun. Ce n'est qu'un exemple destiné à vous montrer comment nous travaillons. Jamais le Plan n'autoriserait une mission aussi futile.

— Le Plan ? Quel Plan ?

— Le Plan est l'organe du CFR qui arrête les grandes orientations stratégiques de notre action. Ses priorités évoluent dans le temps. Cette année, il encourage la création de nouvelles écoles picturales, l'année dernière il nous demandait d'adoucir les mythologies primitives africaines. Parfois, le rapport avec l'actualité est plus évident. À la fin des années cinquante par exemple, nos prédécesseurs ont travaillé sur la conquête spatiale : comment inciter les grandes puissances à dépenser plus sur un sujet dont personne ne se souciait encore dix ans plus tôt ?

— Pardon, le coupai-je, vous voulez dire que si Armstrong a marché sur la Lune en 1969, c'est au CFR qu'on le doit ?

— Non, bien sûr, les choses ne sont jamais aussi simples. L'idée était déjà dans l'air et les Américains auraient fini par y arriver un jour ou l'autre. Mais si nous allons plus loin, vous et moi, je vous prouverai, documents à l'appui, que grâce à quelques agents exceptionnels, ce qui aurait dû prendre vingt ans a été accompli en dix.

— Ce Plan dont vous parlez, quels sont ses objectifs ? Entre les mythologies africaines et la conquête de l'espace, j'avoue que j'ai du mal à voir la ligne directrice.

— Au risque de vous décevoir, Sliv, vous n'avez pas accès à ce niveau d'information.

— Attendez, Gunnar, vous essayez de me recruter au sein d'une organisation dont vous refusez de m'expliquer la finalité ?

— C'est exactement ce que j'essaie de faire, oui. Autant vous le dire tout de suite, je ne suis pas autorisé à vous en révéler bien davantage aujourd'hui. Je ne vous dirai pas par exemple qui dirige le CFR ni quand celui-ci a été créé.

— Que signifie le sigle CFR ? Vous pouvez au moins me dire ça ?

— L'explication communément admise est qu'il signifie “Consortium de Falsification du Réel”, mais à vrai dire personne n'en est certain.

— C'est donc une organisation française ?

— Ou belge, ou suisse, ou canadienne ou africaine. Honnêtement, je n'en sais rien.

— Mais, Gunnar, comment acceptez-vous de travailler pour un employeur dont vous savez si peu de choses ?

— C'est une question valable et j'ai eu l'occasion d'y réfléchir plus d'une fois. Mais demandez-vous à votre tour ce que vous connaissiez de Baldur, Furuset & Thorberg quand vous avez accepté mon offre d'emploi. Le nom des associés ? La plaquette commerciale ? Sûrement guère davantage. Et pourtant vous avez jugé au vu de ces maigres éléments que vous ne preniez pas un grand risque à nous rejoindre et que vous aviez de bonnes chances de vous épanouir en notre sein. Il en va de même pour moi et pour la majorité des éléments du CFR. Je ne sais pas tout du CFR, en tout cas sûrement moins que vous ne finiriez par en apprendre sur Baldur, Furuset & Thorberg. Pourtant je m'y sens bien, j'aime mon travail au quotidien, j'apprécie mes collègues et je partage la plupart des valeurs de l'organisation, au point qu'aujourd'hui je n'imaginerais travailler nulle part ailleurs.

— Permettez-moi tout de même d'insister. Ce travail quotidien dont vous parlez, à quoi sert-il ? Pour reprendre mon propre exemple, je sais pourquoi et pour qui je travaille. Je trime pour vous et pour trois vieux messieurs, en espérant que vous me remarquerez, que vous me confierez des responsabilités de plus en plus importantes jusqu'au jour où vous m'élèverez au rang d'associé. Je sais aussi que la philanthropie ne régit pas le monde et que si les actionnaires du cabinet me paient, c'est parce qu'ils refacturent mon temps et empochent un profit au passage. Accessoirement, je travaille pour apprendre des choses, pour satisfaire ma curiosité, et pour acquérir des compétences qui me seront utiles un jour, dans cet emploi ou dans un autre.

— Vos arguments pourraient tout aussi bien s'appliquer au CFR, à l'exception du passage sur le profit. À ma connaissance, le CFR ne poursuit pas le profit économique, de même qu'il ne cherche pas à prendre le pouvoir ou à faire accéder l'humanité à la sérénité cosmique. Les motifs du CFR, si motifs il y a, sont d'une tout autre nature.

— Si motifs il y a ? rebondis-je, un peu interloqué. Rassurez-moi, Gunnar, vous connaissez la finalité du CFR ? À votre âge, vous savez au moins si vous travaillez pour des mercenaires, des truands ou des illuminés ?

— Peu importe ce que je sais ou ce que je crois. Nous ne parlons pas de mon recrutement mais du vôtre. » Il dut sentir ce que sa dernière remarque avait d'un peu sec, car il ajouta en souriant : « Et s'il vous plaît, n'évoquez plus mon âge.

— Combien d'agents recrutez-vous chaque année ?

— Vous voulez dire au total ? Plusieurs centaines, un millier peut-être.

— Non, vous, Gunnar, précisai-je, bien décidé à lui soustraire autant d'informations que possible.

— Vous seriez le douzième en dix-neuf ans.

— Ce n'est pas beaucoup, murmurai-je.

— Contrairement à certains de mes collègues qui s'accommodent d'un taux de déchet élevé, je n'aime pas prendre de risques. Je tire une certaine fierté de n'avoir encore jamais connu l'échec à ce jour.

— Pourquoi moi ? Vous me connaissez à peine.

— Plus que vous ne croyez. J'ai constitué un dossier relativement complet sur vous. La seule analyse psychologique m'a coûté 1 500 dollars.

— Alors ces fichus tests de recrutement que vous m'avez fait passer vous servaient à établir mon profil psychologique ? » demandai-je en m'efforçant de paraître scandalisé alors que je mourais d'envie d'avoir ce document entre les mains. « Et puis-je savoir ce qu'ils ont révélé ?

— Que vous possédez de grandes qualités d'imagination, alliées à un solide sens des réalités. La psychologue pense que vous avez hérité votre pragmatisme de vos origines campagnardes. Une telle combinaison est plutôt rare et produit généralement d'excellents agents. Vous parlez également quatre langues, dont trois parfaitement, ce n'est pas à dédaigner. »

Il se leva, fit quelques pas et regarda par la fenêtre pendant presque une minute. Je cherchais en vain de nouvelles questions à lui poser quand il se retourna et reprit :

« Les rapports peuvent se tromper, mais mon intuition ne m'a jamais trahi. Je vous ai attentivement observé pendant notre mission au Groenland et je vous prédis un grand avenir, quelle que soit la voie que vous choisirez. Vous pouvez persévérer dans les études environnementales : Baldur, Furuset &

Thorberg est une vraie société, qui saura offrir de bonnes perspectives à un chef de projet motivé et compétent comme vous l'êtes.

— Pardonnez-moi, Gunnar, mais si je décline votre proposition de recrutement, je me vois mal rester chez Baldur, Furuset & Thorberg. Vous m'imaginez pendant les réunions internes, à dévisager mes collègues un à un en me demandant s'ils font partie de votre petite confrérie ?

— Ou vous pouvez rejoindre le CFR, continua Gunnar comme s'il n'avait pas entendu ma remarque. L'option de la clandestinité. À beaucoup d'égards, le CFR ressemble aux autres entreprises. Si vous faites vos preuves, vous monterez dans la hiérarchie : on vous confiera des missions de plus en plus intéressantes et vous serez régulièrement augmenté.

— Pour information, quel est le salaire d'un agent en fin de carrière ? demandai-je lourdement.

— Épargnez-moi vos sarcasmes, Sliv. Le CFR traite très correctement ses serviteurs. Du reste, nous savons vous et moi que l'argent ne vous intéresse pas, alors n'essayez pas de me faire croire que vous allez baser votre décision sur les indemnités kilométriques et les Tickets-Restaurants. Dans les deux cas, reprit-il, vous vous engagez à maintenir le secret sur les activités du CFR. La première infraction à cette règle entraînerait automatiquement votre exclusion du cabinet et de l'organisation. Nous sommes intransigeants sur ce point.

— Je m'en serais douté. Quand attendez-vous ma réponse ?

— Quand vous serez prêt. Vous devez répondre à

deux questions importantes. Que voulez-vous faire de votre existence ? Et saurez-vous vivre avec le poids du secret ? Prenez le temps de réfléchir ; je ne vous attends pas au bureau avant lundi prochain. »

Il enfila son manteau et chercha ses gants qu'il avait laissés sur la console de l'entrée. Puis, comme s'il se souvenait brusquement de quelque chose, il ouvrit sa sacoche en cuir et en sortit une pochette verte fermée par deux élastiques.

« Je vous invite à lire ce dossier. Il a été monté il y a trois ans par une jeune recrue dont c'était la première affaire. Il est loin d'être parfait mais il vous donnera un bon aperçu de notre travail au quotidien. Traditionnellement, l'auteur expose son scénario dans la première partie : que s'agit-il de faire croire ? Dans la deuxième partie, il dresse la liste des mesures à prendre pour crédibiliser le scénario.

« Un conseil : si cette lecture ne suscite chez vous aucune forme de jubilation intellectuelle, arrêtez les frais immédiatement. Si, dès le deuxième paragraphe, vous vous prenez à vous demander s'il était possible de faire mieux et comment vous auriez procédé à la place de l'auteur, c'est que vous êtes ferré. »

Il enfila ses gants, ouvrit la porte et reprit son parapluie, désormais bien sec. Il me tendit la main, puis s'éclaircit la gorge avant d'ajouter :

« Bien entendu, cette pochette ne sort pas de votre appartement.

— Cela va sans dire. Désolé pour le miel », dis-je.

Il leva la main comme pour m'absoudre d'un péché honteux. C'est en le regardant s'éloigner vers l'ascenseur que je m'aperçus que ses deux lacets étaient défaits. Gunnar Eriksson ne ressemblait décidément pas à l'idée que je me faisais d'un maître espion.

5

SKITOS, NEBRASKA, CAPITALE DE LA THESSALIE (SCÉNARIO)

Le 28 mai 1854, quelques jours seulement après le débarquement des forces franco-anglaises au Pirée, Spyros Tadelitis, un jeune berger de la province grecque de Thessalie, embarqua en qualité de mousse sur le *Tarmata*. Il payait ainsi son passage vers Gênes, où il comptait employer le même stratagème pour gagner le Nouveau Monde.

Le cœur de Spyros, dix-sept ans à peine, saignait à l'idée de quitter sa famille et son village d'Actinonia. Et pourtant, après l'humiliation qu'il venait de subir, le jeune homme savait qu'il ne pouvait en être autrement. Ses pensées, qu'il essayait en vain de diriger vers un autre objet, le ramenaient inlassablement un mois plus tôt vers cette scène, douloureuse entre toutes, au cours de laquelle il avait vu sa vie s'écrouler autour de lui.

On était venu de Stavros, de Sofadhes et même de Velestinon, pour assister à la noce de Spyros et de Dimitra Kallistinos, la plus belle, la plus charmante, la plus altière jeune femme de la Thessalie. Les deux adolescents se connaissaient depuis toujours ; Constantin Tadelitis et Phaedon Kallistinos menaient paître leurs brebis dans les mêmes alpages ; Lea Tadelitis et Andhrea Kallistinos se retrouvaient souvent autour du lavoir pour bavarder ; Spyros et Dimitra étaient unis par une complicité normalement réservée à ceux dont le même sang coule dans les veines. Les deux familles avaient mis en commun leurs maigres ressources pour offrir à leurs enfants une noce dont ils se souviendraient.

Las ! Le lendemain de la noce, Dimitra annonçait à tout le village qu'elle se retirait de la compagnie des hommes pour se consacrer à la méditation et à la prière. En vain Phaedon et Andhrea Kallistinos tentèrent-ils de raisonner leur fille. Spyros, quant à lui, ne se vit pas même accorder une entrevue. Le soir même, Dimitra rejoignait le couvent de Margarition.

Les jours qui suivirent avaient été les plus pénibles de l'existence de Spyros. Tout lui était odieux : la sollicitude admirable dont l'entourèrent sa mère et ses deux sœurs, les paroles de réconfort auxquelles s'essaya maladroitement Phaedon Kallistinos, la sourde incompréhension des villageois, les ignobles rumeurs répandues par son ennemi juré Coubilakis, qu'il avait jadis supplanté dans le cœur de Dimitra.

Spyros n'avait d'autre choix que l'exil. Il en eut le pressentiment immédiat et les suppliques de sa mère ne parvinrent pas à ébranler sa détermination. Il irait en Amérique, loin, le plus loin possible d'Actinonia. Là, il trouverait un travail et tenterait d'oublier ce funeste dimanche de 1854 où sa vie avait basculé.

Spyros arriva à Gênes le 3 juin 1854. Une semaine plus tard, il embarquait sur le vapeur *Lorrimer* en qualité d'aide-cuisinier. Deux mois plus tard, Ellis Island était en vue. Là où de nombreux immigrants se figurent que leurs qualifications ou que la connaissance d'une langue étrangère leur seront d'un grand secours, Tadelitis comprit vite qu'il n'avait que ses bras à offrir. Justement, la Chicago and Rock Island Co. cherchait des hommes durs à la peine pour construire une voie de chemin de fer reliant l'Illinois et le Missouri. Pendant trois ans, Spyros cassa des cailloux douze heures par jour. Il apprit l'anglais et l'euchre, un jeu de cartes dont les combinaisons infinies chassèrent peu à peu de ses rêves le souvenir de Dimitra Kallistinos Tadelitis, son épouse devant Dieu et devant les hommes.

C'est en 1858 que Spyros arriva dans le Nebraska. Il devait s'y plaire, s'y fixer puis, un jour, y mourir. La superficie du Nebraska est deux fois supérieure à celle de la Grèce. C'est un État presque aussi plat que la Thessalie est montagneuse. Il n'y pleut guère.

Spyros réclama de la terre. On lui donna trois cents hectares, charge à lui de les clôturer. Il construisit une cabane, en se promettant de l'agrandir dès qu'il aurait quelques sous devant lui. En attendant, il consacra trois ans d'économies à l'achat d'un troupeau de porcs. Il baptisa le plus gros Coubilakis.

L'économie du porc est relativement simple. Spyros la maîtrisa bientôt dans toutes ses dimensions. Chaque mois, il se rendait à Omaha, où il vendait ses bêtes les plus grasses. Il réinvestissait tous ses gains dans l'achat de nouvelles truies, toujours plus grosses, toujours plus prolifiques. En moins de cinq ans, il se retrouva à la tête d'un cheptel de cinq mille têtes.

Les années 1863-1870 furent les années de l'expansion et de la consolidation. Spyros prit des intérêts dans un abattoir d'Omaha. Il avait ainsi l'impression de suivre ses bêtes plus longtemps. Il développa des techniques nouvelles qui lui permettaient d'engraisser les porcs plus rapidement et donc de faire tourner son capital sur un rythme plus élevé. En 1866, il s'occupa enfin de faire fructifier sa terre. Il cultivait déjà du maïs, dont se nourrissaient les porcs. Il planta du blé et du soja, qui procuraient des revenus intéressants pour un coût marginal presque nul. À Noël 1870, la First Union Bank l'avisa que ses dépôts dans son établissement d'Omaha se montaient à plus de 100 000 dollars US. La somme parut extravagante à Spyros. Il n'avait jamais travaillé pour l'argent, mais parce que le labeur lui semblait sain et naturel. Il réalisa d'un seul coup qu'il était devenu un homme riche.

Alors seulement il se sentit fondé à écrire au pays. Sa première lettre fut pour sa mère : « Le temps a passé et tu dois être bien vieille à présent. Sache que je ne t'ai jamais oubliée, pas plus que Papa, Dimitra et ce porc de Coubilakis. » La missive fut source à Actinonia d'une agitation considérable. Spyros était vivant ! Il avait traversé l'Atlantique et vivait maintenant de l'autre côté de la terre. Lea lui répondit et lui donna des nouvelles du village. Le père Gregorios avait cassé sa pipe, c'est son fils qui avait repris la mairie ; la petite Khondylis avait eu des jumeaux, qui faisaient tourner les chèvres en bourrique ; les Turcs avaient enfin terminé la route jusqu'à Leondari. De Dimitra, il n'était pas question. Par une sorte d'accord tacite, jamais la mère et le fils n'évoquèrent son souvenir.

Une correspondance s'installa. Les lettres de Tadelitis étaient attendues comme jadis les oracles de la Pythie. Quand Mikis Almendros, le facteur, repérait une enveloppe bleue dans le courrier, il remontait la rue principale à bicyclette en criant : « Des nouvelles de Spyros ! » En peu de temps, la moitié du village trottinait à ses côtés et l'escortait jusqu'à la maison des Tadelitis, où la vieille Lea recevait la missive des mains de Mikis. Elle ne pouvait alors faire autrement que de lire à voix haute les lignes que lui écrivait son fils, qui était sans doute bien loin de s'imaginer que ses moindres sentiments étaient exposés, puis commentés, disséqués sur la place publique. Il n'est jusqu'au malheureux Coubilakis qui n'écoutait les yeux mi-clos le récit des étrangetés de la vie américaine et l'inévitable mention à son infamie qui venait ponctuer chaque lettre.

Car peu à peu, Spyros se livrait. Oui, il avait fait fortune. Son domaine s'étendait à présent sur plusieurs milliers d'hectares et il lui fallait près d'une journée à cheval pour en faire le tour. Il avait tant de porcs qu'un de ses employés indélicats avait pu monter le deuxième élevage de l'État rien qu'en le volant et sans qu'il s'en rende compte. Et pourtant, Spyros n'était pas heureux. L'argent ne signifiait rien pour lui. Sa famille lui manquait. « Il n'est pas bon, écrivait-il, qu'un homme vive trop longtemps loin des siens. » Il se languissait par-dessus tout de sa Thessalie natale. « J'ai donné à mon ranch le nom de Skitos, tu sais, ce vent tiède qui nous caressait la joue à la tombée du soir. »

Actinonia vécut par procuration les grandes heures de la conquête de l'Ouest. On applaudit la jonction à Promontory Point des deux lignes de chemin de fer qui coupaient longitudinalement le pays. On dissertait finement sur les dernières techniques d'irrigation ou sur l'opportunité d'abandonner les mines d'or du Colorado pour gagner celles plus prometteuses du nord de la Californie.

En 1883, après treize ans de correspondance, Spyros proposa enfin à ses parents de venir le rejoindre. Lea l'avait averti que son père, atteint d'une maladie respiratoire, n'avait plus que quelques mois à vivre. L'idée que son père pourrait mourir sans l'avoir revu était intolérable à Spyros, qui envoya par mandat postal une somme généreuse qui devait couvrir tous les frais du voyage. Pourtant, Constantin et Lea hésitaient. La renommée de Spyros dépassait très largement le cercle familial, au point qu'ils se sentaient sur leur fils à peine plus de droits que le facteur ou la boulangère. « Cela va sans doute te paraître idiot, écrivit Lea dans les tout premiers jours de l'année 1884, mais j'aurais des scrupules à laisser les gens d'Actinonia derrière moi. » « Eh bien, amène-les », fut la réponse de Spyros, qui joignait à sa lettre un mandat ne laissant aucun doute sur ses intentions.

C'est ainsi que s'organisa le plus enthousiaste, le plus spontané des flux migratoires entre la Grèce et les États-Unis. Cinq mois et quinze jours, c'est tout le temps dont eurent besoin les Actinoniens pour solder leur vie et préparer leur passage vers le Nouveau Monde. On ferma les maisons, on vendit les troupeaux. Le jeune Gregorios (comme s'obstinaient à l'appeler les villageois malgré la barbe blanche qui lui mangeait les joues), en sa qualité de maire, prononça un discours étonnant par lequel il ne faisait rien de moins que dissoudre sa commune. Et l'on partit. Quarante-deux familles s'embarquèrent sur le *Tarmata*.

Les Actinoniens traversèrent l'Atlantique en six semaines. Ils furent retenus en quarantaine à Ellis Island, après qu'on eut trouvé sur leur bateau une colonie de rats obèses. Constantin fit une rechute, qui faillit l'emporter. Mais, au plus fort de la maladie, le vieil homme se raccrocha à la perspective de bientôt revoir son fils. C'est lui qui donna le signe du départ, alors que le jeune Gregorios courait déjà les rues de Manhattan à la recherche d'un pope pour lui administrer l'extrême-onction.

Après ces péripéties, ce fut un jeu d'enfant d'avaler les deux mille kilomètres qui séparent New York du Nebraska. Une femme accoucha dans le train, entre Springfield et Dayton. Le 29 octobre 1884, la locomotive entra en gare d'Omaha. Le jeune Gregorios mobilisa les quelques mots d'anglais qu'il avait appris à Ellis Island pour louer une trentaine de chariots. En fin d'après-midi, la procession passa les portes du ranch de Skitos.

Spyros Tadelitis se balançait dans son rocking-chair sous la tonnelle quand un nuage de poussière à l'horizon lui annonça l'arrivée de visiteurs. Il avait été digne dans la séparation, il fut viril dans les retrouvailles. Il serra la main de son père, pressa sa mère contre sa poitrine et eut un geste pour les cent trente-quatre Actinoniens massés au pied de leurs chariots. « Il va falloir trouver à vous loger, dit-il. Nous aviserons demain. En attendant, faisons la fête, car nous avons du bonheur à rattraper. » Il appela un de ses hommes, à qui il demanda d'exécuter et de préparer le porc le plus gras de tout son cheptel. On festoya toute la nuit.

Tadelitis tint parole. Il donna un toit, une paire d'arpents et du travail à chaque famille. Au bout de quelques mois, la petite communauté se constitua en village, auquel elle donna tout naturellement le nom de Skitos. Le jeune Gregorios retrouva ses fonctions. L'aîné des jumeaux Khondylis reçut l'insigne de shérif.

Le terrible hiver 1888 eut raison de la fragile constitution de Constantin le patriarche. Lea lui survécut une douzaine d'années. Spyros, lui, eut le bonheur de voir voler les premiers avions. Il laissa à sa mort un héritage fantastique

que les Skitossiens, dans leur grande sagesse, réinvestirent entièrement dans le développement de leur cité. Aujourd'hui, Skitos est une riante bourgade d'environ douze mille âmes. Sa place prépondérante dans l'industrie de la viande la préserve tant bien que mal des fluctuations économiques. C'est surtout un des hauts lieux de la culture grecque aux États-Unis. On y déguste parmi les meilleurs souvlakis d'Amérique du Nord.

Actions à engager en vue de créer une nouvelle réalité

POINTS D'APPUI

Actinonia existe. C'est un hameau de Thessalie, perché à 1 850 m d'altitude entre Leondari et Karava, par 39° 13' de latitude nord et 21° 43' de longitude est. Seules deux ou trois familles y habitent de façon permanente. Plusieurs bergers s'y fixent pendant l'été avec leurs troupeaux.

Skitos est une petite ville de 12 500 habitants dans le Nebraska, située à mi-chemin d'Omaha et de Norfolk, par 41° 38' de latitude nord et 96° 49' de longitude ouest. La date de fondation de la ville est incertaine. On la fait généralement remonter vers 1880.

ACTIONS À ENGAGER EN VUE
DE CRÉER UNE NOUVELLE RÉALITÉ

À Skitos, Nebraska

1) Création de l'Association pour la culture thessalique, dont le siège social est à Skitos mais les membres du bureau disséminés dans tous les États-Unis. Berlin et les

antennes de Richmond, Saint Paul, Thomasville et Decatur sont prêtes à nous fournir quatre légendes : Wilbur Kapis (président), Nikos Faraday (vice-président), Lynn Samarina (trésorière) et Chrissantos Galatas (secrétaire général). Association créée rétroactivement le 25 mars 1971 (150e anniversaire du soulèvement contre les Turcs). Minutes des bureaux pratiquement à jour (dernier procès-verbal en retard). Compte ouvert à la succursale de la First Union Bank d'Omaha le 30 mars 1971 et mouvementé depuis cette date grâce à la complicité de l'antenne de Lincoln. Budget 1988 : 134 000 dollars US. Principaux postes : subvention de 25 000 dollars US à l'Association des Américains d'origine grecque (traditionnellement présidée par un membre de la famille Onassis) ; subvention de 79 185 dollars US (20 millions de drachmes) au musée du folklore thessalique de Larissa ; financement pour 4 400 dollars US d'un stand « Produits de la gastronomie grecque » sur la kermesse de Skitos ; achat pour 7 000 dollars US de billets pour emmener cent jeunes de Skitos voir Leach Gravos (joueur de football américain d'origine grecque) disputer la finale du Superbowl avec son équipe des Dallas Cowboys, etc.

2) Ouverture de deux restaurants grecs : *Les nuits de Byblos* sur Wayne Trace et *Les délices de Mykonos* sur Stellhorn Bd. Financements obtenus auprès de la Dukakis Foundation for Entrepreneurial Achievment. Ouverture prochaine d'une franchise de la sandwicherie Pita Express (trois cent cinquante points de vente sur le territoire des États-Unis).

3) Subvention de Wilbur Kapis à titre personnel de 15 000 dollars US à la Rosalind High School. M. Kapis

nommé citoyen d'honneur de Skitos. Laboratoire de chimie baptisé « Labo Tadelitis ».

4) Avant 1900, les concessions dans le cimetière de Skitos étaient attribuées pour quarante ans et n'étaient renouvelables qu'une fois. On ne s'étonnera donc pas de ne pas trouver les tombes de Spyros, Lea et Constantin Tadelitis. En revanche, on profitera de l'extension de la zone ouest du cimetière pour poser quelques pierres tombales, dont une portera la mention : « Costis Gregorios (1831-1922), citoyen grec et américain, maire d'Actinonia et de Skitos, que le Seigneur t'accueille en son sein. » Nécessité d'incendier la cabane du gardien pour faire disparaître le registre du cimetière (dont il a été confirmé qu'il n'existait qu'un seul exemplaire).

5) Édification d'un monument à la mémoire des enfants grecs de Skitos morts pendant la Deuxième Guerre mondiale.

6) Insertion d'articles dans trente-sept numéros du *Nebraska Observer.* Retirage dans chaque cas d'une dizaine d'exemplaires du journal. Substitution effectuée dans les archives du journal et dans les bibliothèques municipales d'Omaha et de Lincoln. Exemples de sujets : Spyros Tadelitis remporte le concours de la plus belle bête à la foire Agricole de Minneapolis en 1895 avec son porc Coubilakis ; interview de Kosta Almendros, médaillé de bronze en haltérophilie, catégorie des super-lourds aux jeux Olympiques d'Anvers en 1920 ; compte rendu des obsèques de Costis Gregorios le 7 mars 1922 ; la chute des cours de la viande en 1953 frappe durement la petite communauté de Skitos, etc.

7) Publication à compte d'auteur en 1949 des *Mémoires d'un enfant d'Actinonia* d'Agammemnon Gregorios, le fils de

Costis Gregorios qui lui succéda à l'hôtel de ville de Skitos. Quatre-vingts pages d'anecdotes attribuées au défunt Costis sur la vie en Thessalie (Première partie : Grec de sang) et l'installation aux États-Unis (Deuxième partie : Nebraska, terre d'accueil). Cent cinquante pages de souvenirs et de notations sur la société américaine vue par celui qui se définit lui-même comme un « pâtre grec jeté dans le business de la viande » (c'est le titre de la troisième partie). Cinq cents exemplaires imprimés. Quatre cents envoyés dans les bibliothèques scolaires du Nebraska et de l'Iowa avec un courrier d'accompagnement de l'Association pour la culture thessalique.

En Thessalie

1) Pose d'une plaque sur une bergerie d'Actinonia : « Dans cette maison ont vécu Constantin, Lea, Spyros, Anna et Vanina Tadelitis. Ils émigrèrent vers d'autres cieux mais peu de Grecs aimèrent leur pays comme ils le firent. » Plaque signée par l'Association pour la culture thessalique.

2) Envoi à la cinquantaine de bibliothèques municipales de la province de Thessalie des *Mémoires d'un enfant d'Actinonia* d'Agammemnon Gregorios.

3) Falsification du registre des naissances d'Actinonia, aujourd'hui conservé à Leondari. Naissance de Spyros Tadelitis datée au 7 mai 1837.

4) Création du dossier médical de George Coubilakis, qui s'éteint le 20 juillet 1887, soit moins de trois ans après l'exode des Actinoniens. Coubilakis restera seul dans le village et finira par s'installer dans la maison des Tadelitis (il va jusqu'à dormir dans le lit de Spyros), où il succombera à une forme compliquée de neurasthénie.

5) Création du dossier ecclésiastique de Dimitra Kallistinos, l'épouse de Spyros, devenue sœur Appollonia le jour de son entrée au couvent de Margarition. En 1861, sœur Appollonia quitte la Grèce et s'embarque pour l'Inde, où nous perdons sa trace.

6) Mention dans l'ouvrage de référence d'Odysseus Gavras, *Hellènes en exil*, de l'émigration massive de certains villages de Thessalie vers les États-Unis dans les années 1880. L'auteur, l'éditeur et les ayants droit sont morts.

7) Inscription du *Tarmata* et du *Lorrimer* au registre des navires marchands autorisés à mouiller dans le port de Gênes.

PLAN D'ACTION ET CALENDRIER

Toutes les actions décrites ci-dessus sont réalisables et ont reçu l'approbation de principe des antennes et des bureaux concernés. Si je reçois l'accord du Bureau chargé des questions démographiques avant le 1er juillet 1989, je pense pouvoir mener à bien l'ensemble de ces démarches avant le 1er janvier 1991.

BUDGET

Je n'ai pas encore reçu les devis de Decatur et Patras. Toutefois, j'estime le coût de l'ensemble des actions décrites ci-dessus aux alentours de 280 000 dollars US, soit légèrement moins que la somme de 300 000 dollars US qui m'est impartie pour cette première mission.

6

« Lena Thorsen avait — et a toujours — un don exceptionnel pour la falsification des sources. »

Gunnar Eriksson était assis dans mon canapé et sirotait un whisky. Je l'avais rappelé le lendemain matin de sa précédente visite et il avait proposé de passer dans l'après-midi. J'avais une foule de questions à lui poser mais, fidèle à son habitude, il ne me racontait que ce que j'avais besoin de savoir.

« Il est extrêmement rare de trouver chez une jeune recrue autant d'aptitudes réunies. Généralement dans un premier dossier, l'agent soigne particulièrement le scénario, sans doute parce que c'est là qu'il a l'impression d'apporter la valeur ajoutée la plus grande. Malheureusement, il bâcle le deuxième volet, qui lui semble tout à la fois moins important et moins gratifiant que le premier. Du reste, même quand il accorde à la falsification l'importance qu'elle mérite, il se trahit par des procédés grossiers, empruntés aux mauvais romans d'espionnage, bien loin de ceux que nous utilisons quotidiennement sur le terrain. Ce qui me stupéfia à la lecture du projet de Lena, c'est qu'une novice qui n'avait encore reçu aucune formation puisse s'approcher aussi près de la réalité. J'aurais juré jusqu'alors que seul un agent chevronné pouvait penser à financer l'ouverture de restaurants grecs. Et que dire du cimetière ? Combien de jeunes ai-je vus faire l'impasse sur cet aspect pourtant fondamental de toute entreprise de falsification ! Je ne connais pas une mission un peu sérieuse qui ne passe, à un moment ou à un autre, par la case cimetière... Non, c'est bien simple, quand le Comité d'approbation a vu le dossier, le président m'a téléphoné pour s'assurer que je n'avais pas tenu le crayon de la petite. “Elle n'a vraiment que vingt-quatre ans ?” m'a-t-il demandé au moins trois fois.

« Il faut dire que Lena avait joint au dossier plusieurs éléments qui scotchèrent ces barbons du Comité à leur fauteuil. Elle avait ainsi rédigé par avance les minutes de quelques séances du bureau de l'Association pour la culture thessalique. On s'y serait cru. Un petit bijou qu'il m'arrive de relire quand je cherche l'inspiration. J'ai entendu dire qu'ils en étudiaient des extraits à l'Académie. Et elle ne s'est pas arrêtée là. Quand elle a reçu le feu vert, elle s'est jetée à corps perdu dans la rédaction du reste. Les minutes sur vingt ans d'une association qui n'existe pas. Tout y est : les discours électoraux, les discussions à n'en plus finir sur le renouvellement du contrat de nettoyage, les sordides querelles de personnes et même une tentative de putsch en 1982. »

Gunnar avait sorti ses lunettes de sa poche comme s'il s'apprêtait à relire la prose de Thorsen. Il me rappelait ces gastronomes qui se frottent le ventre en repensant à leurs dernières agapes.

« Tout de même, intervins-je, était-il vraiment nécessaire d'aller aussi loin ?

— On ne va jamais trop loin. Le travail de Lena peut vous paraître un peu excessif au vu des besoins du dossier et, de fait, il l'est. Mais sa portée dépasse très largement le cadre de cette affaire. Vous pouvez être certain que l'Association pour la culture thessalique resservira dans d'autres circonstances. Dans dix ans, un agent taïwanais travaillant sur l'agriculture vivrière de l'Europe méditerranéenne y puisera des éléments qui viendront conforter son argumentation. Si Lena s'était bornée à planter quelques pierres tombales ou à suggérer à Pita Express d'implanter un boui-boui à Skitos, elle n'aurait jamais gagné aussi vite ses galons. Prenez un type comme Agammemnon Gregorios : quel patronyme d'abord ! De l'étoffe dont on fait les héros ! Avec son parcours d'édile écartelé entre la culture grecque et l'odeur de la bidoche fraîche, je vous fiche mon billet qu'il ressurgira d'ici peu sous la plume d'un de vos collègues. Et, croyez-moi, le CFR sait distinguer parmi ses agents ceux qui ne travaillent que pour eux de ceux qui, en créant des légendes puissantes et universelles, œuvrent pour la collectivité. Lena Thorsen fait indiscutablement partie de la deuxième catégorie. Son rapport final de mission, qu'elle m'a remis quelques jours avant votre arrivée, fait plus de cinq mille pages. Que je sois pendu si elle n'est pas citée cent fois dans les cinq prochaines années...

— Je veux bien admettre que Thorsen a un certain talent pour forger des sources, mais vous avouerez que son scénario est un peu faible...

— Faible ? Il est exécrable, oui ! Oh, ce n'est pas tant le sujet : les mouvements de population font partie des sujets les plus traités, notamment par les jeunes agents. Chacun y va de sa petite migration, c'est presque devenu un exercice de style. Son idée de départ n'est pas franchement mauvaise, un peu mélodramatique bien sûr, mais je suppose que c'est le prix à payer si nous voulons attirer et conserver des éléments féminins, dit Gunnar en me décochant un clin d'œil appuyé. Enfin, passons sur le scénario. Le traitement, en revanche, est une catastrophe absolue, et je pèse mes mots. Cette histoire de Skitos, "tu sais, ce vent tiède qui nous caressait la joue à la tombée du soir", c'est d'un ridicule achevé. Mièvre, balourd, tout ce que nous détestons.

— Et pourtant, son projet a été accepté..., dis-je, content de voir qu'Eriksson confirmait mon opinion sur le scénario de Thorsen.

— Pas sous cette forme, vous pouvez me croire. Si j'avais soumis son travail tel quel au Comité des dossiers, elle ne serait pas adjointe du responsable du bureau de Stuttgart à l'heure où je vous parle. Je lui ai fait reprendre sa copie de fond en comble. Le résultat n'est clairement pas à la hauteur de la deuxième partie mais, au moins, le dossier a réussi à passer les fourches Caudines du Comité.

— Ce qui tendrait à prouver qu'il n'est pas nécessaire d'exceller dans tous les domaines pour faire son trou au CFR.

— Absolument pas. Soyez gentil, Sliv, resservezmoi un verre de whisky, il est excellent. » (Il oubliait de dire qu'il avait apporté sa propre bouteille.) Il fit tourner dans sa main le verre que je lui tendis et me donna un conseil : « Contentez-vous d'être un crack dans l'un des deux domaines et vous serez classe 3 avant trente ans. Et puis, vous trouverez toujours quelqu'un qui possédera les qualités dont vous êtes dépourvu.

— Et si je veux aller plus haut ?

— Là, c'est une autre histoire. Vous devrez être un caïd du scénario et de la falsification, mais autant vous prévenir tout de suite, de tels oiseaux se comptent sur les doigts des deux mains. Enfin, votre premier dossier devrait nous donner une bonne idée de vos capacités. »

Il y avait là un glissement que je ne laissai pas passer.

« Vous en parlez comme si je vous avais déjà donné ma réponse. Je n'ai pas pris ma décision. J'ai encore plusieurs questions à vous poser.

— Vous ne tirerez plus rien de moi. Nada. Vous en savez désormais assez pour vous déterminer. Pourquoi en révélerais-je davantage à quelqu'un qui n'est même pas membre de l'organisation ?

— Je pourrais rejoindre le CFR et démissionner quelques semaines plus tard, après avoir recueilli le maximum d'informations sur votre fonctionnement... », répondis-je du tac au tac.

Gunnar Eriksson me regarda dans les yeux, puis posa très lentement son verre sur une desserte. Ce simple geste suffit pour plomber instantanément le ton presque badin de notre entretien.

« Ne tenez jamais ce genre de propos, Sliv. Vous ne savez jamais à qui vous avez affaire. Personnellement, je ne me formalise pas ; mais certains de mes collègues, moins larges d'esprit, n'hésiteraient pas à décréter des mesures de rétorsion immédiates. »

Voyant l'effet que ces paroles produisaient sur moi, il ajouta :

« Ne croyez pas que je vous menace, Sliv. Nous parlons de votre adhésion à une organisation secrète. Se prétendre secret est une chose, le rester en est une autre. Si nos dirigeants font régner une discipline impitoyable dans les rangs, ce n'est pas par plaisir. Depuis vingt-six ans que j'appartiens à la maison, j'ai connu trois alertes majeures. Chacune à sa façon a mis en péril la survie même du CFR. Vous n'avez pas idée des trésors de ruse et d'ingéniosité qu'il nous a fallu déployer pour éloigner les fâcheux qui s'intéressaient à nous. Nous ne prenons jamais le moindre risque ou, plus exactement, nous ne prenons que des risques très soigneusement calculés. Dans le cas présent, le code de conduite interne auquel j'ai juré de me conformer en entrant au CFR me commande d'interrompre sur-le-champ la procédure de recrutement. Nous n'admettons pas le chantage. Votre candidature est rejetée.

— Mais je n'ai jamais voulu vous faire chanter », me défendis-je, abasourdi.

Gunnar s'était levé et cherchait son manteau des yeux.

« Allons, Sliv, vos propos étaient très clairs. Sans rancune, mais n'en parlons plus, vous viendrez me voir demain. J'ai une mission très intéressante pour vous : des travaux d'aménagement sur un barrage en Savoie. »

C'en était trop. J'explosai :

« Je me fous de votre barrage, Gunnar ! Qu'est-ce que c'est que ce cinéma ? Il y a un quart d'heure, j'étais le candidat idéal, vous me mettiez dans le secret des dieux et puis, tout à coup, pour une malheureuse phrase dont je ne pensais pas un mot, vous me renvoyez à mes études ? »

Soudain je compris et m'en voulus d'avoir cédé à la colère.

« Oh, j'y suis, c'est une de vos techniques de recrutement ! On commence par appâter le chaland, en lui disant qu'il a l'étoffe de l'emploi, puis on lui explique qu'on s'est trompé et qu'il doit oublier tout ce qu'il a entendu. C'est bien cela, Gunnar ? »

Eriksson ne cherchait plus son manteau à présent. Il s'était rassis pendant mon monologue, avait repris son verre qu'il faisait tournoyer dans sa main et consacrait désormais toute son attention aux circonvolutions de son glaçon.

« Ma foi, c'est à peu près cela. Si vous le prenez ainsi, je veux bien faire une entorse au code de conduite et mettre votre saillie sur le compte de l'humour. Mais que cela ne se reproduise plus. »

Il immobilisa son verre et regarda le glaçon terminer sa course. Sa folle équipée l'avait quasiment réduit à néant, au rang d'un gros flocon qui surnageait dans l'alcool ambré.

« Sérieusement, Sliv, si vous envisagez une carrière parmi nous, surveillez votre vocabulaire. Nous en avons exclu pour moins que cela. Maintenant, il faut que je parte. Appelez-moi demain pour me dire si nous pouvons compter sur vous. Dans le doute, soyez gentil : rendez-nous un service à tous les deux et déclinez. »

Quand Gunnar fut parti, je revins m'asseoir à la place qu'il avait occupée. Il n'avait pas fini son verre. Le glaçon était totalement fondu à présent.

À l'heure de prendre une décision dont Eriksson lui-même avait indiqué qu'elle compterait parmi les plus importantes de ma vie, je me trouvais incapable de raisonner sur le fond. Étais-je ou non fait pour cette vie ? M'épanouirais-je davantage à donner corps à des flux migratoires imaginaires plutôt qu'à rédiger des études environnementales ? Je ne pouvais me dissimuler l'attrait qu'exerçait sur moi la perspective de construire de toutes pièces un dossier comme celui de Lena Thorsen. Cet exercice, à la fois si riche et si peu habituel, me semblait fascinant. En outre, pourquoi le cacher, j'avais, après avoir relu plusieurs fois son dossier, développé la conviction que je pouvais surclasser mon aînée à ce jeu. Pour quelqu'un d'aussi fortement porté à la compétition que je l'étais, cet argument n'était pas le moins important.

Cependant, et si grande que soit ma curiosité, comment comparer deux options aussi radicalement différentes ? Si je voyais assez bien à quoi pouvait ressembler une carrière chez Baldur, Furuset & Thorberg, je n'avais aucun moyen d'apprécier si je me plairais au CFR. Qu'y ferais-je concrètement ? Quelles relations entretiendrais-je avec mes collègues de travail ? Ne me lasserais-je pas rapidement d'un travail au bout du compte très artificiel ? À cet égard, le mutisme d'Eriksson ne devait-il pas m'inquiéter ? Il m'avait vendu tous les avantages du poste, sans dire un mot de ses inconvénients ; or je ne connaissais aucun emploi qui n'en comportât sa part.

Et que dire des mobiles du CFR ? Gunnar discourait habilement, sans jamais rien révéler d'important. Trois conversations plus tard, j'en savais à peine plus qu'au premier jour. Pourquoi le CFR falsifiait-il le réel ? Avec quel argent et pour le compte de qui ? Autant de questions auxquelles je n'avais toujours pas le moindre élément de réponse. Que ferais-je si j'apprenais d'ici à quelques semaines que l'organisation était financée par un gouvernement étranger à des fins subversives ? Tout ce petit jeu me paraîtrait alors beaucoup moins drôle, d'autant plus qu'à en croire Gunnar il n'était ni courant ni recommandé de présenter sa démission. Il est bien connu que les organisations secrètes n'aiment guère voir leurs anciens agents réintégrer la vie civile. Tout à l'heure, Eriksson avait parlé de rétorsion. Pouvait-on vraiment en arriver là ? Étais-je en danger ?

Du CFR, je ne connaissais qu'un représentant : Gunnar Eriksson. J'éprouvais une sympathie instinctive pour mon chef, qui avait le don de mettre ses interlocuteurs à l'aise tout en allant à l'essentiel. Mais cette personnalité si franche n'était-elle pas un masque ? Gunnar avait déjà démontré un vrai talent de manipulateur et j'étais bien forcé d'admirer le sang-froid avec lequel il avait progressivement levé le voile sur les véritables activités de Baldur, Furuset & Thorberg. Il avait d'abord testé ma vivacité ; peut-être n'aurais-je pas eu droit au grand jeu si je n'avais relevé ses premières allusions. Puis il avait peu à peu abattu ses cartes en me laissant à plusieurs reprises la possibilité de l'interrompre et en ne prenant à chaque fois, comme il l'avait dit lui-même du CFR, que des risques soigneusement calculés. Il avait d'abord placé la falsification sur le terrain du jeu, sans jamais donner à penser que celui-ci pût concerner quelqu'un d'autre que lui. Comme je ne bronchais pas, il avait ensuite laissé entendre qu'il n'officiait pas seul, citant même le nom d'Olaf Elangir, dont j'étais maintenant prêt à parier qu'il n'avait jamais trempé de près ou de loin dans les affaires du CFR. À ce stade, Gunnar n'avait toujours pris aucun risque. En admettant que je sois allé rapporter nos conversations à la police, il aurait facilement pu prétendre m'avoir mené en bateau, voire m'accuser de paranoïa aiguë. Je n'avais aucune preuve. Gunnar n'avait-il pas pris soin de préciser que le rapport remis au Parlement du Groenland ne contenait aucune erreur ? Certes, il existait bien une version erronée, mais je me rappelais maintenant l'avoir vu l'emporter après notre conversation. Quant à Elangir, l'expression authentiquement abrutie qu'il aurait arborée en cas d'interrogatoire n'aurait pu manquer de convaincre un inspecteur de la bonne foi de mon supérieur.

En fait, Gunnar avait commencé à prendre des risques lors de notre entrevue suivante. Sans doute avait-il redouté que je n'enregistre notre conversation, ce qui expliquerait qu'il l'ait lui-même provoquée en s'introduisant chez moi. Avait-il profité de l'occasion pour mettre ma ligne téléphonique sur écoute ? J'aurais aimé pouvoir formellement exclure cette hypothèse...

Ce jour-là cependant, Gunnar m'avait remis le rapport de Lena Thorsen. Ou, plus exactement, un rapport qu'il avait attribué à Lena Thorsen, car, si j'avais bonne mémoire, le document n'était ni signé ni daté. Les noms d'Eriksson, de Baldur, Furuset & Thorberg, de CFR n'étaient pas cités une seule fois. Du beau travail, encore une fois.

Même muet, ce rapport était le seul élément tangible qui m'était passé entre les mains. Gunnar était reparti avec, mais l'avait laissé à ma disposition pendant près de vingt-quatre heures, soit plus de temps qu'il n'en fallait pour aller le photocopier au bureau de poste. Mais je ne l'avais pas fait ; je n'étais même pas sorti de chez moi entre les deux visites de Gunnar. Dans le cas contraire, m'aurait-il fait prendre en filature ?

Avec le recul, le manège de Gunnar m'apparaissait distinctement. Il avait obéi à un scénario bien préparé, dont je distinguais, maintenant qu'il était trop tard, maintenant que cela ne servait plus à rien, les rouages successifs. J'avais été berné par plus fort que moi. C'était une pensée à la fois excitante (ces gens étaient de vrais professionnels) et un peu effrayante (dans un certain contexte, le mot « professionnel » peut prendre des connotations inquiétantes).

Pour toutes ces raisons, j'avais du mal à croire qu'il m'était encore possible de faire machine arrière, de « décliner », comme avait dit Gunnar. J'en savais quand même beaucoup, et sans doute trop, même sans aucune preuve pour étayer mes accusations. Ma curiosité me poussait à rejoindre le CFR, mais mon désir, un désir de gosse pressé de commencer à jouer, se teintait d'amertume à la pensée quc je n'avais pas vraiment le choix. Parce qu'il m'en avait trop dit sur certains aspects et pas suffisamment sur d'autres, la liberté que m'avait apparemment laissée Eriksson n'était qu'un leurre. Sur le moment, j'en voulus terriblement à Gunnar Eriksson, à Olaf Elangir (alors que le malheureux n'y était sûrement pour rien), à Lena Thorsen et à tous les pontes du CFR qui devaient me regarder me débattre dans mes choix moraux. Je m'en sortis par une pirouette, en me disant que je ne perdrais rien à mener une double vie pendant un an ou deux. Car, après tout, je continuerais d'exercer le métier pour lequel j'avais été embauché. J'avais pu constater que Baldur, Furuset & Thorberg jouissait d'une excellente réputation dans son domaine ; aucun recruteur ne viendrait me reprocher d'y avoir effectué mes classes.

En écrivant ces lignes, je me rends compte à quel point je pouvais être naïf. Comme si la décision d'intégrer le CFR relevait du choix classique d'un employeur ! Sans doute étais-je trop jeune pour mesurer les implications de ma décision. Je sortais de l'école, j'avais passé six entretiens de recrutement dans ma vie (comme les ours de Siglufjördhur me paraissaient loin à présent !) et je ne m'étais encore jamais posé la grande question de l'existence (qu'entends-je faire de ma vie ?) qu'en des termes purement scolaires (économie ou géographie ? affaires internationales ou sciences politiques ?) ou utilitaires (l'Islande ou le continent ? la PME ou la multinationale ?). J'adhérai au CFR comme, étudiant, j'avais suivi des cours d'espagnol facultatifs : pour voir, et parce que cela ne coûtait pas grand-chose.

J'eus le temps quelques années plus tard de méditer sur les conséquences de mon insouciance.

7

Je commençai le même jour mes deux nouvelles missions : l'étude sur les travaux d'aménagement du barrage en Savoie et mes recherches préliminaires en vue de la rédaction de mon premier dossier pour le CFR.

Mon ralliement au CFR ne me dispensait pas de prendre ma part du travail du cabinet, bien au contraire. En recoupant certaines confidences d'Eriksson, j'avais déduit que de Baldur, Furuset et Thorberg, un seul des trois associés appartenait au CFR. Les deux autres ignoraient jusqu'à l'existence de l'organisation et ne voyaient en moi qu'un banal chef de projet. Ses fonctions de directeur des Opérations permettaient à Gunnar de réduire autant que possible ma charge de travail au cabinet, de façon à me dégager du temps pour mon second emploi. Pendant l'année et demie que je passai à Reykjavík, je participai à six missions, chaque fois sous les ordres de Gunnar Eriksson, qui s'arrangeait pour répartir les différents travaux à mon avantage, en veillant soigneusement à ce que mes collègues ne pussent s'en apercevoir. Au total, mes journées étaient bien remplies. C'est que l'on trime dur au CFR, pour toutes sortes de raisons : les agents mènent presque tous une double vie (sauf dans les services centraux, puis à partir d'un certain niveau hiérarchique), le travail est passionnant et la compétition particulièrement féroce, comme j'aurai l'occasion de l'expliquer plus tard.

Gunnar avait attiré mon attention sur l'importance que revêtait la première mission dans la carrière d'un agent. Selon lui, la personnalité d'une nouvelle recrue tenait généralement tout entière dans son premier dossier, où se devinaient à la fois ses promesses et ses limites. Chaque fois que nous évoquions le cas d'un agent, d'un chef d'antenne ou même d'un directeur de centre, Gunnar retraçait les grandes lignes de son premier dossier et s'employait, le plus souvent avec bonheur, à y chercher les clés de son comportement actuel. Dans les premiers temps, je vis dans cet innocent passe-temps l'une des marottes d'Eriksson. Quand, plus tard, je commençai à gravir les échelons du CFR, je compris, à entendre tous mes interlocuteurs me féliciter pour les diamants du Kalahari, qu'il s'agissait d'une pratique extrêmement répandue.

Je m'étais donné quinze jours pour arrêter le sujet de mon premier dossier. Bien décidé à frapper un grand coup, j'ambitionnais d'éclipser la production de cette Lena Thorsen dont on me rebattait les oreilles. Gunnar Eriksson, que j'interrogeai sans relâche, m'avait confié qu'on reconnaissait les grands dossiers à une demi-douzaine de caractéristiques bien précises. Il avait accepté de les détailler pour moi.

L'ambition — ce que Gunnar appelait aussi une certaine prétention à l'universalité — constituait, à l'entendre, la plus importante de toutes. À qualité technique égale, mieux valait créer l'histoire de l'Atlantide qu'une énième variété d'orchidées. La première entrerait dans l'imaginaire collectif et influencerait des milliers de poètes et d'utopistes alors que la seconde ne ravirait qu'une poignée de botanistes, sans entraîner aucune conséquence sérieuse. « Voyez grand ! me serinait Eriksson. Vous pouvez faire mieux qu'un trou paumé au Nebraska. »

Gunnar rapprochait volontiers cette ambition d'un concept voisin et qu'il avait baptisé la « capacité de mise en mouvement ». Certains dossiers, pour brillants et ambitieux qu'ils fussent, restaient désespérement sans lendemain. Un agent roumain avait créé dix ans plus tôt un peintre majeur de la Renaissance. Tous les historiens de l'art s'en étaient aussitôt emparés, consacrant études et colloques à l'artiste jusqu'alors inconnu. Le Metropolitan de New York et le Louvre s'étaient déchirés lors d'une vente aux enchères à Londres pour acquérir une grande huile représentant l'adoration des Mages. Cette agitation avait naturellement ravi tous ceux qui avaient de près ou de loin travaillé à l'apparition du peintre mais, sur le fond, celle-ci avait eu un impact quasiment nul. « Il aurait pu en aller autrement, m'expliqua Gunnar, si cet artiste s'était rendu célèbre par une technique particulière de préparation de ses couleurs qui aurait pu inspirer ses successeurs. Mais, sans rien qui le distinguât vraiment de dizaines d'autres maîtres, notre peintre était voué à ne laisser aucune trace. » Les grands dossiers, d'après Gunnar, étaient comme des pavés dans une mare. En éclaboussant partout autour d'eux, ils forçaient les experts, et parfois même le grand public, à reconsidérer leur opinion. Surtout ils engendraient des actes, et pas seulement des mots. Il me donna en exemple le dossier d'un Mexicain, une histoire de gisement de pétrole prétendument découvert par des paysans du Chiapas. L'agent avait tellement bien ficelé son affaire qu'un an après Texaco creusait des trous partout. D'après ce qu'on racontait, ils avaient englouti 250 millions de dollars dans l'aventure et fait vivre une communauté de mille cinq cents personnes pendant deux ans.

Les bons dossiers réutilisaient aussi des personnages et des situations précédemment créés par le CFR. Gunnar comparait parfois le CFR à un écosystème ou à une économie autarcique. « Si vous avez besoin d'invoquer l'avis d'un critique littéraire du XIXe siècle, évitez Sainte-Beuve sur qui nous n'avons aucune prise et citez Simonet, dont nous ressortons périodiquement des carnets prétendument disparus. Si votre scénario a un vague rapport avec le Midwest américain, efforcez-vous de citer Skitos, Nebraska. Car vous faites coup double : vous renforcez votre dossier tout en accréditant encore davantage celui de Thorsen. Je n'exagère pas quand je vous dis que certains dossiers font plusieurs centaines de références aux productions maison. À l'inverse, pensez à ceux qui vous succéderont. Créez des légendes, des experts, des catalogues, des bibliographies, des palmarès dans lesquels ils pourront puiser à loisir. Ne soyez pas avare de sources nouvelles. »

Le rapport au temps était un autre critère important. Le CFR privilégiait les scénarios à maturation longue, ceux qui trouvaient leur origine dans un lointain passé tout en s'étendant sur plusieurs années, voire plusieurs siècles. En cela, le dossier de Lena Thorsen présentait un réel intérêt. Soixante ans s'étaient écoulés entre l'exil de Spyros Tadelitis et sa mort, ce qui avait donné à Thorsen l'occasion d'évoquer et le cas échéant de falsifier d'innombrables faits et épisodes : l'émigration grecque, la conquête de l'Ouest, la construction des chemins de fer, l'industrialisation de l'élevage porcin, etc. En plus, et par construction même, le scénario de Thorsen avait des répercussions sur la ville de Skitos aujourd'hui, que ce soit dans ses restaurants, dans ses traditions ou dans le type de touristes qu'elle attirait. « Laissez-moi prendre un autre exemple, m'expliqua Gunnar. Admettons qu'il vous prenne l'idée d'écrire un dossier sur John Fitzgerald Kennedy. Personnellement, je ne vous le conseillerais pas, tant d'agents ont revisité sa vie qu'elle n'est déjà pratiquement plus qu'une légende. Mais si vous y tenez absolument, choisissez un angle qui vous permette de balayer l'ensemble de sa carrière. Inventez-lui un trouble nerveux qui expliquerait à la fois sa pusillanimité lors du débarquement de la baie des Cochons et son sentiment d'impunité quand il s'attaqua à la mafia ; ou décrivez comment son rapport compulsif au sexe trouve ses origines dans la façon dont sa mère lui donnait le bain. Surtout ne vous limitez pas à un seul épisode, à un seul jour, à une seule année, votre dossier survivrait à peine plus longtemps. »

Gunnar insista également pour que je fabrique moi-même la majorité de mes sources. « De plus en plus de jeunes agents, déplora-t-il, pensent qu'il leur suffit de modifier un nom ou un chiffre dans des bases de données pour accréditer leur scénario. Ils commettent là une profonde erreur. L'altération, pour nécessaire qu'elle soit parfois, ne saurait se substituer à une bonne source ad hoc. C'est ce qu'a compris Lena Thorsen quand elle a créé cette Association pour la culture thessalique et décidé d'en rédiger les minutes sur vingt ans. Quelle meilleure façon de camper des personnages, d'installer une chronologie ? Un bon agent contrôle ses sources, voilà ce que nos jeunes recrues, sans doute effrayées par le travail considérable que représentent ces créations ex nihilo, oublient trop souvent. »

Enfin, tout dossier était jugé à l'aune de son couple risque-rentabilité. À entendre Gunnar, écrire un scénario spectaculaire était à la portée du premier journaliste venu, lui donner vie sans mettre en péril le CFR exigeait de bien plus rares qualités. « N'oubliez jamais, me dit Gunnar d'un ton un tantinet solennel, que vous n'êtes qu'un maillon de la chaîne. Si le CFR a pu survivre si longtemps, il le doit aux efforts constants d'hommes et de femmes qui ont toujours fait passer la sécurité de l'organisation avant leur gratification personnelle. Vous découvrirez du reste que nos responsables ont une tolérance au risque infiniment plus faible que la vôtre. Là où vous raisonnez en termes probabilistiques, eux savent qu'il suffit d'une seule erreur pour mettre toute l'organisation en danger. »

Gunnar aurait pu ajouter une dernière contrainte : le respect des consignes du Plan. J'appris toutefois que les agents réalisant leur premier dossier étaient opportunément dispensés de s'y conformer et pouvaient donner libre cours à leur créativité. « Profitez-en, me conseilla Gunnar, c'est la première et la dernière fois que cela vous arrivera. »

Au cours des quinze jours qui suivirent, je dus bien échafauder une centaine de scénarios. Les idées me venaient sans crier gare, pendant que je courais, sous ma douche, ou lors de mes interminables réunions avec le conseil général de Savoie. Je les examinais toutes, sans idées préconçues, mais les rejetais généralement presque aussitôt. Je planchai trois jours sur cette histoire de thorium que m'avait soufflée Gunnar. Il s'avéra malheureusement que la profondeur de la couche permanente de glace dans le nord du Groenland ne permettrait de toute façon pas d'extraire le précieux minerai dans des conditions économiques satisfaisantes. Mon dossier n'aurait eu aucune capacité de mise en mouvement, pour reprendre l'expression de Gunnar.

Au bout d'une semaine, je crus vraiment avoir trouvé mon sujet. J'expliquai à Gunnar que j'allais créer de toutes pièces un écrivain minimaliste français du nom de Zu. Les romans de Zu présenteraient cette caractéristique étonnante de ne compter qu'un millier de mots ; chacun serait plus court que le précédent. Gunnar ne tenta pas de me dissuader mais m'engagea à aller rendre visite à l'archiviste du bureau de Grenoble (Littérature française, 1821 à nos jours), un certain Nestor Bimard. « Vous verrez, me dit Eriksson en rigolant, il essaiera de vous convaincre de transformer Zu en poète romantique. C'est son genre de prédilection et il a beaucoup de mal à parler de quoi que ce soit d'autre. »

Ainsi prévenu, je pris le train le lendemain matin pour Grenoble, muni d'une accréditation signée Per Baldur. En me remettant la petite feuille bleue, Gunnar m'avait expliqué que je venais de passer du statut de candide à celui de bizuth. Dans la terminologie du CFR, est qualifié de candide celui qui n'a pas encore été affranchi par son recruteur. À dater de ce jour, il devient bizuth ; il le restera jusqu'au feu vert du Comité des dossiers à son premier projet qui lui conférera le grade d'agent de classe 1. Les bizuths et les agents de classe 1 n'ont pas accès aux archives sans l'autorisation de leur chef d'antenne. C'est ainsi que j'appris que c'était Baldur qui dirigeait l'antenne de Reykjavík. Baldur, le seul des trois associés que je n'avais encore jamais rencontré...

Le bureau de Grenoble est installé dans les locaux d'une administration régionale dont Bimard était commodément le responsable du service de documentation. Il vint me chercher à la réception et m'escorta jusqu'à son bureau. C'était un petit homme rondouillard, aux sourcils exagérément broussailleux, qui ressemblait presque trait pour trait à mon professeur de droit international à l'université. Il me fit asseoir, examina attentivement mon accréditation et prit des nouvelles de Baldur, avec qui il avait coopéré quinze ans plus tôt sur la création d'un grand cru de la famille des chassagne-montrachet.

« Si étrange que cela puisse paraître, bafouillai-je, je ne connais pas Per Baldur. »

Le visage de Bimard s'illumina.

« Nouveau, c'est cela ? Bienvenue au CFR, mon garçon. Vous avez déjà publié quelque chose ?

— Non, je travaille justement sur mon premier dossier.

— Et vous avez choisi la littérature française ? Félicitations, une décision très judicieuse. Vous connaissez déjà l'auteur, la période peut-être ?

— L'auteur et la période, le XXe siècle. Mais c'est à peu près tout.

— Comment s'appelle l'auteur ?

— Maximilien Zu. » J'ajoutai, presque en m'excusant : « Ce ne sera pas forcément un romantique.

— Non, naturellement. Maximilien Zu, c'est très intéressant. C'est une biographie que vous écrivez ? »

En moins d'une minute, les formules de politesse avaient cédé le pas à un réel intérêt professionnel. S'agirait-il d'une biographie ? Très bonne question.

« Euh, je ne suis pas encore fixé. Quel est l'usage en la matière ? »

Je compris immédiatement à l'air pénétré que prit Bimard que nous abordions là son sujet favori. Il se renversa dans son fauteuil en joignant l'extrémité de ses dix doigts.

« La biographie est évidemment le genre majeur. Rien qu'en littérature française, le CFR a donné naissance à plus d'une vingtaine d'auteurs. Vous en connaissez peut-être certains : Louis-René Circulaire, Paul Dussard, Alain Fagot...

— Alain Fagot, murmurai-je, l'exégète de Mallarmé et de Blanchot ?

— Celui-là même, l'auteur du célèbre *Qui parle quand je me tais ?* Ça vous en bouche un coin, pas vrai. J'ai entendu dire que l'Université de Dijon envisageait de lui consacrer un électif, vous vous rendez compte ? »

Il me laissa quelques secondes pour digérer la nouvelle puis repartit de plus belle :

« La valeur d'une biographie se mesure à deux critères : l'importance de l'auteur et la profondeur documentaire. Si vous voulez vous faire la main, je vous recommande de commencer par quelque romantique, un obscur compagnon de route de Lamartine ou un ami d'enfance de Charles Nodier. Les risques ne sont pas considérables, d'autant que vous pourrez compter sur le concours des *Cahiers du romantisme*. Important, ça, de pouvoir s'appuyer sur une publication alliée. Ça permet de corriger ses erreurs. Je sais, vous n'avez pas l'intention d'en commettre, c'est ce qu'ils disent tous. Mais, croyez-en mon expérience, votre premier dossier contiendra au moins trois pataquès de niveau 1 et quand Hong Kong commencera à vous chercher des poux dans la tête, vous serez bien content de nous trouver. Un erratum, un article sur la publication d'"une thèse qui rétablit enfin la vérité sur Zu ", et tout rentrera dans l'ordre.

— Quant à créer un auteur à succès ?

— N'y songez pas, malheureux ! Ce serait suicidaire. Ah, bien sûr, qui n'a pas rêvé d'inventer un Nobel ? Sans être aussi ambitieux, je donnerais facilement dix ans de ma vie pour un Goncourt. Un prix ex aequo surgi de nulle part... Mais tout cela relève du fantasme. Vous imaginez le travail de fourmi qu'il faudrait pour accréditer un Goncourt. Car, vous l'avez compris, plus l'envergure de l'auteur est grande et plus il convient de soigner les sources. Je déconseille formellement à un débutant de s'y essayer.

— Et en dehors de la biographie ? demandai-je, un peu déconfit.

— Vous avez l'œuvre, un genre qui à lui seul comporte un nombre infini de variantes. Cela va du roman inédit de Benjamin Constant que l'on retrouve dans un tiroir secret de son cabinet de travail jusqu'à la traduction inédite d'un auteur allemand évidemment imaginaire, en passant par la substitution à un grand classique d'un texte remanié par nos soins. »

J'en apprenais tous les jours.

« Par exemple ?

— Eh bien, j'ai personnellement supervisé l'écriture de six pages des *Trois Mousquetaires* d'Alexandre Dumas.

— Comment est-ce possible ?

— Nous nous sommes appuyés sur une lettre de Dumas à une de ses maîtresses, dans laquelle le grand homme se plaint que son éditeur n'a pas tenu compte de certaines corrections qu'il lui a adressées après la sortie du roman en feuilleton. Quand j'ai appris l'existence de cette lettre acquise par un collectionneur lors d'une vente à Drouot en 1967, je me suis aussitôt mis à la tâche. J'ai produit mon manuscrit six mois plus tard et il a été authentifié par la Société des amis d'Alexandre Dumas. Savez-vous pourquoi ?

— Parce que le faux était d'excellente facture ?

— D'une part, mais aussi et surtout parce que notre version était supérieure à celle du vieil Alexandre ! Je vous invite à les comparer à l'occasion, c'est au début de la captivité de Milady. Notre dialoguiste a fait des merveilles. Nous avions le projet, lui et moi, de récrire complètement la saga des mousquetaires. Hélas, il est mort avant que nous ne nous y soyons mis sérieusement. »

Ce qui, de la disparition de son complice ou de l'abandon de son projet, avait le plus affecté Bimard, j'aurais été bien en peine de le dire. Il poursuivit :

« Biographies, œuvres... À cela, il faut ajouter quelques genres mineurs : faux appareils critiques, courants littéraires, écoles de pensée, etc. Tous ont connu de grandes heures mais tous attendent encore leur chef-d'œuvre. Alors, vous y voyez plus clair ?

— C'est encore la biographie qui a ma préférence.

— Parfait. Une question toutefois me turlupine. Vous parlez un français très correct mais que vaut votre français écrit ?

— Du même acabit, je suppose. Bon, sans être exceptionnel.

— C'est bien ce que je pensais. Voyez-vous, mon garçon, je crains que votre niveau linguistique ne soit un peu juste pour mener à bien un projet de biographie.

— J'avais pensé faire de Zu un auteur minimaliste, bredouillai-je. Ses livres seraient très courts, quelques pages tout au plus.

— C'est une idée merveilleuse, vraiment. Mais ces

romans, tout courts qu'ils soient, il faudra les écrire. Pensiez-vous sous-traiter cet aspect de votre travail ? Je ne connais pas beaucoup d'agents qui accepteraient de tenir la plume d'un bizuth sans l'espoir d'en tirer un profit substantiel.

— Je pensais que vous pourriez m'aider..., tentai-je, bien conscient d'être en train de tirer ma dernière cartouche.

— Et je le ferais avec plaisir, répondit Bimard avec un grand sourire qui laissait voir ses dents du bas et accentuait encore la ressemblance avec mon professeur de droit international. Bien sûr, il faudrait que je trouve un certain intérêt intellectuel à votre projet. Ce Maximilien Zu, ne lui doit-on pas quelques sonnets sur la souffrance d'aimer sans l'être en retour ? Je crois vous avoir entendu dire qu'il partagea une maîtresse avec Musset... »

Le marché était clair : Nestor Bimard m'aiderait à condition que je fasse de Zu un auteur romantique. Je compris à cet instant que Gunnar n'aimait pas mon projet, mais qu'il avait préféré le faire démolir par un autre. Je battis en retraite :

« C'était extrêmement aimable à vous de me recevoir, mais je ne voudrais pas abuser de votre gentillesse. Vous m'avez ouvert des horizons. Je vais réfléchir à tout cela et je vous recontacterai prochainement. »

Sans même laisser à Bimard le temps de répondre, je me levai et rassemblai mes notes. Heureusement, mon hôte accepta sa défaite avec élégance.

« Comme vous voulez, Sliv, dit-il en se levant à son tour. Mais ne tardez pas à vous décider, je sors le mois prochain un numéro spécial des *Cahiers du romantisme* intitulé : *Ils ont vécu dans l'ombre de nos génies*. Je n'imagine pas de meilleur tremplin pour Maximilien Zu.

— Moi non plus », opinai-je en prenant congé.

Ce que j'omis d'ajouter, c'est que ledit tremplin devait propulser ma carrière à moi, et non celle d'un obscur rimailleur exalté.

8

Après s'être abondamment gaussé de la relation de mon entrevue avec Bimard, Gunnar Eriksson me confirma ce que j'avais pressenti : il n'aimait pas Maximilien Zu.

« Gratuit et coquet, décréta-t-il. Franchement, Sliv, vous pensiez vraiment donner un coup de pied dans la fourmilière avec ce prosateur constipé ?

— L'idée m'amusait. Et puis je pensais que le minimalisme pourrait trouver des déclinaisons dans d'autres disciplines.

— Que les choses soient bien claires : vous n'êtes pas là pour vous amuser. Et de quoi aurais-je eu l'air, moi, en parrainant votre canular ? demanda Gunnar en levant les yeux au ciel.

— Franchement, je n'apprécie pas beaucoup vos remontrances. Je ne suis peut-être pas là que pour m'amuser, mais je suis aussi là pour ça. Et si je vous expose mes idées, c'est pour que vous me donniez votre avis, pas pour que vous fassiez faire vos commissions par le Bureau de Grenoble. »

Gunnar me regarda longuement. Il cherchait visiblement ses mots. J'avais parfois l'impression qu'il me fallait le rembarrer pour qu'il me prenne au sérieux.

« Vous avez raison, Sliv, reprit-il enfin. Et toutes mes excuses si vous avez eu l'impression de perdre votre temps. Mais votre virée à Grenoble remplissait à mes yeux une fonction pédagogique. Je voulais que vous rencontriez quelqu'un comme Bimard. Le ciel m'est témoin que j'adore Nestor, mais il est le prototype de l'agent de classe 3 qui a totalement perdu contact avec la réalité. Il se complaît dans la production de dossiers techniquement impeccables, mais qui ne servent plus nos desseins depuis longtemps. Et quand il reçoit un jeune agent, au lieu de lui ouvrir l'esprit, il tente de l'intéresser à son dada, dont nous n'avons que faire.

— Mais je croyais que le Plan contraignait les agents à travailler sur des thèmes précis.

— Le mot "contraindre" est malheureusement un peu fort. Le Plan publie chaque année ses priorités et, croyez-moi, les romantiques français n'en font plus partie depuis un moment. Mais Bimard n'en a cure. Il trouve toujours à justifier ses travaux : tantôt il s'agit de prolonger un ancien dossier, tantôt il prétend consolider une source fragile...

— Que risque-t-il ?

— Pas grand-chose, c'est bien là le problème. Les Ressources humaines l'ont déjà convoqué plusieurs fois, mais faute de pouvoir lui infliger de véritables sanctions, leurs avertissements sonnent creux. Bimard sait pertinemment que le CFR ne prendra jamais le risque de le renvoyer dans le civil. Ce serait pourtant la seule menace susceptible de le toucher.

— Et on ne peut pas réduire son salaire ?

— Le geler tout au plus. La convention collective interdit les baisses de traitement.

— La convention collective ? répétai-je, ahuri.

— Mais oui, Sliv, gloussa Gunnar. C'est ce que j'essaie de vous faire comprendre : le CFR est une grosse organisation, il ne peut s'affranchir totalement des usages.

— Mais alors, Bimard est intouchable ?

— Quasiment, oui. Heureusement, il aura bientôt cinquante-cinq ans et les Ressources humaines le pousseront gentiment en préretraite. Il touchera 70 % de son traitement pendant quelques années avant d'atteindre officiellement l'âge de la retraite. Maintenant, que cela ne vous abatte pas. Nous aurons toujours besoin d'agents jeunes et brillants. »

Malgré les encouragements de Gunnar, cette conversation me laissa un goût amer. Je venais à peine de rejoindre le CFR que déjà j'en apercevais les lourdeurs. Même si une voix en moi me soufflait que de tels débordements étaient inévitables dans une structure de cette taille, j'en conçus un certain chagrin : le CFR n'était pas et ne pourrait jamais être l'employeur idéal.

Je me remis à chercher un sujet, alors même que le temps commençait à être compté. Ma visite à Grenoble m'avait fait prendre du retard sur le projet du barrage et mes collègues du cabinet me firent savoir que j'allais désormais devoir assumer une plus grande part du travail.

L'inspiration me vint un matin alors que je prenais mon petit déjeuner dans le restaurant de l'hôtel en lisant *Le Figaro*. Un article en page 12 signalait le décès à soixante-dix-sept ans du célèbre ethnologue Gaston Chemineau, membre de l'Académie des sciences, professeur au Collège de France et auteur de plusieurs ouvrages sur les peuplades africaines et aborigènes. Chemineau, disait l'article, était rentré trois mois plus tôt d'un voyage de deux ans en Afrique, au cours duquel il avait séjourné chez plusieurs tribus du bassin du Zambèze. Il était mort d'une crise cardiaque dans sa maison de Ville-d'Avray, où il vivait seul et travaillait à la préparation de son nouveau livre. *Le Figaro* saluait la disparition d'un des derniers géants des sciences humaines et d'un humaniste mondialement apprécié.

Je vis aussitôt dans ce décès une bénédiction. L'idée m'était venue instantanément : pour peu que Chemineau n'ait pas encore envoyé un manuscrit à son éditeur, il était encore temps de modifier son texte et, qui sait, d'y ajouter la relation de son passage dans une tribu fictive.

Par une heureuse coïncidence, je possédais quelques notions sur la démographie africaine, un sujet qui figurait au programme de ma maîtrise de géographie. Je me rappelais même avoir étudié en séance de travaux dirigés une monographie de Chemineau sur l'habitat des Kikuyu, une peuplade bantoue du Kenya. Ce matin-là, en sirotant mon café, je tentai de rassembler mes souvenirs. La démographie de l'Afrique australe était dominée par les Bantous, un ensemble de milliers de tribus parlant quelque quatre cents langues différentes. Les Bantous étaient agriculteurs et sédentaires. Ils maîtrisaient le fer, ce qui leur avait permis de prendre progressivement le pas sur deux groupes pourtant historiquement plus anciens qu'eux : les Bochimans et les Khoïkhoï (un nom qui avait constitué un grand sujet d'amusement pour les potaches que nous étions). Bochimans et Khoïkhoi étaient les derniers peuples à parler les langues khoisan, qui se caractérisaient par leur utilisation intensive de consonnes particulières appelées « clics ». C'était à peu près tout ce dont je me souvenais à ce stade. Mon imagination pouvait-elle maintenant prendre le relais ?

Malheureusement, une matinée chargée m'attendait. J'avais rendez-vous une heure plus tard en aval du barrage avec deux géologues qui venaient de Lyon et devaient donc déjà avoir pris la route. Comprenant qu'il était trop tard pour me décommander, j'appelai Gunnar à Reykjavík, où il passait la semaine. Par chance, il était déjà à son bureau. Je lui exposai brièvement la situation, ainsi que mon idée de créer une nouvelle tribu. Il réfléchit quelques secondes, pendant lesquelles j'entendis chuinter sa théière.

« C'est une sacrée bonne idée, jugea-t-il enfin. Meilleure en tout cas que la précédente. Pourquoi m'appelez-vous ?

— Parce que j'ai l'intuition que nous allons avoir très peu de temps. Il est peut-être déjà trop tard. Mon projet n'a de sens que si j'arrive à insérer un chapitre dans le texte de Chemineau. Vous m'avez assez répété qu'un dossier avait besoin d'une source ad hoc de référence.

— Et quelle meilleure source que l'ouvrage posthume d'un des plus illustres ethnologues du monde ? compléta Gunnar. J'appelle immédiatement Paris pour leur demander de se renseigner sur Chemineau.

— Et sur son éditeur, si c'est possible, ajoutai-je.

— C'est comme si c'était fait. Que vous faut-il d'autre ?

— Je vais rentrer demain. Le travail sur le terrain est pratiquement terminé et je dirai à Mika que vous avez besoin de moi sur une autre mission. Dans l'intervalle, pourriez-vous rassembler de la documentation ? Tout ce que vous trouvez sur la démographie de l'Afrique australe, les Bantous, les Khoïkhoï, les Bochimans, leurs rites, leurs langues, etc.

— Ainsi que toutes les publications de Chemineau. Si vous devez écrire un chapitre de son livre, autant que vous connaissiez son style. C'est noté.

— Gunnar, demandai-je, vous croyez que je tiens quelque chose ? »

Plusieurs secondes se passèrent avant qu'il ne me réponde. La théière sifflait maintenant à tue-tête.

« Sincèrement, je le crois. Mais ne vous emballez pas. D'abord Paris va peut-être nous apprendre que le livre est déjà sous presse. Et ensuite...

— Oui, ensuite ? demandai-je fébrilement.

— Ensuite, vous n'avez encore qu'une idée. Ou pour être exact une idée et une chance de contrôler la source de référence. Mais il vous manque le scénario et, sans scénario, pas de dossier.

— Je le trouverai, dis-je en m'efforçant de paraître sûr de moi. Merci, Gunnar, je vous verrai demain. »

Avant de prendre l'avion pour Reykjavík le lendemain matin, je trouvai le temps de faire un tour à la bibliothèque municipale d'Annecy. Comme je m'y étais attendu, le rayon consacré à la démographie africaine n'était guère fourni, mais je recueillis tout de même quelques précieuses informations. La plupart des sociétés bantoues sont matriarcales et fonctionnent sur un mode clanique, marqué par un respect total envers les anciens. Les Bantous aiment également à se définir, au-delà de leur famille ou de leur clan, par leur appartenance à des confréries de diverses natures : chasse, danse... ou même rire. En tournant les pages des encyclopédies et en prenant des notes, je me sentis gagné par une excitation grandissante, tant il paraissait évident que le milieu africain se prêtait spontanément à la falsification : il véhiculait un imaginaire riche et mystérieux au sein duquel on s'attendait à voir naturellement éclore les histoires les plus fabuleuses. Chacun se représentait l'Afrique et personne ne la connaissait vraiment. À une époque où les caméras de télévision avaient révélé chaque recoin de l'Europe ou de l'Amérique du Nord, l'Afrique restait essentiellement vierge et inconnue. C'était une terre pour démiurges, même en devenir.

Un article me passionna plus que tous les autres : il exposait la situation des Bochimans, ce peuple nomade parmi les plus anciens du monde, chassé de ses terres tour à tour par les Bantous puis par les colonisateurs hollandais et britanniques et qui semblait condamné à l'errance perpétuelle. Les Bochimans (*Bushmen* en anglais, ou « hommes de la savane ») étaient un peuple en voie de disparition, impossible à recenser mais qui ne comptait probablement pas plus de cent mille membres. Regroupés en grappes de quelques familles, les Bochimans habitaient dans des huttes de branchages et vivaient de la cueillette et de la chasse. Leur développement semblait s'être arrêté quelques milliers d'années plus tôt : ils ne maîtrisaient ni le fer ni aucun procédé chimique ; ils ne savaient évidemment ni lire ni écrire. Quand un ancien devenait incapable de participer aux travaux du groupe, les Bochimans lui construisaient une cabane, la remplissaient de nourriture et abandonnaient leur aïeul à une mort certaine. Les adieux se faisaient sans effusion particulière.

Les premiers anthropologues qui avaient rencontré les Bochimans avaient d'abord pris leur langue si particulière pour des caquètements de poule. Les linguistes avaient ensuite établi qu'ils parlaient un dialecte khoisan. Caractéristique croustillante, les Bochimans n'avaient pas de mots pour désigner les différentes couleurs ou les nombres supérieurs à trois. Six se disait « deux et deux et deux ».

J'aurais pu lire des heures sur les Bochimans, mais je ne voulais pas manquer mon avion. Je fis quelques photocopies en pensant une fois de plus que je connaissais bien mal notre monde. Qui eût cru qu'en 1991 des hommes et des femmes vivaient encore comme il y a dix mille ans ?

Dans le vol qui m'emmenait de Genève à Paris, puis de Paris à Reykjavík, je laissai vagabonder mon esprit. Que faire des Bochimans ? Leur inventer de nouveaux rites, revisiter leur mythologie ? Réhabiliter un peuple dont le droit à la différence avait été bafoué par les Bantous et par les colons européens ? Tout cela était nécessaire, mais pas suffisant. Une question surtout me taraudait : comment donner à l'histoire des Bochimans une perspective universelle ?

L'avion se posa peu avant 18 heures mais je résolus de passer tout de même au cabinet, en espérant que Gunnar aurait laissé de la documentation sur mon bureau. Je ne fus pas déçu, car il m'accueillit en personne. Il me fit asseoir dans mon fauteuil préféré et ferma la porte de son bureau. Sa chemise s'échappait de sa ceinture, il avait relevé ses manches sur ses avant-bras et je remarquai qu'il avait la braguette ouverte. Je ne l'avais jamais vu aussi excité.

« Mon garçon, commença-t-il sans préambule, on dirait que les dieux sont avec vous. Nos collègues parisiens ont fait de l'excellent travail et la situation se présente bien. Commençons par Chemineau. Sa femme est morte en 1985, renversée par une voiture à Paris. Il en a conclu qu'il courait moins de risques au Zimbabwe qu'en France et il s'est rendu plusieurs fois seul en Afrique à soixante-dix ans bien sonnés. Il laisse une fille, qui est violoncelliste dans l'Orchestre philharmonique de Berlin. Elle était en tournée en Asie quand elle a appris la mort de son père. D'après Paris, elle va rentrer pour les obsèques et repartir aussitôt.

— Des frères et sœurs ?

— Tous morts. La seule qui pourrait nous poser des problèmes, c'est la femme de ménage. Elle travaillait pour Chemineau depuis vingt-cinq ans. Elle vient trois fois par semaine, même quand il est en

Afrique. Passons à l'éditeur. Notre agent de Paris l'a appelé en se faisant passer pour un journaliste. Pour être honnête, il a un peu outrepassé les consignes, mais je ne pense pas que vous lui en voudrez quand vous saurez ce qu'il a appris.

— L'éditeur n'a pas vu le manuscrit ? demandai-je anxieusement.

— Non seulement il ne l'a pas vu, mais il l'attendait dans trois semaines ! rugit triomphalement Gunnar.

— Et c'est une bonne nouvelle, ça ? »

Gunnar parut étonné par ma question.

« C'est une excellente nouvelle, expliqua-t-il. Cela signifie que le vieux bonhomme avait quasiment fini son texte. Imaginez qu'il n'ait pas commencé, vous auriez dû écrire tout le livre, au lieu de quoi vous n'aurez qu'à intercaler un chapitre.

— Tout de même, trois semaines, c'est court. »

Cette fois, Gunnar parut totalement désemparé.

« Vous le faites exprès, Sliv ? Chemineau avait promis son texte dans trois semaines, mais il n'est plus là pour l'écrire. À l'heure qu'il est, son éditeur doit déjà se préoccuper du manuscrit. Il va vouloir sortir le livre très rapidement, avant que le corps ne refroidisse.

— Mais alors je dispose de très peu de temps, bredouillai-je.

— À vue de nez, une semaine, dix jours maximum. »

Devant mon air catastrophé, Gunnar ajouta :

« Bien sûr, cela peut paraître court, mais en réalité vous disposerez de plus de temps pour bâtir le reste du dossier. Même en mettant les bouchées doubles, l'éditeur ne pourra pas sortir le bouquin avant un mois ou deux : il devra réviser le texte, corriger les épreuves, imprimer. Nous mettrons ces quelques semaines à profit pour travailler les autres sources. Même si Chemineau fait référence, il ne peut quand même pas être le seul à parler de cette tribu.

— Dix jours, répétai-je abasourdi, dix jours pour écrire en français et dans le style d'un ethnologue de renommée mondiale une monographie sur une tribu africaine qui n'existe pas ?

— Du nerf, mon garçon : présentée ainsi, la tâche paraît impressionnante, mais nous en viendrons à bout. J'ai déjà redistribué tous vos dossiers au Cabinet et j'ai prévenu les associés que vous et moi devions rendre demain un rapport intermédiaire sur ce maudit barrage. Personne ne s'étonnera de nous voir travailler toute la nuit. Vous verrez, j'ai rassemblé un peu de littérature. Je vais faire du café, cela nous éclaircira les idées. Les vôtres surtout, vous en aurez besoin si vous devez nous pondre un scénario pour demain.

— Pour demain, pas de problème, dis-je, encore sous le choc. Merci pour le café.

— Pas de quoi, vraiment. Retrouvons-nous ici dans deux heures, je vais passer quelques coups de fil, essayer de savoir si la Maison a des avis sur les tribus bantoues.

— Pas bantoues, corrigeai-je machinalement en ouvrant la porte, bochimanes. »

9

Deux pleins cartons de documentation m'attendaient sur mon bureau. Je laissai tomber mon paquetage sur une chaise et commençai à en faire l'inventaire sans même prendre le temps d'enlever mon manteau. Il y avait là les six derniers livres de Chemineau (les précédents étaient épuisés), de brèves monographies sur la démographie de chaque pays d'Afrique australe (Afrique du Sud, Zambie, Botswana, Swaziland, Namibie, Mozambique, Angola et Zimbabwe), plusieurs ouvrages sur les Bantous, une compilation de récents articles de presse sur les développements géopolitiques et économiques dans la région, deux rapports du Conseil économique et social de l'ONU sur l'éviction territoriale des peuples indigènes africains, et enfin trois livres sur les Bochimans. Le premier, intitulé *The Harmless People* (le « peuple inoffensif », c'est ainsi que les Bochimans se qualifient eux-mêmes), était l'œuvre d'une Américaine, Elizabeth Marshall Thomas, qui avait été, dans les années cinquante, l'une des premières Occidentales à partager la vie des Bochimans. J'avais en main l'édition de 1989, abondamment illustrée et remise à jour par Thomas à la suite de récents séjours en Afrique. Un dénommé Steyn, anglophone lui aussi, avait écrit la même année *The Bushmen of the Kalahari* (le désert dans lequel vivent désormais la plupart des Bochimans). Enfin, le troisième livre datait de 1954. Il s'intitulait *Kalahari, la vie des Bochimans* et était signé par un Français, Jacques Mauduit.

Je réprimai mon envie de commencer par les livres sur les Bochimans et me forçai à absorber un peu de littérature contextuelle. Mes professeurs de géographie m'avaient bien dressé sur ce point : toujours aller du général au particulier afin de conserver une vision d'ensemble.

Que tirai-je de mes lectures ? D'abord, que l'Afrique était le continent le plus anciennement peuplé. Les premiers hommes y étaient apparus entre trois et quatre millions d'années avant notre ère, en se séparant des singes. Sur un territoire aussi vaste, il était naturel que tous les peuples ne progressent pas de manière homogène. Au nord, les Égyptiens avaient par exemple développé des connaissances en astronomie ou en maçonnerie et avaient compté parmi les civilisations les plus avancées du monde antique, tandis qu'au sud les Bochimans ou les Khoïkhoï semblaient faire du surplace en ignorant les bienfaits de la métallurgie ou de l'agriculture. Puis, peu à peu, l'ethnie des Bantous avait affirmé sa supériorité. Maîtrisant le fer, volontiers expansionnistes, les Bantous avaient progressivement colonisé toute la partie inférieure du continent, repoussant des peuples plus anciens comme les Bochimans toujours un peu plus vers le sud. Entre les XVIe et XIXe siècles, les grandes puissances coloniales européennes avaient à leur tour revendiqué leur part du gâteau, sans même parler des confréries religieuses comme les huguenots, qui s'installèrent en Afrique du Sud pour échapper à leurs persécuteurs. Sans armes, sans diplomatie, les Bochimans avaient dû faire de la place aux intrus, jusqu'au jour où ils s'étaient trouvés rejetés sur le territoire le plus inhospitalier qui soit : le désert du Kalahari. Plusieurs organisations non gouvernementales avaient bien tenté d'attirer l'attention des pays occidentaux sur cette éviction scandaleuse (les tracts les plus virulents agitaient même le terme de génocide), mais en vain. La disparition des Bochimans au terme de quelques générations ne faisait désormais plus de doute pour grand monde. Du reste, même les ethnologues semblaient partagés sur le meilleur moyen de venir en aide aux Bochimans. Certains passages du livre d'Elizabeth Marshall Thomas montraient de façon éloquente à quel point l'assistance des ONG avait parfois manqué son but. Ainsi, à vouloir scolariser les enfants bochimans, on avait dépossédé les mères de leur rôle ancestral ; à les nourrir, on avait émoussé l'instinct guerrier des jeunes hommes ; à soigner les anciens qu'on aurait naguère abandonnés à leur sort, on avait placé les familles devant des dilemmes moraux qu'elles n'étaient pas philosophiquement équipées pour résoudre.

Il devait être 21 heures quand Gunnar entra dans mon bureau sans frapper et me trouva en contemplation devant une planche représentant une mère stéatopyge et sa fille. Les femmes bochimanes se caractérisent en effet par un développement exagéré des cellules adipeuses du fessier. En d'autres termes, elles ont des fesses énormes et protubérantes.

« Sacrés pare-chocs, commenta finement Gunnar. Vous voulez une part de pizza ? Elle vient d'arriver, elle est toute chaude.

— Pas de refus », répondis-je. Je n'avais rien mangé depuis un paquet de gaufrettes à bord du Genève-Paris.

« Alors, où en sommes-nous ? Vous avez quelque chose à me montrer ? Un projet ? Une ébauche ?

— Rien de tout cela, soupirai-je. Je veux parler de ces gens-là, dis-je en tournant la photo vers Gunnar. Mais je ne trouve pas l'angle d'attaque.

— Racontez-moi leur histoire », proposa Gunnar en s'asseyant en face de moi. Il mit les mains derrière sa tête comme s'il se préparait à un long récit. « Soyez objectif, je ne veux surtout pas savoir de quel côté vous penchez. »

Je m'exécutai, sans regarder mes notes. Je m'étais levé, car j'avais déjà remarqué que je rassemblais plus facilement mes idées en faisant les cent pas. Plus d'une fois, je revins à mon bureau chercher une carte ou une photo pour étayer mes propos. Quand j'arrivai au bout de mes connaissances, je me tournai vers Gunnar en espérant un miracle.

« Diablement intéressant, commenta-t-il, le regard dans le vide. Je comprends ce qui vous intéresse mais je vois aussi ce qui vous manque.

— Quoi donc ?

— Deux choses, dit Gunnar en se penchant en avant comme s'il s'apprêtait à me faire un cours. D'abord, je ne vois toujours pas comment vous allez rattacher Chemineau aux Bochimans. Si j'en crois votre exposé, les Bochimans ne sont pas tout à fait des inconnus. Je n'irais pas jusqu'à les qualifier de peuple le plus célèbre de la planète, mais je ne connais pas beaucoup de tribus africaines qui peuvent se vanter d'avoir inspiré trois bouquins. Il n'est pas question de prétendre que Chemineau a découvert les Bochimans. Il pourrait à la limite révéler certains aspects peu connus de leur vie quotidienne, mais vos trois auteurs, qui ont probablement passé plusieurs années à étudier les Bochimans, flaireront l'entourloupe. Ils voudront en avoir le cœur net, ils se rendront sur place et dans six mois ils publieront un démenti qui anéantira votre dossier.

— Qu'essayez-vous de me dire, Gunnar ? Que je devrais abandonner la piste Chemineau ?

— Surtout pas. Mais vous devez partir du principe que Chemineau n'a pas rencontré les Bochimans. Ou alors une sous-tribu des Bochimans, ou des frères de sang qui ont fui le Kalahari. S'il doit faire des révélations, vous ne pouvez pas courir le risque qu'elles soient immédiatement démenties. C'est la première chose. La deuxième chose qui vous manque, c'est une ouverture sur le monde extérieur. Votre dossier ne peut pas seulement reposer sur le tragique destin des Bochimans. Il ne ferait pas de vagues en dehors du petit cercle des universitaires et des ONG. Il faut lui donner une résonance mondiale, en le rendant emblématique d'une tendance lourde et planétaire.

— Comme par exemple ?

— Comme la disparition progressive des langues dialectales ou, que sais-je, l'incapacité des peuples aborigènes à conserver leurs terres face aux prétentions territoriales des États constitués. Il faut que le lecteur du bouquin de Chemineau se sente concerné par le destin des Bochimans et qu'il se dise que ce qui leur arrive pourrait bien finir par lui arriver aussi.

— Je vois, dis-je, alors qu'en fait je ne voyais rien du tout.

— Avez-vous jeté un œil aux précédents livres de Chemineau ?

— Pas encore. J'ai été un peu submergé récemment », indiquai-je en espérant que Gunnar comprendrait le message et me laisserait travailler. Mais il semblait d'humeur à bavarder ce soir.

« Notre agent de Paris me disait au téléphone que Chemineau était une des personnalités préférées des Français et que son aura s'étendait bien au-delà du cercle académique. Le vieux sage à la crinière blanche, le défenseur des nobles causes qu'on interroge le soir du réveillon sur la place du genre humain dans le cosmos, vous voyez le genre ?

— Très bien. Encore une part de pizza et je m'y remets, c'est promis.

— J'ai aussi appelé un vieux copain du Plan. Nous n'avons pas grand-chose en matière de peuples indigènes. Votre idée l'a carrément excité, il pense qu'une tribu maison pourrait rendre d'innombrables services.

— Merci, Gunnar. Il faut vraiment que j'y retourne maintenant.

— Bien sûr, bien sûr, je m'éclipse », dit Gunnar en repartant dans son bureau.

Je repris ma lecture en soulignant certaines phrases et en annotant copieusement les marges, mais sans savoir vraiment ce que je recherchais. Vers minuit, la femme de ménage frappa à ma porte et me demanda si elle pouvait vider la poubelle. Elle ne paraissait pas surprise de me voir à mon poste. Quand le cabinet répondait à un gros appel d'offres, certains collaborateurs restaient parfois encore bien plus tard.

J'entrevis la première lueur peu avant une heure du matin, alors que je lisais en diagonale le livre le plus célèbre de Chemineau : *Les peuples de la Terre dans le nouvel ordre économique mondial*. L'ethnologue français, chantre de la diversité ethnique, développait une thèse particulièrement pessimiste : contrairement aux idées reçues, ce n'étaient pas les États qui menaçaient la pluralité culturelle, mais les multinationales. Ne connaissant quasiment aucun contre-pouvoir, ces dernières dictaient leur loi aux gouvernements des « petits » pays, notamment africains et asiatiques, et leur extorquaient des conditions d'exploitation exorbitantes. Dans la dernière partie du livre, Chemineau dénonçait ouvertement trois compagnies pétrolières, la française Elf Aquitaine et les américaines Chevron et Exxon, en montrant, exemples à l'appui, comment elles avaient instamment demandé à plusieurs États africains de « relocaliser » certaines tribus qui gênaient l'exploration de gisements pétroliers. Les compagnies mises en cause avaient réagi en engageant des campagnes de relations publiques qui s'efforçaient de démontrer comment, au contraire, leurs investissements contribuaient, mieux que n'importe quelle aide publique, au développement du continent africain. Mais le mal était fait, et pendant des années les ONG s'appuyèrent sur les travaux du Français pour dénoncer l'emprise grandissante des multinationales.

La thèse de Chemineau me rappela une information que j'avais lue dans la monographie du Botswana. L'année précédente, la société sud-africaine De Beers avait découvert dans l'est du pays, près de la frontière avec le Zimbabwe, un gisement de diamants très prometteur connu sous le nom de Martin's Drift. Le Premier ministre botswanais disait compter sur cette nouvelle découverte pour soutenir l'essor de l'industrie minière nationale. Cette déclaration sous-entendait implicitement que d'autres gisements étaient opérationnels, et je m'intéressai à leur emplacement. Je crus défaillir en constatant que De Beers exploitait depuis 1971 un gisement à Orapa, en plein désert du Kalahari. Je tenais enfin mon angle d'attaque. Le temps de griffonner quelques notes, je remontai le couloir en quête de Gunnar.

Je le trouvai debout à son bureau, en pleine conversation téléphonique avec un correspondant italien. J'ignorais qu'il sût l'italien, mais il le parlait bien, rapidement en tout cas et d'une voix plus aiguë qu'à l'accoutumée. Quand il remarqua ma présence, il me fit signe avec la main qu'il en avait encore pour deux minutes.

« Asseyez-vous », chuchota-t-il en couvrant le micro.

En attendant qu'il raccroche, je déroulai une nouvelle fois mon raisonnement à la recherche d'une faille qui m'aurait échappé.

« Je suis à vous, dit Gunnar. Désolé pour cet intermède : un collègue de Milan, un vrai raseur.

— Il n'est pas au lit à cette heure-là ?

— C'est ce qu'on aimerait penser, mais non ! Il Signore Mattei veille pour se donner de l'importance, répondit Gunnar sans se rendre compte que cette description pouvait aussi bien s'appliquer à lui.

— Cette fois, je crois tenir mon lien, annonçai-je. Vous savez que depuis des siècles les Bochimans sont régulièrement condamnés à l'exode. Les Bantous, puis les Européens, n'ont cessé de réduire leur territoire.

— Oui, vous me l'avez expliqué. Et alors ?

— Ils ont fini par atterrir dans le désert du Kalahari, une terre si ingrate que personne ne pensait qu'on viendrait la leur disputer un jour. Eh bien, figurez-vous qu'on a trouvé des diamants au Kalahari. De Beers y exploite un gisement depuis vingt-cinq ans.

— Et après ? Si cela dure depuis vingt-cinq ans, c'est que les Bochimans et la De Beers vivent en bonne intelligence, dit Gunnar en étouffant un bâillement.

— On pourrait déjà en discuter, répondis-je, bien décidé à ne pas me laisser contredire. Des milliers de Bochimans travaillent dans le gisement à ciel ouvert d'Orapa. Ils ne savent plus chasser et seront incapables de transmettre les traditions ancestrales à leurs enfants. Mais passons, car il y a plus grave. La récente découverte de Martin's Drift prouve que De Beers n'a pas renoncé à creuser des trous au Botswana. Tôt ou tard, les Bochimans vont les gêner et De Beers demandera poliment mais fermement au gouvernement botswanais de lui donner un coup de main...

— En déplaçant le problème, et les Bochimans avec, compléta Gunnar, songeur. Oui, je commence à comprendre. Évidemment, le dossier gagne en épaisseur.

— On ne parle plus des Bochimans, mais d'un peuple vieux de trente mille ans chassé de chez lui par un État indépendant depuis 1966 à la demande d'une multinationale. C'est typiquement le genre d'affaires dont se serait emparé Chemineau. Il aurait patiemment recoupé ses informations avant de leur donner une publicité maximale.

— Faites-moi confiance, Sliv, nous allons faire un raffût de tous les diables. Bon, je crois que vous tenez votre trame. Maintenant, les détails... »

Nous nous remîmes au travail dans son bureau : Gunnar réfléchissait à haute voix en faisant les cent pas tandis que je prenais des notes assis dans son fauteuil, les jambes en travers de l'accoudoir. Officiellement, Gunnar n'avait pas le droit de m'aider. C'était mon dossier, pas le sien, et sa contribution devait se réduire à un soutien méthodologique. De fait, il ne me soufflait jamais une idée, même s'il avait une façon bien à lui de cadrer ma réflexion pour faire naître les grandes étapes du scénario. Tout à coup, Gunnar regarda sa montre :

« Bon, vous allez nous mettre tout cela au propre. Poulsson, le vaguemestre, arrive à six heures et demie pétantes, je ne veux pas qu'il nous trouve ici. »

Je m'installai devant l'ordinateur pour taper une première mouture. Une heure après, Gunnar attrapa la feuille qui sortait encore chaude de l'imprimante, me la tendit et me demanda de la relire.

« "En 1967, commençai-je, la société sud-africaine De Beers découvrit un gisement de diamants à Orapa, dans la région de Makgadikgadi, située dans le nord-est du désert du Kalahari. Cette découverte était d'une importance vitale pour le Botswana qui avait conquis son indépendance un an plus tôt et cherchait désespérément le moyen d'assurer sa viabilité économique. Les seuls habitants du désert du Kalahari étaient les Bochimans, un ensemble de tribus nomades qu'on donne pour l'un des plus anciens peuples du monde, et que l'arrivée des peuples bantous puis des puissances colonisatrices hollandaise et anglaise a déjà plusieurs fois contraint à l'exode au cours des siècles passés. Les Bochimans, au nombre d'environ soixante mille, sont divisés en groupes culturels ou familiaux, chaque clan vivant sur un territoire de cent ou deux cents kilomètres carrés. Aucun clan ne vivait à Orapa, et le Botswana put tranquillement autoriser De Beers à exploiter le nouveau gisement, dont la production annuelle atteint aujourd'hui dix millions de carats."

— Très bien, très clair, commenta Gunnar, appréciateur.

— "À la fin des années soixante-dix, De Beers mit au jour un nouveau gisement à Jwaneng, plus au sud, dans la vallée du Naledi. L'exploitation, qui commença en 1982, se poursuit à ce jour et génère chaque année une dizaine de millions de carats supplémentaires."

— Jusqu'ici, tout est vrai.

— “En 1983, une vingtaine de clans bochimans se réunirent dans le désert à l’initiative de Maraqo, le chef du clan morafe. De telles rencontres sont extrêmement rares, mais Maraqo avait invoqué des circonstances extraordinaires. Selon lui, les Bochimans devaient élaborer une position commune vis-à-vis du gouvernement botswanais. Le Botswana devait cesser d’explorer le sous-sol du Kalahari, qui appartenait aux Bochimans depuis des milliers de lunes.”

— Vous vérifierez s’ils parlent bien en lunes. Ça paraît logique, mais on ne sait jamais, intervint Gunnar.

— Il me semble l’avoir lu quelque part mais je vérifierai évidemment, répondis-je en portant une note dans la marge. “Le discours de Maraqo ne rencontra guère de succès, les chefs des autres clans se montrant fatalistes. ‘Il est dans notre nature de fuir et de chercher d’autres terres, expliquèrent-ils en substance. Si l’on nous chasse, nous partirons ailleurs. De toute façon, nous ne saurions même pas à qui nous adresser.’ Maraqo convint qu’il n’en savait rien non plus. Les discussions durèrent deux jours, mais chaque clan campa sur ses positions et finit par regagner ses terres.

“Un an plus tard, un Sud-Africain dont nous ne pouvons pas révéler le nom mais que nous appellerons Jan alla trouver Maraqo. Il venait de se faire licencier par De Beers, où il avait accompli toute sa carrière. Il expliqua par l’intermédiaire d’un interprète qu’il s’était opposé à certaines méthodes de son employeur et que celui-ci avait préféré le renvoyer plutôt que de risquer la contagion. Jan, qui connaissait parfaitement son métier, en concevait une grande amertume et avait décidé d'aider les Bochimans. Il révéla à Maraqo que le gouvernement botswanais venait de signer les décrets autorisant De Beers à prospecter quatre sites supplémentaires du Kalahari. D'après Jan, les enjeux financiers étaient trop importants pour que le gouvernement se préoccupe du sort des Bochimans. Seules des pressions de la communauté internationale pourraient le décider à recevoir une délégation d'aborigènes et à leur accorder des concessions territoriales. Malheureusement, les Bochimans n'avaient pas les moyens de financer une campagne de relations publiques..."

— Supprimez "malheureusement", intervint Gunnar. Nous ne sommes pas là pour distribuer des bons points.

— Vous avez raison. "À ces mots, Maraqo s'accroupit sur le sol de sa hutte et déterra un caillou translucide. Jan poussa un cri et arracha la pierre des mains de Maraqo. Dans ce caillou sale mais brillant, il avait reconnu un diamant brut qui, taillé, donnerait une pierre d'au moins huit carats."

— Cette partie du récit risque de paraître invraisemblable. Il faudra que Chemineau explique bien que c'est tout à fait possible. Au siècle dernier, un gamin sud-africain a trouvé par terre un diamant de vingt et un carats.

— J'en ai bien conscience. Mais rassurez-vous, Gunnar, Chemineau fera œuvre de pédagogie. Je continue : "À Jan qui le pressait de questions, Maraqo expliqua qu'un enfant du clan avait trouvé cette pierre et quelques autres plus petites et qu'il pensait pouvoir en trouver davantage si cela devait aider les Bochimans à se faire entendre. Jan répondit qu'il parviendrait à écouler le diamant à Anvers, où il avait de nombreux contacts, mais qu'il lui faudrait être prudent pour ne pas attirer l'attention de la De Beers. Il estimait avoir besoin d'un million de dollars pour orchestrer une campagne de relations publiques à l'échelle internationale. Si Maraqo lui faisait confiance, il ouvrirait un compte en banque destiné à recevoir le produit de la vente des pierres. Maraqo lui exprima sa confiance, le remercia pour tout ce qu'il faisait et Jan repartit avec les pierres. Jamais la question de sa rémunération ne fut évoquée." »

Gunnar leva la main pour m'interrompre :

« En insistant sur ce dernier point, on sous-entend que les intentions de Jan ne sont pas aussi pures qu'il veut bien le dire. Je ne sais pas si c'est bien habile.

— Au contraire, répondis-je. L'ambiguïté est volontaire et va nous servir.

— Ah, d'accord, continuez.

— "L'année suivante, Jan fit trois allers-retours entre le Botswana et la Belgique. En revenant de son troisième voyage, il confia à Maraqo qu'il avait eu l'impression d'être suivi. Le compte qu'il avait ouvert à la Banque Bruxelles Lambert affichait un solde de plus de 700 000 dollars. Encore un voyage, et les Bochimans pourraient entamer leur opération de reconquête. Jan repartit cette fois-là avec trois énormes pierres et promit de revenir le mois suivant. Il ne donna plus jamais de nouvelles. Maraqo en était réduit à des supputations. Il ne pouvait exclure évidemment que Jan fût un escroc. L'argent a beau ne pas avoir cours chez les Bochimans, Maraqo connaissait la séduction que l'appât du gain exerçait sur les hommes blancs. Pourtant, à la réflexion, cette hypothèse lui semblait improbable. Après tout, quand Jan était venu le trouver la première fois, il ignorait que les Morafe avaient découvert des diamants. Fallait-il en déduire que Jan avait été détroussé ou, pire, assassiné ? Comment s'en assurer d'ailleurs ? Maraqo ne connaissait pas le nom de famille de Jan ; quant au compte à la Banque Bruxelles Lambert, il n'en avait jamais eu le moindre papier entre les mains.

"Peu de temps après, une caravane de véhicules tout-terrain s'arrêta près du campement des Morafe. Une vingtaine de Noirs et deux hommes blancs en descendirent avec du matériel de mesure. Ils passèrent l'après-midi à arpenter méthodiquement une parcelle d'environ cinq kilomètres carrés et à ramasser, apparemment au hasard, des pierres qu'ils glissaient dans des poches plastiques transparentes et numérotées. Maraqo tenta d'établir un contact avec les hommes noirs, mais aucun ne parlait un dialecte bochiman. Sur la casquette de l'un d'eux, il reconnut le logo de De Beers qu'il avait déjà vu sur des écriteaux à l'entrée de la mine d'Orapa. La caravane repartit à la tombée de la nuit.

"La lune suivante, un hélicoptère survola le campement des Morafe et effraya beaucoup les enfants. Maraqo, qui n'avait jamais vu ni avion ni hélicoptère, se demanda si cet événement était lié au passage de la caravane. Il commença à prendre peur. Et si Jan était allé trouver De Beers et leur avait révélé le secret des Morafe ? Maraqo déterra les diamants que les enfants du clan continuaient à lui apporter régulièrement et les cacha en dehors du campement, en un lieu qu'il ne révéla à personne.

"En 1990, alors qu'il séjournait chez plusieurs tribus du delta du Zambèze, l'ethnologue français Gaston Chemineau entendit parler du concile qu'avait convoqué Maraqo quelques années plus tôt. L'auteur des *Peuples de la Terre dans le nouvel ordre économique mondial* ne pouvait que s'enflammer pour l'histoire de ce patriarche qui entendait fédérer les Bochimans dans leur combat contre l'impérialiste De Beers. Il décida de modifier son programme et de faire un détour par le Botswana pour aller rencontrer les Morafe."

— Je suppose que vous pourrez documenter tout cela ? demanda Gunnar.

— Justement, je voulais vous demander conseil. Il semblerait que Chemineau entretienne depuis trente ans une correspondance nourrie avec cet autre anthropologue français, Claude Lévi-Strauss. Pensez-vous qu'il soit possible de fabriquer une lettre en imitant l'écriture de Chemineau et de l'expédier de Maputo au Mozambique en maquillant le tampon de la poste ?

— Absolument. Lévi-Strauss connaît les services postaux africains, il ne s'étonnera pas de recevoir la lettre de son ami avec un ou deux ans de retard. Pour bien faire, il faudra retrouver des missives précédentes et s'inspirer du style épistolaire de Chemineau. Au jugé, je verrais bien quelque chose du style : "Chère vieille branche, j'interromps ma remontée du Zambèze pour filer dare-dare dans le Kalahari où l'on me signale une tribu de Bochimans épatante, les

Morafe. Il semble que le chef ait décidé d'engager le combat avec les compagnies diamantaires. Il était temps ! Je t'écrirai plus longuement une fois sur place."

— C'est exactement ce que j'avais en tête », dis-je, impressionné malgré moi par la facilité avec laquelle Gunnar avait composé sa missive. « Je continue : "Maraqo ne se confia pas à Chemineau aussi facilement qu'il l'avait fait avec Jan. Le vieil ethnologue dut rappeler ses états de service envers la cause aborigène et déployer des trésors de matoiserie pour lui arracher son histoire. Chemineau crut d'abord reconnaître dans les propos décousus du chef bochiman les symptômes de la paranoïa. Selon Maraqo, l'étau de la De Beers se refermait lentement mais sûrement. Il voyait dans chaque signe — le passage de plus en plus fréquent de convois motorisés, l'assèchement d'une source — une nouvelle preuve que la compagnie sud-africaine s'apprêtait à lancer l'expropriation des Bochimans. Maraqo lui-même avait contracté une maladie et pressentait sa fin prochaine. Quand il aurait disparu, Chemineau accepterait-il de devenir le porte-parole des Bochimans et de contrecarrer les visées diaboliques de la De Beers ? Chemineau jura solennellement et Maraqo lui révéla où il avait enterré les diamants."

— C'est tout ? demanda Gunnar.

— Pour l'instant, oui.

— Très bien. C'est un scénario solide, car il ouvre plusieurs pistes à la fois. Vous comprenez ce que j'entends par là, n'est-ce pas ?

— Je crois, oui. Nous devons nous préparer à la

réaction de la De Beers. Ils vont d'abord tenter d'identifier le dénommé Jan. Je ne révélerai que peu de choses sur lui : il est sud-africain, il a fait sa carrière chez De Beers avant d'être licencié. À eux seuls, ces éléments ne permettront pas de l'identifier.

— Ensuite, continua Gunnar, ils vont essayer de localiser le campement des Morafe. S'il suffit vraiment de se baisser pour ramasser des diams gros comme des œufs de pigeon, ils vont mettre le paquet.

— Or, c'est là que nous les tenons. Les Morafe n'existent pas, mais cela, évidemment, ils ne le sauront pas...

— Au passage, me coupa Gunnar, je pense que Chemineau devrait dire qu'il a inventé le nom de Morafe pour protéger le clan : une précaution totalement justifiée qui compliquera encore un peu plus la tâche de De Beers.

— Mais surtout, repris-je, nous aurons pris soin de ne rien révéler de la localisation des Morafe. De Beers va sillonner le désert à leur recherche et nous, nous allons alerter les ONG qui viendront constater d'elles-mêmes que Chemineau disait la vérité.

— Bien sûr ! exulta Gunnar. "*Vade retro*, messieurs les diamantaires, diront-ils, nous ne sommes pas dupes de vos mensonges. Nous savons que vous cherchez les Morafe pour les exproprier et leur voler leur gisement." C'est toute la beauté de ce genre de scénarios : ils s'auto-entretiennent. En quadrillant le Kalahari pour vérifier la rumeur, De Beers va lui donner du corps et faire le boulot à votre place !

— Les Bochimans auront le monde entier pour

eux et le gouvernement botswanais n'osera plus délivrer un permis de prospection, poursuivis-je.

— Vous allez sanctuariser le désert du Kalahari, Sliv ! À vous tout seul ! »

Était-ce mon scénario, l'heure avancée ou la pizza froide, je ne le saurai jamais, mais à cet instant l'euphorie était palpable.

« Quelles autres pistes aviez-vous en tête ? reprisje au bout de quelques instants.

— Ce Jan, qui occupe une place centrale dans votre récit, allez-vous lui donner une véritable existence ou le condamnez-vous à n'être qu'un fantôme ?

— Qu'en pensez-vous ?

— Nous devons partir du principe que De Beers va rechercher activement le bonhomme. Je redoute leur réaction s'ils ne le trouvent pas. Soit ils réaliseront qu'ils ont été joués, soit ils s'acharneront sur d'innocentes victimes. Nous ne voulons ni l'un ni l'autre. Adressez-vous au Département des Légendes, ils vous fourniront une liste de profils et vous n'aurez qu'à choisir celui qui vous convient.

— Le Département des Légendes ? Nous avons un Département des Légendes ?

— Affirmatif. Basé à Berlin et rattaché au Plan. Vous aurez constamment affaire à eux.

— Mais comment font-ils ?

— Vous n'avez jamais lu de romans d'espionnage ? Non ? C'est regrettable. Ma fois, c'est assez simple. Imaginons par exemple qu'il y a trente ans un adolescent sud-africain du nom de Mark Miller meure en voyage à l'étranger. Pour une raison ou pour une autre, personne ne signale sa disparition à la chancellerie sud-africaine. Quelques années plus tard, un de nos agents des Légendes demande un certificat d'état civil du disparu. Il lui suffit pour cela de se présenter à la mairie du lieu de naissance de Mark Miller avec une vague lettre de procuration. Une fois muni du certificat, il remplit une demande de passeport et l'envoie par la poste. Un fonctionnaire consciencieux interroge une base de données centralisée, qui lui répond que Mark Miller est toujours vivant. Rien ne s'oppose à l'établissement du passeport, que le Département des Légendes veillera d'ailleurs à faire renouveler tous les dix ans. Mark Miller fait désormais partie de notre catalogue.

— Mais c'est un travail de Romains ! dis-je, abasourdi par les fantastiques ressources que déployait le CFR pour me permettre d'écrire mon premier dossier.

— Qui s'est considérablement automatisé avec le développement de l'informatique. C'est surtout un job foutrement ennuyeux, si vous voulez mon avis. Bon, n'oublions pas l'angle des Bochimans. Évidemment, personne ne se souviendra avoir participé au concile de 1983...

— Non, mais ce n'est pas grave. On compte plusieurs centaines de clans bochimans et seule une vingtaine est censée avoir participé à la conférence. Là encore, Chemineau pourra se permettre de rester vague au motif qu'il ne souhaite pas faciliter la tâche de De Beers.

— OK. Vous tenez votre dossier, je n'ai aucun doute là-dessus. Allez dormir quelques heures et retrouvons-nous ici vers 10 heures. Nous établirons une liste des sources à falsifier en priorité et je passerai quelques coups de fil aux autres bureaux pour faire passer votre dossier en haut de la pile.

— Merci pour votre aide, Gunnar, dis-je. Je ne sais pas comment je ferais sans vous.

— Sans moi, vous seriez en train de déplacer des virgules dans un rapport sur ce barrage en Savoie, rigola-t-il.

— Charmante perspective !

— Croyez-moi, répondit-il, dans quinze jours, vous envierez le sort de vos collègues de Baldur, Furuset & Thorberg. »

Et cette fois, il ne rigolait pas du tout.

10

Gunnar n'avait pas menti. De ma vie, je n'ai jamais autant travaillé que pendant les deux semaines qui suivirent. Il y avait tant à faire et si peu de temps.

En entrant le lendemain dans le bureau de Gunnar, je le trouvai en grande conversation avec un homme petit et râblé d'une trentaine d'années.

« Hello, Sliv, m'accueillit Gunnar. Une tasse de thé ? Je vous présente Stéphane Brioncet. Stéphane travaille pour le Centre de Paris. Il est arrivé par le vol de Londres.

— Enchanté de faire votre connaissance, dit Brioncet en me tendant la main.

— Stéphane est un vieux complice. Nous avons travaillé ensemble il y a quelques années sur l'attribution des jeux Olympiques d'été à Atlanta. »

Sans me laisser le temps de saisir les implications de ses paroles, Gunnar se tourna vers le visiteur :

« Stéphane, racontez donc à Sliv ce que vous avez fait cette nuit.

— Volontiers, dit Brioncet. Je me suis introduit dans la maison de Chemineau à Ville-d'Avray.

— Qui vous a laissé entrer ? » demandai-je un peu stupidement.

Brioncet sourit, feignant charitablement de croire que je faisais de l'humour.

« Personne. Il se trouve que j'avais sur moi une clé qui ouvrait la porte et je suis entré. Il paraît qu'un de nos agents de Reykjavík cherche à mettre la main sur un certain manuscrit. J'ai fouillé le bureau de Chemineau, ainsi que la bibliothèque, mais en vain. J'ai finalement trouvé le texte dans le tiroir de la table de nuit. Apparemment, le vieil homme aimait travailler au lit.

— Vous avez le manuscrit ? m'écriai-je.

— Le voici, dit Brioncet en ouvrant son cartable et en me remettant une pochette noire. J'ai aussi raflé les carnets de voyage et des dizaines de pellicules photo qui n'ont pas encore été développées.

— Et la machine à écrire ? l'interrompit Gunnar. Vous avez pensé à la machine à écrire ?

— Underwood. Modèle Standard n° 5. Il n'était évidemment pas question de l'embarquer, la femme de ménage aurait remarqué sa disparition.

— Évidemment, convint Gunnar. C'est du beau travail.

— Excusez-moi, intervins-je. Vous entrez souvent par effraction chez les gens ? »

Gunnar ne laissa pas Brioncet répondre :

« Bien sûr que non. Nous sous-traitons ce genre d'opérations chaque fois que c'est possible, mais dans le cas présent nous n'avons pas eu le choix. Si les événements avaient mal tourné, Stéphane devait se faire passer pour un vulgaire monte-en-l'air.

— Je n'ai pas de casier judiciaire, crut bon de préciser Brioncet, comme s'il s'agissait d'un fait suffisamment rare pour être signalé.

— La raison pour laquelle j'ai demandé à Stéphane de vous remettre en main propre le produit de son larcin, reprit Gunnar, est que vous allez travailler ensemble. Croyez-le ou non, Stéphane est encore plus doué pour imiter un style que pour crocheter une serrure. Vous écrirez en français ou en anglais et il se chargera de transposer vos idées dans la langue du vieux Gaston.

— J'ai jeté un œil à son dernier livre dans l'avion. Il est plutôt facile à imiter, dit modestement Brioncet.

— Autre chose, continua Gunnar sans me laisser le temps d'intervenir. J'ai dit à Stéphane que vous pourriez le loger chez vous. Si j'ai bonne mémoire, vous avez deux chambres, non ? Vous ne pouvez pas travailler ici, vous vous feriez remarquer.

— Bien, bredouillai-je, faute de savoir quoi dire d'autre.

— Merci de votre hospitalité », dit Brioncet poliment, comme si l'invitation émanait de moi.

Gunnar se leva pour nous signifier que l'entretien était terminé.

« Allez, messieurs, au travail ! Je passerai vous rendre visite deux fois par jour, le matin et le soir. Sliv, vous me donnerez vos instructions, que je relaierai au reste du réseau. »

En faisant le lit de Brioncet puis, plus tard, en lui remettant une serviette et un gant de toilette propres, j'eus l'occasion de méditer sur l'incongruité de la situation. Je m'apprêtais à partager mon toit pendant deux semaines avec un collègue de travail français dont j'ignorais jusqu'à l'existence deux heures plus tôt. Tout s'organisait si vite, et de manière si fluide, comme si les obstacles n'existaient pas...

Heureusement pour moi, Stéphane se révéla vite un compagnon agréable doublé d'un professionnel efficace. En peu de temps, nous formâmes un redoutable tandem. Entre les mains de Brioncet, ma prose laborieuse et académique se métamorphosait en un récit poétique et truculent où affleurait subtilement la sagesse de Chemineau. Je lui livrais chaque soir ma production du jour en sachant que ses quelques feuillets impeccablement dactylographiés m'attendraient le lendemain matin au réveil. Malheureusement, l'appui d'un plagiaire de génie ne me dispensait pas de ma part de travail. Je m'étais fixé un horizon d'une quarantaine de pages : trente pour raconter l'histoire des Morafe et dénoncer l'attitude du gouvernement botswanais et de la De Beers, et dix pour élargir la perspective et lancer le débat sur le droit des peuples à préserver leurs modes de vie ancestraux envers et contre la pression des sociétés modernes. Chacune des deux parties présentait son lot de difficultés : dans la première, je pesais chaque phrase, conscient qu'une seule incohérence suffirait à faire s'écrouler tout l'édifice scénaristique ; dans la deuxième, je m'efforçais de formuler quelques idées originales, à la fois suffisamment provocantes pour démarrer une polémique et suffisamment prévisibles pour être attribuables à un professeur du Collège de France.

Gunnar passait comme annoncé deux fois par jour

pour faire le point sur l'avancement de nos autres démarches. Un observateur assistant à nos réunions aurait facilement pu me prendre pour un général qui déployait ses troupes sur le champ de bataille et transmettait ses ordres à son aide de camp. Gunnar notait la moindre de mes remarques dans un petit carnet en cuir. Une phrase de moi et il réveillait un agent d'astreinte à Singapour pour lui dicter une rafale de consignes à exécuter toutes affaires cessantes.

Le Département des Légendes m'avait proposé quatre identités, parmi lesquelles j'avais choisi celle de Nigel Maertens. Les petites mains de Berlin travaillaient maintenant d'arrache-pied à documenter chaque aspect du scénario : l'inscription de Maertens à la caisse de retraite de la De Beers, ses voyages entre Le Cap et Anvers, le compte qu'il avait ouvert à la BBL et, évidemment, sa disparition en novembre 1984. Nous avions également mis un nom sur le personnage de l'interprète bochiman qui avait servi de relais entre Maraqo et Maertens. Plutôt que de gaspiller une autre légende, Berlin avait suggéré le nom d'un interprète célibataire décédé en 1987, juste assez réel pour contenter les enquêteurs de la De Beers et juste assez mort pour ne pas pouvoir répondre à leurs questions.

Dix mille kilomètres plus à l'est, à Madras en Inde, où se trouve le Bureau chargé des questions démographiques, six personnes trimaient à plein-temps sur le dossier. Leur mission : reprendre tous les articles et publications évoquant les Bochimans en exagérant systématiquement l'injustice qui leur avait été faite. À croire les plumes indiennes du CFR, les Bantous qui avaient en fait assis leur suprématie sur leur maîtrise de la métallurgie s'étaient rendus coupables d'innommables exactions, violant des femmes bochimanes et asservissant des enfants. Anglais et Néerlandais ne méritaient pas mieux : n'avaient-ils pas sciemment repoussé les Bochimans dans le désert du Kalahari pour qu'ils y meurent de soif ? Et que dire de la cruauté des huguenots qui avaient donné à certains Bochimans le surnom d'Hottentots pour railler leur langue faite de « clics » en la comparant au bégaiement d'un idiot du village ? Le gouvernement du Botswana n'était pas épargné, que Madras accusait entre les lignes d'avoir distribué de l'alcool aux Bochimans en espérant précipiter leur avilissement. Assis à ma table, je corrigeais les textes et les modifications qui m'étaient proposées, en sachant que Gunnar les renverrait à leurs auteurs le soir même. Tantôt je demandais qu'on accentuât une idée brillante mais trop vite ébauchée, tantôt je suggérais d'autres tableaux, inédits mais plausibles, de l'infortune des Bochimans.

Il n'était bien entendu pas question de modifier chaque livre ou chaque étude. Madras s'attaquait en priorité aux ouvrages d'auteurs décédés depuis. Ces publications académiques n'ont de toute façon jamais plus de quelques lecteurs. Supprimez l'auteur, et les risques d'être démasqué se rapprochent furieusement de zéro. Stéphane m'apprit qu'une autre technique consistait à altérer les traductions sans toucher à la version originale. Si un lecteur polyglotte et averti en venait à comparer les deux textes, il incriminerait naturellement la désinvolture du traducteur.

Pendant ce temps, un agent du bureau de Johannesburg sillonnait le Botswana avec son appareil photo, dans lequel il avait glissé une pellicule semblable à celles qu'utilisait Chemineau. Il s'arrêta dans plusieurs campements bochimans et prit plus de trois cents poses : des portraits, des scènes de la vie quotidienne, des paysages volontairement choisis pour ne présenter aucun signe distinctif et, bien sûr, quelques gros plans d'un gamin à qui il avait demandé de tenir quelques cailloux translucides dans sa paume ouverte. Chemineau décrivait dans son texte l'impression de ravissement qu'il avait ressentie en découvrant les diamants bruts des Morafe, et son éditeur souhaiterait probablement insérer quelques clichés à la fin du livre.

Au total, je calculai qu'une cinquantaine de personnes collaboraient à mon dossier. Si quelques-unes, notamment dans les échelons hiérarchiques les plus bas, s'acquittaient un peu mécaniquement de leur tâche, la majorité y mettaient un cœur et un professionnalisme impressionnants. Stéphane, pour ne citer que lui, travaillait dix-huit heures par jour sur un dossier qui n'était pas le sien. Quelle autre organisation pouvait se vanter d'un tel dévouement de ses membres ?

Ce soutien n'était pas superflu. J'avais beau m'appliquer à exprimer mes consignes aussi clairement que possible, j'étais inondé de demandes de précisions qui soulignaient cruellement mon inexpérience et, a contrario, l'habileté des agents de terrain. Personne d'ailleurs ne me reprochait mes maladresses, sinon moi-même. Cette partie du projet se révélait autrement plus difficile que la première. Jamais pendant cette quinzaine je ne retrouvai ce sentiment de maîtrise mêlée de jubilation que j'avais éprouvé en concevant le scénario des Bochimans. Il y avait tant de choses à contrôler, à anticiper. Une ligne, un mot du scénario pouvaient nécessiter des centaines d'heures de travail. Gunnar m'avait forcé à coucher par écrit l'ensemble de la trame, et pas seulement le récit qu'en faisait Chemineau. Qui était Nigel Maertens ? Qui étaient ses contacts à Anvers ? Pourquoi avait-il choisi la Banque Bruxelles Lambert de préférence à un autre établissement ? Quel genre de chef était Maraqo ? Quelle variante du dialecte bochiman les Morafe parlaient-ils ? J'avais produit un document de soixante pages que Gunnar appelait la Bible. Lors de nos réunions, il la descendait ligne à ligne sans jamais rien laisser passer. Maertens évoquait un diamant de huit carats : avait-on traité des pierres de cette taille à Anvers en 1984 ? La De Beers avait-elle vraiment imprimé des casquettes portant son logo dans les années quatre-vingt ? Et la Banque Bruxelles Lambert n'aurait-elle pas dû signaler aux autorités les sommes importantes que Maertens déposait chez elle en liquide ? Quel était le plafond autorisé par la loi ?

Je ne pouvais qu'admirer la méticulosité de Gunnar, le soin qu'il apportait à vérifier chaque hypothèse, à refermer chaque porte ouverte. Mais comme je me sentais gauche et désordonné en comparaison ! Jamais je ne parviendrais à ce niveau de minutie, j'en avais l'intime certitude. Gunnar pourtant n'en démordait pas : ce n'était qu'un premier dossier ; pour peu que j'en aie réellement la volonté, je progresserais rapidement et mes qualités de falsificateur finiraient par se hausser au niveau de mon imagination. J'aurais aimé le croire.

Encore aujourd'hui, je garde un souvenir contrasté de ces deux semaines. La pression du calendrier (même Gunnar qualifia le *timing* de « sportif ») m'interdisait de prendre du recul et encore moins de savourer l'instant. Stéphane et moi, toujours accaparés par une tâche plus urgente, n'arrivions même pas à prendre nos repas en tête à tête. Je cuisinais d'énormes platées de coquillettes qui me tenaient cinq à six repas. Stéphane, lui, se confectionnait des sandwiches avec tout ce qui lui passait sous la main. Nous mangions face à nos ordinateurs, salement et trop vite comme des moujiks.

Une nuit, vers trois heures du matin (Stéphane ronflait dans la chambre à coucher), une pensée me traversa fugitivement l'esprit : « Récapitulons. Je suis en train de raconter qu'une tribu africaine totalement fictive a découvert un gisement de diamants exceptionnels qu'elle doit défendre contre la cupidité d'une multinationale sud-africaine. Je n'ai jamais mis les pieds en Afrique, je serais incapable de distinguer un solitaire au milieu d'éclats de verre et j'ignore tout de l'industrie minière. Tout cela est-il bien raisonnable ? » Une telle question aurait au moins mérité un examen approfondi, mais je n'en avais ni le loisir ni vraiment l'envie, préférant me féliciter par avance de l'impact que promettait d'avoir mon dossier. Je changeais le monde, ni plus ni moins. Oh, bien sûr, je n'avais pas découvert un vaccin contre le cancer, mais mon travail allait affecter, directement ou indirectement, la vie de plusieurs milliers d'hommes et de femmes. Le Botswana allait devoir se chercher de nouvelles sources de revenus, la De Beers alléger son programme de prospection dans le Kalahari. Quant aux Bochimans, je me prenais à rêver : peut-être un jour les laisserait-on en paix, libres de mener leur vie comme ils l'entendaient ? Qui parmi mes camarades d'université pouvait se targuer d'une telle influence ?

Mais le rêve avait sa contrepartie : un niveau de stress comme je n'en avais jamais connu. Mon organisme, surexcité par les quantités insensées de caféine que j'absorbais pour me tenir éveillé, menaçait de me lâcher. Les derniers jours, j'explosais pour un rien. Un matin, je renvoyai ses feuilles à la figure de Stéphane, coupable à mes yeux d'avoir trahi le sens de la conclusion de Chemineau. Le malheureux se mit à quatre pattes pour ramasser ses papiers puis m'expliqua méthodiquement comment mon français approximatif l'avait induit en erreur. Même Gunnar me portait sur les nerfs : chacun de ses discours sur les conséquences catastrophiques que pouvait avoir la moindre erreur faisait bondir mon niveau d'adrénaline. Comme je lui en faisais la remarque en termes assez crus, il me répondit impassiblement qu'il m'avait cru capable d'endurer la pression, mais qu'il s'était manifestement trompé. Ce jour-là, il me força à m'allonger un moment avant de retourner au travail.

L'après-midi du treizième jour, je mis le point final au récit de Chemineau. Incapable d'attendre la visite de Gunnar, je résolus d'aller à la boîte en bus. Gunnar ne parut pas ravi de me voir débarquer dans son bureau, hirsute et dépenaillé. Il relut mon texte en gobelotant son éternel thé, tandis qu'avachi dans son fauteuil je cessai enfin de lutter contre la fatigue. Gunnar en avait pour un moment, pensai-je en laissant s'abaisser mes paupières et en m'abandonnant délicieusement à l'assoupissement. Mon cerveau torpide continuait de me relayer, de plus en plus loin, de plus en plus mollement, les murmures approbateurs de Gunnar, le froissement des pages qu'il tournait, le crissement de son stylo qui corrigeait mes fautes de frappe, les chants bochimans autour du feu crépitant, les applaudissements assourdis d'un parterre de cadres du CFR, la voix sensuelle de Lena Thorsen qui reconnaissait que je l'avais surpassée, la pression de Gunnar sur mon bras et...

« Ma parole, Sliv, vous dormez ! s'écria Gunnar.

— Qui, moi ? Sûrement pas ! dis-je en me redressant brusquement. Je rêvassais tout au plus. Vous avez fini ?

— Je viens de faire porter les dernières pages à Stéphane. Il en a pour quelques heures. Il repart demain matin à Paris, où il fera taper le manuscrit sur une machine à écrire du même modèle que celle de Chemineau. Puis il retournera dans la maison de Ville-d'Avray pour y laisser le texte et les rouleaux de pellicule.

— Stéphane..., bredouillai-je, encore dans un demi-sommeil. Il faudra que je le remercie. Je l'ai traité un peu rudement sur la fin.

— Ne vous inquiétez pas pour lui, il en a vu

d'autres. Dites-moi, Sliv, avant d'aller vous coucher, cela vous intéresse peut-être de savoir ce que je pense de votre dossier ? »

Je ne me sentais pas de force à discuter les lacunes de mon texte avant d'avoir dormi au moins dix-huit heures.

« Je n'ai pas eu beaucoup de temps, Gunnar, vous devez en tenir compte. Je ferai mieux la prochaine fois...

— J'y compte bien. Mais je voulais quand même vous dire que c'est le meilleur premier dossier que j'ai lu de toute ma carrière. Un peu faible sur les sources, mais dans l'ensemble remarquable, surtout compte tenu du temps qui vous était imparti. »

Je me frottai les yeux et les joues pour m'assurer que je ne rêvais plus.

« Le meilleur, vraiment ? Meilleur que celui de Lena Thorsen ?

— C'est délicat à dire, vous avez chacun votre style. Cependant oui, l'un dans l'autre, je le juge supérieur. Mais nous aurons le temps d'en reparler, rentrez chez vous maintenant. »

Avant de sombrer dans le sommeil, j'eus le temps de me demander quel mobile pervers me poussait à me comparer à une agente danoise dont je ne connaissais que le nom.

11

Je ne fus pas long à comprendre que j'avais frappé un grand coup. La réaction de Gunnar Eriksson m'avait semblé de bon augure, celle de Per Baldur me surprit encore bien davantage. Je le croisai un matin dans les couloirs de l'agence et le saluai comme à mon habitude d'un « bonjour monsieur » qui n'appelait pas de réponse. Mais il était dit que je ne m'en tirerais pas à si bon compte. Le vieux bonhomme était hilare, je ne l'avais jamais vu ainsi. « Ah ah ! sacré Liv (le pauvre ne réussit jamais à mémoriser mon prénom, Gunnar m'avoua un jour que, sur la fin, il avait complètement perdu la boule), petit cachottier, alors comme ça, on écrit à ses heures perdues ? » Je bredouillai quelques mots, mais Baldur m'interrompit en rigolant : « Un concile de tribus bochimanes en plein désert botswanais, ça c'est la meilleure de l'année ! Mon garçon, nous allons mettre la pâtée à ces andouilles de Mexicains. » Sur ce, il me bourra l'épaule d'un coup de poing et s'éloigna, en se parlant à lui-même : « La tête de Lévi-Strauss quand il a dû ouvrir l'enveloppe, ah ah ah ! » Ses éclats de rire, qui résonnaient dans le couloir, firent se retourner plusieurs têtes.

En deux jours, la nouvelle s'était répandue chez Baldur, Furuset & Thorberg comme une traînée de poudre. Moi qui ne connaissais toujours pas mes confrères, je pus en identifier certains aux clins d'œil qu'ils me décochaient dans l'ascenseur. Tous arboraient un grand sourire. Les événements commençaient à prendre une tournure sympathique.

Gunnar me confirma le lendemain ce que j'avais pressenti. Les Bochimans emportaient l'adhésion générale. Nul doute que la communauté internationale compatirait au destin douloureux d'un peuple à la fois si fier et si fragile et n'aurait que mépris pour la cupidité du gouvernement botswanais. Oh, bien sûr, mon dossier n'était pas parfait. Gunnar pouvait bien me le dire à présent, la plupart de mes sources trahissaient une certaine naïveté. Il jugeait la batterie de falsifications que je suggérais à la fois grossière et incomplète. Cependant, je ne devais pas m'inquiéter. Sur ce plan, mon travail s'inscrivait dans la moyenne des premiers dossiers. Gunnar déplorait simplement que je ne tienne pas dans la deuxième partie toutes les promesses que je faisais naître dans la première.

Ces remarques, on s'en doute, me piquèrent d'autant plus au vif que je les savais largement fondées. La femme de ménage de Chemineau avait comme prévu trouvé le texte et les photos, et les avait remis à l'éditeur. Celui-ci publia alors un communiqué annonçant la sortie imminente du récit posthume en se félicitant que le manuscrit fût presque terminé et ne nécessitât qu'une révision légère. Stéphane pronostiqua que l'éditeur voudrait profiter de l'exposition médiatique qu'offre traditionnellement le Salon du livre de Paris. Cela nous laissait un peu plus de deux mois pour corriger le tir et peaufiner les derniers détails. Il n'était évidemment pas question de modifier le récit de Chemineau qui constituait plus que jamais la source de référence, mais je pouvais encore travailler sur une foule de sources périphériques.

Je repris mon dossier en ce sens, ajoutant plusieurs angles nouveaux, me préoccupant de détails que j'avais d'abord écartés mais qui, je le comprenais seulement maintenant, s'imposaient absolument. En relisant le dossier de Lena Thorsen et quelques autres que m'avait passés Bimard, je pris la mesure du fossé qui séparait mes talents de conteur de mes talents de falsificateur. J'improvisais sans effort sur la persécution dont étaient de longue date victimes les Bochimans, mais, lorsqu'il s'agissait de dresser la liste des pièces à fabriquer pour étayer ce point de vue, je n'allais guère plus loin que les traditionnelles thèses doctorales. Sur le même sujet, une Lena Thorsen aurait multiplié les éclairages : carnets de notes d'explorateurs conservés dans le musée de leur ville natale, lancement par une ONG britannique d'une pétition internationale pour la création du statut juridique de peuple indigène, épopées en vers d'un poète bantou disant la honte de l'oppresseur, peintures rupestres disséminées dans toute l'Afrique australe et établissant de manière formelle l'itinéraire de l'exode bochiman, etc. En relisant pour la dernière fois les pages de mon dossier qui sortaient une à une de l'imprimante, j'eus l'intuition — qui devait se confirmer par la suite — qu'en matière de falsification je ne ferais jamais que tâcheronner.

J'avais noté la réticence de Gunnar quand il m'avait accordé la semaine de délai que je lui réclamais. Officiellement, il ne souhaitait pas me voir peaufiner trop longtemps mon dossier. Quelques semaines plus tard, je compris qu'il avait craint de me voir dépasser la date limite de dépôt des candidatures pour le Trophée annuel des premiers dossiers. Un jour, en effet, alors que j'étais en train de mettre la dernière main à un rapport complémentaire que nous avait commandé le conseil général de Savoie, Gunnar entra dans mon bureau en agitant une enveloppe à la main.

« Heureux Sliv, me dit-il, visiblement ravi de son rôle de porteur de bonne nouvelle. Quelque chose me dit qu'avec vous, j'ai misé sur le bon cheval. »

Il déposa la lettre sur mon bureau. Je compris qu'il ne quitterait pas la pièce avant que je l'aie ouverte devant lui.

« Qui m'écrit ?

— C'est Baldur qui m'a demandé de vous remettre cette enveloppe. Le cachet indique qu'elle vient de Toronto.

— Et qu'y a-t-il à Toronto ?

— Ouvrez-la, bon sang ! vous verrez bien. »

Sur papier libre, un certain William N. Dakin m'informait que mon projet *Les diamants du Kalahari* figurait parmi les cinq finalistes du Trophée du premier dossier 1992. Il me conviait à assister à la remise des prix qui aurait lieu le 19 juin à Honolulu. Mes frais de transport et d'hébergement seraient évidemment pris en charge. Honolulu ? Je n'y serais sans doute jamais allé de mon propre chef, mais si on m'offrait le billet...

Gunnar m'arracha presque la lettre des mains.

« Félicitations, mon garçon, c'est du beau travail. Ah, vous pouvez vous vanter de m'avoir fait peur ! À force de prendre votre temps, j'ai bien cru que vous alliez nous mettre hors course.

— Vous auriez dû m'en parler, je me serais dépêché !

— En bâclant le travail, non merci ! D'ailleurs, le règlement stipule que les bizuths ne doivent pas avoir connaissance de l'existence du Trophée avant d'avoir remis leur dossier. Bon, maintenant, le plus dur reste à faire. Baldur a pu jeter un œil sur la liste des prétendants. Un Mexicain, un Soudanais, une Indonésienne et une Italienne. C'est vous qui représentez le plus petit pays, et de loin, mais ça ne veut rien dire.

— Un Mexicain ? » Les paroles de Per Baldur me revinrent en mémoire.

« En effet, expliqua Gunnar. Chaque année, ils placent un ou deux types en finale, à croire qu'ils ne les préparent que pour cela. D'ailleurs, ils ne font pas nécessairement carrière ensuite. J'en ai croisé un, l'été dernier à Singapour. Il avait fini troisième en 1984, un garçon cultivé, brillant, sympa comme tout. Eh bien, vous me croirez si vous voulez, il attendait encore de passer classe 2.

— Et c'est grave, ça ? »

À l'air consterné que prit Gunnar, je compris que c'était grave.

« Si au bout de quatre ans, disons cinq maximum, vous êtes toujours agent de classe 1, vous avez du souci à vous faire. Oh, on ne vous mettra pas dehors, on a toujours besoin de gratte-papier, mais vous pourrez dire adieu à la voiture de fonction, aux séminaires à l'île Maurice et à tout ce qui s'ensuit.

— Dites-moi, Gunnar, c'est la première fois qu'un de vos poulains va jusqu'en finale ?

— Vous êtes le deuxième.

— Et la première était...

— Lena Thorsen, oui. En 89.

— Et à quelle place a-t-elle fini ?

— Deuxième, battue par un Mexicain. C'est resté en travers de la gorge de Per. Vous ne lui ôterez pas de l'idée que les Sombreros avaient acheté le jury.

— Et vous, Gunnar, qu'en pensez-vous ?

— Que vu la faiblesse de son scénario, elle ne pouvait pas espérer mieux. Le dossier du Mexicain était meilleur, cette histoire de gisements de pétrole dont je vous avais parlé. »

Bigre, pensai-je, pas mal pour un premier dossier.

« Et moi, Gunnar, vous croyez que j'ai une chance ? »

Il réfléchit longuement avant de répondre.

« Peut-être bien que oui. Vous savez ce que je pense de votre deuxième partie, j'ai déjà eu l'occasion de vous le dire. Mais votre scénario, Sliv, votre scénario, ils en sont restés comme deux ronds de flan. »

À cette évocation, une pensée me traversa l'esprit.

« Mais au fait, ça veut dire que mon dossier est accepté ?

— Et comment ! Vous cessez aujourd'hui d'être un bizuth pour devenir l'agent de classe 11 Dartunghuver. Vous irez chercher votre uniforme à l'économat tout à l'heure.

— Un uniforme ? Vous ne m'aviez jamais parlé de ça... »

Gunnar éclata de rire.

« Ah, ce Sliv ! Quelle fraîcheur décidément ! Je vais de ce pas la raconter à Baldur. »

12

« J'ai bien connu Gaston Chemineau, dit Angoua Djibo. Il a fait beaucoup pour les peuples africains. »

Autour de nous, les serveurs de l'hôtel Hyatt d'Honolulu s'employaient à débarrasser la table, mais je m'accrochais à mon verre de vin rouge, que je réchauffais en le serrant entre mes paumes. Magawati Donogurai, la candidate indonésienne, m'encouragea du regard à répondre quelque chose. Je crois que nous souhaitions tous prolonger la conversation aussi longtemps que possible.

« J'en suis convaincu, dis-je un peu platement. L'Afrique manque de partisans vraiment talentueux. Chemineau était probablement son meilleur avocat. »

Ces mots avaient à peine quitté mes lèvres que je réalisai leur stupidité. Angoua Djibo était né et avait grandi au Cameroun. Il avait ensuite fait ses études en Europe et aux États-Unis, mais la ferveur avec laquelle il avait défendu les Bochimans une heure plus tôt prouvait sans équivoque que son cœur était resté africain. Et en s'étant élevé au rang de Président du Plan du CFR, il comptait à coup sûr parmi les quelques personnes dans le monde qui pouvaient vraiment aider le continent noir.

« Peut-être pas le meilleur, rectifia-t-il gentiment. Mais l'un des meilleurs, sans aucun doute. » Il se retourna pour héler un serveur et demanda qu'on lui apporte la carte des vins.

« Ce n'est pas parce que nous sommes en terre américaine que nous devons nous limiter à des cabernet sauvignon californiens », expliqua-t-il. Il chaussa ses lunettes, s'absorba dans la carte et désigna un bordeaux rouge au serveur.

Il avait une cinquantaine d'années. Ses cheveux courts et crépus commençaient à grisonner mais il était encore extrêmement bel homme. Je dois dire que son charme n'opérait pas uniquement sur les jeunes femmes : même Fernando de la Peña, le candidat mexicain qu'aucun de nous n'avait jusqu'ici réussi à dérider, buvait littéralement ses paroles. Djibo donnait l'impression d'avoir assimilé chaque culture à la perfection. Quand nous avions discuté du singulier destin de l'Islande, je croyais avoir devant moi un Scandinave, pacifiste et épris de justice sociale. Puis il avait parlé des paysans indépendantistes du Chiapas avec de la Peña dans un espagnol totalement sud-américain qui n'avait rien à voir avec le castillan que j'avais appris à l'université. Youssef Khrafedine, le candidat soudanais qu'il interrogea sur la loi coranique qui régnait désormais au Soudan, me révéla par la suite qu'il avait été sidéré par ses connaissances sur la charia. Mais Djibo nous avait d'abord conquis par sa gentillesse et sa curiosité. Il possédait nos cinq dossiers sur le bout des doigts et avait eu un mot aimable pour chacun.

Le restaurant était presque vide à présent. Notre serveur devait craindre que nous ne prenions racine, car il revint vers la table à grands pas, en tenant la bouteille par le col et en l'agitant comme une massue. Djibo secoua tristement la tête et prit la bouteille en faisant signe au serveur qu'il pouvait disposer. Je vis alors qu'il s'agissait d'un château-haut-brion 1983. Je ne connais pas grand-chose aux vins mais suffisamment pour savoir qu'une telle bouteille valait plusieurs centaines de dollars. Djibo remarqua ma surprise.

« Si ce n'est pas ce soir que l'on boit de telles bouteilles, quand les boira-t-on ? demanda-t-il en souriant. Vous avez vu ce serveur ? On aurait dit qu'il apportait de la limonade.

— J'adore le bon vin », dit Francesca Baldini, la candidate italienne, un peu éméchée, sans réaliser que le prix de la bouteille excédait probablement le montant de son loyer à Bologne.

Djibo entreprit de nous servir. Il s'acquittait très honorablement de sa tâche, avec ce petit coup de poignet sur la fin du geste qui dénote le sommelier averti. Seul Youssef Khrafedine couvrit le verre de sa main.

« Merci. Je ne bois pas d'alcool.

— Moi non plus d'habitude, intervint Magawati Donogurai en riant. Mais quelque chose me dit qu'il faut faire une exception ce soir.

— Je ne fais pas d'exception », répondit Youssef, peut-être un peu plus sèchement qu'il n'était nécessaire. Magawati haussa les épaules.

Nous regardâmes Djibo faire tourner son verre puis le porter à ses lèvres. Son visage s'illumina de bonheur.

« Allons. Ce butor n'a pas réussi à le ruiner totalement. »

Pendant quelques minutes, personne ne parla, même pas Youssef qui nous regardait déguster notre haut-brion à petites gorgées. C'est finalement Magawati, encore elle, qui finit par rompre le silence en demandant à Djibo s'il voyait des points communs dans nos dossiers.

« Ce qui me frappe, répondit Djibo, c'est leur idéalisme.

— Vous voulez dire leur naïveté, répliqua malicieusement Magawati, qui, avec son air mutin et son format de gymnaste roumaine, avait un charme fou.

— Non, répondit Djibo. Leur idéalisme. Deux d'entre eux traitent d'écologie. Un troisième étudie les insectes en se demandant s'ils peuvent nous enseigner quelque chose. Le quatrième se penche sur un peuple que l'histoire a maltraité et qui risque de disparaître si nous n'y prenons pas garde. Je le rapprocherai volontiers des deux dossiers écologiques, on y sent la même urgence, la même volonté de tirer la sonnette d'alarme et d'agir tant qu'il en est encore temps. Quant au cinquième, même s'il est centré sur la personnalité du conquistador Cortés, on ne peut pas ne pas penser au sort de ces civilisations balayées par l'envahisseur chrétien.

— L'Église catholique a beaucoup de sang sur les mains », énonça un peu sentencieusement Youssef Khrafedine. Peut-être parce qu'il mesurait deux mètres et devait peser cent vingt kilos, je n'avais pas attendu le Soudanais sur ce terrain.

« Toutes les Églises ont fait preuve d'intolérance à un moment ou à un autre de leur histoire, répondit calmement Djibo, comme s'il essayait d'éviter d'envenimer le débat.

— Cet idéalisme, repris-je, est-ce une bonne ou une mauvaise chose ? »

Djibo parut surpris de ma question.

« Une bonne chose, évidemment. Je trouverais inquiétant que des jeunes aient déjà abandonné tout espoir de changer le monde. Il y a tant de choses à améliorer sur cette terre.

— Et c'est au CFR de les améliorer ? demandai-je hardiment.

— Je vous vois venir, Sliv, dit Djibo. Disons que c'est en partie notre rôle et c'est pourquoi nous avons besoin d'idéalistes. Mais nous avons aussi besoin de pragmatiques — ou de réalistes, peu importe comment vous les appelez — pour atteindre les autres buts de notre organisation.

— Qui sont... ? demanda Magawati.

— Vous le saurez en temps voulu. Vendredi, Ismaïl Habri vous fera un exposé sur les grandes orientations du Plan triennal. Cela vous permettra d'y voir plus clair. Nous vous avons laissé les coudées franches jusqu'à présent, mais à partir de maintenant vos dossiers devront s'inscrire au sein des consignes du Plan. Vous aurez peut-être l'impression d'y perdre en liberté, mais vous y gagnerez en support et en cohérence. Croyez-moi, quand tous les éléments d'une organisation comme le CFR travaillent dans la même direction, on peut vraiment changer le monde, plus qu'aucun d'entre vous isolément ne pourrait le faire ou même en rêver. »

Nous restâmes encore un moment à discuter. Dès qu'un de nos verres était vide, le serveur trouvait le moyen de le subtiliser. Quand il commença à dresser les tables du petit déjeuner autour de nous, nous comprîmes qu'il était temps de lever le camp. Djibo nous souhaita une bonne nuit et annonça qu'il reviendrait samedi pour la remise officielle des prix.

Quand l'ascenseur ouvrit ses portes au huitième étage, où nous avions nos quartiers, Francesca et de la Peña filèrent tout droit se coucher. Je continuai à discuter avec Magawati et Youssef sur le pas de ma porte puis leur proposai d'entrer pour inspecter le contenu du minibar. Nous n'avions aucune envie de dormir.

« Ces chambres sont positivement gigantesques, s'émerveilla Magawati.

— Mon appartement à Reykjavík tiendrait à l'aise dans la salle de bains, répondis-je en exagérant à peine.

— Bon, qu'avons-nous ici ? demanda Magawati en ouvrant le minibar. Cognac, whisky, vodka...

— Cognac pour moi, dis-je.

— J'ai aussi des sodas et du jus de tomate pour Youssef, continua Magawati.

— Je te méprise, dit Youssef en souriant malgré lui. Et sache que mes vrais amis m'appellent Kili.

— Kili ?

— Pour Kilimandjaro, la plus haute montage de l'Afrique, répondit Youssef en se mettant sur la pointe des pieds.

— Marrant ! s'esclaffa Magawati. Moi, c'est Maga.

— Vu, dit Kili. Bon, envoie un Coca, Maga.

— Je suis content que tu n'aies pas pris le jus de tomate, dis-je pour le taquiner à mon tour. Maga et moi risquons d'en avoir besoin tout à l'heure pour un bloody mary. »

Youssef attrapa adroitement la canette lancée par Magawati et s'assit dans un fauteuil qui vacilla à peine sous son poids. Il faut dire qu'aux standards américains, Kili faisait presque figure de ballerine. Magawati s'allongea sur le lit avec la télécommande de la télévision tandis que je m'adossais contre le lit à même le sol.

« Je ne sais pas si nous sommes censés parler de cela, dis-je, mais comment êtes-vous entrés au CFR ? »

Kili me regarda attentivement, comme s'il débattait intérieurement de l'opportunité de me répondre. Magawati, elle, nous tournait le dos et zappait compulsivement d'une chaîne à l'autre.

« Ma foi, dit-il enfin, je ne vois pas ce que nous ferions de mal. Djibo a même plutôt suggéré le contraire, non ? »

Pour être précis, il avait dit que nous avions beaucoup à apprendre les uns des autres. J'avais, comme Youssef, interprété ces paroles comme une invitation à confronter nos expériences.

« Absolument, répondis-je. Si tu veux, je commence par mon histoire. »

Et je lui narrai par le menu mon recrutement chez Baldur, Furuset & Thorberg, ma première mission au Groenland et la façon dont Gunnar Eriksson avait semé derrière lui les indices qui avaient attiré mon attention.

« Fascinant, estima Youssef. J'ai suivi le même processus jusque dans les moindres détails. J'ai répondu à une annonce pour la Banque mondiale à Khartoum, j'ai eu quatre entretiens avec mon futur responsable hiérarchique, un Égyptien très sympathique d'une cinquantaine d'années, qui m'a ensuite fait passer une batterie de tests psychologiques. Mon premier job consistait à écrire un rapport sur la récente réforme de la politique agricole du gouvernement soudanais...

— C'est ton métier ? » demanda Magawati dans mon dos. Je l'avais presque oubliée.

« Oui. La Banque mondiale a prêté beaucoup d'argent à l'Égypte et au Soudan, et notre mandat nous autorise à vérifier que les changements économiques qu'opèrent leurs gouvernements vont dans le bon sens. Bref, je me suis appuyé sur plusieurs rapports précédents que m'avait passés mon chef et j'ai détecté un paquet de contradictions, dont certaines ressemblaient plus à du sabotage qu'à des erreurs d'étourderie. Mais contrairement à toi, Sliv, je ne suis pas allé trouver mon chef : je lui ai envoyé ma démission.

— Plutôt radical, estima Magawati. Tu es toujours aussi impulsif ?

— Disons que je ne me voyais pas travailler un jour de plus dans une organisation aussi peu professionnelle, dit Youssef en évitant de répondre directement à la question.

— Et qu'a fait ton patron ? demandai-je.

— Il m'a rattrapé par la manche en me tenant à peu près le même discours qu'à toi. Il m'a fait lire un vieux dossier en sa présence et n'a pas voulu que je le garde. Cela m'a terriblement vexé. »

Je repensai à Gunnar, qui, lui, m'avait laissé le dossier de Lena Thorsen pour la nuit. Me faisait-il confiance ou avait-il des guetteurs prêts à m'emboîter le pas si j'avais quitté mon appartement ? Je penchais plutôt pour la deuxième hypothèse... Youssef dut lire dans mes pensées, car il reprit :

« De toute façon, ils ne nous laissent jamais rien conserver de compromettant : pas de dossiers, pas de mémos, pas de courrier. Quand quelque chose d'important me passe entre les mains, je peux être sûr que mon patron trouvera un prétexte pour me le réclamer avant que j'aie eu le temps d'aller à la photocopieuse. »

Je revis Gunnar m'apporter lui-même la lettre de sélection qui m'était prétendument destinée. Il me l'avait fait lire à voix haute et était reparti avec. Ainsi j'étais fixé : encore aujourd'hui, il se méfiait de moi.

« Mon patron à Djakarta fait régulièrement fouiller les bureaux à la recherche de micros ou d'appareils enregistreurs, ajouta Magawati. Il m'a dit une fois en plaisantant qu'il utilisait la même société que les services secrets indonésiens.

— Je ne vois pas ce que ça a de drôle, commenta lugubrement Youssef. Et toi, Maga, comment as-tu rejoint le CFR ?

— Mon cas est légèrement différent, répondit Magawati en coupant temporairement le son de la télévision. Je suis un peu plus âgée que vous. J'ai étudié la gestion aux États-Unis et je travaillais dans la société de mes parents depuis cinq ans quand j'ai été approchée par un cabinet de recrutement.

— Que font tes parents ? la coupa Youssef.

— Ils ont la licence d'importation de Ford pour l'Indonésie. Je m'occupais de la comptabilité et des finances. Je continue à les aider un peu du reste.

— Et ce recruteur, que te voulait-il ? demandai-je.

— Il me proposait un poste dans un grand groupe de relations publiques. Le secteur m'intéressait et c'était très bien payé ; je n'ai pas hésité longtemps.

— Comment t'ont-ils choisie ? demandai-je.

— J'ai posé la même question lors du premier entretien avec le recruteur. Il m'a répondu que c'était son client qui lui avait recommandé de m'appeler. Malgré tous mes efforts, je n'ai jamais réussi à savoir qui lui avait soufflé mon nom.

— Intéressant, dit Youssef, songeur. Cela signifie qu'ils recrutent parfois directement des profils qui les intéressent. »

Ainsi toutes les nouvelles recrues avaient plus ou moins partagé ces états d'âme que j'avais crus uniques. Je n'étais plus seul, avec tout ce qu'une telle révélation implique de réconfort et de déception mêlés.

« À mon tour de poser une question, fit Magawati. Avez-vous une idée du nombre de membres du CFR au sein de votre entité ? Personnellement, je ne connais que ma chef.

— Je dirais vraisemblablement une dizaine de personnes, mais je ne pourrais en identifier que la moitié, répondis-je.

— Mon chef, évidemment, dit Youssef en comptant sur ses doigts, la documentaliste du bureau du Caire — ce qui est bien pratique —, un analyste de crédit et moi. Mais je soupçonne la Banque mondiale d'être infestée d'agents, et pas seulement à Khartoum.

— Ça paraît logique, dis-je. Si j'étais le patron du CFR, je commencerais par noyauter les organisations internationales.

— En parlant de patron, dit Magawati qui avait recommencé à zapper, plutôt sensass ce Djibo, non ?

— Tu veux dire carrément impressionnant, oui, lançai-je en me sentant encore largement en deçà de la réalité.

— Disons qu'il dégage un charisme certain », nuança Youssef avant d'ajouter : « En plus, j'ai eu l'impression qu'il n'avait pas de préjugés envers les musulmans.

— Vu sa position, tu ne crois pas que c'est le minimum qu'on puisse attendre de lui ? demanda Magawati qui avait provisoirement jeté son dévolu sur un vieux film en noir et blanc.

— À la Banque mondiale, répondit Youssef, tu serais surprise du nombre de gens qui lèvent les yeux au ciel quand ils entendent un musulman invoquer le nom d'Allah alors qu'eux-mêmes trouvent tout à fait normal de prêter serment en posant la main sur une bible.

— À votre avis, dis-je, à quoi faisait-il référence quand il a parlé des autres buts du CFR ?

— Vous le saurez en temps voulu, Sliv, dit Magawati en imitant — assez bien — la voix chaude de Djibo. Qu'est-ce que j'en sais ? Ce que recherchent toutes les organisations : le pouvoir ? L'argent ?

— L'influence ? suggérai-je.

— Mais l'influence au service de quelle cause ? demanda Youssef. Ils ont forcément un programme, une plate-forme...

— C'est si important pour toi ?

— C'est primordial, répondit Youssef. Je suis entré au CFR pour changer le monde, mais pas n'importe comment ni dans n'importe quel sens.

— Et dans quel sens veux-tu le faire changer ? demandai-je.

— Eh bien, d'abord, je crois en un certain nombre de libertés essentielles : liberté d'expression, liberté de circulation, liberté de culte, droit des peuples à l'autodétermination...

— Droit à la démocratie ? suggéra Magawati qui regardait maintenant un match de basket.

— Pas nécessairement au sens où tu l'entends, répondit Youssef, qui avait de toute évidence déjà réfléchi à la question. On peut discuter longtemps du régime le plus susceptible de garantir les libertés fondamentales que je viens de mentionner. De nombreux philosophes pensent que les monarchies constitutionnelles — par exemple scandinaves — affichent un meilleur bilan qu'une démocratie comme les États-Unis.

— Ou que l'Indonésie, dit Magawati. Je suis bien d'accord avec toi. Et quels sont les autres principes qui te tiennent à cœur ?

— Voyons, répondit Youssef, l'affirmation de l'égalité des cultures, la préservation de la planète et de ses ressources, le pouvoir libérateur de la science et du savoir... »

Magawati daigna baisser le volume de son match et tourna la tête.

« Je ne t'entends pas beaucoup parler de l'égalité homme-femme, cher Kili, dit-elle. Ou peut-être estimes-tu que ce principe contredit celui de la liberté religieuse ? »

Youssef ne se laissa pas démonter.

« Tu fais sans doute allusion au fait que je suis musulman ? demanda-t-il calmement.

— Je le suis également, répondit Magawati. Mais contrairement à toi, cela ne me donne pas le droit de lapider mon conjoint s'il m'est infidèle, ni même de lui demander de se couvrir des pieds à la tête dès qu'il sort dans la rue.

— Je vois », lâcha Youssef dont le ton voulait dire : « Je vois surtout que j'ai affaire à une pétroleuse de première. »

« Et toi, Maga, tu t'es aussi engagée pour pousser tes causes personnelles ? demandai-je, à la fois par réel intérêt et pour détendre l'atmosphère.

— Ma liste n'est pas aussi longue que celle de Youssef, répondit Magawati, un rien narquoise, mais disons qu'il ne me déplairait pas de voir le milliard de femmes aujourd'hui privées du droit de vote se rendre un jour aux urnes.

— Et qu'est-ce qui te fait penser que le CFR partage ta position ?

— Pour l'instant, rien. Mais le simple fait qu'un recruteur indonésien m'ait embauchée, moi une femme ayant vécu aux États-Unis, m'a paru plutôt de bon augure.

— Tout de même, repris-je, je vous trouve bien

angéliques. Vous ne savez rien du CFR, si ce n'est qu'ils paient bien, qu'ils emploient des méthodes d'agents secrets et qu'ils ont probablement placé nos lignes téléphoniques sur écoute. Je suis d'accord pour dire qu'il existe une chance que l'objectif du CFR soit de sauver les bébés phoques et de donner le droit de vote aux femmes musulmanes, mais je n'en mettrais pas ma main à couper. On peut tout aussi bien imaginer que le CFR est une sorte de bras armé pour les multinationales ou qu'il cherche à prendre le contrôle politique du monde occidental.

— On peut en effet l'imaginer, dit Youssef sans se désarmer, mais je pense que c'est peu probable. Crois-moi, Sliv, j'ai étudié la philosophie et l'éthique pendant cinq ans et celui qui me fera agir contre mes convictions n'est pas encore né. Pour l'heure, je n'ai produit qu'un dossier et je ne crois pas que l'invention d'une forêt surchlorophyllée finlandaise puisse causer de tort à grand monde, sauf à penser que le grand dessein du CFR consiste à anéantir l'industrie papetière européenne.

— Je partage la position de Youssef, dit Magawati en se tournant vers moi. J'aimerais évidemment en savoir plus sur les visées du CFR, mais tant que j'ai l'impression de faire œuvre utile avec mes dossiers, je suis disposée à accorder ma confiance.

— J'ai déjà démissionné une fois, renchérit Youssef. Je n'hésiterai pas à le faire une deuxième fois si j'apprends qu'on m'a menti ou manipulé.

— Je n'en doute pas, dis-je. Mais te laissera-t-on faire ? Pour que ni toi ni moi n'ayons entendu parler du CFR avant d'y entrer, quelque chose me dit que les ex-agents ne courent pas les rues. Tu crois vraiment que ton patron accepterait de te rendre à la vie civile ?

— Il m'a parlé d'un breuvage amnésiant, dit Youssef un peu mollement.

— J'ai entendu la même histoire, compléta Magawati.

— Foutaises ! m'écriai-je, un peu plus fort que je ne l'aurais voulu. Ce genre de potions magiques n'existe pas.

— Mais alors, dit Magawati, visiblement troublée, comment font-ils ?

— Je n'en sais rien, et c'est bien ça qui m'inquiète. Les techniques auxquelles je pense spontanément s'apparenteraient plus au lavage de cerveau qu'à la poudre de perlimpinpin... »

Je sentis que mes paroles jetaient un froid. Magawati éteignit la télé. Soudain le silence fut assourdissant.

« Et toi, Sliv, reprit brusquement Youssef. Tu nous fais parler, mais on ne t'entend pas beaucoup. »

C'était la question que je redoutais entre toutes. Je me la posais depuis six mois et je n'avais pas encore trouvé de réponse satisfaisante.

« Oh, moi..., soupirai-je. Je crains que mes aspirations ne soient beaucoup moins nobles que les vôtres. Ce qui m'a séduit avant tout dans le CFR, c'est la dimension ludique. Je n'aurais jamais imaginé pouvoir autant m'amuser tout en étant payé.

— Tu veux dire que tout ce dont a parlé Youssef t'indiffère ? demanda Magawati d'une voix où la déception était perceptible.

— Non, bien sûr que non, répondis-je, mal à l'aise. Par exemple, je partage ce que dit Youssef sur l'environnement. J'ai grandi à la campagne, dans un petit pays sauvage et magnifique, et je suis prêt à me battre pour que mes enfants aient la même chance. Mais quant au droit des peuples à disposer d'eux-mêmes ou des femmes à voter, je ne vois pas bien quel impact je pourrais avoir.

— Quelle idiotie ! s'exclama Magawati. Tu pourrais protéger les côtes islandaises mais pas les femmes soudanaises ? À quoi bon avoir des paysages de carte postale si la moitié de la population ne peut pas les admirer parce qu'elle est confinée dans sa cuisine ?

— Ne nous emballons pas, la coupa Youssef aussi doucement que possible.

— Je m'emballe si je veux, bougonna Magawati.

— Sliv, reprit Youssef, je ne te crois pas. J'ai parcouru ton dossier hier soir. Je n'ai pas encore lu les autres, mais je ne vois pas qui pourrait t'empêcher de remporter le trophée. Tu es peut-être entré au CFR pour t'amuser, mais pour moi il est évident que cela ne résume pas toute l'affaire. Je vois bien comment fonctionnent les organisations internationales : crois-moi, ton dossier va faire plus pour les Bochimans que toutes les pétitions des ONG réunies. De temps en temps, les pays occidentaux se regardent dans la glace et comme ils n'aiment pas ce qu'ils voient, ils se sentent obligés de faire un geste, de retarder l'inéluctable marche de leur prétendu progrès pour quelques années ou quelques générations. Cette fois-ci, ce sont les Bochimans qui en profiteront. Tant mieux pour eux, mais je saurai à qui ils doivent leur salut.

— Vraiment, Kili, je ne sais pas quoi dire, bafouillai-je, très gêné. Je t'assure que je ne pensais pas à cela quand j'ai élaboré mon scénario.

— Encore une fois, je ne te crois pas. Peut-être ne percevais-tu pas toutes les implications, mais si tu as pu écrire ce scénario, c'est que tu comprends comment fonctionne le monde. Tu as repéré une injustice et tu as pensé que tu pouvais la corriger.

— Possible, dis-je, volontairement dubitatif. Et sur quoi porte ton dossier ? Tu parlais d'une forêt finlandaise, demandai-je, soucieux de détourner l'attention de moi.

— C'est l'un des deux dossiers écologiques dont parlait Djibo, répondit Youssef. J'ai prêté à une forêt du nord de la Finlande qui existe réellement des propriétés biologiques exceptionnelles. Grâce à la composition unique de leur chlorophylle, les arbres de Karigasniemi absorberaient chaque année environ cinq millions de mètres cubes de gaz carbonique par kilomètre carré, soit près de quinze fois plus que la forêt amazonienne.

— Géant ! s'écria Magawati.

— Laisse-moi deviner la suite, dis-je. Une multinationale américaine s'apprête à raser la forêt sans se préoccuper des conséquences écologiques ?

— Je suis un peu moins caricatural, sourit Youssef. C'est une société papetière finlandaise qui a décroché la concession d'exploitation il y a trois ans. Ils devaient commencer l'abattage le mois dernier, mais le gouvernement finlandais a nommé une commission d'enquête après avoir lu le rapport d'un universitaire japonais.

— Nous allons voir ce que valent vraiment ces fameuses démocraties scandinaves chères à ton cœur, dis-je. Et toi, Maga, sur quoi as-tu travaillé ? » demandai-je en me levant. Mes jambes étaient tout engourdies.

« C'est drôle, répondit Magawati en regardant Youssef, en t'écoutant, je me suis dit que nos dossiers se ressemblaient bigrement. Le mien s'appelle : *Sauvons le galochat*. J'invente une nouvelle espèce de poisson pour faire croire aussitôt qu'elle est menacée de disparition.

— Quelle sorte de poisson ? demanda Youssef.

— Un poisson osseux de la famille des scombridés, comme le thon ou le maquereau. Le galochat vit dans les eaux froides, en mer du Nord et dans la Baltique. La survie de l'espèce est gravement compromise depuis l'incendie en 1988 de la plate-forme pétrolière Piper Alpha au large de l'Écosse...

— Je me souviens de cette histoire, dis-je. Deux explosions à quelques minutes d'intervalle et les secours qui regardent brûler la plate-forme sans pouvoir intervenir. Il y avait eu des centaines de morts, non ?

— 167 exactement. Toujours est-il que la raréfaction des galochats en mer du Nord coïncide presque exactement avec la catastrophe. Quelques statistiques édifiantes en ce sens ont convaincu de valeureux militants écologiques écossais de monter une association. Ils l'ont appelée : "Sauvons le galochat !"

— Brillant, dit sobrement Youssef. C'est vrai que nos dossiers se ressemblent. Le ressort est identique :

toi et moi attirons l'attention sur un danger imaginaire, en espérant que la prise de conscience ainsi suscitée permettra de prévenir d'autres catastrophes bien réelles.

— C'est exactement cela, confirma Magawati. Tu crois que c'est un raisonnement islamique ?

— J'en doute, dis-je, pensif. Ou alors je suis musulman moi aussi, car mon dossier fonctionne presque de la même façon. Tout le monde sait que les Bochimans sont menacés, mais plutôt que d'attendre que le gouvernement botswanais ou la De Beers commettent une bévue qui leur aliénerait le soutien de la communauté internationale, j'ai préféré prendre les devants et écrire moi-même le scénario. »

Nous réfléchîmes un instant à cette curieuse similitude. Magawati et moi buvions notre cocktail, Kili paraissait perdu dans ses pensées.

« Tout de même, reprit Youssef après un moment, c'est troublant, cette similitude. À votre avis, pourquoi trois jeunes agents qui ne se connaissent pas et ont été élevés sur trois continents différents ont-ils spontanément écrit le même dossier ?

— Peut-être, dit Magawati très doucement, parce qu'il n'y a pas besoin d'être sorcier pour comprendre que, dans ce monde, beaucoup de causes et de peuples ont besoin d'être défendus contre des gens mieux armés qu'eux. »

Plus un mot ne fut prononcé. Il n'y avait pas grand-chose à répondre à cela.

13

« La notion de vraisemblance d'un scénario renvoie à cette question fondamentale : pourquoi croit-on à une histoire ? On distingue généralement quatre ressorts essentiels, mais je préférerais les entendre de votre bouche. Un volontaire ? »

Ignacio Vargas, un Colombien sec et nerveux venu de Londres, donnait la deuxième des cinq conférences qui constituaient le programme académique de la semaine. Nous étions installés autour d'une table ovale dans une petite salle de réunion de l'hôtel Hyatt d'Honolulu. Chacun avait droit à sa petite bouteille d'eau minérale, mais pas au traditionnel bloc-notes. Nous avions interdiction de prendre des notes.

J'avais trouvé la première conférence, *Organisation générale du CFR*, légèrement décevante. Le talent du conférencier, Terence Brabham, le vice-président du Plan chargé des relations avec les unités, n'était pas en cause, mais j'avais vite constaté que Gunnar m'avait déjà donné un aperçu assez juste de l'organigramme du CFR. Assise à ma gauche, Francesca Baldini avait quant à elle semblé découvrir le concept de centresressources et même l'existence de la direction du Plan. Même si Brabham avait refusé de répondre précisément à une question de Youssef sur le nombre d'agents du CFR, il paraissait évident qu'on parlait de plusieurs milliers de personnes. Les spécialités des antennes et des bureaux donnaient d'ailleurs mieux que n'importe quel discours la mesure de la variété du CFR : Civilisations antiques à Stuttgart, Mouvements indépendantistes à Lima, Jeux de l'esprit à Vilnius, Agriculture à Indianapolis, Musique de chambre à Venise, Armes chimiques et non conventionnelles à Osaka, etc. Quel que soit le sujet abordé — mouvements de troupes à la frontière indo-pakistanaise ou impact des organismes génétiquement modifiés sur les politiques agraires des pays émergents —, Brabham sortait toujours de son chapeau un bureau ou une antenne qui s'y consacrait à plein-temps ou presque.

Le thème du jour, *Constituer un dossier : l'écriture du scénario*, m'intéressait davantage. Malheureusement, la quantité d'alcool que j'avais ingérée la veille au soir limitait sérieusement mes capacités cérébrales. J'avais eu beau avaler trois cachets d'aspirine au réveil, les paroles de Vargas ne déchiraient la brume de mon esprit qu'à grand-peine.

« Personne ? Magawati », appela Vargas en regardant ma voisine.

Magawati, qui s'était découvert la veille une tendresse pour le bloody mary, paraissait encore plus chiffonnée que moi. Vargas était bien cruel de s'acharner ainsi sur elle.

« Pardon ? demanda Magawati. Quelle est la question exactement ?

— Je vous demande, répéta patiemment Vargas, ce qui détermine que l'on croit ou non à une histoire.

— J'imagine, dit bravement Magawati, que cela dépend de qui raconte l'histoire.

— C'est en effet le premier critère. Vous accorderez inconsciemment plus de crédit à une histoire si vous avez confiance dans la personne ou dans l'institution qui vous la raconte, à une condition cependant : que sa neutralité et son impartialité ne puissent être sujettes à caution. Si, par exemple, un constructeur automobile communique sur le fait que des études scientifiques prouvent que les véhicules diesel n'émettent pas davantage de particules polluantes que les véhicules à essence, vous penserez que ce constructeur tente de justifier ses propres choix de motorisation. En revanche, si un laboratoire de recherche australien ne bénéficiant d'aucun financement en provenance de l'industrie automobile parvient aux mêmes conclusions, vous serez nettement plus enclin à les accepter. D'où l'importance évidemment de pouvoir s'appuyer sur ce que nous appelons des sources de référence. Mais je n'en dis pas plus, car cette question sera largement développée dans la conférence de demain sur la falsification et la production de sources ad hoc. Qui peut me dire quels sont les autres critères ?

— On croit plus facilement une histoire si elle confirme une opinion que l'on a déjà », dit Fernando de la Peña.

Je vis Francesca opiner vigoureusement de la tête.

Elle avait levé la main, mais Fernando avait parlé avant elle.

« Absolument, dit Vargas. C'est un phénomène bien connu en sciences humaines et dont on a prouvé qu'il favorisait et accélérait la propagation des rumeurs. Si je dis par exemple à un Européen que les juifs échappent deux fois plus souvent que les catholiques au service militaire, il est malheureusement démontré qu'il me croira plus que si j'avais inversé la proposition.

— Et je ne vous parle pas des musulmans, dit Youssef juste assez bas pour que je puisse l'entendre.

— On croit plus facilement une histoire qui finit bien ? suggéra encore de la Peña.

— En tout cas, c'est ce que pensent les scénaristes de Hollywood ! plaisanta Vargas. Mais, sérieusement, vous mettez le doigt sur quelque chose d'important. On croit plus facilement à une histoire que l'on aime. Cela dit, attention, tout le monde n'a pas les mêmes goûts. Certains aimeront une histoire parce qu'elle les fait rire, d'autres au contraire parce qu'elle les fait pleurer. Certains parce qu'elle les fait réfléchir, d'autres au contraire parce qu'elle leur fait oublier leurs soucis. Par conséquent, la façon dont vous racontez une histoire doit impérativement dépendre du public à qui vous la destinez. Si, comme c'est le plus souvent le cas, vous vous adressez à plusieurs publics distincts, racontez-leur la même histoire, mais de façon différente. Et, surtout, raccrochez-vous aussi souvent que possible à des canevas narratifs universels : le challenger qui défie les champions et l'emporte à la surprise générale, l'homme sans passé qui revient venger les siens, la jeune femme qui rompt avec un milliardaire pour épouser l'ami d'enfance qui l'aimait en secret, etc. J'anime un cours à l'Académie dans lequel je projette à mes étudiants les vingt films les plus populaires de tous les temps. Nous décortiquons ensuite les scénarios pour comprendre ce qui leur confère leur résonance universelle. »

Gunnar avait déjà évoqué cette Académie. Nul doute qu'il en serait question au cours de la cinquième conférence, intitulée *Perspectives de carrière au CFR*.

« Il reste un ressort, reprit Vargas. Peut-être le plus important car le seul qui porte sur la dynamique du scénario plus que sur le scénario lui-même. » Voyant que personne n'était prêt à se lancer, il continua : « Certaines histoires sont plus que des histoires, elles sont des points de départ. Sitôt lâchées dans la nature, elles échappent à leur auteur. Des groupes se les approprient, les modifient, les enjolivent et, ce faisant, leur donnent une substance qui emporte l'adhésion des plus sceptiques. C'est qu'à la base les créateurs de ces histoires ne se contentent pas d'imaginer quelques piquantes péripéties ou de camper des personnages plus vrais que nature, ils anticipent les conséquences qu'aura leur récit et les intègrent par avance dans le scénario, dont elles deviennent des rouages essentiels. Mais tout cela doit vous sembler bien abstrait. Laissez-moi vous raconter une histoire. Qui connaît le nom du premier animal dans l'espace ?

— La chienne Laïka en 1957 », dit Francesca

Baldini qui, avec ses cheveux impeccablement coiffés et son chemisier brodé, avait décidément tout de la bonne élève.

« C'est en tout cas le nom que tout le monde connaît », dit Vargas en se levant.

C'était une chose que j'avais remarquée : la majorité des gens, moi le premier, préféraient déambuler pour raconter des histoires. Je me fiais aveuglément à deux signes pour savoir si quelqu'un s'apprêtait à me servir un bobard : se levait-il et commençait-il son article par le mot « honnêtement » ?

« Pour la petite histoire, poursuivit Vargas en faisant le tour de la salle, deux autres chiens baptisés Dezik et Tsygan avaient effectué un vol suborbital en 1951 mais, pour des raisons mystérieuses, c'est le nom de Laïka qui est passé à la postérité. Maintenant, replaçons-nous dans le contexte de 1957. Le 4 octobre, l'URSS a mis en orbite Spoutnik 1, le premier satellite qui tournera autour de la Terre pendant vingt-deux jours. Les Américains, dont le programme spatial est loin d'être aussi avancé, accusent le coup. Certains hauts responsables voient même dans cet échec le signe d'une inadéquation du système scolaire américain ! De son côté, Nikita Khrouchtchev, le président du Soviet suprême, est bien décidé à pousser son avantage. Il entend désormais envoyer un être humain dans l'espace, et ce avant le 7 novembre, date du quarantième anniversaire de la révolution bolchevique. Sergei Korolev, chef du programme spatial, lui objecte qu'il est impossible d'être prêt avant décembre. Khrouchtchev traite tout le monde d'incapables, mais se fait une raison : Spoutnik 2 partira vide et les données recueillies permettront de préparer le vol habité du mois de décembre. »

Vargas s'arrêta un instant pour nous dévisager. Nous étions pendus à ses lèvres. Tout à coup, je n'avais plus mal à la tête.

« C'est ici qu'entre en piste un jeune agent du CFR, que nous appellerons Ivanov par commodité, mais dont je ne peux vous révéler le nom réel. Ivanov travaille pour l'un des membres du Praesidium du Soviet suprême et connaît, à ce titre, les détails du prochain lancement de Spoutnik 2. Il élabore en quelques heures un plan qui lui paraît au début si farfelu qu'il n'ose pas le soumettre à son officier traitant du CFR, que nous appellerons Poliakov. Heureusement pour nous, Ivanov se décide enfin. Comme il s'y attendait, Poliakov rejette le plan, qu'il qualifie d'insensé. Heureusement, là encore, il reprend ensuite le projet et l'examine sous tous les angles, pour conclure finalement que les chances de succès sont nettement supérieures à 50 %.

— Quel était le plan ? demanda Magawati d'une voix sèche.

— Le plan consistait, une heure exactement après le lancement de Spoutnik 2, à envoyer un communiqué de l'agence Tass à une cinquantaine de rédactions annonçant que le satellite emportait à son bord une chienne de deux ans du nom de Laïka.

— Alors que le satellite était vide ? demanda Youssef, incrédule.

— Alors que le satellite était vide, répéta Vargas. Que se passa-t-il ? Le communiqué arriva à peu près au même moment dans toutes les grandes salles de rédaction, à l'ouest et à l'est du rideau de fer. Personne n'imagina qu'il pouvait émaner d'une autre organisation que Tass, l'agence de presse officielle soviétique. Un autre communiqué, authentique celui-ci, était bien arrivé une demi-heure plus tôt pour annoncer le succès du lancement, mais cette conjonction ne surprit personne, tant l'agence Tass avait coutume d'inonder les journalistes de communiqués triomphants. D'ailleurs, les deux documents avaient une présentation identique et tous deux contenaient des citations de Sergei Korolev et du camarade Khrouchtchev. Non, vraiment, personne ne subodora la supercherie.

« Pour autant, tous les journalistes n'imprimèrent pas immédiatement l'histoire de Laïka. L'agence Tass avait la regrettable réputation d'exagérer les exploits soviétiques. L'agence de presse américaine Associated Press chercha à obtenir une confirmation auprès du Pentagone et de la Maison-Blanche. Eisenhower, alors président des États-Unis, convoqua une réunion extraordinaire dans la *situation room*. Allen Dulles, le directeur de la CIA, indiqua que l'Agence ne disposait d'aucune information sur la mise en orbite d'une chienne, mais qu'elle ne pouvait exclure que les Russes fussent capables d'une telle prouesse. Eisenhower traita lui aussi tout le monde d'incapables et demanda au porte-parole de la Maison-Blanche, James Hagerty, de préparer un communiqué reconnaissant la temporaire supériorité soviétique et annonçant d'imminentes et spectaculaires initiatives américaines.

« Dans le même temps, en Europe, un journaliste

de la radio d'État bulgare appelait une de ses sources au Kremlin — appelons-la Orlov — pour se faire confirmer l'histoire. Il prenait généralement pour argent comptant tout ce qui portait le tampon de l'agence Tass, mais trouvait tout de même surprenant que Moscou n'eût pas demandé à l'avance aux chaînes de télévision et aux stations de radio publiques de faire de la place dans leurs programmes pour claironner cette nouvelle stupéfiante. Orlov prit l'appel. Il semblait mal à l'aise et répondit que son supérieur, un membre du Praesidium du Soviet suprême, était entré en réunion quelques minutes plus tôt avec le camarade Khrouchtchev. Le journaliste accepta de patienter une demi-heure. Orlov promit de le rappeler. »

Vargas s'arrêta net. Il avait en quelques minutes fait autant de fois le tour de la table que Laïka celui de la Terre.

« Maintenant, demanda-t-il, bien conscient qu'il nous tenait tous en haleine, que croyez-vous qu'il se disait dans cette réunion ? Fernando ? »

De la Peña grommela quelques mots d'une voix gutturale.

« C'est du russe, précisa-t-il. Ça veut dire : "Qu'est-ce que c'est que ce bordel ?" »

Nous éclatâmes tous de rire. Francesca aussi, mais à retardement, comme si elle écoutait la conversation dans un casque de traduction simultanée.

« C'est en effet ainsi, au moins en substance, que Khrouchtchev entama la réunion. Il crut d'abord que Korolev, le directeur du programme spatial, lui avait désobéi et avait placé, à défaut d'un humain, un animal à bord de Spoutnik. Quand il comprit que personne n'avait la moindre idée de comment cette chienne avait atterri dans l'appareil, il se préoccupa de l'identité de l'auteur du communiqué. Mais alors même que le directeur du KGB assurait qu'on pincerait le coupable et qu'on lui ferait avouer le nom de son commanditaire, plusieurs secrétaires entrèrent dans la salle pour remettre des messages à leurs patrons. Les demandes de confirmation — dont celle d'Orlov — affluaient de toutes parts et il devint vite évident qu'il faudrait prendre une décision avant d'avoir pu tirer toute l'affaire au clair. Tous les participants à la réunion se tournèrent alors vers Khrouchtchev, qui était seul habilité à engager le Praesidium du Soviet suprême. Que croyez-vous qu'il fit ? »

Personne ne répondit. Mon regard croisa celui de Magawati et je me jetai à l'eau.

« Il choisit de ne pas démentir, dis-je sans vraiment y croire.

— Naturellement, dit Vargas en scrutant chacun d'entre nous pour s'assurer que nous suivions le raisonnement. Si, encore aujourd'hui, le monde est convaincu que Laïka a fait 2 500 fois le tour de la Terre, c'est que l'URSS a confirmé le communiqué de l'agence Tass. Mais Ivanov et Poliakov ne jouaient pas au poker. Comment étaient-ils parvenus à la conclusion que Khrouchtchev validerait leur scénario ? »

Pendant quelques secondes, chacun retourna les éléments du problème dans sa tête. Je tentai ma chance une deuxième fois :

« Il faut se replacer dans le contexte de l'époque,

comme vous dites. La guerre froide bat son plein, les États-Unis et l'Union soviétique se livrent une lutte sans merci, dont l'espace n'est que le dernier champ de bataille. Les deux pays se détestent, mais ils se craignent aussi. Les États-Unis savent qu'ils ont pris du retard sur les Soviétiques. D'ailleurs, en 1962, Kennedy lancera le programme Apollo pour envoyer un homme sur la Lune avant les Russes.

— Tout cela est juste, dit Vargas, mais où voulez-vous en venir ?

— Je veux dire que la réaction d'Eisenhower était prévisible. Les Américains ignoraient si les Russes avaient réellement envoyé un chien dans l'espace, mais ils savaient qu'ils en étaient capables et c'était là le principal.

— Passe encore pour Eisenhower, dit Youssef, mais comment expliques-tu l'attitude de Khrouchtchev ?

— En y réfléchissant bien, elle paraît plus prévisible encore, dis-je. Considère les termes de l'alternative. Si Khrouchtchev dément la présence de Laïka à bord, il se ridiculise doublement. D'abord en admettant que l'URSS n'est pas encore capable d'envoyer un animal dans l'espace, ensuite en reconnaissant publiquement que des petits plaisantins ont mis la main sur un stock de papier à en-tête de l'agence de presse officielle. S'il confirme la présence de Laïka, en revanche, il réitère de manière éclatante la suprématie soviétique dans l'espace et il assoit un peu plus son personnage de visionnaire. N'est-ce pas lui après tout qui voulait envoyer un être vivant dans l'espace le jour du quarantième anniversaire de la révolution bolchevique ?

— Il est sûr que, présenté ainsi, il n'a pas dû hésiter longtemps, dit Magawati. Pile, je gagne. Face, tu perds. Seul un imbécile aurait démenti.

— Et s'il y a bien une chose qu'Ivanov avait intégrée, c'est que Khrouchtchev n'était pas un imbécile, ajouta Vargas. Mes compliments, Sliv, c'est exactement ainsi que les choses se sont passées.

— Mais, intervint Fernando, trop de gens connaissaient la vérité : les participants à cette réunion, le KGB, les collaborateurs du programme spatial... Comment a-t-on pu garder un tel secret aussi longtemps ?

— Ç'avait été la première question de Poliakov. Voyons si vous auriez su apaiser ses craintes. Sliv ?

— Khrouchtchev a fait jurer le secret à tous les protagonistes ? supputai-je.

— Oh non ! gloussa Vargas comme si j'en avais raconté une bien bonne. Khrouchtchev n'avait que faire des serments de ses subordonnés. Il croyait à la terreur, pas aux promesses. Mais il était aussi plus subtil qu'on ne le croit. Ce jour-là, il formula sa position de façon qu'on puisse croire qu'il avait lui-même autorisé l'opération Laïka. Dans le langage codé du Kremlin, cela signifiait que quiconque contesterait cette version des faits remettrait en cause l'autorité même du président du Soviet suprême et gagnerait un aller simple pour la Sibérie. Korolev se chargea d'expliquer à ses hommes qu'il avait introduit une chienne dans l'habitacle juste avant le lancement de Spoutnik. Khrouchtchev le récompensa en lui attribuant une datcha sur la mer Noire.

— Tout de même, cela paraît difficile à croire, dit Fernando, résumant le sentiment général.

— Je suis d'accord avec vous, dit Vargas, et si Ivanov n'avait pas poursuivi sa démonstration, Poliakov ne lui aurait probablement jamais donné son accord. Mais Ivanov jouait avec deux coups d'avance et il entreprit d'expliquer à Poliakov ce qui allait se passer au cours des dix prochaines années.

« Le Kremlin, annonça-t-il d'abord, confirmera la présence de Laïka à bord de Spoutnik 2. C'est ce qui arriva. Orlov rappela le journaliste, et la radio bulgare fut la première à diffuser la nouvelle. Tous les médias du bloc de l'Est lui emboîtèrent le pas, suivis peu après par les États-Unis, l'Angleterre et la France.

« Le KGB, prédit-il encore, n'ouvrira pas d'enquête. Chercher l'auteur du communiqué reviendrait à proclamer que c'est un faux : les faits lui donnèrent raison.

« L'URSS publiera régulièrement des nouvelles de Laïka puis annoncera que la chienne est morte sans souffrir : au bout de dix jours en effet, on apprit que Laïka avait été euthanasiée grâce à du poison placé dans sa nourriture.

« Les Russes se dépêcheront d'envoyer un vrai chien dans l'espace : Ivanov avait raison dans l'esprit, mais pas sur le terme. Ce n'est qu'en 1960, trois ans plus tard, que l'URSS envoya deux chiennes, Strelka et Belka, dans l'espace.

« La CIA verra son budget augmenter : c'est

évidemment ce qui se produisit ; de toute façon, la CIA utilise indifféremment ses succès et ses échecs pour justifier ses demandes de crédits supplémentaires.

« Le Pentagone lancera prochainement son propre satellite : effectivement, moins de deux mois plus tard, les États-Unis devenaient la deuxième nation spatiale à la suite du lancement d'Explorer I.

« La conquête spatiale va devenir un enjeu politique : de fait, le programme Spoutnik donna le coup d'envoi d'une course effrénée qui dura douze ans et se termina par la victoire américaine et l'alunissage — télévisé et bien réel cette fois-ci — d'Apollo 11. »

Vargas avait conclu sa démonstration. En tournant la tête, je vis que je n'étais pas le seul à accuser le choc de toutes ces révélations.

« Au fond, dis-je en réfléchissant à voix haute, le dossier d'Ivanov arrangeait tout le monde.

— Exactement, approuva Vargas en se rasseyant. Et parce qu'il arrangeait tout le monde, le travail de falsification s'est trouvé réduit à sa plus simple expression, Russes et Américains se chargeant eux-mêmes de recouvrir les traces laissées par Ivanov. Dans dix ou quinze ans, tous les acteurs de cette histoire seront morts. Certains auront bien raconté à leurs enfants ou à leur maîtresse qu'ils soupçonnaient un canular, mais cela n'a déjà plus d'importance. Laïka est entrée dans la mythologie populaire, l'homme a marché sur la Lune et le CFR est passé à autre chose... Oui, Youssef ?

— Quelle était la finalité de ce dossier ? demanda Youssef, manifestement le plus secoué de nous tous.

— Que voulez-vous dire exactement ? répondit Vargas en fronçant les sourcils.

— Quel but poursuivait Ivanov ? En quoi était-il important de faire croire au monde qu'une chienne tournait en orbite autour de la Terre ? »

Ainsi c'était cela qui le travaillait, la question de la cause, encore et toujours. J'en étais encore à admirer le « comment » qu'il pensait déjà au « pourquoi ».

« C'est une question que vous devriez poser à Ismaïl Habri, qui vous parlera des consignes du Plan en fin de semaine, mais je suppose qu'il ne verrait pas d'objection à ce que je vous réponde. Disons qu'au début des années cinquante les responsables du Plan, préoccupés par la tournure que prenait la guerre froide, cherchaient de grandes causes susceptibles de rassembler tous les peuples autour d'un dessein commun. Ils jetèrent leur dévolu sur la conquête spatiale, un thème qui n'a d'ailleurs depuis presque jamais quitté la liste des priorités du Plan. Le dossier d'Ivanov a eu le mérite de propulser la course à l'espace sur la scène politique. L'émulation entre les États-Unis et l'Union soviétique a ensuite fait le reste et la science a progressé à grands pas pendant une dizaine d'années.

— Pardonnez-moi de vous contredire, dit Youssef, mais la rivalité américano-soviétique n'a jamais été aussi exacerbée que dans l'espace. Au temps pour la fraternité entre les peuples dont rêvait le Plan...

— Je tiens d'abord à vous rassurer, dit Vargas en souriant. J'admets tout à fait la contradiction. Nos grands sages du Plan avaient deviné que Russes et Américains s'étriperaient dans un premier temps.

Mais ils espéraient que, passé quelques décennies, la raison reprendrait le dessus. C'est exactement ce qui est en train de se passer. La NASA vient de s'associer avec son homologue russe pour développer un projet de station orbitale internationale. Et, dès 1975, quinze pays européens s'étaient réunis pour fonder l'Agence spatiale européenne. Le monde ne change pas en un jour... »

Cette réponse parut satisfaire Youssef et j'en profitai pour poser une question qui me turlupinait depuis longtemps.

« Comment évaluez-vous un scénario ? »

Vargas regarda sa montre pendant quelques secondes, comme s'il se demandait s'il ne valait pas mieux réserver ce sujet pour le déjeuner. Il se lança malgré tout.

« Les officiers traitants constituent bien évidemment le premier filtre. Ils sont habilités à rejeter vos dossiers. Vous avez le droit de faire appel de leur décision mais, sauf si vous vous sentiez victime d'une énorme injustice, je vous le déconseille. Vos supérieurs ont des années d'expérience et sont eux-mêmes systématiquement évalués par Londres. »

Nous savions depuis la veille que la capitale britannique abritait le Département des Dossiers.

« Chaque dossier fait l'objet d'une double évaluation, poursuivit Vargas. Le Plan s'assure d'abord qu'il est en conformité avec les consignes générales du CFR. Toronto tolère parfois les dossiers qui ne s'inscrivent pas dans le Plan, mais ne les encourage pas. Les seules véritables exceptions concernent les sagas, ces dossiers si puissants que leurs auteurs les renouvellent ou les enrichissent périodiquement.

« Mon équipe à Londres se charge de la deuxième lecture. Nous jugeons tour à tour la portée et la sécurité d'un scénario, en lui attribuant deux notes sur 10. Par portée, nous entendons la faculté du scénario à engendrer des conséquences concrètes et positives, en tout cas positives à nos yeux. Quant à la sécurité, elle ne dépend pas, comme vous pourriez le penser, de vos qualités de falsificateur. Chaque scénario présente un niveau de risque — et donc de sécurité — intrinsèque, indépendant des efforts de falsification qui seront mis en œuvre. Ce niveau de risque est généralement lié à la nature médiatique du sujet, à la période choisie, au nombre de spécialistes vivants, etc. Le falsificateur compétent réduira le risque, tandis que l'incompétent l'aggravera, mais le concept de sécurité, lui, préexiste à toute intervention. Bien entendu, les scénarios de plus grande portée sont généralement aussi les moins sûrs. Et, à l'inverse, si vous n'êtes prêt à prendre aucun risque, votre scénario risque fort de n'intéresser personne.

— Par exemple ? lança Francesca qui ne pouvait s'empêcher de lever la main avant d'intervenir.

— Prenons le cas d'un scénario que j'ai vu passer le mois dernier et qui concerne justement votre pays, l'Italie. L'auteur y raconte que Fontana, l'architecte qui a découvert la cité ensevelie de Pompéi en 1599, aurait volontairement oublié d'exhumer plusieurs fresques et mosaïques libertines qui heurtaient sa prude morale. Portée du scénario : 2/10. Sécurité : 9/10. Note globale : 18/100, car, j'ai oublié de le préciser, nous multiplions les deux notes sur 10 pour obtenir une note sur 100.

— Comment auriez-vous noté le scénario d'Ivanov ? demandai-je.

— Je pourrais vous dire qu'il méritait respectivement 10 et 9, mais ce ne serait pas honnête. La sécurité d'un dossier notamment ne peut s'apprécier qu'à un instant et dans un contexte donnés. Inutile de préciser d'ailleurs que ni Londres ni Toronto ne validèrent le scénario d'Ivanov. Vu les contraintes de temps, c'est son officier traitant qui donna le feu vert. »

J'essayai d'imaginer Gunnar dans la même situation. Aurait-il pris une telle responsabilité ?

« Si notre comité de sélection ne s'est pas trompé sur votre personnalité, reprit Vargas, vous passerez toute votre vie à chasser le Graal du CFR, le dossier parfait noté 10-10. Je m'en félicite. Mais je vous en prie, je vous en supplie même, soyez prudents. Sécurité avant tout. Un 5-8 vaudra toujours mieux qu'un 8-5. »

Et sur ces paroles cryptiques, Vargas leva la séance.

14

Le grand moment était enfin arrivé. Au terme d'une semaine épatante où nous avions alterné conférences passionnantes et activités plus récréatives, Angoua Djibo, le Président du Plan, nous avait réunis pour proclamer le palmarès du Trophée du meilleur premier dossier. Il était encadré d'Ignacio Vargas et de Jiro Nakamura, le directeur des ressources humaines du CFR. Sur une table dressée derrière eux nous attendaient des rafraîchissements et des canapés. Assez curieusement, Magawati, Francesca, Fernando, Youssef et moi leur faisions face, assis côte à côte à une table rectangulaire. N'était la différence d'âge, on aurait pu croire que Djibo s'apprêtait à passer un examen et que nous étions son jury.

Nous feignions entre nous de ne guère prêter d'attention au palmarès. Quand Francesca avait déclaré ce matin-là au petit déjeuner qu'il était déjà formidable d'arriver en finale, nous avions tous bruyamment marqué notre accord. Puis Magawati avait ajouté qu'il serait quand même bien agréable de remporter le trophée et personne ne l'avait contredite... On nous avait prévenus que trois prix seulement seraient attribués. Les deux concurrents non distingués devraient se consoler à l'idée que personne ne saurait jamais qui avait fini dernier. Chacun des cinq candidats espérait avant tout éviter cette disgrâce.

Fernando de la Peña était le plus agité d'entre nous, en tout cas celui qui masquait le moins bien sa nervosité. Il m'avait avoué la veille, durant notre excursion dans les montagnes environnantes, que son bureau tiendrait toute autre place que la première comme déshonorante.

« Je tenais à vous dire en préambule, commença Angoua Djibo, à quel point nous avons goûté cette semaine en votre compagnie. Pour avoir lu et apprécié vos dossiers, nous savions avoir affaire à des professionnels talentueux ; nous avons rencontré des individus prometteurs et attachants avec qui, je l'espère, nous allons faire un long bout de chemin. Mais sans plus tarder, car je sais que vous êtes impatients de connaître les résultats, je vais vous donner lecture du palmarès. »

Il sortit une feuille de papier de sa poche et chaussa ses lunettes.

« Le Comité du Premier Dossier, que j'ai l'honneur de représenter ce soir, lut Djibo, a décidé de décerner le troisième prix à Fernando de la Peña pour son dossier *Les vraies raisons de la disgrâce de Cortés*. »

Fernando se leva sous nos applaudissements chaleureux et esquissa une courbette maladroite. Il souriait mais sans parvenir à dissimuler totalement sa déception. Sans doute pensait-il déjà à la façon dont il présenterait l'affaire en rentrant à la maison.

« Comme chacun sait, reprit Djibo, Hernán Cortés conquit le Mexique dans la première moitié du XVIe siècle, en anéantissant presque entièrement la fabuleuse civilisation aztèque. Sa fortune faite, il rentra en Espagne en 1540 et prêta main-forte à Charles Quint lors du siège d'Alger. Malgré ses hauts faits d'armes et d'inestimables services rendus à la couronne espagnole, il tomba alors en disgrâce, pour des raisons mal connues des historiens, avant de mourir près de Séville en 1547. Selon votre camarade Fernando, la police secrète de Charles Quint aurait en fait découvert en 1543 que Cortés n'était pas baptisé, ce que le conquistador lui-même ignorait. Quelle ironie si l'on se rappelle que les Espagnols massacrèrent des milliers d'Aztèques au seul motif qu'ils refusaient d'embrasser la foi catholique, et qu'une cinquantaine d'années plus tôt Isabelle de Castille avait expulsé d'Espagne tous les juifs qui refusaient de se convertir au catholicisme. Nous avons aimé le dossier de Fernando de la Peña, car, en s'engouffrant dans une de ces zones d'ombre de l'Histoire, il met superbement en lumière l'extraordinaire intolérance religieuse dont firent preuve les grandes puissances européennes. Qui se souvient en effet que le pape Jules III fit brûler le Talmud en place publique en 1553 ou que la même Espagne décréta en 1609 l'expulsion sous peine de mort pour tous les morisques, ces musulmans parlant arabe qu'elle avait annexés en prenant Grenade en 1492 ?

— Un demi-million de déportés à l'époque, précisa Youssef à l'intention de Magawati, sa voisine.

— À l'heure où nous assistons à une préoccupante montée des intégrismes religieux, notamment islamiques, continua Djibo, nous avons voulu rappeler à quelles abominations conduisent l'étroitesse d'esprit et la restriction de la liberté de culte. Toutes nos félicitations, Fernando ! »

Fernando s'inclina de nouveau, plus joyeusement cette fois-ci. L'éloge du Président du Plan lui avait visiblement mis du baume au cœur.

« Tu ne dis plus rien, Kili ? demanda ingénument Magawati à son voisin, qui avait un peu de mal à encaisser la conclusion de Djibo.

— Le deuxième prix revient à Magawati Donogurai, pour son dossier *Sauvons le galochat.* »

Magawati poussa un petit cri charmant et s'applaudit elle-même. Sa gaieté faisait plaisir à voir et ses yeux pétillaient plus intensément que jamais. Djibo se lança dans un résumé du galochat avant d'exalter la conscience écologique des jeunes recrues, mais Francesca, Youssef et moi n'avions pas vraiment le cœur à l'écouter, trop occupés que nous étions à évaluer nos propres chances de décrocher la timbale. J'appréciais énormément le scénario de Kili, mais je le trouvais un rien convenu et, en toute honnêteté, moins riche que le mien. Le dossier de Francesca Baldini, *La géométrie dans les fourmilières*, était à mon avis d'une tout autre trempe. Bien abritée derrière le professeur Spader, docteur honoris causa de l'université de Wellington et entomologiste de renom, Francesca nous livrait le fruit de ses observations sur les fourmis polynésiennes. Comme toutes leurs congénères, celles-ci sectionnaient les feuilles en petits morceaux pour les charrier plus commodément. Mais à en croire le professeur Spader, seuls les morceaux découpés par les fourmis polynésiennes prenaient aussi systématiquement la forme de pentagones réguliers ! Autre observation tout aussi étonnante, les fourmis proches de pondre se déplaçaient selon une sinusoïde dont l'amplitude grandissait à mesure qu'approchait le terme de la gestation. Gunnar, qui avait lu le dossier de Francesca, m'en avait dit grand bien. Le CFR avait toujours montré une certaine prédilection pour la science zoologique et lui avait apporté plusieurs contributions importantes. Il m'avait prévenu que plusieurs membres du jury risquaient d'être sensibles au dossier de l'Italienne. Alors, fourmis contre Bochimans, qui aurait le dernier mot ?

« Et j'ai l'immense plaisir de remettre le Trophée à Sliv Dartunghuver, pour son fantastique premier dossier *Les diamants du Kalahari.* »

Une immense fierté m'envahit. Mes premières pensées allèrent à Gunnar et, bizarrement, à mon père, décédé treize ans plus tôt. Que pensait-il de moi s'il me voyait ? Approuvait-il la voie si particulière que j'avais prise ?

Je sentis qu'on tirait ma manche. C'était Magawati qui me faisait signe de me lever, car Djibo semblait prêt à me remettre une espèce de sculpture en verre qui s'était comme par miracle matérialisée entre ses mains. En passant derrière Kili et Francesca, je leur tapai amicalement l'épaule. Kili pressa ma main dans la sienne.

« Sliv, dit Djibo après m'avoir donné l'accolade, recevez ce Trophée spécialement dessiné par une de nos plus brillantes agentes et sculptrice de talent. Il représente une rose des sables, dont les plis figurent les différentes couches qui mènent jusqu'à la vérité. Vous noterez que l'artiste a utilisé une dizaine de verres plus ou moins translucides pour illustrer la relativité du savoir et l'absurdité de la notion de transparence. »

Je levai la sculpture devant mes yeux. Les rayons du soleil couchant qui entraient par la baie vitrée vinrent se prendre dans les strates de verre et les firent scintiller interminablement. C'était un spectacle extraordinaire et je sus aussitôt que je ne m'en lasserais jamais.

« Au risque de heurter la modestie de Sliv, dit Djibo en me faisant signe de rester à côté de lui, je voudrais partager avec vous les raisons qui nous ont conduits à distinguer son dossier. Par une sorte d'incroyable coïncidence, *Les diamants du Kalahari* épousent à la perfection les objectifs définis dans le Plan en cours. Ismaïl Habri a eu l'occasion de vous exposer hier les principaux axes de l'action du CFR pour la période 1992-1994. Il se trouve que la défense des peuples indigènes constitue justement l'un de ces axes et que nos meilleurs agents peinaient à trouver l'angle par lequel nous parviendrions à alerter le grand public et la communauté des nations.

« Si le CFR se montre si sensible au sort des peuples indigènes, ce n'est pas au nom de je ne sais quelle nostalgie poussiéreuse. Le monde change, les peuples évoluent, les frontières bougent, nous savons tout cela depuis longtemps et nous avons, plus que n'importe qui peut-être, accompagné ce processus organique, quand nous ne l'avons pas carrément initié.

« Les véritables raisons pour lesquelles le CFR — et l'humanité tout entière — se doit de prêter assistance aux peuples indigènes sont en fait de plusieurs ordres. Il en va tout d'abord de l'idée que nous nous faisons de la justice. La plupart des peuples en question, qu'il s'agisse des Bochimans ou des Guarani du Brésil, peuvent faire valoir des droits officiels sur les territoires qu'ils habitent. Quand un gouvernement fait donner l'armée pour expulser une tribu indienne ou quand il fait voter une nouvelle loi sans conférer préalablement à ladite tribu une représentation au Parlement, il exerce de manière odieuse le droit du plus fort et démontre son mépris de la minorité. Enhardi par son succès, il ne s'arrêtera pas en si bon chemin et dès demain peut-être abolira les cultes qui le dérangent ou les partis politiques qui osent questionner son autorité. »

Djibo s'arrêta un instant pour boire une gorgée d'eau. Il avait remis son discours et ses lunettes dans sa poche et parlait désormais sans notes.

« Je suis sûr que vous attendez maintenant que j'invoque la nécessité de préserver ce que l'on a coutume d'appeler la diversité culturelle. Eh bien oui, je n'ai pas peur de le dire : nous devons protéger les Bochimans même s'ils ne savent pas compter au-delà de deux et s'ils stockent leurs réserves d'eau dans des vessies de girafes séchées. Je choisis volontairement ces exemples, car ce sont typiquement ceux qu'utilisent les hérauts de la modernité pour dévaloriser les cultures tribales et relativiser le danger que représenterait leur disparition. Élevons-nous un peu au-dessus de la mêlée et acceptons de reconnaître ce que la culture bochimane a de novateur ou, à tout le moins, de profondément respectable. Les hommes bochimans chassent tous ensemble et partagent équitablement le produit de leur chasse. Et alors ? Cela fait-il d'eux des imbéciles pour autant ? N'est-ce pas sur un postulat similaire que les théoriciens bolcheviques tentèrent de bâtir leur société idéale ? Et le principe de solidarité ne se trouve-t-il pas au fondement des systèmes de redistribution et de protection sociale chers à la vieille Europe ? Les Bochimans ne portent qu'un pagne qui laisse entrevoir leur sexe. Cela suffit-il à les disqualifier irrémédiablement ? Évidemment, non. La notion de pudeur dans les sociétés occidentales a considérablement évolué à travers les âges. Au gré des modes, les hommes et les femmes de nos sociétés soi-disant évoluées jugent parfaitement normal de révéler le mollet ou l'épaule qu'ils mettaient dix ans plus tôt tant de soin à dissimuler. Et d'ailleurs, quand Francesca se dit pudique, croyez-vous qu'elle implique les mêmes choses que Fernando ou Youssef ?

— Sûrement pas », s'exclamèrent les trois intéressés presque à l'unisson, déclenchant un éclat de rire général. Je sus gré à Djibo d'avoir détendu l'atmosphère et rendu le sourire à Youssef. Celui-ci vit que je l'observais ; il forma le mot « Bravo » avec ses lèvres.

« Nous avons pris l'habitude, poursuivit le Président du Plan, de considérer les peuples tribaux comme des peuples arriérés, comme si l'histoire était un processus irréversible, comme si, parce que certaines de leurs pratiques trouvent des échos dans notre passé, ils étaient condamnés à n'avoir d'autre avenir que le nôtre. Je récuse cette vision, le CFR récuse cette vision. Les peuples tribaux ne sont pas arriérés, ils vivent dans un autre temps qui n'est ni antérieur ni postérieur, ni meilleur ni moins bon. Aujourd'hui, leur temps et le nôtre sont disjoints, mais qui peut dire qu'un jour ils ne se retrouveront pas ? Les Bochimans abandonnent leurs anciens à une mort certaine quand ils savent n'avoir plus les moyens de les entretenir. Qui dans cette salle parierait que nos sociétés n'arriveront jamais à cette extrémité, alors que les dépenses de santé absorbent une part sans cesse grandissante de la richesse mondiale et que tous les systèmes de retraite occidentaux ou presque sont en situation de faillite virtuelle ? Je vous le demande : si pour le bien de nos enfants, nous devons laisser nos parents s'éteindre comme des bougies, n'aurons-nous pas ce jour-là quelques leçons à apprendre des Bochimans ? Ou continuerons-nous à prétendre que ce sont eux qui devraient placer leurs anciens dans des poumons d'acier pour prolonger leur existence de quelques misérables mois ? »

Djibo reprit une gorgée d'eau.

« J'ai bien conscience de choquer vos convictions en parlant ainsi. Je ne le fais pas par plaisir ou au nom d'un quelconque sens malsain de la provocation. Je voudrais vous amener à dépasser vos préjugés ethniques et culturels, à embrasser au sens littéral du terme la diversité du monde. Vos parcours, vos expériences vous préparent à devenir des citoyens du monde. D'une certaine façon, vous l'êtes déjà. Vous savez — votre intellect sait — qu'il faut respecter les Bochimans et leurs traditions. Mais au fond de vous, et même si vous luttez contre cette voix intérieure, vous êtes convaincus que les Bochimans finiront par nous ressembler et par succomber à l'attrait d'une vie plus facile et plus longue. C'est en cela que votre éducation est encore imparfaite. Elle s'achèvera le jour où vous envierez les Bochimans, leur simplicité et leur sérénité, où vous-mêmes vous aspirerez à leur ressembler, à ne faire plus qu'un avec eux, à épouser leurs femmes pour donner naissance aux premiers vrais citoyens du monde. »

Voyant dans quel désarroi ses dernières paroles avaient plongé les hommes de l'assistance, Djibo crut bon d'ajouter :

« Je parle en termes métaphoriques, bien sûr. Mais, pour nobles que soient ces considérations, elles ne sauraient totalement mobiliser les citoyens et encore moins fléchir les gouvernements. Nous n'emporterons l'adhésion du plus grand nombre qu'en lui démontrant qu'il a intérêt à préserver les populations tribales. C'est à mon sens la principale erreur des organisations non gouvernementales qui défendent les peuples indigènes : leur cause leur paraît si naturellement juste qu'elles se croient dispensées de toute justification. Je pense au contraire que nous devons prendre les gouvernements à leur propre jeu et leur démontrer que l'éradication de leurs tribus est tout simplement la plus mauvaise décision économique qu'ils puissent prendre, qu'autrement dit elle leur coûtera plus qu'elle ne leur rapportera. Prenons le cas du Botswana. Avec un territoire grand comme la France et seulement un million et demi d'habitants, ne peut-il pas à la fois extraire des diamants et assurer un territoire à cinquante mille malheureux Bochimans ? Son industrie touristique embryonnaire n'y trouverait-elle pas un certain bienfait ? Sans parler de son image sur la scène internationale, image qui se refléterait automatiquement dans le taux d'intérêt de sa dette extérieure ? Au lieu de quoi, le gouvernement botswanais préfère accréditer l'opinion selon laquelle ses ministres sont tous corrompus et exposer le pays à un boycott commercial et touristique qui risque de lui coûter infiniment plus cher.

« C'est ici que nous entrons en jeu. Si nous voulons sauver les Bochimans d'une disparition quasi certaine, nous devons peser simultanément sur les deux termes de l'équation, en réduisant l'espérance de gain que le Botswana tire de leur persécution et en augmentant les profits que lui vaudrait une conduite vertueuse. C'est exactement ce que s'est efforcé de faire Sliv dans son premier dossier et c'est pourquoi il vient d'ouvrir une voie dans laquelle nous allons inviter de nombreux agents à s'engouffrer. En moins de deux mois, les retombées des *Diamants du Kalahari* sont déjà considérables. Les journaux français ont abondamment rendu compte du livre posthume de Gaston Chemineau, *Le Monde* allant jusqu'à écrire : "Il faudra bien que le gouvernement de M. Masire s'explique sur son odieuse politique d'ostracisme à l'heure où il sollicite le soutien financier de la communauté internationale." La présidence botswanaise a d'abord choisi d'ignorer l'attaque du *Monde*. Cependant, voyant l'écho qu'elle rencontrait dans la presse anglo-saxonne, le président Ketumile Masire a déclaré la semaine dernière en marge du sommet de Lagos que le Botswana respecterait scrupuleusement les droits du peuple bochiman. Plusieurs ONG se sont également emparées du dossier. La plus active d'entre elles, Survival International, a d'ores et déjà annoncé qu'elle placerait les Bochimans au cœur de sa campagne d'appel aux dons de la rentrée, une perspective qui semble inquiéter la De Beers puisque l'entreprise minière sud-africaine vient d'embaucher une agence conseil spécialisée dans la communication de crise. Enfin, et ce n'est pas le moindre mérite du dossier de Sliv, nos contacts à l'ONU nous ont fait part d'un certain émoi dans les travées de l'Assemblée générale. Comptez sur nous pour amplifier cet émoi et lui donner la traduction la plus concrète possible. Comme vous le voyez, Sliv a réussi à mettre l'Histoire en marche et mon petit doigt me dit que les choses n'en resteront pas là. Je vous demande donc d'applaudir votre camarade encore une fois car il le mérite bien. »

Youssef, Magawati, Francesca et Fernando se levèrent et m'applaudirent à tout rompre. Le discours de Djibo m'avait déjà mis les larmes aux yeux et j'eus beaucoup de mal à me retenir de ne pas pleurer comme un gosse. Heureusement, le Président du Plan reprit la parole :

« Un mot encore pour féliciter Francesca Baldini et Youssef Khrafedine, que seule une concurrence redoutable a empêchés de monter sur le podium.

Francesca, Youssef, vos dossiers sont excellents et je pense que nous n'avons pas fini d'entendre parler d'eux. Il me reste à vous remercier enfin tous pour ce que vous nous apportez. J'ai été ravi de vous rencontrer et d'apprendre à vous connaître chacun personnellement. Je vous reverrai probablement dans quelques années à l'Académie. Vous avez tous le potentiel pour faire carrière au sein de notre organisation et votre passage à l'Académie constituera la prochaine étape importante dans votre développement personnel et professionnel. Et maintenant, mes amis, mangeons et buvons ! »

Car Angoua Djibo cultivait à ses heures son personnage de patriarche africain.

DEUXIÈME PARTIE

Córdoba

1

C'est l'hôtesse du vol Santiago-Córdoba qui me réveilla avec sa voix de crécelle. Elle prononça facilement deux cents mots, mais je n'en compris que trois : Aerolineas (le nom de la compagnie), Córdoba (notre destination en Argentine) et *gracias* (merci). Une performance que je qualifierais d'un peu courte pour quelqu'un qui rafraîchissait son espagnol en écoutant des cassettes à raison de quatre heures par jour depuis trois semaines.

L'hôtesse reposa son micro et commença à remonter l'allée centrale. Je la hélai quand elle passa à proximité et lui demandai, dans mon espagnol approximatif, dans quelle langue elle venait de s'exprimer.

« *Pero en español, como vos, señor* », me répondit-elle d'un air étonné. « Mais en espagnol, comme vous. » Bizarre, pensai-je en m'étirant dans mon fauteuil trop étroit, les sonorités de l'annonce ne ressemblaient guère à mes leçons enregistrées.

Quiconque a beaucoup pris l'avion ne peut qu'arriver à la conclusion que le personnel de bord n'aime pas voir les passagers dormir. À peine ceux-ci ont-ils sombré dans les bras de Morphée que le commandant ou le chef de cabine les réveillent pour partager avec eux dans de multiples langues des considérations allant du trivial (« nous avons maintenant atteint notre altitude de croisière ») au bassement mercantile (« un assortiment d'articles détaxés sont à votre disposition »). J'aimerais rencontrer le génie qui décréta un jour que des réveils intempestifs et répétés feraient désormais partie de la routine du transport aérien.

Car si quelqu'un avait eu un jour besoin de dormir, c'était bien moi. J'étais parti de Reykjavík quelque vingt-sept heures plus tôt et j'avais fait escale à New York, Miami et Santiago du Chili. Je me sentais sale, mal rasé et si j'en croyais le haut-le-cœur presque imperceptible de l'hôtesse, il devait émaner de ma personne une odeur vaguement nauséabonde. Cela risquait malheureusement de ne pas s'arranger à court terme, l'étude attentive des statistiques d'Iceland Air, American Airlines et Aerolineas ayant révélé qu'un passager enchaînant des correspondances sur ces trois compagnies n'avait que deux chances sur mille que ses bagages l'attendent à l'arrivée. J'avais d'ailleurs déjà prévu d'aller faire quelques emplettes autour de l'hôtel, afin de pouvoir me présenter honorablement le lendemain à la Compañía Argentina del Reaseguro et à mon nouveau supérieur hiérarchique, Alonso Diaz.

En m'annonçant un mois plus tôt que j'allais quitter Reykjavík, Gunnar Eriksson avait préféré insister sur la durée exceptionnellement courte de ma première affectation plutôt que de s'étendre sur mon prochain poste. « Agent de classe 2 en vingt et un mois, avait-il dit en me serrant chaleureusement la main, il faudrait que je vérifie, mais vous n'êtes sûrement pas loin du record. De très bon augure pour le reste de votre carrière, ça. » Il avait ajouté que ma gloire rejaillissait partiellement sur ceux qui m'avaient formé, ce que j'interprétai, peut-être un peu librement, comme la confirmation d'une rumeur selon laquelle mon patron avait été promu agent hors classe à la suite de ma victoire au Trophée du meilleur premier dossier.

Gunnar s'était montré plus circonspect lorsque je m'étais enquis de ce qu'on faisait à Córdoba. « Vous vous occuperez essentiellement de falsification. Le Centre de Hong Kong chargé des questions de falsification s'appuie sur trois bureaux secondaires : Córdoba, Malmö et Vancouver. » Je dus faire un peu la grimace, car Gunnar ajouta : « Vous auriez sans doute préféré San Francisco ou Sydney, mais je dois vous dire que je suis personnellement intervenu pour que vous partiez en Argentine. Vous apprendrez énormément au contact d'Alonso Diaz. C'est un ami personnel et l'un des meilleurs falsificateurs de notre organisation. »

J'avais toujours su que je ne resterais pas éternellement en Islande, mais la nouvelle de mon départ me prit par surprise. J'aimais ma vie chez Baldur, Furuset & Thorberg, mon appartement dans le vieux Reykjavík, l'alternance entre dossiers du CFR et études environnementales, mes voyages tous frais payés dans les contrées les plus reculées et surtout la conscience de bénéficier, en la personne de Gunnar, d'un mentor incomparable. Je tentai de négocier quelques semaines de délai supplémentaires, mais Gunnar m'expliqua que je bénéficiais déjà d'un traitement de faveur et que d'autres agents, moins fortunés, avaient dû solder leur vie en l'espace d'un week-end. Je donnai donc mon congé à mon propriétaire, vendis mes meubles (les Ressources humaines avaient calculé qu'il serait plus économique de tout racheter une fois sur place) et allai embrasser ma mère à Húsavík, en lui racontant (comme je l'avais fait trois jours plus tôt avec mes collègues de Baldur, Furuset & Thorberg) que je devenais directeur adjoint de la cellule de prévision des risques naturels d'une société de réassurance sud-américaine.

Je n'avais jusque-là qu'une vague notion de ce qu'est la réassurance, mais la lecture du rapport annuel de la Compañía Argentina del Reaseguro me confirma ce que je subodorais. J'appris en effet que les assureurs traditionnels se prémunissent eux-mêmes contre certains risques dont la survenance pourrait mettre en péril jusqu'à leur existence. Quand un particulier perd sa maison dans un incendie, il s'adresse à son assureur qui l'indemnise (mal le plus souvent, et après moult tergiversations). Mais quand dix mille personnes à la fois sont privées d'abri, par exemple à la suite d'un cyclone ou d'un tremblement de terre, les assureurs n'ont plus les moyens d'indemniser tout le monde. Ils se tournent alors vers un réassureur, à qui ils avaient eu soin de reverser une petite partie des primes qu'ils percevaient chaque année auprès de leurs clients. D'une certaine façon, la Compañía Argentina del Reaseguro était une société d'assurances comme les autres, mais elle n'avait qu'une poignée de clients et le moindre sinistre lui coûtait des dizaines de millions de dollars. Raison de plus pour bien mesurer les risques qu'elle encourait en acceptant de réassurer tel ou tel contrat.

La cellule de prévision des risques naturels employait six personnes, toutes géographes ou géologues de formation. Son directeur, le señor Osvaldo Ramirez, que j'avais eu au téléphone une semaine plus tôt, m'avait expliqué que mon travail consisterait à rédiger des notes sur les risques de voir Buenos Aires engloutie sous une vague géante ou le volcan en sommeil Llullaillaco se réveiller. J'avais surtout retenu de ses explications qu'il existait en Amérique du Sud un volcan dont le nom contenait six « l ». C'était fascinant.

L'avion se posa en douceur — mon quatrième atterrissage de la journée — et je crus comprendre que la température extérieure atteignait 18 degrés. Il faisait aussi chaud qu'à Reykjavík, à ce détail près qu'à Córdoba juillet correspond au cœur de l'hiver.

Après que j'eus attendu mes valises pendant une heure puis rempli le formulaire de déclaration de perte de bagages, je passai la douane et débouchai dans le modeste terminal international de l'aéroport de Córdoba. Je reconnus immédiatement mon guide à la pancarte qu'il brandissait à la sortie du terminal : « Bienvenue à M. Dartungover ». À peine deux fautes d'orthographe, presque un record. Mon cicérone, qui arborait une moustache noire si fournie que je la crus un instant postiche, s'appelait Manuel. Il insista pour porter mon petit sac à dos jusqu'à la voiture, une limousine aux vitres fumées comme je croyais qu'il n'en existait que dans les séries télévisées sur la mafia, puis s'installa au volant et s'inséra en souplesse dans le trafic.

« Bienvenue à Córdoba, señor Dartungover, dit-il en anglais tout en captant mon regard dans le rétroviseur. C'est grand plaisir pour moi d'être chauffeur de vous. »

Je sais que la syntaxe de Manuel peut paraître un peu approximative, elle constituait pourtant son point fort, très loin devant son vocabulaire et son accent.

« Pas trop fatigué ? Avec décalage des heures, vous pas dormir peut-être ?

— Très fatigué, quand bientôt la nuit, dormir beaucoup, répondis-je en singeant son style malgré moi.

— Pas dormir maintenant, *el señor Ramirez espera el señor Dartungover a la compañía*. » Manuel intercalait un nombre croissant de termes espagnols dans ses phrases à mesure qu'elles s'éloignaient du seuil fatidique des dix mots. Malheureusement, je craignais de n'avoir que trop bien compris le sens de son intervention.

« *Ciertamente un error*, bafouillai-je en réunissant frénétiquement mes rudiments d'espagnol. *Voy al hotel. Iré a la oficina mañana.*

— Pas *mañana*, maintenant », affirma catégoriquement Manuel, comme si on l'avait prévenu que je tenterais de résister. Puis il alluma la radio et se concentra sur la route, pour bien me faire comprendre que le débat était clos.

Grande est la détresse du voyageur sans bagage qu'attend une journée de travail dans une langue étrangère quand il réalise qu'il ne dormira pas avant une dizaine d'heures. Je poussai un long soupir et reportai mon attention sur le paysage. Quelques rares monuments des XVIIe et XVIIIe siècles ne faisaient pas oublier que Córdoba est le poumon industriel du pays. Et les poumons industriels se signalent rarement par leur charme.

La Compañía Argentina del Reaseguro — ou la Compañía comme l'appelaient plus simplement ses employés — occupait un immeuble de huit étages dans le quartier des affaires. Manuel me fit remarquer, dans son mélange d'anglais et d'espagnol si particulier, que le bus de la ligne 32 s'arrêtait au coin de la rue et qu'il ne saurait trop me conseiller d'adopter ce mode de transport. Je compris à son insistance qu'il ne me croyait pas capable de conduire une automobile dans le flux de la circulation cordobienne. Décidément, pensai-je en extrayant mon bagage à main du coffre, si le chauffeur de la société s'était déjà formé une aussi piètre opinion de moi, que diraient mes nouveaux collègues quand ils m'entendraient pérorer sur la réassurance en espagnol ?

Manuel me laissa entre les mains de la réceptionniste, qui était en train de se vernir les ongles en écoutant la radio. Gunnar m'avait donné pour consigne de me présenter à Alonso Diaz, qui dirigeait le bureau, même si je dépendrais officiellement d'Osvaldo Ramirez. Malheureusement Gunnar avait dû manquer un épisode, car la réceptionniste m'informa que le señor Diaz était malade et que le señor Ramirez descendait me chercher. Puis, plutôt que de m'offrir à boire ou de me proposer de m'asseoir, elle s'appliqua à souffler de manière régulière et uniforme sur ses dix ongles.

« Mister Dartunghuver ! *What a pleasure to see you !* » m'apostropha du bout du couloir un petit bonhomme prématurément chauve.

Ignorant tout de son niveau d'accréditation, je me présentai à Ramirez comme l'aurait fait tout nouvel employé : en m'excusant pour ma tenue.

« Aucune importance, l'habit ne fait pas le moine », répondit-il en me serrant mollement mais longuement la main. Il faut dire qu'il était lui-même fagoté comme un as de pique, avec une cravate orange qui accentuait son teint olivâtre.

Il ne fit aucune allusion à mon absence de bagages, comme s'il trouvait normal que je vienne m'installer de l'autre côté du globe terrestre avec pour seul barda une trousse de toilette et l'*International Herald Tribune*. Il prononça quelques mots où il était vaguement question de manger et dut prendre mon air ahuri pour un acquiescement, car il me poussa vers l'ascenseur et nous mena au sous-sol où se trouvait le restaurant d'entreprise. Là, il insista pour que je goûte la spécialité de la cantine, un steak d'un demi-kilo à la sauce béarnaise. En l'écoutant vanter la finesse de la gastronomie argentine et tandis que me rattrapait le décalage horaire, je sus avec certitude que je n'arriverais jamais au bout de cette journée et qu'il me faudrait trouver un prétexte au milieu de l'après-midi pour aller roupiller une demi-heure dans les toilettes.

L'usage au CFR veut qu'une jeune recrue ignore le nom de ses contacts dans l'entité à laquelle elle est affectée. J'avais peine à imaginer que Ramirez, mon supérieur direct, pût ne pas être dans la confidence et réellement se figurer que j'allais abaisser le taux de sinistralité de la compagnie. Cependant, faute d'en être absolument certain, je passai le repas à guetter dans ses paroles l'allusion ou le changement de ton qui m'aurait permis d'envoyer valser mon plateau sans craindre la mise à pied. Mais rien ne vint et j'en arrivai à considérer Osvaldo Ramirez pour ce qu'il était : un redoutable raseur. Son seul mérite ce jour-là fut d'éclaircir le mystère qui me taraudait depuis mon arrivée : pourquoi diable personne ne comprenait-il ce que je disais ? Il m'expliqua que la langue argentine différait fort de l'espagnol, pas tant dans la grammaire (encore que les Argentins utilisent le pronom « vos » au lieu de « tú » pour la deuxième personne du singulier) que dans la prononciation. Devant une voyelle par exemple, le « c » qui en castillan se prononce comme un « th » anglais devient un « s ». Les mêmes « s » en fin de mot s'entendent à peine et, plus déconcertant encore, « ll » se prononce « ch ». Pas étonnant donc que Manuel s'en soit tenu dans nos échanges à son sabir anglo-espagnol. Je décidai illico d'abandonner mes cassettes et de me brancher plutôt sur les *telenovelas*, ces feuilletons télé à l'eau de rose dont les Sud-Américains sont si friands.

J'appris aussi qu'Alonso Diaz était vraiment malade, bien plus gravement que je ne l'avais cru. On lui avait découvert trois mois plus tôt un cancer de la prostate suffisamment avancé pour justifier une chimiothérapie. Il ne venait plus qu'épisodiquement au bureau et avait transmis l'essentiel de ses fonctions à son adjointe. Tout en écoutant Ramirez et en m'efforçant de mettre en application ses préceptes phonétiques, je me demandais si Gunnar ignorait la condition de Diaz, qu'il m'avait présenté un mois plus tôt comme un ami personnel. Se pouvait-il que Diaz n'eût rien dit à Gunnar ? Ou l'avait-il assuré qu'il trouverait quand même un peu de temps entre deux séances de chimiothérapie pour faire mon éducation ?

Ramirez, lui, en tout cas, semblait bien décidé à ne pas me lâcher. Il m'annonça avec un grand sourire qu'il m'avait réservé son après-midi et que mes quatre collègues étaient impatients de me rencontrer. J'avais vaguement espéré que certains seraient européens, voire islandais, mais tous étaient redoutablement argentins. Cela ne les empêcha pas de me faire bon accueil. J'appréciai tout particulièrement qu'aucun ne relevât que le plus jeune avait au bas mot vingt ans de plus que moi. Je notai également avec satisfaction que je disposais d'un bureau séparé (j'avais craint un instant de devoir partager celui de Ramirez) et que mon ordinateur était équipé d'un modem. Ce n'était pas chose si fréquente en 1993.

Je n'ai gardé que de vagues souvenirs de l'interminable après-midi qui suivit : une tirade enflammée de Ramirez sur les fantastiques possibilités que laissait entrevoir l'application des modèles riemanniens à l'étude sismologique, les équations qu'il gribouillait compulsivement sur un tableau noir puis effaçait avec sa manche avant que je n'aie le temps de les recopier, le gloussement niais de la secrétaire qui ponctuait chacune de mes tentatives pour briser le mur de l'incommunicabilité entre les peuples, l'obstination d'un petit homme difforme à m'initier à la lecture des coefficients des marées dans une sorte d'almanach perpétuel qu'il avait enchaîné à son bureau tant il craignait de le voir disparaître... La seule chose dont je me souvienne à peu près clairement est un film que la Compañía Argentina del Reaseguro avait fait réaliser à des fins pédagogiques à partir d'images de synthèse. Ce film, qui durait moins de dix minutes, montrait un village imaginaire dont le nom m'échappe, que venaient successivement frapper tous les fléaux de la terre. Comme ce personnage d'*Orange mécanique* forcé de contempler les plus innommables méfaits, je demandai grâce après qu'une nuée de sauterelles voraces eut ruiné les récoltes, qu'un torrent en crue eut emporté les logements sociaux du quartier nord et juste avant une avalanche que le commentateur, de sa voix monocorde, promettait dévastatrice.

Je m'échappai en douce vers 17 heures, en annonçant que j'allais faire un tour des différents services. Je repoussai l'offre de Ramirez qui proposait de m'accompagner, arguant que je souhaitais me forger une opinion personnelle sur l'ambiance qui régnait au sein de la société. En fait de tour, je rentrai directement en taxi à l'hôtel, où je m'effondrai sur mon lit.

La sonnerie du téléphone me réveilla peu après 20 heures, alors que j'étais parti pour faire le tour du cadran. Ma correspondante était une femme et, fait extraordinaire en cet hôtel du centre de Córdoba, elle s'exprimait en islandais.

« C'est bien la chambre de Sliv Dartunghuver ?

— Qui le demande ?

— Lena Thorsen. »

Cette fois j'étais bien réveillé. Je me redressai sur un coude, en hésitant quelques secondes sur la conduite à tenir.

« Allô, vous m'entendez ?

— Très bien.

— Vous voyez qui je suis ?

— Oui. Vous avez passé trois ans chez Baldur, Furuset & Thorberg.

— Deux ans et demi, mais ce n'est pas la raison de mon appel.

— Vous êtes à Córdoba ? Je vous croyais à Stuttgart...

— Je suis ici maintenant, me coupa-t-elle comme si elle estimait que nous avions déjà perdu suffisamment de temps en préliminaires. Je m'attendais à vous voir aujourd'hui. Ramirez ne vous a pas fait faire le tour de la boîte ?

— Euh non, bafouillai-je, nous avons surtout parlé mathématiques.

— Mathématiques ?

— Il place de grands espoirs dans les équations riemanniennes.

— Ah bon ? J'ignorais. » De toute évidence, elle s'en fichait éperdument.

« Dans l'état actuel de la science, je crois qu'on ne peut pas lui donner complètement tort, dis-je dans une tentative assez pathétique d'établir une première forme de connivence.

— C'est possible, je n'y connais rien. Bon, dites-moi, vous n'avez pas de projet ce soir ? »

J'en avais évidemment un. Pour tout dire, j'étais même en plein milieu quand le téléphone avait sonné. Mais je compris que Thorsen, elle aussi, avait un projet et que j'en faisais partie.

« Non, pas vraiment.

— Parfait. Je viens vous prendre dans un quart d'heure. Rendez-vous à la réception. »

Et elle raccrocha sans écouter ma réponse.

2

Quand Lena Thorsen m'accosta dans le hall de l'hôtel, je compris pourquoi les employés de Baldur, Furuset & Thorberg avaient gardé un souvenir aussi net de son passage à Reykjavík. C'est qu'on n'oubliait pas Lena Thorsen aussi facilement que Sliv Dartunghuver. Elle pouvait se prévaloir d'un physique tout simplement parfait : grande, mince, athlétique, des traits parfaitement réguliers, des yeux noisette, une bouche admirable, le tout servi par un teint anormalement mat pour une Scandinave et mis en valeur par une chevelure blonde ramenée en chignon. Bon sang, pensai-je, comment les Ressources humaines avaient-elles pu envoyer une telle beauté nordique dans un pays aussi macho ? Et la Compañía Argentina del Reaseguro était-elle donc si riche qu'elle pouvait se permettre une telle perte de productivité de ses employés masculins ?

« Dartunghuver ? » demanda-t-elle avec étonnement, en fixant du regard le motif du couvre-lit qui s'était imprimé sur ma joue. J'avais à peine eu le temps de prendre une douche et de me passer un coup de peigne.

« Bonsoir », répondis-je en islandais, tout en sachant que Thorsen, qui était danoise, parlait également l'anglais et l'allemand.

Nous nous serrâmes brièvement la main et, pendant un moment, ni l'un ni l'autre ne sûmes trop quoi dire. Finalement, je brisai la glace.

« C'est gentil à vous d'avoir tenu à me sortir dès le premier soir », dis-je. Je n'en pensais évidemment pas un mot. Ce qui aurait été vraiment gentil, c'est de me laisser dormir tout mon soûl.

« C'est Diaz qui me l'a demandé, répondit-elle sans prendre la peine, elle, de mentir. J'ai un boulot fou, je repasserai sûrement à la boîte après le dîner. Bon, on y va ?

— Je suis à vous », dis-je en pensant que beaucoup d'hommes auraient aimé pouvoir lui dire la même chose.

La température avait abandonné quelques degrés. La nuit était tombée depuis longtemps, pourtant, la foule se pressait comme en plein jour. Mon hôtel était situé sur une artère majeure, Isabel la Católica, mais très vite, Thorsen m'entraîna dans un dédale de ruelles mal éclairées. Elle marchait vite, comme si elle craignait de devoir me parler si je réussissais à me maintenir à ses côtés. Je l'observai encore tandis qu'elle traversait la rue devant moi. Elle portait un jean délavé, une chemise blanche qui sortait du rayon hommes et des escarpins noirs à talons plats. Deux automobilistes pilèrent devant elle et la laissèrent passer, la dévisageant avec un aplomb et une lubricité explicite caractéristiques des mâles des pays latins.

Elle s'engouffra finalement dans un petit restaurant en sous-sol auquel on accédait par un étroit escalier en colimaçon. Elle salua le patron sans chaleur, ce qui n'empêcha pas ce dernier de nous installer à la meilleure table.

« Bienvenue à Córdoba, Dartunghuver, lança enfin Thorsen en dépliant sa serviette.

— C'est charmant ici », dis-je en regardant autour de moi. Des photographies de scènes de corrida en noir et blanc recouvraient les murs peints à la chaux. « Vous venez souvent ?

— J'aimerais bien mais je n'ai absolument pas le temps. Je dîne au bureau le plus souvent.

— Trop de travail ?

— Je n'ai pas dit ça, répondit-elle en me jetant un regard courroucé comme si j'avais essayé de la piéger. Disons que la charge s'est un peu alourdie avec les ennuis de santé de Diaz. »

Je compris soudain que Thorsen était la fameuse assistante qui avait provisoirement repris les fonctions de Diaz. Je ne pus m'empêcher de ressentir un pincement de jalousie. Quel âge avait-elle ? vingt-neuf ans, trente maximum ? Thorsen dut lire dans mes pensées, car elle enchaîna :

« Rien ne m'avait préparé à exercer de telles responsabilités à vingt-huit ans, mais je suppose qu'en l'occurrence la guerre fait le soldat. » S'agissait-il d'un proverbe danois ? Sûrement pas islandais en tout cas.

« Les ennuis de Diaz, repris-je, quand se sont-ils déclarés ?

— Huit jours après mon arrivée. Il avait du mal à pisser, il est allé voir un urologue qui a tout de suite additionné deux et deux. Une prise de sang et, vingt-quatre heures plus tard, le diagnostic était confirmé et Diaz commençait la chimio. » Soit la secrétaire de Diaz s'était laissée aller à des confidences, soit Thorsen avait potassé le sujet ; dans les deux cas, son récit était bougrement convaincant.

« Il a tout de suite arrêté de travailler ?

— Oh non, il a d'abord voulu jouer les héros, dit Thorsen, comme si elle jugeait les efforts de Diaz irrémédiablement voués à l'échec. Il a commencé par ne plus venir que le matin, puis il a espacé ses visites et, maintenant, on ne le voit presque plus. Enfin, je veux dire : les employés ne le voient presque plus. Je passe chez lui tous les jours pour faire le point sur les affaires en cours.

— Bien sûr, dis-je, comme si j'approuvais cette nouvelle organisation.

— Il a gardé toutes ses facultés, vous pouvez me croire. C'est un grand professionnel...

— C'est ce que dit Gunnar en effet », corroborai-je en espérant qu'elle relèverait l'allusion à notre mentor commun. Mais elle ne m'entendait pas.

« C'est pour cela que j'ai été si touchée hier quand il a dit que j'avais rattrapé le dossier Napoléon de main de maître », poursuivit-elle en guettant ma réaction. Je décidai de lui donner satisfaction, sans toutefois lui demander de me raconter toute l'histoire.

« Bel hommage, en effet. Et si nous commandions ? proposai-je en ouvrant le menu.

— Bonne idée. Je vous recommande le steak, le neveu du patron a un élevage dans la pampa. »

J'ai passé deux ans à Córdoba. Vous pouvez me croire si je vous dis qu'un Argentin a toujours une anecdote à vous raconter sur le meilleur steak qu'il a mangé. Chacun a un frère ou un cousin éleveur qui l'approvisionne directement. J'ajoute que, sur le menu, le kilo de viande constituait l'unité de base. Au moins réussis-je à couper à la sauce béarnaise.

« Je me trompe ou vous avez fait un passage express à Stuttgart ? À peine un an et demi, non ?

— Dix-sept mois pour être précise, deux de moins que vous à Reykjavík, répondit Thorsen qui semblait suivre mon parcours d'aussi près que j'observais le sien.

— Quelle est la spécialité de Stuttgart ?

— Civilisations antiques. Ils m'avaient envoyée là-bas sous prétexte que je lis Cicéron dans le texte. Je me suis ennuyée comme un rat mort.

— Ennuyée ? répétai-je, surpris. Comment peut-on s'ennuyer sur un sujet aussi riche ?

— Riche mais sans intérêt. C'était beaucoup trop facile. L'Antiquité n'intéresse plus personne. Vous créez un martyre chrétien en trois mois, une révolte d'esclave en quinze jours. Qui ira vous contredire ? Pour peu que vos sources soient en ordre — et croyez-moi, les miennes l'étaient —, personne ne met votre parole en doute. Les universitaires sont tellement occupés à reconstituer les mosaïques de Pompéi carreau par carreau qu'ils ne viennent jamais vous chercher des poux dans la tête.

— Et votre patron, sur place ? Vous étiez l'adjointe du responsable du bureau, non ?

— C'est cela. Un brave type, un universitaire justement. Il avait un peu de mal à faire avancer ses dossiers. Quand nous lui disions demain, lui comprenait avant la fin de l'année. »

Je voyais bien le genre. Cela me rappelait un de mes profs de sciences politiques. Il rendait fous ses doctorants. À leur premier entretien, il leur brossait un plan de travail sur quinze ans.

« Et vous vous amusez ici ? » demandai-je tandis que le patron déposait devant moi un pavé de steak gros comme mon foie.

Thorsen me regarda comme si elle entendait ce mot pour la première fois de sa vie.

« Ce n'est pas le terme que j'emploierais, mais oui, je suis plutôt contente. Le travail est intéressant et les pépins de santé de Diaz créent des opportunités.

— Par exemple ? » demandai-je en pensant que Diaz aurait été probablement ravi d'apprendre que le cancer qui le clouait au lit entrait dans la catégorie des petits accidents de la vie.

« Oh, vous voyez très bien ce que je veux dire, répondit-elle en me gratifiant d'un sourire angélique. Décrocher un poste d'adjoint de patron de centre à vingt-huit ans n'est déjà pas si fréquent, mais diriger effectivement les opérations à sa place est probablement la meilleure chose qui pouvait arriver à ma carrière. Pensez donc : je discute d'égal à égal avec les autres responsables de centres.

— Et vous n'avez pas peur de commettre une

bévue ? Vous manquez quand même un peu d'expérience opérationnelle, non ?

— Je vous remercie de votre sollicitude, Dartunghuver, mais je me débrouille très bien toute seule pour l'instant et j'entends bien continuer ainsi. Encore un an ou deux à ce régime et ils seront bien obligés de me passer classe 3. »

Je compris à son ton furibard que je ne gagnerais rien à persévérer dans cette voie.

« Sliv, dis-je doucement.

— Quoi, Sliv ?

— Vous pouvez m'appeler Sliv. Et je propose qu'on se tutoie. »

Elle parut réfléchir sérieusement à ma proposition.

« D'accord pour Sliv, dit-elle finalement. Mais je préfère continuer à vous vouvoyer. J'en ai besoin pour respecter les gens.

— Et qu'en dit votre petit ami ? » demandai-je en blaguant à moitié. Malheureusement pour moi, Thorsen ne goûta pas la plaisanterie.

« Je ne crois pas que nous soyons ici pour parler de mon petit ami, rétorqua-t-elle sèchement. En admettant qu'il y en ait un évidemment », crut-elle bon de préciser.

C'était une mise au point inutilement longue qui, de surcroît, ne répondait pas à ma question. Vouvoyait-elle ses petits amis ? Ou, si elle les tutoyait, fallait-il en déduire qu'elle ne les respectait pas ? J'avais conscience d'avancer en terrain miné et, pendant un moment, je préférai travailler sur mon steak tout en cherchant quelque chose de gentil à dire.

« J'ai lu votre dossier *Skitos, capitale de la Thessalie*, dis-je enfin. Remarquable travail de falsification. »

Son visage s'éclaira et elle me régala d'un sourire étincelant. Dieu, qu'elle était belle ! Quel dommage qu'il faille la flatter pour qu'elle se déride.

« Je n'aurais jamais pensé à créer cette Association de la culture thessalique, poursuivis-je. Quelle brillante idée !

— Merci, répondit-elle. C'était important de trouver une source qui puisse faire le lien entre le Nebraska et la Grèce. L'association crédibilise les autres sources, qui elles-mêmes la crédibilisent en retour. »

Je ne l'avais pas vu sous cet angle mais, à la réflexion, je comprenais mieux l'efficacité du procédé. En posant une plaque sur la bergerie d'Actinonia, Thorsen faisait coup double : elle confirmait l'histoire de Spyros et témoignait de la vitalité de l'association. Pourquoi n'avais-je jamais de telles idées ?

« C'est un grand honneur pour Córdoba d'accueillir le lauréat du Trophée du meilleur premier dossier, dit-elle à son tour.

— Oh, la barbe avec ce Trophée ! maugréai-je en repoussant mon assiette. On ne va pas en parler cent sept ans.

— Il mérite pourtant qu'on s'y attarde, c'est un dossier remarquable », répondit-elle.

Elle l'avait donc lu. Je ne nierai pas que cette révélation me procura un certain plaisir.

« Thème d'actualité, scénario imaginatif mais plausible à la fois, mise en scène de personnages hauts en couleur, mais tous morts ou introuvables..., énumérat-elle en se servant un verre d'eau.

— Vous me gênez, Lena, l'interrompis-je en me demandant où elle voulait en venir.

— Non, vraiment. Comment vous est venue l'idée de travailler sur les Bochimans ? »

Je lui racontai comment la lecture de la nécrologie de Chemineau m'avait amené à m'intéresser aux peuplades d'Afrique australe. Je vis à son air perplexe qu'elle aurait été incapable d'un tel opportunisme.

« Il fallait oser, félicitations, commenta-t-elle finalement. Et je suppose que vous avez dû boucler vos sources dans l'urgence ?

— Un peu, oui, répondis-je. À peine deux semaines pour récrire entièrement le manuscrit de Chemineau et deux mois supplémentaires pour coordonner le reste du dispositif.

— Ah, quand même..., dit Lena. J'aurais cru que vous disposiez de moins de temps.

— Ça m'a déjà paru diablement court, croyez-moi », dis-je en me rappelant mes deux semaines en apnée avec Brioncet. Était-elle en train d'insinuer que seule une extrême précipitation pouvait justifier la faiblesse de mes sources ?

« Non, je disais ça parce que Gunnar ne nous a pas adressé le dossier pour validation. »

Le patron choisit ce moment pour venir nous demander si le dîner était à notre convenance. Thorsen abrégea ses minauderies de manière tout juste polie.

« Peut-être l'a-t-il envoyé à Hong Kong ou à Malmö ? suggérai-je tandis qu'il s'éloignait.

— Non, j'ai vérifié, les archives sont centralisées.

— Et qu'en déduisez-vous ? demandai-je, vaguement inquiet.

— Oh rien, dit-elle. Que Gunnar n'a pas changé. Il préfère faire sa petite cuisine tout seul plutôt que de faire appel au jugement de vrais professionnels. »

Je n'aimais pas du tout l'entendre parler ainsi de Gunnar, surtout quand je me rappelais avec quelle ferveur lui évoquait son souvenir. Je bus une gorgée de vin pour me donner la force de ne pas lui voler dans les plumes.

« Vu les résultats, en l'occurrence, on peut difficilement lui donner tort, dis-je.

— Ça, dit-elle, sentencieuse, c'est encore un peu tôt pour le dire. Les bons dossiers sont ceux qui résistent à l'épreuve des siècles. Attendons déjà de voir si la légende de Nigel Maertens résistera à l'enquête de la De Beers. Je ne parierais pas mes économies là-dessus. »

Cette fois, je pris tout mon temps pour finir mon verre. J'étais bien résolu à ne pas prendre la mouche. Qu'avais-je à gagner à engager le fer avec Lena Thorsen dès notre première rencontre ?

« Vous planchez sur un nouveau dossier ? demandai-je aussi suavement que possible.

— Non, répondit-elle à contrecœur comme si elle m'en voulait d'escamoter une joute prometteuse. Et je crains que vous ne deviez vous aussi temporairement remiser votre imagination au vestiaire. Nous sommes assaillis de requêtes et largement en sous-effectif. Vous aviez l'intention de faire du tourisme ?

— Ma foi, oui, peut-être », dis-je comme si je

réfléchissais à la question pour la première fois. En fait, Youssef et Magawati m'avaient chargé d'organiser un trek en Patagonie l'année suivante et je comptais bien prendre quatre semaines à cette occasion.

« N'y comptez pas, dit catégoriquement Lena. Ou plutôt, faites comme moi : posez une demi-journée quand vous voulez visiter un musée.

— Merci du conseil », dis-je en regardant du coin de l'œil un jeune vendeur de roses qui s'approchait de notre table en chantant à tue-tête.

Lena se retourna brusquement et lui intima de décamper mais le garçon, à qui je ne donnais pas plus de douze ans, ne se laissa pas éconduire aussi facilement que le patron.

« Une fleur pour la belle dame ? me demanda-t-il en forçant Thorsen à humer son panier.

— Une fleur, Lena ? répétai-je. Cela me ferait plaisir.

— Dites-lui de déguerpir, Dartunghuver, pesta Thorsen en se tassant au fond de sa chaise. Il n'écoutera que vous.

— Vous êtes certaine ? Elles sont magnifiques, ces fleurs », dis-je en faisant signe au petit vendeur de recommencer à chanter. Il s'exécuta avec entrain, au plus grand plaisir des tables voisines.

« Pour l'amour du ciel, faites-le partir ou c'est moi qui quitte la table, cria Thorsen au comble de l'exaspération.

— Je crois qu'il vaut mieux que tu t'en ailles », dis-je au vendeur en lui glissant une coupure au creux de la main.

Il choisit la plus belle de ses roses et me la tendit

gravement en faisant une courbette. Je l'équeutai avec mon couteau à steak et la glissai dans ma boutonnière pendant que Thorsen demandait l'addition en évitant de me regarder.

Comme je faisais mine de mettre la main à la poche, Thorsen m'arrêta d'un geste et dégaina une carte de crédit.

« Il va sans dire que c'est la compagnie qui règle. C'était un dîner de travail.

— Je ne l'avais pas compris autrement, Lena », répondis-je en caressant ma rose du revers de la main.

3

Le surlendemain, Ramirez glissa la tête dans mon bureau pour m'avertir qu'Alonso Diaz était dans les locaux et souhaitait me rencontrer. Comme j'étais plongé depuis deux heures dans des tables de sinistralité maritime, j'accueillis cette diversion avec joie. J'avais largement sous-estimé la composante mathématique de mon nouveau poste et je redoutais le moment où Ramirez s'apercevrait que je ne comprenais pas la première ligne des équations qui encombraient tous ses mémos.

Dans l'ascenseur qui me menait au huitième étage, je me pris à rêver que Diaz m'annoncerait que ma couverture de réassureur était désormais suffisamment établie et que je pouvais maintenant me consacrer exclusivement aux affaires du CFR. Je savais malheureusement que mes vœux avaient peu de chances d'être exaucés. Tous les agents de classe 1 et 2 mènent une double vie. Seuls les agents de classe 3 et, bien sûr, les dirigeants du CFR organisent leur emploi du temps à leur guise.

Je m'attendais à découvrir un Diaz en petite forme,

pas à converser avec un mort-vivant. Diaz flottait dans ses vêtements. Il avait perdu ses cheveux mais, par bravade ou coquetterie, ne portait pas de perruque. Le sang semblait s'être retiré de son visage, qui atteignait un niveau de rigidité minérale. Il m'attira contre lui dans une étreinte maladroite, mais je restai inconsciemment en retrait de peur de lui passer au travers.

« Cher Sliv, Gunnar m'a tellement parlé de vous que j'ai l'impression d'avoir un vieil ami en face de moi, dit-il en anglais.

— Pareillement », mentis-je en m'efforçant de masquer le trouble que m'inspirait son allure spectrale. Mais pourquoi diable Gunnar m'avait-il caché l'état de Diaz s'il en était averti ? Se doutait-il que je n'aurais pas été transporté à l'idée de travailler pour Lena Thorsen ?

« Je regrette de n'avoir pu vous accueillir moi-même le premier jour. Vous savez peut-être que je connais en ce moment quelques ennuis de santé..., dit Diaz en observant ma réaction.

— Je l'ai entendu dire, en effet », répondis-je comme si je mettais cette information sur le même plan que les horaires d'ouverture du restaurant d'entreprise.

Diaz me regarda longuement et je lus dans ses yeux comme il dut lire dans les miens que nous n'avions envie ni l'un ni l'autre de nous étendre sur le sujet de sa maladie. Il en parut soulagé et sa voix prit une note plus enjouée.

« Voulez-vous boire quelque chose ? Un soda ? Un jus de fruit ?

— Juste un verre d'eau, s'il vous plaît. » Si je devais ingérer mille calories de steak par jour, mieux valait commencer à faire des efforts sur tout le reste.

« Je vous fais préparer ça, asseyez-vous, mon garçon », dit Diaz en décrochant le téléphone pour appeler sa secrétaire.

Je tirai à moi une chaise en bois spartiate en repensant aux fauteuils en cuir de Gunnar. Les deux hommes se disaient amis mais leurs styles n'auraient pu être plus différents. Gunnar avait ameublé son bureau confortablement, voire luxueusement, en choisissant avec soin éclairages et matières, là où Diaz, uniquement préoccupé de fonctionnalité, semblait s'être évertué à faire passer le sien pour un commissariat de police est-allemand. Avantage très net à Gunnar sur ce point, pensai-je en tentant — vainement — de trouver une position agréable sur ma chaise.

Lena Thorsen entra alors dans la pièce en portant un plateau. Elle rougit en comprenant que la carafe d'eau m'était destinée et que rien de ce qu'elle dirait ne pourrait me faire oublier l'avoir surprise un jour dans cette situation ancillaire.

« Ah, merci, Lena, l'accueillit Diaz. Posez ça là. Vous connaissez Sliv, je crois.

— Nous nous sommes rencontrés, en effet, confirma Thorsen en hochant la tête dans ma direction.

— Tant mieux, tant mieux, dit Diaz en me servant un verre d'eau. Vous allez beaucoup travailler ensemble. Lena, vous pourriez peut-être faire à Sliv les honneurs de la ville ce week-end, qu'en pensez-vous ?

— Avec plaisir, dit Thorsen en se servant un verre à son tour pour cacher à quel point elle prenait sur elle. Mais Sliv a peut-être d'autres choses plus urgentes à faire ?

— Absolument, dis-je en venant à sa rescousse. Mais je retiens l'invitation, ajoutai-je en regardant Thorsen dans les yeux.

— Asseyez-vous, Lena, reprit Diaz, vous tombez à point. Alors, Sliv, comment se passent vos premiers jours à la Compañía Argentina del Reaseguro ?

— Bien, dis-je. Quoique pour tout dire, je ne m'attendais pas à ce que mon supérieur direct soit un civil.

— Oui, je sais, dit Diaz, ce n'est pas idéal. Nous avons fait une série de mauvais recrutements et nous sommes chroniquement en sous-effectif. Mais Ramirez est inoffensif. Tout ce qu'il demande, c'est qu'on le laisse aligner ses équations dans son coin. Il pense avoir découvert un modèle prédictif infaillible.

— Basé sur les fonctions riemanniennes, complétai-je. Oui, il m'a expliqué.

— Vous vous en sortirez très bien, asséna Diaz, réduisant ainsi à néant mes derniers espoirs d'échapper à la grisaille actuarielle. Plus sérieusement, je suppose que Gunnar vous a expliqué en quoi consiste le rôle du centre de Córdoba.

— Il a été à vrai dire assez peu explicite. Je sais juste que Córdoba est l'une des quatre entités chargées des questions de falsification. »

Diaz but une gorgée d'eau et acquiesça. Il était si pâle que je crus un instant qu'il allait s'évanouir.

« Pour avoir vous-même produit quelques dossiers, vous savez que votre officier traitant a pour mission de contrôler vos sources et de s'assurer que vous avez engagé suffisamment d'efforts pour authentifier votre scénario.

— Naturellement », dis-je. Comment aurais-je pu oublier les deux réunions quotidiennes au cours desquelles Gunnar épluchait le dossier Bochimans ?

« Si votre officier traitant éprouve le moindre doute, continua Diaz, il envoie le dossier à Hong Kong, qui l'étudie sur place ou le fait suivre vers l'un des trois centres secondaires de Córdoba, Malmö ou Vancouver. Là, nous disséquons le dossier au scalpel, nous confirmons les sources, nous recoupons les données, nous faisons valider les principales hypothèses par nos experts en interne.

— Pouvez-vous me donner un exemple ? demandai-je. Je ne vois pas bien quelle modification vous pouvez apporter sans avoir été associé préalablement à l'élaboration du scénario.

— Eh bien, dit malicieusement Diaz, prenons votre troisième dossier : *Der Bettlerkönig.*

— Comment ? m'écriai-je. Vous avez lu *Der Bettlerkönig* ?

— Si je l'ai lu ? demanda Diaz. Je l'ai dévoré. Gunnar me l'a envoyé en février dernier en insistant pour que je m'en occupe personnellement. Il me sait cinéphile...

— Quelqu'un pourrait-il m'expliquer ? intervint Thorsen. *Bettlerkönig*, le roi des gueux ?

— Mmm... Oui, c'est une bonne traduction, estima Diaz. Sliv, racontez-lui votre scénario.

— Par où commencer ? En 1937, un jeune aristocrate allemand du nom de von C. soumet un projet de film, *Der Bettlerkönig*, à plusieurs producteurs. Tous le refusent en invoquant des prétextes variés. Klaus Hoffmann, de la société UFA (Universum Film AG), écrit ainsi à von C. : "*Der Bettlerkönig* manque des qualités morales que réclame le peuple allemand d'une production moderne."

— Façon polie de dire que le sujet n'était pas politiquement correct », traduisit Diaz qui reprenait des couleurs. Je décidai de lui faire plaisir en allongeant mon récit.

« *Der Bettlerkönig* raconte en effet l'histoire d'un petit duché bavarois au XIVe siècle. Le duc Friedrich se remet difficilement de la mort de sa femme, la duchesse Hilde. Sentant sa fin prochaine, il aimerait marier sa fille unique, Gudrun, qui est amoureuse du chevalier Harald, l'un des hommes les plus droits et les plus respectés à des lieues à la ronde. Harald s'est battu pour l'empereur Louis IV de Wittelsbach, il est sincèrement épris de Gudrun et le duc Friedrich voit en lui le successeur idéal.

« Mais des missives anonymes commencent à arriver au château. Elles révèlent au duc un aspect inattendu de la personnalité de son futur gendre. Nous apprenons que Harald encourage les serfs du duché à cesser de payer l'impôt en nature. "La terre appartient à ceux qui la travaillent, leur dit-il. Vos parents la cultivaient avant vous et, avant eux, les parents de vos parents. Pourquoi en donneriez-vous les fruits à ceux qui sont trop paresseux pour semer et labourer ?" Friedrich est abasourdi. Il convoque Harald au château et le confronte. Harald reste fidèle à ses convictions, même quand Friedrich le menace de l'exil. "J'aime Gudrun plus que ma vie, répond Harald, mais ma place est auprès des gueux."

— Très émouvant, dit Thorsen, un rien narquoise.

— Attendez, dit Diaz qui s'amusait comme un petit fou, le meilleur est à venir.

— Friedrich fait mander Gudrun, en espérant qu'elle saura faire entendre raison à Harald. Mais Gudrun prend le parti de son prétendant. Elle explique à son père qu'il incarne un âge révolu et que la propriété foncière a vécu. Soudain, on entend la longue plainte d'une trompe de chasse. Friedrich se précipite à la fenêtre, pour découvrir une meute de gueux emmenée par Harald massée aux portes du château. Gudrun avertit son père que ses hommes prennent désormais leurs ordres auprès d'elle. Son ton, inflexible, ne supporte aucune contestation. Elle descend abaisser elle-même le pont-levis. À son père qui regarde, médusé, les gueux envahir pacifiquement le château, elle déclare : "Nous ne te ferons pas de mal."

— C'est tout ? demanda Thorsen.

— Ce n'est que le sujet du film ! s'exclama Diaz. Pas étonnant que la UFA ait rechigné à en faire une superproduction !

— Il faut dire, expliquai-je à destination de Thorsen, que l'idéal collectiviste n'est pas précisément en odeur de sainteté dans l'Allemagne nazie. Quatre ans plus tôt, Hitler a mis l'incendie du Reichstag sur le dos des communistes, arrêté quatre mille militants puis purement et simplement fait interdire le KPD, le Kommunistische Partei Deutschlands.

— L'époque serait plutôt à tourner *Les Dieux du stade*, renchérit Diaz.

— Mais von C. n'en a cure. Il est jeune, riche, idéaliste et inconscient. Personne ne veut produire son scénario ? Qu'à cela ne tienne, il financera le tournage lui-même. En juin 1937, il loue les studios de Babelsberg en utilisant un prête-nom, Günther Niemals. La Gestapo fait une descente à Babelsberg quinze jours plus tard. Von C. réussit à s'échapper, mais pas Niemals ni plusieurs comédiens, qui sont condamnés à cinq ans de prison.

— Je suppose que tout cela est documenté, dit Thorsen, d'un ton qui ne laissait guère de doute sur son opinion.

— Nous y viendrons, répondit Diaz. Mais oui, dans l'ensemble, Sliv a fait du bon travail. Niemals a existé, il est bien allé en prison, mais pour une sordide affaire de pédophilie. Je doute que ses héritiers viennent contester notre version. Quant aux quinze jours en studio, ils figurent en bonne et due forme au plan de tournage conservé aux archives de Babelsberg.

— Il en faut plus pour arrêter von C., qui réalise à peine que son inconséquence vient de coûter la liberté à plusieurs de ses collaborateurs. Il se met en quête d'un château médiéval dans lequel reprendre le tournage et continue à payer acteurs et techniciens pendant la recherche. Un rabatteur lui signale le château d'Unterweikertshofen, dans le nord de la Bavière, près de la petite ville d'Erdweg. Il s'y rend séance tenante et abuse de la confiance du propriétaire, le comte von Hund, en lui faisant lire un scénario moins connoté politiquement. Le tournage commence dans une atmosphère irréelle. Les acteurs craignent pour leur sécurité : certains demandent à jouer masqués ou grimés, tous renoncent à apparaître au générique du film. Von C. tourne quantité de scènes inutiles dans le seul dessein de tranquilliser von Hund. Il enrôle les paysans du coin pour les plans de foule. L'actrice qui tient le rôle de Gudrun se blesse et von C. la remplace par sa propre sœur, Maria. En sept semaines, le film est dans la boîte. Von C. le monte seul, sur du matériel de seconde main. Il remet l'unique copie du film à Maria et contacte plusieurs distributeurs indépendants. L'un d'entre eux le dénonce à la Gestapo, qui vient l'arrêter le jour même. Von C. est condamné à dix ans d'emprisonnement. Il sera déporté à Dachau en 1940, à quelques kilomètres à peine d'Unterweikertshofen, et succombera à une épidémie de typhus en janvier 1945.

— C'est tout ? demanda Thorsen, déconcertée par cette accumulation de détails.

— Un peu de patience, voyons, ça ne fait que commencer ! plaisantai-je. Au début des années soixante, Maria, la sœur de von C., se met subitement en tête de faire jouer *Der Bettlerkönig*. Elle a conservé les bobines du film toutes ces années, sans jamais en révéler l'existence à qui que ce soit. Lisant un jour un article sur le Manifeste d'Oberhausen dans lequel vingt-six jeunes cinéastes allemands proclament la mort du cinéma de papa, elle contacte les signataires un par un et tente de les intéresser à son histoire. L'un d'eux, Franz-Josef Spieker, réagit favorablement. Il accepte de visionner le film et comprend immédiatement qu'il se trouve en présence d'un chef-d'œuvre. Il explique à Maria que le contexte politique allemand de l'époque lui laisse peu d'espoir de trouver un distributeur mais propose de montrer le film à son ami français, Georges Sadoul, grand critique de cinéma, auteur d'une monumentale histoire du septième art et surtout fervent militant communiste. Maria y consent, Sadoul tombe lui aussi sous le charme du *Bettlerkönig* et agite aussitôt ses contacts pour organiser une projection spéciale à la Cinémathèque française.

— Notre ami n'a peur de rien, commenta Diaz, mais *Der Bettlerkönig* apparaît bien au programme de la Cinémathèque le 12 novembre 1963.

— La salle de la Cinémathèque, alors sise rue d'Ulm, compte deux cent cinquante places environ, mais les travées sont presque vides. Sadoul, qui a péché par précipitation, n'a pas eu le temps de rameuter l'intelligentsia. Truffaut est là cependant, ainsi que Daney et Doniol-Valcroze. Chris Marker arrive en retard. Sadoul introduit le film en quelques phrases et invite ses amis à découvrir une "œuvre expressionniste majeure, plus puissante encore que *M. le Maudit*".

— Rien que ça », persifla Thorsen, qui selon toute vraisemblance n'avait jamais vu *M. le Maudit* et tenait probablement Fritz Lang pour un designer berlinois.

« De cette soirée mémorable nous sont parvenus plusieurs témoignages. Daney écrit : "Un géant est né et mort hier soir." Truffaut confie à son journal que les gueules des serfs bavarois l'ont ému aux larmes et que l'intransigeance dogmatique de Gudrun l'a glacé jusqu'au sang. Marker est bouleversé de constater que von C. maîtrisait déjà en 1937 la technique de montage d'images fixes commentées en voix off qui a fait le succès de *La jetée* un an plus tôt. Malgré tous ces comptes rendus, un étrange mystère entoure encore certaines circonstances de la projection. Pour certains, le film est muet et la progression du récit rythmée par des bancs-titres. Selon Doniol-Valcroze, les acteurs s'expriment en allemand et Sadoul a engagé ce soir-là deux interprètes chargés de traduire à la volée les longs monologues de Harald et Gudrun.

« Mais *Der Bettlerkönig* entre véritablement dans la légende la semaine suivante, quand les bobines du film brûlent dans l'incendie du studio munichois de Maria. Catastrophé, Sadoul, le seul à avoir vu le film deux fois, consigne les grandes lignes du scénario par écrit en formant le vœu qu'un jour un réalisateur aussi inspiré que von C. fera revivre ses personnages à l'écran.

— Et j'imagine que par une sorte de malédiction, supputa Thorsen, tous les protagonistes de cette belle histoire disparaissent dans les années suivantes en vous laissant la voie libre pour parler et écrire à leur place.

— Ma foi, oui, dis-je tranquillement. Et pour construire le mythe du *Bettlerkönig* qui, moins d'un an après sa création, a déjà trouvé sa place dans le patrimoine du cinéma d'avant-guerre.

— La semaine dernière, précisa Diaz, Godard a confié à un journaliste de la télévision suisse romande qu'il ne se pardonnerait jamais d'avoir manqué la séance de la Cinémathèque le 12 novembre 63. Vous vous rendez compte ?

— Godard ? dit Thorsen. Connais pas.

— Enfin, Lena, protesta Diaz, Jean-Luc Godard : *À bout de souffle, Le mépris...*

— Jamais entendu parler, marmonna Thorsen, vexée par le ton paternaliste de Diaz.

— Ce n'est pas grave, dis-je pour calmer le jeu. Disons que c'est un grand réalisateur et qu'avec une telle réponse il met *Der Bettlerkönig* à l'abri des fouineurs. » Voyant que Diaz n'était pas rassasié, j'ajoutai : « Mais pas autant que cet autre réalisateur français, Claude Chabrol, qui a comparé récemment la détresse du duc Friedrich à celle de Claude Rains, à la fin des *Enchaînés* de Hitchcock.

— Non, il a dit ça ? demanda Diaz, incrédule. Mais alors...

— Eh oui, complétai-je, pas mécontent de mon petit effet, il prétend avoir assisté à la projection de 1963. Ce n'est pas moi qui vais le contredire... » Je surveillais Thorsen du coin de l'œil. Elle n'avait pu retenir un mouvement de surprise en entendant corroboration si pure.

« Incroyable..., commenta Diaz. Mais dites-moi, Sliv, comment vous est venue l'idée de ce scénario.

— Eh bien, je m'intéresse depuis longtemps au thème des œuvres disparues. Savez-vous que huit des quarante toiles attestées de Léonard de Vinci n'ont jamais été retrouvées ? Que *Le peintre sur la route de Tarascon* de Van Gogh se trouve quelque part dans la nature ?

— Il paraît, intervint Thorsen qui avait recouvré ses moyens depuis que nous ne parlions plus cinéma, que le CFR a produit un faux roman d'Alexandre Dumas.

— Absolument, confirma Diaz. *Le chevalier de Saint-Hermine*. Mais nous avons beau le leur avoir mis sous les yeux, les Français ne l'ont toujours pas retrouvé. Idem en musique classique : un de nos agents compose en ce moment une aria de Bach.

— Justement, dis-je, j'ai remarqué que le CFR avait traité de tous les arts, sauf du cinéma. En même temps, j'ai dû adapter le scénario de von C. pour le faire entrer dans la directive du Plan sur la propriété foncière. »

Le thème « La terre à ceux qui la cultivent » figurait au rang des priorités du Plan triennal 1992-1994. Même si Toronto m'avait fait remarquer qu'ils auraient préféré un scénario contemporain sud-américain à ma chronique bavaroise médiévale, ils avaient approuvé le dossier en raison de son potentiel futur.

J'en revins au début de la conversation :

« Au fait, Alonso — vous permettez que je vous appelle Alonso ? —, qu'avez-vous corrigé à mon dossier ?

— Ah, nous y voilà, rebondit Diaz. Beaucoup de choses en fait. J'aurais dû vous renvoyer mes corrections, mais, sachant que vous arriviez prochainement, j'ai préféré attendre et vous les communiquer de vive voix.

« D'abord, vous commettez quelques erreurs factuelles. Par exemple, les séances de la Cinémathèque commençaient à l'époque à 20 h 30, pas à 20 heures...

Ensuite, von C. n'aurait jamais envoyé son scénario à la UFA en 1937, l'année même où l'État nazi a pris 72 % de son capital. J'ai vérifié, la nouvelle a fait les gros titres de la presse. Von C. était peut-être audacieux, mais pas stupide.

— J'en conviens, dis-je, beau joueur.

— Plus embêtant, reprit Diaz, François Truffaut ne pouvait assister à la projection le 12 novembre 1963. Ce jour-là, il était à Lisbonne, où il finissait le tournage de *La peau douce*.

— Oh..., lâcha Thorsen en s'efforçant de paraître consternée.

— C'est typiquement le genre d'erreurs stupides qui peuvent vous coûter très cher. Nous avons repoussé la projection au 3 décembre, date à laquelle toutes les sommités que vous citez se trouvaient à Paris. Mais vous prenez également des risques, certains volontaires, d'autres pas. Vous ne jugez par exemple pas nécessaire de falsifier les archives de la Gestapo, qui a pourtant arrêté von C.

— J'ai honte de l'avouer, mais j'ignorais leur existence, reconnus-je.

— Oh..., dit encore Thorsen.

— Les Alliés les ont presque toutes retrouvées en 1945. Les plus importantes sont conservées à Arolsen-Waldeck en Allemagne. Nous avons fait le nécessaire. Je dois dire que vous m'inquiétez davantage quand vous citez le château d'Unterweikertshofen et ses propriétaires depuis deux siècles, la respectable famille von Hund. Pensez-vous vraiment qu'un tournage de sept semaines ait pu passer inaperçu, tant des paysans du coin que des héritiers du comte von Hund, qui étaient des enfants à l'époque et habitaient probablement au château ?

— C'est peu probable, en effet, concédai-je.

— À tout le moins, insista Diaz. Surtout, vous prenez un risque pour rien. Nous ne connaissons l'histoire du tournage qu'au travers du récit de Sadoul, qui l'a entendu de Spieker qui lui-même le tenait de Maria. Contentez-vous de dire que le film a été tourné en Bavière, région qui abrite des centaines de châteaux, et que von C. a berné les propriétaires.

« Autre risque, peut-être plus calculé celui-ci : vous n'ignorez pas que Chris Marker est bien vivant. »

Non, je ne l'ignorais pas, mais cette fois je pensais avoir des arguments.

« Il n'apparaît jamais en public et n'a pas donné une interview depuis dix ans. Je le vois mal sortir de sa réserve pour démasquer une supercherie.

— Moi aussi, estima Diaz. Les personnages de votre dossier ne peuvent quand même pas tous être morts. Disons que si l'un d'entre eux doit avoir survécu, j'aime autant que ce soit Marker.

« Venons-en maintenant aux améliorations, poursuivit Diaz. D'abord, j'ai changé Hilde en Hildegard. Il est communément admis que le diminutif Hilde n'apparaît qu'au XIXe siècle. Ensuite, j'ai travaillé sur les techniciens du film. Vous avez retouché les biographies de plusieurs acteurs du film, mais curieusement vous avez oublié les techniciens. Désormais, le preneur de son évoque le tournage du *Bettlerkönig* dans ses Mémoires et le photographe raconte dans plusieurs interviews comment von C. l'obligea à employer des focales courtes dans la confrontation entre Friedrich et Gudrun. J'ai également développé l'appareil critique. Saviez-vous par exemple qu'avant d'adhérer au Parti communiste, en 1932, Sadoul avait appartenu à la mouvance surréaliste, où ses amis s'appelaient André Breton et Louis Aragon ? Par son dédain de l'autorité, par son audace formelle et sa construction elliptique, *Der Bettlerkönig* a forcément déclenché en lui des réminiscences surréalistes, qu'il a décrites dans une lettre adressée à son ami Aragon et dont je vous communiquerai une copie si cela vous intéresse.

— J'aimerais bien la voir, en effet, dis-je.

— Mais surtout, reprit Diaz, nous avons élargi le retentissement du *Bettlerkönig* au-delà de la seule sphère cinématographique. Votre dossier révèle une version cloisonnée de la création alors que de nos jours — et probablement de tout temps d'ailleurs — les grandes œuvres irriguent les autres arts et engendrent une descendance réellement transdisciplinaire.

— C'est évident », insista lourdement Thorsen. Je faillis lui demander d'élaborer sur les propos de Diaz. Heureusement pour elle, celui-ci poursuivit son exposé :

« L'expressionnisme, dont vous parliez tout à l'heure, était un mouvement pictural avant de trouver une déclinaison au cinéma. Pensez à Schiele, Munch, Kokoschka... D'ailleurs l'expressionnisme ne s'arrête pas aux arts visuels. Il a influencé Schönberg en musique, Kafka en littérature, Mendelsohn, à la limite, en architecture.

— L'histoire de l'art est la marotte d'Alonso, précisa Thorsen dans ce qui constitua sa seule contribution utile à la conversation.

— Idem pour le minimalisme ou le néoréalisme, et je ne vous parle pas du cubisme, qui dépassa la peinture pour toucher la sculpture et les arts plastiques en général. »

Diaz fit une pause pour boire une gorgée d'eau. La conversation lui réussissait. Si j'avais été son médecin, je lui aurais prescrit une séance de falsification matin, midi et soir.

« Compris, dis-je, mais *Der Bettlerkönig* n'a pas vraiment inventé un style nouveau...

— En êtes-vous si certain, mon garçon ? » demanda Diaz en me regardant, amusé.

De fait, je ne l'étais pas. Je n'avais pas vu le film. Personne ne l'avait vu.

« Vous voyez où je veux en venir, n'est-ce pas ? dit Diaz. Je vous dis, moi, que dans *Der Bettlerkönig* von C. revisite les codes du surréalisme, que la force visuelle de sa horde de gueux a inspiré les manifestations silencieuses contre la guerre du Vietnam, que Marker ment peut-être quand il prétend avoir inventé la narration sur plans fixes, que le photographe allemand Andreas Gursky a puisé l'idée de ses textures enrichies dans un commentaire de Sadoul sur la “granularité expressive” du film de von C. ! N'ayez pas peur de déborder de votre sujet, vous lui donnerez une assise plus large.

— Merci du conseil, dis-je. J'ai l'impression que *Der Bettlerkönig* n'a plus grand-chose à voir avec le projet que j'ai remis à Gunnar...

— Détrompez-vous, répondit gracieusement Diaz.

Disons que j'ai un peu étoffé un dossier qui était déjà formidable. Maintenant, Sliv, de vous à moi, vous pensez déjà à la suite, non ?

— Une suite ? demanda Thorsen. Et comment pourrait-il y avoir une suite ?

— Von C. a tourné quinze jours à Babelsberg avant la descente de la Gestapo, dis-je en souriant. On n'a jamais retrouvé les bobines.

— Cela doit représenter environ trente minutes de film, pas vrai, Sliv ? » lança Diaz en m'adressant un clin d'œil de connivence. Le vieux forban avait deviné mon prochain coup, alors que Gunnar n'avait aucune idée de ce que je tramais.

« À peu près, dis-je, admettant implicitement qu'il m'avait percé à jour. Mais mes compétences s'arrêtent à l'écriture. En revanche, si nous avons en interne un jeune réalisateur qui veut s'essayer à la fresque politique médiévale, je serai heureux de lui donner un coup de main...

— Nous le trouverons, dit Diaz en se frottant les mains, nous le trouverons. Ah ! mon garçon, c'est une bénédiction de vous avoir ici. Les scénaristes brillants sont si rares.

— Vous me flattez, Alonso ! minaudai-je en regardant Thorsen qui bouillait de rage, j'ai encore tant de choses à apprendre.

— Et modeste en plus ! s'exclama Diaz. C'est vrai qu'il vous reste beaucoup à apprendre. J'aurais adoré être votre instructeur, mais je crains que le sort n'en ait décidé autrement. Je vous laisse entre les mains de Lena. Fiez-vous à son jugement en toutes circonstances, ses qualités de falsificatrice sont sans égales. »

J'attendais que Thorsen se récrie à son tour mais rien ne vint. Au contraire, elle me jeta un regard satisfait qui indiquait assez combien elle goûtait cette mise au point.

4

La semaine suivante, je signai un bail de deux ans pour un trois-pièces dans le centre de Córdoba. J'en avais déjà assez d'habiter à l'hôtel et j'emménageai avec plaisir dans cet appartement lumineux, situé derrière le Cabildo, le bâtiment colonial le plus célèbre de Córdoba désormais reconverti en musée historique. J'étais à deux pas de la Plaza San Martin, où se retrouvent les étudiants en fin d'après-midi, et encore plus près de la cathédrale du XVIe siècle qui constitue encore aujourd'hui la principale attraction touristique de la ville. Je révisais progressivement mon jugement sur Córdoba. Si une promenade dans le centre historique ne suscitait aucune émotion architecturale (constructions lourdes et pompières pour la période coloniale, juste moches pour l'époque contemporaine), il était difficile de ne pas succomber au charme de la rue argentine, un mélange indéfinissable de nonchalance, de fierté et de douceur. S'ajoutait à cela, pour la première fois de ma vie, une agréable sensation de bien-être matériel. Gunnar m'avait augmenté deux fois en deux ans et l'agent immobilier, qui s'était excusé de me réclamer trois mois d'avance, ne pouvait pas imaginer que la liasse de pesos que je lui avais tendue représentait à peine le montant de mon loyer à Reykjavík. Bref, les éléments de ma nouvelle vie se mettaient gentiment en place et, pour un peu, j'en aurais presque oublié le fâcheux Ramirez.

Malheureusement, Ramirez, lui, ne m'oubliait pas. Diaz l'avait, à ma demande, averti de mon inexpérience totale des questions assurancielles et lui avait recommandé de me dispenser une formation accélérée. La Compañía Argentina del Reaseguro m'avait officiellement choisi pour mes solides compétences géographiques et géologiques. Mon passage chez Baldur, Furuset & Thorberg était censé m'avoir appris à évaluer les conséquences qu'une construction ou un aménagement nouveau pouvait avoir sur l'écosystème. Je possédais également un petit vernis en sismologie, héritage de mon sujet de magistère, mais, même mis bout à bout, tous ces petits talents étaient loin de me qualifier pour exercer mes fonctions.

Pendant huit jours, je ne sortis pratiquement pas du bureau de Ramirez. Il m'initia à la lecture des tables de sinistralité, dépoussiéra mes rudiments de statistique et m'expliqua comment certaines catastrophes naturelles pouvaient se transformer en catastrophes économiques pour la compagnie. Je n'avais besoin de personne pour comprendre qu'un cyclone frappant les côtes de Floride coûtait nettement plus cher à nos clients, les assureurs, qu'un ouragan comparable au large du Bangladesh, mais Ramirez, lui, plaçait des chiffres et des ratios d'une précision terrifiante sur tous ces événements. Pour faire simple, un citoyen américain valait une famille d'Européens, un village sud-américain et une bourgade africaine de moyenne importance. Je n'ai du reste pas entendu dire que ces rapports aient beaucoup changé dernièrement.

Ramirez semblait satisfait de mes progrès et, pour tout dire, je commençais moi-même à développer un intérêt authentique pour la matière. Même si ma formation peut suggérer le contraire, j'ai toujours goûté le contact des chiffres et éprouvé une certaine aisance à les classer, les manipuler, les appréhender. Je mémorise sans difficulté les indicateurs démographiques et économiques, moins bavards et paradoxalement plus évocateurs que les descriptions souvent oiseuses des anthropologues. Mon imagination vagabonde plus volontiers en apprenant que la population de la ville chinoise de Shenzhen est passée de 30 000 à 3 millions d'habitants en vingt ans qu'en lisant dans la presse magazine que « les rues grouillent d'hommes d'affaires » ou que « le conseil d'administration de l'aéroport vient de voter la construction d'un nouveau terminal ». Comment dès lors ne me serais-je pas entendu avec Ramirez, lui qui, pour dire : « Il fait beau », déclarait : « La température est de 27 degrés centigrades et la pression atmosphérique s'est stabilisée autour de 1 020 millibars » ?

De falsification, il ne fut pas beaucoup question pendant cette période. Je mourais d'envie de me frotter à mon nouveau poste, mais Ramirez ne me laissait pas une minute de libre. Je finis par comprendre qu'il me rendait involontairement service. En acceptant de travailler intensément pendant quelques semaines, j'accroissais mes chances de dominer mon sujet et de parvenir à divertir un jour la plus grande part de mes heures sans me faire remarquer.

Environ un mois après mon arrivée, les événements prirent une tournure plus radicale et plus favorable que je n'avais osé l'espérer. Ramirez m'avait demandé d'évaluer notre exposition sismologique, soit, en langage profane, de mettre une probabilité sur la survenance d'un tremblement de terre et d'en calculer l'impact financier sur la Compañía Argentina del Reaseguro en fonction de la localisation et de la gravité du sinistre. Le Comité directeur jugerait au vu de mon étude s'il convenait de rééquilibrer nos engagements. Pendant une semaine, j'absorbai toute la littérature disponible sur le sujet, ce qui m'amena à réviser un certain nombre de préjugés. On aurait par exemple pu penser que les séismes récents étaient les plus meurtriers, ne serait-ce qu'en raison du regroupement urbain et d'une pression démographique accrue. Il n'en était rien : le tremblement de terre le plus grave qu'ait connu l'humanité avait eu lieu en 1556 dans la province du Shanxi, en Chine ; plus de 800 000 personnes y avaient trouvé la mort. La Chine pouvait d'ailleurs prétendre au titre de pays le plus dangereux, avec cinq des dix séismes les plus meurtriers à ce jour. Et encore fallait-il prendre les chiffres chinois avec des pincettes : il était couramment admis que Pékin sous-estimait d'au moins 30 % les bilans de victimes. J'appris également que les effets secondaires des tremblements de terre

— incendies, raz-de-marée ou scènes de panique — causaient souvent plus de dégâts que les secousses elles-mêmes. Le séisme qui ébranla la région du Kanto au Japon en 1923 aurait sans doute fait moins de 30 000 morts si le feu n'avait ensuite ravagé Tokyo et tué 120 000 personnes. Et que dire de Lisbonne qui, en 1755, avait été dévastée en moins de vingt-quatre heures par une secousse estimée à 9 sur l'échelle de Richter, un incendie géant et un raz-de-marée ? La distinction n'avait pas échappé aux assureurs, dont les polices « risques naturels » étaient toujours rédigées dans les termes les plus restrictifs. Quelques jours avant mon arrivée à Córdoba, un tsunami consécutif à un séisme de 7,8 avait balayé la petite île japonaise d'Okushiri, rasé la moitié des habitations et fait 200 morts. Je n'aurais pas voulu être l'expert expliquant aux veuves des pêcheurs disparus en mer que la société d'assurances leur déduirait deux fois le montant de la franchise au motif que la secousse et la vague géante devaient être considérées comme deux sinistres distincts.

Le découragement commença à s'emparer de moi quand j'attaquai la lecture des rapports hebdomadaires des centres d'observation sismique éparpillés sur toute la planète. Je m'étais naïvement attendu à y trouver des tables historiques, voire des probabilités que j'aurais pu recouper pour prédire le lieu du prochain emballement tectonique. Malheureusement, chaque rapport était plus prudent que le précédent et rappelait que la sismologie était une discipline fort jeune à l'échelle de l'humanité (un constat difficile à contester) et qu'elle aurait besoin de recueillir encore plusieurs siècles de données avant de livrer des oracles un peu fiables. Mon rapport, lui, était attendu avant la fin de la semaine, aussi résolus-je de prendre quelques libertés avec la démarche scientifique et d'inventer directement les conclusions que Ramirez s'attendait à me voir tirer de l'étude raisonnée de ses tableaux de chiffres.

J'avais lu, lors de ma mission en Savoie dix-huit mois plus tôt, un article passionnant d'un géologue britannique qui considérait que le génie civil sous-estimait systématiquement la pression hydrostatique que faisaient peser les eaux de retenue d'un barrage sur les failles tectoniques. « Espérons, écrivait-il alors, que les bâtisseurs de barrages intégreront cette contrainte supplémentaire avant qu'un incident tragique ne la place sur le devant de la scène. » Comme de si nombreux vœux pieux, celui-ci était à ma connaissance resté lettre morte. Je décidai de croiser une carte des failles géologiques connues avec les emplacements des barrages construits au cours des trente dernières années. Plusieurs superpositions sautaient aux yeux et je passai les jours suivants à les étudier une à une. À la quatrième, je poussai un cri de joie et de surprise mêlées : en 1962, l'État indien du Maharashtra avait achevé la construction d'un barrage à Koyna. Le réservoir, d'une capacité de 2,8 milliards de mètres cubes, avait été rempli en 1963. Personne à l'époque ne prêta attention au fait que Koyna se trouve à proximité de deux failles bien connues des sismologues : la faille holocène et la faille donichiwada. Au printemps 1967, les sismographes enregistrèrent plusieurs secousses d'intensité comprise entre

3 et 4, mais les autorités ne jugèrent pas utile de faire évacuer la population. Le 10 décembre de la même année, un séisme mesuré à 7 ravagea la ville de Koyna Nagar, faisant 2 000 morts et 50 000 sans-abri.

La plus grande démocratie du monde avait-elle fermé le barrage ? Évidemment non. Les industriels avaient besoin de l'hydroélectricité induite et les cultivateurs s'étaient habitués à l'irrigation régulière que leur procurait le réservoir. Mais l'étude de la géographie m'a appris que la nature est têtue et que les mêmes causes engendrent presque toujours les mêmes effets. La question n'était pas de savoir si la terre tremblerait de nouveau au Maharashtra, mais quand elle le ferait. Aussi ne fus-je guère surpris de constater en dépouillant les mesures récentes de la station sismique de Bombay que la région de Koyna avait enregistré depuis le début de l'année plusieurs secousses d'intensité comprise entre 2 et 3 sur l'échelle de Richter.

Je rédigeai mon rapport en trois jours, aussi facilement que j'avais écrit le scénario du *Bettlerkönig*. Ce que je ne pouvais référencer, je l'inventai en l'attribuant à « un faisceau de sources concordantes » ou à « plusieurs laboratoires américains à la pointe de la recherche sismique ». Je citai abondamment un expert japonais, le professeur Yuichiro Nakasone, « dont les travaux sur la structure interne de la Terre à l'Université de Waseda ont révolutionné la compréhension de la propagation des ondes de surface ».

Je décrétai au final qu'un tremblement de terre engendrant des pertes humaines et matérielles significatives (expression que les réassureurs préfèrent à

« sinistre coûteux ») avait 30 % de chances de survenir dans les deux ans, une probabilité qui peut paraître faible, mais est en fait énorme dans un métier où les risques se mesurent généralement en pourmille. Quant au terme de deux ans, je ne l'avais pas tout à fait choisi au hasard : c'était à peu près le temps que je m'attendais à passer à Córdoba. Si après tout la terre ne tremblait pas dans les vingt-quatre mois, au moins ne serais-je plus là pour affronter les foudres de ma hiérarchie. « En conclusion, écrivais-je, nous ne saurions trop recommander de revoir nos engagements dans le sous-continent indien, un seul sinistre de l'ampleur du tremblement de terre de Koyna pouvant coûter l'équivalent d'un siècle de primes d'assurance. »

Ramirez prit connaissance de mon rapport avec délectation. J'avais eu soin de lui demander son aide et, comme je l'avais prévu, le plaisir de retrouver ses chères équations riemaniennes au milieu de mon argumentaire suffit à lui faire avaler l'ensemble. Il transmit mon rapport — j'allais dire mon dossier — au Comité directeur de la Compañía Argentina del Reaseguro en y ajoutant une notation manuscrite merveilleuse : « niveau de fiabilité : 4/5 ».

Avec le recul, les événements s'enchaînèrent de façon quasi miraculeuse. Secoué par le niveau de probabilité de mon pronostic, le Comité directeur décida de revisiter l'ensemble de nos contrats en Inde. Il liquida les moins rentables (qui par une coïncidence inouïe arrivaient à échéance le mois suivant) et força des hausses de prix de 50 % sur les autres. Un tel parti pris alimenta les rumeurs. Il se murmurait dans les couloirs que la société se préparait à annoncer son retrait définitif des marchés émergents. Mes collègues commencèrent à me regarder bizarrement, hésitant sur la conduite à adopter : étais-je un visionnaire qui lisait dans les entrailles de la Terre ou la Cassandre qui signait le repli commercial de la Compañía ? Pendant six semaines, cette question nourrit les discussions à la machine à café. Et puis, le 30 septembre, j'arrachai une dépêche qui venait d'arriver sur le téléscripteur Reuters et je la posai sur le bureau de Ramirez. Elle n'était pas bien longue mais elle suffit à établir ma réputation dans le monde très fermé de la réassurance : « Tremblement de terre majeur à Killari dans le district de Latur (Maharashtra, Inde). Milliers de victimes redoutées. Destructions matérielles très importantes. »

« *Fantástico !* » hurla mon patron sans compassion excessive pour les milliers d'Indiens ensevelis sous les décombres à l'heure où nous parlions. « *Riemann justificado !* » Riemann justifié, ma foi, c'était une façon de voir les choses.

« Absolument, dis-je, et une sacrée économie pour la Compañía.

— Oui, oui, bien sûr », répondit machinalement Ramirez, déjà préoccupé de la meilleure façon d'exploiter la situation.

Les dépêches qui continuèrent de tomber pendant plusieurs jours achevèrent de compléter la légende. Vers 3 heures du matin dans la nuit du 29 au 30 septembre, les chiens et les animaux des fermes avaient commencé à montrer des signes de nervosité. Mais les villageois, qui avaient célébré la veille la fête religieuse de Ganesh Chethurthee, dormaient profondément. Beaucoup moururent dans leur sommeil, quand le plafond s'effondra sur leur tête. D'autres, réveillés par la première secousse, eurent juste le temps de se ruer dehors avant que la terre ne tremble à nouveau et ne jette à bas les derniers immeubles. Les paysans racontèrent qu'ils se doutaient de quelque chose depuis que le puits du temple de Nilkantheshwar s'était brutalement tari deux mois plus tôt, en pleine période de mousson. On rapprocha le sinistre de celui de Koyna, sans insister sur le rôle potentiellement néfaste du barrage.

Le tremblement de terre de Killari dévasta entièrement dix-sept villages, laissant 10 000 morts sur son passage, soit un cinquième de la population des cent kilomètres carrés entourant l'épicentre. 150 000 logements furent endommagés. L'État indien chiffra initialement le coût de la reconstruction à 2 milliards de roupies, mais les dépenses réelles excédèrent largement ce total. Bien sûr, la grande majorité des habitations n'étaient pas assurées. Un tremblement de terre de cette magnitude aurait fait infiniment plus de dégâts à Bombay, située deux cent cinquante kilomètres plus à l'est. La Compañía calcula quand même que mon mémo lui avait fait économiser 800 000 dollars. Le Comité directeur m'attribua généreusement un bonus de 10 000 dollars, dont je rétrocédai 1 000 dollars à chacun de mes six collègues. On s'en doute, ce geste scella définitivement mon intégration.

Toutefois mon coup d'éclat avait été diversement apprécié. Alonso Diaz, que je n'avais pas revu depuis la discussion dans son bureau, me fit passer un mot dans lequel il me mettait en garde contre une certaine confusion des genres. Gunnar, que j'eus peu après au téléphone, se montra encore plus mesuré : « Ne vous trompez pas de casquette, mon garçon : la Compañía Argentina del Reaseguro a recruté un analyste, pas un scénariste », dit-il avant de me conseiller de rentrer dans le rang. Mais la plus remontée était incontestablement Lena Thorsen. Le jour même de mon triomphe, elle fit irruption dans mon bureau, toutes griffes dehors et la chevelure en bataille, alors que je regardais pour la énième fois les images de CNN, confortablement renversé sur ma chaise. Si j'avais cru un instant que mon mémo la ferait sourire, ses premières paroles levèrent rapidement toute ambiguïté :

« Bon Dieu, Dartunghuver, dites-moi que ce n'est pas vrai ! » hurla-t-elle en couvrant la voix du présentateur de CNN à l'accent texan qui s'entêtait à appeler le Maharashtra « Maharadja ».

« Sacrée coïncidence, en effet, dis-je en réalisant un peu tardivement que ma réponse ne prenait peut-être pas tout à fait la mesure de la colère perceptible dans sa question.

— Coïncidence ! Vous osez appeler ça une coïncidence. Mais ma parole, vous êtes dangereux.

— Allons, dis-je, bien décidé à éviter l'affrontement, vous avouerez que ma couverture d'expert en réassurance sort considérablement renforcée de cette aventure. »

Elle était sur le point de répondre, mais elle s'arrêta soudain et m'examina longuement comme si elle venait d'être assaillie de doutes sur ma santé mentale.

« Incroyable, dit-elle à mi-voix, il faut vraiment tout lui expliquer. » Puis en reprenant son timbre de furie : « Vous n'êtes pas là pour poser à l'expert, Dartunghuver. Tout ce qu'on vous demande, c'est de ne pas faire de vagues. Ce n'est quand même pas sorcier. Approuvez tout ce que dit Ramirez, suggérez une modification imperceptible de la politique de couverture africaine de la Compañía, laissez à la limite entendre que vous n'êtes pas tout à fait d'accord avec le plan d'engagement à vingt ans, mais que vous avez besoin de temps pour organiser vos réflexions. Dans deux ans, trois maximum, vous prendrez votre nouveau poste et plus personne ici n'entendra jamais reparler de Sliv Dartunghuver.

— Tout de même, me défendis-je en baissant le son de la télé, j'ai l'air autrement plus crédible à présent.

— Crédible ? hoqueta-t-elle. Vous avez dit crédible ? Mais c'est tout le contraire. Aucun expert en réassurance ne se hasarderait à mettre une probabilité de 30 % sur une catastrophe naturelle, ou alors il étendrait l'horizon de sa prédiction à cinquante ans, quand il serait sûr d'être à la retraite.

— Je ne vois pas bien ce que vous me reprochez, Lena. D'avoir voulu soigner mon personnage ? D'avoir pris un risque ? D'accord, je ne le ferai plus. Mais, en attendant, reconnaissez les avantages de la situation. Je vais enfin pouvoir me mettre au boulot, le vrai, celui pour lequel j'ai traversé l'Atlantique. Si vous croyez que ça m'amuse d'éplucher les tableaux de pluviosité du Costa Rica !

— Et pour que les choses soient bien claires, je suis pressée de vous récupérer, enchaîna-t-elle. Avec Diaz cloué au lit et deux postes à pourvoir, je vous prie de croire que je ne peigne pas la girafe non plus. Mais je n'ai pas de place dans mon équipe pour un gugusse qui invente des experts japonais pour justifier ses élucubrations. Sans comparer la Compañía Argentina del Reaseguro au Mossad israélien, sachez tout de même qu'elle emploie trois auditeurs internes. Imaginez que l'un d'eux relise votre mémo le stylo rouge à la main, imaginez qu'il appelle l'Université de Waseda, juste pour voir, hein, imaginez !

— Compris, ça n'arrivera plus, concédai-je en soutenant son regard et en remarquant, une fois de plus, combien la colère lui allait bien.

— Je n'ai pas fini. Admettons que le Comité de direction vous démasque et qu'il remonte jusqu'à celui qui vous a embauché : Diaz. Vous ne pensez pas que le pauvre vieux a assez de soucis en ce moment ? Et s'il est établi que Diaz a recruté un guignol, on pensera qu'il a pu en recruter plusieurs. Vous avez pensé à tous les agents que vous mettez en danger avec votre inconscience ?

— Ça va, Lena, j'ai compris, dis-je, mal à l'aise depuis qu'elle avait mêlé Diaz à toute l'affaire. Je vous présente mes excuses.

— Je les accepte, dit-elle froidement, mais vous avez épuisé votre crédit. »

Si j'avais su ce que l'avenir nous réservait, j'aurais fait un meilleur usage de mon joker.

5

Quoi qu'en pensât Lena Thorsen, le mémo Maharashtra (comme le baptisa un membre du Comité directeur) facilita grandement mon insertion au sein de la Compañía Argentina del Reaseguro. Osvaldo Ramirez clama sur tous les toits que ma prédiction s'appuyait sur un modèle riemannien et en profita pour réclamer un doublement des crédits alloués à la recherche fondamentale. Mes collègues, eux, offrirent spontanément de me soulager des tâches quotidiennes afin que je puisse me consacrer pleinement à la prospective. Leur sollicitude n'était évidemment pas tout à fait désintéressée : chacun avait en mémoire la prime de 1 000 dollars et me pressait de m'atteler à l'étude des ouragans qui constituent, comme chacun sait, le fonds de commerce des réassureurs. J'acceptai bien volontiers leur coup de main et prétendis m'intéresser à la corrélation entre le coefficient de découpage des littoraux et la décélération des cyclones. La mise en évidence d'une relation entre ces deux critères conférerait un avantage concurrentiel décisif à ses découvreurs, expliquais-je un matin d'octobre en réunion de service sous l'œil approbateur de Ramirez. Mais j'avais besoin de calme. De calme et de temps. Mon équipe me donna les deux en me fichant la paix pendant plus d'un an.

Cette question provisoirement réglée, je m'attaquai à mes deux autres chantiers : l'apprentissage de l'espagnol et la prise de mon poste de falsificateur. Pendant les premiers mois, je sortis presque tous les soirs. J'avais sympathisé avec deux joyeux drilles du département commercial, Alex et Sergio, qui m'initièrent sans se faire prier à la vie nocturne cordobienne. Nous nous retrouvions après le travail au Cafe Atlantico sur la Calle San Jeronimo pour prendre une bière (ou deux ou trois), puis Sergio, dont le père était critique gastronomique, nous emmenait dîner dans un restaurant de steak chaque soir différent avant qu'Alex, le seul Argentin à ma connaissance capable de reconnaître plus de vingt variétés de bière belge, ne nous traîne de bar en bar jusqu'à 1 ou 2 heures du matin. Les effets de ce style de vie se firent rapidement sentir, négatifs (je pris cinq kilos en trois mois, j'économisais moins qu'en Islande) et positifs (je parlai rapidement comme un authentique gaucho et j'appris quantité de ragots sur Lena Thorsen). Au bout du compte, je m'estimai largement gagnant et je pus enfin espacer mes virées nocturnes. Je m'exprimais désormais quasiment sans accent et je connaissais Córdoba presque aussi bien que Reykjavík : il était temps de me mettre sérieusement au travail.

La besogne ne manquait pas. Le bureau recevait chaque semaine entre trente et quarante dossiers qui émanaient de toutes les entités du CFR. C'est Thorsen qui les affectait en fonction, disait-elle, de leur difficulté intrinsèque et de nos compétences spécifiques. J'avais l'impression d'hériter chaque fois des pires cas. Quand je discutais avec mes collègues, j'étais toujours surpris par la facilité de leurs dossiers ; j'aurais volontiers échangé cinq des leurs contre un des miens. Il existe en fait deux sortes de dossiers, du fait même qu'il existe deux sortes d'officiers traitants. Les premiers, dont faisait par exemple partie Gunnar Eriksson, traitent à leur niveau le maximum de problèmes. Ils ne s'adressent à Hong Kong ou à Córdoba qu'en dernier recours, quand ils n'arrivent pas à lever une incertitude ou quand ils pressentent, sans pouvoir la formaliser, qu'une autre approche améliorerait le couple efficacité/risque. Leurs dossiers sont à la fois stimulants et vaguement démoralisants, le fait qu'un officier traitant s'y soit déjà usé en vain les yeux et les méninges impliquant en effet que la réponse ne viendra pas aisément. Une deuxième famille d'officiers traitants ne s'embarrassent pas d'états d'âme et envoient sans même les regarder tous les dossiers de leurs agents. Au moins, on ne pourra pas leur reprocher d'avoir laissé passer une énormité : ils sont couverts. À l'arrivée, la qualité était forcément inégale, mais sur quatre dossiers, trois ne nécessitaient qu'une simple relecture de contrôle, ce qui permettait de se concentrer sur le seul qui en avait vraiment besoin. On l'aura compris, les dossiers dont j'écopais appartenaient presque exclusivement au premier groupe.

L'examen d'un dossier se déroule en deux étapes distinctes. Il faut d'abord vérifier scrupuleusement que l'agent a bien procédé aux falsifications qu'il décrit. Dans le cas du *Bettlerkönig* par exemple, j'avais indiqué que les quinze jours de tournage à Babelsberg figuraient dans les archives du studio. Diaz ne m'avait pas cru sur parole : il avait contacté l'agent berlinois qui avait personnellement commandité le faux document et l'avait inséré dans les registres d'époque. Cette confirmation systématique, qui peut paraître fastidieuse, permet régulièrement de débusquer des omissions. Le scénariste transmet sa demande au falsificateur local, qui accuse réception, promet de s'en occuper dans la semaine... et finit par oublier, pris dans un tourbillon de requêtes toujours plus urgentes. En théorie, le scénariste ne peut boucler son dossier (et son officier traitant ne peut le valider) sans que ne lui soient revenues toutes ses confirmations. Mais certains agents ne gardent pas le double des demandes qu'ils envoient dans le réseau et ont parfois du mal à démêler en relisant leur prose ce qui est vrai de ce qui aurait besoin d'un petit coup de pouce pour le devenir...

Mes collègues dénigraient volontiers cette partie du travail, qu'ils jugeaient morne, sans intérêt et, de manière générale, indigne de leur talent. Pour ma part, je l'appréciais plutôt : elle me donnait l'occasion de téléphoner dans le monde entier et de me familiariser avec l'organigramme tentaculaire du CFR. J'appris à quelle heure appeler, qui demander et comment formuler mes questions afin d'éviter les réponses vagues qui ne m'avanceraient à rien. Je n'hésitais pas à bavarder quelques minutes ni à solliciter l'avis de mon interlocuteur sur la qualité générale du dossier.

Quand quelqu'un me rendait un service, je reconnaissais ma dette et lui offrais d'en faire autant pour lui à l'occasion. Bref, je construisais mon carnet d'adresses.

La deuxième partie du métier se laisse moins facilement circonscrire. Elle consiste à améliorer le profil efficacité/risque du dossier, autrement dit à tenter d'atteindre les mêmes objectifs en réduisant les risques d'être découverts. Toujours pour reprendre l'exemple du *Bettlerkönig*, avais-je vraiment besoin d'inventer une séance spéciale à la Cinémathèque pour conférer une existence à l'œuvre de von C. ? N'aurais-je pas pu me contenter de la projection privée de Sadoul ? Plus besoin dans ce cas de convoquer Daney, Marker et Doniol-Valcroze. Plus de danger non plus de me tromper sur les horaires des séances ou de situer Truffaut à Paris quand il tournait au Portugal... Toutefois, dans ce cas précis, Diaz avait jugé que le risque se justifiait et que le scénario ne fonctionnerait pas aussi bien sans le récit de cette séance de cinéma unique devant l'intelligentsia parisienne. Mais il aurait tout aussi bien pu retoquer le dossier, charge à lui dans ce cas de suggérer d'autres sources moins dangereuses.

C'est évidemment là que réside la difficulté du métier de falsificateur. Les paresseux — et je confesse à regret qu'il m'arrivait d'en faire partie — se bornent à supprimer des sources ou à répéter à l'infini celles dont ils sont certains. Bien sûr, ils réduisent les risques, mais aussi l'intérêt du dossier, jusqu'à retirer parfois à celui-ci toute chance de trouver son public. Les véritables falsificateurs au contraire se feraient tuer plutôt que d'appauvrir le scénario. Ils conçoivent chaque dossier comme un nouveau défi, comme une histoire dont l'auteur a nécessairement ses motifs et qu'il s'agit maintenant de rendre crédible par tous les moyens. Le travail ne leur fait pas peur : au contraire, ils n'aiment rien tant que de passer une nuit blanche à remettre d'équerre un dossier mal ficelé. Aucune source n'est sacrée, toutes sont négociables et peuvent, que dis-je, doivent être améliorées. L'auteur fait raconter son histoire par un journaliste de *Business Week* : pourquoi ne pas placer ses paroles dans la bouche d'un Prix Nobel d'économie ? Il s'efforce d'installer un nouveau courant pictural allemand : la formation d'un mouvement réactionnaire, baptisé « Collectif de Berchtesgaden » ou « À bas les Dadas », en accroîtrait la vraisemblance et tant pis si cela implique d'élire un bureau, de choisir un président dans le catalogue de légendes de Berlin et de publier pendant un an une lettre d'information insipide et bien-pensante.

Je voyais bien tout cela. J'avais bénéficié des meilleurs instructeurs : Gunnar Eriksson d'abord, les plus grands spécialistes du CFR à Honolulu, Alonso Diaz et Lena Thorsen à présent. Et pourtant, je pataugeais dans mes dossiers, incapable que j'étais de m'affranchir des sources traditionnelles (la thèse universitaire, le rapport d'expert, les notes posthumes...) et d'imaginer le personnage ou la situation qui changerait radicalement la perspective de l'histoire. Et les rares fois où je parvenais à renforcer la charpente du dossier, je commettais quelque balourdise qui anéantissait tous mes efforts, comme ce jour où j'attribuai une analyse datée de 1971 sur les rivalités ethniques en Afrique à un général angolais, sans réaliser que l'Angola n'avait obtenu son indépendance qu'en 1975. J'en rougis encore.

J'essayais bien entendu de corriger mes faiblesses. Après tout, j'étais venu à Córdoba pour cela. Mais les mois passaient et, même si j'avais incontestablement accompli des progrès méthodologiques, je me sentais toujours aussi peu sûr de moi quand il s'agissait de porter un jugement sur la solidité d'un dossier. Il faut dire que Thorsen ne faisait rien pour flatter mon ego. Pour commencer, elle repassait systématiquement derrière moi. Le moindre rapport, la moindre notule en marge d'un dossier atterrissaient sous ses yeux et m'attiraient des remontrances où affleurait parfois son exaspération : « Révisez les protocoles de croisement de sources », « Votre juge d'instruction à la retraite n'est pas crédible, demandez à Berlin de vous fournir une légende », « Le témoignage de la concierge suffisait amplement : pourquoi faut-il toujours que vous en rajoutiez ? » Je tentai plus d'une fois, en reculant le plus possible l'examen d'un dossier, d'échapper à cette redoutable correction, mais Thorsen veillait au grain. Elle m'appelait généralement juste avant l'heure limite pour s'assurer que je serais dans les temps. « Alors, Sliv, ce dossier Congo, il serait temps de s'y mettre si vous voulez que je puisse le viser avant qu'il parte. » À croire qu'une caméra perchée au-dessus de ma porte la renseignait sur mes moindres faits et gestes... Je me demandai d'ailleurs souvent si nous étions tous logés à la même enseigne. Nous étions à ma connaissance une petite dizaine à traiter la palanquée de dossiers qui nous arrivaient chaque semaine. Thorsen ne pouvait raisonnablement consacrer autant de temps à chacun d'entre nous ; même pour elle, les journées n'avaient que vingt-quatre heures. Quand je lui posai une fois carrément la question, elle me répondit, l'air très surpris : « Mais il est normal que je m'occupe davantage des plus faibles, non ? », comme si la hiérarchie des différents agents était de notoriété publique.

Je respectais le jugement professionnel de Thorsen, beaucoup moins la façon dont elle fourrait son nez dans mes affaires alors que nous n'avions officiellement aucun lien de subordination. Elle prenait un malin plaisir à me remonter les bretelles en public, notamment les jours où Diaz passait au bureau. Son sujet de récrimination favori concernait mon prétendu manque d'assiduité. C'est un fait, je ne suis pas un bourreau de travail ; du reste, je ne m'en suis jamais caché. J'arrivais le matin sur le coup de 8 heures et le soir, quand vers 18 heures 30 les étages commençaient à se vider, je ne voyais aucune raison de ne pas suivre le mouvement. Je ne m'étais quand même pas transporté à l'autre bout de la planète pour moisir toute la journée derrière un ordinateur. Évidemment, Thorsen, elle, passait sa vie au bureau. Les femmes de ménage racontaient à qui voulait l'entendre que la señorita Thorsen arrivait avant elles chaque matin et repartait souvent après minuit. Elle ne repassait chez elle que pour prendre une douche et se changer. Le reste du temps, elle laissait des messages d'un ton exagérément professionnel sur ma boîte vocale, du style : « Sliv, c'est Thorsen. Il est 21 heures 30. Rappelez-moi quand vous serez rentré de dîner », ou encore : « Sliv, il est 7 heures 15. Je vous attends pour faire le point sur les dossiers de la semaine. Vous êtes bloqué dans les bouchons ? »

Je sais aussi qu'elle n'appréciait pas mon comportement avec les Argentins. Elle détestait tout particulièrement Alex, qui lui avait fait des avances à son arrivée. « Cessez de les traiter comme s'il s'agissait de copains, me disait-elle sans cesse. — Mais ce sont des copains, répondais-je sincèrement. Manolita m'apprend à danser le tango et je joue au foot avec la comptabilité tous les mardis. » Sur ce, elle hochait la tête avec commisération : « Mon pauvre Sliv, vous n'arriverez jamais à vous faire respecter. » Je n'avais pas grand-chose à répondre à cela, sinon qu'il ne rentrait ni dans mes attributions ni dans mes intentions de me faire respecter. Mais j'étais mal placé pour donner des leçons à Thorsen. Car elle savait se faire respecter, et même craindre. Ceux qui travaillaient dans son équipe la tenaient pour une vestale inflexible, exigeante avec elle-même et intraitable avec les autres. Il ne serait venu à l'idée de personne de lui rendre un dossier en retard ou d'oublier de la rappeler quand elle laissait un message. De là à dire qu'elle était aimée de ses troupes, il y a un pas que je me garderais bien de franchir. Les hommes cherchaient à se concilier ses bonnes grâces (les malheureux n'avaient aucune chance) ; les femmes la détestaient, pour sa beauté évidemment mais aussi pour le mépris qu'elle affichait à l'égard des Argentines qui se laissaient confiner dans des tâches subalternes.

Une rumeur revenait souvent, que je ne pus faire autrement que d'entendre : Lena Thorsen aurait plaqué son petit ami allemand le jour où elle avait reçu son avis d'affectation à Córdoba. Le pauvre garçon avait émis le souhait de l'accompagner en se mettant en disponibilité de son employeur, mais elle avait anéanti ses espoirs d'une seule phrase. De cette fameuse phrase circulaient plusieurs versions : « J'aurai autre chose à faire que de te donner des cours d'espagnol » ; « Vu le mal que tu as eu à trouver ce travail, tu ferais mieux de t'y accrocher » ; « J'aurai plus vite fait de retrouver quelqu'un sur place », etc. La dernière avait naturellement les préférences des commères, car elle autorisait toutes les supputations : Lena Thorsen avait-elle trouvé au sein de la race argentine un spécimen qu'elle jugeait digne de partager sa vie ? Personnellement, j'en doutais, mais je n'ai jamais été très calé sur ces sujets-là. Je dois toutefois avouer que j'accordais à cette question une attention redoublée depuis qu'Alex avait un jour déclaré devant Lena que nous avions elle et moi le devoir de perpétuer la pureté de la race scandinave. Nous avions tous les deux rougi (voir le sang monter brusquement aux joues de Lena Thorsen est un spectacle que chaque homme devrait avoir le droit de contempler au moins une fois dans sa vie) et l'éclair de rage que j'avais lu dans les yeux de Lena m'avait envoyé des frissons délicieusement érotiques dans tout le corps. (J'expliquai plus tard à Alex que l'Islande n'est pas, contrairement à l'idée reçue, un pays scandinave. Le bougre me répondit qu'il le savait pertinemment.)

Sans doute la jalousie entrait-elle pour une part dans la dureté que s'efforçait d'afficher Thorsen devant moi. C'est en tout cas ce que je me disais les soirs où je repartais chez moi avec trois dossiers à reprendre, encore un peu ébranlé par ses jugements lapidaires en islandais essuyés en fin d'après-midi. Thorsen n'avait toujours pas digéré mon prix du meilleur premier dossier ; elle remettait souvent le sujet sur le tapis, tantôt pour y chercher les prémices de mes insuffisances de falsificateur, tantôt pour jeter le doute sur les qualifications du jury, « une bande d'apparatchiks qui ont perdu tout contact avec le travail de terrain ». Comme j'ai déjà eu l'occasion de le dire, un Trophée du meilleur premier dossier accompagne un agent pendant toute sa carrière. Diaz avait longuement insisté sur ce haut fait d'armes en me présentant aux autres agents du bureau. Or c'était la seule distinction qui manquait dans les états de service par ailleurs irréprochables de Thorsen, et je savais qu'elle en éprouvait de l'amertume. Un soir où elle m'avait tancé un peu plus vertement qu'à l'accoutumée, je lui fis passer pour relecture un courrier destiné au Centre de Londres que je venais de composer. Elle m'appela aussitôt sur ma ligne interne pour me demander pourquoi j'avais cru bon d'accoler une étoile à ma signature.

« Oh ça ? dis-je. C'est l'astérisque que nous utilisons entre vainqueurs du Trophée du premier dossier pour nous reconnaître. »

J'entendis distinctement Thorsen déglutir à l'autre bout du fil.

« Jamais entendu parler, rétorqua-t-elle un rien trop vite.

— Normal, dis-je en parachevant mon triomphe.

Djibo m'a confié qu'il ne souhaitait pas que ça s'ébruite, trop de gens pourraient être tentés d'usurper une étoile qu'ils n'ont pas gagnée. » Et je raccrochai, à la fois exultant et vaguement honteux de ma mesquinerie.

Mais je suis convaincu que l'acrimonie de Thorsen avait un autre motif. Sans vouloir verser dans la psychologie de bazar, je pense que le fait d'être une femme décuplait son esprit de compétition. Les femmes ne forment pas plus de 30 ou 35 % des effectifs du CFR, sans que cela puisse vraiment s'expliquer. « Les femmes sont moins nombreuses à l'embauche, avancent les hommes. Leur proportion ne varie pas significativement à mesure que l'on s'élève dans la hiérarchie. » « Faux, répliquent invariablement les femmes. Si l'on nous appliquait les mêmes critères de promotion qu'aux hommes, nous serions depuis longtemps majoritaires au Comité exécutif. » J'ai toujours trouvé cette querelle un peu vaine dans la mesure où tous les agents ou officiers traitants avec qui j'en ai discuté ignorent la composition du Comité exécutif. Mais Thorsen a toujours été persuadée que c'est une femme qui préside aux destinées du CFR. J'imagine qu'elle puise à cette certitude une motivation supplémentaire pour écraser ses petits camarades.

Donc Thorsen ne m'aimait pas. Soit. Malheureusement pour moi, elle avait dans le match qui nous opposait l'avantage du terrain. C'était une redoutable falsificatrice, je ne reviendrai jamais là-dessus. Bien sûr, elle ne m'arrivait pas à la cheville en matière de scénario, mais dans l'organisation du CFR, Córdoba traite des sources et non des scénarios. Il m'avait fallu un peu de temps pour comprendre à quel point mon avis d'affectation m'avait placé en situation de faiblesse. Rien dans mon travail ne mettait mes qualités en valeur, c'était même à croire que mon poste avait été conçu uniquement pour souligner mes carences. Je me trouvais dans la position du joueur de tennis dont l'adversaire s'obstine à pilonner le revers déficient. Au mieux, il s'en sort honorablement ; au pire, il est ridicule. J'étais le plus souvent ridicule.

Après tout, c'était peut-être Lena qui avait le mieux cerné la situation le jour où elle déclara sans aucune malice : « C'est drôle, Sliv, vous progressez moins vite que je ne m'y attendais. »

6

J'eus l'occasion quelques mois plus tard de constater par moi-même les exceptionnelles qualités de falsificatrice de Lena Thorsen. Un lundi matin, elle déposa un épais dossier sur mon bureau. « Il vient d'une de vos amies, dit-elle pour seule introduction. Voyons si vous pouvez en faire quelque chose. »

L'amie en question était Francesca Baldini, l'une des finalistes du Trophée du meilleur premier dossier. Nous étions restés en contact. Dans sa dernière carte de vœux, elle racontait qu'elle était encore basée à Bologne, mais avait bon espoir d'être mutée aux États-Unis dans l'année. Je relisais souvent *La géométrie dans les fourmilières*, que je tenais pour l'un des meilleurs dossiers animaliers jamais produits par le CFR. Quel que soit le sujet sur lequel elle avait choisi d'écrire cette fois-ci, j'étais impatient de découvrir le fruit de ses élucubrations.

Elle indiquait en préambule que son dossier — rédigé en anglais — s'inscrivait dans le cadre de la quatrième directive du Plan triennal, intitulée « Mise en lumière des faiblesses des économies hyper-financiarisées ». Ismaïl Habri, l'un des conférenciers d'Honolulu, avait longuement commenté cette directive, l'une des plus importantes à ses yeux du Plan 1992-1994, et même si je n'avais pas compris tous les termes qu'il avait employés, je me souvenais à peu près des grandes lignes.

Depuis le début des années quatre-vingt, avait-il exposé, on assistait à une financiarisation croissante de l'économie. Des fonds d'investissement rachetaient les entreprises familiales à vendre, les restructuraient et les revendaient rapidement au plus offrant ; les sociétés, soucieuses d'améliorer la rentabilité des capitaux que leur confiaient leurs actionnaires, s'endettaient de plus en plus lourdement, s'exposant à de cruelles déconvenues en cas de retournement de la conjoncture ; surtout, les investisseurs semblaient désormais préférer les transactions virtuelles à l'achat et à la vente de marchandises réelles. J'avais été fasciné d'apprendre par exemple qu'un baril de pétrole changeait de propriétaire entre cinq et dix fois entre le moment où on l'extrayait du sol et celui où il arrivait dans une raffinerie ; il appartenait à une banque japonaise et, trois secondes plus tard, il apparaissait à l'autre bout de la planète sur les livres de comptes d'un trader britannique. Plus étonnant encore, les marchés financiers encourageaient les entreprises à monétiser (on appelait ça « titriser ») tous leurs actifs. Si une société d'assurances possédait un millier d'immeubles, elle pouvait en obtenir la valeur correspondante sur le marché en émettant un simple bout de papier qui garantissait aux acheteurs de toucher les loyers futurs des immeubles. Si le marché immobilier s'effondrait et si les locataires commençaient à faire défaut, l'assureur s'en moquait : il avait « transféré le risque » (l'expression revenait si souvent dans la bouche des professionnels de la finance qu'on aurait pu croire qu'ils jouaient au mistigri).

En voyant nos mines effarées (seule Magawati qui avait étudié l'économie aux États-Unis semblait familière de ces pratiques), Habri avait tenu à rappeler que le CFR ne contestait pas les mécanismes du capitalisme. « Ce qui nous préoccupe, avait-il expliqué, c'est que les acteurs de l'économie de marché semblent parfois aveuglés par leur foi dans la solidité du système. Ils oublient — ou font semblant d'oublier — que ces nouveaux instruments, s'ils fluidifient le marché, le rendent aussi plus fragile. Certains traders prennent des positions si complexes qu'ils ne sont même plus capables de chiffrer combien ils perdraient en cas de hausse ou de baisse brutale du dollar ou du pétrole. La quatrième directive vise à accélérer la prise de conscience des dirigeants politiques, des autorités de marché et des investisseurs eux-mêmes. »

Je ne me serais personnellement jamais aventuré dans un domaine si périlleux, mais Francesca s'était sentie de taille à relever le défi. Elle imaginait que deux chercheurs de l'Université de Chicago, Fiedler et Staransky, avaient mis au point une nouvelle grille d'analyse des sociétés cotées. Là où les banques évaluaient habituellement les sociétés en comparant la croissance de leur chiffre d'affaires, leurs flux de cash ou la solidité de leurs brevets, Fiedler et Staransky s'attachaient à comprendre leurs attitudes, leurs idiosyncrasies, en un mot leurs personnalités. Comme chacun sait, tout individu possède un certain nombre de caractéristiques physiques et intellectuelles qui découlent de son patrimoine génétique et façonnent son comportement. Fiedler (le biologiste) pensait que le même raisonnement pouvait, sous certaines conditions, être étendu aux entreprises, et que ce qu'on appelait communément les valeurs d'une société n'était que la résultante de son hérédité (la personnalité de son créateur) et de son environnement (les conditions dans lesquelles elle s'était initialement développée). C'était l'air de rien une idée incroyablement puissante qui, une fois énoncée, frappait par sa simplicité et trouvait des confirmations immédiates et inattendues. On pourrait croire par exemple que Microsoft et Apple, sociétés fondées dans les années soixante-dix par deux entrepreneurs nés la même année, ont de nombreux points communs. Fiedler (ou plutôt Francesca à travers Fiedler) montrait au contraire que les parcours radicalement opposés de leurs dirigeants rendaient toute ressemblance impossible. Bill Gates est le fils d'un grand avocat d'affaires. Il a fréquenté les meilleurs établissements scolaires, jusqu'à Harvard où il étudiait l'informatique quand il créa Microsoft. Steve Jobs, lui, fut abandonné par sa mère une semaine après sa naissance et élevé dans une famille d'adoption aux revenus modestes. Il étudia brièvement la calligraphie dans une université de seconde zone, puis voyagea en Inde, où il se rasa le crâne et se mit à porter le sari avant de fonder Apple avec un copain. En somme, disait Fiedler, Microsoft et Apple ont des pères si différents qu'elles ne peuvent se ressembler.

C'est là que Staransky, le financier et homme de chiffres, rentrait en piste et faisait décoller le dossier de Francesca. Plutôt que de gloser sur la personnalité de Sony ou de General Motors, il s'était attelé à élaborer une grille d'analyse basée sur un questionnaire de cinquante pages et applicable à n'importe quelle société. Les questions les plus nombreuses concernaient le fondateur de l'entreprise : ses parents, le nombre de ses frères et sœurs, son niveau éducatif, etc. Avait-il un animal familier quand il était enfant ? Avait-il été confronté à la mort avant l'âge de dix ans ? Jouait-il d'un instrument de musique ? À quel âge s'était-il marié (s'il s'était marié) ? À quel âge avait-il été parent pour la première fois ? Affichait-il des convictions religieuses ? Presque aussi importants semblaient être le lieu d'implantation de la société et ses premières années d'existence. Le siège social se trouvait-il en ville ou à la campagne ? Dans une banlieue chic ou au milieu d'une communauté agricole ? Combien des cent premiers employés étaient des femmes, des Noirs, des étrangers, des ingénieurs ? Combien d'années après sa création l'entreprise avait-elle ouvert son capital à des investisseurs ? D'autres critères, plus difficiles à collecter, rentraient étonnamment en compte : les préférences sexuelles du conseil d'administration, le quotient intellectuel du fondateur, l'âge auquel il avait gagné son premier million de dollars, etc.

Staransky aperçut très tôt le profit extraordinaire qu'un gérant de portefeuilles averti pourrait tirer du concept de Corporate DNA (l'ADN de l'entreprise comme l'avait baptisé Fiedler). Les gérants passent leur temps à établir des comparaisons entre les sociétés et à détecter les similitudes qui leur permettront d'identifier les nouvelles vedettes de la cote : si par exemple l'étude des cours de Bourse passés les convainc que les entreprises diversifiées réussissent mieux que les autres, ils vont acheter des actions d'entreprises diversifiées. Staransky se mit donc à chercher des corrélations nouvelles entre les sociétés les plus performantes, des corrélations si surprenantes qu'elles auraient jusqu'à présent échappé à tout le monde. Les résultats se révélèrent concluants au-delà de toute espérance. Ainsi, par exemple, Staransky prouva que les entreprises créées par des hommes blancs, presbytériens et ayant joué au basket dans leur jeunesse avaient crû en moyenne deux fois plus vite que le reste du marché depuis vingt ans. À l'inverse, l'étude des statistiques recommandait sans équivoque de rester à l'écart des sociétés situées à plus de dix kilomètres d'un aéroport et dont le fondateur avait déploré la mort d'un animal familier à l'adolescence : elles avaient tendance à verser moins de dividendes que les autres.

En mars 1991, Fiedler et Staransky allèrent à Boston présenter leur idée à Edward « Ned » Johnson, le président du groupe familial et premier gestionnaire d'actifs de la planète, Fidelity. Johnson, bien qu'emballé par la notion de Corporate DNA (« l'idée la plus simple depuis l'invention du bénéfice par action », aurait-il dit), hésitait à associer le nom de Fidelity à ce qu'il fallait bien décrire comme une expérimentation audacieuse. Il conseilla aux deux hommes de monter leur propre fonds et les orienta vers trois investisseurs privés qui seraient sûrement prêts à miser quelques dizaines de millions de dollars « pour voir ». Deux ans plus tard, tout ce petit monde était plus riche d'une centaine de millions de dollars, le nouveau fonds baptisé WinDNA ayant battu l'indice Dow Jones à plate couture en 1992 et en 1993.

Le dossier se finissait bizarrement. Fiedler se disputait avec ses associés. Il souhaitait révéler au monde le modèle du Corporate DNA et jouir du prestige académique qui accompagnerait la publication, tandis que Staransky et les trois investisseurs privés s'accommodaient très bien de l'anonymat et ne demandaient qu'à continuer à s'enrichir dans leur coin. Finalement, Fiedler reprenait sa liberté et envoyait un mémoire circonstancié au magazine économique *Fortune*, dans lequel il exposait son postulat de départ mais avouait aussi ignorer les détails du modèle complexe bâti par son ex-associé. Francesca espérait apparemment que la perspective de gains fabuleux inciterait les investisseurs à engloutir des millions dans la reconstruction des fameux algorithmes. Un jour ou l'autre, ils réaliseraient qu'ils avaient poursuivi une chimère et qu'ils auraient mieux fait d'analyser les fondamentaux des entreprises. C'était une façon originale et élégante de dire aux investisseurs qu'ils marchaient à côté de leurs pompes.

Dans une lettre séparée, l'officier traitant de Francesca nous demandait explicitement si nous étions capables d'insérer un article dans *Fortune* et de faire apparaître le fonds WinDNA dans les palmarès annuels.

Je relus le dossier en entier, une fois puis une deuxième, très lentement, en en décortiquant chaque phrase. Comme cela m'arrivait parfois, j'éprouvais un mélange de jubilation et de jalousie. Pourquoi n'avais-je pas eu cette idée plus tôt ? Il me semblait que j'en aurais tiré un parti meilleur encore. Puis je soupirai, car je savais bien au fond de moi que Francesca s'était admirablement sortie d'un sujet difficile et que j'étais surtout frustré de ne pas avoir produit un seul scénario depuis huit mois. Je pris mon téléphone et composai le numéro de l'antenne de Bologne. Francesca décrocha à la première sonnerie et se montra très expansive comme à son habitude. Elle paraissait sincèrement heureuse de mon appel, surtout quand elle comprit que j'appelais pour la féliciter.

« Oh, Sliv, comme c'est chou de ta part. J'espérais secrètement que mon dossier atterrirait sur ton bureau mais je n'osais pas y croire.

— Le hasard fait bien les choses, dis-je en me demandant si Thorsen avait une idée derrière la tête en me confiant ce dossier.

— Tu crois que vous allez pouvoir décrocher cet article, Sliv ? Et le classement des fonds communs de placement ? Il n'est sûrement pas facile à trafiquer, celui-là...

— Ne t'inquiète pas, répondis-je en m'avançant peut-être un peu. C'est dans la poche.

— Oh, *carissimo*, comme tu es gentil ! Ça fait six mois que j'ai demandé à partir sur la côte Est pour rejoindre mon fiancé, mais les Ressources humaines traînent des pieds. Si mon dossier fait un malheur, ils ne pourront plus rien me refuser.

— Justement, dis-je, je me demandais si tu accepterais que j'enrichisse un peu le scénario. Je sais que ce n'est pas vraiment ce qu'on attend de moi, mais j'ai quelques idées intéressantes.

— Par exemple ?

— Eh bien, je ne vois qu'une seule limite au concept de Corporate DNA, c'est qu'il ne peut s'appliquer qu'à des sociétés pures, qui se sont développées sur la lancée imprimée par leur fondateur. Or les grands groupes résultent presque toujours de la combinaison d'entreprises plus petites qui avaient chacune leur fondateur et donc leur propre ADN. Je voudrais trouver un moyen de résoudre cette contradiction.

— Tu vois, j'étais sûre que tu verrais des choses qui m'avaient échappé, dit Francesca, admirative. Tu es vraiment le meilleur, Sliv !

— N'exagérons rien, dis-je humblement en espérant toutefois que Lena Thorsen écoutait notre conversation. Bon, je m'y mets immédiatement et je te rappelle dans la semaine.

— Merci, *carissimo* », dit Francesca, qu'on sentait aux anges.

Je me préparai un pot de café et commençai à gribouiller des annotations en marge du dossier de Francesca. Imaginons que je sois un gérant de portefeuilles, pensai-je. De quelle autre façon utiliserais-je le Corporate DNA ? En quelques heures à peine, je mis au point l'« Indice de Compatibilité génétique », qui sert à mesurer la probabilité que deux entreprises puissent fusionner harmonieusement. Pour les raisons évoquées plus haut, toute tentative de rapprochement entre Microsoft et Apple serait vouée à l'échec, mais que penser d'une alliance entre Mercedes et Ford ou d'un rachat d'Évian par Coca-Cola ? Si l'Indice de Compatibilité génétique — l'ICG — faisait ses preuves (et j'allais tout faire pour le rendre incontournable), les prédateurs s'en serviraient pour identifier leurs proies, les proies s'en serviraient pour choisir entre deux prédateurs et les gérants s'en serviraient pour anticiper les opérations de fusion-acquisition. Voilà qui fournirait une nouvelle grille d'analyse aux opérateurs financiers, au moins jusqu'au jour où une nouvelle martingale encore plus tirée par les cheveux viendrait remplacer l'ICG dans leur boîte à outils.

Pendant trois jours, je m'en donnai à cœur joie, tordant le Corporate DNA et l'ICG dans tous les sens, ajoutant deux cents nouveaux critères à la grille de Staransky et étoffant le personnage de Fiedler, que je décrivais tiraillé entre la soif des honneurs et l'appât du gain. Je ne consacrai que peu de temps à la falsification des sources — tout paraissait en ordre — et approuvai sans réserve l'idée de l'article dans *Fortune*. Le jeudi soir vers minuit, je déposai le dossier sur le bureau de Thorsen. Pour une fois, elle était partie avant moi.

Le lendemain matin, j'arrivai tard. Un message de Lena m'invitait à la rejoindre dans son bureau. Elle veut sans doute être la première à me féliciter, pensai-je en attendant l'ascenseur.

« Mais enfin, Sliv, m'interpella-t-elle d'un air authentiquement consterné, j'ai lu votre dossier en arrivant ce matin et je me demande encore ce que vous avez bien pu fabriquer depuis lundi. »

Je m'attendais si peu à cette entrée en matière que ma belle confiance en moi s'écroula aussitôt. Je m'assis en m'efforçant de rassembler mes esprits.

« Excusez-moi, Lena, mais j'ai abattu un travail considérable. Le scénario part d'une idée brillante mais s'essouffle : les personnages sont brossés à grands traits, Francesca ne cite qu'une application concrète du Corporate DNA et les critères de Staransky sont organisés au petit bonheur. Croyez-moi, je n'ai pas chômé depuis quatre jours.

— Le pire, c'est que je vous crois, soupira-t-elle. À toutes fins utiles, rappelez-moi quand même la fonction du bureau de Córdoba...

— La falsification des sources ? hasardai-je, mal à l'aise.

— Et votre travail a porté quasi exclusivement sur... ?

— Le scénario de Francesca », complétai-je en baissant la tête comme un écolier pris en faute.

Thorsen me laissa méditer quelques secondes sur ma réponse puis soupira une deuxième fois, comme si l'explication qui allait suivre la fatiguait par avance. Son ton inhabituellement doux quand elle se lança me surprit encore davantage que la teneur de ses propos.

« Sliv, je crois que nous devons avoir une vraie conversation, vous et moi. J'ai l'impression que vous n'avez toujours pas compris ce que j'attends de vous. J'ai sûrement ma part de responsabilité dans ce malentendu.

— Merci de le reconnaître, Lena, dis-je aussi dignement que possible. Il est vrai que nous n'avons pas eu beaucoup de temps pour parler de mon travail.

— Procédons d'abord à une mise au point. Vous ne devez en aucun cas modifier les scénarios qui nous parviennent. Ce n'est tout simplement pas notre rôle. S'il vous vient l'idée d'une amélioration, écrivez une note à l'agent en mettant son officier traitant en copie. C'est ce que vous auriez dû faire avec votre Indice de Compatibilité génétique, qui, soit dit en passant, est une invention brillante.

— Compris, dis-je humblement, heureux malgré tout que Thorsen apprécie l'ICG.

— Cela vous aurait laissé du temps pour scruter à la loupe le volet falsification du dossier, lequel en avait bien besoin, reprit Thorsen qui distribuait équitablement les bons et les mauvais points. Au lieu de quoi, vous avez procédé à de prétendus enrichissements scénaristiques qui tous, sans exception, dégradent le couple efficacité-risque du dossier.

— Comment cela ?

— Vos nouveaux critères, d'abord, n'ajoutent rien au modèle de Staransky. Ils ne font que répéter ceux de Baldini, en frisant constamment le canular. Vous développez ensuite la personnalité de Fiedler, sans même vous demander si Fiedler et Staransky devraient exister.

— Que voulez-vous dire ? demandai-je, interloqué.

— Baldini fait de ses deux personnages des professeurs de l'Université de Chicago : croyez-vous vraiment que nous puissions faire sortir de terre aussi facilement des chercheurs d'une des universités les plus prestigieuses des États-Unis ? D'autant que s'ils ont vraiment mis au point une martingale boursière infaillible, tous les journalistes et les investisseurs financiers vont vouloir les rencontrer. Vous ne pouvez tout simplement pas donner un nom et un visage à l'inventeur du Corporate DNA...

— Mais, intervins-je, le public a besoin de connaître les inventeurs pour s'enthousiasmer pour leurs créations : sur cent personnes qui connaissent Einstein, vous n'en trouverez pas une pour vous expliquer la théorie de la relativité. J'ai peur que sans parrains, le Corporate DNA ne reste un projet dans un tiroir.

— En êtes-vous si certain ? demanda Thorsen. Reprenez le scénario de Baldini et remplacez Fiedler par "un biologiste idéaliste qui préfère conserver l'anonymat" et Staransky par "un génie de la finance sans scrupules". Je ne pense pas que le récit en pâtirait.

— Bien au contraire, reconnus-je après quelques instants de réflexion. Les journalistes s'empareront de l'histoire et lanceront des avis de recherche, tandis que les investisseurs engageront des détectives privés pour traquer les deux hommes aux quatre coins du pays.

— Notez bien, dit Lena, que je me soucie moins de pimenter le scénario de Baldini que de minimiser le risque qu'il soit percé à jour. Je sais qu'il est tentant d'inventer des universitaires japonais, des explorateurs canadiens ou des conglomérats sud-africains, mais la valeur ajoutée qu'ils délivrent ne justifie qu'exceptionnellement les risques qu'ils font courir aux scénarios et à notre organisation. Si vous suivez mes conseils, vous trouverez des sceptiques qui rejetteront en bloc la notion de Corporate DNA mais, même en y consacrant des moyens considérables, ils seront bien en peine de prouver son caractère d'imposture.

— Je vois, dis-je, mais alors, toute mention du fonds WinDNA...

— ... doit absolument être supprimée, compléta Thorsen. Avez-vous idée de la lourdeur des formalités d'enregistrement d'un fonds commun de placement aux États-Unis ? Des efforts qu'il faudrait déployer pour altérer des historiques de performance ? À ce jour, toutes nos tentatives pour infiltrer la société Micropal, qui centralise les valeurs liquidatives de milliers de fonds d'investissement, se sont heurtées à un mur de sécurité infranchissable. Trop d'intérêts sont en jeu pour laisser des petits malins compromettre la sacro-sainte efficience des marchés. Croyez-moi : il me serait plus facile d'amputer le PNB du Sénégal de 30 % que d'ajouter un cent au cours de Bourse d'IBM le 7 janvier 1972.

— Mais alors que fait-on du fonds de Staransky ?

— On le transforme en un *limited partnership* bermudien qui n'est pas soumis au contrôle des autorités de marché américaines. De manière évidente, il ne peut s'appeler WinDNA. Laissons donc les enquêteurs spéculer sur son identité en passant au peigne fin la liste des cent meilleurs fonds sur la période 1992-1993.

— Ils risquent fort de ne trouver aucun fonds correspondant à leurs critères de recherche, fis-je remarquer.

— Et alors ? La légende croîtra à la mesure des

efforts qu'ils y consacreront. C'est la quête qui crée le mythe et non l'inverse. Pensez-vous qu'on parlerait encore du Graal et de la pierre philosophale si les plus brillants esprits n'y avaient gâché tant d'années ?

— C'est une façon de voir », dis-je, admiratif malgré moi de la façon dont Thorsen théorisait son travail.

« C'est la seule, répondit-elle d'un ton qui ne souffrait aucune discussion. Mais vous pensez peut-être que je m'en tire à bon compte : après tout, si j'efface les noms de tous les protagonistes, il ne reste qu'une histoire, amusante certes, mais creuse et que rien ne vous force à croire. C'est là qu'apparaît le talent du falsificateur, si tant est qu'il en ait. Je ne vous révélerai pas le nom du fonds, mais je suis prête à vous dévoiler tout le reste : de quelle maison coloniale au bord de la plage il opère, la puissance du supercalculateur qui traite chaque nuit des millions de données pour établir entre elles des connexions improbables, les vingt pages du contrat qui partage les profits entre les investisseurs passifs et les gérants. Tout est là, Sliv : noyez vos lecteurs dans les détails qui leur feront oublier que vous leur cachez l'essentiel.

— Les procès-verbaux des bureaux de l'Association pour la culture thessalique, murmurai-je.

— Exactement. Gunnar vous a parlé de ça ? » demanda Lena en souriant. Pour la première fois, je sentis un bref éclair de connivence entre nous. Lena reprit :

« Venons-en maintenant à la question de l'article dans le magazine *Fortune*. Je pense que vous commettez une grave erreur en approuvant la suggestion de Baldini.

— Pourquoi ? Nous ne sommes pas capables d'insérer un reportage dans *Fortune* ?

— Là n'est pas le sujet. Êtes-vous familier avec le concept de source de référence ?

— Je crois, oui, bredouillai-je en ayant la désagréable impression d'être un élève appelé au tableau. La source de référence est celle qui expose le scénario dans son intégralité. Ayant vocation à être reprise par une foule d'autres supports, qu'on qualifie de sources secondaires, elle doit être rigoureusement inattaquable.

— Bien, approuva Thorsen, vous possédez au moins les bases théoriques. Laissez-moi vous raconter une histoire. Vous vous souvenez certainement de l'épisode des charniers de Timişoara. La découverte de ces ossuaires attribués à la cruauté des forces de sécurité de Ceauşescu ébranla sérieusement l'opinion internationale, qui reporta alors toute sa sympathie sur les opposants du dictateur roumain. Sans ces charniers, il est probable que l'OTAN et l'ONU, légitimistes par nature, auraient soutenu plus longtemps le régime existant. Au lieu de quoi, ils laissèrent la population arrêter le couple Ceauşescu et le passer par les armes. Quelques semaines plus tard, un journaliste occidental révéla que l'importance des charniers avait été largement surestimée. Ils existaient bel et bien, mais contenaient cinq à dix fois moins de corps qu'annoncé au moment des événements. La méprise était trop grosse pour être mise sur le compte de la négligence. Maintenant, Sliv, avez-vous une idée de la façon dont a procédé notre agent de Craiova ? »

Je n'en avais évidemment aucune. Pour tout dire, je venais d'apprendre que ce que je prenais pour une des plus belles manipulations politico-médiatiques du siècle était l'œuvre du CFR. J'en conçus une certaine fierté.

« Réfléchissez, si vous teniez à répandre une fausse information sur les ondes en quelques heures, quel canal utiliseriez-vous ?

— CNN ? hasardai-je.

— CNN, évidemment. Par une sorte de paradoxe, cette chaîne, dont l'audience mondiale cumulée ne dépasse pas celle de la RAI, est regardée par tous les directeurs de rédaction. Ilie, notre agent de Craiova, n'a eu qu'à traîner le correspondant de CNN sur les lieux. Il lui a montré quelques crânes, deux ou trois cadavres mutilés et lui a assuré que le charnier s'étendait sur plusieurs milliers de mètres carrés. Comme la majorité des corps étaient enterrés, Ilie a proposé d'aligner les corps dont il disposait de manière à donner l'impression de catacombes à perte de vue. L'Américain a tourné des images, qu'il s'est empressé d'envoyer à Atlanta par satellite. Deux heures plus tard, toutes les chaînes de télévision interrompaient leurs programmes pour diffuser les images de CNN. Dans l'intervalle, Ilie, un garçon entre parenthèses à peine plus âgé que vous à l'époque, avait disparu de la circulation.

— Quel coup..., murmurai-je, sincèrement abasourdi.

— N'est-ce pas ? Il a agi avec un sens de l'à-propos

particulièrement rare chez les agents de terrain. Entre le moment où il a eu l'idée et celui où le reportage s'est retrouvé à l'antenne, il s'est écoulé moins de six heures. Mais son plan a fonctionné parce que Ilie avait identifié la source de référence, celle à laquelle viendraient s'alimenter toutes les autres. Si vous parvenez à falsifier votre source de référence, vous avez généralement fait entre 50 et 100 % du travail. Cela ne veut pas dire qu'il faut vous arrêter là ; vous aurez souvent intérêt à falsifier les deux ou trois autres sources, qui, quoique moins réputées, feront définitivement pencher la balance de votre côté. En matière de communication financière, par exemple, vous n'arriverez à rien si vous ne contrôlez pas Reuters. Cela dit, je vous conseillerai pour faire bonne mesure de falsifier aussi Bloomberg et Telerate. Mettez-vous à la place d'un trader qui découvre sur son écran Reuters une information qui lui semble étonnante. S'il ne la retrouve pas sur Bloomberg, il sera enclin au doute. Par contre, si Bloomberg et Telerate confirment, vous aurez un mal de chien à le faire changer d'avis.

« Toute la difficulté dans notre métier consiste à identifier ces fameuses sources de référence. Les exemples de CNN et de Reuters vous semblent sans doute triviaux ; c'est que ces noms s'imposent naturellement à nous dès que nous réfléchissons deux minutes. Je puis toutefois vous assurer que la recherche n'est pas toujours aussi facile. Tenez, qui choisiriez-vous dans le vin ? »

Je confesse une certaine ignorance en matière œnologique, mais je m'en serais voulu de priver Lena de sa démonstration :

« J'imagine qu'il existe un ouvrage ou un dictionnaire de référence. Un guide français sans doute ?

— Erreur classique, c'est un magazine américain, *The Wine Spectator*, qu'il vous faudra traiter en priorité. Créé par un ancien avocat épris de la dive bouteille, *The Wine Spectator* fait aujourd'hui figure de référence, y compris pour les crus européens. Autre exemple, vous souhaitez lancer un nouveau concept de management, comme l'ultra-qualité ou la générosité perçue, enfin quelque chose dans ce goût-là. Comment vous y prenez-vous ?

— J'écris un livre et j'essaie d'obtenir la préface d'un Prix Nobel ?

— Et avec un peu de chance, vous en vendez deux mille exemplaires, le reste finissant dans les rayons d'un soldeur du Minnesota. Non, il existe une stratégie imparable : un article dans la *Harvard Business Review*, suivi quelques semaines plus tard d'un dossier dans *McKinsey Quarterly*. Avec ces deux revues, vous ferez connaître vos idées dans une cinquantaine de pays.

— Mais qui me dit qu'ils accepteront de publier mes papiers ?

— Pour commencer, vous ne les signerez pas Sliv Dartunghuver. Nous les attribuerons à l'un de nos gourous maison. Nous en avons une douzaine sous la main. Ils n'ont publié que des navets, mais nous veillons à ce qu'ils apparaissent dans la moindre bibliographie. »

J'étais encore sceptique :

« Ça ne suffira pas à convaincre ces gens-là. Vous les duperez moins facilement que CNN.

— Mais vous imaginez bien que nous disposons de certains appuis au sein du comité éditorial des principaux journaux. Croyez-moi, ils plombent suffisamment nos budgets pour ne pas nous refuser un petit service de temps en temps.

— Mais alors, tous ces gens sont au courant de l'existence du CFR. C'est un risque insensé !

— Honnêtement, Dartunghuver, vous me croyez vraiment assez bête pour aller expliquer à un grouillot de la *Harvard Business Review* que nous allons nous servir de sa revue pour falsifier la réalité ?

— Pourquoi le fait-il alors ? Pour l'argent ?

— Parfois, oui. Mais le plus souvent, il croit simplement rendre service à un consultant sur le retour en lui offrant une double page pour exposer sa dernière théorie. De toute façon, il faut bien imprimer quelque chose ; et d'ailleurs, si l'on y réfléchit bien, l'ultra-qualité n'est pas plus dangereuse que le *downsizing* ou le juste-à-temps.

« Pour ce qui est du dossier de Baldini, poursuivit Thorsen, je vois deux sources de référence également plausibles : le magazine spécialisé *Institutional Investor* ou le cahier mensuel sur les fonds communs de placement du *Wall Street Journal*. *Fortune* est trop grand public dans un premier temps.

— Je vais reprendre le dossier dans ce sens, dis-je. Merci pour cet exposé, j'en avais bien besoin.

— Nous aurions dû avoir cette discussion le premier jour, répondit gracieusement Lena. Mettez temporairement en sommeil le scénariste qui est en vous et ne pensez qu'en termes de risques, tout en sachant que malgré toutes les précautions que vous prendrez, il vous arrivera nécessairement de commettre une erreur. Notre métier comporte une part d'irrationnel, une part de chance aussi. Un jour, vous ferez naître une de vos créations dans une petite bourgade du fin fond des Highlands. Par un hasard fâcheux, votre récit tombera entre les mains de la sage-femme qui officia pendant trente ans dans l'hôpital en question et avait pris l'habitude de consigner dans un carnet le nom de tous les enfants qu'elle mettait au monde. Vous tenterez de réagir en suggérant dans un article qu'un certain mystère continue de régner sur les circonstances de la naissance du grand homme. Mais il sera déjà trop tard...

— Justement, que faut-il faire en pareil cas ?

— Surtout rien. Le CFR se remettra d'une légende brûlée, il en a connu d'autres. Mais nous ne pouvons pas nous permettre qu'un de nos agents se fasse prendre la main dans le sac. Il serait interrogé, torturé peut-être...

— Allons donc ! »

Thorsen donnait à ses paroles une tournure tellement solennelle que je n'avais pu m'empêcher d'intervenir. Elle dut sentir que je regrettais cette interjection, car elle exploita son avantage en secouant la tête pendant une éternité, puis en m'enveloppant du regard du vétéran qui expliquerait à une jeune recrue que les souffrances causées par le fracas des combats relèvent de l'indicible. La manœuvre atteignit son objectif, car je me sentis tout à coup profondément misérable.

« Je crois que vous ne mesurez pas la crainte qu'inspireraient nos activités, si elles étaient révélées à certains gouvernements. Dans de nombreux pays, la police politique tient la falsification du réel pour la forme la plus aboutie et la plus dangereuse de la subversion. Nous sommes en guerre, Dartunghuver, une guerre larvée qui n'éclatera jamais au grand jour, mais où nos adversaires tirent à balles réelles. Combien de temps vous tairiez-vous si l'on vous retournait les ongles l'un après l'autre ? Parviendriez-vous à maintenir la thèse du canular si l'on vous envoyait des décharges électriques dans tout le corps ? Je vous souhaite de ne jamais tomber entre les mains de nos opposants...

— C'est la première parole gentille qui sort de vos lèvres, je suis flatté », crus-je intelligent de répondre. Thorsen me regarda une fois de plus avec pitié et sa réplique fusa, cinglante :

« Je ne pensais pas à vous, mais aux centaines d'agents que vous pourriez entraîner dans votre chute. De grâce, ne leur faites pas courir ce risque. Ne falsifiez jamais vous-même, déléguez à des professionnels. Et si vous ne pouvez faire autrement que de vous salir les mains, privilégiez les sources électroniques ; dans le pire des cas, vous vous ferez passer pour un de ces pirates informatiques qui parient avec leurs copains qu'ils sont capables de piéger les ordinateurs du Pentagone. Les sources électroniques présentent un autre avantage : les modes d'alimentation sont si nombreux qu'il est extrêmement difficile d'isoler les causes d'un dysfonctionnement. Tel chiffre modifié, telle ligne supplémentaire dans un rapport seront mis sur le compte de l'erreur de saisie et l'on n'ira pas chercher plus loin. De ce point de vue-là, l'Histoire joue pour le CFR, bien qu'au même moment elle nous oblige à intervenir sur un nombre sans cesse croissant de sources. »

Je me souviens m'être fait la réflexion à cet instant que Lena Thorsen aimait profondément son métier. Les possibilités offertes par les nouveaux médias l'excitaient réellement. Contrairement à moi qui appréciais par-dessus tout la dimension ludique de mon métier, Thorsen, elle, ne jouait pas. Où alors, si elle livrait une partie, c'était avec la ferme intention de la gagner et en s'autorisant d'avance à employer tous les moyens à sa disposition. La réponse qu'elle fit à ma question suivante me confirma que j'avais vu juste.

« Avons-nous déjà essuyé des pertes ? demandai-je. Je veux dire, savez-vous si la police ou le contre-espionnage d'un pays ont déjà réussi à infiltrer la filière et à remonter jusqu'à nous ?

— Pas à ma connaissance, mais je serais surprise, vu l'implantation du CFR, que cela ne se soit jamais produit. Je sais qu'un de mes prédécesseurs, un Italien, a été poussé à la démission dans des conditions étranges au début des années quatre-vingt. Diaz refuse de me raconter l'histoire mais, comme elle coïncide avec une sérieuse reprise en main du Bureau, je suppose qu'un jour il a mal effacé ses traces. Ce n'est pas à moi que ça risque d'arriver. Tant que j'occuperai ce poste, je ne laisserai personne me jouer un pareil tour. »

Thorsen n'avait vraiment pas l'air de plaisanter et, sur le moment, j'en vins à plaindre le malheureux qui se trouverait en travers de sa route vers les plus hauts échelons du CFR. Comment aurais-je pu imaginer que ce serait moi ?

7

Les semaines défilaient à une vitesse folle. J'avais remanié le dossier de Francesca Baldini. Celle-ci fut peu après mutée au bureau de Washington DC (Santé et Médecine). Mes relations avec Lena Thorsen avaient pris un tour plus pacifique, tout en restant exclusivement professionnelles. Je voyais désormais mieux ce qu'elle avait à m'apprendre et, de son côté, elle semblait décidée à me donner une chance de faire mes preuves. Je n'en demandais pas davantage.

La charge de travail demeurait lourde, mais, à mesure que j'acquérais des automatismes, j'organisais mieux mon emploi du temps et réussissais à me ménager environ trois soirées par semaine. Je jouais au foot le mardi soir et, le jeudi, je prenais des cours de tango avec Manolita, une employée du *back office* qui m'avait ensorcelé avec ses grands yeux noirs. Pendant l'hiver 1994, nous fîmes même un peu plus que danser le tango, mais nous n'étions prêts ni l'un ni l'autre à approfondir cette relation et nous y mîmes d'un commun accord un terme au printemps. L'année d'après, Manolita se fiança avec un agent d'assurances, un vrai.

Je n'avais pas perdu tout contact avec l'Islande. Tous les mois, Gunnar m'appelait à mon domicile. J'appréciais plus que tout ces coups de fil à mi-chemin entre le privé et le professionnel où Gunnar m'entretenait tour à tour de la dernière mission décrochée par Baldur, Furuset & Thorberg, de la rénovation de la patinoire de Reykjavík et du recrutement — réussi comme de juste — de mon remplaçant. J'étais bien seul à Córdoba, loin de mes amis, de ma mère et de ma sœur. Je ne connaissais pas encore l'existence du courrier électronique et la minute de communication entre l'Argentine et l'Europe coûtait plus de deux dollars. Le fidèle Gunnar devint peu à peu, malgré la différence d'âge, malgré le lien hiérarchique qui avait existé entre nous, mon meilleur ami et mon confident. Il gardait une tendresse particulière pour Lena Thorsen, comme je suppose pour les onze autres agents qu'il avait formés, même si la garce ne lui avait plus donné signe de vie depuis qu'elle avait quitté l'Islande. Il me demandait aussi régulièrement des nouvelles de son ami Diaz, car il était trop pudique pour s'en enquérir directement auprès de ce dernier. Mais nous parlions surtout de mes dossiers, de ceux que j'avais écrits et de ceux que j'écrirais un jour quand je sortirais du purgatoire (le surnom que j'avais donné à Córdoba).

Il m'appela un soir d'octobre 1994 où je regardais un match de foot des Boca Juniors à la télévision, une bière Quilmes à la main. Je devinai aussitôt à son ton encore plus enjoué que d'habitude qu'il m'apportait de bonnes nouvelles.

« Salutations distinguées de Reykjavík ensevelie sous la neige, commença-t-il.

— Salutations distinguées de Córdoba infestée de moustiques, répondis-je du tac au tac.

— Bonne semaine, mon garçon ?

— Ma foi, la routine habituelle : Lena a fait pleurer sa secrétaire en lui demandant de retaper un mémo de trente pages hier soir ; une formation à ce nouveau machin, l'Internet ; un coup de collier sur le référendum d'adhésion de la Norvège à l'Union européenne...

— Tiens, vous aussi ? J'ai supervisé la production d'un rapport sur l'aménagement du Trondelag pour Moscou le mois dernier. Me demande bien ce qu'ils vont en faire. Enfin, passons. J'ai des choses plus importantes à vous dire.

— Je suis tout ouïe.

— Nos contacts à l'ONU nous signalent que Boutros-Ghali s'apprête à inviter John Hardbattle à venir s'exprimer devant l'Assemblée générale des Nations unies.

— Pas possible ! » m'exclamai-je.

Hardbattle, le fils d'un fermier bochiman, avait créé en 1992 l'association First People of the Kalahari en exploitant la vague d'indignation internationale suscitée par la publication du témoignage de Gaston Chemineau relatant les exactions du gouvernement botswanais. Hardbattle, qui était efficacement soutenu par l'association britannique Survival International, menait fort adroitement sa barque et, en moins de deux ans, il avait réussi à freiner — mais pas à stopper — le programme d'expropriation. Dans la foulée, les grands pays occidentaux s'étaient découvert une sympathie universelle pour les faibles et les opprimés, au point qu'en décembre 1993 l'ONU promulgua la période 1995-2004 « Décennie internationale des populations autochtones ». Ce jour-là, mon ami Youssef m'avait appelé du Caire pour me rappeler la conversation que nous avions eue dix-huit mois plus tôt à Honolulu : mon dossier était vraiment en train de changer la face du monde.

« Bien sûr, le Botswana agite ses réseaux pour empêcher l'invitation, reprit Gunnar, mais le vieux Boutros-Ghali est têtu comme une mule et il aura vraisemblablement gain de cause.

— C'est... Je ne sais pas quoi dire...

— Alors ne dites rien et contentez-vous de savourer. Votre dossier est arrivé pile au bon moment, il a cristallisé ce que tout le monde savait mais que personne n'avait le courage de dire à voix haute. Vous pouvez être fier de vous, mon garçon. »

Plus encore que la médiatisation de John Hardbattle, c'était la sensation que mon œuvre m'avait échappé et vivait désormais sa propre vie qui me grisait. Très peu de gens peuvent en dire autant.

« Mais je ne vous appelle pas uniquement pour vous tresser des lauriers. Un jeune agent de Hambourg, Jürgen Dorfmeister, m'a contacté la semaine dernière. Il souhaite écrire une suite à votre dossier.

— Une suite ? répétai-je au comble de l'excitation. Mais alors, les Bochimans deviendraient...

— Une saga, oui. Pas mal pour un gamin de vingt-six ans. »

Dans le jargon du CFR, une saga est une histoire

que l'on entretient et prolonge par des dossiers réguliers. Les circonstances de la mort du pape Jean-Paul Ier et les extra-terrestres de Roswell sont des exemples de sagas que les scénaristes du CFR font périodiquement rebondir. Certaines s'étendent sur des périodes si longues que ceux qui les ont lancées forment eux-mêmes leurs remplaçants. L'inventeur de Roswell, un Canadien de plus de soixante-dix ans, aurait ainsi déjà consigné les épisodes des vingt prochaines années dans une lettre tenue enfermée dans le coffre-fort du Plan à Toronto. Je ne connaissais pas un jeune agent qui n'ait rêvé de créer une saga. Jusqu'ici, j'avais plutôt placé mes espoirs sur le *Bettlerkönig*. Je pouvais à présent rêver du record du Hongrois Bebeth, père de trois sagas à l'âge de trente-quatre ans.

« Je connais bien l'officier traitant de Jürgen, reprit Gunnar, et il a insisté pour que Dorfmeister me soumette son projet de scénario. J'aimerais avoir votre avis.

— Allez-y. Je suis curieux d'entendre ce qu'il a en tête.

— Il veut s'intéresser au trésor de Maraqo. Vous vous rappelez sûrement que la tribu des Morafe avait découvert un gisement de diamants énormes et extrêmement purs. Leur chef Maraqo en avait remis quelques-uns à Nigel Maertens afin qu'il les vende et finance sa campagne de relations publiques internationale. Après la disparition de Maertens, Maraqo est devenu paranoïaque, mais il a tout de même montré quelques pierres à Chemineau qui les a photographiées.

— Je m'en souviens aussi bien que vous, Gunnar. Nous avons écrit ce dossier ensemble.

— Bon, toujours est-il qu'on peut se demander ce que sont devenus ces diamants. Jürgen voudrait fabriquer une nouvelle source qui corroborerait le récit de Chemineau et viendrait titiller les chasseurs de trésors et autres aventuriers. Il dit qu'il existe des sociétés américaines spécialisées dans la récupération de trésors et d'épaves. Le gouvernement botswanais ne serait sûrement pas ravi de les voir débarquer dans le Kalahari. Peut-être même proposera-t-il d'associer les Bochimans à l'exploitation diamantifère en espérant que les tribus lui révéleront l'emplacement de gisements secrets.

— Nous pourrions d'ailleurs souffler cette idée de co-exploitation à Survival International, dis-je, pensif. L'angle anthropologique ne suffit pas, je crois que nous avons intérêt à porter le débat sur le terrain économique.

— C'est exactement ce que suggère Jürgen, dit Gunnar. Le seul mot de trésor rappellera à la communauté internationale que l'expulsion des Bochimans n'est qu'une affaire de gros sous.

— Eh bien, je crois qu'il tient quelque chose. Dites-lui que je trouve son idée excellente, si tant est qu'il ait besoin de mon approbation.

— Vous êtes sûr que ça ne vous dérange pas qu'un autre agent s'invite dans votre dossier ? demanda Gunnar. Certains scénaristes sont plutôt susceptibles sur le sujet.

— Au contraire, je le prends comme une reconnaissance de la valeur de mon travail. Du reste, qu'il n'hésite pas à m'appeler s'il sèche, dis-je en espérant qu'il me prenne au mot.

— Je ne manquerai pas de le lui dire. Prenez soin de vous, mon garçon. »

Vers la fin de l'année 1994, je commençai à préparer mon voyage en Patagonie. Lena Thorsen avait anéanti mes espoirs de prendre un mois entier de congé en m'accordant royalement quinze jours « pendant la période creuse » (elle était bien la seule à s'être penchée sur la saisonnalité du business de la falsification). Il était convenu que Youssef et Maga me rejoindraient à Córdoba, puis que nous nous envolerions pour Ushuaia, où nous attendrait un guide. J'aurais pu me contenter de choisir une randonnée « clé en main », au lieu de quoi je m'absorbai dans l'étude des atlas et récits de voyage pour nous concocter un itinéraire sur mesure, dont j'envoyai une copie à mes deux amis. Youssef me téléphona peu après de l'antenne de Hô Chi Minh-Ville (Matières premières) où il venait de prendre de nouvelles fonctions pour la Banque mondiale. Il lui fallut quelques minutes pour en venir au véritable motif de son appel.

« J'ai reçu ma feuille de route. Tu as vraiment travaillé comme un chef, on dirait.

— J'espère que tu es en forme, dis-je, ça va être sportif.

— Si je comprends bien, nous commençons par passer deux jours à Córdoba. Où logerons-nous ?

— Mais ici, bien sûr ! Tu ne voudrais quand même pas aller à l'hôtel ?

— Je croyais que tu n'avais qu'un studio. On ne

va pas tous dormir dans la même pièce ? » dit Youssef, très embarrassé.

C'était donc ça : il ne voulait pas dormir à côté d'une femme, fût-elle sa meilleure amie.

« Mais non, le rassurai-je, j'ai deux chambres. Tu prendras la mienne et Maga la chambre d'amis. Je dormirai sur le canapé du salon. »

Je l'entendis se détendre à l'autre bout du fil.

« Tu garderas ta chambre et j'irai dans le salon. Si, si, j'insiste. Tu sais, je demandais juste comme ça. Inutile d'en parler à Maga.

— Tu me connais, dis-je en souriant malgré moi, je suis diplomate comme un porte-parole de la Banque mondiale. Au fait, comment se passe ton installation ? »

Je le sentis se crisper à nouveau.

« Bien, bien. Mon poste à la Banque me laisse beaucoup de temps et Hô Chi Minh-Ville est... passionnante, faute d'un meilleur terme.

— Tu travailles sur un dossier en ce moment ? » demandai-je, pressentant que son malaise n'était lié ni à ses fonctions officielles ni à son installation domestique.

Youssef hésita quelques secondes avant de répondre.

« Non. Enfin si. Pas un dossier à proprement parler. Ils appellent ça une initiative. »

Une initiative ? Gunnar avait évoqué une fois devant moi ces dossiers collectifs de grande envergure, dont la durée se mesurait en années, voire en décennies. Youssef était la première personne que je connaissais à participer à une initiative. J'en ressentis une pointe de jalousie.

« Vraiment ? dis-je. Et de quoi s'agit-il ?

— Du pétrole. Surtout garde ça pour toi : nous allons essayer de faire monter durablement le cours du brut.

— Quoi ? m'écriai-je. Mais c'est insensé ! As-tu une idée des centaines de milliards de dollars que brasse l'industrie pétrolière chaque année ? Vous avez à peu près autant de chances de réussir qu'une flottille de canards de détourner un paquebot.

— Eh bien, c'est ce que je croyais d'abord, mais je n'en suis plus aussi certain. Observe l'évolution du cours du baril depuis trente ans et tu comprendras que le prix du brut ne réagit pas uniquement aux variations de l'activité économique.

— Tout le monde sait cela, dis-je, il reflète aussi la situation géopolitique.

— Entre autres. Par exemple, quand l'OPEP a quadruplé le prix du baril unilatéralement en 1973, elle n'a fait que traduire un nouveau rapport de forces entre les pays producteurs et les grandes puissances occidentales. Idem en 1990, quand Saddam Hussein a annexé le Koweït : les investisseurs, qui redoutaient un ralentissement de la production, ont fait repartir les cours à la hausse. C'est justement ce que j'essaie de te dire : les phénomènes psychologiques jouent un rôle essentiel dans la constitution des prix du pétrole, et je suppose qu'on pourrait dire la même chose des autres matières premières.

— Et qui manipule mieux l'inconscient collectif

que le CFR ? dis-je. Tu as raison, c'est peut-être faisable après tout. Mais pourquoi diable s'attaquer au pétrole ? Et pourquoi le faire monter ?

— C'est bien mon problème. J'ai posé la question, mais on m'a répondu que je n'avais pas besoin de savoir ça pour faire mon travail.

— Le *need to know*, encore et toujours... », dis-je en faisant allusion à la règle cardinale qu'imposent les services secrets du monde entier à leurs agents, censément pour leur propre protection. Si l'un d'eux est arrêté, même la torture ne lui fera pas avouer ce qu'il ne sait pas.

« Qu'ils appellent ça comme ils veulent, vitupéra Youssef, mais je ne vais pas consacrer deux ans de ma vie à un projet dont je ne suis pas sûr d'approuver la finalité.

— Ça, mon vieux, tu aurais dû y réfléchir avant de t'enrôler, dis-je. D'ailleurs, où est le problème ? Tout le monde sait que les réserves pétrolières ne sont pas infinies. *A priori*, si les cours montent, les pays industriels vont davantage surveiller leur consommation. Ce serait plutôt positif, non ?

— Ce n'est pas aussi simple, gémit Youssef. Crois-moi, j'ai retourné le problème dans tous les sens et je me garderais bien de conclure. Prends un pays comme l'Inde, par exemple, qui importe environ les deux tiers de l'énergie qu'il consomme : chaque hausse d'un dollar du prix du baril compromet ses chances de développer son industrie. Est-ce que c'est ça qu'on veut : empêcher un milliard d'Indiens d'accéder au progrès ? Et tout ça pour quoi ? Pour que le sultan du Brunei puisse refaire les quatre-vingts salles de bains de son palais et s'offrir le dernier avion chasseur de chez McDonnell Douglas ?

« Tu me connais, Sliv, poursuivit Youssef, je n'ai pas la prétention de tout savoir. J'ai rencontré le coordinateur de l'initiative. C'est un Russe à peine plus âgé que moi, qui a vraiment oublié d'être bête. Il a sûrement d'excellentes raisons de vouloir faire grimper le prix du pétrole. Si seulement il voulait bien les partager avec moi... »

J'aurais pu céder à la tentation d'un bon mot et lui rétorquer qu'il était justement, de tous mes amis, celui qui avait le plus de certitudes. Mais Youssef avait besoin de mon soutien, pas de mes sarcasmes.

« On en reparlera en Patagonie, dis-je. Je vais en toucher deux mots à Gunnar, il aura peut-être entendu quelque chose. En attendant, tiens bon. Je vais creuser le sujet de mon côté. S'ils ont trouvé un motif, nous devrions pouvoir le découvrir nous aussi. Nous faisons partie de la même organisation, non ? »

Mais, comme aurait pu le dire Youssef, les choses n'étaient pas aussi simples.

8

Le vol de Santiago du Chili avec Youssef et Magawati à son bord avait trois bonnes heures de retard. Et dire que je m'étais dépêché pour écluser ma pile de dossiers urgents avant de partir en vacances... Toute la semaine, j'avais essayé de prouver à Lena Thorsen que le bureau pourrait se passer de moi pendant quinze jours, et toute la semaine elle avait déposé de nouveaux dossiers sur mon bureau en feignant d'oublier que je ne serais pas là pour les traiter. Elle avait sifflé dédaigneusement en me voyant m'éclipser en milieu d'après-midi et je ne l'imaginais que trop bien en train de fourbir sa vengance à l'heure qu'il était.

Je m'attablai dans le seul café du hall des arrivées de l'aéroport de Córdoba, un boui-boui qui prétend au nom de pub sous prétexte qu'il sert de la Guinness à un prix que seuls les touristes américains peuvent s'offrir. Au fond de moi, je n'étais pas fâché d'avoir un peu de temps pour lire la presse locale. Il ne me venait jamais tant d'idées de scénarios qu'en parcourant *Gente* (« le magazine des stars et des gens beaux »), *Pescar* (« la revue des amoureux de la pêche ») ou *Grill* (« Numéro spécial : 101 façons de préparer le steak »). Et comment ne pas éprouver un immense respect professionnel pour les journalistes capables de remplir chaque semaine les trois journaux exclusivement consacrés aux Belgranos et aux Talleres, les deux clubs de football de Córdoba qui, depuis l'an dernier et pour la première fois depuis des décennies, évoluaient ensemble en *primera division* ?

Le haut-parleur annonça enfin l'atterrissage du vol Aerolineas 45 en provenance de Santiago. Des centaines de personnes se pressaient contre les barrières et je résolus de rester prudemment en retrait. Après tout, je ne risquais pas de manquer Youssef et ses presque deux mètres. Et puis, je n'avais pas tout à fait fini une longue discussion sur la longueur des crampons dont il conviendrait de chausser les Belgranos le samedi suivant lors de leur périlleux déplacement à Rosario. Neuf ou douze millimètres, l'auteur de l'article se gardait bien de trancher.

Ce fut Magawati qui me vit la première. Elle me serra dans ses bras et déposa une bise légère sur ma joue, une seule, à l'américaine. Quant à Youssef, je compris pourquoi je ne l'avais pas repéré : il était presque enseveli sous les sacs à dos, tentes et duvets qu'il portait en bandoulière.

« Tu n'as pas de bagages, Maga ? demandai-je, ou dois-je comprendre que Kili est un parfait gentleman ?

— Un fichu pigeon, tu veux dire », maugréa Youssef qui laissa tomber tout son barda et m'attira à lui. J'eus l'impression d'étreindre un menhir.

« Vous devez être canés, dis-je en remarquant les cernes sous leurs yeux.

— Penses-tu, bâilla Magawati, mais je me demande ce qu'attendent les compagnies aériennes pour établir une ligne directe Djakarta-Córdoba.

— Ou au moins pour imposer un maximum de trois correspondances par vol, ajouta plus raisonnablement Youssef qui essayait de décoller les innombrables étiquettes qui constellaient son sac.

— Au moins n'ont-ils pas perdu vos bagages, dis-je en ramassant une tente et les duvets. Suivez-moi, nous allons attraper un taxi. Au fait, Maga, tu ne devineras jamais sur quoi j'ai travaillé cet après-midi ? Sur la suite du galochat !

— Sans blague ? J'étais au courant, mais je n'imaginais pas qu'elle atterrirait sur ton bureau. Franchement, qu'est-ce que ça vaut ?

— Écoute, j'ai trouvé ça pas mal. Le galochat semble avoir bel et bien disparu d'Europe. Mais l'espoir vient d'ailleurs : on aurait détecté une espèce très proche dans le Pacifique Sud. L'auteur se répand en conjectures : que vient faire un scombridé dans ces eaux tièdes et, surtout, comment les galochats ont-ils parcouru toute cette distance ? L'espèce a-t-elle muté ?

— Ça me plaît, cette idée de mutation, commenta gaiement Magawati, ça ouvre la porte à toutes les extravagances. J'écrirais bien la suite, tiens ! »

J'attendais que Youssef fustigeât l'insouciance de Maga, mais il s'était déjà endormi à l'arrière du taxi. Il ne se réveilla que le temps de se traîner jusqu'à mon lit, sur lequel il s'écroula tout habillé. Je fus tenté de lui faire partager la couche de Magawati, juste pour voir sa tête quand il se réveillerait.

J'avais prévu de faire les honneurs de Córdoba à mes deux amis, notre vol ne partant que le dimanche matin. Mais en fait de tourisme, Youssef et Maga émergèrent vers midi et nous passâmes l'après-midi à courir les magasins pour compléter nos panoplies d'aventuriers.

Je sus dès que nous entamâmes notre descente sur Ushuaia que nous allions vivre une expérience hors du commun. De fait, je crois pouvoir dire avec le recul que je n'ai jamais fait voyage plus beau que ces quinze jours en Patagonie. Si la Patagonie et la Terre de Feu fascinèrent tant d'illustres explorateurs (Magellan, Drake, Darwin...), c'est qu'elles constituent un rêve de géographe, une sorte de laboratoire battu par les vents dans lequel la nature expérimente les combinaisons les plus inattendues (mer et montagne, fjords et forêt, volcans et glaciers, pumas, manchots et flamants roses). L'homme cherche en vain à laisser sa trace en Patagonie. Le détroit de Magellan qui relie l'Atlantique au Pacifique, et doit son nom au navigateur portugais qui l'emprunta pour la première fois en 1520, n'est plus guère utilisé depuis la mise en service du canal de Panamá. De même, des cinq années de voyage de Darwin à bord du *Beagle*, on se souvient plus des observations du grand homme sur les tortues des Galápagos que du séjour qu'il fit en Terre de Feu en 1832. Seul le nom d'Ushuaia inventé par les Indiens de la tribu Yamana est passé à la postérité, sans doute parce que la ville la plus au sud du monde n'est pas près de se faire déposséder de son titre.

J'expliquai le premier jour à mes amis que Patagonie signifiait « grands pieds », la légende voulant que Magellan ait croisé la route d'une tribu de géants. Pigafetta, l'un des compagnons de Magellan, décrit dans ses carnets de voyage « des hommes si grands qu'il ne leur arrive qu'à la taille » ! Comme Hernán Cortés (le conquistador espagnol à qui mon ami Fernando de la Peña avait dénié la grâce du baptême) rapporta lui aussi avoir vu des géants à la même époque dans la cordillère des Andes, l'Europe vécut pendant deux cents ans dans l'idée que la Patagonie était peuplée de colosses. Ce n'est qu'au XVIIIe siècle que des explorateurs britanniques enfin cartésiens firent passer lesdits colosses sous la toise et leur trouvèrent près de deux mètres. Les « grands pieds » chaussaient du 46, mais pas davantage. Nul ne suggéra pour autant de rebaptiser la Patagonie.

Aujourd'hui, moins de deux millions d'habitants peuplent un territoire grand comme la Scandinavie. L'économie repose avant tout sur l'exploitation des ressources naturelles : bois, minerais, élevage... et pétrole. Notre guide, un garçon un peu rugueux mais charmant du nom de Felipe, nous raconta que son oncle possédait un gisement de pétrole, mais qu'il attendait une remontée des cours mondiaux pour démarrer les travaux de forage. « Aux cours actuels, expliqua-t-il, ce ne serait pas rentable. » Le malheureux n'avait sans doute pas prévu le déluge de questions qui suivit. Youssef eut beau mettre sa curiosité sur le compte de ses fonctions à la Banque mondiale, je vis bien que Felipe jugeait son intérêt un peu excessif.

Je m'étais efforcé de limiter le nombre de transferts en bus, mais ceux-ci étaient inévitables si nous souhaitions parcourir les principaux sites en deux semaines. Nous avions atterri à Ushuaia, avant de faire une incursion au Chili où se trouve le détroit de Magellan puis de retraverser la frontière argentine. L'un dans l'autre, nous marchions sept ou huit heures par jour, mais sans les sacs ni le matériel de camping qu'un employé de l'agence de voyages nous apportait le soir au campement. À la tombée de la nuit, tandis que nous montions les tentes (j'en partageais une avec Youssef tandis que Felipe et Magawati avaient chacun la leur), Felipe allumait un feu et préparait le dîner, invariablement à base de steak mais avec une recette chaque soir différente (à croire qu'il avait lu le numéro spécial de *Grill*).

La beauté surnaturelle des paysages était une invitation constante à la méditation et pourtant je garde de ce voyage le souvenir d'une conversation ininterrompue, qui démarrait le matin sur les routes, se poursuivait autour du feu et se prolongeait sous la tente avec Youssef, quand ce n'était pas d'une tente à l'autre avec Magawati.

Magawati ne semblait jamais fatiguée de parler. Elle possédait cette faculté de changer brutalement de sujet pour suivre une association d'idées et approcher ainsi parfois étrangement près de l'essentiel. Elle pouvait m'entretenir du dernier succès au box-office indonésien un instant et me demander dans la minute suivante si j'avais l'impression de me servir du CFR plus qu'il ne se servait de moi. Elle était aussi extraordinairement habile à jauger les réactions de son interlocuteur et à orienter la conversation en conséquence, comme cette fois où elle me demanda ce que je pensais de Lena Thorsen sur le plan professionnel, moral et esthétique (je crus un instant qu'elle allait ajouter « plastique ») et où elle me regarda cruellement me débattre dans une réponse inutilement alambiquée ; quand j'eus fini, elle me lança, narquoise : « Bref, tu n'as pas encore d'opinion. C'est vrai que tu ne la connais que depuis un an. » Magawati n'oubliait rien, ne laissait jamais rien passer, et bien que je ne me considère pas comme quelqu'un de particulièrement lent, elle me sidérait régulièrement par sa vivacité et son sens de la repartie. Sa double culture indonésienne et américaine lui permettait de débattre librement et sans préjugé de presque n'importe quel sujet, là où un Youssef par exemple montrait clairement les limites de son éducation. Kili était tolérant philosophiquement là où Magawati l'était naturellement, comme seuls peuvent l'être ceux qui ont beaucoup voyagé ou, mieux encore, ont grandi à cheval entre plusieurs cultures.

L'insistance avec laquelle Magawati cherchait à m'arracher des bribes de ma vie personnelle m'avait désarçonné de prime abord. Elle m'interrogeait inlassablement sur mon père, mort d'une tumeur foudroyante au cerveau alors que j'avais onze ans. S'était-il vu partir ? Avait-il abordé la question de sa disparition avec moi ? Pouvais-je nommer ce qu'il m'avait transmis ? Cette curiosité — que Youssef appelait pour sa part impudeur — participait de la conception que Maga se faisait de l'amitié. Elle sondait mon âme tout simplement, sans solennité exagérée mais jamais sans précautions, comme pour me dire : « Si tu veux que je sois ton amie, tu dois me laisser pénétrer ton cœur et ton esprit. » Au bout du compte, je finissais par dire à Maga des choses que je n'avais jamais dites à personne ou que j'aurais mis plusieurs années à découvrir par moi-même. Je n'avais jamais imaginé qu'un tel niveau de confiance fût possible avec quelqu'un que je n'avais côtoyé au fond que quelques dizaines d'heures. Gunnar possédait ce même don, même si la différence d'âge et la conscience de nos positions respectives dans l'organisation du CFR nous empêchait *de facto* d'aborder certains sujets.

J'étais moins doué pour poser les questions, mais Maga m'honora elle aussi de quelques confidences. Le CFR la harcelait pour qu'elle retourne étudier aux États-Unis et obtenir un MBA. L'économie et la vie des entreprises constituent évidemment un terrain tentant pour les falsificateurs, mais rares sont les agents qui maîtrisent suffisamment la logique et les techniques du monde des affaires pour y imprimer une réelle empreinte. Le CFR, qui recrutait majoritairement des agents jeunes, n'avait d'autre choix que de les former et était d'ailleurs prêt à y consacrer des moyens considérables. Magawati me dit qu'il ne lui déplairait pas de passer deux ans à Harvard ou à Stanford, mais qu'elle craignait ensuite d'être confinée dans les dossiers économiques alors que les thèmes de société l'intéressaient bien davantage. Elle me confia également souffrir de ne pouvoir discuter de ses activités occultes avec ses amis non initiés. Elle comprenait évidemment pourquoi nous étions astreints au secret, mais cela ne lui rendait pas la situation moins pénible. « Quand Djibo nous encourageait à partager nos expériences, il aurait mieux fait de nous dire que toute amitié en dehors du CFR nous était désormais interdite. Ç'aurait au moins eu le mérite de la franchise », me dit-elle un jour.

Les conversations avec Youssef ne ressemblaient en rien à celles avec Magawati. Youssef méprisait ouvertement ce que les Anglo-Saxons appellent le *small talk*. Il préférait les sujets sérieux, voire graves, et affichait une tendresse particulière pour les dilemmes moraux, sur lesquels il pouvait discourir à l'infini ; car si sa pensée était limpide, elle s'exprimait lentement, chaque mot étant soigneusement pesé et chaque raisonnement agrémenté de plusieurs exemples. J'aurais pu l'écouter parler des heures. Ses exposés exhaustifs, si parfaitement intègres, me rassuraient. J'aimais savoir que des sages comme Youssef réfléchissaient aux grandes questions de ce monde et j'aimais encore plus me dire qu'ils ne se satisferaient jamais de réponses simplistes. Maga se montrait parfois moins patiente. Quand elle estimait que Youssef ratiocinait plus que de raison, elle le pressait d'accélérer, ne réussissant généralement qu'à lui faire prendre encore un peu plus son temps. « Je ne vois pas ce qui peut être plus urgent que de déterminer le juste niveau d'endettement des pays du tiers-monde », demanda-t-il, un brin énervé, un soir, à Maga alors que nous discutions des récents abandons de créances de la Banque mondiale. « Déplacer ma tente, lui répondit-elle en le gratifiant d'un sourire éclatant. Une colonie de fourmis s'est introduite dans mon duvet. »

Ces deux-là se chamaillaient volontiers, mais je commençais à deviner qu'ils couvaient quelque chose de plus profond. Depuis l'épisode de l'aéroport, j'avais remarqué que Youssef était aux petits soins pour Magawati. Il lui montait sa tente, lui portait son paquetage et lui préparait son café le matin. Maga n'abusait pas de la prévenance de Youssef, mais ne faisait rien pour la décourager non plus. Si j'ai déjà dit qu'il lui arrivait d'interrompre Youssef, elle s'en gardait bien quand il parlait de lui. Dans ces cas-là, elle l'écoutait avec une intensité qui dépassait encore celle qu'elle pouvait me témoigner. Autre signe révélateur, elle avait cessé de le titiller sur l'islam, jugeant sans doute qu'elle n'avait rien à gagner à le froisser sur un sujet aussi sensible à ses yeux. Mes doutes se transformèrent en certitude un soir où, alors que nous recensions les plus grandes merveilles du monde, Magawati décrivit sa stupéfaction devant les colosses de pierre d'Abou-Simbel.

« Quand es-tu allée en Égypte ? demandai-je.

— Oh, l'année dernière », répondit-elle en rougissant.

Youssef se leva soudain pour s'occuper du feu qui n'en avait nullement besoin.

« Avec Kili ? insistai-je, bien décidé à pousser mon avantage.

— Mais oui, évidemment, dit Maga. Avec qui d'autre ?

— Je devais visiter une exploitation agricole au bord du lac Nasser pour la Banque. De là, ce n'était plus qu'à une heure de bus », précisa Youssef, comme si je m'inquiétais réellement de reconstituer son itinéraire à partir du Caire. J'aurais été bien plus curieux de savoir comment Magawati avait rallié l'Égypte depuis Djakarta.

« Je vois, dis-je en faisant semblant de réfléchir aux implications de cette information.

— Tu ne vois rien du tout, sale fouineur », répliqua Maga avec un sourire énigmatique qui me fit me demander si, après tout, son lapsus n'avait pas été volontaire.

Je voyais surtout que Youssef n'était pas aussi détendu qu'il aurait dû l'être. Son dossier sur Karigasniemi, cette forêt finlandaise censée posséder des propriétés écologiques exceptionnelles, avait connu un succès mérité. Deux ans plus tôt, 100 000 manifestants avaient défilé dans les rues d'Helsinki en réclamant l'annulation de la concession accordée à une société papetière. Ils avaient eu gain de cause. Auréolé de cet exploit, Youssef avait conçu deux scénarios plus personnels, l'un sur les organismes génétiquement modifiés, un sujet qu'il connaissait bien de par ses fonctions à la Banque mondiale, et l'autre sur les contes des *Mille et Une Nuits*. Il gravissait également rapidement les échelons à la Banque mondiale et il m'avoua n'avoir pas entièrement écarté la possibilité d'y réaliser une véritable carrière. Pour l'instant, il gardait ses options ouvertes et déciderait le moment venu où il pourrait se rendre le plus utile.

Je soupçonnais la fameuse Initiative Pétrole d'être la cause des tourments de Youssef. Il confirma implicitement cette impression en nous demandant notre avis un soir autour du feu après que Felipe fut allé se coucher.

« Nous avons carte blanche pour faire remonter les cours du pétrole à un horizon de trois à cinq ans, expliqua-t-il emmitouflé dans son duvet, une tasse de thé fumante à la main. J'estime que nous sommes plusieurs dizaines d'agents, si ce n'est pas une centaine, à travailler sur ce projet et nous avons déjà dépensé plusieurs millions de dollars.

— Rappelle-nous les fondamentaux, dis-je, plus pour Maga que pour moi.

— C'est un sujet extraordinairement compliqué, soupira Youssef. En moins d'un siècle, les hydrocarbures se sont imposés comme la première source d'énergie utilisée dans le monde. Ils pourvoient à environ 45 % des besoins de la planète. Les principaux pays consommateurs sont les États-Unis, le Japon et, de manière générale, les grands pays industriels. Les principaux producteurs sont les États de la péninsule arabique, Arabie saoudite en tête, ainsi que la Russie, la Norvège, la Grande-Bretagne, le Mexique et le Venezuela. Historiquement, les grandes puissances, et notamment les États-Unis, passaient des accords avec les pays producteurs, gagnant le droit de prospecter et d'extraire du pétrole de leur sol contre le paiement de royalties symboliques. Dans les années 1960, les principaux pays producteurs se sont organisés en cartel, espérant pouvoir ainsi obtenir de meilleures conditions des compagnies pétrolières. Ils y sont parvenus en 1973 en faisant quadrupler le prix du baril. »

Du Youssef typique, pensais-je. Pas un mot de trop et un ton de professeur des universités.

« Comme tous les marchés, celui du pétrole obéit aux lois de l'offre et de la demande. La demande est largement corrélée à l'activité économique : en période de croissance mondiale, on consomme plus de pétrole, ce qui pousse les prix à la hausse. L'offre, quant à elle, est plus difficile à cerner. Les pays producteurs ont de gigantesques réserves dans leurs sous-sols, mais ils n'extraient que ce qu'ils sont certains de pouvoir vendre, et si possible à un bon prix. C'est la raison d'être de l'OPEP : les membres se concertent pour ne pas trop produire et pour entretenir un niveau de tension acceptable. Bien sûr, cette dernière notion est très subjective : l'Arabie saoudite par exemple pourrait réduire sa production et faire grimper le prix du baril, au moins provisoirement ; mais elle prendrait le risque d'irriter ses amis américains, qui lui garantissent une protection militaire implicite.

« Les affaires de l'OPEP ont commencé à se gâter quand ses membres se sont divisés sur la réponse à apporter à l'invasion du Koweït par l'Irak et à la guerre du Golfe qui a suivi. Au même moment, d'autres pays qui n'étaient pas membres de l'organisation ont violemment augmenté leur production. Il a suffi de quelques francs-tireurs pour fissurer le cartel et les prix sont retombés ces dernières années entre dix et quinze dollars le baril.

— Tu parles de l'équilibre entre l'offre et la demande à un instant donné, intervins-je, mais on ne peut pas ignorer que le pétrole est une ressource finie.

— J'allais y venir, dit Youssef. C'est en effet ce qui

complique les choses. En 1971, un géophysicien américain du nom de Hubbert a prédit que la production mondiale culminerait en l'an 2000, autrement dit qu'à partir de cette date, on extrairait chaque année du sol plus de pétrole qu'on n'en découvrirait. La théorie de Hubbert paraît irréfutable, mais au fur et à mesure que les compagnies pétrolières continuaient de découvrir de nouveaux gisements, l'échéance de 2000 a paru exagérément pessimiste, au point qu'aujourd'hui la majorité des acteurs économiques ne semblent guère pressés de se préparer à un monde sans pétrole.

— Les imbéciles ! » jugea lapidairement Magawati, à tort à mon avis : les sociétés pétrolières sont tout, sauf des imbéciles.

« Bon, maintenant explique-nous ce qui te chagrine, dis-je.

— C'est simple : personne n'est capable de m'expliquer pourquoi il est important de faire monter les cours. Le Russe qui dirige l'initiative a précisé que c'était une information classée et que nous perdrions notre temps à poser des questions. Inutile de vous dire que je n'ai pas bien vécu cet épisode. J'ai quand même fini par prendre sur moi, en me disant que je pourrais toujours exercer une influence sur le cours du projet. Et là, patatras, je me suis encore fait piéger.

— Que s'est-il passé ? demanda Maga, qui n'aimait pas se dire qu'on lui avait piégé son Kili.

— Mon premier réflexe, comme celui de la majorité de mes collègues, a été de dire qu'il fallait orchestrer un phénomène de rareté : en faisant croire que la demande était plus forte qu'elle ne l'est réellement tout en suggérant que les réserves mondiales touchaient à leur fin, on aurait rompu l'équilibre et fait bondir le prix du baril.

— Ça paraît logique, dit Maga. Tu n'as pas été suivi ?

— Loin s'en faut, répondit Youssef. Le Russe s'est appuyé sur un paradoxe paraît-il bien connu des économistes pour recommander une stratégie exactement contraire. D'après lui, la crainte d'un tarissement des réserves mondiales entraînerait un report des budgets de recherche sur les énergies alternatives. En effet, les industriels qui investissent à dix ou vingt ans ne prendraient jamais le risque de devoir reconvertir leurs usines. Ils préféreraient se détourner volontairement du pétrole aujourd'hui plutôt que d'y être contraints par les événements dans vingt ans. Les cours des autres énergies grimperaient en flèche, ceux du pétrole baisseraient avec la consommation et — c'est là le paradoxe — les réserves finiraient par durer plus longtemps. Son idée est donc la suivante : faisons croire au monde que les réserves sont inépuisables, encourageons les constructeurs automobiles à construire des modèles toujours plus gourmands et nous ferons exploser la demande et, partant, les prix.

— Mais c'est criminel ! s'exclama Magawati. Vous allez encourager le gaspillage à l'échelle planétaire.

— Malheureusement, ça risque de marcher, dis-je pensivement. Beaucoup de gens vont y trouver leur compte.

— C'est bien ce qui m'inquiète, opina Youssef. Je ne parle même pas des compagnies pétrolières qui seront trop heureuses de creuser toujours plus de trous et d'empocher des bénéfices records. Il est de notoriété publique que les pays de l'OPEP surestiment déjà leurs réserves. Comme ils s'engagent à produire conjointement un nombre de barils donné, chacun essaie de justifier un relèvement de son quota national par l'importance de ses réserves. Si maintenant nous les aidons à truquer leurs chiffres, je ne sais pas où nous nous arrêterons. Quant à l'utilisateur final, je n'en parle même pas. Personne n'aime baisser son thermostat ou surveiller sa vitesse : quand les consommateurs vont apprendre que le spectre de la pénurie s'éloigne, ils oublieront les bonnes habitudes que leurs gouvernements ont eu tant de mal à leur inculquer.

— Vous avez déjà commencé ? demandai-je en me levant pour aller à mon tour chercher un duvet.

— Oui. Nous avons passé en revue les différentes façons de réévaluer les réserves et nous avons décidé de faire porter nos efforts sur un type d'hydrocarbures bien précis, les sables bitumineux. Parce qu'ils sont difficiles à extraire, ces sables bitumineux ne sont généralement pas comptabilisés dans les réserves mondiales. Pour vous donner une idée des enjeux, s'ils l'étaient, un pays comme le Canada se retrouverait subitement aussi riche que l'Arabie saoudite. Nous allons tenter de convaincre le marché que de nouvelles techniques permettront un jour de baisser radicalement les coûts d'extraction, justifiant ainsi l'exploitation des gisements bitumineux. Dès lors, plus rien ne s'opposera à leur comptabilisation.

— Jolie gageure, dis-je, sensible malgré moi au défi intellectuel. Au moins tu vas t'amuser...

— J'en doute, dit Youssef, car j'ai l'intention de démissionner.

— Kili ! s'écria Maga. Tu ne vas pas faire ça ?

— Et pourquoi pas ? demanda Youssef. Regarde la situation en face : on refuse de me révéler le motif de l'opération, puis on me demande de mettre en œuvre une stratégie qui va avoir des effets dévastateurs sur l'environnement. En admettant même que la fin justifie les moyens — ce qui est loin d'être philosophiquement prouvé —, je ne vois pas comment je pourrais continuer à participer à une mission dont la fin m'échappe et les moyens me répugnent. » Devant nos mines consternées, il sourit tristement et ajouta : « Maintenant, si vous avez d'autres arguments à faire valoir, je vous écoute. »

Nous réfléchîmes quelques minutes. Magawati mourait visiblement d'envie de réagir à brûle-pourpoint mais devait comprendre que Youssef ne se contenterait pas d'arguments approximatifs. Finalement, je parlai le premier.

« Je pense que tu commettrais une erreur, dis-je. De deux choses l'une : soit leur cause est juste, et la seule chose que tu pourras leur reprocher sera de t'avoir tenu à l'écart ; soit elle ne l'est pas, et le fait que tu sois resté quelques mois de plus n'aura guère fait de différence.

— Pour eux, peut-être pas, pour moi si. J'aurai été complice d'un mauvais coup alors que j'avais les moyens de ne pas l'être, répliqua Youssef.

— Mais — pardonne ma franchise — à ce compte-là, tu l'es déjà. Je ne suis pas un moraliste, mais il me semble que dans une situation comme celle-ci, ce sont tes intentions qui comptent. Tu ne saurais te considérer comme complice tant que tu n'auras pas de certitude sur la finalité de l'Initiative Pétrole.

— Je vois ce que tu veux dire, réfléchit Youssef. Mais tu réalises ce que ce raisonnement a de dangereux. Il suffit que je prétende conserver un doute pour pouvoir justifier le *statu quo*. Et même en imaginant que mon patron m'explique un jour les motifs qui se trouvent derrière l'initiative et que je les désapprouve, je pourrais toujours me réfugier dans l'espoir qu'il me cache la vérité au nom de l'intérêt suprême du CFR.

— Tu pourrais le faire, intervint Magawati, mais tu ne le feras pas. Nous te connaissons, Youssef Khrafedine : tu continueras d'évaluer la situation en fonction des éléments à ta disposition et tu prendras la décision qui te semblera appropriée le moment venu sans t'apitoyer sur toi-même.

— Mais plus j'aurai passé de temps au CFR et plus la décision sera difficile à prendre, plaida Youssef. N'importe qui aurait du mal à admettre qu'il s'est fourvoyé si longtemps.

— Mais tu n'es pas n'importe qui », déclara simplement Magawati.

Même d'où j'étais placé, je voyais pétiller les yeux de Maga. Elle grelottait et rayonnait à la fois. Je venais d'assister à une déclaration d'amour quoique je ne fusse pas certain que Youssef en eût bien conscience.

« Note bien, repris-je, que notre situation n'est guère différente de la tienne. Tu ignores la finalité de l'Initiative Pétrole, mais crois-tu que je connaisse les motifs de tous les dossiers qui me passent entre les mains ? La vérité, Kili, c'est que rien n'a vraiment changé depuis notre conversation à Honolulu. Nous faisons confiance à nos supérieurs parce que nous n'avons pas le choix et parce que si nous nous défions d'eux, ils nous retireront le droit de jouer. Tu parlais tout à l'heure des millions de dollars que vous avez déjà dépensés. As-tu la moindre idée d'où vient cet argent ? Non, et moi non plus. Pourtant, jusqu'à présent, ça ne nous a pas empêchés de le dépenser. Comme dit Maga, tout ce que nous pouvons faire, c'est rester vigilants et ne rien laisser passer.

— Je vois, dit Youssef, pensif. Maga ?

— Sliv a raison. Donne-toi un peu de temps. Tu n'es pas à quelques mois près. En plus, si les événements prennent un tour qui te déplaît, tu seras plus utile à l'intérieur. Fais attention, c'est tout ce que je te demande.

— Oui, dit Youssef, qui ne semblait pas avoir relevé la dernière phrase de Magawati. Je suppose que je peux attendre un peu. Mais pas éternellement. Si, dans un an, je n'ai pas obtenu mes réponses, je partirai. Ma vie est trop courte pour que je prenne le risque de la consacrer à quelque chose qui n'en vaut pas la peine.

— Et tu ne seras pas seul, dit Magawati en passant son bras autour de l'épaule de Youssef. Si tu démissionnes, je démissionne aussi. »

Dans la tente, ce soir-là, Youssef se retourna longtemps avant de trouver le sommeil.

9

De retour à Córdoba, je retrouvai la routine : beaucoup de travail, des amitiés superficielles, une autre passade avec une étudiante espagnole en échange universitaire. Mes collègues de la Compañía commençaient à s'interroger de plus en plus ouvertement sur le manque d'applications concrètes de mes recherches sur les ouragans. Diaz survivait, mais sa santé continuait de se dégrader. Lena priait pour qu'il restât en vie : dans un élan d'ingénuité, elle m'avoua qu'elle pouvait ainsi continuer à gérer le Bureau sans qu'on lui colle un nouveau patron. Elle se savait trop jeune pour être promue directrice de bureau.

Et puis un jour de juin 1995, le 16 peut-être ou le 17, alors que nous discutions les modalités d'une prochaine infiltration dans les archives informatiques de la CIA, Lena me coupa brutalement la parole :

« Vous avez vu que la France s'apprête à reprendre ses essais nucléaires en Polynésie ?

— Oui, j'ai lu ça. Quel rapport avec ce dossier ?

— Avec celui-là aucun, mais vous vous rappelez

ce dossier Galochat que nous avons reçu au début de l'année. Si j'ai bonne mémoire, une partie se déroulait en Australie ou en Nouvelle-Zélande...

— Vous voulez parler du dossier de Rama Chandrapaj ? Oui, il faisait tout un développement sur l'apparition d'espèces dérivant du galochat dans le Pacifique Sud.

— Et son argumentaire tenait la route ?

— Euh, je crois, oui, dis-je sans savoir où Lena voulait en venir. Autant que je me souvienne, nous n'avons rien trouvé à redire. Pourquoi cette question ?

— Oh, pour rien. J'ai juste l'impression que l'écosystème de cette région du monde va faire l'objet d'une attention particulière dans les semaines qui viennent. »

Thorsen avait réussi à me faire peur. L'entretien terminé, je cherchai dans ma bibliothèque le dossier en question, intitulé *Le galochat réapparaît*. Il était toujours où je l'avais rangé quelques mois plus tôt, ce jour où j'étais allé chercher Youssef et Magawati à l'aéroport. Je parcourus les premières pages, pour me remettre les grandes lignes en tête.

Chandrapaj commençait par faire le point sur la situation du galochat, trois ans après que Magawati eut, dans son premier dossier, attiré l'attention de la communauté internationale sur le sort de ce poisson osseux de la famille des scombridés. Les affaires du galochat ne s'arrangeaient pas. Les subsides de la Communauté européenne ne suffisaient pas à enrayer l'extinction progressive du galochat, que Maga avait mis sur le compte de l'effondrement d'une plateforme pétrolière au large de la Norvège. Bruxelles avait pourtant interdit la pêche du galochat. Tout spécimen ramené dans des filets devait être immédiatement rejeté à la mer, sous peine d'amende. De généreuses subventions étaient également promises aux aquaculteurs qui entreprendraient l'élevage du galochat. Malheureusement, le nombre d'œufs pondus à chaque cycle reproducteur était en chute libre et rendait toute exploitation commerciale impossible. Confondant (volontairement ou non, c'était difficile à dire) galochat et galuchat, Chandrapaj imaginait que les associations écologiques se mobilisaient contre les artisans qui utilisaient la peau du précieux poisson pour tapisser des fauteuils et confectionner des sacs à main.

Toutefois une espèce de galochat un peu particulière avait été observée au large de la Nouvelle-Zélande. Le galochat du Pacifique différait de son homologue européen par plusieurs détails anatomiques, mais la parenté des espèces était positivement établie. Chandrapaj n'expliquait pas comment une nouvelle espèce avait pu apparaître si brutalement dans ce bassin océanographique formé par l'Australie, les îles Fidji et la Nouvelle-Zélande. Il se bornait à raconter comment, d'une année sur l'autre, le galochat avait subitement été pris en compte dans les statistiques du ministère de l'Agriculture et de la Pêche néo-zélandais. Il suggérait bien en conclusion l'hypothèse d'une mutation de l'espèce, mais je le soupçonnais de détenir une explication plus convaincante qu'il livrerait à la communauté scientifique dans le troisième épisode de la saga.

Mon opinion sur *Le galochat réapparaît* n'avait

pas changé. C'était un dossier correct, qui manquait un peu d'humour à mon goût, mais auquel je n'avais apporté que de menues corrections. Et cependant, sans que je parvienne à savoir pourquoi, l'inquiétude — un mot un peu fort peut-être pour désigner une simple impression jetée en l'air — de Lena Thorsen me mettait mal à l'aise.

Sans même m'en apercevoir, je commençai à suivre plus attentivement l'actualité. Je ne pouvais plus passer devant le fil d'Associated Press qui crachait 24 heures sur 24 des dépêches venues du monde entier sans relever machinalement le listing et y chercher les mots « nucléaire » ou « Nouvelle-Zélande ». Je fus sans doute l'un des premiers à remarquer l'irritation croissante des gouvernements du Pacifique Sud et la détermination rageuse des associations écologiques, consciencieusement attisée par les lobbies industriels asiatiques, trop contents de voir les produits français menacés de boycott. Le malheureux Chirac n'était visiblement pas préparé à l'ampleur de la contrariété suscitée par la reprise des essais nucléaires français. Plus il s'expliquait et moins on le comprenait. Il avait beau répéter que ces essais étaient les derniers, que la France éprouverait désormais son arsenal par simulation informatique, l'opinion s'entêtait à lui dénier le caractère souverain de sa décision.

Je n'étais pas le seul à être inquiet. Lena Thorsen suivait elle aussi de près la progression du sentiment anti-français dans cette région du monde. Elle ajouta à mon agitation en me convoquant début juillet pour me soumettre à une batterie de questions. Le dossier de Chandrapaj était-il parfaitement d'équerre ? N'avais-je rien remarqué qui puisse attirer l'attention des autorités locales ? Pouvais-je l'assurer enfin qu'aucun agent du CFR n'avait laissé derrière lui de traces de son passage ? Thorsen dut me sentir un peu moins sûr de moi, car elle exigea que je lui prépare pour la semaine suivante la liste de toutes mes interventions sur le dossier.

Elle ne me laissa pas le temps de m'exécuter. Dès le lendemain, elle fit irruption dans mon bureau, un exemplaire de l'*International Herald Tribune* à la main. Sans un mot mais dans un état d'énervement proche de l'hystérie, elle me fourra le journal sous le nez en pointant une manchette du doigt. Le Premier ministre néo-zélandais faisait part de son intention de réaliser une « étude scientifique incontestable pour mesurer l'impact dévastateur des essais nucléaires français sur l'écosystème du Pacifique Sud ». Il expliquait avoir arrêté sa décision après s'être concerté avec ses voisins australiens et fidjiens, soucieux comme lui de la préservation de leur faune et de leur flore.

« Eh bien ? demandai-je un peu sottement.

— Eh bien ? vociféra Thorsen. Vous rendez-vous bien compte de l'avalanche de mauvaises nouvelles qui s'apprête à se déverser sur nos têtes ?

— Pure gesticulation politique !

— Justement, pure gesticulation politique, comme vous dites. Ah, je vois la scène comme si j'y étais : mise en place d'une commission indépendante, constitution de groupes de travail, rapport officiel devant le Parlement !

— Mais c'est ridicule, tout le monde sait bien que

des essais souterrains à quatre mille kilomètres de distance ne peuvent avoir aucune conséquence sur l'écosystème !

— Vous, vous le savez et probablement que Bolger, le Premier ministre néo-zélandais, le sait aussi. Mais le pékin moyen, lui, n'a pas vos compétences. Il croira ce qu'on lui présentera, surtout si ça le flatte dans son chauvinisme. Et avec des ONG comme Greenpeace qui vont tout faire pour avoir accès au dossier, on peut s'attendre à ce que l'examen des faits ne soit pas précisément impartial. »

Elle avait évidemment raison.

« N'empêche, ils ne trouveront rien..., dis-je.

— En êtes-vous vraiment aussi sûr ?

— J'ai respecté toutes les règles de sécurité, avançai-je en ayant conscience de ne pas répondre à la question.

— Encore heureux, bon sang ! De toute façon, nous le saurons bientôt. Parce que là, vous pouvez être certain qu'ils vont tout inspecter à la loupe. Vous allez avoir droit à un audit grandeur nature : croyez-moi, tout va y passer. Cette liste que je vous ai demandée, elle est prête ?

— Vous me l'aviez demandée pour lundi...

— Changement de programme. Je la veux demain sur mon bureau à la première heure. C'est la guerre, Dartunghuver, vous m'entendez, la guerre. »

Je mis quelques minutes à recouvrer mes esprits. La scène m'avait laissé une sensation de malaise particulièrement désagréable. Oh, bien sûr, je connaissais trop Lena Thorsen pour ne pas avoir décelé dans son emportement ce qu'il avait d'emphatique. Elle entendait me faire peur et elle y avait réussi. La situation était grave, soit. Le message était passé cinq sur cinq. Toutefois, je l'avais bien regardée au cours de la discussion. Je m'étais attendu à lire sur ses traits une certaine exaltation à l'idée de la bataille qui s'annonçait. Cette fille était une guerrière habituée à dicter sa loi, la perspective d'une belle joute aurait dû décupler ses forces. Et pourtant, l'expression que j'avais lue dans ses yeux n'avait rien à voir avec l'ivresse du combat, elle portait un autre nom : la trouille. Mais de quoi avait-elle peur ? D'être témoin de mon premier faux pas ? Sûrement pas. Alors quoi ? D'avoir laissé passer une bourde dans le dossier ? D'être tenue pour responsable d'un ratage et d'écoper d'un blâme ? Gunnar Eriksson aimait à dire qu'il fallait, pour faire carrière dans le CFR, se trouver au bon endroit au bon moment. Je n'avais jamais pensé à lui demander ce qui arrivait aux jeunes agents qui se trouvaient au mauvais endroit au mauvais moment...

Je passai la soirée et une bonne partie de la nuit à établir la liste demandée par Thorsen. Le dossier n'était pas bien épais, mais j'épluchai le moindre paragraphe comme si ma vie en avait dépendu — et peut-être en dépendait-elle. Je persistais à penser que nous avions, Chandrapaj et moi, plutôt bien travaillé. La description des mœurs du galochat emportait la conviction, mais le clou du dossier était incontestablement la directive européenne sur la préservation de l'espèce, au style si ampoulé et technocratique que je soupçonnais Chandrapaj d'en avoir confié la rédaction à un fonctionnaire bruxellois en retraite. À dire vrai, le volet européen du dossier ne me souciait guère. Je savais que les investigations de la commission porteraient essentiellement sur le bassin Pacifique. Chandrapaj n'en avait heureusement pas trop fait. La piste néo-zélandaise n'était visiblement pour lui qu'une façon astucieuse de faire rebondir le dossier, en prévision d'un volet ultérieur de la saga. Le témoignage du pêcheur qui, le premier, avait remonté un spécimen de galochat dans ses filets résisterait à toute enquête ; sur les conseils de Thorsen, je m'étais alloué les services d'une petite communauté de mareyeurs qui, en cas de besoin, corroboreraient la déposition de leur camarade. D'ailleurs, les photos publiées par la *Pacific Rim Oceanographic Review* valaient tous les discours du monde. Deux clichés montraient côte à côte un galochat de la Baltique et un galochat du Pacifique. Le professeur William N. Donnaught, titulaire — authentique — de la chaire d'ichtyologie de l'Université de Christchurch, détaillait les différences minimes entre les deux poissons mais les rattachait sans l'ombre d'une hésitation à une unique espèce.

J'arrivais à la fin du dossier et j'avais presque entièrement chassé le doute de mon esprit, quand je découvris le graphique qui devait sceller mon destin. Intitulé *Vers la fin du règne des chondrichtyens ?*, il mettait en évidence la lente mais inexorable montée en puissance des poissons à squelette interne ossifié, les ostéichtyens. Au sein de cet ordre, un tableau faisait état des progressions les plus spectaculaires sur la période 1988-1993 : tarpons (+ 36 %), orphies (+ 51 %), balistes (+ 85 %)... et galochats (+ 118 %).

Ce n'était pas tant le graphique en lui-même ni l'endroit où Chandrapaj avait réussi à le faire insérer (dans le rapport annuel de Greenpeace sur la faune océanique !) qui m'inquiétaient, que la mention « Données : ministère de l'Agriculture et de la Pêche, Wellington » qui figurait négligemment au bas de la page. Nulle part dans son rapport, Chandrapaj ne mentionnait de falsification de sources à l'intérieur du ministère de l'Agriculture. Quant à moi, je n'avais pas souvenance d'avoir mobilisé nos relations au sein de l'administration néo-zélandaise.

À cette heure avancée, les termes du problème mettaient un peu de temps à se mettre en place. Chandrapaj avait utilisé une première source (les statistiques du ministère de l'Agriculture) pour en crédibiliser une autre (le rapport de Greenpeace), une technique classique et sans danger que maîtrisait n'importe quel agent de classe 1. Mais sans danger à condition de ne pas oublier de falsifier la première source, faute de quoi tout l'édifice risquait de s'écrouler. Comment avais-je pu laisser passer une erreur aussi grossière ? Une deuxième question, tout aussi préoccupante, m'assaillit aussitôt : qu'allait penser Lena Thorsen ?

Je regardai ma montre : 1 heure du matin. Il devait être 17 heures à Wellington. Je n'avais plus beaucoup de temps. Sur un coup de tête, j'appelai le ministère de l'Agriculture néo-zélandais. Je me présentai à la standardiste comme un journaliste allemand et demandai à parler au chargé des questions de pêche. Un instant plus tard, elle me mettait en communication avec le dénommé John Harkleroad.

« John Harkleroad, j'écoute.

— Hans Messerhalb de Munich, je suis journaliste à *Natur und Wissenschaft*...

— Je ne connais pas votre journal, mais qu'importe. Que puis-je faire pour vous ? »

Ces deux phrases, le ton de sa voix m'avaient suffi pour le cataloguer comme un brave type. Tout n'était peut-être pas perdu.

« Je crois savoir que vous publiez chaque année des statistiques sur les différentes espèces de poissons du Pacifique Sud...

— C'est exact. Mais le rapport de cette année n'est pas encore prêt.

— Quand sort-il ? me forçai-je à demander alors que je m'en moquais éperdument.

— Oh, pas avant septembre, j'en ai peur. C'est à quel sujet ?

— Je me demandais... Serait-il possible de se procurer un exemplaire du rapport de l'an dernier ?

— Bien sûr, mon vieux, pas de problème. Vous avez Internet ?

— Euh, oui.

— Alors, connectez-vous sur le site du gouvernement et suivez le guide, il vous amènera tout droit au rapport 1994.

— Merci, bredouillai-je.

— Pas de quoi, mon vieux, à votre service. »

Avant toute chose, vérifier si le rapport du ministère contenait les données sur le galochat. Si c'était le cas, cela signifierait que Chandrapaj avait fait son boulot et qu'il bénéficiait de complicités au sein même du ministère. Il écoperait d'un blâme pour ne pas l'avoir consigné dans son dossier. Dans le cas contraire... Non, je me refusais à envisager cette éventualité. Chandrapaj avait forcément falsifié le rapport du ministère. J'allumai mon ordinateur.

La lenteur de mon modem me crucifia dans mon fauteuil. La page d'accueil du site du gouvernement néo-zélandais mit près d'une minute à se charger, puis je fis une fausse manœuvre qui m'obligea à revenir en arrière et me coûta encore plusieurs dizaines de secondes. Enfin, j'arrivai sur la section Agriculture et Pêche. Le rapport était là, deux pages plus loin, prêt à être téléchargé dans sa version PDF.

Un quart d'heure après, je devais me rendre à l'évidence. Le galochat n'apparaissait nulle part dans le texte. Le tableau qui figurait dans le rapport de Greenpeace existait bel et bien. Tarpons, orphies, balistes étaient au rendez-vous, mais de galochat, il n'était pas question.

Qu'allais-je bien pouvoir raconter à Lena Thorsen ?

Je résolus de lui dire la vérité. Une fois n'est pas coutume, j'arrivai au bureau avant elle. Mais, ce jour-là, il en aurait fallu bien plus pour la dérider.

« Récapitulons, voulez-vous ? » Elle était très calme, le teint frais (contrairement à moi qui donnais l'impression d'avoir dormi tout habillé), les cheveux encore mouillés et tirés en arrière. « Chandrapaj veut faire croire à l'apparition du galochat dans le Pacifique Sud. Pour cela, il falsifie différentes sources, dont une publication de Greenpeace. Cette publication renvoie directement à un rapport du ministère de l'Agriculture et de la Pêche néo-zélandais. Chandrapaj a omis de falsifier ce rapport et vous, qui étiez chargé de passer derrière lui, ne vous en êtes pas aperçu. C'est exact ?

— Parfaitement exact », répondis-je. J'aurais pu ajouter que Lena Thorsen, elle-même chargée de me contrôler, n'avait rien vu non plus, mais, étant donné les circonstances, je sentis qu'une telle réplique aurait passé pour maladroite. Sur ce point au moins, la suite de l'entretien me donna raison.

« Je pense que je n'ai pas besoin de vous expliquer, reprit Thorsen, ce que cette première erreur a d'inqualifiable. Stupide, franche et massive. De celles dont les bizuths ricanent parce qu'ils n'arrivent pas à croire qu'il existe des agents aussi bêtes pour s'y laisser prendre. Félicitations, Dartunghuver, vous venez de gagner votre place dans les manuels du CFR. Un mot de moi et votre carrière s'arrête à Córdoba.

— N'exagérons rien...

— Vous avez raison, peut-être l'Inspection générale aurait-elle pu vous pardonner cette boulette. Après tout, vous n'êtes pas le premier crétin à expédier ses dossiers pour partir en vacances. Mais que penser du reste ?

— Quel reste ? demandai-je, surpris malgré moi.

— Quel reste ? répéta théâtralement Lena. Mais votre réaction imbécile de cette nuit ! “Bonjour, je m'appelle Hans, je porte des culottes de peau et je m'intéresse aux petits poissons du Pacifique...”

— Quoi ? Qu'est-ce que j'ai fait ?

— Vous ne comprenez toujours pas ? Bon sang, vous êtes vraiment bouché à l'émeri. Je vais poser le problème différemment. Prenons un gamin de dix ans. Un jour que sa mère a le dos tourné, il chaparde un pot de confiture dans le garde-manger. Après l'avoir liquidé, il regrette son geste et commence à prier pour que personne n'ait remarqué la disparition du pot. À votre avis, que doit-il faire, sachant qu'il est hors de question d'avouer ?

— Rien », répondis-je, tout à coup très abattu. Je voyais où elle voulait en venir et la perspective n'avait rien de réjouissant.

« Rien, évidemment », rebondit Thorsen, déterminée à ne m'épargner aucune étape du raisonnement. « Il se tait et il attend. Bien, supposons maintenant que le gamin en question s'appelle Sliv et qu'il ait un quotient intellectuel proche de zéro, que fait-il ? Il passe un coup de fil à sa mère, se fait passer pour un autre et lui demande si elle n'a rien remarqué de suspect dans le placard à confiture. Vous comprenez à présent ?

— Oui, reconnus-je, penaud. J'aurais mieux fait de me taire...

— Et comment ! Imaginez que, dans trois mois, Greenpeace se rende compte de la supercherie. Ils appellent le ministère, où on leur répond que le galochat n'a jamais existé. Ils veulent en avoir le cœur net et demandent à parler à l'auteur du rapport. On leur passe John Harkleroad, qui nie farouchement. Mais attendez, maintenant que vous le dites, il se rappelle avoir reçu l'appel d'un type louche, à l'accent étranger...

— Stop. Ça s'arrête là, ils ne peuvent pas remonter plus haut, déclarai-je avec un aplomb dans lequel entrait beaucoup d'autopersuasion.

— Et les relevés téléphoniques, c'est pour les chiens ? explosa Lena. S'il se souvient du jour et qu'il fait contrôler les listings du ministère... Un appel de Cordobá, ça ne passe pas précisément inaperçu, surtout quand il est 1 heure du matin en Argentine ! » Elle hocha la tête de dépit et murmura plus pour elle que pour moi : « C'est foutu, trop d'erreurs véritablement, on ne remontera pas la pente. »

L'espace d'un instant, son catastrophisme me fit envisager le pire.

« Qu'est-ce qui est foutu ? Et qu'allez-vous faire ?

— En parler à Diaz, d'abord. Il va commencer par me passer un savon puis il réfléchira au moyen de se couvrir. Pauvre Diaz, si près de la fin, c'est moche. » Elle paraissait presque sincère.

« Et moi, que puis-je faire ?

— Vous, rien.

— Si je peux aider de quelque façon que ce soit..., insistai-je, peut-être un peu lourdement.

— Dans ce cas-là, priez le dieu de votre choix et dans la langue qui vous fera plaisir. Priez pour le CFR et priez pour vous. Et si cette affaire doit éclater, n'oubliez pas de lui demander de mettre un paquet de kilomètres entre vous et moi le jour où j'apprendrai la nouvelle. Je me méfiais de vous et j'avais raison. Désormais, je n'aurai plus aucun scrupule à vous enfoncer. »

10

Pendant plusieurs semaines, je vécus dans le flou le plus complet. Sur ordre de Diaz — officiellement du moins, car je savais fort bien qui avait réellement donné l'instruction —, j'avais été placé en quarantaine. Moins d'une heure après ma conversation avec Thorsen, l'ordinateur m'avait renvoyé le message « Accès refusé » quand j'avais tapé mon mot de passe. Les collègues du CFR qui me croisaient dans les couloirs détournaient le regard. Aucun nouveau dossier ne venait remplacer ceux que je rendais. Mais je ne compris véritablement la gravité de la situation que le jour où je reçus à mon domicile un mot d'encouragement de Gunnar Eriksson (« Je suis avec vous dans cette épreuve, ne baissez pas les bras, etc. »). Je crois qu'à ce moment, si je n'étais pas retourné travailler le lendemain, personne n'aurait remarqué mon absence.

Mais je m'accrochais, moins pour faire plaisir à Gunnar Eriksson que parce que l'idée que je pouvais encore me rendre utile ne m'avait pas totalement abandonné. Dans la journée, je reportais mon énergie sur mes fonctions à la cellule de prévision des risques naturels ; jamais peut-être la Compañía Argentina del Reaseguro n'eut d'employé aussi zélé que moi. Le soir, je faisais le tour de la boîte à la recherche d'une corvée qui aurait soulagé ma conscience, mais les cadres du CFR repoussaient mes offres de services avec une éloquente unanimité. Seul le comptable acceptait de temps à autre que je lui donne un coup de main. Commençaient alors des soirées pendant lesquelles, crayon à la main, je pointais sur des relevés de banque les écritures qu'il ânonnait en chuintant.

Je lisais les journaux, le seul droit qui me restât et dont j'usais sans restriction. Le 6 juillet, le *Wellington Times* publia la composition de la commission initiée par le Premier ministre Bolger. Je déchiffrai chaque nom en espérant reconnaître le patronyme d'un allié, voire d'un agent du CFR. En vain : il n'y avait là que d'honnêtes fonctionnaires et quelques représentants de la société civile, parmi lesquels je reconnus avec effroi le nom du directeur délégué de Greenpeace pour la Nouvelle-Zélande. Celui-là devait déjà avoir sa petite idée sur la question. La mécanique se mettait lentement en place.

Huit jours plus tard, le président de la commission, un certain Abernathy, profita d'une réunion publique pour annoncer que les premiers travaux avaient mis en évidence plusieurs faits troublants, qui semblaient prendre leur cause dans la mutation génétique d'une poignée d'espèces animales. « Nous y verrons plus clair dans quelques semaines, promettait-il, quand nos experts scientifiques auront rendu leurs conclusions. » Le sieur Abernathy n'avait évidemment pas choisi au hasard la date de son allocution, qui altéra notablement l'ambiance de la réception annuelle de l'ambassadeur de France. Quant à moi, je n'étais pas français, mais ce 14 juillet me laissa également un goût amer. « Ils enquêtent depuis à peine une semaine et les voilà déjà sur la piste du galochat », pensai-je.

Lena Thorsen que je harcelai de demandes de rendez-vous refusait de me recevoir. Elle me faisait passer par sa secrétaire d'angoissantes coupures de journaux ou, plus rarement, des messages manuscrits ouvertement alarmistes, comme celui-ci, daté du 22 juillet : « L'étau se resserre, Dartunghuver. Il va être temps de passer à la caisse... » Je me souviens avoir médité ce jour-là plus d'une heure sur la signification de ces points de suspension.

Enfin arriva ce qui devait arriver. Un vendredi matin (je ne m'étais jamais levé aussi tôt que depuis que je n'avais plus rien à faire), je trouvai sur mon bureau une note signée Lena Thorsen qui me prévenait de l'arrivée le jour même à Córdoba d'une équipe des Opérations spéciales. J'étais convié à une réunion de travail qui débuterait à 11 heures en salle du conseil. Je me précipitai dans le bureau de Thorsen, qui semblait justement sur le départ.

« Ah, Dartunghuver ! Vous avez eu ma note ? demanda-t-elle sèchement.

— Oui, balbutiai-je. Que se passe-t-il exactement ? Vous partez ?

— Je vais les chercher à l'aéroport. Leur avion se pose à dix heures moins le quart.

— Je peux venir avec vous ? Vous m'expliquerez la situation dans la voiture... »

Elle réfléchit quelques secondes avant de trancher :

« Ma foi, ils viennent exprès pour vous. C'est bien le moins que vous les attendiez à l'aéroport pour porter leurs valises. »

Thorsen avait une Chrysler Le Baron, un coupé décapotable. Je montai à côté d'elle et attaquai bille en tête.

« Qui sont ces types et que viennent-ils faire ?

— À votre avis ? Réparer vos bêtises, évidemment. Je ne les connais pas, on ne m'a même pas donné leur nom. Tout ce que je sais, c'est qu'ils sont deux et qu'ils arrivent de Montréal. Ce sont eux qui ont fixé la réunion, nous n'aurons même pas le temps de passer à leur hôtel.

— Vous leur avez réservé une chambre ? demandai-je afin de me raccrocher à quelque chose de concret.

— Au Hilton. Deux suites, j'ai pris ce qu'il y avait de plus cher. » Visiblement, Thorsen partageait mes préoccupations.

« Très bien », dis-je. C'était idiot, mais, à cet instant, le fait de savoir que mes deux exécuteurs dormiraient le soir même dans des draps de soie me procurait un apaisement inexplicable. Une pensée me traversa l'esprit :

« Qui assistera à la réunion ?

— Vous, moi et eux.

— C'est tout ? Diaz n'en sera pas ?

— Si vous le connaissiez mieux, vous sauriez qu'il a horreur d'avoir du sang sur les mains. Il a prétexté des examens à l'hôpital. »

Du sang sur les mains ? La conversation prenait

un tour que je n'aimais pas du tout. À présent, la voiture filait sur l'autoroute et je devais hurler pour me faire entendre.

« Que se passe-t-il, Lena ? J'ai le droit de savoir.

— Ils s'en sont aperçus. Le type de Greenpeace jure ses grands dieux qu'il tient ses données du ministère, mais là-bas personne n'a entendu parler du galochat. Pour en avoir le cœur net, la commission a convoqué Harkleroad lundi matin. »

Ainsi, c'était arrivé, et plus vite encore que je ne l'avais redouté. Je regardai ma main, posée sur mon genou. Elle tremblait. J'étais terrifié.

« Qu'allons-nous faire ?

— Que vont-ils faire, vous voulez dire. Ce sont eux, les spécialistes. En tout cas, qu'ils ne comptent pas sur moi pour leur souffler des idées. J'ai examiné le problème sous tous les angles. Il est inextricable. »

Je retrouvai l'aéroport de Córdoba sans plaisir. Dans le pub où j'avais bu une bière six mois plus tôt, un voyageur tournait les pages d'un magazine. Il avait l'air parfaitement serein, comme je l'étais moi-même à l'époque. Retrouverais-je un jour cette décontraction ? Au-dessus de nos têtes, les haut-parleurs annoncèrent que le vol de Montréal aurait une demi-heure de retard,

J'étudiai attentivement tous les voyageurs qui franchissaient le portail des douanes, sans trop savoir ce que je cherchais exactement. Je crois que je m'attendais à voir deux hommes au visage en lame de couteau, sanglés dans des costumes sombres et portant des attachés-cases. Thorsen, qui n'en savait pas plus que moi, brandissait au-dessus de la mêlée une petite pancarte « Compañía Argentina del Reaseguro » parfaitement ridicule. Je ne l'avais jamais vue aussi nerveuse.

Une violente bourrade dans le dos manqua me faire tomber. Je me retournai vivement, prêt à toiser le malotru du haut de mon mètre quatre-vingt-dix, et me retrouvai nez à nez avec un colosse hilare qui me tendit une paluche grosse comme une escalope.

« Alors c'est vous l'incendiaire ? me demanda-t-il dans un anglais correct mais saturé d'un accent slave bien caractéristique. Et vous, vous êtes Thorsen, reprit-il en déshabillant sans vergogne Lena du regard. Khoyoulfaz, Opérations spéciales. Lui, c'est Jones », dit-il en désignant du menton un type au visage plus fin, plus dur aussi, qui correspondait davantage à l'image que je m'étais faite d'un agent des Opérations spéciales. Je tendis la main à Jones. La sienne était froide comme la peau d'un serpent.

« Comment avez-vous fait pour sortir aussi vite ? demanda Thorsen. L'avion vient à peine de se poser... »

Khoyoulfaz éclata d'un rire gras qui fit se retourner au moins trente personnes.

« Ah ah ! Nous n'étions pas sur le vol de Montréal, petite madame !

— Précaution élémentaire..., compléta Jones. Nous sommes arrivés il y a une heure, le temps de prendre la température, en somme.

— Et il fait sacrément chaud ! » renchérit Khoyoulfaz. Deux larges auréoles sous ses aisselles confirmaient ses dires.

« Voulez-vous passer à votre hôtel pour vous rafraîchir ? » proposai-je. De mon point de vue, tout ce qui pouvait retarder le déballage allait dans le bon sens.

« C'est inutile, répondit Jones.

— J'ai réservé deux suites au Hilton, crut bon d'ajouter Thorsen.

— Nous n'en aurons pas besoin. Nous repartons ce soir.

— Ce soir ?

— Une journée devrait suffire pour régler cette déplorable affaire, n'est-ce pas, Yakoub ? interrogea Jones, visiblement rompu à quêter l'écho de son complice.

— Oh oui, ce sera plus qu'assez ! » gloussa Khoyoulfaz. Il amorça ce qui ressemblait à un échange bien rodé entre les deux hommes, en traînant sur la dernière syllabe : « Réflexion...

— Action ! » ponctua Jones en esquissant un sourire et en frappant dans la main ouverte de Khoyoulfaz.

Ils n'avaient pas de valises. Je les guidai jusqu'à la voiture. Thorsen marchait devant, sans un mot. Elle avait manifestement envisagé toutes sortes de situations, mais pas celle-là.

Jones s'assit à l'avant, à côté de Thorsen. Je partageai la banquette arrière avec Khoyoulfaz. Enfin, il serait plus juste de dire que Khoyoulfaz la partageait avec moi.

« Alors, comment se présentent les événements ? demandai-je, incapable d'attendre notre arrivée au CFR pour aborder la question qui nous réunissait.

— Mal, évidemment. Qu'est-ce que tu crois, petit ?

Qu'on est venu à Córdoba pour prendre des cours de tango ?

— Non, bien sûr, lâchai-je, un peu déstabilisé. Mais vous avez un plan ? Une piste pour renverser la situation ? »

Khoyoulfaz se tourna vers moi, l'air un peu peiné. Il posa sa grosse main sur mon genou et je me raidis instinctivement.

« Écoute, petit, on aura tout le temps de parler de ton affaire. Alors maintenant, mets-la un peu en sourdine et laisse-moi profiter du paysage... »

À cet instant, je croisai le regard de Thorsen dans le rétroviseur. Elle avait l'air aussi paniqué que moi. J'en conçus un infime réconfort.

Khoyoulfaz apostropha Jones. Nous roulions à plus de 130 sur l'autoroute, mais lui n'avait pas besoin de crier pour se faire entendre.

« Ton voisin de cabine, Guillermo, il ne t'a pas rappelé quelqu'un ?

— Le petit Leonid ?

— Tout juste, s'esclaffa Khoyoulfaz.

— C'est un ami à vous ? m'enquis-je.

— C'était, répondit Khoyoulfaz. Il a eu un accident.

— Un accident tragique, souligna Jones.

— On l'a retrouvé les pieds dans le ciment, dans la baie de Sydney, rigola Khoyoulfaz.

— Un ciment à prise ultra-rapide, précisa Jones. Il n'a pas eu le temps de se dégager.

— Pauvre Leonid..., se lamenta Khoyoulfaz. Un garçon si doué. Qui aurait pu croire qu'il finirait par trahir ? »

Tout allait trop vite. Je n'avais pas fait la connaissance de ces deux lascars depuis un quart d'heure qu'ils me parlaient déjà d'un type liquidé pour haute trahison. Mais trahison de qui ? Du CFR ? Ce n'était pas sérieux. Comment imaginer qu'une organisation comme le CFR, structurée et démocratique, pût confier à de sinistres individus le soin d'éliminer certains de ses éléments ? Je flairais la mise en scène. Et pourtant... Le dénommé Khoyoulfaz, que j'épiais du coin de l'œil, avait parfaitement la tête de l'emploi. La quarantaine, grand comme une planche à voile, charpenté comme une armoire Ikea, un seul de ses coups de poing aurait assommé un bœuf. Sa voix portait à environ un kilomètre et demi et son rire, plus terrible encore, ressemblait à s'y méprendre aux premiers symptômes d'une secousse tellurique. Il portait un costume beige, copieusement maculé, qui m'aida à me faire une idée de ses goûts alimentaires. Il n'avait pas de cravate et sa chemise, largement ouverte, laissait apparaître un torse colossal, rose et glabre, à la peau lisse comme celle d'un bébé.

Je compris à certains passages de sa conversation qu'il était azéri et qu'il possédait une longue expérience des techniques du KGB, sans que je parvinsse à savoir s'il les avait pratiquées, subies ou seulement combattues. Il appartenait aux Opérations spéciales depuis dix ans, ce qui m'amena à réviser mon jugement sur ce corps, prétendument d'élite. Comment un tel lourdaud, qui multipliait à présent les plaisanteries graveleuses sur le compte de Thorsen, avait-il pu gagner sa sélection pour l'Académie ? Et de quelles accointances avait-il dû bénéficier pour en sortir dans la botte, puisqu'il était bien connu que les Opérations spéciales comptaient parmi les postes les plus convoités ?

Jones donnait une meilleure image des Opérations spéciales. Derrière ses yeux mi-clos, on devinait une intelligence froide et calculatrice, plus raisonnable que celle de Khoyoulfaz, mais pas nécessairement moins effrayante. Il constituait de manière évidente le cerveau de l'équipe, Khoyoulfaz en représentant le bras. La répartition des rôles entre les deux hommes n'était pas très difficile à imaginer. À Jones d'apprécier la situation, d'établir un diagnostic et de rendre son verdict, à Khoyoulfaz de l'appliquer. Discrètement si possible mais, à écouter le bruyant Azéri se répandre en anecdotes, il n'était pas toujours possible d'être discret.

Nous arrivâmes à la Compañía. En fait d'admirer le paysage, Khoyoulfaz avait jacassé sans discontinuer, Jones se contentant de lui donner la réplique de loin en loin. Quant à Lena, elle n'avait pas desserré les mâchoires. Elle avait gardé les yeux rivés sur la route, comme si elle craignait à tout moment de jeter la voiture dans un nid-de-poule. Nos regards se croisèrent tandis que nous montions dans l'ascenseur. Elle était terrorisée et ce qu'elle lut dans mes yeux ne parut pas la rassurer. Pour la première fois, je sentis une forme de complicité s'installer entre nous.

Elle ne dura pas très longtemps. Thorsen nous guida jusqu'à la salle du conseil et nous prîmes place autour d'une longue table en ronce de noyer. Jones et Khoyoulfaz s'assirent à un bout et me désignèrent l'autre. Thorsen, qui était ressortie pour commander des boissons, rentra dans la salle à ce moment-là, et s'assit entre nous, mais plutôt plus près des deux hommes. Les images de procès que j'avais jusqu'alors méthodiquement chassées de mon esprit s'imposèrent avec force. Mes deux juges me faisaient face, je voyais également le procureur sur ma gauche, mais la place de mon avocat restait désespérément vide. Je devrais me défendre seul.

« OK, Thorsen, entama Jones, exposez-nous les faits. »

Thorsen n'attendait que cela. « Ils sont relativement simples... », commença-t-elle. Et elle entreprit de raconter par le menu la déplorable histoire du galochat. Elle vanta d'abord la qualité du premier dossier, celui qui avait valu à Magawati de décrocher un accessit à Honolulu. Le deuxième dossier, dit-elle, lui avait tout de suite paru moins intéressant, même si elle savait à quel point il est difficile de poursuivre une saga. En accumulant les rapports bruxellois, Chandrapaj se bornait à exploiter le filon initial. Manifestement tombé en panne d'inspiration, il avait voulu préparer la troisième partie de la saga en amorçant la piste néo-zélandaise. Le volet consacré à la falsification des sources, tel qu'il avait été transmis au bureau de Córdoba, péchait par de nombreux points. Il était trop flou, trop approximatif. Thorsen disait s'en être immédiatement aperçue. Elle survolait tous les dossiers avant de les répartir entre ses agents et celui du galochat lui avait paru bien léger. Elle l'avait d'ailleurs signalé à l'agent Dartunghuver en le lui confiant. (C'était rigoureusement faux.

J'esquissai un mouvement de protestation, mais Khoyoulfaz me fit signe de laisser continuer Thorsen. Il n'avait pas l'air de plaisanter, aussi n'insistai-je pas.) Quand Dartunghuver lui avait remis le dossier corrigé, elle l'avait soigneusement relu. Dartunghuver avait, dans l'ensemble, fait du bon travail. Elle lui avait toutefois signalé quelques scories : une contradiction sur la date de prise de fonctions d'un officiel de la Commission européenne (c'était parfaitement exact), une invraisemblance quant à la fréquence du cycle de reproduction du galochat (toujours exact) et ce fameux défaut de falsification de la source du ministère de l'Agriculture et de la Pêche néo-zélandais.

Je tombai des nues. Thorsen ne m'avait jamais mis en garde sur ce point. Elle avait d'ailleurs implicitement reconnu ne pas avoir décelé l'erreur de Chandrapaj. Faute de pouvoir lui couper la parole, j'essayai d'intercepter son regard. En vain. Elle était tournée vers Jones et Khoyoulfaz, qui ne la quittaient pas des yeux.

Son erreur, reconnaissait Thorsen, consistait à n'avoir pas vérifié que Dartunghuver s'était bien acquitté des corrections qu'elle lui avait demandées. Il lui avait assuré les avoir faites et elle s'était contentée de sa parole. Elle le regrettait amèrement et s'en excusait auprès du CFR.

« Cette fois, c'en est trop ! m'écriai-je. Vous ne m'avez jamais signalé l'erreur de Chandrapaj. Je m'en souviendrais !

— Et moi, je me souviens parfaitement avoir attiré votre attention là-dessus, répondit froidement

Thorsen en me regardant droit dans les yeux. Mais je reconnais que j'aurais dû vous l'écrire.

— C'est vraiment trop fort ! explosai-je. Mais, bon sang, pourquoi ne pas admettre que vous vous êtes trompée ? Ça peut arriver à tout le monde...

— Je sais reconnaître mes erreurs quand j'en commets, Dartunghuver. Dans ce cas précis, je n'ai rien à me reprocher.

— Vous mentez !

— Tout doux, mes agneaux ! interrompit Khoyoulfaz. Vos salades, on s'en fout. Nous ne sommes pas là pour débrouiller vos histoires, ce sera le boulot de l'Inspection générale...

— L'Inspection générale ? gémit Thorsen.

— Ben tiens ! Qu'est-ce qu'elle croyait, Miss Monde ? Qu'on enverrait les OS passer un coup d'éponge et qu'on s'en tiendrait là ? Allez, continuez votre feuilleton, Jones et moi, ça nous passionne. »

Thorsen était groggy. Je la connaissais suffisamment pour savoir à quoi elle pensait. À ses espoirs de promotion qui s'envolaient. À la tâche indélébile que constituerait Córdoba dans son parcours. Aux jours heureux qu'elle coulait avant mon arrivée sous ses ordres. Elle se tourna vers moi et murmura entre ses dents, juste assez fort pour que j'entende : « Vous êtes mort, Dartunghuver. »

Puis elle raconta l'épisode de mon coup de fil au milieu de la nuit, en prenant bien soin de m'accabler chaque fois que c'était possible. Je n'avais pas utilisé une ligne protégée, j'avais donné un faux nom en me réclamant d'un journal qui n'existait pas. Pire, j'avais expressément mentionné mon intérêt pour le rapport en question. À chaque argument, Jones hochait lentement la tête en signe de réprobation.

« Tsss... Quel dommage..., commenta-t-il.

— Un monstrueux gâchis, oui !... confirma Khoyoulfaz.

— C'est également mon avis, s'immisça Thorsen. Sans cette initiative regrettable, je pense que nous aurions pu nous en sortir...

— Et encore..., nuança Jones. Ce qui est sûr maintenant, c'est qu'ils n'ont plus qu'à tirer la pelote pour remonter jusqu'à nous.

— Pourquoi feraient-ils cela ? intervins-je. On parle d'un poisson après tout. Ils ne vont quand même pas en faire une affaire d'État !

— Yakoub, résume la situation au jeune homme, demanda Jones en se servant un verre d'eau.

— La nasse se resserre, petit, dit Khoyoulfaz. La commission a demandé à chaque mouvement écologiste de lui signaler les anomalies qu'il avait pu constater depuis quelques années. L'idée, c'est de tout mettre sur le dos des essais nucléaires pour accuser la France de bousiller la planète.

— Ça ne tient pas debout, protestai-je.

— Tu es jeune, petit. Je ne sais pas si on te laissera pratiquer ce métier très longtemps, mais tu as encore beaucoup de choses à apprendre. Greenpeace a tout de suite levé le lièvre du galochat. D'après eux, aucun phénomène naturel ne peut expliquer l'apparition aussi brutale d'une nouvelle espèce. Ils parlent de mutation génétique...

— Une mutation causée par les précédents essais nucléaires, précisa Jones.

— J'en étais sûre ! s'écria Thorsen.

— Nous avons un homme au sein de la commission, continua Khoyoulfaz, imperturbable. Ils ont auditionné les experts de Greenpeace hier matin. Un représentant du ministère de l'Agriculture, également membre de la commission, a fait remarquer que les données de Greenpeace contredisaient le rapport établi par ses services. Ils ont convoqué Harkleroad lundi matin. Cela nous laisse peu de temps.

— Que peut-il arriver ? demandai-je, bien que je connusse déjà la réponse.

— Harkleroad va confirmer son rapport. Peut-être prendra-t-il quelques jours pour vérifier les données. Peu importe de toute façon. Il sera prouvé que les chiffres d'un rapport officiel ont été falsifiés sur intervention extérieure.

— Très grave ça, nota solennellement Jones.

— Dès lors, reprit Khoyoulfaz, deux cas de figure, petit. Soit Harkleroad a oublié ton appel et, pour eux, le mystère reste entier. Le CFR a eu chaud aux miches, mais il s'en tire...

— Je ne jouerais pas ma retraite là-dessus, commenta Jones.

— Soit Harkleroad se souvient de toi, reprit Khoyoulfaz, et en moins d'un quart d'heure ils t'auront localisé.

— Vous en êtes sûr ?

— Allons donc ! Ta trace est visible comme une traînée de poudre sur la neige ! »

J'étais obligé de reconnaître qu'ils avaient raison. Quelle mouche m'avait piqué d'appeler ainsi à l'autre bout de la planète à 1 heure du matin ? Heureusement que les Opérations spéciales prenaient les choses en main. Ils n'étaient quand même pas venus à Córdoba simplement pour me rappeler dans quel pétrin je les avais fourrés.

« Que fait-on maintenant ?

— D'abord on mange ! s'exclama Khoyoulfaz. Thorsen, mon chou, commandez-nous des plateaux-repas. Une bonne pièce de bidoche, bien saignante, pour moi. Et une bière fraîche, on étouffe ici !

— Rien pour moi, Lena, je n'ai pas faim, dis-je.

— Écoutez-le, celui-là ! rigola Khoyoulfaz. Mange, petit, tu vas en avoir besoin. »

Thorsen décrocha le téléphone et passa commande de quatre plateaux-repas.

« Pour revenir à ta question, petit, je n'en sais foutrement rien.

— Vous n'avez pas un plan de secours ?

— Qu'est-ce que tu crois ? On est là pour en discuter. Résumons-nous : d'où vient la menace ?

— Toujours remettre les choses en perspective, commenta sentencieusement Jones à l'adresse de Thorsen. Tout problème a sa solution, à condition qu'il soit bien formulé. » Elle opina avec force, croyant peut-être qu'elle écarterait ainsi la foudre de sa tête.

« Notre problème, c'est Harkleroad, analysai-je. Sans Harkleroad, ils n'ont rien, en tout cas rien qui permette de remonter jusqu'à nous.

— Intéressant, continue...

— Maintenant que la commission est au courant, on ne peut plus faire disparaître entièrement le risque. Nous devrons nous contenter de le circonscrire dans des proportions acceptables. Si Harkleroad se présente à la convocation lundi, nous sommes à la merci de sa mémoire.

— Est-ce un risque que vous qualifieriez d'acceptable ? interrogea Jones.

— Clairement non, répondis-je. À vue de nez, je dirais qu'il dépasse les 50 %. Par contre, si Harkleroad ne vient pas déposer, il est tout de suite nettement plus faible.

— Mais est-il acceptable ? » insista Jones.

Je réfléchis un instant.

« Je pense qu'il est acceptable. Je crois surtout que nous n'avons pas le choix. Vu les circonstances, il est aussi faible que possible.

— Je suis d'accord avec cette analyse », laissa tomber Jones d'un ton bonhomme.

L'assistante de Diaz entra pour apporter nos plateaux. Pendant quelques minutes, Jones et surtout Khoyoulfaz dévorèrent à pleines dents. L'Azéri engouffrait la nourriture par wagons entiers. Thorsen picorait du bout de la fourchette. Les derniers développements lui avaient rendu quelques couleurs. Quant à moi, je ne pus me résoudre à commencer mon plateau. La boule qui se blottissait au fond de mon estomac me rendait l'idée même d'alimentation insupportable.

Tout en arrachant la serviette nouée autour de son cou, Khoyoulfaz dit le plus naturellement du monde, comme s'il reprenait la conversation où nous l'avions laissée :

« Bon, réflexion... action. Il faut effacer ce gars Harkleroad. » Puis à l'intention de Jones : « S'agit de ne pas traîner, j'ai repéré un vol à 16 heures 50.

— Attendez, dis-je. Qu'est-ce que vous entendez par effacer ? »

L'Azéri se tourna vers moi et me regarda d'un air sincèrement étonné.

« Ben, la même chose que toi, petit. Neutraliser, liquider, mettre hors circuit, quoi ! » L'effarement dut se lire sur mon visage, car il ajouta : « C'est bien ce que tu voulais dire, non ?

— Moi ? Vous êtes dingue ! J'ai simplement dit qu'il serait préférable pour nous que Harkleroad ne se présente pas à la convocation lundi.

— Concrètement, petit, comment tu t'y prendrais, toi, pour empêcher un type d'obéir à un ordre du gouvernement de son pays ? » coupa Jones. Lui aussi à présent versait dans la familiarité.

« Je ne sais pas, moi, balbutiai-je, un peu déstabilisé. Je le séquestrerais, je lui expliquerais la situation d'homme à homme... » Soudain, une phrase de Gunnar Eriksson me revint à l'esprit. « Je lui administrerais un breuvage amnésiant ! m'écriai-je.

— Un breuvage quoi ? demanda Khoyoulfaz.

— Amnésiant. Qui fait perdre la mémoire, lui expliqua Jones. Ça n'existe pas, petit. Tu vas trop au cinéma.

— Tsss..., grommela Khoyoulfaz. Ces jeunes, on leur apprend n'importe quoi. »

La panique commençait à me gagner. Je suis en train de rêver, pensai-je. Je vais me réveiller, ce n'est pas possible. Et pourtant, le spectacle que j'avais devant moi semblait furieusement réel. Jones n'avait pas l'air de plaisanter. Quand il m'avait demandé si je connaissais une autre manière de réduire un homme au silence, il avait écouté ma réponse avec intérêt, comme si, après des années passées aux Opérations spéciales, il espérait encore découvrir un moyen qui lui aurait échappé. Khoyoulfaz avait sorti son coupe-ongles. Vexé d'avoir laissé paraître son ignorance, il campait sur ses positions et nous laissait régler nos différends entre nous. Mais la réaction qui me fit le plus mal fut celle de Thorsen. Elle fixait un point au plafond, comme si cette discussion ne la concernait aucunement, comme si la politesse lui commandait de ne pas intervenir. Je la pris à partie :

« Enfin, Lena, dites quelque chose. Vous les avez entendus, ils parlent de supprimer un homme, un pauvre type qui n'a rien fait, et qui, si ça se trouve, est marié et père de famille.

— Il a deux petites filles, précisa Khoyoulfaz. Je me suis renseigné avant de partir.

— Vous l'entendez, Lena ? C'est une brute, il est prêt à tout.

— Ah, taisez-vous, Dartunghuver ! » Thorsen s'était retournée brusquement. « Décidément, vous ne facilitez pas les choses ! Mais qu'est-ce que vous croyiez ? Que les Opérations spéciales allaient débarquer et arranger nos affaires d'un coup de baguette magique ? Vous avez foiré, il est là le problème, on ne peut plus rien y changer. Alors, que fait-on maintenant ? On pense à autre chose et on attend que le contre-espionnage néo-zélandais remonte toute la filière ? Qu'il coffre des centaines d'agents du CFR, dont le seul tort aura été de connaître Sliv Dartunghuver ?

— Ils peuvent m'interroger, je ne parlerai pas..., rétorquai-je.

— Mais je ne vous parle pas d'interrogatoire, répondit Lena excédée, je vous parle de passage à tabac, d'ongles retournés, de doigts cassés...

— D'articulations éclatées au marteau, de têtes coincées dans un étau..., compléta Khoyoulfaz.

— Que vous le vouliez ou non, c'est ça qui nous pend au nez ! reprit Thorsen. Alors, on se croise les bras ou on essaie de limiter les dégâts ?

— Je ne sais pas quoi vous dire..., bredouillai-je. Vous m'en demandez trop... L'intimider, faire pression sur lui, à la rigueur, mais pas le tuer...

— Mais enfin, petit, me coupa Jones, tu le savais quand tu as rejoint la maison.

— Non ! » m'écriai-je. Tout à coup j'eus l'impression que Jones venait de me tendre une perche. Je la saisis avec l'énergie du désespoir. « Non, on ne me l'a jamais dit. Je n'aurais jamais signé sinon !

— Mais tu t'en doutais, n'est-ce pas ? insista le Panaméen, étonné.

— Absolument pas, je vous le jure. » Jones restait perplexe. Peut-être renoncerait-il à son projet si j'arrivais à le convaincre qu'on avait trahi ma confiance. Mais Thorsen ruina mes derniers espoirs.

« Du Dartunghuver tout craché, éructa-t-elle avec mépris. Il a une tête bien faite mais il ne s'en sert que quand ça lui plaît. Il suffit de réfléchir cinq minutes pour comprendre qu'une organisation comme le CFR connaît forcément des ratés. Il faut être bigrement niais pour imaginer qu'ils se résolvent tout seuls.

— Vous étiez au courant, Lena ? Ce n'est pas

la première fois que cela vous arrive ? contre-attaquai-je.

— Si, c'est la première fois. Mais vous ne m'entendrez pas dire que je ne savais pas. Au fond de moi, je savais. Au fond d'eux-mêmes, tous les agents s'en doutent.

— Pas moi !

— Alors, c'est que vous êtes encore plus stupide que je ne le pensais. »

Cet échange me jeta dans une prostration dont même les paroles odieuses de Khoyoulfaz qui me parvenaient par bribes ne réussirent pas à me sortir. Une fois de plus, Thorsen avait raison. Soudain, des phrases entendues ici et là me revenaient en mémoire et tout faisait sens. Ces mesures de rétorsion dont avait parlé Gunnar Eriksson, ces dommages collatéraux qu'avait évoqués un conférencier d'Honolulu renvoyaient à l'élimination physique des gêneurs qui osaient se dresser sur la route du CFR. Et moi, Sliv, comme tous les bizuths, comme tous mes jeunes et brillants collègues, j'avais fait semblant de ne pas comprendre. Moi qui me flattais de pousser mes idées de scénario jusqu'au bout, je m'étais arrêté à la porte des apparences, refusant de voir ce qui pourtant brûlait les yeux, à savoir qu'une organisation aussi ramifiée que le CFR s'était forcément trouvée d'innombrables fois confrontée à la perspective de sa disparition et n'avait eu, dans ces circonstances, d'autre issue que d'éradiquer le mal qui la menaçait. Derrière ces pensées qui se bousculaient dans mon cerveau, une question me taraudait avec insistance, une question à laquelle je sentais bien qu'il me faudrait répondre un jour, mais dont pour l'instant je n'arrivais pas à embrasser toutes les implications : aurais-je rejoint le CFR si j'avais su tout cela ? Je m'étais entendu affirmer vigoureusement à Thorsen que je n'en aurais rien fait. En étais-je si certain ? L'aveuglement dont j'avais fait preuve — inconscient pour une large part, mais cela n'excusait rien — ne constituait-il pas la preuve qu'au fond de moi j'avais tacitement accepté la règle du jeu en demandant à ne pas la connaître. Il faudrait réfléchir à tout cela plus tard, ce ne serait pas le temps qui manquerait. Mais pour l'instant une tâche plus urgente m'attendait : empêcher l'assassinat de l'homme que j'avais moi-même désigné à ses bourreaux.

« Je crois avoir une idée », dis-je. Thorsen, Jones et Khoyoulfaz se tournèrent vers moi. Occupés à régler les détails pratiques de leur opération, ils semblaient avoir oublié ma présence. « Je vais endosser la responsabilité de toute l'affaire. J'expliquerai que j'ai voulu monter un canular. Je me ferai passer pour fou s'il le faut. »

Thorsen secoua la tête.

« Ça ne marchera pas...

— Pourquoi ? Ils veulent un coupable, je leur en donne un.

— Tu penses bien que le CFR a prévu ce cas de figure, intervint Jones. Le règlement des Opérations spéciales nous interdit d'abandonner un agent.

— Mais vous ne m'abandonneriez pas ! protestai-je. C'est moi qui me constituerais prisonnier. Et je ne parlerai pas, vous n'avez rien à craindre.

— Je regrette, dit Jones, c'est impossible.

— Mais...

— N'insiste pas, petit », dit Khoyoulfaz.

Je déplaçai la discussion sur un autre terrain en essayant de convaincre Jones (j'avais compris depuis un moment qu'il était inutile d'espérer échanger ce qu'il est convenu d'appeler des idées avec Khoyoulfaz ; de toute façon, il finirait par se ranger à l'avis de son supérieur) que nous n'avions pas encore envisagé toutes les options. Il parut d'abord sceptique puis accepta d'écouter mes arguments. Je repris le problème sous un autre angle, sans vraiment savoir où cela me mènerait, en espérant découvrir une sortie qui nous aurait échappé à tous les quatre. Je fis assaut d'éloquence durant près d'une heure. Chaque fois que l'inspiration me quittait, j'imaginais John Harkleroad avec sa femme et ses deux filles. J'imaginais ces dernières blondes et boulottes, plutôt jolies et en tout cas follement éprises de leur père. Une nouvelle idée me venait aussitôt et je repartais pour un tour, sans toutefois beaucoup progresser. Je dois reconnaître que Jones m'écouta attentivement et fit même des efforts pour me suivre dans les brumeux méandres de mon raisonnement. Khoyoulfaz, lui, ne se donna pas cette peine. Dès le début de ma tirade, il avait sorti de sa poche un couteau qui, déplié, était long comme mon avant-bras. Il en glissait la lame sous ses ongles, ramenant à chaque voyage des filaments de crasse gommeuse qu'il raclait sur le bord de la table. Quant à Thorsen, elle attendait de toute évidence de voir de quel côté pencherait la décision pour s'y rallier avec force.

Quand il devint manifeste que j'avais épuisé tous

les artifices de la rhétorique, Jones m'acheva d'un seul trait. « Bon, dit-il, je pense que nous sommes maintenant d'accord pour dire que ce problème n'admet aucune autre solution. » Thorsen opina du bonnet et se tourna vers moi pour quêter mon assentiment. Khoyoulfaz essuya la lame de son couteau entre ses doigts, puis la replia dans un claquement sinistre. Il n'avait pas écouté un mot de mon intervention et il lui tardait de partir pour l'aéroport. La perspective de tuer un homme ne le troublait pas le moins du monde ; en fait, je crois qu'elle l'excitait.

Comme je ne répondais pas, Jones sortit de sa sacoche une feuille et un crayon et les tendit à Thorsen.

« C'est l'ordre de mission, dit-il. Le grand patron l'a paraphé mais j'ai besoin de vos contresignatures.

— Est-ce vraiment nécessaire ? » demanda Thorsen. Avec le recul, je pense que c'était moins la gêne d'envoyer un homme à la mort qui lui avait soufflé cette question, que la peur de laisser de sa complicité une trace qui pourrait un jour se retourner contre elle.

« C'est le règlement qui veut ça, répondit Jones.

— On croule sous la paperasse », maugréa Khoyoulfaz.

Une feuille de papier contre la vie d'un homme, et ce monstre osait parler de bureaucratie !

Thorsen lut l'ordre de mission, très vite, et le signa. Puis elle se leva et vint le poser devant moi.

« C'est inutile, dis-je, je ne signerai pas.

— Ne faites pas l'imbécile Dartunghuver, siffla Thorsen. Vous signez, ils s'en vont et vous n'en entendrez plus jamais parler.

— Vous ne pourrez pas me forcer », répliquai-je crânement.

J'ai souvent réfléchi à ce geste depuis le temps. Comment expliquer une résistance si manifestement vaine ? En fait, j'ai honte de l'avouer, mais je crois qu'à cet instant déjà j'avais abdiqué sur l'essentiel. John Harkleroad était condamné et je n'y pourrais rien changer. En revanche, je pouvais refuser d'apposer mon nom à côté de ceux de Thorsen et du chef des bouchers du CFR et j'étais bien résolu à user de ce droit, le dernier qui me restât. Quelle dérision en vérité...

« Je suis navré d'en arriver là, dit Jones, mais vous n'avez pas vraiment le choix. En refusant de signer, vous vous excluriez vous-même du CFR. Et vu ce que vous savez, nous n'aurions pas le droit de vous laisser en vie.

— C'est toi qui vois », résuma Khoyoulfaz d'un air indifférent.

La situation s'était singulièrement refroidie en l'espace de quelques minutes. Il n'y a pas si longtemps, nous recherchions ensemble une façon de sortir un fonctionnaire néo-zélandais de l'équation et voilà qu'à présent un individu armé (j'apercevais distinctement la bosse que faisait son arme sous sa veste) m'enjoignait de signer un papier, sous peine de ne pas me « laisser en vie ».

Je lus l'ordre de mission. Il était d'une concision remarquable : « Les agents de classe 2 Thorsen et Dartunghuver ayant placé par leur imprudence notre organisation en risque d'être découverte, j'ai demandé à l'agent hors classe Jones, des Opérations spéciales, de prendre toutes mesures, y compris les plus extrêmes, pour minimiser les conséquences des actes des agents susnommés. Jones pourra se faire assister dans sa tâche par un agent des Opérations spéciales qu'il aura choisi lui-même. Je demande aux lecteurs de la présente de coopérer pleinement avec l'agent Jones et de mettre à sa disposition tous les moyens logistiques ou humains dont il pourrait avoir besoin. Fait à Berlin le 5 août 1995. » Je ne parvins pas à déchiffrer le patronyme de celui qui avait signé cet ordre, mais il était donné comme le « Contrôleur général ». Je reconnus la signature de Jones, au-dessus de la mention manuscrite « J'accepte la mission ». Thorsen avait signé sans autre formalité en me laissant de la place à droite de la feuille. Je levai la tête. Trois paires d'yeux étaient braquées sur moi. Soudain, j'explosai. Toute la colère que je contenais depuis le début de la matinée éclata brutalement.

« Enfin, Thorsen, dites-moi que je rêve. Nous ne sommes quand même pas entrés au CFR pour ça. Vous, je ne sais pas... Mais moi je ne voulais que m'amuser. C'était tellement drôle de créer des personnages imaginaires, d'inventer des anecdotes, de falsifier des sources. On ne faisait de mal à personne et on avait au moins l'impression d'avoir un peu de pouvoir. Vous, Gunnar et les autres, vous parliez de guerre, de captivité, de torture, mais je ne vous ai jamais pris au sérieux. Pour moi, c'était un élément supplémentaire du jeu, une façon de corser un peu les règles. Qui en voudrait à des types comme nous qui passent des heures à dépeupler sur le papier les profondeurs de la Baltique ? Vous n'allez pas me dire que nous menaçons la sécurité nationale tout de même !

— Je vous avais prévenu, Dartunghuver, murmura Thorsen, mais vous ne m'avez pas écoutée.

— Non, c'est vrai, je ne vous ai pas écoutée. Mais quelle idée aussi de parler sous forme d'énigmes ! Et d'ailleurs, vous auriez dû vous rendre compte que je ne m'impliquais pas autant que vous. Vous me l'avez assez reproché !

— Je ne sais pas, avoua-t-elle sincèrement. Vous étiez toujours si désinvolte...

— Parce que je jouais, Lena. Tout cela n'est qu'un jeu.

— Je t'assure que ce n'est pas un jeu, corrigea Khoyoulfaz.

— Rien ne vaut ça, continuai-je. D'accord, j'ai merdé. Mais on ne va tout de même pas envoyer un homme à la mort pour ça.

— C'est trop tard, Sliv », lâcha Thorsen, complètement désorientée. Je ne l'avais jamais vue ainsi. Elle venait de perdre tous ses repères en une matinée. « Ils sont plus forts que nous, nous n'y pouvons rien.

— Ne dites pas cela, c'est trop facile. Alors, parce que les Opérations spéciales nous ont dépêché deux malabars, il faudrait baisser les bras. Et la culpabilité, vous y pensez ? Un mort sur la conscience, ça ne s'oublie pas. Vous croyez que vous pourrez encore vous regarder dans la glace après cela ?

— Taisez-vous, supplia-t-elle. Ne rendez pas les choses encore plus difficiles. Signez leur feuille et laissez-les partir.

— C'est qu'on a du pain sur la planche, ajouta Khoyoulfaz.

— Vous l'entendez, Lena ? Et c'est pour protéger des types de son espèce qu'il faudrait éliminer un père de famille ? Enfin, Jones, Khoyoulfaz, il y a bien un jour pour vous où tout a basculé, où votre chef vous a convoqués pour vous demander d'abattre un homme. Que lui avez-vous répondu ? "Oui chef", "Bien chef" ?

— Tout juste », répondit Khoyoulfaz. Il devait juger que cette mascarade avait suffisamment duré, car il rangea le couteau qu'il avait ressorti pendant ma discussion avec Thorsen. « Bon, on y va ? » demanda-t-il à Jones. Il me regarda en rigolant : « Je ne te propose pas de nous accompagner à l'aéroport...

— Vous n'irez nulle part, dis-je.

— Voyez-vous ça, railla Jones.

— Vous ne sortirez pas de cette pièce », répétai-je en me mettant en travers de la porte. Thorsen m'observait avec effroi. Khoyoulfaz fut sur moi en deux pas.

« Pousse-toi de là, l'ami.

— Pas question !

— T'es bête », dit l'Azéri avant de m'assommer d'un coup de poing.

11

Je revins à moi le lendemain après-midi, apathique et nauséeux. Il me fallut quelques minutes pour recouvrer mes esprits. Jones et Khoyoulfaz m'avaient drogué et ramené à mon appartement, pour s'assurer que je ne contrarierais pas leurs plans. À l'heure qu'il était, ils devaient avoir accompli leur sinistre besogne. Rien que d'y penser, il me vint un haut-le-cœur et je courus à la salle de bains. Bizarrement, je n'arrivai pas à vomir, ce qui déclencha en moi un double sentiment de honte et de culpabilité.

On était samedi. Je fis un saut à la boîte pour déposer ma lettre de démission sur le bureau de Thorsen. Je ne revenais pas sur mes motifs, elle ne les connaissait que trop bien. Dans une deuxième lettre destinée au président de la Compañía Argentina del Reaseguro, je mettais un terme à mes fonctions dans la société. J'invoquai des raisons personnelles pour rentrer en Europe et demandai instamment à être dispensé de ma période de préavis (pour tout dire, je ne lui laissais pas vraiment le choix). Cela m'embêtait un peu pour Osvaldo Ramirez, mais je ne me voyais pas passer un jour de plus entre ces murs. Je laissai aussi une note succincte à Alex, à Sergio et à chacun des membres de mon équipe. J'avais tout préparé à l'avance afin de passer le moins de temps possible dans les locaux de la Compañía.

Puis je rentrai préparer mes bagages. Tant pis pour les meubles, l'électroménager, le dépôt de garantie, je savais de toute façon que les pesos me brûleraient les doigts comme les trente deniers de Judas. Mes deux valises et ma cantine ne suffisaient pas à tout empaqueter. Je fis le tri dans mes affaires, laissant derrière moi des vêtements, des livres, un pan de ma vie. Je pensai d'abord abandonner la rose des sables que m'avait remise Djibo deux ans plus tôt, ce trophée dont j'avais été si fier et que je regardais chaque soir avant de m'endormir, puis à la réflexion je lui trouvai une place au fond d'une valise, coincée par une paire de chaussettes. C'était une preuve après tout. Je réalisai alors que c'était le seul objet que je pourrais remettre à la police pour étayer mon histoire. Un caillou. J'en pleurai.

Le soir, le téléphone sonna. Je basculai la ligne sur répondeur et bientôt la voix de Lena Thorsen s'éleva dans le séjour : « Il faut qu'on parle, Dartunghuver. Si vous êtes là, décrochez. » Une demi-heure plus tard, Lena frappa à la porte, doucement d'abord, puis de plus en plus fort. « Ouvrez, Dartunghuver, dit-elle en islandais. Je sais que vous êtes là, je vous ai vu par la fenêtre. Je suis passée au bureau, j'ai trouvé votre lettre. Vous ne pouvez pas partir comme ça. Il faut qu'on parle. » Je me retins de lui ouvrir et de lui jeter au visage ce que je pensais d'elle et de ses amis. Cela ne nous aurait menés nulle part. Nous avions été confrontés à la même crise, une crise dont la vie de John Harkleroad constituait l'enjeu. Thorsen avait fait passer son intérêt personnel avant mon exigence de justice. Elle m'avait enfoncé pour sauver sa peau. Je n'avais plus rien à lui dire.

Elle s'escrima un bon moment sur ma porte avant que mon voisin de palier, passablement excédé, ne la menace d'appeler la police. « Il ne veut pas te parler, l'entendis-je dire avec cette familiarité si typiquement argentine. Trouves-en un autre, ça ne devrait pas être trop difficile. » Caché derrière un rideau, je vis Lena sortir de l'immeuble et s'éloigner au volant de sa décapotable.

Je quittai Córdoba le lendemain sans l'avoir rappelée. Je passai à nouveau une trentaine d'heures dans l'avion. Cette fois, je compris chaque mot que prononça l'hôtesse d'Aerolineas. Je n'en conçus aucun plaisir. Je parlais espagnol : la belle affaire, des millions de gens pouvaient en dire autant. Mais j'avais aussi causé la mort d'un homme ; ce club-là comptait beaucoup moins de membres.

Ma mère fut surprise et ravie de me revoir. Je lui expliquai que je m'ennuyais dans mon travail et que je revenais m'installer en Europe. Pour l'heure, je me proposais d'habiter quelques semaines avec elle, le temps de réfléchir à mon avenir. Je lus dans ses yeux qu'elle ne me croyait pas totalement, mais qu'elle s'en moquait. On lui rendait son fils et c'est tout ce qui comptait pour elle. J'emménageai dans ma chambre d'adolescent.

C'est peu dire que la vie à Húsavík ne ressemble

guère à celle d'un agent du CFR. Le séjour que j'y fis cet été 1995 m'ouvrit les yeux sur les sacrifices que j'avais consentis sans m'en rendre compte depuis quatre ans. Et d'abord, comment un fils de paysan comme moi avait-il pu accepter d'être enfermé dans un bureau toute la journée, à sept cents kilomètres de la mer ?

Je redécouvris les vertus de la vie au grand air. Le matin à partir de 5 heures (au mois d'août en Islande, le soleil ne se couche pratiquement pas), quand je n'étais pas parti relever les filets avec les pêcheurs du coin, j'aidais ma mère à l'élevage. Elle me pressait de rester déjeuner avec elle, mais la perspective de devoir répondre à ses questions me faisait fuir et je préférais casser la croûte avec les bûcherons de Húsavík. Ces hommes rudes, parmi lesquels se trouvaient quelques amis d'enfance, m'avaient d'abord témoigné un peu de méfiance ; je les avais amadoués en leur parlant de la forêt scandinave, un sujet que je connais plutôt bien depuis une mission au Danemark du temps de Baldur, Furuset & Thorberg. Je me les étais définitivement conciliés le jour où j'avais repoussé la paye que me tendait le contremaître. Si je travaillais pour rien, alors...

Qu'avais-je besoin d'argent ? J'aurais volontiers donné tout ce que je possédais pour qu'on me purgeât le cerveau. Heureusement, chaque coup de hache chassait pendant quelques secondes de mon esprit le souvenir de John Harkleroad. L'effort physique intense et les ahanements bestiaux fonctionnaient comme une thérapie. En m'ancrant si violemment dans la réalité, ils reléguaient à l'arrière-plan les constructions intellectuelles qui avaient été ma seule nourriture quatre années durant. Il m'arrivait de repenser aux Bochimans, au *Bettlerkönig* ou au galo-chat, mais jamais bien longtemps. Il y avait toujours autre chose à faire, un mouton à soigner, un arbre à abattre...

Un autre problème se présenta bientôt : Gunnar cherchait à me joindre. Il m'avait envoyé un télégramme le lendemain de mon retour (avait-il suivi la trace électronique de ma carte bancaire ou avait-il deviné que je rentrerais au bercail tel un prisonnier en cavale ?) contenant trois mots : « je suis désolé ». À présent, il téléphonait à différentes heures de la journée et tombait chaque fois sur ma mère, qui croyait que mon ancien patron cherchait à me convaincre de rempiler chez Baldur, Furuset & Thorberg. Un soir qu'elle me vantait les charmes des études environnementales (« un bon métier qui semblait te réussir »), je pris une feuille et écrivis à mon ex-mentor. Les mots coulèrent sous ma plume avec une facilité surprenante.

Gunnar,

J'aurais aimé écrire « Cher Gunnar », mais c'est au-dessus de mes forces. Je vous aimais, Gunnar, pendant un moment, je vous ai même un peu considéré comme un père. Mais vous m'avez trahi, vous m'avez fait perdre ma propre estime et je ne pourrai jamais vous le pardonner.

Dans ces conditions, pourquoi vous écrire ? Pour soulager ma conscience, sans doute. Aussi et surtout pour que vous sachiez ce que je ressens depuis maintenant douze jours. Quand j'ai repris connaissance après avoir été réduit au silence par les nervis des Opérations spéciales (mais peut-être n'aviez-vous pas connaissance de cet épisode, tristement révélateur des méthodes du CFR ?), il était 6 heures du matin en Nouvelle-Zélande et j'étais devenu un assassin. Par procuration, me direz-vous, mais un assassin tout de même. Trois personnes étaient en train de pleurer la mort d'un homme dont le seul tort avait été de croiser le chemin d'un jeune agent maladroit.

Le fait que vous vous trouviez à 20 000 kilomètres de la scène du crime ne m'empêchera pas de penser que vous en êtes le complice. Je comparerais votre rôle à celui du garde-barrière qui accueillait les convois dans les camps de concentration. Il n'est jamais passé devant les tribunaux de l'histoire et, pourtant, sa responsabilité ne fait de doute pour personne. J'ignore comment vous vivez avec cette idée. Mieux que moi sûrement, car j'imagine que si elle m'ébranle si fortement aujourd'hui, elle vous accompagne depuis bien des années.

Je suis un homme détruit, Gunnar, et ne me dites pas que le temps pansera mes blessures. Je ne le crois pas et d'ailleurs, je ne le souhaite pas. Grand a été mon crime et grand doit être mon châtiment. Il l'est pour l'instant et j'ai bien du mal à réintégrer la société des vivants, même si l'Islande rurale m'offre un échantillon de ce que l'humanité a de meilleur. Je pense chaque minute à John Harkleroad, à qui ses assassins n'ont même pas dû expliquer pourquoi il mourait. J'espère qu'il n'a pas souffert. Malheureusement, de cela même je ne suis pas certain.

J'aimais le CFR et le jeu que nous y pratiquions. Mais faut-il que vous méprisiez vos agents pour leur en cacher les règles. C'est qu'au fond de vous vous savez probablement qu'aucun ne les accepterait.

Je vous dispense de me répondre. Épargnez-moi vos gluantes excuses.

Sliv

P-S : Cessez de nous importuner ma mère et moi. Je crois avoir au moins gagné le droit de vous demander cette faveur.

Quelques semaines passèrent. Je m'endurcissais. Ma culpabilité ne s'effaçait pas, mais la douleur cédait progressivement la place à une forme d'insensibilité, à un cuir de plus en plus épais, comme le montra ma réaction ce jour où, alors que je revenais de pêche, j'aperçus au loin la silhouette de Gunnar Eriksson sur la jetée.

Un mois plus tôt, j'aurais probablement trouvé refuge dans la cale ou demandé au capitaine de me débarquer sur la côte. Aujourd'hui, la perspective d'une entrevue avec Gunnar me paraissait moins malséante et, pour tout dire, presque raisonnable. Sans doute comprenais-je que je ne pourrais tourner la page du CFR sans m'être entretenu une dernière fois avec celui qui m'y avait fait entrer.

Gunnar n'avait pas beaucoup changé. « Je suis désolé », avait-il dit dans son télégramme ; aussi m'étais-je attendu à lui trouver les traits défaits, la figure décomposée. Il n'en était rien. Il était désolé, mais en pleine forme, le visage un peu empâté, le ventre encore un peu plus arrondi. Oh, bien sûr, il arborait une mine de circonstance, grave et compassée, mais il en aurait fallu bien plus pour m'amadouer.

« Hello, Sliv, dit-il quand je l'eus rejoint sur le quai.

— Bonjour, Gunnar », répondis-je aussi froidement que possible. Il ne m'avait pas tendu la main. Il savait que j'aurais refusé de la serrer.

« Si vous voulez bien m'accorder quelques minutes, j'ai repéré un petit troquet sur le port.

— Je connais, merci, rétorquai-je sèchement. Dix minutes, pas une de plus. »

Nous marchâmes côte à côte sans rien dire jusqu'au bistrot. Nous nous installâmes au fond de la salle, je commandai un irish coffee, Gunnar son sempiternel thé. Il attendit que la serveuse eût tourné les talons pour prendre la parole.

« J'ai reçu votre lettre, je regrette infiniment...

— Et moi donc ! ricanai-je.

— Vous avez dû passer par des moments très durs, reprit-il en faisant semblant de ne pas remarquer l'agressivité qui transparaissait dans mes paroles. Vous auriez dû m'appeler, j'aurais peut-être pu vous aider.

— J'en doute. Écoutez, Gunnar, nous n'allons pas tourner autour du pot. Vous vouliez me voir, me voici. Si vous n'avez que vos regrets à m'offrir, vous pouvez rentrer à Reykjavík. »

La serveuse choisit cet instant pour nous apporter

notre commande. Gunnar chercha mon regard pendant qu'elle nous servait, mais ne le trouva pas.

« Écoute, Sliv (c'était la première fois qu'il me tutoyait), ta lettre m'a beaucoup peiné. Et pourtant, je ne peux pas t'en vouloir. J'aurais sûrement réagi de la même façon à ta place.

— Alors, ripostai-je amèrement, pourquoi m'avoir menti ?

— Je ne t'ai pas vraiment menti, reprit-il doucement. Je t'ai seulement caché certaines choses. Tout n'est pas toujours aussi simple qu'on le souhaiterait.

— La complexité du monde, plutôt éculé comme alibi, ironisai-je.

— Échangeons nos rôles un instant et essaie de considérer la situation depuis la position qui est la mienne. Ma tâche consiste à recruter des agents pour l'antenne de Reykjavík. C'est un métier difficile, qui demande une subtilité et une prudence infinies. Les bonnes années, je recrute un agent, exceptionnellement deux. Les mauvaises, je ne trouve personne. Je ne me plains pas, mes collègues constatent à peu près les mêmes ratios. Maintenant, crois-tu que j'améliorerais mes chances en expliquant à chaque candidat que ses erreurs risquent de coûter la vie à un homme ? Qui tenterait le coup dans ces conditions ? Et d'ailleurs, que faudrait-il penser du candidat que cette perspective n'effraierait pas ? »

Je n'en croyais pas mes oreilles.

« Enfin, Gunnar, vous réalisez ce que vous dites ? La question n'est pas de savoir si cela nuirait à vos chiffres de recrutement, mais de respecter le libre arbitre de vos candidats.

— Tu as parfaitement raison, mais tu sais au fond de toi que ce n'est pas possible. Qu'aurais-tu pensé de moi si j'avais posé le débat en ces termes ? Je vais te le dire : tu m'aurais jugé bon à enfermer et tu m'aurais aussitôt dénoncé à la police.

— Et j'aurais bien fait !

— Non, je ne crois pas, dit-il comme s'il avait déjà maintes fois soupesé la question. Vois-tu, la vie en collectivité impose des sacrifices ; la période que tu traverses en est un. Même en démocratie, un citoyen doit parfois assumer une mesure ou un jugement qu'à titre personnel il réprouve. Le CFR abrite des milliers, peut-être même des dizaines de milliers d'agents. Il n'aurait pas été juste qu'ils soient arrêtés, voire pour certains passés par les armes, à cause d'une erreur commise par un jeune agent de classe 2 du bureau de Córdoba. »

Toujours ce même argument : vos erreurs peuvent coûter la vie à des innocents. J'avais eu le temps de le retourner dans ma tête.

« Je comprends votre comparaison, Gunnar, mais je la trouve fallacieuse. Le citoyen qui n'est pas d'accord avec ses dirigeants peut se raccrocher à deux choses. Il peut se dire, d'une part, que la décision qu'ils ont prise, même si elle heurte sa morale personnelle, sert les intérêts supérieurs de la nation et, d'autre part, qu'elle est indirectement approuvée par une majorité de ses concitoyens, le corollaire de cette proposition étant d'ailleurs que le pays peut à tout moment se choisir un nouveau gouvernement. Je ne vois rien de tout cela dans l'organisation du CFR. D'abord, moi, agent de classe 2 Dartunghuver, je suis incapable de dire si l'élimination de John Harkleroad sert ou non les intérêts du CFR, puisque je ne les connais pas ; voilà presque quatre ans que je travaille pour une organisation dont j'ignore encore le but ultime. Ensuite, je dois m'accommoder de mes supérieurs, même si je les trouve incompétents. Non vraiment, le modèle démocratique ne me paraît pas très approprié dans le cas du CFR.

— Il y a beaucoup de vrai dans ce que tu dis, Sliv, me répondit Gunnar après un instant de réflexion. Nous ne choisissons pas nos chefs, mais, surtout, nous ne connaissons le but du CFR ni toi ni moi...

— Vous non plus ? m'écriai-je.

— Non, répondit-il rêveusement en tournant sa cuillère dans son thé. Je ne le connais pas et je pense que je ne le connaîtrai jamais. C'est le secret le mieux gardé de l'organisation et pourtant, comme tu le sais, elle en a beaucoup. Toi, un jour, tu le connaîtras, j'en mettrais ma main au feu.

— Ah ça, Gunnar, expliquez-moi comment on peut recruter des agents sans savoir à quoi ils sont destinés. » J'avais malgré moi retrouvé ma curiosité.

« Mais je sais à quoi ils sont destinés : à produire des scénarios et à falsifier le réel. Le comment, je le connais, c'est le pourquoi qui m'échappe. Je ne dis pas que je n'en ai pas souffert. Comme toi, j'ai été un jeune agent à qui tout semblait réussir. Mais contrairement à toi, je n'avais qu'une chose en tête, découvrir la finalité du CFR ; chacun de mes gestes, chacune de mes actions était orientée vers ce but...

— Et alors ? » demandai-je impatiemment. Gunnar Eriksson ne m'avait jamais autant parlé de lui.

« Et alors, c'était une erreur. Nos dirigeants n'aiment pas les fouineurs. Pour des raisons qui seraient trop longues à expliquer, j'ai cessé de m'élever dans la hiérarchie et j'ai compris que le secret du CFR me resterait à jamais inconnu. Ç'a été la pire période de ma vie.

— Et depuis ?

— Depuis, je ne me pose plus la question. Pour ce que j'en sais, le CFR n'a qu'un objectif : survivre. J'essaie de prendre toutes mes décisions à cette aune : ce candidat assis de l'autre côté de mon bureau va-t-il prolonger la vie du CFR ou le conduire à sa perte ?

— Dans mon cas, vous vous êtes trompé, dis-je amèrement.

— L'avenir le dira. » Il me regarda droit dans les yeux et ajouta : « Sliv, je voudrais que tu me croies, même si, après ce qui s'est passé, je comprendrais que tu n'en fasses rien. Ce genre d'incident n'arrive que très très rarement.

— C'est-à-dire ? » demandai-je. Je m'en voulus aussitôt d'avoir posé cette question : elle pouvait donner à penser que je me satisferais d'un chiffre très bas.

« Je ne sais pas, peut-être deux ou trois fois par an.

— C'est beaucoup..., murmurai-je.

— Dans le monde entier, pas tant que cela, répondit Gunnar. Tu n'as pas eu de chance, voilà tout... »

Je sentis que la sérénité d'Eriksson me gagnait peu à peu. Je m'en défendis en convoquant le souvenir de Khoyoulfaz.

« Il y a autre chose, Gunnar. Ces types des Opérations spéciales, ils n'étaient pas comme vous et moi. Ils étaient cruels...

— Comment s'appelaient-ils ?

— Le chef, Jones. Un Panaméen. J'ai du mal à le décrire. Très dur, terriblement froid, mais professionnel malgré tout. Il a vraiment essayé de trouver une solution. Mais son acolyte... Un Azéri du nom de Khoyoulfaz. Une brute sanguinaire, qui tue par plaisir. Il a parlé d'un agent qui avait trahi, un certain Leonid, vous auriez dû voir la lueur qui brillait dans ses yeux à ce moment-là. Comment le CFR peut-il tolérer de tels agents parmi les siens ?

— Je ne les connais ni l'un ni l'autre. Si ce que tu dis est vrai, c'est très grave. Je vais tâcher de me renseigner sur ce Khoyoulfaz. L'Inspection générale a peut-être un dossier sur lui. »

Un long silence s'ensuivit pendant lequel je finis mon café. La serveuse encaissa le prix des consommations, emporta nos tasses et passa un coup de chiffon sur la table. Finalement, c'est Gunnar qui renoua la conversation.

« Que vas-tu faire maintenant ? »

Je me posais la question depuis deux mois, mais je n'avais encore arrêté aucune décision.

« Dans l'immédiat, aller rendre visite à ma sœur en Allemagne. Retaper la clôture de l'élevage de ma mère. Voyager un peu.

— Mais après ?

— Après, je chercherai un travail sur le continent, peut-être dans les études environnementales. Le CFR m'aura au moins appris un métier...

— Tu ne peux pas raccrocher les gants ainsi, on compte toujours sur toi en haut lieu.

— J'ai démissionné, Gunnar, je reprends ma liberté. Je ne parlerai pas, si c'est cela qui les inquiète.

— Il ne s'agit pas de ça. Tu n'es pas au courant ? Ils ont refusé ta démission.

— Et puis quoi encore ? Il faudra bien qu'ils se fassent une raison, ma vie m'appartient encore jusqu'à preuve du contraire.

— Bien sûr, Sliv. Sache simplement qu'ils ne t'en veulent pas. La Commission de discipline va sûrement t'infliger une sanction pour la forme...

— La Commission de discipline ? demandai-je, interloqué.

— Mais oui. Décidément, tu n'es au courant de rien. Ils se réunissent la semaine prochaine pour examiner ton cas et celui de Thorsen.

— Thorsen aussi ?

— Bien sûr. Elle était ton supérieur direct et sa responsabilité est engagée. D'ailleurs, à mon avis, elle va écoper d'une peine plus lourde que toi. »

Ce qui, selon moi, n'était pas tout à fait juste. Ainsi, je n'avais pas encore été rayé des cadres. Je ne pus m'empêcher de demander à Gunnar :

« Concrètement, que risque-t-elle ?

— Six mois de suspension. Peut-être un an. La connaissant, elle supportera difficilement pareille mise à l'écart. Quant à toi... »

Avait-il senti que je m'étais enquis du sort de Thorsen parce que je n'osais pas l'interroger sur le mien directement ?

« Oh, ça n'a pas d'importance, dis-je.

— Tu en prendras pour six mois maximum.

— Ça n'a pas d'importance, répétai-je.

— Une dernière chose, dit Gunnar en se levant. Ton amie Magawati cherche à te joindre. Elle a appelé Thorsen, qui lui a dit que tu avais démissionné. Je ne sais pas comment elle s'est procuré mon numéro, mais elle m'a laissé un message hier en me demandant de la rappeler au plus vite. Qu'est-ce que je lui dis ? »

Exactement ce que je craignais d'entendre. Je savais que ce moment viendrait, mais je n'étais toujours pas prêt à l'affronter.

« Dites-lui juste que je vais bien, répondis-je d'une voix tremblante. Ou plutôt non, dites-lui que je suis vivant. Je lui expliquerai un jour. »

12

Je reçus dix jours plus tard une lettre de Toronto. La Commission de discipline avait décidé de me suspendre de toutes mes fonctions au sein du CFR pendant six mois. Je ne serais pas payé durant cette période. Je disposais de deux semaines pour faire appel.

Le jour même, je m'envolai pour Brême afin de rendre visite à ma sœur. Mathilde a six ans de plus que moi. Cet écart d'âge explique que nous n'ayons jamais été très proches étant enfants. Toutefois, avec les années, la différence tendait à s'estomper et nous nous étions découvert de plus en plus d'affinités. En 1989, Mathilde avait épousé Horst Menschel, un Allemand qu'elle avait rencontré à la faveur d'un stage à Cologne et avec qui elle était restée en contact pendant plusieurs années. Depuis 1990, ils étaient installés à Brême, où Horst occupait un poste important (c'était en tout cas ce que disait ma mère) dans une société chimique. Mathilde s'était temporairement arrêtée de travailler pour s'occuper du petit Uli, né en 1992, mais maintenant qu'il allait au jardin d'enfants, elle avait repris des études de dessin, qui devaient à terme lui donner le droit d'enseigner au collège.

Mathilde était venue me chercher à l'aéroport. C'était la première fois que je la revoyais depuis deux ans et la troisième fois seulement que je me rendais en Allemagne. Elle me parut plus épanouie que jamais. Il faut dire que ma sœur a une prédisposition pour le bonheur. Rien ne l'atteint et même dans les pires circonstances, comme la mort de mon père, elle affiche une sérénité qui finit par être contagieuse. Cette fois encore, elle n'avait que de bonnes nouvelles à m'annoncer. La petite famille avait emménagé l'hiver dernier dans une grande maison qu'elle avait fait construire à Lilienthal, dans la banlieue de Brême. Horst venait de décrocher une promotion qu'il convoitait depuis longtemps et son salaire avait fait un bond appréciable. Quant à Uli, il aurait bientôt un petit frère ou une petite sœur : Mathilde était enceinte depuis deux mois et, sachant que je venais, elle avait voulu me réserver la primeur de la nouvelle. Je la félicitai comme il se doit puis, sans que je sache pourquoi, je portai la main à la poche de ma veste où j'avais fourré la lettre de Toronto reçue le matin même. « Bienvenue dans le réel, Sliv », pensai-je.

Horst rentra tôt du bureau. Je crus d'abord qu'il avait fait un effort particulier en mon honneur, mais il m'expliqua qu'en Allemagne même les cadres quittaient le travail à 5 heures. Deux fois par semaine, il ressortait après le dîner pour aller s'entraîner avec l'équipe de football de sa société. Sachant que je jouais aussi, il me fit promettre de l'accompagner un soir.

Nous passâmes à table vers 6 heures, pour un dîner que Mathilde avait voulu traditionnel : charcuterie et salade de pommes de terre, arrosées de bière blonde. Quand arriva le dessert, je remis solennellement au jeune Uli un petit train en bois typique de l'artisanat de Húsavík. Mathilde, qui avait reconnu le modèle avec lequel elle avait joué étant enfant, rit de bonheur en battant des mains. Tandis qu'Uli découvrait son jouet, Horst s'enfonça dans ce qui était manifestement *son* fauteuil et alluma la télévision pour regarder les actualités. C'était la première fois que j'entendais les informations depuis mon retour en Europe. Moi qui à Córdoba lisais quotidiennement une dizaine de journaux, je me contentais depuis six semaines du *Messager de Húsavík*, un bulletin sympathique, entièrement composé par l'instituteur et tiré sur la photocopieuse de l'école, mais qui ne brillait pas par son ouverture à l'international. J'aurais volontiers comblé mon retard, mais Horst ne l'entendait pas de cette oreille. Il entreprit de me brosser le tableau de ses perspectives de carrière au sein de la société Rheinberger. Il avait été nommé un mois plus tôt à la tête du service export de la division polypropylène. Je compris en fait que ses attributions étaient moins larges qu'il ne voulait bien le dire et qu'il ne sévissait guère au-delà de l'Europe occidentale. Mais, comme le fit complaisamment remarquer Horst, les dirigeants de Rheinberger ne lui auraient jamais confié de telles responsabilités à son âge s'ils n'avaient d'ores et déjà pensé à lui pour de plus hautes fonctions. Pour l'heure, la priorité consistait à dynamiser les ventes et à restaurer les marges. Le polypropylène avait connu des années difficiles, mais le marché montrait des signes de frémissement en Allemagne et en France. Restait à espérer que la bonne nouvelle se propagerait jusqu'en Italie et en Espagne, deux pays traditionnellement plus réfractaires aux vertus du polypropylène. Quant au Portugal, il s'était fixé comme objectif d'y faire décoller les ventes une bonne fois pour toutes. Il me donna un aperçu des procédés qu'il comptait mettre en œuvre et me demanda mon avis. Je répondis sans trop me forcer que le dispositif qu'il envisageait me semblait très impressionnant et que je voyais mal, dans ces conditions, les industriels portugais persister très longtemps dans leur obscurantisme anti-polypropylène.

Une fois la péninsule Ibérique mise au pas, il pouvait rêver d'un poste à sa mesure, et pourquoi pas carrément de celui de directeur commercial, qu'occupait pour l'instant un incompétent notoire, Hanz-Harald Durchstetter. Il accompagna ce dernier nom d'un regard de connivence qui laissait entendre que la réputation dudit Durchstetter avait franchi les frontières. J'étais sur le point de le contredire quand Mathilde, qui revenait de la chambre où elle était allée coucher Uli, coupa son mari et me proposa de feuilleter ses albums de photos. J'acceptai, bien que je n'en eusse guère envie. La fatigue commençait à se faire sentir ; je laissai Mathilde me commenter les clichés en repensant au monologue de Horst. Il ne m'avait pas posé une seule question sur mon travail. J'en concevais moins d'amertume que de soulagement. Je n'aimais pas mentir à mes proches et, de toute façon, comment mon modeste parcours de réassureur aurait-il pu soutenir un instant la comparaison avec l'épique ascension de mon beau-frère dans l'industrie chimique ? Le CFR condamnait ses serviteurs à la dissimulation et à la solitude. Je n'en avais pas eu bien conscience pendant ces deux années passées à Córdoba, mais, maintenant que j'étais rentré en Europe, je m'imaginais mal mystifier méthodiquement ma mère et ma sœur.

Horst avait de hautes ambitions, il entendait, selon l'expression consacrée, « faire carrière ». Ces mots avaient-ils un sens dans le cas du CFR ? me demandai-je en me déshabillant un peu plus tard dans ma chambre. Il aurait été absurde d'ignorer qu'une part importante des jeunes agents ne cherchaient à s'élever dans la hiérarchie du CFR que pour accéder à de plus hauts salaires et aux substantiels avantages afférents. J'avais lu plusieurs ouvrages sur la théorie des organisations et, au vu de mon expérience, le CFR ne différait pas franchement d'entités plus traditionnelles, du type entreprises ou administrations. Les plus ambitieux, pour peu, naturellement, qu'ils possèdent les compétences nécessaires, prenaient inexorablement le pas sur les agents moins carriéristes, jusqu'à accaparer les postes à responsabilité et les rémunérations élevées. Ce qui distinguait peut-être le CFR des corps classiques, c'était sa capacité à faire progresser en son sein des individus indifférents aux honneurs et aux gratifications, uniquement mus par la soif de connaissances et le goût du jeu. Avec un peu de recul, j'estimais faire partie de cette catégorie. Si la nouvelle de ma promotion éclair au rang d'agent de classe 2 m'avait comblé, ce n'était pas tant pour le prestige qu'elle me conférait ou pour les quelques milliers de dollars de revenus supplémentaires qu'elle me procurait. Elle avait surtout suscité en moi une excitation proche de celle du joueur informatique à qui un message apprend qu'il a terminé un tableau et qu'il va à présent accéder au niveau supérieur. Un agent de classe 1 ne dispose que d'un arsenal réduit, il connaît mal les arcanes du jeu et évolue à l'intérieur des frontières étroites fixées par son officier traitant. Un agent de classe 2 s'appuie sur une panoplie de procédés plus étendue ; il possède les règles du jeu et s'amuse parfois à les subvertir à son avantage ; son supérieur hiérarchique exerce sur lui un contrôle moins pesant. Cela ne signifie pas qu'il est tout-puissant : des organes aux noms aussi évocateurs que le Plan, l'Inspection générale ou les Directions fonctionnelles sont là pour brider sa créativité, mais disons qu'il jouit d'une relative autonomie.

Si j'étais resté au CFR, pensai-je en me glissant sous les draps, je n'aurais pas tardé à devenir agent de classe 3. Que de fois avais-je rêvé de ce jour où, libéré de la tyrannie de Lena Thorsen, j'aurais pu me consacrer à la mise au point des scénarios à l'audace stupéfiante que je portais en moi depuis mon arrivée à Córdoba ! Finis, les points hebdomadaires avec l'officier traitant et les conseils amicaux des anciens qui vous tapaient sur l'épaule dans les couloirs. Un agent de classe 3 travaillait seul et n'avait de comptes à rendre à personne, si ce n'est à l'Inspection générale. Il s'installait où il le souhaitait, avait accès à toutes les bases d'informations du CFR et pouvait se faire assister ponctuellement par des agents de classe 1 qu'il choisissait lui-même. Il devait produire au moins un dossier par an, en se conformant aux grandes orientations arrêtées par le Plan, mais celles-ci, volontairement larges, lui laissaient une marge de manœuvre considérable.

À la différence d'une Thorsen que je croyais animée par le désir de commander des équipes ou d'exercer son pouvoir, mon ambition s'était nourrie pendant ces quatre années de l'espoir qu'un jour il me serait donné d'exercer mon art en dehors de toute tutelle et de toute influence. Ce constat jetait un jour si cru sur les motivations profondément individualistes qui m'avaient attiré au CFR que j'en conclus à l'inadéquation de mon profil. Si Gunnar Eriksson avait pu lire dans mes pensées (encore qu'à l'époque où il m'avait recruté, j'eusse été incapable de les formuler aussi clairement), il m'aurait sans doute écarté de sa liste de candidats. Au moins, me dis-je, ma démission aura permis de remettre les choses à leur place : finalement, je n'étais pas fait pour ce job.

Je dormis comme une souche cette nuit, pour la première fois depuis des semaines. Mathilde m'avait laissé un mot sur la table de la cuisine. Elle avait cours toute la matinée et rentrerait avec Uli pour le déjeuner. Si j'avais envie d'aller en ville, je trouverais un arrêt de bus au bout de la rue. Je décidai de suivre son conseil et, une heure plus tard, je déambulais dans les rues de Brême. Il faisait beau et déjà très chaud. Je trouvai refuge dans la cathédrale Saint-Pierre et m'assis un instant pour lire son histoire dans mon guide touristique. C'est ainsi que je découvris que je me trouvais à deux pas de la Sandstrasse, une rue dont le nom m'était familier, car elle abritait l'antenne du CFR spécialisée dans le droit commercial. Je ne pus résister à la tentation de remonter la rue, en guettant sur chaque façade la plaque fatidique. Je finis par la trouver au n° 42, un somptueux bâtiment moderne qui abritait le cabinet d'avocats Claas & Rathenau. À cet instant précis, un homme sortit de l'immeuble. Les tempes grisonnantes, un attaché-case monogrammé à la main, il semblait merveilleusement à l'aise dans son costume de lin crème coupé sur mesure. La parfaite panoplie de l'avocat d'affaires, pensai-je avant de me raviser : on pouvait tout aussi bien y voir la couverture du directeur d'antenne qui se fait passer pour un avocat d'affaires. L'homme s'engouffra dans une grosse berline aux verres fumés qui l'attendait en double file, me laissant à mes réflexions.

Ce soir-là, Horst me priva une nouvelle fois du spectacle des informations télévisées, pour solliciter mon avis dans une querelle minable qui l'opposait à l'imposteur Durchstetter (plus mon beau-frère dénigrait son patron et plus j'avais envie de rencontrer ce dernier). Je compris bien vite que mon opinion ne l'intéressait guère : il était bardé de suffisamment de certitudes pour faire à lui seul les questions et les réponses. J'observai non sans un pincement au cœur que Mathilde buvait littéralement ses paroles. Comme le contact d'êtres médiocres vous rétrécit l'horizon, pensai-je tristement. Et pauvre Uli, que ses parents élèveraient dans le culte de la chimie de spécialités... J'imaginais déjà Horst lui raconter pour la centième fois comment le propylène avait supplanté l'huile d'olive au premier rang des produits domestiques dans les foyers méditerranéens...

On pouvait reprocher une foule de choses au CFR, mais sûrement pas de vivre replié sur lui-même. Dans quelle entreprise exaltait-on autant la curiosité personnelle et l'ouverture sur le monde ? Je me livrai à un petit calcul : en moins de quatre ans, j'avais été en contact avec des agents d'une trentaine de nationalités différentes. Je parlais désormais couramment cinq langues, j'avais étudié plus de deux cents dossiers venant des quatre coins de la planète et participé à quelques-unes des plus belles mystifications de la décennie. Pas mal pour un gamin d'à peine vingt-sept ans.

J'eus du mal à trouver le sommeil ce soir-là. Les mains croisées sous la tête, je me repassai en mémoire les meilleurs moments de ces quatre années au CFR : ma virée au Groenland, la discussion avec Bimard et sa fixation sur les poètes romantiques, les treize jours et treize nuits passés avec Stéphane Brioncet sur le dossier Bochimans, le discours électrisant d'Angoua Djibo à Honolulu, l'ivresse que j'avais ressentie en entendant à la radio le secrétaire général de l'ONU décréter la décennie internationale des populations autochtones... Córdoba charriait aussi son lot de souvenirs : les interminables exposés de Ramirez sur les séries de Riemann, les soirs de foot au stade San Feliz, jusqu'aux tête-à-tête houleux avec Lena Thorsen. Et tout à coup la voix de Harkleroad résonnait dans ma tête et douchait ma nostalgie. D'autres images s'imposaient, fortes, douloureuses, auxquelles pour certaines je n'avais pas prêté attention sur l'instant, mais qui aujourd'hui revenaient me hanter : Khoyoulfaz mangeant son steak avec les doigts, Jones hochant tristement la tête après avoir écouté ma plaidoirie, Thorsen signant l'ordre de mission qui condamnait Harkleroad sans même le lire... Gunnar aimait à dire en parlant des dossiers de Lena Thorsen que le pire y côtoyait le meilleur. La formule s'appliquait encore mieux au CFR. Mais pouvait-on prendre le meilleur sans avoir le pire ? Non, sans doute. La mort d'un homme était le tribut à acquitter périodiquement pour qu'une poignée de farceurs puissent continuer à s'amuser aux dépens du monde. Encore que l'acceptation de ce postulat ne suffisait pas à expliquer le comportement d'un Khoyoulfaz. Même les États qui appliquent encore la peine de mort exigent de leurs bourreaux un minimum de dignité. La désinvolture de l'Azéri m'avait traumatisé, cette familiarité écœurante avec laquelle il avait dit : « Je ne te propose pas de nous accompagner à l'aéroport », la cruauté gourmande qui avait éclairé son visage quand il avait évoqué le souvenir du petit Leonid... Qu'avait donc à gagner le CFR à employer semblables hommes de main ?

Le sommeil ne venait toujours pas. Pour la millième fois, je réfléchis au comportement à tenir vis-à-vis de Youssef et de Magawati. Devais-je reprendre contact avec eux ? Et comment leur raconterais-je mon histoire ? Six mois plus tôt, en Patagonie, j'aurais juré que je ne leur cacherais jamais rien. Aujourd'hui, j'en étais à me demander s'il valait mieux leur mentir par action ou par omission... Car je n'imaginais que trop bien quelle serait la réaction de Youssef. Il me ferait promettre d'aller tout déballer à la police, tandis que lui-même tenterait de recueillir des preuves au sein du bureau d'Hô Chi Minh-Ville, s'exposant ainsi à des risques que je n'avais aucune envie de lui faire prendre. Surtout, je redoutais son jugement. Il ne comprendrait jamais comment j'avais pu quitter Córdoba, fuir mes responsabilités, accepter de revoir Gunnar Eriksson, comment, par mon immobilisme, je cautionnais implicitement l'existence et la conduite des Opérations spéciales. Je l'ignorais moi-même mais je me raccrochais à l'idée que le temps qui passait ne changeait pas grand-chose à l'affaire, que ma confession serait tout aussi recevable et efficace si je m'accordais un délai de réflexion. Faux, archifaux, argumenterait Youssef, qui pointerait à juste titre que chaque jour qui s'écoulait permettait aux assassins de John Harkleroad de faire disparaître les preuves dont la justice avait besoin pour les confondre. Je n'avais rien à répondre à cela, sinon que je n'étais pas prêt. Pas prêt à faire jeter en prison des milliers d'agents, dont Gunnar Eriksson et Alonso Diaz. Pas prêt à provoquer la dissolution d'une organisation secrète qui existait depuis des décennies, voire des siècles, et dont j'avais pu constater par moi-même certains accomplissements indiscutables (les Bochimans, Karigasniemi, la conquête spatiale, etc.).

Et Magawati ? Elle se montrerait certainement moins rigide, au moins sur la forme. Compatissante de nature, elle ferait, plus que Youssef, l'effort de comprendre par quelles phases j'étais passé. M'absoudrait-elle pour autant ? Sans doute pas. Elle décortiquerait mes motivations aussi délicatement et méthodiquement qu'elle m'avait interrogé en Patagonie sur les circonstances de la mort de mon père. Mes contradictions ne tarderaient alors pas à lui apparaître comme elles m'apparaissaient quand je faisais l'effort d'aller au fond de mes pensées. Enfin son verdict tomberait, et avec lui le CFR. Non, décidément, je ne pouvais me résoudre à leur dire la vérité.

Je fis des rêves désagréables, cette nuit-là.

Le lendemain matin, je poussai jusqu'à la gare de Brême, où je fis l'emplette d'une dizaine de quotidiens internationaux, le *Frankfurter Allgemeine Zeitung*, le *Times*, *El País*, le *Corriere della Sera*, *Le Monde*, l'*International Herald Tribune*, *USA Today* et même la version anglophone du *Yomiuri Shimbun*. J'avais toute la journée devant moi pour renouer contact avec le monde. Dans le bus qui me ramenait à Lilienthal, je réalisai que c'était là le premier plaisir que je m'octroyais depuis mon retour en Europe. Cette pensée tempéra un peu ma bonne humeur.

Je m'attablai dans la cuisine avec un bol de café et posai la pile de journaux devant moi. À tout seigneur tout honneur, je commençai par les nouvelles locales avec le *Frankfurter*. Rien de très nouveau à première vue. L'opposition reprochait à Kohl le coût de la réunification. Un scandale politico-financier secouait le Land de Bade-Wurtemberg. Une formation néonazie avait revendiqué un attentat contre un foyer turc. Tout cela ne présentait guère d'intérêt, et pourtant je replongeais avec délices dans la complexité du monde. Un éditorialiste érigeait un parti libéral dont je n'avais jamais entendu parler en arbitre des prochaines échéances électorales. Le sélectionneur de l'équipe nationale de handball disait le plus grand bien d'un jeune joueur évoluant dans le championnat grec. Que de faits à assimiler, que d'informations à recouper, que de matière au fond pour le falsificateur ! Et aucune nation n'était en reste. En Italie (où l'on ne parlait que d'un jeune créateur de mode nommé Venozzi), on feignait de découvrir pour la centième fois que les matches du championnat de football étaient truqués. En Angleterre, les frasques de la princesse de Galles alimentaient le feuilleton des mésaventures de la couronne. Je me délectai de la lecture d'un article dans *El País*, intitulé « Le prix de l'honneur ». En 1962, le célèbre Rodrigo Calmacho avait poignardé son épouse Manolita (comme ma partenaire de tango !), qui avait sous-entendu en direct devant les caméras de télévision que son toréador de mari était moins performant au lit que dans l'arène. Calmacho avait jeté le corps au fond d'un puits, puis s'était livré de lui-même à la police en disant sa confiance dans la justice de son pays. Le procès qui s'ensuivit avait passionné l'Espagne franquiste et ouvert un débat national sur le sens du mot « honneur ». Finalement, Calmacho avait été condamné à quinze ans de prison par le tribunal de Valence, qui lui avait toutefois reconnu des circonstances atténuantes, les confidences télévisées de Manolita pouvant selon lui s'apparenter à de la cruauté mentale. Trente-trois ans plus tard, cette cruauté mentale paraissait désormais si manifeste à la Cour suprême qu'elle venait de réformer Calmacho et de lui accorder sept millions de pesetas de dommages et intérêts pour emprisonnement abusif. Quelle histoire, presque trop belle pour être vraie ! Je m'amusai à imaginer la tête de Thorsen si je lui avais soumis un tel scénario... Un certain nombre d'idées de fausses sources me vinrent comme par réflexe : l'article d'une psychanalyste soulignant lourdement la symbolique du puits, un communiqué de presse en marge du festival de Cannes annonçant qu'Almodóvar envisageait d'acquérir les droits de l'autobiographie de Calmacho, un dossier complet dans la revue du barreau madrilène sur les chances de succès des actions en révision...

Il me suffit de déplier *Le Monde* pour redevenir sérieux. J'avais inconsciemment placé la France à la fin de mon tour d'Europe, sans doute parce que je ne savais que trop bien ce qui faisait l'actualité outre-Rhin. On y parlait encore beaucoup des essais nucléaires. Malgré la pression de l'opinion internationale, Jacques Chirac n'avait pas fait machine arrière ; les essais annoncés auraient bien lieu. Les relations diplomatiques entre la France et la Nouvelle-Zélande avaient retrouvé la fraîcheur consécutive à l'épisode du *Rainbow Warrior* dix ans plus tôt. Heureusement, écrivait *Le Monde*, le rapport Bolger n'avait pas permis de mettre en évidence un quelconque impact des essais français sur la faune ou la flore dans cette région du monde. Je relus plusieurs fois cette phrase : « n'avait pas permis de mettre en évidence... ». Ainsi le galochat était passé inaperçu, Dieu soit loué. Je devais déjà apprendre à vivre avec la mort d'un homme sur la conscience ; savoir qu'elle avait en plus été inutile aurait rendu la tâche impossible.

Que se passait-il en Amérique ? Une fois de plus, *USA Today* me renvoya l'image d'une nation inébranlable, sûre de son droit et de son destin, passionnée par le spectacle de ses contradictions et de ses cours de Bourse. On connaissait à présent la liste des prétendants à l'investiture républicaine pour les élections présidentielles de 1996. L'un d'entre eux retint mon attention : un milliardaire texan, du nom de Randolph « Scottie » Marshall. Je ne le connaissais pas. Quoi d'étonnant à cela, me direz-vous ? Dans les deux camps, les primaires donnent traditionnellement l'occasion à quelques hurluberlus pleins aux as d'exprimer des points de vue censément originaux. Ils prennent généralement une veste dans le New Hampshire et disparaissent aussi subitement qu'ils étaient apparus. Le problème, c'est que j'avais travaillé en début d'année sur les primaires républicaines. L'antenne de Dundee projetait de forger un candidat et nous avait demandé notre avis sur les mesures à mettre en place. Nous avions rendu un avis défavorable, jugeant les risques beaucoup trop élevés. Toujours est-il que j'avais passé trois semaines sur ce dossier et que je croyais connaître tous les candidats déclarés ou potentiels à l'investiture républicaine. Or le nom de Marshall ne me disait strictement rien. L'officier traitant de Dundee avait-il quand même tenté le coup ? Il aurait été intéressant de le savoir...

Je défie quiconque est passé par le CFR de pouvoir lire un journal sans y chercher aussitôt les symptômes de la falsification : l'interview de l'universitaire donné pour une sommité internationale, la recension de ce romancier polonais majeur injustement méconnu en dehors de ses frontières, la description d'une nouvelle discipline sportive, à mi-chemin entre le judo et la lutte gréco-romaine, qui figurera en démonstration lors des prochains jeux Olympiques d'été. J'en fis l'étrange expérience ce jour-là. Parce que j'avais été sevré pendant plusieurs mois de la lecture des journaux, je m'efforçais de discerner les coutures du travail de mes ex-collègues. Ici une statistique légèrement aberrante, là une formule trop bien pesée d'un gourou *new age* ; j'avais beau savoir qu'il était statistiquement fort peu probable que les journaux étalés devant moi contiennent la moindre altération, je la traquais comme un chien de chasse renifle une piste, pour me rassurer sur mes talents et peut-être aussi pour montrer à ceux qui m'avaient écarté que je leur restais et leur resterais supérieur.

J'entendis la clé de Mathilde tourner dans la serrure. Je repliai le *Herald Tribune*. Quatre heures n'avaient pas été de trop pour rattraper mon retard. Mathilde jeta un coup d'œil surpris à l'entassement de journaux et me proposa de l'accompagner au *Kindergarten* pour y chercher Uli. En chemin, je lançai la discussion sur l'actualité en lui demandant ce qu'elle pensait du programme économique du SPD. À ma grande surprise, elle n'en pensait rien. Elle en ignorait jusqu'aux grandes lignes, pourtant guère différentes de celles de n'importe quel parti socialiste européen. Elle m'avoua ne pas suivre l'actualité de très près. « De toute façon, Horst dit qu'il n'y en a pas un pour racheter l'autre », prétexta-t-elle. Qu'une personne intelligente et éduquée comme Mathilde pût se montrer aussi indifférente aux affaires de la Cité me plongea dans une certaine perplexité. On nous enseignait au CFR que l'esprit critique est pareil à un muscle, qui s'atrophie quand on le laisse au repos. Le dernier bizuth de l'antenne de Rovaniemi aurait pu disserter au moins un quart d'heure sur les querelles intestines qui faisaient rage au sein du SPD ; dans le cas contraire, son officier traitant l'aurait condamné à lire *Bild* de la première à la dernière ligne pendant trois mois, un châtiment atroce qu'on ne peut en toute bonne conscience souhaiter à personne.

J'avais prévu de séjourner deux semaines chez Horst et Mathilde. Au bout de cinq jours, accablé par leur étroitesse d'esprit, j'invoquai un entretien d'embauche à Reykjavík pour faire mes valises. Horst n'était pas seulement infatué, il souffrait d'un simplisme intellectuel qui rendait la vie à ses côtés insupportable à toute personne normalement constituée. J'ai bien conscience, en écrivant ces lignes, d'exclure ma sœur de cette catégorie, mais j'en étais arrivé à la conclusion que la malheureuse avait perdu le sens commun.

En me déposant à l'aéroport, mon beau-frère me gratifia d'un dernier conseil : « Tu as raison de rentrer, il ne faut jamais trop s'éloigner du siège, sinon les patrons finissent par oublier ton nom. » Au-delà du fait qu'il était complètement à côté de la plaque (personne n’avait dû lui dire que j’étais sans emploi et il ne me l’avait certainement pas demandé), sa remarque me fit réfléchir. Mes patrons étaient-ils en train d’oublier mon nom ? Et d’ailleurs, où se trouvait le siège ?

13

Reykjavík, 25 février 1996

Gunnar,

Six mois se sont écoulés depuis les événements qui m'ont conduit à démissionner du CFR. J'ai souvent réfléchi à notre dernière rencontre et mes sentiments à votre égard sont passés par bien des stades. Ils sont en voie de cicatrisation. Disons pour faire simple que j'admets vos motifs, à défaut de les comprendre. Je veux bien vous croire quand vous dites qu'il serait impossible de recruter de jeunes agents sans leur mentir, ne serait-ce que par omission. Cependant, je remarque que vous n'avez jamais répondu à la seule question qui mérite d'être posée : faut-il recruter des agents ? Le CFR doit-il se perpétuer ? J'espère que les circonstances nous permettront d'avoir cette discussion un jour. J'espère aussi que les dirigeants du CFR en débattent régulièrement, et pas seulement les deux ou trois fois par an où le Contrôleur général signe un ordre de mission comme celui que j'ai eu entre les mains à Córdoba.

Je ne suis pas du genre à m'apitoyer sur mon sort ; pourtant, force est de reconnaître que j'ai vécu des moments pénibles. J'ai commencé par haïr le CFR, son absence d'éthique, son organisation compartimentée qui permet à chacun d'éviter de se regarder en face ; puis la culpabilité a pris le pas sur la colère, le jour où j'ai compris que celle-ci était justement une façon commode de rejeter la responsabilité de mes actes sur quelqu'un autre, qui plus est sur une entité anonyme. Pendant trois mois, H., sa femme et ses filles ont occupé toutes mes pensées. J'ai fait le voyage de Wellington, où je me suis recueilli sur la tombe de H. ; j'ai envoyé de l'argent à sa veuve, afin qu'elle puisse élever ses enfants dignement. Ce pèlerinage ne m'a pas guéri, mais il m'a apaisé. J'ai l'impression d'avoir aboli la distance qui me séparait de H. ; car paradoxalement j'aurais préféré le poignarder en plein cœur plutôt que de décréter son arrêt de mort en appuyant sur un bouton dans une salle de réunion à 7 000 kilomètres de là. Ç'aurait été plus... humain.

Je pense moins à tout cela depuis quelques semaines, mais cela ne me rend pas plus heureux, au contraire. Ce qui me navre le plus, ce n'est plus d'avoir tué H., c'est de constater que mes remords vont diminuant. Comme vous le voyez, mes scrupules changent de nature mais ne disparaissent pas pour autant.

Vous l'avez certainement compris, ma rancune contre le CFR est un peu retombée. Le CFR n'a aucune vie propre, il n'est rien d'autre que la somme des individus qui le composent. Si j'avais continué à rédiger des études environnementales, H. serait toujours en vie. Aussi bien, ma colère n'a aucune raison d'être tournée vers le CFR : elle ne concerne que moi.

Je m'en veux terriblement, Gunnar. Je me reproche de n'avoir pas pris davantage de renseignements sur le CFR. Sans doute n'aurais-je trouvé personne pour répondre à mes questions, mais encore aurait-il fallu les poser. Comment une organisation de plusieurs milliers de membres a-t-elle pu rester secrète si longtemps ? Ne s'est-elle jamais trouvée en position d'être confondue et, dans ce cas, comment a-t-elle réagi ? Il suffit de réfléchir cinq minutes pour deviner que le CFR a forcément connu plusieurs dérapages par le passé (deux ou trois par an, selon vous) et, pourtant, ces cinq minutes, je ne les ai pas prises. Quelle étourderie impardonnable ! Je n'arrive pas à croire que j'ai pu la commettre...

J'ai toujours pris le discours officiel de mes officiers traitants pour argent comptant. Plus grave même, je refusais de voir ou d'entendre ce qui dans leurs propos aurait pu contredire l'image que je me faisais du CFR, celle d'une organisation ludique, pacifique, inoffensive. Pourtant, avec le recul, je me souviens de vos menaces à peine voilées au moment de mon recrutement, des outrances verbales de Lena Thorsen (« C'est la guerre, Dartunghuver ! »), du vocabulaire quasi militaire de mes instructeurs (« Ne parlez pas, même sous la torture », « Nous devons avoir une stratégie d'infiltration au sein des gouvernements », etc.). Je comprends maintenant que le CFR est une organisation redoutable, prête à tout pour ne pas être percée à jour. Cet axiome posé, je suis obligé de poursuivre la réflexion : le CFR ne cache-t-il pas autre chose ?

N'a-t-il vraiment pour but que de produire des scénarios ? N'est-il pas une structure d'espionnage ou une organisation du crime ? Je me retrouve dans la situation du type qui découvre qu'on lui a menti une fois : il ne peut s'empêcher de penser qu'on a pu lui mentir plusieurs fois et il remet tout en doute. Instinctivement, je serais tenté de venir chercher des réponses à mes interrogations auprès de vous, mais puis-je vraiment faire confiance à l'homme qui m'a attiré au CFR ? Vous m'avez manipulé, Gunnar, et non content de s'être payé ma tête, vos pairs m'ont élu le scénariste le plus brillant de ma génération. Quelle mascarade en vérité...

Mais tout cela n'a pas d'importance. Car je vais vous dire au bout du compte ce qui me blesse le plus. C'est que je me demande si, au fond de moi, je n'ai pas chassé ces inquiétudes par crainte de ce que j'aurais pu trouver. Comment un garçon intelligent et indépendant comme moi (l'heure n'est pas à la fausse modestie) s'est-il laissé embobiner sans jamais adopter une posture de doute ou de défiance vis-à-vis du CFR ? N'est-ce pas le signe que je pressentais inconsciemment que le CFR ne résisterait pas longtemps à une analyse critique ? Et allons jusqu'au bout du raisonnement, pour une fois : si j'ai écarté cette inconfortable introspection, n'est-ce pas parce que je craignais de devoir renoncer à ma vie d'agent bien tranquille ? Autrement formulé, n'ai-je pas étouffé mes scrupules pour quelques deniers ? Voilà ce qui me rend furieux, Gunnar, et pas furieux contre le CFR, furieux contre moi-même. En surface, je me suis conduit comme un imbécile ; cela, à la limite, je pourrais me le pardonner.

Mais je ne saurai jamais ce qui s'est passé dans mon for intérieur, et ça, c'est intolérable.

J'en viens maintenant à l'aspect le plus pénible de ma lettre. Même si ma demande ne vous surprend pas, même si au fond de vous, vous n'en avez jamais douté, je vous supplie de ne pas le montrer. Je voudrais revenir, Gunnar. Ma vie d'agent au CFR me manque trop. J'ai beaucoup voyagé pendant ces six mois et j'ai passé de nombreux entretiens d'embauche. Je ne m'imagine pas reprendre une existence « normale » de salarié anonyme. Après ce que j'ai vécu au CFR, j'aurais l'impression d'être un figurant, une marionnette entre les mains d'un metteur en scène. Vous vous souvenez peut-être que je vous ai demandé un jour ce que devenaient les anciens agents. Je comprends maintenant qu'ils ne sont sans doute pas légion. Le CFR agit comme une drogue ; je ne vois pas comment je pourrais m'en passer. Trop de projets de scénarios me sont venus à l'esprit ; j'ai d'abord tenté de les écarter, mais vous savez ce que c'est, une fois qu'on tient une piste, on ne la lâche plus, on commence par jeter des notes sur un coin de table et on finit par noircir des cahiers entiers. Certes, tout cela est vain. Mais qu'est-ce qui ne l'est pas ? Et puis je n'ai encore produit aucun dossier qui mérite de rester à la postérité. Je ne renie pas mes premiers travaux, mais je les prends pour ce qu'ils sont, des brouillons.

Tout reprendra-t-il comme avant ? Non, évidemment. Je ne croirai plus rien ni personne. Je pèserai les conséquences de chacune de mes décisions, afin de demeurer autant que possible libre de mes actes. Je prendrai mes responsabilités d'agent, sans m'illusionner sur mon pouvoir, mais sans me raconter d'histoires non plus.

Vous imaginez à quel point cet aveu me coûte. Après avoir claqué la porte avec fracas, voilà que je reviens implorer la clémence de mes juges. Mon amour-propre en prend un sérieux coup. Ce simple constat devrait vous convaincre de ma détermination et vous rendra peut-être plus facile le service que je vais vous demander.

Officiellement, le CFR n'a jamais accepté ma démission. Pour tout dire, Thorsen n'en a même pas accusé réception. Plus tard, la Commission de discipline m'a infligé six mois de suspension. Je n'ai pas fait appel, mais je n'ai pas dit non plus que j'acceptais la sanction. Voilà où nous en sommes. Ma suspension arrivera à son terme d'ici à quelques jours. J'ignore quelles sont les intentions du CFR à mon égard : dois-je reprendre contact ? Dois-je attendre mon avis d'affectation ? J'aimerais que vous fassiez passer le message en haut lieu que je suis prêt à repartir. Si nos hiérarques ne craignent pas d'abriter des sceptiques dans leurs rangs, ils devraient me faire bon accueil.

Merci d'avance.

Sliv

14

Monsieur,

Nous avons le plaisir de vous annoncer votre promotion au rang d'agent de classe 3. Vous êtes affecté au centre de Krasnoïarsk, en Sibérie, où vous suivrez les cours de l'Académie pendant trois ans. Vous vous présenterez, le 10 mars 1996 à 9 heures, à l'agent hors classe Quinteros, en charge de votre formation.

TROISIÈME PARTIE

Krasnoïarsk

1

Fallait-il y voir un signe ? Mon retour dans les rangs du CFR commença par un mensonge. À l'officier d'immigration blondinet qui me demandait la raison de ma visite en Russie, je répondis que je venais étudier la langue de Tolstoï. Je lui tendis le visa d'un an renouvelable que j'avais trouvé agrafé à mon avis d'affectation quinze jours plus tôt et que j'avais moi-même déjà examiné bien des fois. Il avait été établi par l'ambassade de Russie à Londres et portait la date du 10 février 1996. Cela pouvait signifier deux choses : soit il avait été émis avant même que je ne sollicite ma réintégration auprès de Gunnar ; soit il était faux. Des deux hypothèses, je n'aurais su dire laquelle était la plus inquiétante.

L'officier me dévisagea longuement, puis il éleva le visa à la lumière pour en inspecter le filigrane. Une bouffée de panique m'envahit. Même d'où j'étais, je pouvais voir que le vélin ne présentait aucune caractéristique particulière. Moi qui avais survécu à une commission d'enquête parlementaire néo-zélandaise, allais-je tomber sur une boulette si grossière ?

« *Karacho*, dit-il enfin en appliquant un vigoureux coup de tampon sur mon passeport. *Welcome to Moscow*.

— *Spassiba* », répondis-je pour donner du corps à mon personnage d'étudiant en langues.

J'étais soulagé mais toujours pas rassuré. C'était la première fois que je mettais les pieds derrière le rideau de fer et même si celui-ci était officiellement tombé quelques années plus tôt, des destinations comme Moscou, Sofia ou Prague conservaient à mes yeux une aura de mystère vaguement effrayante. Qui pouvait dire si cet homme aux fines lunettes cerclées d'acier qui attendait patiemment à mes côtés ses valises devant le carrousel n'était pas un policier en civil chargé de me prendre en filature à ma sortie de l'aéroport ? Quant aux caméras du KGB qui, pendant la guerre froide, enregistraient systématiquement le visage des dizaines de milliers d'étrangers qui atterrissaient chaque jour à Cheremetievo, j'avais du mal à croire qu'elles aient toutes été débranchées le 26 décembre 1991, jour de la dissolution du Soviet suprême.

Mais il n'était plus temps de reculer à présent et je poussai mon chariot à bagages vers le terminal domestique d'Aeroflot où le personnel au sol devait avoir commencé l'enregistrement du vol de Krasnoïarsk. Bien que les destinations fussent écrites en cyrillique, je me dirigeai sans hésitation vers la file d'attente dont les passagers étaient le plus chaudement vêtus. Il fait généralement – 20 °C début mars dans ce coin de la Sibérie et, à ces niveaux de froid, même la vodka ne remplace pas un manteau de fourrure.

Malgré le préavis fort court, j'avais trouvé le temps de me renseigner sur ma destination. Dans toutes les encyclopédies que j'avais consultées, les considérations thermométriques tenaient la meilleure place, mais j'avais également appris deux choses : Krasnoïarsk était située sur la ligne mythique du Transsibérien et la ville avait abrité le quartier général du système concentrationnaire soviétique. Cette dernière mention ne m'avait pas aidé à me décrisper.

Car les doutes avaient recommencé à m'assaillir à la minute où j'avais pris connaissance de ma nouvelle affectation. À la joie d'être réintégré avaient succédé pêle-mêle une tristement familière poussée de culpabilité, la crainte de ne pas me montrer à la hauteur et un accès de nausée à l'idée de rejoindre une organisation qui comptait dans ses rangs le répugnant Khoyoulfaz. Cette Académie qu'il y a encore un an je considérais comme le paradis, je la voyais désormais au mieux comme un purgatoire. Il ne me restait qu'à espérer qu'elle ne se transformerait pas en enfer, comme pour les millions de dissidents politiques déportés par Staline et Beria.

Quelles affaires pouvaient donc attirer tous ces gens à Krasnoïarsk ? me demandai-je quand l'avion entama sa descente. Qu'un colon ait pu y planter sa tente un jour, ébloui par le scintillement de l'Ienisseï sous le soleil de mai, je pouvais à la limite le comprendre. Mais qu'à l'heure où les citoyens russes étaient soi-disant libres de leurs mouvements, 800 000 personnes décident d'élever leurs enfants là où précisément le régime bolchevique exilait ses ennemis, voilà qui dépassait l'entendement. Sans doute fallait-il y voir la fascination des grands espaces ou je ne sais quelle facétie de cette âme russe qu'exaltaient si complaisamment les almanachs et que j'aurais été encore bien en peine de définir.

Cela devenait une habitude, un chauffeur m'attendait à l'aéroport avec une pancarte. Il avait impeccablement orthographié mon nom cette fois-ci, comme pour me montrer que l'amateurisme qui régnait dans les antennes et les bureaux de province n'avait plus sa place à Krasnoïarsk. Il portait des gants blancs et une oreillette, parlait un anglais parfait et m'escorta jusqu'à notre voiture, une limousine Zil noire semblable à celles qu'utilisaient les dignitaires du Politburo. Avant de monter à l'arrière, je l'entendis murmurer à sa boutonnière : « Colis réceptionné. Je répète : colis réceptionné. » On ne pouvait évidemment pas écarter la possibilité qu'il ait trouvé son kit d'agent secret dans une boîte de céréales mais, l'un dans l'autre, c'était tout de même assez impressionnant.

Je m'étais attendu à ce que l'Académie soit située dans le centre-ville, mais nos dirigeants avaient dû estimer que l'isolement siérait davantage à nos activités. Nous roulâmes presque une heure dans une forêt d'immenses sapins sans croiser une voiture, longeant des lacs gelés immaculés. La Zil glissait sans un bruit dans la pénombre, sans que je sache ce qui de l'ingéniosité du motoriste ou de l'habileté de mon chauffeur en était la cause.

Enfin nous nous engageâmes à flanc de colline sur un chemin étroit qui n'était pas signalé et que l'on remarquait à peine depuis la route. Deux kilomètres plus loin, nous franchîmes le portail de l'Académie internationale pour la Coopération linguistique et le chauffeur gara la Zil devant le perron d'une maison en brique rouge qui ressemblait à un pavillon de chasse. Dans le dernier virage, j'avais eu le temps d'apercevoir, cachés derrière un rideau de sapins, deux longs bâtiments de plain-pied hérissés d'antennes.

« Livraison du colis terminée », chuchota mon chauffeur à sa boutonnière sans juger bon cette fois-ci de se répéter (la liaison devait être meilleure). Puis, avec la précision d'une chorégraphie maintes fois répétée, il sortit mes valises du coffre, les rangea l'une contre l'autre en haut des marches et vint m'ouvrir la portière. Enfin il caressa le flanc tiède de la Zil comme on flatte le museau d'un cheval qui a bien couru. Les Sibériens attendent beaucoup de leurs véhicules et n'hésitent pas à témoigner à ceux-ci des égards qui sembleraient hors de propos aux habitants des pays tempérés.

« Señor Dartunghuver, quel plaisir de vous accueillir à Krasnoïarsk », s'exclama en espagnol un petit bonhomme rond comme une bille qui s'était matérialisé comme par magie en haut des marches. « Je m'appelle Alfredo Quinteros, je suis le directeur de l'Académie.

— Enchanté », dis-je en lui tendant la main. Il s'en saisit chaleureusement et la garda un peu trop longtemps à mon goût entre les siennes, comme s'il était habitué à de longues séances de photos officielles.

« J'espère que je n'arrive pas trop tard, dis-je, mon vol avait un peu de retard.

— Pensez donc, répondit Quinteros, la tour de

contrôle nous tenait informés de votre heure estimée d'atterrissage. » Il n'était définitivement ni espagnol ni argentin. Colombien peut-être.

« Je suis péruvien, dit-il comme s'il lisait dans mes pensées. Vous, vous venez de Córdoba, je crois. Mes félicitations pour votre espagnol. Vous avez travaillé avec mon ami, Alonso Diaz. Un grand professionnel, n'est-ce pas ? »

Un grand professionnel qui avait horreur d'avoir du sang sur les mains comme aurait dit Thorsen.

« En effet, dis-je un peu mécaniquement. Et un érudit.

— C'est bien vrai. Quelle perte ! soupira Quinteros.

— Comment ? Il est mort ?

— Ah, vous ne saviez pas ? dit Quinteros en secouant la tête. Il y a deux mois. Une fin misérable, à ce qu'on m'a dit.

— Je suis désolé, dis-je. On ne m'a pas prévenu.

— Vous étiez déjà parti alors ?

— Oui, j'ai pris quelques mois de congé en libérant mon poste », dis-je, ce qui sonnait mieux que : « J'ai gambergé quelques mois après avoir mis les voiles comme un malpropre. » Se pouvait-il que Quinteros n'ait pas connaissance de ce triste épisode de ma biographie ? Allons donc, il avait forcément lu mon dossier.

« Laissez-moi vous accompagner à votre appartement. Non, laissez, dit Quinteros, comme je faisais mine d'empoigner mes valises. Quelqu'un vous les apportera plus tard. »

Il s'effaça pour me laisser passer. Ce que j'avais pris pour un pavillon de chasse était en fait une réception ultra-moderne, avec un agent de sécurité, un standard téléphonique digne du Pentagone et un mur entier de moniteurs de vidéo-surveillance. Le plus proche, étiqueté « Fumoir », retransmettait les images d'une partie d'échecs entre deux joueurs asiatiques.

« Je vous demanderai de toujours passer par ici pour entrer et sortir de l'Académie. Le règlement nous oblige à tenir un registre des allées et venues. Si vous avez besoin d'une voiture pour vous rendre à Krasnoïarsk ou ailleurs, prévenez la réception, si possible une heure ou deux à l'avance.

— Bien noté », dis-je en admirant à part moi l'hypocrisie de sa formulation. « Le règlement nous oblige à tenir un registre des allées et venues. » Pourquoi ne pas dire tout simplement qu'il voulait savoir où nous étions à toute heure du jour et de la nuit ?

« Nous sommes officiellement un institut linguistique, poursuivit Quinteros. Dans les faits, tout le monde ici travaille pour le CFR, même le personnel ancillaire. Vous pouvez discuter en toute liberté devant les chauffeurs et les femmes de chambre. Il faut généralement quelques semaines à nos pensionnaires pour s'y habituer.

— J'imagine.

— L'été, nous ouvrons l'arrière de la réception. Vous voyez ce sentier ? demanda Quinteros en indiquant un chemin derrière de grandes portes-fenêtres. Il mène à la résidence et au bâtiment des études. C'est charmant au mois de juillet mais je ne vous le recommanderais pas à cette époque de l'année. »

Il me prit le bras et me dirigea vers une ouverture à demi masquée par une tenture.

« Mieux vaut emprunter le tunnel. Construit en pente douce pour être accessible aux fauteuils roulants. Deux cents mètres de couloirs douillettement chauffés. Vous vous sentez peut-être un peu claustrophobe ? Vous vous y ferez rapidement. Nous avons même des pensionnaires qui font leur jogging ici le matin. »

Ce n'était pas tant l'étroitesse du boyau qui m'oppressait que les caméras ostensiblement disposées tous les trente mètres. Quant à cracher mes poumons le matin sous les yeux de vigiles qui parlaient à leur boutonnière, très peu pour moi.

« De quand date le bâtiment ? demandai-je.

— Oh, il est tout récent, répondit Quinteros. C'est Andropov qui en a décrété la construction à son arrivée au pouvoir en 1983. Il a manqué l'inauguration d'une semaine. Pauvre bougre, on dit que le projet lui tenait énormément à cœur.

— Attendez, dis-je en m'arrêtant. Iouri Andropov ? Le patron du Soviet suprême ?

— Mais oui, gloussa Quinteros en m'entraînant par le bras. Et l'ancien chef du KGB. Croyez-moi, les travaux n'ont pas traîné.

— Et à quoi étaient destinées ces installations ? demandai-je en craignant de connaître la réponse.

— C'était un centre de formation pour le service action du KGB. Andropov n'a pas lésiné : il voulait le meilleur pour ses hommes.

— Je vois, dis-je en pensant à Khoyoulfaz.

— Il n'aura fonctionné que huit ans. Nous avons racheté le bâtiment en 1992. L'administration Eltsine avait besoin d'argent frais, elle ne s'est pas fait prier.

Le temps de faire quelques travaux, nous avons emménagé en 1993. Évidemment, les conditions sont un peu plus rudes qu'à Hambourg où nous étions précédemment basés, mais sur tous les autres plans nous avons largement gagné au change.

— Bien sûr », dis-je en pensant que, dans les circonstances actuelles, Hambourg m'aurait sans doute convenu davantage.

« Nous arrivons à l'embranchement, commenta Quinteros en s'arrêtant. À gauche, le bâtiment des études où nous avons rendez-vous demain. À droite, la résidence où logent les pensionnaires et le corps enseignant. Suivez-moi, je vais vous conduire jusqu'à votre appartement. »

Le tunnel débouchait sur une nouvelle réception, elle aussi dotée de son vigile et de ses écrans de vidéosurveillance. Le mur de droite abritait des boîtes aux lettres, environ deux cents à première vue.

« Le courrier arrive en fin de matinée, dit Quinteros. Le service est relativement rapide mais je vous conseille de partir du principe que les autorités russes peuvent intercepter votre correspondance. Nous encodons toutes nos communications à caractère confidentiel. »

Je m'en serais douté. Ce que j'aurais aimé savoir, c'est si les agents du KGB étaient bien les seuls à décacheter les lettres.

« Voici le foyer », continua Quinteros en glissant vers la pièce attenante, qui s'efforçait par maints détails (murs lambrissés, épais tapis, confortables canapés en cuir) de reconstituer l'atmosphère d'un club anglais. Devant l'immense cheminée décorée d'une tête de cerf empaillée, un pensionnaire lisait une revue qu'il avait attrapée sur un présentoir copieusement garni. Il nous tournait le dos et ne sembla même pas remarquer notre présence. Au pied d'un grand écran de télévision étaient rangés des casques à infrarouge permettant de suivre les programmes sans déranger ses voisins.

« Vu la taille plutôt réduite des appartements, expliqua Quinteros, nos pensionnaires préfèrent se retrouver ici pour lire ou regarder la télévision. Nous captons les programmes du monde entier. Il se peut même que nous recevions les chaînes islandaises », ajouta-t-il, croyant me faire plaisir. Autant le foyer était accueillant, autant la résidence manquait singulièrement de charme. Les longs couloirs, éclairés au néon et régulièrement entrecoupés de portes coupe-feu, se ressemblaient tous et paraissaient conçus pour pousser au suicide les candidats préalablement fragilisés par la longueur de l'hiver sibérien. Ce que Quinteros appelait un peu pompeusement des appartements n'étaient en fait que des studios d'environ trente mètres carrés, aménagés spartiatement mais tous équipés d'une salle de bains, d'un poste de télévision et d'un ordinateur relié au réseau informatique du CFR. Iouri Andropov avait dû juger que les hommes du service action du KGB n'auraient que faire d'une cuisine individuelle. Les repas se prenaient au restaurant, qui était situé dans le bâtiment des études. Si j'ajoutais à cela que Krasnoïarsk n'était pas réputée pour ses boutiques de décoration intérieure, je pouvais me préparer à passer les trois prochaines années de ma vie dans un cadre à peu près aussi chaleureux que des toilettes d'aéroport.

Quinteros était en train de m'expliquer qu'une femme de ménage viendrait nettoyer ma chambre deux fois par semaine quand j'entendis frapper à ma porte :

« Sliv ? Tu es là ? dit une voix familière.

— Stéphane ? » m'écriai-je en bousculant Quinteros pour aller ouvrir à Brioncet. Il éclata de rire et me tomba dans les bras.

« C'est tellement inattendu de te revoir, déclarai-je, un peu ému. Ne me dis pas que tu travailles ici !

— Stéphane est arrivé ce matin, intervint Quinteros, que j'avais déjà oublié. Lui aussi s'apprête à suivre l'enseignement de l'Académie.

— Retourner à l'école à mon âge, tu te rends compte ? » plaisanta Stéphane, qui avait, il est vrai, facilement sept ou huit ans de plus que moi.

« Que deviens-tu depuis quatre ans ? demandai-je. Toujours à Paris ? »

Quinteros s'éclaircit la gorge pour nous rappeler sa présence.

« Je crois que vous n'avez plus besoin de moi ce soir, dit-il. Je compte sur vous demain matin. Nous commencerons à 9 heures précises. Ravi d'avoir fait votre connaissance, Sliv. »

Je suivis Stéphane dans sa chambre. Il avait eu le temps de déballer ses affaires et avait déjà placardé au mur une superbe reproduction de la carte de France en 1803, époque où la Savoie et la Haute-Savoie étaient encore italiennes. Il lança un disque de jazz, nous prépara une tisane et me raconta ce qu'il avait fait depuis 1992.

Sa participation au dossier Bochimans lui avait valu d'être promu agent de classe 3. Désormais libre de s'installer où il le souhaitait, il était parti vivre à Montréal. « Si j'avais su que j'irais ensuite à Krasnoïarsk, j'aurais plutôt choisi la Floride », blagua-t-il. Il avait produit cinq dossiers, donné un coup de main à Jürgen Dorfmeister sur la suite des Bochimans et participé à une initiative sur la guerre en Yougoslavie. Il s'était également marié avec une Québécoise, mais avait divorcé presque aussi vite. Je compris au tremblement de sa voix que la blessure était encore ouverte et qu'il n'avait pas envie d'en parler.

Sa sélection à l'Académie l'avait un peu pris de court. Il se croyait déjà écarté de la course aux honneurs. Il avait trente-six ans, un âge auquel les agents de classe 3 n'ont généralement plus guère de perspectives de carrière et commencent à se préoccuper de la cylindrée de leur voiture de fonction et de leur plan de retraite complémentaire. Les Ressources humaines lui expliquèrent qu'elles avaient reçu la consigne de relever progressivement l'âge moyen d'admission à l'Académie pour encourager le brassage entre les jeunes scénaristes et les agents plus expérimentés. « Ils comptent sur le vieux singe que je suis pour t'apprendre quelques grimaces », plaisanta Stéphane.

Je me lançai à mon tour dans le récit de mes aventures. Ma description d'Osvaldo Ramirez et de son cri de joie à l'annonce du tremblement de terre de Killari (« *Fantastico ! Riemann justificado !* ») firent hurler de rire Stéphane, de même que mon projet de scénario consistant à remplacer le soleil figurant sur le drapeau argentin par une côte de bœuf. Il me bombarda de questions sur Lena Thorsen, dont la réputation avait apparemment franchi les frontières. Je mentionnai pêle-mêle sa beauté, son professionnalisme et sa froideur, sans évoquer ce jour d'août 1995 où elle m'avait si profondément et si irrémédiablement déçu. Je ne dis évidemment pas un mot non plus des circonstances dans lesquelles j'avais quitté Córdoba, ressortant la version que j'avais servie à Quinteros.

Je regagnai ma chambre vers minuit. Mes bagages m'attendaient devant ma porte. Des pensées contradictoires m'empêchèrent de trouver le sommeil immédiatement. En l'espace de quelques heures, je venais de mentir à trois personnes, dont une au moins ne me voulait que du bien. Déjà, à l'époque, je me sentais à peine capable de mener une double vie ; où donc allais-je trouver la force d'en mener une triple ? J'avais aussi retrouvé le CFR, son indéniable grandeur (un directeur de l'Académie péruvien), ses détestables travers (le chauffeur inutilement énigmatique, les caméras ubiquitaires), sa capacité exceptionnelle à créer une connivence instantanée entre un Islandais et un Français qui ne s'étaient pas vus depuis quatre ans. Comme souvent le soir, mes pensées allèrent vers Youssef et Magawati, qui incarnaient à mes yeux ce que le CFR pouvait offrir de meilleur. Saurais-je un jour regagner leur estime ?

2

« Si tout le monde est arrivé, je propose que nous commencions », dit Alfredo Quinteros en élevant la voix pour couvrir le brouhaha.

Il était 9 heures et quart et nous étions encore tous debout, un gobelet de café à la main à chercher la combinaison lexicale qui traduirait au plus juste la personnalité du bâtiment des études. « Songe post-hiroshimien », « caserne orwellienne » ou « bonbonnière kafkaïenne » constituaient des propositions intéressantes, mais c'est Stéphane qui avait recueilli la plus large adhésion avec son « concerto inachevé pour parpaings et poutrelles métalliques ».

Je m'assis justement à côté de Brioncet, au troisième rang. La lumière du matin sibérien inondait la salle ; les branches des sapins ployaient sous la neige.

« Bonjour à tous. Je m'appelle Alfredo Quinteros et je suis le directeur de l'Académie depuis 1992. J'ai moi-même suivi dans les année soixante-dix à Hambourg l'enseignement qui va vous être dispensé. J'ai ensuite occupé différentes fonctions au Plan, en Amérique du Nord puis au Japon. Ah, et au fait, je suis péruvien, mais il y a bien longtemps que je n'attache plus d'importance à la couleur de mon passeport. »

Ce genre de commentaires me mettait toujours mal à l'aise : pourquoi les authentiques citoyens du monde — et Quinteros pouvait légitimement prétendre à ce titre — se croyaient-ils si souvent obligés de renier leurs origines ? Personnellement, je ne m'étais jamais senti aussi islandais que depuis que j'habitais à l'étranger.

« Et maintenant, je déclare officiellement ouverte la cinquante-deuxième session de l'Académie », dit-il d'un ton aussi pénétré que s'il avait donné le coup d'envoi des jeux Olympiques devant les télévisions du monde entier. Sa grandiloquence n'était toutefois pas totalement inutile, dans la mesure où elle permettait à l'auditeur attentif de situer l'année de création de l'Académie aux alentours de 1945. À l'heure où le monde pansait ses blessures, le CFR, lui, se préoccupait de la formation de ses élites.

Quinteros marqua une pause et parcourut l'assistance du regard, quêtant manifestement notre approbation pour un si éloquent préambule. Il poursuivit sans se décourager.

« L'Académie a pour mission de préparer les meilleurs agents à exercer des fonctions de commandement. Tous les membres du Comité exécutif, tous les dirigeants de corps et de fonctions centrales sans exception sont passés par l'Académie. N'allez pas croire pour autant que votre passage par Krasnoïarsk constitue un passeport automatique pour le succès. Seuls les plus doués et les plus travailleurs s'élèveront dans la hiérarchie de notre organisation et tant pis pour les moins vifs ou pour ceux qui assimileraient leur séjour à l'Académie à trois années de tourisme de luxe. »

J'avais, semble-t-il, sous-estimé le sens de l'humour de Quinteros. Ou alors s'il tenait réellement notre blockhaus sibérien pour un hôtel cinq étoiles, je n'osais imaginer sa conception du camping. Cependant, au-delà de la boutade, son ton étonnamment incisif donnait à réfléchir. Un discours de bienvenue fonctionne habituellement en deux temps : le maître de céans établit d'abord une solidarité entre les récipiendaires (« vous êtes la crème de la crème ») avant de leur brosser des perspectives idylliques. Généralement, l'assistance n'est pas dupe, mais se satisfait bien volontiers de s'entendre promettre gloire et honneurs plutôt que sueur et larmes. Avec ses menaces à peine voilées, Quinteros ressemblait davantage à un adjudant des Marines qu'à l'onctueux apparatchik qu'il était tentant de voir en lui. Comme pour me faire mentir, il sortit un mouchoir de sa manche et s'épongea le front.

« Quelques chiffres à présent qui, mieux qu'un long discours, devraient vous convaincre du caractère stratégique de l'Académie : vous n'êtes que vingt, mais vous représentez dix-sept pays et six continents différents. À vous tous, vous parlez dix-neuf langues différentes. Vous avez en moyenne trente-trois ans et vous avez passé huit ans sur le terrain. Au cours de vos trois années à Krasnoïarsk, vous allez recevoir quinze cents heures de cours théoriques, et le CFR va dépenser plus d'un million de dollars pour votre formation. »

Des murmures incrédules accueillirent ce dernier chiffre.

« J'ai bien dit un million de dollars, et sans même compter vos salaires, répéta fièrement Quinteros, comme si la somme provenait directement de sa poche. Nous faisons sur chacun de vous un investissement considérable, à la hauteur des responsabilités que nous espérons un jour vous voir occuper. »

Cela mettait le budget de fonctionnement de l'Académie à plus de vingt millions de dollars par an. D'où venait cet argent, voilà ce qu'il aurait été intéressant de savoir.

« La première année d'enseignement est un tronc commun. Vous approfondirez votre connaissance des rouages du CFR, vous enrichirez votre palette de techniques narratives avec nos meilleurs scénaristes, vous vous initierez aux derniers procédés de falsification électronique et vous découvrirez certains épisodes glorieux ou tragiques de l'histoire de notre organisation.

« Tous vos travaux, qu'ils soient individuels ou collectifs, seront notés. À la fin de la première année, vous passerez en outre une série d'examens qui achèvera d'établir entre vous une hiérarchie indiscutable. Vous pourrez, selon votre position dans le classement, choisir le corps dans lequel vous effectuerez les deux années suivantes. Ces corps sont au nombre de trois. Le Plan, dirigé par Angoua Djibo que certains d'entre vous ont déjà rencontré, définit la ligne d'action triennale du CFR. L'Inspection générale, dirigée par Claas Verplanck, s'assure de la stricte application des codes et procédures, tant au niveau central que dans les antennes et les bureaux locaux. Quant aux Opérations spéciales, dirigées par Yakoub Khoyoulfaz, elles interviennent chaque fois que notre organisation est en danger d'être découverte. »

Je sursautai sur mon siège. Khoyoulfaz, cette brute assoiffée de sang, dirigeait les Opérations spéciales ? Et moi qui avais cru qu'il travaillait sous les ordres de Jones. Comment avais-je pu me tromper à ce point ? Et comment l'Azéri pouvait-il tenir dans l'organigramme du CFR une place comparable à celle d'Angoua Djibo, l'homme le plus fin qu'il m'ait été donné de rencontrer ?

« Enfin, poursuivit Quinteros sans remarquer la stupeur qui se peignait sur mon visage, ceux d'entre vous qui n'auront pas la chance de décrocher une place dans les grands corps seront reversés dans les Directions fonctionnelles : Finances, Ressources humaines et Informatique. »

Autrement dit, l'enterrement de première classe : personne n'entrait au CFR pour finir directeur informatique du bureau de Jackson, Mississippi. Là encore, notre hôte ne s'embarrassait pas de circonlocutions excessives pour nous faire comprendre que les bonnes places seraient chères.

« Nous allons passer trois années ensemble, continua Quinteros, et même si les occasions de faire plus ample connaissance ne manqueront pas, j'aimerais que chacun d'entre vous se présente en quelques mots. Mademoiselle, peut-être, au premier rang ?

— Lena Thorsen, trente ans, danoise, dit Lena en se retournant. J'ai débuté à l'antenne polyvalente de Reykjavík. J'ai ensuite rejoint le Bureau de Stuttgart, spécialisé dans les civilisations antiques. Enfin, j'ai occupé les fonctions de responsable adjoint du Bureau de Córdoba que vous connaissez tous. Et j'allais oublier : deuxième prix à Honolulu en 1989. »

Du Lena tout craché, pensai-je. Elle mentionnait son jeune âge et son accessit, mais pas sa comparution devant la Commission de discipline.

« Merci, Lena, dit Quinteros, apparemment subjugué. Un parcours très impressionnant en vérité. Une touche personnelle peut-être ?

— Je n'en vois pas pour le moment, dit Lena sur le même ton sec dont elle m'avait éconduit un soir à Córdoba quand j'avais évoqué un possible petit ami.

— Matt Cox », enchaîna son voisin, un géant blond à la bouche pleine de dents et à l'accent américain à couper au couteau. « Je viens de Lansing, dans le Michigan. Je jouais première base dans l'équipe de base-ball de Georgia Tech. Je suis passé par les Bureaux de Chicago, Taïwan et Nairobi. J'ai moi aussi fait un séjour à Honolulu, mais c'était pour enterrer la vie de garçon de mon frère. Nous avons peut-être gagné un prix, mais honnêtement je ne m'en souviens plus. »

Sa plaisanterie fit rire tout le monde, sauf Lena qui piqua un fard.

« C'est mon premier séjour en Europe », ajouta Matt. Il m'était vraiment sympathique, mais il faudrait tout de même que quelqu'un se décide à lui dire que Krasnoïarsk se trouvait en Asie.

Nous nous présentâmes l'un après l'autre. Le nombre de nationalités représentées avait de quoi donner le tournis : deux Italiens, un Japonais, deux

Américains, une Brésilienne, une Irlandaise, un Allemand, un Russe, un Ukrainien, deux Indiens, une Chinoise, un Nigérian, un Australien, une Sud-Africaine, une Danoise, un Français, un Islandais et, bien entendu, l'inévitable Mexicain. Je ne connaissais personne en dehors de Stéphane et de Lena, dont quelque chose me disait qu'elle n'avait pas été précisément ravie de me croiser ce matin à la cafétéria. Quant à moi, sa présence ne m'avait pas surpris. Nous avions été déchus ensemble, il était logique que nous soyons réintégrés ensemble. Du reste, Lena avait au moins autant que moi sa place à l'Académie.

Je la regardai longuement pendant que chacun y allait de son petit couplet. Elle avait coupé ses cheveux à mi-épaule, ce qui accentuait la dureté de son visage mais la rendait encore plus attirante. Elle portait un col roulé en laine gris. Je ne l'avais jamais vue qu'en tenue estivale. Je soupirai en songeant à tous les supplices qui allaient m'être infligés : Lena sous la neige, Lena avec une chapka, Lena se réchauffant devant la cheminée du foyer...

Quand la dernière pensionnaire, une Irlandaise prénommée Aoifa, à la chevelure rousse flamboyante et au teint de porcelaine, se fut présentée, Quinteros regarda sa montre et reprit la parole.

« Votre premier cours commence dans un quart d'heure. En attendant, je serais heureux de répondre à quelques questions.

— Quelle est la finalité du CFR ? » demanda Amanda Postlewaite, la Sud-Africaine assise à côté de Matt Cox.

Il était rassurant de constater que nous avions tous les mêmes préoccupations.

« C'est une question plutôt abrupte, vous ne trouvez pas ? répliqua Quinteros, impassible.

— Ma foi, pas tant que ça, dit placidement Amanda. Mettez-vous à ma place. Voilà dix ans que je travaille pour le CFR et, chaque fois que j'ai abordé le sujet, mes supérieurs m'ont répondu que mon niveau d'accréditation ne me donnait pas accès à cette information. Aujourd'hui on m'annonce que je fais partie des élus et que je vais passer les trente-six prochains mois de ma vie dans un endroit où la température extérieure ne dépasse qu'occasionnellement celle de mon congélateur. Vous conviendrez dans ces conditions qu'une mise au point ne semble pas totalement hors de propos. »

C'était bien envoyé, mais il en aurait fallu davantage pour déstabiliser Quinteros.

« Je comprends votre impatience, dit-il, mais je crains que nous ne devions encore une fois remettre cette discussion à plus tard.

— Obtiendrons-nous au moins une réponse d'ici à la fin de notre séjour ? » insistai-je. Plusieurs de mes condisciples hochèrent la tête en signe de soutien.

« C'est possible, dit vaguement Quinteros. Mais certainement pas aujourd'hui.

— Êtes-vous membre du Comité exécutif ? s'enquit Stéphane.

— Pourquoi me demandez-vous cela ? riposta le directeur de l'Académie, soudainement sur la défensive.

— Parce que j'aimerais savoir si vous êtes membre du Comité exécutif, répondit Brioncet avec une simplicité désarmante.

— La composition du Comité exécutif est strictement confidentielle », répondit Quinteros. Il attrapa son mouchoir dans sa manche et le fit tourner dans sa main à la recherche d'un coin propre.

« D'où vient l'argent ? demanda Matt Cox avec un grand sourire qui révéla plusieurs dizaines de dents impeccablement plantées.

— Le budget de l'Académie est voté par le Comité exécutif et financé à parts égales par les corps, les Directions fonctionnelles et les unités locales, répondit Quinteros, qui recouvrait son aisance dès qu'on abordait les questions administratives.

— Mais cet argent, d'où vient-il ? » s'obstina Cox.

Quinteros s'épongea le front puis regarda à nouveau sa montre. Il était manifeste qu'il n'appréciait pas le tour que prenait la conversation.

« Nous en reparlerons un peu plus tard dans l'année. Je ne puis vous en dire plus aujourd'hui. »

Il rassembla rapidement ses notes en évaluant du regard la distance qui le séparait de la porte.

« Bien, je vais maintenant vous laisser entre les mains de votre instructeur, Leopold... Oui, Vitaly ? »

Vitaly, un Ukrainien à moitié chauve, avait levé le bras suffisamment haut pour que Quinteros ne pût prétendre l'ignorer.

« Quelles relations le CFR entretient-il avec les autorités russes ? Nous sommes ici dans un bâtiment qui a appartenu au KGB, ne figure pas dans l'annuaire et n'apparaît sur aucune carte. J'en déduis que le CFR, ou au moins cet établissement, bénéficie de protections au plus haut niveau de la Fédération de Russie. Je me trompe ? »

L'espace d'une seconde, je crois que Quinteros fut tenté de bondir jusqu'à la porte en sachant que personne n'oserait l'intercepter. Mais il finit par répondre, en choisissant soigneusement ses mots.

« Nous entretenons de très cordiales relations avec le régime, enfin je veux dire avec le peuple russe. Oui, c'est cela, nous sommes des amis du peuple russe et... euh... de l'âme russe. Maintenant, si vous voulez bien m'excuser. »

Et il décampa, nous laissant supputer sur le sens de ses dernières paroles. Vitaly, furieux, interpella son voisin dans une langue inconnue. Stéphane se leva pour se dégourdir les jambes et je lui emboîtai le pas. Notre instructeur n'était pas encore arrivé.

« Dartunghuver... »

Je me retournai. Thorsen me faisait face, les traits plus fermés que jamais. Je respirai malgré moi son parfum que je croyais avoir oublié.

« Bonjour Lena, dis-je, sans réussir à donner à mes mots le ton cassant que j'aurais souhaité.

— Bonjour. Écoutez : nous allons passer trois ans dans ce bunker et nous serons forcément amenés à nous rencontrer, voire à travailler ensemble.

— C'est probable, en effet, approuvai-je en me demandant si elle allait sortir un rameau d'olivier de sa manche.

— Je n'ai pas la prétention de vous interdire de croiser mon chemin..., reprit-elle.

— C'est très aimable à vous, dis-je en tirant mentalement un trait sur l'hypothèse du rameau.

— Laissez-moi finir. Je vous demande juste de ne jamais m'adresser la parole pour un motif autre que strictement professionnel. Vous m'avez causé bien assez de tort comme ça. »

Et elle tourna les talons, laissant Stéphane qui n'avait rien perdu de notre échange commenter, admiratif :

« Professionnelle, je ne sais pas. Mais belle et froide, ça ne fait pas l'ombre d'un doute. »

3

Gunnar avait coutume de dire qu'il cessait de craindre la défection des agents qu'il avait recrutés le jour où ceux-ci entraient à l'Académie. Je n'étais pas encore prêt à jurer que je finirais mes jours au CFR, mais je pouvais comprendre la remarque de Gunnar. Comment ne pas se sentir flatté à l'idée de faire partie de la poignée d'élus qui dirigeraient un jour l'une des organisations les plus secrètes au monde ? Existait-il du reste un autre employeur capable d'investir autant sur la formation de ses futurs dirigeants ? Et qu'auraient pensé les directeurs des ressources humaines des grands groupes internationaux d'un cursus pédagogique de trois ans, eux qui rechignaient déjà à financer des programmes d'une semaine ? En vérité, seules les académies militaires et autres écoles de guerre pouvaient valablement se comparer à Krasnoïarsk.

La similitude ne s'arrêtait pas là. L'emploi du temps hebdomadaire que nous recevions chaque dimanche soir disposait de nos heures avec une rigidité martiale. La plupart des cours — des modules, comme les appelait Quinteros dans son abominable jargon administratif — s'étalaient sur six ou huit semaines, à raison de deux séances hebdomadaires d'une demi-journée chacune. Les instructeurs, souvent d'anciens académiciens eux-mêmes, séjournaient à la résidence avec nous le temps de leur enseignement. Certains intervenants faisaient le déplacement pour une conférence unique. Ils arrivaient en Zil en fin de matinée, déjeunaient avec Quinteros dans sa salle à manger privée située à l'étage du pavillon de chasse, donnaient leur cours et repartaient aussitôt pour attraper l'avion du soir qui les ramènerait dans leurs unités. Exceptionnellement, un visiteur se posait en hélicoptère sur un terrain aménagé derrière le bâtiment des études. Cela en disait long sur la puissance financière du CFR, qui supportait sans broncher des dépenses d'exploitation aussi extravagantes. Car, même en y réfléchissant, j'aurais été bien en peine de citer un seul emplacement au monde à la fois aussi inhospitalier et coûteux que Krasnoïarsk. Le Groenland peut-être, ou la Terre de Feu.

La construction du programme d'enseignement ne devait rien au hasard. L'année s'ouvrit par une série de modules qui portaient sur le fonctionnement du CFR : sa structure hiérarchique, ses modes de financement, le rôle des corps, les techniques de recrutement, etc. Je reviendrai plus loin sur les principales leçons que je glanai de ces cours, qui avaient pour mission essentielle d'harmoniser les connaissances entre les agents. Dans mon cas, par exemple, mon passage à Córdoba m'avait donné de solides notions sur les liens entre antennes, bureaux et centres ; il ne m'avait rien appris en revanche sur les défis que rencontraient les agents recruteurs de la maison ou sur le rigoureux processus budgétaire auquel la direction financière astreignait les entités. À l'issue du premier trimestre, nous en savions tous autant — ou aussi peu — sur le CFR. Trois mois de conférences intensives avaient méthodiquement nivelé huit années d'expériences individuelles.

Puis, pendant le reste de l'année, nous alternâmes cours théoriques et séances de travaux pratiques. Ces dernières, qui prenaient la forme d'études de cas, avaient ma préférence. Typiquement, notre instructeur nous exposait une situation réelle, puis nous posait une question précise, à résoudre pour le lendemain. Les cas, brillamment introduits et parfaitement délimités, éveillaient presque toujours en moi un écho familier ; on ne pouvait douter qu'ils eussent été conçus par des agents. Je reconnus d'ailleurs certains dossiers qui m'étaient passés entre les mains à Córdoba, comme celui du Corporate DNA. Les cours théoriques abordaient les sujets les plus éclectiques et souvent les plus inattendus : techniques littéraires, informatique, géopolitique, histoire militaire, etc. Nous pouvions traiter de cabale juive le matin, discuter les mérites stratégiques du contrôle du canal de Suez l'après-midi et analyser après le dîner le rôle des langues vernaculaires dans la construction des mouvements indépendantistes.

La qualité de l'enseignement était tout bonnement prodigieuse. Je ne crois pas avoir subi un seul mauvais cours en trois ans d'Académie. Certains instructeurs me marquèrent à jamais, tel ce Roumain, professeur de littérature russe à l'Université de Bucarest, qui nous apprit à caractériser un personnage sans jamais le décrire, ou ce Texan, ancien colonel, qui nous expliqua comment l'armée américaine avait perdu le soutien de l'opinion publique pendant la guerre du Vietnam. Tous m'éblouirent par leur capacité à s'élever au-dessus des dogmes et des préjugés, y compris ceux d'entre eux qui avaient grandi à l'ombre d'idéologies écrasantes, comme par exemple cet Arménien dont le père avait été déporté sous Staline pour crimes économiques et qui dissertait aujourd'hui sur les défauts de la cuirasse capitaliste. Il faut dire aussi que sur les sujets les plus polémiques, comme l'Inquisition, le colonialisme et les droits des minorités, le CFR avait soin de nous donner plusieurs sons de cloches.

J'appréciais évidemment le fait que nos dirigeants reconnaissent et aillent parfois même jusqu'à sanctifier la complexité du monde. Rien n'est blanc ou noir et, comme le rappelèrent plusieurs intervenants, l'Histoire est toujours écrite par les vainqueurs. Mais cela n'empêchait pas nos instructeurs d'appeler un chat un chat, au risque de choquer les tenants du politiquement correct qui se glissaient jusque dans nos rangs. Je me souviens d'un cours au titre en apparence anodin — « De l'inné et de l'acquis » — qui faillit dégénérer, quand le conférencier, un Britannique du nom de Wilkin, nous présenta les résultats d'une étude selon laquelle les Américains de race noire avaient un quotient intellectuel légèrement inférieur à la moyenne nationale, leurs compatriotes d'origine asiatique battant eux la moyenne dans des proportions à peu près semblables. Plusieurs académiciens — parmi lesquels Stéphane et Buhari, le seul Noir de la promotion — se récrièrent et menacèrent de quitter la salle si Wilkin ne condamnait pas immédiatement l'étude. De toute évidence, le Britannique s'attendait à provoquer un tollé, car il expliqua en des termes merveilleusement choisis que s'il réprouvait par avance toute interprétation politique partisane, on ne l'entendrait jamais critiquer le principe même d'une étude, surtout si celle-ci était conduite selon un strict protocole scientifique, ce dont il répondait dans le cas présent. « Attention à la confusion des ordres, poursuivit-il. Un chercheur a besoin de toute l'information disponible. S'il s'interdit de collecter certaines données sous prétexte que celles-ci risquent de remettre en cause son interprétation du monde, il trahit sa vocation de scientifique et se transforme en censeur. Les résultats de l'étude dont je vous parle sont indiscutables, mais le débat ne s'arrête évidemment pas là. Les chercheurs doivent maintenant trancher entre trois explications possibles : l'hypothèse du protocole défaillant (les tests de QI actuels contiennent un biais qui désavantage les Noirs et, dans une moindre mesure, les Blancs au profit des Asiatiques) ; l'hypothèse dite sociale (l'intelligence, qu'on considère traditionnellement comme innée, recouvre en fait une part d'acquis et les moins bons résultats des Noirs s'expliquent par le fait qu'ils grandissent en moyenne dans des environnements moins privilégiés) ; l'hypothèse génétique (les Noirs sont véritablement moins intelligents que les autres races). Contrairement à ce que vous pouvez penser, ceux qui refusent d'engager la discussion rendent un mauvais service à ceux qu'ils prétendent défendre. En désertant la scène scientifique, ils laissent le champ libre aux charlatans et aux populistes. Ils feraient mieux de consacrer leur énergie à éduquer les masses, qui en ont bien besoin, et à leur rappeler qu'en tout état de cause un être humain ne se résume pas à une poignée d'indicateurs. » Finalement, tout le monde avait regagné sa place et la discussion avait pu s'engager. Stéphane reconnut par la suite que la tirade de Wilkin l'avait amené à revisiter son mode de pensée. (J'ai toujours pensé qu'au-delà d'un certain âge, changer d'avis constitue une preuve de courage et non d'inconstance.)

Le niveau de mes condisciples m'impressionnait au moins autant que celui de nos instructeurs. Certains projets se menaient en petits groupes, si bien qu'en quelques semaines à peine j'appris à connaître, au moins superficiellement, les dix-neuf autres académiciens. Nous allions facilement les uns au-devant des autres, sans doute autant par curiosité naturelle que par peur de rester à l'écart des coteries qui se formeraient inévitablement. La camaraderie n'était du reste pas incompatible avec l'esprit de compétition. Les premières séances de travaux pratiques, où la participation était vivement encouragée, établirent sans équivoque que personne n'avait volé sa place en Sibérie. Moi qui avais cru que je pourrais me reposer sur mes facilités, je compris très vite que j'allais devoir en mettre un coup si je voulais rester maître de mon destin. Les premiers mois furent les plus intenses : personne n'avait encore abdiqué l'espoir de sortir dans le haut du classement et chacun surveillait les notes de son voisin, tout en prétendant évidemment ne se soucier que des siennes. Nous gérions tous notre stress différemment, depuis Stéphane qui racontait à qui voulait l'entendre qu'il n'en fichait pas une ramée (ce dont je doutais fortement, connaissant sa puissance de travail) jusqu'à Amanda, la Sud-Africaine, qui m'avoua plusieurs années après qu'il lui était arrivé d'aller se coucher la lumière allumée pour nous faire croire qu'elle bûchait toute la nuit.

En tout cas, certains signes ne trompaient pas. Tous les soirs à minuit, la bibliothécaire devait mettre à la porte la dizaine de pensionnaires qui continuaient à fatiguer les encyclopédies à la lueur de leurs loupiotes vertes. Le matin au petit déjeuner, on pouvait reconnaître à leur mine blafarde ceux — dont je faisais souvent partie — qui avaient prolongé la séance dans la solitude de leur chambrette. Quand un cas me plaisait, j'étais capable de travailler toute la nuit, pour traquer le personnage ou la source qui améliorerait de manière décisive le ratio risque-rentabilité du dossier. Ma jeunesse me conférait un avantage indiscutable par rapport à d'autres agents, plus âgés, qui peinaient à se remettre dans le rythme. J'avais l'impression de n'avoir jamais quitté les bancs de l'école ; depuis maintenant dix ans, je rendais des copies : à mes professeurs d'université, à Gunnar Eriksson, à Lena Thorsen et aujourd'hui aux correcteurs de l'Académie.

Une chose avait changé cependant : l'essor de l'Internet, qui rendait les recherches si fluides. Je ne prétendrai pas avoir pressenti dès mon arrivée à

Krasnoïarsk la place centrale que finirait par occuper le Web dans la vie quotidienne, mais j'eus vite l'intuition qu'il représentait une opportunité extraordinaire pour le CFR et permettrait à terme des gains de productivité phénoménaux. Les scénaristes, dont une part importante du travail consiste à s'immerger dans le texte, pouvaient enfin suivre leurs idées sans effort et découvrir au détour d'un lien l'improbable analogie d'où naîtrait l'illumination. Les falsificateurs avaient peut-être encore plus à gagner : lancer des rumeurs, créer des sources de référence, corrompre des bases de données devenait un jeu d'enfant pour quiconque maîtrisait les arcanes des réseaux et savait recouvrir ses traces. Quinteros, qu'on imaginait pourtant plus volontiers avec, dans la main, un stylo à plume qu'une souris, prit très tôt la mesure de cette révolution et inscrivit au programme des séminaires facultatifs au cours desquels des spécialistes russes que je soupçonnais d'émarger au KGB nous initiaient aux techniques élémentaires du piratage informatique. Je ne manquai aucune séance.

Après deux ans à Córdoba où je m'étais souvent fait l'effet d'un poisson échoué sur le sable, je me sentais enfin dans mon élément. Le cursus semblait avoir été conçu pour moi, pour flatter mes forces et gommer mes faiblesses. Le froid polaire, la charge de travail ou la concurrence exacerbée ne parvinrent jamais à me faire regretter d'avoir regagné le bercail. Je me frottais chaque jour aux esprits les plus affûtés de la planète, des hommes et des femmes qui, malgré leurs différences ethniques, culturelles ou religieuses, parlaient un langage commun et cherchaient constamment à apprendre les uns des autres. Mais surtout j'éprouvais une jubilation intellectuelle quasi permanente, cette forme de jouissance en vérité supérieure à toutes les autres et qui, fort heureusement, nous reste accessible jusqu'au bout de la vie. Tout y était prétexte : le patronyme d'une légende, trop beau pour être vrai et qui de fait était faux ; les *Rapports trimestriels sur l'avancement du Plan* d'Angoua Djibo ; la révélation qu'une idée de dossier qui vous était venue soudainement avait été réalisée par un agent slovène sept ans plus tôt ; la sensation délectable de façonner l'actualité internationale alors même qu'on se trouvait caserné au fin fond de la Sibérie.

Et pourtant, même si j'avais choisi de lier à nouveau mon destin avec celui du CFR, je restais perpétuellement sur mes gardes. Je me défiais désormais de mes instincts. Plus un élan était spontané et plus il me paraissait suspect. Je n'accordais de crédit aux paroles de nos dirigeants qu'à la hauteur de ce que je pouvais vérifier moi-même. J'avais notamment reçu avec la plus extrême circonspection les fameuses révélations qui nous avaient été distillées pendant les premiers cours. Qu'avions-nous appris ? Que seuls les membres du Comité exécutif connaissaient l'origine et la finalité du CFR et que nous userions en vain notre salive à poser la question une fois de plus. Que ces membres, au nombre de six, se cooptaient entre eux et prenaient leurs décisions sur une base collégiale, sans voix prépondérante. Que l'organisation tirait ses ressources d'un pactole apporté par son ou ses fondateurs et qui avait depuis fructifié dans des proportions fabuleuses. Que les fonds étaient gérés par trois institutions financières parmi les plus renommées au monde et qui s'imaginaient travailler pour une fondation américaine.

L'un dans l'autre, je jugeais ces nouvelles plutôt positives. Je n'apprendrais pas de sitôt le secret du CFR, mais au moins ne tenait-il qu'à moi d'y parvenir un jour ; j'avais six fois plus de chances que prévu de me hisser au sommet de l'organisation ; et enfin le CFR paraissait suffisamment riche pour résister à la tentation d'utiliser son savoir-faire à mauvais escient. Je n'avais rien trouvé à redire non plus aux « trois binômes de valeurs fondatrices », pour reprendre l'expression de Quinteros, dont celui-ci nous gratifia un jour solennellement : tolérance et relativité, liberté de corps et d'esprit, science et progrès. Je retrouvai dans cette devise les principaux attributs qui m'avaient séduit chez Gunnar Eriksson ou Angoua Djibo. Encore eût-il fallu la compléter pour rendre compte de la lâcheté d'un Diaz ou de la cruauté d'un Khoyoulfaz. J'avais payé pour savoir que la vérité du CFR résidait au moins autant dans ce qu'il taisait que dans ce dont il se glorifiait.

Malheureusement — ou heureusement pour eux —, mes condisciples ne possédaient pas mon expérience. Leur angélisme me stupéfiait. Ils protestaient quand nos instructeurs ne répondaient pas à leurs questions, mais concevaient à peine qu'on pût leur mentir. Quand le directeur financier avait évoqué l'ampleur des moyens dont il disposait, Stéphane Brioncet s'était tourné vers moi et m'avait chuchoté à l'oreille :

« Au moins savons-nous maintenant que le CFR n'est pas la sixième famille de la mafia. » Je lui avais répliqué du tac au tac : « Ah bon ? Tu penses qu'il nous l'aurait dit si ç'avait été le cas ? »

Je n'avais pas le cœur d'accabler Stéphane. Moi aussi j'avais pris pour argent comptant les discours de mon officier traitant. Et s'il m'avait fallu la mort d'un homme pour apprendre à lire entre les lignes, pouvais-je décemment souhaiter la même initiation à chaque académicien ?

En attendant, je boudais consciencieusement les soirées d'anniversaires et autres libations que mes condisciples organisaient à la moindre occasion. Oh, bien sûr, je restais urbain et bon camarade, mais je ne faisais de confidences à personne. Dans une autre vie, j'aurais sans doute pu me lier d'amitié avec Amanda ou avec Ichiro, le Japonais, mais je n'en trouvais tout simplement pas la force. Bien qu'ils me rendissent six ou sept ans chacun, je me sentais trop vieux pour eux, usé avant l'âge. Leur naïveté m'émouvait parfois, me suffoquait le plus souvent. Et quelle ironie que la seule personne de l'Académie avec qui j'aurais pu avoir une conversation d'égal à égal fût justement celle qui refusait de me parler...

Les premiers mois furent les plus durs. Personne ne m'écrivait et je n'écrivais à personne. Gunnar ne se manifestait pas ; sans doute prenait-il ses nouvelles directement auprès de Quinteros. Youssef et Magawati me manquaient. J'avais décrété une fois pour toutes qu'ils me repousseraient si j'allais vers eux. Je ne me sentais pas la force d'être repoussé.

Je consolais ma solitude en arpentant les alentours, qui se métamorphosaient avec l'arrivée des beaux jours. La croyance populaire veut que le mot « Sibérie » vienne de la langue turque, dans laquelle il signifie « terre endormie ». Comme dans les contes de fées, la forêt se réveillait d'une nuit qui avait duré huit mois. La vie reprenait peu à peu ses droits. La neige avait fondu, révélant un sol tourbier et spongieux dont les Mongols se servaient jadis comme combustible. Les arbres, des conifères et des bouleaux, se redressaient sous la poussée de sève printanière tout en faisant face aux assauts des castors qui sortaient affamés de leur tanière et plantaient leurs dents dans l'écorce fraîche. Les esturgeons naguère confinés sous un mètre de glace nageaient paresseusement le ventre au soleil. En s'éloignant un peu de l'Académie, on pouvait apercevoir des hordes de rennes qui remontaient vers la toundra où ils passeraient l'été, comme chaque année depuis des millénaires.

Plus je me sentais seul et plus je recherchais l'isolement. Je partais sans crier gare, pour deux heures ou pour deux jours, un sac au dos et mes jumelles autour du cou. Quand j'étais fatigué de marcher, je fermais les yeux et j'emplissais mes poumons de ce parfum indescriptible, mélange de senteurs boisées, de méthane et de pollen, qui ressemblait si fort à celui qu'on pouvait respirer dans la forêt islandaise. Plus d'une fois, l'idée me traversa que je pourrais facilement me perdre. Je me demandais pour me torturer qui le premier remarquerait ma disparition. On ne retrouverait jamais ma dépouille.

L'Académie, la nature : j'aurais dû être heureux et

je ne l'étais pas. J'excellais dans ma vie professionnelle, mais je n'aurais même pas su dire si j'avais une vie personnelle. Je me transformais peu à peu en machine — machine à ciseler des scénarios, à contrôler des sources. J'apercevais encore la beauté du monde — même au plus fort de ma détresse, l'ultime châtiment me fut épargné —, mais je me sentais socialement inadéquat.

Jamais mon lien avec l'humanité ne m'avait semblé si ténu.

4

Les premières notes tombèrent en juin, et avec elles les espérances de certains. Le classement, remis à jour chaque semaine, était placardé au fond de la salle de cours. Je parvenais à me maintenir dans le trio de tête, au coude à coude avec Lena Thorsen et Ichiro Harakawa, le Japonais. J'avais espéré que ce serait plus facile, mais j'aurais été malvenu de me plaindre.

Début septembre, une série de bonnes notes me plaça provisoirement en tête du classement. Je n'en conçus pas d'allégresse particulière et calculai plutôt que, sauf accident improbable, j'étais d'ores et déjà assuré de pouvoir choisir mon corps d'affectation à la fin de l'année. J'allais donc pouvoir un peu relâcher la pression et m'attaquer à un projet qui me tenait à cœur : la rédaction de mon quatrième dossier. Quand je fis part de mes intentions à Quinteros, il me dévisagea comme si j'avais perdu le sens commun. Qu'allais-je risquer de compromettre mon avenir pour un dossier qui attendrait très bien un an ou deux ? Il proposa pour me fléchir d'introduire en mon nom une requête en antériorité, une procédure rarissime par laquelle un agent dévoile les grandes lignes de son scénario contre l'assurance que Londres bloquera les projets similaires pendant une durée limitée. J'expliquai le plus modestement possible à Quinteros que je me sentais capable de caser l'écriture d'un dossier dans mon emploi du temps et qu'en aucun cas je ne laisserais mon innocente marotte interférer avec sa diabolique course à l'échalote. En réalité, je sentais brûler en moi une énergie que mes randonnées en forêt ne suffisaient plus à éteindre.

Quinteros se rallia à mes arguments à contrecœur puis, beau joueur, me proposa son aide. J'allais en avoir besoin.

J'avais eu l'idée de ce dossier un an plus tôt lors de mon séjour à Brême, quand la chaîne ARD avait diffusé un programme sur la défunte police est-allemande, le Ministärium für Staatssicherheit plus connu sous le nom de Stasi. À mesure que d'anciens dirigeants de la Stasi passaient aux aveux, on mesurait mieux quelle emprise cette dernière avait exercé sur la société allemande pendant la guerre froide. Pour ne donner qu'un exemple des procédés que s'autorisait alors le bloc soviétique, la Stasi abritait en son sein une cellule spéciale chargée d'envoyer des lettres de menaces anonymes aux Juifs ouest-allemands pour leur faire croire à une résurgence de l'extrême droite. Elle possédait des dossiers sur toutes les personnalités ouest ou est-allemandes, mais aussi sur des centaines de milliers de citoyens ordinaires dont le seul crime était parfois d'avoir un jour renseigné un touriste étranger dans la rue.

Le reportage était devenu plus intéressant encore quand il avait abordé le sujet des archives de la Stasi. En 1989, sentant la fin proche, les dirigeants de la Stasi ordonnèrent la destruction de tous les documents compromettants, c'est-à-dire à peu de chose près de tout ce qui encombrait les armoires du siège de la Normannenstrasse. Des millions de pages furent passées dans des broyeuses qui n'étaient pas conçues pour résister à ce régime forcené et rendirent bientôt l'âme. On déchira alors tout ce qui pouvait l'être à mains nues. Quand le Mur tomba, le BND — le contre-espionnage ouest-allemand — saisit plus de dix-sept mille sacs qui contenaient, lacéré en fines lamelles imprimées, le récit exhaustif des activités secrètes de l'ex-Allemagne de l'Est.

On aurait pu penser que l'histoire s'arrêtait là. Mais non. Comprenant l'importance symbolique de ces sacs, le chancelier Kohl venait de les confier à une équipe d'experts de Zirndorf, en les chargeant de reconstituer les pages déchiquetées chaque fois que ce serait possible. Dans leur précipitation, les secrétaires de la Stasi avaient broyé certains documents dans le sens de la largeur plutôt que de la hauteur. Des lignes entières apparaissaient distinctement et avec un peu de chance et beaucoup de patience, des spécialistes parviendraient peut-être à remettre bout à bout des paragraphes, voire des pages entières. Pour ceux qui auraient cru à un canular, le reportage s'achevait sur des images fascinantes : un quidam bedonnant que la légende présentait comme Karl Vollbrecht, professeur d'histoire contemporaine à l'Université de Heidelberg, fouillait dans un monceau de confettis dont il extrayait des bandes prometteuses qu'il disposait méticuleusement devant lui en espérant qu'une ressemblance finirait par lui sauter aux yeux. N'eût été le commentaire mélodramatique évoquant « le nécessaire travail de mémoire du peuple allemand », on eût facilement pris le docteur Vollbrecht pour un pensionnaire de maison de retraite occupé à faire un puzzle.

La même pensée avait dû traverser l'étroit cerveau de mon beau-frère car, en éteignant la télévision, il avait relié en des termes rien moins qu'équivoques l'expérimentation de Zirndorf et la récente hausse des impôts. J'ignorais pour ma part si Kohl avait raison ou tort, mais je savais que je tenais quelque chose : ces sacs d'archives en lambeaux allaient m'aider à construire ce que j'avais toujours trouvé le plus délicat dans un dossier : la source de référence.

Mais avant toute chose, il me fallait imaginer un scénario. Dans les mois qui avaient suivi mon séjour à Brême, je m'étais copieusement documenté sur la Stasi. Comme je le faisais chaque fois que j'entrevoyais un sujet prometteur, j'avais acheté un calepin où je jetais en vrac mes réflexions, des notations sur mes personnages ou des références bibliographiques.

Depuis ce jour où Gunnar avait dû m'expliquer ce qu'était une légende, j'avais lu tout ce qu'on peut lire en matière d'espionnage et je mourais d'envie de produire un dossier qui se déroulerait dans l'univers des services secrets. Je m'intéressai en conséquence à la Hauptverwaltung Aufklärung (HVA), la plus mystérieuse entité de la Stasi et l'équivalent est-allemand de la CIA américaine ou du Premier Directorat du KGB. Dirigée d'une main de fer par Markus Wolf entre 1957 et 1986, la HVA supervisait les milliers d'agents implantés à l'étranger, qui, en livrant des renseignements souvent top secret, servaient ou croyaient servir la cause de la RDA. L'un d'entre eux, un Allemand du nom de Günter Guillaume, avait connu un destin extraordinaire. Envoyé en Allemagne de l'Ouest dans les années cinquante avec pour objectif d'infiltrer le microcosme politique, il avait gravi un à un les échelons du Parti social-démocrate, le SPD, jusqu'à devenir l'assistant personnel — et l'ami — du chancelier Willy Brandt.

En 1973, toutefois, des sources anonymes attirèrent l'attention du BND sur les activités de Guillaume. La police secrète ouest-allemande informa Brandt immédiatement, mais lui demanda dans un premier temps de ne rien changer à ses habitudes. Curieusement, l'arrestation de Guillaume n'intervint qu'en avril 1974. Le scandale fut immense. Il n'épargna pas Brandt, qui envisagea de mettre fin à ses jours (on retrouva une note de suicide écrite de sa main), puis se ravisa et se contenta de démissionner. Quinze ans plus tard, après la chute du mur de Berlin, Markus Wolf déclara qu'il n'avait jamais été prévu de faire tomber Brandt et que le démasquage de Guillaume constituait l'un des plus cuisants ratés de la Stasi.

Il y avait dans l'histoire de Günter Guillaume deux éléments qui défiaient la plausibilité. D'abord, la HVA, la branche secrète de la Stasi, était un corps d'élite, à peine moins craint et respecté que le Mossad israélien. On racontait que Markus Wolf, son patron, avait servi de modèle à John Le Carré, l'auteur de *La Taupe*, pour le personnage du maître espion Karla. J'avais du mal à croire qu'un tel professionnel qui, de surcroît, « traitait » Guillaume en direct ait pu laisser compromettre son agent ou ne l'ait pas exfiltré de RFA avant qu'il ne soit brûlé.

Le comportement du BND dans cette affaire me laissait non moins perplexe. Les services secrets ouest-allemands avaient mis près de neuf mois à se décider à arrêter Guillaume, neuf mois pendant lesquels ce dernier avait pu continué à trahir des secrets d'État, neuf mois pendant lesquels il aurait pu attenter à la vie de Brandt, qu'il côtoyait quotidiennement. Comment expliquer que le BND ait ainsi manqué à son devoir de prudence ? J'en étais réduit à des conjectures : Brandt avait-il d'abord refusé de croire à la culpabilité de son ami et interdit aux services secrets de procéder à son arrestation ? C'était fort possible : Brandt et Guillaume étaient même partis en vacances ensemble pendant la période en question ! Le BND avait-il confondu et « retourné » Guillaume, le forçant à livrer à la Stasi des faux documents spécialement préparés à son intention ? J'en doutais un peu. Ou le BND s'était-il méfié des motifs de son indicateur et avait-il hésité à accuser Guillaume sans preuves ? Je sentais, sans pouvoir l'expliquer, que cette troisième hypothèse était la plus vraisemblable.

En approfondissant mes recherches, j'exhumai un autre scandale. En mai 1972, le chancelier Brandt avait repoussé d'extrême justesse — par deux voix d'écart seulement dans un vote à bulletins secrets —

une motion de censure parlementaire. De nombreux historiens estimaient vingt-cinq ans plus tard que Brandt n'avait dû sa survie politique qu'à la défection d'une poignée de députés de la CDU dont le vote avait été acheté par la Stasi. Cet épisode, pour peu qu'il fût authentique, apportait du poids aux propos de Markus Wolf : la Stasi, qui était prête à payer pour maintenir Brandt au pouvoir, ne s'était certainement pas réjouie de voir ce dernier démissionner. J'essayai de me mettre à la place de Wolf : il lui avait fallu vingt ans pour placer un informateur au sommet de l'État ouest-allemand ; maintenant que le plus dur était fait, il avait tout intérêt à ce que Brandt reste chancelier le plus longtemps possible.

Mais la bienveillance de la Stasi à l'égard de Brandt avait peut-être une autre explication. Sitôt élu, Brandt s'était démarqué de tous ses prédécesseurs en menant une politique d'ouverture en direction du Bloc de l'Est. On ne parlait pas encore à l'époque de réunir les deux Allemagnes, mais Brandt déclarait à qui voulait l'entendre qu'il ne craignait pas de dialoguer avec la RDA, la Pologne et même l'Union soviétique. Ce pragmatisme, qui faisait grincer des dents chez les conservateurs, valait au chancelier une popularité incomparable auprès des jeunes et des intellectuels.

Il m'avait fallu plusieurs mois pour rassembler tous ces éléments et surtout pour m'imprégner du climat extraordinairement complexe de l'époque. Enfin, un soir, je me sentis prêt à combler les blancs de l'Histoire et je me lançai dans l'écriture du scénario. Je voyais les choses ainsi :

Il existait au sein de la HVA un petit groupe d'officiers qui étaient résolument — mais secrètement — opposés au chancelier ouest-allemand. Ils étaient emmenés par un certain Andreas Stepanek, un immigré tchèque ultra-politisé qui avait le rang de colonel dans la Stasi. Stepanek se méfiait instinctivement de Brandt, à qui il prêtait un dessein machiavélique. Selon lui, l'*Ostpolitik* complaisamment décrite par les médias occidentaux était un leurre qu'agitait le chancelier pour amadouer la population est-allemande et lui faire avaler le moment venu une réunification qui fissurerait irrémédiablement le bloc socialiste. Stepanek avait des raisons d'en vouloir à l'Allemagne. Ses parents, qui avaient participé à la création du Parti communiste tchèque, le KSC, en 1921, avaient été déportés par les nazis et étaient morts à Terezin en 1943. À la libération, le jeune Andreas, désormais orphelin, avait été placé dans une famille d'accueil à Magdebourg. Il s'était enrôlé dans les jeunesses communistes, où il avait été remarqué par Erich Mielke, qui allait devenir par la suite le chef de la Stasi. En 1962, Mielke avait écrit à son « collègue et ami » Markus Wolf (en fait son subordonné) pour lui demander de trouver une place pour Stepanek à la HVA.

Stepanek était un fanatique. Il appelait de ses vœux la réunification allemande, mais une réunification pilotée par la RDA, qui préfigurerait le basculement de l'Europe de l'Ouest dans le giron soviétique. À la fin des années soixante, il réunit autour de lui une quinzaine d'autres officiers de la Stasi, principalement des collègues de la HVA. Tous n'agissaient pas par idéologie, loin s'en faut. L'un d'entre eux avait un enfant handicapé qu'il n'aurait pas les moyens de faire soigner à l'Ouest. Un autre en voulait à Brandt, qui avait eu une aventure avec sa femme du temps où il était maire de Berlin (Brandt était un don juan notoire). Un troisième avait tué un agent de police à Munich avant la guerre et savait qu'il irait en prison en cas de réunification. Mais les alliances de circonstances ne sont pas forcément les moins solides et, du jour où Brandt devint chancelier, les conspirateurs — qui résistèrent à la tentation de se donner un nom ou de choisir un signe de reconnaissance — firent tout ce qui était en leur pouvoir pour ramener la CDU aux affaires. Mieux valait à les entendre un ennemi indiscutable qu'un franc-tireur charismatique aux intentions suspectes.

En 1972, Stepanek crut le jour de gloire arrivé. La CDU s'apprêtait à déposer une motion de censure qui, selon toute probabilité, entraînerait la chute du gouvernement Brandt. Les journaux présentaient déjà le leader de la CDU, Rainer Barzel, comme le futur chancelier de la RFA. Pourtant, contre toute attente, Brandt sauva sa tête. Quand Stepanek apprit que la Stasi avait acheté les votes de deux parlementaires de la CDU (qui auraient dû censurer Brandt mais l'avaient en fait soutenu), il entra dans une rage folle contre Markus Wolf et comprit que, s'il espérait précipiter la chute de Brandt, il ferait mieux de s'en occuper personnellement.

La chance le servit. Au printemps 1973, Stepanek dîna avec son mentor, Erich Mielke. Ce n'était pas si souvent que Mielke partageait un repas avec quelqu'un en qui il avait toute confiance, et ce soir-là il força un peu sur le schnaps et se laissa aller à des confidences. La HVA avait une source haut placée au sein de l'administration Brandt. Cet enfoiré de Wolf (les deux hommes se détestaient) refusait de lui révéler l'identité de son agent, même à lui, le patron de la Stasi, mais il était parvenu à la conclusion que l'agent en question ne pouvait être que Guillaume. Stepanek, qui avait jusqu'alors adroitement orienté la conversation, se garda d'insister. Il réfléchissait déjà à la façon dont il allait livrer Guillaume au BND.

Il resta délibérément dans le classique. Il recruta les services d'une call-girl tchèque, Eva Brzyna, installée à Berlin-Ouest, qu'il avait déjà utilisée quelques années plus tôt pour compromettre un industriel bavarois. Évidemment jamais le BND n'ajouterait foi à la confession spontanée d'une marchande d'amour, aussi Stepanek avait-il tricoté une historiette : la prochaine fois que Brzyna participerait à une « soirée privée », il préviendrait anonymement la police des mœurs ouest-allemande, qui mènerait une descente en règle et embarquerait toute l'assistance. Brzyna proposerait alors un pacte aux flics : si on lui garantissait l'impunité, elle pourrait peut-être aider l'État allemand à démasquer une crapule, un de ses clients, qu'elle avait surpris une nuit à envoyer des messages codés sur une drôle de petite machine et qu'elle avait reconnu peu après sur « une photo du gouvernement » (c'est Stepanek qui lui avait soufflé cette formulation volontairement vague). Tout se déroula comme prévu : la police des mœurs interrompit brutalement une partie fine qui rassemblait la meilleure société hambourgeoise, coffra une demi-douzaine de prostituées, puis prêta une oreille intéressée au marché que présenta Brzyna quand on menaça de la déférer au parquet. Dans la nuit même, un fonctionnaire du BND se déplaça pour montrer des photos à Eva, qui identifia formellement Günter Guillaume. Une fois relâchée, Brzyna laissa passer quelques jours puis reprit contact avec Stepanek pour collecter ses « honoraires » de 150 000 DM.

Les semaines passèrent et Stepanek devint de plus en plus nerveux. Guillaume continuait de suivre Brandt dans tous ses déplacements, le sourire aux lèvres et ses lunettes noires sur le nez. Les révélations de Brzyna n'étaient pourtant pas passées inaperçues. Le BND les jugeait crédibles, au moins en apparence. Guillaume aimait le commerce des femmes et ne dédaignait pas les femmes qui faisaient du commerce. Brzyna n'était pas fichée. Il y avait bien sûr la question de ses origines tchécoslovaques, mais elle vivait en Allemagne depuis bientôt vingt ans et rien n'indiquait qu'elle eût de près ou de loin jamais travaillé pour Moscou.

Mais Stepanek n'avait, malgré sa position, qu'une médiocre connaissance des techniques de contre-espionnage, sans quoi il aurait su que le patron du BND, Gerhard Wessel, consulterait longuement avant de faire quoi que ce soit. De fait, Wessel ne prit que deux décisions : il informa personnellement Willy Brandt et fit ouvrir une enquête sur Guillaume. Par un hasard moins extraordinaire qu'il n'y paraît (la Stasi avait infiltré tout l'appareil policier de la RFA), un des enquêteurs travaillait pour Wolf. Celui-ci comprit que les jours de Guillaume étaient probablement comptés. Comme il n'était pas du genre à voir un de ses agents se faire compromettre sans réagir, il demanda à ses contacts du BND le nom de celui qui avait dénoncé Guillaume. On lui rapporta le rôle joué par Brzyna, en ajoutant que la call-girl était inconnue des services de police ouest-allemands. Par réflexe, Wolf interrogea le sommier de la Stasi. Eva Brzyna avait un dossier : elle avait aidé à compromettre un homme d'affaires bavarois, une opération mineure pilotée par le colonel Stepanek. Stepanek ? Le Stepanek qu'il avait embauché sur ordre de ce rat puant de Mielke ? Il fallut moins de trois minutes à Wolf pour reconstituer le cours des événements.

Ce qu'il ne parvint pas à deviner, il l'obtint par la torture. L'entretien eut lieu dans une petite salle insonorisée dans les sous-sols de la Normannenstrasse. Stepanek joua d'abord les bravaches, puis se mit à table quand Wolf proposa de mesurer sa capacité de conduction électrique. Il donna quantité de détails, même ceux qu'on ne lui demandait pas, et notamment le nom de ses quatorze coconspirateurs. Wolf prenait force notes.

La suite était malheureusement prévisible. Wolf mit tous ses agents du BND à contribution pour ralentir l'enquête au maximum. Il laissa filtrer qu'Eva Brzyna travaillait occasionnellement pour la Stasi, en espérant que le BND soupçonnerait alors une tentative de déstabilisation de l'Allemagne de l'Est et réfléchirait à deux fois avant d'inculper Guillaume.

Ledit Guillaume avait évidemment suspendu ses activités illicites. Il inférait du silence de Brandt que celui-ci ne croyait pas à sa culpabilité, aussi refusa-t-il les propositions d'exfiltration que lui fit plusieurs fois Wolf.

Wolf ne tenait pas ses homologues du BND en haute estime, mais il ne douta jamais que ceux-ci finiraient quand même par confondre Guillaume. L'assistant du chancelier fut arrêté le 24 avril 1974. Il ne cacha pas sa surprise. Le jour même, la cour martiale de la Stasi reconnut Stepanek et sa clique coupables de haute trahison. La sentence était la mort. Elle fut administrée immédiatement, d'une balle dans la tête.

5

« Laissez-moi deviner : je suppose que votre dossier s'inscrit dans le cadre de la sixième instruction du Plan triennal », demanda Quinteros en espagnol.

Je lui avais remis mon scénario la veille au soir et j'avais été un peu surpris qu'il me convoque si rapidement pour en parler. Encore que, de toute évidence, il ne me confierait ses impressions sur mon travail qu'après en avoir établi la conformité administrative de manière indiscutable.

« Absolument », confirmai-je, un peu nerveux.

Angoua Djibo et ses équipes avaient remarqué qu'après la brève période d'euphorie qui avait suivi la disparition du rideau de fer, plusieurs pays de l'Est et anciennes républiques soviétiques se laissaient gagner par une insidieuse nostalgie qui, dans certains cas, les poussait même à réélire d'anciens dirigeants communistes. La sixième instruction demandait en conséquence à l'auteur de tout dossier portant sur la guerre froide de souligner, voire d'accentuer, l'oppression à laquelle ces États soi-disant démocratiques soumettaient leurs citoyens. J'étais nerveux, car je craignais que le directeur de l'Académie ne me fît remarquer que, de tous les anciens membres du pacte de Varsovie, l'Allemagne de l'Est était le seul qui semblait durablement tiré d'affaire.

Je regardai par la fenêtre pendant que Quinteros pesait le pour et le contre. Des flocons de neige voletaient dans la lumière du matin. L'automne n'avait pas duré un mois et cédait déjà la place à l'hiver.

« C'est imparable », dit enfin Quinteros en débouchant son stylo à plume. Il s'empara du dossier, repassa méticuleusement à l'encre le « D6 » qu'il avait porté au crayon sur la couverture lors d'une lecture précédente puis apposa ses initiales.

« Je dois dire, reprit-il d'un ton légèrement chagrin, que je m'attendais à quelque chose de plus original de votre part. L'affaire Brandt-Guillaume a déjà fait couler beaucoup d'encre. Qu'est-ce qui vous a donc tant intéressé ? L'affrontement à distance entre Wolf et ce minable colonel tchèque aveuglé par l'idéologie ?

— Non, répondis-je, je vous rejoins : le scénario en lui-même ne présente qu'un intérêt relatif. Par contre, je n'en dirais pas autant du traitement.

— J'y ai pensé, bien entendu, dit Quinteros. Vous allez devoir documenter tout ça, échafauder la légende de Stepanek, écrire un rapport de police sur l'arrestation d'Eva Brzyna, et j'en passe et des plus difficiles. J'ai bien peur que les risques ne s'annoncent disproportionnés par rapport à l'enjeu du dossier.

— Je n'en suis pas si sûr », dis-je en souriant.

Et je lui racontai l'histoire des dix-sept mille sacs

d'archives de la Stasi et de la récente décision de Helmut Kohl d'en confier la reconstitution à une équipe de spécialistes. À mesure que je détaillais mon plan, les émotions se succédaient sur le visage de Quinteros : l'excitation d'abord, puis l'enthousiasme et enfin l'incrédulité.

« Vous voulez dire que vous allez écrire vos sources, puis les passer vous-même à la broyeuse ? demanda-t-il enfin en secouant la tête.

— Exactement. J'ai fait acheter la semaine dernière par un intermédiaire une machine d'occasion du modèle qu'utilisait la Stasi. Rien ne ressemble plus à une lanière de papier qu'une autre lanière de papier. Personne n'imaginera une seconde que les documents réassemblés puissent être des faux. Je sais que cela peut paraître paradoxal mais jamais des sources aussi sensibles ne seront aussi peu soupçonnées d'avoir été maquillées.

— Très habile, murmura Quinteros, visiblement soufflé par tant d'audace.

— Il y a malheureusement une faille..., soupirai-je comme si je venais seulement de la remarquer.

— Une faille ? Quelle faille ? » paniqua Quinteros.

Il était amusant de voir à quelle vitesse il s'était approprié le dossier.

« Nous ne sommes pas maîtres du calendrier, expliquai-je. Selon mes renseignements, les assembleurs de Zirndorf traitent un sac en trois mois. Multipliés par dix-sept mille sacs, je vous laisse faire le calcul. Par ailleurs, nous devons glisser nos faux documents dans plusieurs sacs différents, pour tenir compte du fait que les dossiers de Guillaume, Stepanek et

Brzyna, pour ne citer qu'eux, n'étaient pas conservés au même endroit.

— Mais alors, gémit Quinteros catastrophé, les assembleurs ne vont pas retrouver les sources simultanément. Comment feront-ils le rapprochement ? »

C'était une question que j'avais tournée et retournée cent fois dans ma tête lors de mes interminables promenades en forêt.

« J'ai lu que les assembleurs commençaient par les documents les moins endommagés. Je pense pouvoir jouer sur la taille des lanières et sur le sens dans lequel les pages ont été introduites dans la broyeuse pour déterminer grossièrement quand tel ou tel sac sera examiné. Par ailleurs, je ne tiens pas à ce que l'affaire éclate aujourd'hui. Guillaume et Brandt sont morts il y a quelques années, mais d'autres protagonistes sont encore en vie, à commencer par Markus Wolf et Erich Mielke...

— Pourquoi dans ces conditions, m'interrompit Quinteros, avoir insisté pour écrire votre dossier aujourd'hui ? Rien ne pressait.

— Vous ne comprenez pas, dis-je sans réaliser sur le moment mon impertinence. Les sacs ne vont pas rester indéfiniment à Zirndorf. D'ici à quelques années, quelques mois peut-être, le gouvernement fédéral les fera transférer au ministère de la Défense ou dans un quelconque institut auquel nous n'aurons plus aussi facilement accès. »

Le regard de Quinteros s'illumina.

« En somme, vous allez mettre le feu aux poudres maintenant, mais avec une très longue mèche.

— C'est un peu ça, oui », souris-je en goûtant la

métaphore. Sous la façade du bureaucrate affable, je retrouvais l'ancien agent et officier traitant. « J'ai beaucoup réfléchi au découpage de l'intrigue. Elle fonctionnera à plusieurs niveaux. Dans un premier temps, les assembleurs tomberont sur le dossier de Guillaume. Sachant que je vais devoir l'écrire en me basant sur des documents publics, il sera volontairement peu étoffé, mais comprendra certains morceaux choisis : quelques messages codés émanant de Wolf dans lesquels celui-ci demande à son agent de se renseigner sur certains sujets bien précis, le récit du recrutement de Guillaume, un profil psychologique attestant son goût pour les prostituées de luxe, etc.

« Quelques années plus tard, les assembleurs reconstitueront deux nouvelles sources mais ne penseront pas à les rapprocher l'une de l'autre. La première, le dossier d'Eva Brzyna, montrera comment la Stasi, sachant Guillaume sur la sellette, tenta de le sauver en discréditant le témoignage de la call-girl. Le nom de Stepanek apparaîtra pour la première fois, comme celui du colonel de la Stasi qui avait piloté plusieurs années auparavant la première opération Brzyna. La deuxième couvrira les minutes du procès hautement confidentiel de quinze officiers de la Stasi, jugés pour haute trahison. Dans ce document, les prévenus ne seront pas identifiés par leur nom...

— Je vous vois venir, poursuivit Quinteros. Ce n'est que bien plus tard qu'on exhumera enfin le dossier d'un certain Andreas Stepanek, jugé, condamné et exécuté pour haute trahison le jour même de l'arrestation de Guillaume. Le BND établira le lien avec le Stepanek qui contrôlait Eva Brzyna et pourra enfin mettre un nom sur le corbeau qui dénonça Guillaume.

— Exactement, dis-je, impressionné par la vivacité de Quinteros. Ajoutez à cela que le dossier de Stepanek mentionnera ses liens privilégiés avec Erich Mielke, et le BND aura un aperçu des luttes intestines qui déchiraient la Stasi. »

Quinteros garda le silence quelques instants. Je pouvais voir qu'il redéroulait mentalement toute la pelote du raisonnement.

« Je ne sais pas quoi dire, reprit-il enfin. Vous construisez un puzzle dans un puzzle, c'est vraiment magistral.

— Merci, fis-je aussi modestement que possible. Je vois même trois puzzles : l'assemblage des lanières, le rapprochement spatial des sources trafiquées et la reconstitution de l'histoire d'Andreas Stepanek.

— Bon sang ! s'exclama Quinteros. Dépêchez-vous de ficeler votre dossier, que je puisse l'inscrire au programme de l'Académie pour la rentrée prochaine.

— Justement, dis-je, vous m'aviez proposé votre aide...

— Elle vous est acquise. Que puis-je faire pour vous ?

— Pour commencer, je vais avoir besoin de renseignements sur l'entrepôt de Zirndorf : comment est-il gardé, les sacs sont-ils scellés, ce genre de choses...

— J'appelle Munich immédiatement. C'est comme si c'était fait. Autre chose ? »

Le fonctionnaire avait cédé la place à l'homme

d'action, habitué à décider rapidement. Je décidai d'en profiter.

« Il me faudrait également des échantillons des codes secrets qu'utilisait la Stasi et la liste complète des déplacements de Guillaume entre 1969 et 1974.

— Mmm... Je devrais pouvoir vous trouver ça, estima Quinteros, qui prenait des notes pour ne rien oublier.

— Et un germaniste évidemment. Si possible avec une certaine expérience du renseignement.

— Vous aurez tout cela, j'en réponds. »

Le travail sur les sources me prit infiniment plus de temps que l'écriture du scénario. J'y apportai un soin quasi thorsénien. Moi qui me fiais d'habitude à mon premier jet, je fis des dizaines de brouillons des minutes du procès de Stepanek. J'étudiais des milliers de transmissions entre la Normannenstrasse et ses agents pour m'imprégner du style de Wolf et repérer ses abréviations et tournures les plus caractéristiques. Je me forçai à noircir cinquante pages sur la vie de Stepanek et finis par n'en utiliser que deux ou trois épisodes. J'avançais plus lentement qu'à l'accoutumée, mais en ressentant pour la première fois l'ivresse authentique du falsificateur, et ce alors même que les risques d'être démasqué n'avaient objectivement jamais été aussi faibles.

Le 5 décembre 1996, je conviai Quinteros, qui en mourait d'envie, à m'aider à accomplir l'avant-dernière étape du projet, la plus paradoxale aussi puisqu'elle consistait à détruire méthodiquement ce que j'avais eu tant de mal à construire et à jeter une bouteille à la mer en tablant sur la perspicacité des générations futures. Une à une, les pièces du dossier passèrent à la broyeuse, dont je changeais les réglages entre chaque document sur instruction de Quinteros. Quand je ferme les yeux, je peux encore entendre sa voix chevrotante : « Écartement : quatre millimètres. Introduction en longueur. À mon commandement, chargez ! » La machine crachait alors quelques lanières noires et blanches, que je recueillais précautionneusement dans un sachet en plastique pré-étiqueté.

J'aurais eu mauvaise grâce à refuser cette petite faveur au directeur de l'Académie tant il m'avait aidé au cours des derniers mois. Il avait notamment dégotté plusieurs témoignages d'anciens agents qui avaient travaillé pour Wolf et Mielke et qui m'évitèrent quelques bourdes dont mon dossier ne se serait probablement pas relevé.

J'avais prévu de m'introduire dans l'entrepôt de Zirndorf le 24 décembre au soir. Le bureau de Munich s'était assuré la complicité de deux des trois vigiles qui devaient assurer la garde ce soir-là. Il était prévu qu'ils appelleraient vers 17 heures la société de gardiennage qui les employait, prétextant un virus intestinal pour ne pas prendre leur tour le soir même. Le dispatcheur pesterait d'abord contre ces tire-au-flanc qui se défilaient pour passer Noël en famille, puis réaliserait qu'il n'avait plus le temps de leur trouver des remplaçants. Avec un seul vigile et une alarme dont je connaissais le code de désactivation, l'affaire paraissait jouable.

Malheureusement, Quinteros ne l'entendait pas de cette oreille. Il me convoqua dans son bureau la veille de mon départ pour Munich.

« Qu'est-ce que j'apprends ? Que mon meilleur pensionnaire veut risquer de bousiller sa carrière en jouant les monte-en-l'air ? Vous connaissez pourtant la politique de la maison : nous sous-traitons systématiquement les basses besognes.

— C'est une opération complexe, me défendis-je, je ne suis pas certain d'avoir accès à la totalité des sacs. Il faudra improviser, peut-être même tout annuler.

— Allons, ça ne tient pas debout. Vous ne savez même pas crocheter une serrure. Et que direz-vous si vous êtes pris ? Je vois d'ici les titres des journaux : un Islandais maquille les archives de la Stasi... »

Comment lui faire comprendre que depuis le galochat, je me sentais incapable d'exposer la vie d'autrui ? C'était mon dossier, j'entendais en assumer toute la responsabilité.

« J'ai tout prévu, dis-je. Je me présenterai comme un nostalgique du pacte de Varsovie qui voulait garder un souvenir de la guerre froide. »

Quinteros gloussa.

« C'est amusant. J'ai donné exactement les mêmes instructions aux deux hommes que j'ai recrutés. Sauf qu'eux sont est-allemands, que Berlin leur a construit une légende sur mesure et que leurs voisins déclareront au BND qu'ils célébraient chaque année l'anniversaire d'Erich Honecker. Ah, et j'oubliais, ils sont spécialistes du combat rapproché, porteront des lunettes à vision nocturne, sont entraînés pour déjouer les détecteurs de mensonge et ils n'incrimineront pas le CFR pour la bonne et simple raison qu'ils n'en connaissent pas l'existence. »

Le bougre avait pensé à tout. Je soupirai.

« Alors je ne vais pas à Munich ?

— Mais si, dit Quinteros. Vous brieferez nos hommes le 24 dans l'après-midi et vous les attendrez à l'aéroport de Nuremberg, dont ils repartiront une fois la mission terminée. »

Tout se déroula comme prévu. Je transmis mes consignes aux mercenaires de Quinteros dans une chambre d'hôtel de la banlieue de Munich. Je leur remis également le plan de l'entrepôt que nous avions photographié un mois plus tôt chez l'architecte qui avait dessiné le bâtiment. Ils se fichaient éperdument de nos motifs. Quand j'essayai d'expliquer à l'un d'eux pourquoi il devait placer les documents broyés dans trois sacs différents, il m'arrêta et me demanda de lui préciser plutôt la marque et le modèle du système d'alarme.

Ils s'introduisirent dans l'entrepôt à 20 h 52 et en ressortirent à 21 h 16, juste à temps pour attraper le dernier vol de Berlin. Ils avaient coupé l'alarme et suspendu les caméras de surveillance, mais le vigile n'avait rien remarqué, occupé qu'il était à regarder un programme de variétés à la télévision. Les deux hommes, professionnels jusqu'au bout, me rendirent le plan de l'entrepôt et les sachets en plastique puis disparurent dans la foule. Je réalisai que je ne connaissais même pas leur nom.

De Nuremberg, je m'envolai pour l'Islande. Je passai une petite semaine à Húsavík chez ma mère, qui me croyait sous-directeur d'une société d'exploitation forestière sibérienne. Je rentrai à Krasnoïarsk le jour de la Saint-Sylvestre, juste à temps pour passer le réveillon seul dans la salle télé en compagnie de Charlie Chaplin.

Je m'étais découvert à Krasnoïarsk une passion nouvelle pour le cinéma. L'Académie, jamais avare de ses deniers quand il s'agissait de distraire ses pensionnaires pendant les longues soirées d'hiver, possédait plusieurs milliers de cassettes vidéo dans toutes les combinaisons de langues et de sous-titres imaginables. Il suffisait de mentionner un film devant la bibliothécaire pour le trouver dans les rayons une semaine plus tard. Je revis tous les Hitchcock, même ceux de la période anglaise moins connus que ceux que sir Alfred réalisa à Hollywood, les Fritz Lang, les Mankiewicz. Je me repassais inlassablement les douze films de Kubrick, avec une tendresse particulière pour le génial *Docteur Folamour*.

Dernièrement, Stéphanie Brioncet m'avait initié à Chris Marker. J'avais beaucoup lu sur ce réalisateur français dans le cadre du *Bettlerkönig*, mais je n'avais vu aucun de ses films. D'après Stéphane, Marker (le pseudonyme sous lequel s'abritait Christian François Bouche-Villeneuve) jouissait dans les milieux intellectuels français d'une aura spéciale qu'il devait curieusement à son unique œuvre de fiction, une sorte de roman-photo intitulé *La Jetée*. Dans *La Jetée*, un groupe de scientifiques envoie un homme dans le passé en espérant qu'il pourra en ramener de quoi aider les rescapés qui vivent dans des catacombes depuis que la guerre nucléaire a ravagé Paris. Étaient-ce les plans fixes, les voix des scientifiques qui chuchotaient en allemand, la photographie noir et blanc à gros grain, la splendeur du texte, l'ensemble dégageait une charge poétique que je n'ai jamais retrouvée au cinéma. Après ce coup de maître, Marker avait beaucoup voyagé, tournant essentiellement des documentaires qu'on pouvait croire engagés, mais qui traduisaient surtout son émerveillement constamment renouvelé devant la grâce du monde. J'aurais aimé le rencontrer.

Il faut dire qu'en matière de divertissement l'Académie aurait rendu des points au bunker berlinois d'Adolf Hitler. Pendant ces six premiers mois, j'avais passé le plus clair de mes loisirs à visionner des films et à écluser les classiques de la littérature sud-américaine — Borges, Cortázar, García Márquez, Bioy Casares. La nuit, quand le souvenir de John Harkleroad m'empêchait de dormir, je me traînais jusqu'au laboratoire de langues et j'enfilais un casque pour entretenir mon allemand et mon français. J'appris à me débrouiller en russe en parlant avec les femmes de chambre.

Mes condisciples privilégiaient des distractions moins cérébrales. Ils sortaient presque tous les vendredis et samedis soir dans les night-clubs branchés de Krasnoïarsk pour se mêler à des foules de techniciens agricoles et de soldats permissionnaires en délire. Accoudé à ma fenêtre, je regardais les filles maquillées comme des voitures volées descendre précautionneusement les marches verglacées du pavillon de chasse pour s'engouffrer à l'arrière des Zil. Après quelques heures de sommeil, les plus motivés retournaient même en ville le dimanche pour soutenir les innombrables équipes de football et de hockey qu'alignait Krasnoïarsk. La capacité des hommes à prendre fait et cause pour un club ou un sport dont ils n'avaient jamais entendu parler une semaine plus tôt ne laissera jamais de me stupéfier. Quant à moi, je restais fidèle à l'équipe de foot de ma jeunesse, l'Ungmennafélag Grindavíkur, qui, soixante et un ans après sa création, courait encore après un premier titre en championnat national.

Mais il n'était point besoin d'être grand clerc pour deviner ce qui tourmentait par-dessus tout les pensionnaires de l'Académie, onze garçons et neuf filles célibataires que leur engagement professionnel semblait condamner à la solitude éternelle. D'après Stéphane, qui avait développé un béguin pour l'Irlandaise Aoifa (sans en être à ce jour payé de retour), l'Académie constituait notre dernière chance de trouver l'âme sœur. Il tenait en effet pour acquis que les membres du CFR, s'ils ne dédaignaient pas la gaudriole tous azimuts dans leur jeune âge, finissaient toujours par se marier entre eux. Il en concluait que nous n'aurions plus jamais un choix aussi large que pendant ces trois années passées sur les bancs de l'école. À l'écouter, j'avais intérêt à me dépêcher : Amanda était déjà en main (la Sud-Africaine filait le parfait amour depuis l'été avec le Russe Valery), Lena me fuyait comme un pestiféré et il me conseillait de rester à l'écart d'Aoifa si je tenais à la vie. Cela ne me laissait, tout bien considéré, que six chances de repartir de Krasnoïarsk la bague au doigt.

En admettant que c'eût été mon but, la mésaventure qui arriva quelques semaines plus tard à Matt Cox acheva de me convaincre que ces choses ne se commandent pas. Nous dînions tous ensemble au restaurant quand Lena arriva avec son plateau et se planta devant l'Américain, qui offrait de se serrer contre son voisin pour lui ménager une place. Nous dûmes avoir un pressentiment général, car les conversations s'arrêtèrent subitement.

« Merci, Matt, dit Lena, mais je préfère dîner seule pour relire mes notes de cours. Ah, au fait, je te devais une réponse. » Elle se tourna vers nous et expliqua : « Matt m'a demandée en mariage la veille de Noël. Il m'a montré un diamant si gros que je le soupçonne de l'avoir volé aux Bochimans. Je lui ai réclamé un peu de temps pour y réfléchir. »

Sans même regarder l'Américain dans les yeux, elle poursuivit :

« C'est non, évidemment. Enfin, Matt, soyons sérieux : tu m'imagines avec un tablier autour de la taille dans ma cuisine à Lansing, Michigan ? »

Cox me faisait face. Il n'avait pu s'empêcher de blêmir, mais il s'efforça de rebondir avec ce cran que j'ai toujours admiré chez les Américains :

« Qui a dit que nous habiterions aux États-Unis ? Nous pourrions vivre n'importe où. »

Il aurait évidemment mieux fait de se taire, car Lena, qui avait préparé sa réponse, l'acheva impitoyablement.

« Ça, c'est toi qui le dis. Vu ton classement actuel, je crains que tu ne sois guère en mesure de choisir ta prochaine destination. »

Puis elle tourna les talons et alla s'asseoir au fond de la cafétéria, tandis que je me demandais une fois de plus quand le destin consentirait enfin à me délivrer de la compagnie de Lena Thorsen.

6

Les centaines d'heures passées sur le dossier Stasi ne m'avaient pas trop pénalisé. J'occupais encore la troisième place du classement à l'entame de la dernière semaine d'examens.

L'ambiance à la résidence s'était notablement tendue. Les sorties s'espaçaient, le salon télé se vidait et il était de moins en moins rare de rencontrer un condisciple le nez dans l'Atlas de la CIA devant la cheminée du foyer à 2 heures du matin. Quinteros, en véritable virtuose des barêmes, n'avait rien laissé au hasard : il restait juste assez de points à attribuer pour que les moins bien lotis croient encore en leurs chances et que les mieux classés ne puissent tout à fait lever le pied.

Car si je ne doutais plus guère d'accrocher un grand corps, seule une place dans le trio de tête me garantirait de pouvoir choisir le Plan, sur lequel j'avais définitivement jeté mon dévolu depuis qu'Angoua Djibo était venu nous rendre visite pendant l'hiver.

Je comprenais désormais mieux la fonction du Plan. Les jeunes agents ne connaissent généralement ce corps que par ses instructions au phrasé administratif auxquelles leurs officiers traitants les obligent à se conformer scrupuleusement. Au fil des ans, j'en étais venu à considérer les directives de Toronto comme un garde-fou intellectuel qu'un peu d'astuce suffisait généralement à contourner. J'échafaudais d'ailleurs mes dossiers sans jamais me référer au Plan, en sachant que je trouverais bien un moyen, le moment venu, de les rattacher à une quelconque directive. C'est ainsi que le *Bettlerkönig* était devenu une réflexion sur le thème de la propriété foncière et le dossier Stasi une condamnation implacable de l'État policier, deux combats qui m'indifféraient *a priori* mais que j'avais feint d'embrasser pour obtenir un coup de tampon. Un garçon comme Youssef procédait de manière inverse. Il s'absorbait dans la lecture du Plan jusqu'à le connaître pratiquement par cœur, choisissait ensuite la directive qui correspondait le plus à ses convictions personnelles pour s'atteler enfin à l'écriture d'un scénario sans grande imagination qu'il s'étonnait d'entendre qualifié de scolaire. J'en avais un peu vite conclu que je ne m'épanouirais jamais au Plan, qui devait au demeurant chercher des profils plus appliqués et moins fantaisistes que le mien.

Les six conférences que nous donna Djibo entre janvier et février 1997 m'amenèrent à reconsidérer intégralement ma position. Car il devenait clair, en écoutant le patron du Plan, que les directives découlaient logiquement, sans jamais la précéder, de la réflexion du CFR sur le sens de l'Histoire. Si le dernier plan triennal jugeait par exemple nécessaire de souligner les dangers du totalitarisme, c'est qu'une poignée d'hommes et de femmes dont je ferais peut-être demain partie avaient estimé que quelques dossiers judicieusement conçus pouvaient insensiblement — mais bien réellement — modifier l'équilibre du monde et empêcher celui-ci de retomber dans les ténèbres dont il venait à peine de s'arracher.

Pour tout dire, je trouvais en soi déjà admirable que des individus d'horizons et de cultures si différents parvinssent à se mettre d'accord sur tous ces sujets qui déchiraient la planète. Le Comité directeur du Plan, au sein duquel étaient représentées toutes les ethnies et religions principales, n'avait aucun équivalent dans le monde, pas même les Nations unies, dont les délégués ne représentent jamais que le pays qui les a nommés. Les sages de Toronto, comme on les surnommait au sein du CFR, prêtaient le jour de leur nomination le serment de servir le genre humain en faisant abstraction des préjugés et croyances qui avaient de tout temps divisé les peuples. Ils s'appuyaient sur les travaux des meilleurs historiens du monde, sans chercher à déterminer lequel avait raison ou tort, mais en s'efforçant au contraire d'en faire la synthèse, pénétrés qu'ils étaient de l'intime conviction que le progrès de l'humanité passe par l'assimilation et jamais par le rejet. Comme nous tous, ils constataient à la fois l'essor des néo-conservateurs à Washington, la laborieuse construction de l'Union européenne, l'émergence d'un islamisme radical en Afghanistan ou la répression des droits de l'homme en Chine. Mais contrairement à la plupart d'entre nous, ils se gardaient de la tentation de décerner des bons et des mauvais points. Ils voulaient comprendre plus que juger et partaient du principe que tous les hommes étant égaux, une partie de l'humanité n'avait jamais totalement raison ou tort. Si la Chine tardait à se libéraliser, c'était sans doute qu'on ne pouvait pas diriger — au moins en cette fin de xxe siècle — un pays de plus d'un milliard d'habitants comme on dirigeait le Danemark ou Singapour. Si les néo-conservateurs gagnaient en influence, c'est sans doute qu'ils n'avaient pas tout à fait tort d'affirmer que les États-Unis assuraient désormais seuls la sécurité de la planète, mission dont semblait s'être graduellement dessaisie une Europe dont la protection sociale absorbait une part grandissante de la richesse. Toronto, nous dit Djibo, ressemblait à une salle de réunion dans laquelle un Américain, un Iranien, un Chinois et un Français auraient accepté d'entrer en faisant vœu de se mettre d'accord sur le plus grand nombre de sujets possible sans avoir à répondre des gesticulations de leurs dirigeants politiques ou leaders religieux.

« Nous sommes extraordinairement confiants sur l'avenir de l'humanité, avait déclaré Djibo, en conclusion de sa dernière conférence. Tous les indicateurs que nous utilisons — et que nous avons pour certains reconstitués sur plusieurs siècles — sont au vert : mortalité infantile, espérance de vie, alphabétisation, nombre de victimes des guerres de religion ou des épidémies évoluent tous dans le bon sens. L'économie de la planète connaît une expansion sans précédent, nourrie par le développement du commerce international et l'innovation technologique. Cela ne signifie évidemment pas que chacun profite également de la mondialisation. Le Japon, certaines nations européennes qui ont à la fois perdu le goût du travail et celui de faire des enfants ont du souci à se faire. Les Français qui n'ont que le mot de redistribution à la bouche n'arrivent pas à se résoudre à partager leur richesse avec des Indiens ou des Chinois. Et pourtant, pour un emploi qui disparaît à l'Ouest, ce sont dix familles qui sortent de la pauvreté en Chine ou en Inde. Quel dommage que tant de penseurs et de journalistes restent hermétiques aux chiffres qui seuls peuvent donner la mesure de la révolution qui est en marche. Ils vous expliqueront que le sida est la malédiction de notre époque, en feignant d'oublier — l'ont-ils jamais su d'ailleurs ? — que la peste fit sur la seule année 1348 plus de victimes en Europe que le sida n'en a fait dans le monde depuis vingt ans. Ou qu'il fallut ensuite attendre plus de cinq siècles pour éradiquer la peste, alors que personne n'oserait prédire que le sida tuera encore dans cinquante ans. Nous vous apprendrons, si vous rejoignez le Plan, à écarter ces œillères et à considérer le genre humain comme un corps indivisible qui prend chaque jour un peu plus confiance dans sa capacité à façonner son destin. »

Je ne saurais expliquer pourquoi ce discours m'impressionna autant. Sans doute exprimait-il mieux que je n'aurais su le faire cette sensation que j'éprouvais confusément d'assister à l'apparition d'une civilisation mondiale, civilisation à qui il restait encore à trouver son mode de gouvernance, mais qui semblait plus unie que jamais autour de quelques principes clés comme la liberté, la science et l'abondance matérielle. Pendant longtemps, les hommes avaient pu s'ignorer. Égyptiens et Chinois avaient chacun cru dominer le monde sans jamais se rencontrer ; catholiques et musulmans campaient sur leurs positions depuis les Croisades ; le Nord avait oublié le Sud. Tout cela n'était désormais plus possible. Les mass media, le transport aérien, l'éducation avaient aboli les distances et confronté chacun d'entre nous à tous les autres styles de vie, suscitant fatalement l'envie, la rancœur ou l'indignation. Pêle-mêle, les citoyens d'Europe de l'Est s'étaient mis à rêver de voitures et de lave-linge ; les nations à héritage chrétien avaient découvert le sort inique fait aux femmes dans tant de sociétés ; et de nombreux musulmans s'étaient senti insultés par la dépravation des mœurs occidentales. Dans certains cas, le choc avait été trop brutal et avait engendré des conséquences inattendues : des peuples avaient renversé leurs tyrans, les imams avaient décrété des fatwas à la chaîne. Mais, dans le même temps, les instances de dialogue s'étaient multipliées — Nations unies, G8, OPEP, Club de Paris — et les débats avançaient bon train. Plus personne ne doutait qu'il allait falloir apprendre à vivre ensemble. Comme le disait Chris Marker, « au XIXe siècle, l'humanité avait réglé ses comptes avec l'espace ; l'enjeu du XXe siècle était la cohabitation des temps ».

Même si j'avais l'impression de reconnaître mieux que la plupart de mes condisciples la mélodie enfouie dans la cacophonie de l'histoire, je n'avais jamais imaginé pouvoir contribuer à en écrire la partition. C'était pourtant ce que nous proposait Djibo quand il développa devant nous le concept du porte-à-faux historique. De temps à autre, une idéologie s'éloignait à ce point de sa mission initiale qu'elle se mettait à ressembler à ces personnages de dessins animés qui courent au-dessus d'un précipice mais tombent dès qu'ils réalisent qu'ils sont en train de défier les lois de la gravité universelle. Les analystes du Plan tâchaient de prédire plusieurs années à l'avance le moment où ces régimes qu'on avait crus indestructibles s'écrouleraient brutalement sous le poids de leur incohérence. Les directives qu'ils rédigeaient ensuite ne visaient à rien de moins que précipiter l'histoire, au sens où un agent chimique force des particules en suspension à se déposer au fond d'un verre. Devant notre incrédulité, Djibo avait rappelé l'histoire d'Ilie, cet agent de Craiova qui, avec la complicité involontaire de CNN, avait accéléré la débâcle de Ceauşescu. Les Roumains savaient depuis longtemps que le communisme avait échoué, mais ils n'avaient jamais trouvé la force de chasser son représentant. Et pourtant, à la minute où ils découvrirent les images des charniers de Timişoara, ils sortirent de leur torpeur et se soulevèrent en masse. Trois jours plus tard, Ceauşescu était mort. Comme le dit Djibo, « le régime roumain était un taureau blessé, il suffisait d'une banderille bien placée pour en venir à bout ». Ce que sa modestie lui interdisait de dire, c'est que le plan triennal 1989-1991 encourageait les agents du CFR à « mettre en scène les injustices et les actes de cruauté perpétrés au nom du communisme ».

Les paroles de Djibo m'avaient procuré un certain apaisement. Quand Amanda Postlewaite lui avait demandé s'il fallait voir dans son humanisme historique une indication de la finalité du CFR, le Camerounais avait esquissé un sourire et répondu énigmatiquement : « En partie mais pas seulement. » Le simple fait que Djibo n'ait pas totalement éludé la question avait suffi à électriser l'assistance. Pour la première fois, un membre du Comité exécutif consentait à lever légèrement le voile sur la raison d'être de notre organisation. Je n'accéderais pas d'ici longtemps à la révélation suprême — si j'y accédais un jour —, mais il me semblait désormais que je m'accommoderais plus facilement de mon ignorance.

Les présentations des deux autres corps m'avaient paru bien ternes en comparaison. Malgré tous les efforts de Claas Verplanck, le patron néerlandais de l'Inspection générale, je n'arrivais pas à m'imaginer sous les traits d'un super-contrôleur débarquant inopinément dans une antenne pour évaluer la sécurité de ses protocoles de transmission ou son respect de la dernière directive des Ressources humaines sur le harcèlement sexuel. Je n'ignore évidemment pas que toute organisation a besoin d'auditeurs et j'ai toujours admiré le dévouement des serviteurs de l'ordre, mais je ne me voyais tout simplement pas dans ce rôle.

Restaient les Opérations spéciales. L'ignoble Khoyoulfaz n'avait pas daigné se déplacer (il était soi-disant en mission) et avait envoyé son adjoint japonais, un dénommé Ito, qui s'était borné à nous répéter avec son accent déplorable ce que nous savions déjà : les Opérations spéciales intervenaient chaque fois que le CFR était menacé ; elles comptaient moins d'une centaine de membres que leur connaissance des secrets honteux de l'organisation obligeait à un devoir de réserve draconien. Le prestige de son corps dispensait au demeurant Ito d'être brillant : tous mes condisciples rêvaient de rejoindre les Opérations spéciales. Stéphane Brioncet assimila même devant moi, le soir où nous célébrâmes la fin des tests, les « OS boys » aux agents « 00 » du MI6 britannique, ces espions d'élite que leur matricule autorise à tuer en mission. Je me gardai de lui faire remarquer que Khoyoulfaz avait la détente encore plus facile que James Bond. Il ne m'aurait pas cru.

Le grand jour arriva enfin. Il régnait ce matin-là à la résidence une étrange ambiance, où l'excitation à l'idée de partir en vacances (nous avions royalement droit à deux mois de congés) le disputait à l'angoisse de finir dans la deuxième moitié du classement. Exceptionnellement nous petit-déjeunâmes ensemble, dans une sorte de naïve tentative d'affirmation de notre solidarité face à l'administration qui s'apprêtait à nous diviser. À nous voir tous attablés devant des mets différents — des filets de hareng avec du riz pour Ichiro, un bol de céréales pour Matt, une omelette pour Amanda, un observateur n'aurait jamais cru que nous formions une seule équipe. Pourtant ce matin, la camaraderie était palpable. Même Lena, qui s'était imperceptiblement maquillée en prévision des honneurs qui l'attendaient, se montrait enjouée et riait aux plaisanteries de Stéphane.

Soudain, Luis Carildo, le Mexicain, réclama l'attention en choquant un couteau contre son verre. Il voulait nous souhaiter de bonnes vacances et nous remercier pour « une année formidable ». Ce n'est qu'en entendant mes voisins s'esclaffer que je réalisai qu'il était en train d'imiter Alfredo Quinteros : le même ton ampoulé, les mêmes adjectifs vides de sens, la même enflure bureaucratique quand il expliqua qu'au vu de la situation géopolitique actuelle, il venait de recommander au Comité directeur de l'Académie l'installation de caméras de surveillance dans les toilettes et les douches de la résidence. Les gloussements se transformèrent en hurlements de rire quand Luis commença à se tamponner le front avec une serviette de table, qu'il bourra ensuite dans sa manche droite en la remontant péniblement jusqu'au biceps (Quinteros se vantait de faire deux cents pompes tous les matins ; on ne l'aurait jamais cru à voir sa silhouette rondouillarde). Puis il sortit une liste de sa poche et nous donna lecture d'un « palmarès spécial » dans lequel il décernait à chacun un prix unique reflétant sa contribution à la vie de la communauté. Les intitulés ne manquaient ni d'humour ni de justesse. Stéphane et Lena étaient distingués dans la catégorie « Humeur la plus égale », sous-catégorie « Bonne » pour Stéphane et « Mauvaise » pour Lena, Vitaly hérita du titre de « Meilleur interprète masculin » (il chantait *Boris Godounov* en costume dans le foyer) et la Chinoise Ling Yi de celui de « Meilleure source de référence » (elle pouvait réciter sans effort des centaines de statistiques économiques ou démographiques sur n'importe quel pays du monde).

Quand arriva mon tour, Luis m'affubla du sobriquet de « lonesome cow-boy » en référence à mes interminables sorties en forêt. J'ouvris la bouche pour protester, mais réalisai aux éclats de rire de l'assemblée que le Mexicain avait mis dans le mille. Et soudain, je compris de manière fulgurante que j'avais raté mon année. Oh, bien sûr, je sortirais dans le haut du panier et mon dossier Stasi resterait dans les annales du CFR. Mais j'avais échoué sur l'essentiel en ne comprenant pas ce que l'Académie avait à m'offrir. Alors que j'étais entouré de dix-neuf des plus singuliers esprits de la planète, j'avais passé mon année cloîtré dans ma piaule, à découper des languettes de papier et à visionner en boucle les courts-métrages d'un documentariste français. J'avais été incapable de renouer le contact avec Youssef et Magawati. Et enfin, moi qui me targuais de mon ouverture, je n'étais sorti qu'une fois de Krasnoïarsk pour aller jouer les agents secrets dans une zone industrielle de la banlieue de Nuremberg. C'était pathétique et les larmes me montèrent aux yeux.

On applaudissait Luis, puis tout le monde se leva autour de moi. Il était l'heure. Je sentais bien que Stéphane touchait mon épaule, mais j'entendais à peine sa voix. J'avais l'impression d'avoir du coton dans les oreilles. Les implications de ma découverte se bousculaient dans mon cerveau. Cette année avait coulé entre mes doigts comme de l'eau... Une chance pareille ne se représenterait jamais... Un million de dollars parti en fumée... J'avais volé la place de quelqu'un d'autre... Cette fascination morbide pour la taïga sibérienne... Et ces paroles de Djibo à Honolulu... « Vous avez tant à apprendre les uns des autres... Une diversité sans équivalent au monde... Chacun de vous est unique... Ne laissez pas votre richesse s'éteindre avec vous... »

Je suivis Stéphane comme un automate. Je ne pouvais plus continuer ainsi, à tromper mon monde et à me tromper moi-même. Je devais choisir entre le présent et le passé, entre le monde des vivants et celui des spectres.

Je ne garde qu'un souvenir approximatif du reste de la matinée. Quinteros arborait un costume blanc fraîchement repassé. Il me semble qu'il compara dans son discours le CFR à une armée dont il lui appartenait maintenant de désigner les commandants. De toute façon, j'étais trop groggy pour le suivre dans ses métaphores militaires. Et puis je confonds peut-être avec un autre jour, il pérorait si volontiers. Quelqu'un avait dû pousser les radiateurs à fond, on suait à grosses gouttes. Ou était-ce moi seulement ? Pour une fois, Lena s'était assise au dernier rang. Elle savourerait davantage son succès en nous voyant nous retourner. Elle n'avait pas l'air de souffrir de la chaleur.

Enfin, Quinteros sortit une enveloppe de sa poche en nous expliquant pour la énième fois le protocole de la cérémonie qui allait suivre. Chacun d'entre nous devrait, à l'annonce de son nom, indiquer le corps qu'il souhaitait rejoindre dans la limite des places disponibles. Les moins bien classés seraient reversés dans les directions centrales. Tiens, il avait oublié de cirer ses chaussures. Il transpirait lui aussi, mais moins profusément que moi. Il se tamponna le front avec son mouchoir, le fameux mouchoir qui dormait dans sa manche.

Lena fut appelée la première. Rien à dire. Elle

était de nous tous la plus forte, la plus ambitieuse, la plus travailleuse aussi. Elle sourit quand nous nous retournâmes comme un seul homme et je sus que je ne m'étais pas trompé. Elle choisissait les Opérations spéciales. Pas une once d'hésitation dans sa voix. Moi seul savais ce qu'il devait lui en coûter d'entrer sous les ordres de Yakoub Khoyoulfaz, mais l'attrait du prestige s'était révélé irrésistible. Si tous les majors de l'Académie intégraient les Opérations spéciales, Lena Thorsen ne pouvait tout simplement pas aller ailleurs. Drôle de façon de mener sa vie, encore que je ne me sentais guère fondé à lui donner des leçons ces temps-ci.

Somme toute, l'option prise par Lena accroissait mes chances de rejoindre le Plan. Je pouffai nerveusement à l'idée qu'elle venait de me rendre service.

« Tu te sens bien, vieux frère ? murmura Stéphane. Tu transpires comme un bœuf.

— J'appelle à présent Sliv Dartunghuver », annonça Quinteros sans me laisser le temps de répondre à Stéphane.

Je me levai mécaniquement. La gaffe. Nous n'étions pas censés nous lever. Lena ne s'était pas levée. Quinteros était debout mais ce n'était pas pareil. Lena avait choisi les Opérations spéciales. Elle me regardait. Tout le monde me regardait. Bon sang, qu'il faisait chaud. Une année perdue. Maintenant que j'étais debout, je ne pouvais plus me rasseoir. Que me voulaient tous ces gens ? Pourquoi attendait-on toujours autant de moi ?

« Je choisis les Opérations spéciales », dis-je d'une voix qui ne m'appartenait pas.

7

La tentation avait été trop forte.

Tentation de rejoindre le corps le plus mystérieux du CFR, celui qui, à défaut de me révéler la finalité de l'organisation, me livrerait certains de ses secrets les mieux gardés.

Tentation de revoir Khoyoulfaz, de le côtoyer pendant deux ans pour répondre à la question qui n'avait cessé de m'obséder depuis mon arrivée à l'Académie : comment une brute aussi épaisse pouvait-elle diriger l'unité la plus sensible du CFR ? Quelque chose m'échappait forcément.

Tentation d'emprunter une fois de plus la voie la plus difficile, celle qui risquait de me causer le plus de souffrances, mais m'apporterait peut-être un jour le plus de fierté.

Et enfin — pourquoi le nier ? — tentation de suivre encore un peu les traces de Lena Thorsen, avec qui je semblais engagé depuis mon premier jour chez Baldur, Furuset & Thorberg dans une lutte sans merci. J'avais commencé à rêver du Trophée du meilleur premier dossier le jour où Gunnar m'avait appris que Lena avait échoué sur la deuxième marche du podium à Honolulu. De même, j'étais à peu près certain que Lena, n'ayant pu supporter que je la précède pendant une bonne partie de l'année, avait mis un violent coup de collier dans les dernières semaines pour me devancer sur le fil. Quels que fussent nos sentiments l'un pour l'autre, cette émulation jouait un rôle essentiel dans notre ascension à tous les deux. Il ne devait pas rester plus de trois ou quatre lacets jusqu'au sommet, mais je crois que je n'aurais pas eu le courage de reprendre la route si je n'avais su que Lena marchait à mes côtés.

Une fois ma décision annoncée, je m'étais rassis en état de choc. Je ne repris véritablement mes esprits que quelques heures plus tard, quand Stéphane vint me saluer avant de partir pour l'aéroport. Je ne me serais jamais attendu à le voir aussi heureux alors que sa dix-septième place le condamnait à une direction centrale. Mais Aoifa, à peine mieux classée que lui en quinzième position, l'emmenait en Irlande pour le présenter à ses parents. Ils comptaient se marier d'ici à la rentrée. « Dans ces conditions, vieux, rigola-t-il, tu comprendras que je t'abandonne à ta lutte homérique avec la walkyrie et le samouraï » (Ichiro Harakawa avait décroché le troisième ticket qualificatif pour les Opérations spéciales).

La dernière série d'examens n'avait guère bousculé la hiérarchie. Seul Matt Cox avait créé la surprise en effectuant une remontée spectaculaire pour accrocher une place à l'Inspection générale. Autour d'une bière, le soir même, il m'avoua que la saillie publique de Lena l'avait piqué au vif et qu'il avait voulu nous montrer ce dont il était réellement capable. « Sa façon de faire était dégueulasse, commenta-t-il sobrement, n'empêche que je lui dois mon classement. » Décidément, pensai-je, la Danoise avait le don de pousser les hommes à se dépasser.

Amanda Postlewaite, Ling Yi (la « source de référence ») et Francesco Cinotti rejoignaient le Plan, Buhari Obawan, Vitaly Orazov, Ana Gomes et Matt Cox l'Inspection générale. Luis, notre comique de service, était arrivé onzième. Cela ne l'empêcha pas de proposer après le dîner une séance de karaoké dans le foyer. Je fus surpris une fois de plus par l'étendue et la variété de la collection de disques de l'Académie. Luis passa en revue le répertoire des Rolling Stones, Vitaly se révéla un fin connaisseur des Sex Pistols et de Cure. Pour la première fois depuis dix-huit mois, j'oubliai Khoyoulfaz en chantant les duos de John Travolta et Olivia Newton-John avec Amanda. Lena fredonnait dans son coin. Elle alla se coucher tôt. Ichiro, elle et moi avions rendez-vous le lendemain matin avec un instructeur des Opérations spéciales pour ce qui, selon Quinteros, devait être une simple prise de contacts. Je ne voyais pas l'intérêt de me ménager et je fis ce soir-là une consommation immodérée des coktails tequila-vodka-grenadine que Matt préparait à la chaîne.

Deux heures de sommeil plus tard, je poussai la porte de la petite salle de réunion où attendaient déjà Thorsen et Harakawa. Lena jeta un coup d'œil réprobateur à ma coiffure. Ichiro, qui avait pas mal picolé lui aussi, fixait stoïquement un point au plafond. Nous attendîmes quelques minutes en silence.

Ichiro et moi étions incapables de parler. Quant à Lena, elle réservait habituellement ses interventions à ses supérieurs hiérarchiques.

Soudain, la porte s'ouvrit et Khoyoulfaz entra dans la pièce. Je m'étais préparé depuis la veille à cette éventualité. Je me rappellerai toujours que le premier réflexe de Lena fut de se tourner vers moi comme si je détenais le pouvoir de volatiliser les colosses azéris à ma guise. Je haussai les épaules en signe d'impuissance. Après tout, si Khoyoulfaz dirigeait les Opérations spéciales, il était normal qu'il cherche à nous rencontrer sans tarder.

« Bonjour, commença-t-il en s'asseyant en face de nous, je m'appelle Yakoub Khoyoulfaz et je dirige le corps des Opérations spéciales. »

Le simple son de sa voix suffit à me dessoûler. Toutefois, rien dans son entrée en matière ne laissait entendre qu'il nous eût déjà rencontrés, Lena et moi.

« Tout d'abord, je vous félicite pour vos brillants résultats. J'ai étudié vos dossiers dans le détail, suivi l'évolution du classement tout au long de l'année et je n'ai guère de doute sur le fait que j'ai récupéré les trois meilleurs éléments de l'Académie.

« Les Opérations spéciales constituent un corps à part au sein du CFR. Contrairement au Plan ou à l'Inspection générale qui embauchent à tous les niveaux de l'organisation, nous ne recrutons que trois nouveaux agents par an, généralement les meilleurs élèves de leur promotion. Ce mode de sélection a plusieurs conséquences : chacun de nous a fait la preuve de sa valeur et de sa détermination ; nous ne sommes qu'une petite centaine et nous nous connaissons tous ; enfin — et j'insiste sur ce point — nous sommes plus soudés que les cinq doigts de la main.

« Notre corps étant si resserré et sa cohésion si essentielle à son succès, je m'impliquerai personnellement beaucoup dans votre formation. Finis, les cours magistraux et les interrogations écrites : vous passerez les prochaines années sur le terrain, là où le CFR aura besoin de vous, toujours en équipe avec un agent plus expérimenté que vous. Vous ne repasserez par Krasnoïarsk qu'entre deux missions et jamais pour plus de quelques jours... »

Quelque chose clochait. Le Khoyoulfaz que j'avais sous les yeux n'était pas celui qui m'avait assommé dix-huit mois plus tôt à Córdoba. Oh, c'était bien le même homme — même cou taurin, même torse de lutteur —, mais il semblait doué d'une tout autre personnalité. Il était impeccablement mis — costume en cachemire bleu marine et cravate monogrammée. Il s'exprimait d'une voix posée, moins sonore. Son ton enfin, respectueux et chaleureux, ne contenait plus la moindre trace de cette vulgarité qui m'avait tant choqué. Je n'arrivais plus à l'imaginer appelant Lena « mon chou » ou se curant les ongles avec un coupe-coupe. Pour tout dire, il dégageait un charisme auquel il était difficile de rester insensible.

« Il ne me reste qu'à vous souhaiter de bonnes vacances. Revenez-moi frais et dispos car nous démarrerons pied au plancher. »

L'entretien était terminé. Cependant, alors que nous nous levions, Khoyoulfaz me retint par le bras. Je sursautai instinctivement et dégageai mon bras. Je lus dans les yeux de Lena qui n'avait rien perdu de la scène la terreur du lapin pris dans les phares d'une voiture.

« Calmez-vous », chuchota Khoyoulfaz. Puis à voix haute : « Merci, Harakawa. Dartunghuver, Thorsen, vous restez avec moi. »

Ichiro ne fit aucun commentaire et nous laissa seuls. Quelques secondes plus tard, la porte s'ouvrit à nouveau et céda le passage à une vieille connaissance.

« Gunnar ? m'exclamai-je. Que faites-vous ici ?

— C'est bon de vous voir ici », ajouta Lena, qui paraissait soulagée de retrouver un visage connu. Il faut dire que j'avais prouvé par le passé que je n'étais pas de taille à la défendre contre Khoyoulfaz. Gunnar me donna une accolade et se contenta d'un hochement de tête à destination de Lena. Puis il s'assit entre nous, à la place précédemment occupée par Ichiro.

« Ah, mes enfants, je n'aurais manqué ce moment pour rien au monde : deux de mes anciens poulains reçus le même jour dans les Opérations spéciales.

— C'est une première, précisa Khoyoulfaz, goguenard. Tu veux qu'on te grave ça sur une plaque ?

— Ne te moque pas de moi, répondit Gunnar. C'est le plus beau jour de ma carrière. »

Je croisai le regard de Lena. Son cerveau fonctionnait à plein régime. Le mien aussi, sans résultat pour le moment.

« Oui, je vois bien que je vous dois une explication, dit Gunnar. Sur le moment, vous risquez de ne pas la trouver à votre goût, mais je suis certain qu'avec le temps vous finirez par comprendre.

— Laissez-nous en juger, Gunnar », siffla Lena entre ses dents. Elle n'avait plus peur à présent. Elle était juste en colère, ne détestant rien tant quc d'être surprise.

« Bien entendu », dit Gunnar, conciliant. Il se tourna vers moi. « Mon histoire te concerne plus particulièrement, Sliv. Elle débute il y a cinq ans avec ton arrivée chez Baldur, Furuset & Thorberg. J'ai tout de suite compris que j'avais affaire à un élément exceptionnel. Ton imagination, ta curiosité intellectuelle, ta compréhension du monde te plaçaient un cran au-dessus de toutes mes recrues précédentes. Je vous en prie, Lena, ne vous formalisez pas : vous savez ce que je pense de vos qualités de falsificatrice.

— Je ne me formalise pas, dit sèchement Lena. Continuez votre histoire.

— Je me suis efforcé de garder la tête froide. Yakoub ici présent te dira que nos sujets les plus brillants ont parfois causé à cette organisation ses échecs les plus cuisants. Ce qui menace les scénaristes doués, c'est la désinvolture, l'impression qu'ils peuvent se sortir de n'importe quelle mauvaise passe par la seule force de leur imagination. Sans même s'en rendre compte, ils prennent de plus en plus de risques, donnant sans cesse plus de travail à ceux qui sont chargés de les contrôler.

— Ça, je peux en témoigner, grommela Lena.

— Il était évident à la lecture de ton premier dossier que c'était le travers qui te menaçait », poursuivit Gunnar sans relever la pique de Lena. Ton scénario sur les Bochimans possédait une force, un élan irrésistibles, mais tu manquais de patience et de rigueur. Il n'y avait encore là rien de dramatique et, sans ton premier prix à Honolulu, je suis convaincu que tu aurais pu t'améliorer. Malheureusement, ce trophée t'a rendu un mauvais service. Il t'a conforté dans tes penchants. Tu t'es dit, consciemment ou non, que la qualité de tes scénarios pallierait toujours la médiocrité de tes falsifications. J'en ai eu la confirmation en découvrant ton troisième dossier, le *Bettlerkönig*, un projet magnifique, mais truffé de bourdes qui le disqualifiait cent fois. J'ai compris que tu avais fait le tour de ton premier poste et que tu n'apprendrais plus rien à Reykjavík. J'ai demandé ton transfert. Les Ressources humaines voulaient t'envoyer au Centre de Hong Kong, qui a la haute main sur toutes les questions liées à la falsification, afin que tu apprennes à détecter dans les dossiers des autres ce qui manquait dans les tiens. J'ai préféré appeler mon ami Alonso Diaz, qui a accepté de t'accueillir à Córdoba où j'espérais que tu bénéficierais d'un traitement plus personnalisé. Je ne pouvais pas prévoir qu'Alonso tomberait malade dans l'intervalle et que Lena serait trop débordée pour t'accorder l'attention dont tu avais besoin.

— Je n'étais pas débordée, corrigea Lena. Je gérais des priorités.

— On s'en fout, Lena. Laissez-le finir, dis-je au comble de l'irritation.

— Le moins qu'on puisse dire, c'est que ta transplantation n'a pas donné les résultats escomptés, poursuivit Gunnar, imperturbable. Livré à toi-même, débarquant dans un pays et un métier dont tu ignorais tout, tu as réagi en prenant toujours plus de risques, jusqu'à ce mémo farfelu sur les risques de tremblement de terre au Maharashtra qui a provoqué un tollé dans les plus hautes instances de la maison.

— Je l'avais pourtant prévenu », bougonna Lena. Je la fusillai du regard.

« Un membre du Comité exécutif m'a même appelé au milieu de la nuit pour me demander si tu avais perdu la boule. Qu'est-ce que c'était que ce pitre qui laissait aussi ouvertement ses activités occultes déteindre sur sa couverture ? Les Ressources humaines, qui n'avaient toujours pas digéré le fait que je les aie court-circuitées en appelant Diaz directement, t'ont placé sous surveillance. À compter de ce jour, tous les dossiers que tu rendais à Lena partaient en double à l'Inspection générale, qui les épluchait pour mesurer tes progrès. Tu as fait illusion pendant quelques mois puis, un jour, Claas Verplanck, le patron de l'IG, m'a appelé pour me rapporter ton traitement du dossier Corporate DNA. Tes enjolivures ne l'avaient pas fait rire. Il ne te pardonnait surtout pas d'avoir laissé passer les noms de Fiedler et Staransky. Je ne l'avais jamais entendu aussi énervé. “Non mais qu'est-ce qu'il s'imagine ? Que Berlin a des légendes toutes prêtes plein ses étagères ? Il faut neutraliser ce garçon avant qu'il ait le temps de tout bousiller.” Il a convoqué une réunion d'urgence à Londres pour statuer sur ton cas. Nous étions cinq autour de la table, le bras droit de Verplanck, un représentant des Ressources humaines, deux membres du staff du Comité exécutif et ton serviteur. Nous avons étudié toutes les éventualités : te rendre à la vie civile, t'envoyer en stage intensif à Hong Kong, te nommer au Plan à un poste où tu n'aurais plus de contacts avec le terrain...

« J'ai plaidé pour qu'on te donne une chance supplémentaire. Selon moi, tu n'avais pas conscience des risques que comportaient tes actions, car tu estimais — à tort évidemment — que celles-ci ne concernaient que toi. Connaissant tes valeurs morales et ton sens de l'éthique, j'ai argué que tu n'assimilerais la leçon que le jour où tu réaliserais que tes actes avaient des conséquences sur la vie des autres. Les représentants du Comité exécutif m'ont autorisé à monter une expérimentation, sans me cacher qu'en cas d'échec je t'accompagnerais dans l'abîme.

« L'Inspection générale m'a alors transmis l'ensemble des dossiers sur lesquels tu avais travaillé à Córdoba. J'ai immédiatement choisi celui du galochat. On commençait à parler des essais nucléaires français dans le Pacifique Sud et les implications politiques se dessinaient déjà en filigrane. Si tu veux mon avis, Chandrapaj ne s'était pas foulé du point de vue scénario. Mais ses sources tenaient la route. Il avait notamment inséré dans un rapport de Greenpeace ce fameux graphique illustrant la progression spectaculaire du galochat dans les eaux de la région, sans toutefois en imputer la paternité au ministère de l'Agriculture et de la Pêche néo-zélandais. C'est moi qui ai fait rajouter cette mention dans les deux exemplaires du dossier archivés à Córdoba.

« J'ai ensuite appelé Alonso Diaz en lui demandant d'accroître la pression sur Lena. Le pauvre bougre, j'aurais aimé pouvoir lui épargner cela. La suite, tu la connais. Lena t'a demandé de rouvrir le dossier et tu as découvert le pot aux roses. Je me doutais que tu réagirais mal, mais en l'occurrence tu t'es surpassé. Quand tu as appelé Wellington au milieu de la nuit en te faisant passer pour un journaliste allemand, tu m'as à la fois fourni un ressort dramatique inespéré et prouvé à quel point tu étais devenu dangereux.

— Je n'avais aucune idée..., murmurai-je, effondré. Il fallait me dire...

— Vous n'écoutiez pas, riposta implacablement Lena.

— C'est ici que j'entre en piste, intervint Khoyoulfaz que j'avais presque oublié pendant le récit de Gunnar. Eriksson m'a appelé au printemps 95, en avril ou en mai, je ne sais plus. J'avais entendu parler de vous, Sliv, mais quand Eriksson m'a raconté toute l'histoire, j'ai eu peine à en croire mes oreilles. C'est moi qui ai eu l'idée de supprimer Harkleroad. Gunnar pensait qu'il n'était pas nécessaire d'aller aussi loin, mais je l'ai convaincu que vous ne retiendriez la leçon que s'il y avait mort d'homme. Le John Harkleroad qui vous a répondu au téléphone cet été 95 existe bel et bien. Mais le John Harkleroad sur la tombe duquel vous vous êtes recueilli est une légende fournie par Berlin. Nous avons encaissé les chèques que vous avez envoyés à sa veuve pour ne pas vous alerter, mais nous vous rendrons l'argent. Le vrai John Harkleroad se porte comme un charme, ainsi que Madame et leurs deux petites filles.

— Mon Dieu, dis-je, sans parvenir à retenir mes larmes. Excusez-moi, balbutiai-je, c'est tellement soudain... »

Gunnar me tendit un mouchoir en papier.

« Tu n'as pas à t'excuser, dit-il. C'est nous qui te devons des excuses.

— Moi, surtout, dit Khoyoulfaz. Je vous ai bien amoché le portrait.

— Mais alors, dis-je en n'y croyant toujours pas, vous avez joué la comédie du début à la fin ?

— Gunnar m'avait demandé de dramatiser un peu la scène, expliqua Khoyoulfaz. Il n'a pas eu à me le dire deux fois. J'ai fait du théâtre dans ma jeunesse, il paraît que j'ai tendance à cabotiner. Vous n'avez rien soupçonné ?

— Non, dis-je en fouillant dans mes souvenirs. Ou plutôt si, au début, quand vous avez parlé du petit Leonid qu'on avait retrouvé les pieds dans le ciment dans la baie de Sydney. On aurait dit un mauvais film de mafieux. Et puis plus tard aussi, quand vous avez commencé à manger votre steak avec les doigts...

— Tu ne m'avais pas parlé de ça, rigola Gunnar. Je vois que tu as fait dans la dentelle.

— Oui, nous avons peut-être un peu forcé le trait, admit Khoyoulfaz. Mais vous paraissiez si terrorisés que je crois que nous aurions pu vous faire avaler n'importe quoi. »

Les pensées se bousculaient dans mon esprit.

« Et Jones ? demandai-je brusquement. J'étais persuadé que c'était lui le chef.

— C'était mon idée, répondit Khoyoulfaz. Guillermo travaille pour moi. Un garçon charmant, vous aurez l'occasion de le rencontrer.

— Et moi dans tout ça ? »

Nous nous tournâmes tous les trois vers Lena.

C'étaient les premières paroles qu'elle prononçait depuis la révélation de Khoyoulfaz.

« Oui, moi, reprit-elle d'une voix suraiguë où transparaissait son indignation. Vous racontez toute cette histoire comme si elle ne concernait que Dartunghuver. Mais j'ai été suspendue pendant six mois, humiliée devant mon équipe alors que je n'avais rien à me reprocher. Et tout ça pour quoi : pour que Sliv comprenne enfin ce que je me tuais à lui répéter depuis deux ans ?

— Je suis désolé, Lena, dit humblement Gunnar. Vous avez été une victime collatérale. Croyez bien que les Ressources humaines et le Comité exécutif ont apprécié votre coopération involontaire. Ils m'ont d'ailleurs chargé de vous dire que votre dossier serait expurgé de toute référence à votre suspension.

— Et ma paye... ?

— Vous sera restituée intégralement, avec les intérêts.

— Merci, Gunnar, répondit Lena, un peu apaisée. C'est important pour moi.

— Je vois cela, répondit Gunnar. Au point semble-t-il d'éclipser votre soulagement à l'idée que vous n'avez plus la mort de John Harkleroad sur la conscience. »

8

« Tout de même, dis-je, était-ce vraiment nécessaire ? »

Gunnar et moi étions confortablement installés dans la Zil qui nous conduisait à l'aéroport de Krasnoïarsk. Sachant que je rentrais le jour même à Reykjavík, Gunnar avait réservé une place sur le même vol. « Au cas où tu aurais quelques questions à me poser », avait-il expliqué.

« Que veux-tu dire ?

— Toute cette mise en scène : la vulgarité de Khoyoulfaz, le petit Leonid... Il aurait suffi de me dire qu'on éliminait John Harkleroad à cause de ma boulette, j'aurais tout aussi bien compris la leçon.

— Ta tête, peut-être, dit Gunnar, mais pas ton corps. On peut raconter des histoires à son esprit, mais on ne peut pas contrôler ses tripes. Je voulais que tu ressentes physiquement ta culpabilité, que tu aies des haut-le-cœur rien qu'en te rappelant le dossier galochat.

— C'est réussi, dis-je, pensif. Je vomis chaque fois que j'entends le nom "Nouvelle-Zélande".

— Il fallait que tu voies l'envers du décor une bonne fois pour toutes, reprit Gunnar. Que tu comprennes que quand les scénaristes déconnent, cc ne sont pas d'autres scénaristes qui les tirent d'affaire, mais des professionnels qui sont payés pour nettoyer les erreurs des autres et dont on aurait mauvaise grâce à critiquer les méthodes. Les Opérations spéciales arrivent en bout de chaîne. Si elles paraissent si brutales, c'est qu'elles doivent rétablir sur un laps de temps très court des situations qui ont dégénéré pendant des mois, parfois des années. En cela, elles ressemblent au chirurgien qui se voit contraint d'opérer dans l'urgence parce que les médecins qui l'ont précédé se sont trompés de diagnostic.

— Une autre question me titille : pourquoi nous avoir demandé de signer l'ordre de mission ? Je doute que les Opérations spéciales s'embarrassent de ce genre de formalités.

— Tu as raison, dit Gunnar. Disons que je voulais voir comment Lena et toi réagiriez. Yakoub n'a pas fait mystère longtemps de son intention de supprimer Harkleroad, mais je lui avais demandé de prolonger la conversation. Je pressentais que dans l'adversité vous révéleriez l'un et l'autre votre vraie nature.

— Et... ? demandai-je anxieusement.

— Et je suis fier de toi, répondit simplement Gunnar. Tu t'es battu comme un lion.

— Un lion aux crocs passablement émoussés, ironisai-je tristement. Khoyoulfaz m'a envoyé au tapis d'un seul coup de poing.

— Encore fallait-il chercher la bagarre », dit Gunnar sans cacher son amertume. Il ne le disait pas, mais il était évident que le comportement de Lena l'avait déçu.

« Elle avait une pression folle, me surpris-je à dire. Son patron à l'agonie, des dizaines de dossiers qui s'entassaient sur son bureau et, pour couronner le tout, un subordonné qui risquait de lui coûter sa carrière en n'en faisant qu'à sa tête.

— Tout de même, dit Gunnar perdu dans ses pensées, elle s'est mal conduite. Comme cette façon de s'enquérir de ses arriérés de salaire tout à l'heure, quelle indécence... »

Son opinion était faite et je ne l'en ferais pas bouger. Nous restâmes quelques instants sans parler. De temps à autre, notre chauffeur faisait claquer sa langue contre son palais. La forêt sibérienne allait me manquer, pensai-je en regardant les sapins couverts de neige défiler à la fenêtre.

Soudain, Gunnar demanda d'une voix étrangement fragile :

« Tu m'en veux, n'est-ce pas ? Je peux le comprendre, tu sais. Moi-même à ta place, je ne sais pas comment j'aurais réagi. »

J'avais eu le temps de préparer ma réponse en bouclant mes valises à la résidence, mais j'étais heureux qu'il m'eût posé la question.

« Non, Gunnar, dis-je. Je ne vous en veux pas. J'ai besoin d'y réfléchir encore, mais je crois que vous avez agi par altruisme. Au train où j'allais, je n'aurais pas tardé à me faire exclure du CFR. Vous avez estimé, en pensant peut-être un peu à vous mais aussi, j'en suis sûr, beaucoup à moi, que ce serait regrettable et vous avez pris la seule décision qui permettait de renverser le cours des choses. Mais il faut quand même que vous sachiez que j'ai vécu dix-huit mois abominables. Rien n'effacera jamais ça.

— Tout de même, je suis content que tu le prennes ainsi, dit Gunnar en lâchant un soupir de soulagement. Je repense sans cesse à cette lettre que tu m'avais écrite après ton départ de Córdoba. Tu sais, celle dans laquelle...

— Je me souviens de la lettre », l'interrompis-je, gêné.

« *Gunnar, j'aurais aimé écrire "Cher Gunnar", mais c'est au-dessus de mes forces. Je vous aimais, Gunnar, pendant un moment, je vous ai même un peu considéré comme un père. Mais vous m'avez trahi, vous m'avez fait perdre ma propre estime et je ne pourrai jamais vous le pardonner.* »

« Oublions-la, voulez-vous », dis-je en le regardant au fond des yeux.

Le visage de Gunnar s'illumina.

« Ah, mon garçon, tu ne peux pas savoir comme tu me fais plaisir. Tiens, pour un peu... »

Je le voyais si dangereusement ému que je dis :

« Bon sang, Gunnar, vous n'allez pas vous y mettre aussi ! N'en parlons plus.

— Tu as raison, dit-il en souriant. Passons à autre chose. Je suis sûr que tu as d'autres questions à me poser.

— En effet. Il en est une qui me brûle les lèvres depuis ce matin : le CFR tue-t-il pour se défendre ?

— À ma connaissance, cela n'est jamais arrivé, répondit Gunnar. Mais c'est un des secrets les mieux gardés de l'organisation. Tu devrais poser la question à Yakoub ; de par sa fonction, il en sait nécessairement plus que moi. Mais je pense que tu comprends à présent pourquoi, dans certaines circonstances très particulières, les Opérations spéciales peuvent être amenées à prendre des mesures radicales. »

Je le comprenais en effet. Restait à savoir si je pourrais vivre avec.

« Note bien que je suis certain d'une chose, reprit Gunnar. Si c'est déjà arrivé, personne n'a pris l'affaire à la légère. Une telle décision remonterait forcément au Comité exécutif et, crois-moi, ses membres ne badinent pas avec les principes.

— Est-ce qu'Angoua Djibo fait partie du Comité exécutif ? » demandai-je.

Gunnar opina du chef. Sa réponse me satisfaisait, au moins provisoirement. J'avais confiance en Djibo.

« Pensez-vous que j'ai eu raison de choisir les Opérations spéciales ?

— Oui, dit Gunnar. Plus exactement, c'était le choix que j'espérais te voir faire. Yakoub est un instructeur hors pair, adulé par ses troupes. Tu apprendras énormément à son contact. L'Inspection générale ? Je n'y ai jamais cru, tu t'embêterais au bout de huit jours...

— Et le Plan ?

— Je suis prêt à parier que tu finiras au Plan. Tu as le profil idéal : une curiosité sans bornes, une tolérance infinie et une vision pénétrante de l'histoire. À propos, j'ai lu ton dossier Stasi. Je voulais te féliciter : c'est de loin ce que tu as produit de meilleur à ce jour, à la fois le scénario et le travail sur les sources.

— Merci », dis-je en rosissant de plaisir. Gunnar était le premier à remarquer le soin que j'avais apporté à la falsification dans ce dossicr. « Mais si vous pensez que je suis fait pour le Plan, pourquoi ne pas le rejoindre directement ?

— Pour ne pas terminer comme ces cadres de Toronto qui vivent dans un monde imaginaire. Ah, si tu les voyais ! Ils tiennent leurs propres directives pour une sorte de vade-mecum infaillible. Renverser le communisme ou envoyer un homme dans l'espace serait à les entendre à peine plus compliqué que d'inventer une tribu amazonienne : appliquez une bonne dose de quatrième directive, ajoutez-y une dose de septième instruction, passez au four et démoulez au bout d'une heure. Quelques années aux Opérations spéciales t'apprendront que les choses ne sont pas aussi simples. »

Le chauffeur claqua de la langue une nouvelle fois et engagea la Zil sur la bretelle qui menait à l'aéroport. Je résolus de poser la question qui me taraudait depuis le matin.

« Quinteros nous a dit que seuls les membres du Comité exécutif connaissent la finalité du CFR.

— Je suppose que si Quinteros le dit, ce doit être exact, commenta prudemment Gunnar.

— Pensez-vous que j'ai encore une chance de faire un jour partie du Comité exécutif ? Jusqu'à ce matin, j'avais tendance à penser que oui ; mais maintenant, je n'en suis plus aussi sûr. Tous ces gens en haut lieu qui se sont fait une mauvaise opinion de moi, ça ne peut pas être bon pour mon avancement. »

Je vis que Gunnar hésitait.

« Dites-moi la vérité, implorai-je. J'ai le droit de savoir si je suis grillé.

— Je pèse mes mots parce que je ne veux pas te donner de faux espoirs, répondit Gunnar. Mais oui, je pense que tu conserves toutes tes chances. Si les Ressources humaines et l'Inspection générale avaient voulu t'écarter, elles l'auraient fait après le mémo Maharashtra, en se dispensant de cette mise à l'épreuve personnalisée qui a mobilisé des dizaines de personnes et coûté une petite fortune. Je me dis que si les pontes du Comité exécutif suivent ton parcours à la loupe, ils ont forcément une idée derrière la tête. Du reste, tu fais un sans-faute depuis un an. Ta réaction à l'affaire Harkleroad, ton classement, le dossier Stasi : tu as marqué des points. Quinteros me faisait juste remarquer que tu ne t'aventurais guère en dehors de ta chambre...

— Ça va changer, dis-je. J'en ai fermement l'intention. »

La Zil s'arrêta devant le terminal de l'Aeroflot. Gunnar héla un porteur et m'annonça qu'il m'avait fait surclasser.

« Les académiciens ne voyagent pas en classe économique. On ne vous l'a pas dit à Krasnoïarsk ?

— Non, avouai-je. Ou alors je n'y ai pas prêté attention. »

Gunnar secoua la tête.

« Grave erreur, mon garçon. Il ne faut jamais cracher sur les avantages en nature. »

L'attirance de mon mentor pour les signes extérieurs de richesse restait pour moi une énigme. Je connaissais sa théorie : le CFR, incapable de s'aligner sur les salaires offerts par les multinationales, ne chicanait pas ses agents sur les notes de frais. Ce qui me gênait, c'est que cet épicurisme d'aéroport ne collait pas avec l'image que je me faisais de Gunnar étant jeune : un agent doué gravissant rapidement les échelons et qui semblait promis aux plus hautes fonctions avant que sa carrière ne s'enlise mystérieusement à sa sortie de l'Académie au milieu des années soixante-dix. Que s'était-il passé alors et pourquoi l'avait-on mis à l'écart ? Gunnar n'avait jamais voulu répondre à cette question. Il se plaisait à raconter qu'il n'avait pas voulu quitter l'Islande, un argument qui selon moi ne tenait pas la route : il était curieux de tout, parlait plusieurs langues et, pour moi qui l'avais vu évoluer au Groenland, en France et en Russie, il faisait incontestablement partie de ces gens qui emportent leur vie avec eux et seraient heureux n'importe où. J'avais en outre noté que Khoyoulfaz et Quinteros lui témoignaient des égards excessifs au regard de sa stricte position dans l'organigramme : il n'était après tout même pas chef d'antenne, un poste auquel n'importe lequel de mes condisciples aurait déjà pu prétendre. Que fallait-il en conclure ? Qu'on respectait le découvreur des deux majors de l'Académie ou qu'on ménageait le détenteur de secrets honteux ? J'espérais bien le découvrir un jour.

Notre vol — ou plutôt nos vols puisque nous fîmes escale à Moscou et à Londres — se déroulèrent sans encombre. Avachi dans son large fauteuil en cuir, Gunnar se gobergea de caviar et de vodka en me racontant les derniers potins de Baldur, Furuset &

Thorberg. Mon remplaçant lui donnait du souci. En trois ans, il n'avait produit que deux dossiers, également médiocres. « Soit je perds la main, remarqua Gunnar en faisant tourner son verre, soit j'ai épuisé mon quota de champions. Dans les deux cas, je ferais peut-être bien de me retirer. » Il avait déjà pas mal bu à ce stade et je n'aurais su dire s'il était sérieux.

Nous arrivâmes à Reykjavík vers minuit. J'avais prévu de passer la nuit dans un hôtel du centre-ville et de prendre le premier car pour Húsavík le lendemain matin. Au moment de nous séparer, Gunnar me dit, l'air de ne pas y toucher :

« Ah, j'allais oublier : ton amie indonésienne n'arrête pas de m'appeler.

— Magawati ? demandai-je, la gorge soudain nouée. Et que lui dites-vous ?

— Oh, toujours les mêmes salades, que tu es vivant, mais que je ne suis pas autorisé à lui donner tes coordonnées. À moins bien sûr que tu ne m'y autorises, ajouta-t-il en me décochant un clin d'œil qui fit se retourner une hôtesse d'Iceland Air.

— Je vous ai déjà expliqué que Maga était une amie, Gunnar. Et pas la peine de lui donner mes coordonnées, c'est moi qui vais l'appeler. Elle ne vous a pas laissé son numéro par hasard ?

— Justement, si, dit Gunnar. Je me souviens l'avoir noté quelque part, mais où ? » Il prit un air ennuyé, fit semblant de fouiller son attaché-case, puis se frappa le front avec la paume et sortit comme par magie une carte de la poche de sa veste.

« La voilà. Je savais bien que je l'avais gardée. 34 93 284 3835. »

J'arrachai la carte des mains de Gunnar. « Appeler jour et nuit », pouvait-on lire à côté du numéro.

« En Espagne ? » dis-je. La dernière fois que j'avais parlé à Magawati, elle habitait encore Djakarta.

« Barcelone, pour être précis, compléta Gunnar, qui se délectait de ses enfantillages. Bon, je file. Tâche de passer au bureau un de ces jours, tu ferais plaisir à beaucoup de monde. »

Je regardai les portes de l'ascenseur se refermer sur lui. Quelle heure était-il à Barcelone ? Deux heures du matin ? « Appeler jour et nuit », avait-elle dit. Je poussai mon chariot vers une cabine téléphonique et insérai ma carte de crédit dans la fente. La communication mit si longtemps à s'établir que je crus que Gunnar m'avait joué un tour. Enfin la tonalité retentit dans mon tympan. Je réalisai que je serrais le combiné à m'en faire blanchir les jointures.

« Allô, dit soudain une voix embrumée.

— Maga. C'est moi, furent les seuls mots qui me vinrent à l'esprit.

— Sliv ? s'écria la voix. Sliv, c'est toi ? Tu vas bien ?

— Au poil, dis-je dans une tentative dérisoire pour contenir l'émotion qui me submergeait. Je t'appelle de l'aéroport de Reykjavík. Je sais qu'il est tard, mais Gunnar Eriksson vient de me donner ton numéro et je n'ai pas pu résister.

— Tu as bien fait. Que s'est-il passé, Sliv ?

— C'est une longue histoire, ma carte de crédit n'y survivrait pas. Je ne veux pas en parler au téléphone, je te raconterai tout de vive voix. Tu es à Barcelone ?

— Depuis un an.

— Tu es heureuse ? » demandai-je sans réfléchir.

Je l'entendis rire à l'autre bout du fil.

« Tu ne t'égares pas dans les préliminaires ce soir...

— J'ai perdu beaucoup de temps. Réponds-moi.

— Oui, Sliv, je suis heureuse. Très heureuse même. Mais je le serai encore plus quand je te serrerai dans mes bras. »

Je l'imaginai assise contre un mur, s'éveillant peu à peu. Elle m'avait tellement manqué.

« Je viendrai bientôt, dis-je. Je vais d'abord embrasser ma mère à Húsavík. Je te rappellerai pour te dire quand j'arrive.

— Et moi je vais prévenir Youssef. Il n'a jamais compris ton silence.

— Je préférerais que tu t'en abstiennes pour le moment, dis-je. Je redoute sa réaction. Si ça ne te dérange pas, je voudrais d'abord te voir seule. »

Elle ne parut pas choquée de ma demande.

« Comme tu veux, dit-elle. Bonne nuit, Sliv. »

Je reposai le combiné, épuisé mais fier malgré tout de la façon dont j'avais négocié cette journée. En l'espace de quelques heures, j'avais repris possession de ma vie, en ne cédant pas à la tentation de la rancune, puis en renouant contact avec Magawati. Youssef suivrait bientôt.

Le lendemain, je retrouvai ma mère et ses moutons. Elle avait été malade en janvier — le voisin s'était occupé des bêtes — mais avait pleinement récupéré. Après m'avoir sermonné sur ma mine (mauvaise, évidemment), elle s'en prit à mon style de vie, inutilement sophistiqué (si elle avait su !), et tenta de me convaincre de rentrer en Islande pour me marier. Elle voulait d'autres petits-enfants et me donna la félicité de ma sœur Mathilde en exemple. Elle n'aurait pu tomber plus mal. Nous frôlâmes l'incident quand elle évoqua la possibilité de me rendre visite à Krasnoïarsk. Je dus pour la décourager lui peindre un tel tableau de la Sibérie qu'elle s'interrogea à haute voix sur ce qui me retenait dans ce pandémonium. Nous convînmes finalement de nous retrouver l'été suivant à Saint-Pétersbourg pour une croisière sur la mer Baltique.

Je m'offris une cure de sommeil, retrouvant le plaisir délicieux de nuits sans rêves. Je fis également une descente chez Baldur, Furuset & Thorberg où — Gunnar n'avait pas menti — on me fêta comme le fils prodigue. Enfin, n'y tenant plus, je pris un billet ouvert pour Barcelone. J'appelai Magawati pour l'avertir de mon arrivée. Elle me donna son adresse sur les Ramblas. Je lui interdis de venir me chercher à l'aéroport.

Je me posai à Barcelone dans les premiers jours de mars. Il faisait déjà doux comme au cœur de l'été en Islande. C'était mon premier séjour en Espagne. Le chauffeur de taxi dépista immédiatement mon accent argentin. Une semaine plus tôt, j'aurais peut-être essayé de l'atténuer, mais à présent j'assumais mon héritage cordobien.

Le taxi me laissa au bord de la place de Catalogne, devant un immeuble à deux étages en crépi ocre. De sa fenêtre, Magawati embrassait toute la perspective jusqu'au monument de Christophe Colomb. Je montai lentement les escaliers, le sac à l'épaule. Mon cœur battait à tout rompre, mais ce n'étaient pas les marches.

Je m'arrêtai devant la porte. Les seuls sons qui me parvenaient étaient les cris des enfants qui jouaient au foot dans l'arrière-cour. J'inspirai un grand coup et pressai la sonnette.

C'est Youssef qui m'ouvrit. Nous tombâmes dans les bras l'un de l'autre.

9

« C'est une longue histoire, dis-je.

— Nous avons tout notre temps », répondit Magawati.

Nous savions de toute façon eux et moi que nos effusions ne seraient pas tout à fait sincères tant qu'ils n'auraient pas entendu mon récit. Passé l'élan spontané qui l'avait jeté dans mes bras, Youssef avait recouvré sa rigidité coutumière. Assis en tailleur sur le sofa et tenant la main de Magawati un peu plus près de son genou que ne le préconisait sans doute le Coran, il attendait manifestement des explications.

Je n'en fus pas avare. Je remontai plus de trois ans en arrière, à la genèse du mémo Maharashtra. Je racontai sans complaisance comment j'avais bâclé le travail de vérification des sources du dossier galochat pour pouvoir partir en Patagonie. Quand arriva le déplorable épisode de mon appel nocturne à John Harkleroad, je vis Youssef froncer les sourcils. Il ne dit rien mais je savais bien ce qu'il pensait : lui n'aurait jamais paniqué ainsi. Il aurait élaboré plusieurs stratégies, puis les aurait évaluées sur la base de critères objectifs. La méthode Thorsen en somme.

Maga et Youssef redoublèrent d'attention quand je parvins à la visite de Khoyoulfaz et Jones. Je vis se succéder sur leur visage les mêmes émotions par lesquelles j'étais passé : la peur enfantine d'être réprimandé, puis l'espoir que les Opérations spéciales détenaient une solution qui m'avait échappé, l'horreur enfin quand les deux hommes avaient préconisé l'élimination physique de John Harkleroad.

« Ah, les bandits ! tonna Youssef. Au fond de moi, je l'ai toujours su. Ils nous bernent depuis le premier jour.

— Laisse-le parler, Youssef, intervint Magawati. Il n'a pas terminé. »

Je leur fis revivre la scène en détail : mes palabres infructueuses avec Jones, les remarques révoltantes de Khoyoulfaz, l'abdication presque immédiate de Lena, jusqu'à cet ordre de mission qu'on nous avait demandé de parapher « pour la bonne tenue du dossier ».

« Lena l'a signé sans même le lire, dis-je. J'ai refusé, pour l'honneur, parce que je ne voyais pas quoi faire d'autre. Cela n'a servi à rien. Ils m'ont assommé puis drogué. Quand je suis revenu à moi, il était déjà trop tard, Harkleroad avait été supprimé.

— Inimaginable..., bredouilla Youssef, sonné comme un boxeur dans les cordes. Pauvre vieux, tu as démissionné évidemment ?

— Le jour même, dis-je. J'ai pris mes cliques et mes claques et je suis rentré en Europe...

— Tu as prévenu la police ?

— Non, dis-je, gêné.

— Nous ne serions pas ici s'il l'avait fait, remarqua judicieusement Magawati, bien décidée, comme à son habitude, à réunir tous les éléments avant de se prononcer.

— Mais pourquoi ? » demanda Youssef. Je voyais bien qu'il se retenait pour ne pas crier.

« Je l'ignore, avouai-je. Je voulais prendre le temps de réfléchir, d'arrêter une stratégie. Et puis je n'arrivais pas à me faire à l'idée que vous seriez arrêtés, vous et des centaines d'autres agents qui n'avaient rien à se reprocher. Je sais que c'est difficile à comprendre. Écoutez la suite avant de me juger. »

Je leur racontai les semaines passées à couper des arbres dans la forêt de Húsavík, les coups de fil répétés de Gunnar et enfin mon entrevue avec lui au café du port. Je relatai notre discussion aussi fidèlement que possible.

« Quelle logique répugnante ! explosa Youssef. Il ne t'avait rien dit à l'embauche car il craignait de t'effrayer ? Pardi, je le comprends ! Qui voudrait rejoindre une bande d'assassins ?

— Au moins connaissons-nous maintenant leur dialectique », dit Magawati, dont le self-control m'impressionnait. J'étais en train de lui expliquer que son employeur éliminait méthodiquement ceux qui se dressaient sur sa route et elle conservait suffisamment de sang-froid pour tenter de cerner les motivations du CFR.

J'en arrivais à présent à la partie la plus délicate de mon récit, cette lettre dans laquelle je suppliai

Gunnar de me réintégrer. Je ne devinais que trop bien la réaction de Youssef, aussi pris-je les devants.

« Je sais que cela vous paraîtra incompréhensible. En fait, deux facteurs se sont conjugués. J'ai rendu visite à ma sœur en Allemagne et cette incursion dans la vie ordinaire m'a convaincu que je n'arriverais jamais à me réintégrer. J'ai réalisé que la falsification faisait désormais partie de mon existence, qu'elle était devenue le prisme à travers lequel je vois le monde, une drogue que j'avais honte de consommer mais dont je ne pouvais plus me passer. Tout en me haïssant pour ma faiblesse, j'ai replongé dans mon vice comme un vulgaire toxicomane.

— J'ai déjà ressenti cela, dit Magawati, que je soupçonnais d'essayer de me soutenir. Cette impression que la vie serait désespérément ennuyeuse sans le CFR.

— Et le deuxième facteur ? demanda brutalement Youssef.

— J'ai tourné et retourné les arguments de Gunnar dans ma tête et je suis parvenu à la conclusion qu'il n'avait pas complètement tort. Mon erreur n'avait pas été d'oublier de contrôler cette malheureuse source ; elle avait consisté plusieurs années plus tôt à ne pas me demander comment le CFR réagirait s'il était menacé. Après avoir estimé que Gunnar m'avait menti par omission, j'ai compris qu'il avait préféré me laisser accomplir mon propre cheminement.

— Quel aveuglement... », commenta laconiquement un Youssef qui ne dissimulait plus son exaspération. Il se leva et alla ouvrir la fenêtre comme si cette kyrielle de sottises avait rendu l'air de la pièce irrespirable.

« Tu as dû passer par des moments difficiles, dit Magawati en s'efforçant une fois de plus d'arrondir les angles. Comment ont-ils accueilli ta demande ? T'ont-ils repris ?

— Mieux que ça, ils m'ont promu et envoyé à l'Académie. »

Je leur racontai mon année à Krasnoïarsk, sans rien cacher de mes errances ni de mon incapacité à me positionner par rapport à mon entourage. Finalement, la révélation de la manœuvre de Gunnar les laissa totalement abasourdis — et silencieux.

Je m'approchai à mon tour de la fenêtre. L'effervescence de la rue n'était pas sans rappeler Córdoba. Le soleil avait presque entièrement disparu derrière la massive université voisine ; les promeneurs commençaient à investir les terrasses des cafés, où ils se livreraient bientôt en sirotant un cocktail à la tâche la plus délicate de la journée : choisir où dîner.

« Pourquoi ne nous avoir rien dit, Sliv ? » demanda une voix dans mon dos. Magawati.

« Parce que j'avais honte évidemment », dis-je sans me retourner. Au coin de la place, une petite vieille affublée d'une casquette marquée des anneaux olympiques débitait des billets de loterie. Cela me rappela que je n'avais jamais demandé à Stéphane de me raconter son rôle dans la désignation d'Atlanta pour les Jeux d'été 1996.

« Quand j'y repense, j'ai enfilé les bévues comme des perles. Je n'ai posé aucune des questions importantes à Gunnar lors de mon recrutement. J'ai inventé des tremblements de terre quand on me demandait de contrôler des sources. Je me suis fait mystifier par un comédien amateur qui mangeait avec les doigts. J'ai donné puis repris ma démission et enfin j'ai mis un an à ne même pas comprendre que Yakoub Khoyoulfaz ne pouvait pas à la fois diriger les Opérations spéciales et se curer les ongles avec un surin. Vous vous rappelez cette discussion en Patagonie, quand Youssef disait qu'il démissionnerait s'il apprenait qu'on l'avait mené en bateau ? J'étais d'accord avec lui à l'époque mais, quand l'heure de vérité a sonné, je me suis comporté comme un lâche.

— Je ne le vois pas ainsi, dit Magawati alors que je continuais de m'absorber dans le spectacle de la chaussée.

— Je ne vois pas vraiment autrement, dit Youssef qui devait regretter de m'avoir plaint un peu plus tôt.

— Tu aurais dû nous en parler, reprit Magawati en ignorant la remarque de Youssef. Les amis aident, ils ne jugent pas.

— L'amitié suppose l'estime », grommela Youssef juste assez fort pour que je l'entende.

Je me retournai et soutins son regard.

« Que retiens-tu de cette histoire ? demanda Youssef en se levant pour se hisser à ma hauteur.

— Comment cela ? dit Maga.

— C'est pourtant simple ! tempêta Youssef. Il a cru avoir tué un homme et a préféré se terrer en Sibérie au milieu de ses complices plutôt que de les livrer à la police, tout ça pour découvrir enfin que son futur patron s'en était payé une bonne tranche à ses dépens. Je me dis que même sans être d'une nature particulièrement disposée aux remords, Sliv a quand même dû tirer une ou deux leçons de son aventure. Pas vrai, Sliv ? »

Son agressivité était douloureuse. Pour moi mais aussi sûrement pour lui.

« J'ai décidé que mon sort et celui du CFR étaient définitivement liés, dis-je. Je vais continuer de gravir les échelons qui mènent au Comité exécutif, en espérant qu'une fois en haut la finalité du CFR sera à la hauteur de mes attentes. »

Youssef ne se gêna pas pour ricaner :

« Excuse-moi, mais c'est la conclusion la plus stupide à laquelle tu pouvais parvenir !

— Youssef ! s'écria Maga.

— C'est vrai, continua Youssef. Franchement, qu'avaient-ils besoin d'une telle mise en scène ? Tu ne suivais pas les recommandations de Lena Thorsen ? La belle affaire ! Ton cher Gunnar aurait pu prendre l'avion et te tomber dessus à l'improviste pour t'expliquer les risques que ta désinvolture faisait courir à l'organisation. Tu es plutôt vif comme garçon, tu aurais très bien compris le message.

— Ça n'aurait pas été pareil, dis-je. Je suis un meilleur agent aujourd'hui.

— Tu étais un très bon agent avant ça », répliqua Youssef. C'était la première parole gentille qui sortait de sa bouche.

« Je ne sais pas », dis-je.

C'était la vérité : je ne savais pas. Un bon agent n'aurait jamais fait passer son plaisir avant la sécurité de ses amis et collègues.

« Le contrôle des esprits a toujours été la première étape vers le totalitarisme, poursuivit Youssef, qui ne résistait jamais à la tentation de théoriser ses emportements. Faites-nous confiance, nous allons faire votre bonheur malgré vous... Des conneries, tout ça, si tu veux mon avis !

— Djibo nous a donné vingt heures de cours sur l'avenir de l'humanité, répondis-je du tac au tac. Je ne prétends pas égaler ton aisance conceptuelle, mais je n'ai pas eu l'impression que l'avènement de la pensée unique figurait en haut des priorités du CFR. »

Youssef s'avança vers moi avec ses cent vingt kilos de muscle. Je reculai instinctivement, le sentant prêt à bondir sur moi.

« Ils t'ont privé de ton libre arbitre, Sliv, tu comprends ? Rien ne peut justifier cela.

— Peut-être que je n'étais plus en mesure de l'exercer », dis-je en réalisant un peu tard l'absurdité de ma réponse.

Youssef recula et me dévisagea avec horreur. Il fit brusquement demi-tour et gagna en trois enjambées la porte de l'appartement.

« Où vas-tu ? demanda Magawati.

— J'en ai assez entendu pour aujourd'hui », dit Youssef avant de claquer la porte.

Je me rassis face à Maga. Notre passe d'armes m'avait étourdi.

« Tu comprends maintenant pourquoi je voulais d'abord te voir seule, soupirai-je.

— Excuse-moi, dit Maga. Quand tu m'as dit que tu venais à Barcelone, je n'ai pas pu m'empêcher de l'appeler. Il a mal vécu ton silence, tu sais. »

Pas autant que moi, pensai-je.

« Il a tout de même un peu raison, reprit doucement Maga. Tu m'as l'air de souffrir du syndrome de Stockholm, à défendre ainsi ceux qui t'ont fait souffrir.

— Possible, marmonnai-je.

— Et sans vouloir verser dans la psychologie de bas étage, je me disais en t'écoutant que tu as déjà perdu ton père. Au fond de toi, tu n'étais peut-être pas prêt à perdre Gunnar. »

Voyant que je ne réagissais pas, elle ajouta :

« Il en a même sans doute un peu joué.

— Bon sang, Maga, tu ne vas pas t'y mettre toi aussi ? C'est facile pour toi qui as tes parents et Youssef ! »

Je regrettai aussitôt mes paroles. La bienveillance de Magawati ne faisait aucun doute. Elle reprit tristement :

« On s'est retrouvés il y a deux heures et voilà déjà qu'on se dispute...

— Je sais, gémis-je. C'est justement ce que je voulais éviter...

— Mais ça fait peut-être partie du processus de guérison, va savoir. »

Nous restâmes silencieux quelques instants. Les derniers rayons du soleil emplissaient la pièce d'une lumière féerique.

« Et toi, demandai-je, que retiens-tu de tout ça ?

— Tu veux dire : à part le fait que Lena Thorsen est une garce ?

— Oui, à part ça, je t'en prie. Je ne me sens pas la force de lancer une conversation sur ce thème, surtout avec toi.

— J'en retiens surtout qu'ils ont de grands projets pour toi. Toutes ces manœuvres et enfin ta nomination à l'Académie... Je me demande d'ailleurs si Youssef n'est pas un peu jaloux. Il a l'impression de végéter dans son poste actuel. J'espère qu'il t'en parlera.

— J'espère aussi. Je lui dirai de s'accrocher. Les problématiques prennent une tout autre dimension à l'Académie. Et s'il arrive à se faire nommer au Plan, il rencontrera enfin des interlocuteurs à sa hauteur.

— Puisses-tu dire vrai », murmura-t-elle songeuse.

Elle se leva brusquement.

« Bon, nous n'allons pas attendre Youssef, dit-elle. Je le connais, il rentrera quand tu seras couché. Tu me mets la table pendant que je prépare quelque chose pour le dîner ? »

Nous passâmes dans la cuisine.

« Tu aimes ? demanda Maga en me voyant absorbé dans la contemplation d'un mur d'azulejos.

— C'est magnifique.

— Un legs des Arabes, comme on en trouve tant d'autres dans la culture espagnole.

— Tu ne m'as pas dit ce qui t'avait amenée en Espagne.

— C'est moi qui ai demandé à venir ici. Le Bureau de Barcelone s'occupe de la condition féminine dans le monde, un sujet qui m'a toujours tenu à cœur. J'ai demandé ma mutation début 96 quand les talibans afghans ont commencé à fermer les écoles pour filles dans les zones qu'ils contrôlent. On ne peut pas dire que la situation se soit beaucoup améliorée depuis, mais j'ai au moins l'impression d'apporter ma pierre à l'édifice.

— J'ai du mal à voir comment le CFR peut aider la cause des femmes. Vous allez falsifier la constitution saoudienne pour leur accorder le droit de vote ? »

Maga éclata de rire.

« Pour que les Opérations spéciales nous tombent sur le râble et nous passent à la gégène ? Très peu pour moi. Non, nous travaillons surtout sur la représentation féminine dans l'imagerie religieuse. Prends l'exemple des charges publiques. Une majorité de sunnites estiment que les femmes ne peuvent exercer de fonctions politiques, car Mahomet aurait dit qu'un peuple mené par une femme court à sa perte. Depuis des décennies, les associations féministes du monde entier s'évertuent en vain à convaincre rationnellement les pays arabes que les femmes sont tout aussi capables que les hommes. Le CFR, lui, préfère encourager la croyance selon laquelle le prophète prenait régulièrement conseil auprès de son épouse Aïcha dans la conduite des affaires de la Cité.

— Tout de même, dis-je, je crois que la victoire aurait un goût plus doux si elle était acquise par la raison.

— Une réflexion typiquement masculine, si je puis me permettre. Au point où se trouvent certaines d'entre elles, les femmes veulent des changements et se fichent pas mal de savoir qui les leur a obtenus.

— Un point pour toi, souris-je. Et qu'en pense Youssef ?

— À peu près la même chose que toi, sachant qu'en plus il déteste nous voir tripatouiller dans la vie de Mahomet. Comme si les talibans, eux, se gênaient pour interpréter le Coran dans le sens qui les arrange.

— Je vous voyais sur le sofa tout à l'heure. Ça fait longtemps que vous êtes ensemble ?

— Bientôt six mois.

— Je ne te demande pas si c'est sérieux...

— Tu connais quelque chose qui ne l'est pas avec Youssef ? » répondit-elle, amusée.

Nous dînâmes en tête à tête dans la cuisine. Magawati me bombarda de questions sur l'Académie. Je lui décrivis cette étrange sensation que j'avais ressentie d'être coupé du genre humain. Elle m'écouta attentivement puis me livra son analyse.

« C'est drôle, dit-elle, quand tu en parles, on a l'impression que c'est toi qui refusais de frayer avec tes condisciples, sous prétexte que tu les jugeais naïfs et immatures. Alors qu'au fond je suis convaincue que tu t'estimais indigne d'eux. »

Maga alla se coucher après le dîner. Je repensais à sa remarque, allongé sur le canapé-lit du salon, quand j'entendis tourner la clé de Youssef dans la serrure. Il s'efforçait de ne pas faire de bruit. J'allumai la lumière et repoussai les draps.

L'immense silhouette de Youssef s'encadra dans la porte.

« J'avais espéré que tu dormirais, dit-il en s'asseyant au bord du lit.

— Je t'attendais.

— Je te présente mes excuses, dit-il d'un ton contrit et manifestement sincère.

— Tu n'as pas à t'excuser, Youssef, dis-je.

— Disons que je n'ai pas à le faire, mais que je le fais quand même », répondit-il en souriant.

Nous ne savions quoi dire ni l'un ni l'autre. Finalement, Youssef reprit :

« J'ai eu peur pour toi, tu comprends ? Peur qu'il te soit vraiment arrivé quelque chose de grave.

— J'avais demandé à Gunnar de vous dire que j'allais bien, même si c'était un mensonge.

— Tu aurais vraiment dû nous en parler.

— Je sais, admis-je pour la première fois. J'aurais dû vous appeler le jour même. Après c'était trop tard. Plus j'attendais et plus je me dégoûtais. En Patagonie, tu étais prêt à tout envoyer balader pour une histoire de pétrole et moi je n'avais pas le courage de démissionner pour la mort d'un homme.

— Tu as dû terriblement souffrir, dit-il. Je ne peux même pas m'imaginer ce que tu as vécu. »

Il m'ouvrit ses bras. Son étreinte était si vigoureuse que je crus un instant qu'il ne pensait pas un mot de ce qu'il venait de dire et tentait de m'étouffer.

« Tu comprends, dit-il en s'écartant de moi, le libre arbitre, c'est sacré. Tu peux m'affamer, me jeter en prison ou me torturer, tu ne m'empêcheras jamais de raisonner. Voilà ce que je leur reproche : d'avoir faussé ton jugement.

— Tu as raison. Et, en même temps, je crois que Gunnar savait ce qu'il faisait. Il n'aurait jamais usé de ce procédé avec toi par exemple. Sans doute me savait-il plus flexible, plus malléable...

— Tu veux dire moins arc-bouté sur tes principes ?

— Aussi, dis-je en souriant. Toujours est-il qu'il a pensé que je traverserais cette épreuve à peu près indemne. Les faits lui donnent raison. »

Il allait dire quelque chose mais se ravisa.

« Tu viens à la cuisine avec moi ? Je mangerais bien un morceau. »

Je l'accompagnai. Il entreprit de se mitonner une omelette pendant que je sirotais une bière.

« Tu as parlé de Djibo tout à l'heure, dit-il soudain. Tu l'as revu ?

— À l'Académie. Il est venu nous donner une série de conférences.

— Raconte. Je veux tout savoir. »

Je m'exécutai sans difficulté. Le dernier cours de Djibo était à jamais gravé dans ma mémoire.

« Je dois absolument rejoindre le Plan, dit Youssef, pensif, quand j'eus terminé. Maga et moi avons fait passer le message que nous n'envisagions pas d'aller à l'Académie l'un sans l'autre. Cela pénalise forcément l'un d'entre nous, et plutôt elle, j'en ai peur. »

Je m'abstins de relever. Il avait évidemment raison. Je bus une longue gorgée de bière puis changeai de sujet.

« Il y a autre chose que je ne vous ai pas dit. Seuls les six membres du Comité exécutif connaissent la finalité du CFR. »

Cette révélation ne produisit pas sur Youssef l'effet que j'avais escompté.

« Ainsi il existe un sens à tout cela. Des fois, j'en doute. Cette Initiative Pétrole par exemple : je suis entouré de professionnels tous plus brillants les uns que les autres, nous commençons à enregistrer les premiers résultats, mais je n'arrive toujours pas à discerner le plan d'ensemble.

— Il y en a forcément un, dis-je en jouant machinalement avec ma bouteille vide. Je n'imagine pas qu'il en aille autrement. »

10

« Trois dangers menacent le CFR : l'imprudence, la trahison et l'erreur. Retenez bien ces termes : vous les retrouverez à l'origine de tous les dossiers traités par les Opérations spéciales, le plus souvent séparément, parfois en tandem. Je vous raconterai tout à l'heure une histoire qui, exceptionnellement, les combina tous les trois. »

En écoutant Yakoub Khoyoulfaz discourir avec aisance, je me demandai une fois de plus comment j'avais pu le prendre pour un tueur. La veille au soir, en arrivant à la résidence, j'avais trouvé dans ma chambre une corbeille de fruits à laquelle était agrafée sa carte avec ces mots : « J'espère que les vacances ont été bonnes » ; et ce matin, il avait insisté pour nous servir lui-même le thé dans des tasses de porcelaine chinoise. Soit il était naturellement attentionné, soit il incarnait le gentilhomme avec autant de talent que le soudard.

Peu m'importait en fait. J'abordais cette deuxième année avec la gourmandise du patient qui, se croyant atteint d'une maladie incurable, vient d'apprendre que son médecin avait en fait commis une erreur de diagnostic. Il m'avait fallu quelques semaines pour prendre la mesure des révélations de Gunnar et sentir physiquement l'angoisse desserrer son étreinte. Le soutien de mes amis durant cette phase de transition s'était révélé décisif. Magawati m'avait réinitié à la convivialité dans les bars à tapas de Barcelone, tandis que Youssef, avec qui j'avais ensuite sillonné le Vietnam sac au dos pendant quinze jours, m'avait aidé à replacer mon aventure dans une perspective initiatique. Libéré du fardeau de ma culpabilité, j'étais désormais libre, selon lui, de me consacrer à la quête du Graal : découvrir la finalité du CFR et trouver ma place dans l'univers. Dans mes mots plus simples à moi, j'allais enfin pouvoir me refaire des amis et montrer au Comité exécutif ce dont j'étais capable.

« Commençons par l'imprudence, reprit Khoyoulfaz. Le Comité exécutif a compris depuis belle lurette qu'il est impossible de définir précisément une telle notion dans une organisation dont les membres sont payés pour prendre des risques calculés. C'est pourquoi il préfère se reposer sur une classification qui a fait ses preuves et qui répartit les agents en trois groupes : les joueurs, les idéalistes et les gardiens du temple.

« Les joueurs fonctionnent à l'adrénaline. Ils prennent davantage de risques que les autres, car ils recherchent le gros coup qui leur assurera une place dans le panthéon du CFR. Ils sont généralement meilleurs scénaristes que falsificateurs, tolèrent mal l'autorité hiérarchique et méprisent les directives du

Plan, qu'ils accusent de brider leur imagination. Ils se fichent pas mal d'améliorer le sort de l'humanité, évaluent les dossiers selon des critères purement esthétiques et tueraient père et mère pour voir une de leurs créations faire la une du *Monde* ou du *New York Times*. Peu d'entre eux passent par l'Académie ; ils finissent généralement agents de classe 2 ou 3. »

Lena me jeta un coup d'œil en biais. Il est vrai qu'à part le dernier point la description des joueurs semblait avoir été écrite pour moi.

« Les idéalistes constituent le deuxième groupe. Ils sont entrés au CFR pour changer le monde. Pour eux, un dossier sert à corriger une injustice ou à pointer un dysfonctionnement de la société. Ils privilégieront toujours la valeur morale d'un scénario à son ingéniosité. Ils s'entendent bien avec leurs supérieurs tant que ceux-ci partagent leurs préoccupations. Ils atterrissent presque tous au Plan. »

Youssef, pensai-je aussitôt.

« Enfin, les gardiens du temple sont les plus dévoués au CFR. Ils se sentent investis de la responsabilité de protéger notre organisation contre le monde extérieur mais aussi contre ses propres démons. Meilleurs falsificateurs que scénaristes, ils ont tendance à produire des dossiers solides mais sans imagination. Vous les trouverez rarement sur le podium à Honolulu, mais ils fournissent des bataillons réguliers d'académiciens. Les meilleurs sortent dans l'Inspection générale, où ils peuvent se consacrer sans retenue à leur passion pour les normes et les procédures. »

Je retrouvais là certaines caractéristiques de Lena. Mais Lena était trop ambitieuse pour l'Inspection générale. Elle ne visait rien de moins que le Comité exécutif.

« Chaque agent emprunte à ces archétypes à des degrés divers. Nous somme tous entrés au CFR par goût du jeu, nous avons tous peur d'être démasqués et nous préférons tous — chaque fois que c'est possible en tout cas — rectifier les inégalités plutôt que les encourager. C'est la répartition de ces trois ingrédients fondamentaux qui nous rend uniques ; je n'ai jamais rencontré à ce jour d'agent qui soit tout d'un bloc. »

Il faudrait que je lui présente Youssef. Mon ami soudanais ressemblait à un monolithe — dans tous les sens du terme.

« Vous l'aurez compris, les joueurs sont les plus susceptibles de se rendre coupables d'imprudence et de mettre le CFR en danger. Même les meilleurs joueurs perdent parfois, à ceci près que, dans notre cas, chaque défaite menace la sécurité de milliers d'individus. C'est le nœud gordien de notre organisation : nous avons besoin des joueurs, mais ils peuvent à tout moment nous coûter la vie. C'est pourquoi nous nous attachons à circonscrire le risque qu'ils représentent en les plaçant sous la responsabilité d'officiers traitants chevronnés, voire en les faisant surveiller par l'Inspection générale. »

Parfois même, nous leur faisons croire qu'ils ont un mort sur la conscience, complétai-je mentalement. Effet immédiat garanti.

« Si encore nous n'avions à nous soucier que d'imprudents, les Opérations spéciales seraient une sinécure. Malheureusement, nous faisons régulièrement face à des cas de trahison autrement plus graves. Je ne pense pas à ces minables maîtres chanteurs qui se verraient bien prendre une retraite anticipée et se figurent que le CFR sera prêt à acheter leur silence à prix d'or. Je parle d'agents qui, le plus souvent par intérêt, mettent leurs talents de falsificateurs au service d'une cause qui n'a pas été préalablement approuvée par notre organisation, comme cet agent de Stuttgart qui commandita au faussaire Konrad Kujau la production de carnets du Führer qu'il vendit ensuite pour dix millions de marks au magazine *Stern*, ou comme cet Américain qui nous avait dénoncés au FBI et que nous réussîmes *in extremis* à faire interner dans un hôpital psychiatrique... »

Khoyoulfaz, qui m'avait vu frémir, m'adressa un sourire. Je ne l'imaginais que trop bien en blouse blanche brandissant des radios du cerveau pour expliquer que la schizophrénie de son patient avait ses origines dans une chute de cheval survenue à l'adolescence.

« Mais je ne m'étendrai pas davantage sur la question, reprit Khoyoulfaz. Vous ne serez habilités à enquêter sur les cas de trahison qu'à votre sortie de l'Académie. »

Dommage, pensai-je, c'étaient probablement les plus intéressants. Ceux aussi où les Opérations spéciales usaient des méthodes les moins avouables, ce qui expliquait la réserve de Khoyoulfaz.

« Les erreurs, poursuivit ce dernier, représentent de loin la cause principale de nos interventions. Vous devinez sans peine les plus fréquentes : éventement de la source de référence, altérations contradictoires, précisions excessives...

— Incohérences historiques, impossibilités matérielles, faux grossiers... », compléta Lena en me regardant comme pour me rappeler que j'avais commis chacune de ces bévues une douzaine de fois à Córdoba.

« Tout le monde fait des erreurs, nota Khoyoulfaz en venant involontairement à ma rescousse. Méfiez-vous des agents qui se croient infaillibles : comme ils sont trop fiers pour appeler les renforts, ils essaient de réparer leurs bêtises eux-mêmes et ne réussissent généralement qu'à aggraver la situation. C'est d'autant plus stupide que nous réussissons à traiter 99 % des problèmes qui nous sont signalés immédiatement. Du reste, ce que nous appelons erreur relève parfois simplement de la malchance : par exemple, un historien découvre une nouvelle source que vous n'aviez pas pu falsifier — et pour cause, vous ignoriez alors son existence.

« Face à une erreur, nous n'avons véritablement que trois options : la correction, l'abandon et la rescénarisation. La correction est évidemment la solution préférable, mais elle n'est pas toujours possible. Prenons un cas d'école : un jeune agent nous appelle parce qu'il s'est rendu compte qu'il avait oublié d'inscrire la naissance d'une de ses créations à l'état civil.

— Peuh ! lâcha dédaigneusement Lena comme si Khoyoulfaz venait d'insulter son intelligence.

— C'est pourtant le genre d'affaires que nous traitons tous les jours, continua Khoyoulfaz. Votre premier réflexe consistera à appeler Berlin, qui rémunère occultement des milliers d'officiers d'état civil dans le monde entier. Ils vous tireront d'affaire le plus souvent, mais pas toujours.

— Qu'est-ce qui pourrait les en empêcher ? demanda Ichiro.

— Le registre dort au fond d'un coffre-fort ou bien les pages sont numérotées et les entrées trop rapprochées pour qu'on puisse en insérer une nouvelle. Vous devrez alors vous demander s'il ne vaut mieux pas en rester là.

— Abandonner ? demanda Lena d'un ton incrédule.

— C'est parfois la meilleure décision, expliqua Khoyoulfaz. Car que risquons-nous au fond ? Même en cas de contrôle — et franchement, qui épluche les registres d'état civil ? — les historiens noteront la carence et échafauderont toutes sortes d'hypothèses : notre personnage serait-il né de parents inconnus ? Aurait-il changé d'identité pour échapper à la conscription ou à une épouse envahissante ? Avec un peu de chance, ce flou servira même le dossier.

— La chance..., releva Lena, méprisante.

— Absolument, répliqua Khoyoulfaz en dissimulant à peine son irritation. Nous ne faisons rien d'autre ici que d'évaluer des probabilités, mettez-vous cela dans la tête une bonne fois pour toutes. S'il est moins risqué de ne rien faire que de monter une expédition nocturne pour s'introduire aux Archives nationales, vous ne ferez rien, c'est moi qui vous le dis.

— Vous parliez d'une troisième option..., dis-je pour détendre l'atmosphère.

— Oui, merci, Sliv. Si vous ne parvenez pas à corriger l'erreur et si vous ne voulez pas vous en remettre à la chance, vous pouvez toujours rescénariser, autrement dit inventer un nouveau scénario qui expliquera l'erreur au lieu de la dissimuler. Toujours dans notre exemple, vous insérerez la naissance dans le registre d'une ville de cure pas trop éloignée où vous raconterez que la mère était allée se reposer après l'accouchement. J'attire cependant votre attention sur le fait que, comme tout scénario, celui-ci nécessitera un travail de falsification rigoureux et peut-être même plus lourd que dans le dossier de départ. Mais cela ne devrait pas vous déplaire, n'est-ce pas, Lena ? »

Thorsen rougit mais ne desserra pas la mâchoire. Ichiro sourit poliment. Quant à moi, je savourai la fin de l'exposé de Khoyoulfaz. Le directeur des Opérations spéciales n'avait pas mentionné l'élimination physique comme une issue possible à nos interventions. Il était juste passé un peu vite à mon goût sur la question de la trahison, peut-être parce qu'il s'agissait du seul cas où le CFR s'autorisait à supprimer ses adversaires. Étais-je prêt à l'accepter ? Il faudrait que j'y réfléchisse.

« Pas de questions ? demanda Khoyoulfaz. L'histoire à présent : je la tiens d'un des protagonistes, le Turc Memet Okür, qui fut mon professeur à Hambourg il y a vingt-cinq ans. À quatre-vingts et quelques printemps, cet ancien directeur des OS n'aimait rien tant que faire partager son expérience aux académiciens. Lui-même avait fait ses classes dans les années vingt, à une époque où le CFR, qui était alors une organisation plus ramassée et moins bureaucratique, n'hésitait pas à confier d'énormes responsabilités à ses jeunes agents. Okür venait tout juste d'être coopté aux Opérations spéciales — l'Académie n'existait pas encore — quand son patron l'envoya à Londres pour, lui dit-il, éclaircir l'affaire de la lettre de Zinoviev.

« Okür tomba des nues. La lettre de Zinoviev défrayait la chronique depuis plusieurs semaines déjà et il n'avait jamais soupçonné que le CFR pût y être mêlé. Juste par curiosité, l'un de vous connaît-il les grandes lignes de cette affaire ? »

J'en entendais parler pour la première fois. Un bref coup d'œil à Lena et Ichiro me confirma qu'ils partageaient mon ignorance.

« Je me demande ce qu'on vous apprend à l'Académie, bougonna Khoyoulfaz. En 1924, quatre jours seulement avant des élections générales, le journal britannique *Daily Mail* publia une lettre censément écrite par Grigori Zinoviev, alors leader du Komintern soviétique, et adressée au comité central du Parti communiste britannique. Zinoviev y exhortait ses camarades anglais à organiser des troubles sociaux afin de préparer la révolution qui écraserait un jour la classe bourgeoise dominante. La publication de cette missive n'aurait pu intervenir à un moment plus inopportun pour le gouvernement travailliste. Emmené par Ramsay MacDonald, celui-ci négociait depuis plusieurs mois un traité de paix avec la Russie, contre l'avis des parlementaires conservateurs, qui récusaient le principe même d'une alliance avec un État bolchevique. La lettre de Zinoviev, qui éclairait d'un jour fort cru les motivations de l'Union soviétique, jeta un terrible discrédit sur la politique du gouvernement, d'autant plus terrible d'ailleurs que

Zinoviev attendit plusieurs semaines pour démentir être l'auteur du courrier. MacDonald eut beau contester publiquement l'authenticité de la lettre, il ne parvint pas à renverser la tendance et les travaillistes furent largement battus dans les urnes. Un mois plus tard, le nouveau gouvernement conservateur se prononça contre la ratification du traité anglo-russe.

« Comme vous probablement en ce moment, Memet Okür envisagea plusieurs possibilités. La lettre pouvait naturellement être authentique, le Komintern ayant déjà à l'époque la réputation de soutenir logistiquement et financièrement les partis communistes européens. Mais Okür acquit rapidement la conviction que la lettre était un faux. Zinoviev s'y présentait en effet comme le Président du Praesidium du Comité exécutif du Komintern alors qu'il était en fait Président du Comité exécutif. Il se référait en outre dans un autre passage de la lettre à la IIIe Internationale bolchevique, une expression que seuls les Occidentaux employaient alors. Si Zinoviev n'était pas l'auteur du courrier, qui donc selon vous pouvait l'avoir écrit ?

— Les conservateurs britanniques pour compromettre MacDonald ? suggéra Lena.

— Le NKVD, la police secrète soviétique, pour semer la confusion en Grande-Bretagne ? proposa Ichiro.

— Nous ? » avançai-je.

Khoyoulfaz nous dévisagea avec satisfaction.

« On dirait que je ne me suis pas trompé sur votre compte, dit-il en souriant. Okür présenta ces trois hypothèses à son patron qui l'écouta attentivement avant de lui dire qu'il connaissait le coupable, un agent du CFR de l'antenne de Birmingham du nom de Philip Murray. Murray, un agent de classe 2 spécialisé dans les mouvements révolutionnaires, avait parié cent livres avec un collègue sur la victoire des conservateurs aux prochaines élections générales. Comme, à un mois du scrutin, les travaillistes conservaient quelque espoir de l'emporter, il conçut le plan de la lettre de Zinoviev. En grand connaisseur du communisme, il trouva facilement le ton juste, commettant toutefois deux erreurs techniques qui, plus tard, attirèrent l'attention des experts chargés d'évaluer l'authenticité du document. Restait à trouver un moyen de mettre la lettre en circulation : Murray s'acoquina avec un agent hors classe du bureau de Manchester qui accepta pour des raisons idéologiques — il détestait les travaillistes — de transmettre une copie du courrier aux services secrets britanniques, où quelqu'un orchestra la fuite vers le *Daily Mail*.

« Notez bien que Murray n'aurait probablement jamais été inquiété s'il n'avait cru malin d'insinuer qu'il avait un peu forcé le destin pour remporter son pari. Son collègue, soupçonnant un coup fourré, alerta les Opérations spéciales, qui ouvrirent une enquête.

« Okür adorait raconter cette histoire, car elle réunit tous les comportements qui justifient l'existence des Opérations spéciales.

« L'imprudence d'abord, incarnée par ce crétin de Murray qui était prêt à faire dérailler l'Histoire pour gagner un pari — l'enquête montra d'ailleurs qu'il jouait aux courses et que l'Inspection générale l'avait placé sous surveillance un an plus tôt.

« La trahison ensuite : l'agent de Manchester qui prit le risque de brûler le CFR parce qu'il n'aimait pas Ramsey MacDonald.

« Les erreurs enfin, qui se glissent inévitablement dans un dossier quand celui-ci n'est pas relu.

« Et l'ironie du sort, c'est que Murray réussit à faire battre les travaillistes. Nous ne saurons jamais si MacDonald aurait été reconduit, mais tous les historiens reconnaissent que la lettre de Zinoviev pesa lourdement sur les derniers jours de la campagne.

— Mais quel rôle a joué Okür si son patron connaissait déjà le coupable ? » demandai-je.

Ichiro opina du chef. Il se posait la même question que moi.

« Il était chargé de rescénariser, répondit Khoyoulfaz, qui ne se lassait visiblement pas de raconter cette histoire. Réfléchissez. Il n'était plus question de corriger : la lettre avait été publiée. Abandonner ? Hors de question : les services secrets anglais et russes avaient déjà ouvert une enquête. Il ne restait qu'une solution : désigner aux enquêteurs un coupable plausible, mais qui se révélerait impossible à appréhender. Vous ne voyez pas ?

— Les Russes blancs ? » suggéra Ichiro.

Khoyoulfaz en resta muet d'admiration pendant quelques secondes.

« Dans le mille. Okür imagina que ces monarchistes russes qui avaient fui le régime des soviets avaient été outrés d'apprendre que l'Angleterre négociait un traité de paix avec les Bolcheviques et qu'ils avaient engagé des faussaires baltes pour écrire la lettre de Zinoviev. Il sema quelques indices ici et là : des télégrammes entre les différents groupuscules de Russes blancs éparpillés dans les grandes capitales européennes, des traces de paiement à un émissaire lituanien, une note à demi effacée retraçant l'itinéraire de la lettre au sein du MI-5. Ce dernier document, qui avait pour seul objectif de dissuader les services secrets britanniques de pousser trop avant leur enquête, remplit admirablement sa fonction. Le scandale de la lettre de Zinoviev s'éteignit doucement et le CFR ne fut jamais inquiété.

— Et Murray ? demandai-je.

— Ah oui ! Murray, répéta Khoyoulfaz comme si le nom du fauteur de trouble lui revenait soudain en mémoire. C'est Okür qui a négocié avec lui les termes de son départ. Il a été convenu qu'il démissionnerait. Je crois qu'il aurait bien conservé ses droits à la retraite, mais il a fini par y renoncer quand Okür lui a montré une autre lettre : celle qu'il avait écrite au camarade Zinoviev pour lui révéler le nom de l'homme qui avait fait capoter le traité anglo-russe en usurpant son identité. C'est que les soviets, voyez-vous, ne badinaient pas avec la discipline. D'ailleurs, je me demande si cet imbécile a restitué les cent livres », ajouta-t-il, songeur.

11

Yakoub Khoyoulfaz ne croyait pas aux cours théoriques. « C'est bon pour les polars de l'Inspection générale », disait-il en rigolant. Il était un fervent partisan de l'enseignement par immersion. Après quinze jours de préparation commando à Krasnoïarsk, je fus parachuté en Suède pour ma première mission. Niklas Sundström, le directeur du Bureau de Stockholm, avait besoin d'aide pour mettre de l'ordre dans un dossier qui portait sur l'adolescence d'August Strindberg et dont les biographes habituels du grand homme commençaient à pointer les contradictions. Il s'était conformé au règlement en alertant le Comité exécutif, le seul organe habilité à mandater les Opérations spéciales.

Je me présentai un lundi matin à Sundström, qui m'accueillit à bras ouverts. À ma grande surprise, il me décrivit auprès de son équipe comme le « messie de Krasnoïarsk ». Je compris à la mine soulagée de ses collaborateurs que les entités avaient une perception des Opérations spéciales fort différente de ce que j'avais pu imaginer. Les agents de terrain ne voyaient nullement en nous des juges ou des censeurs, nous considérant au contraire comme des magiciens infaillibles capables de faire disparaître les problèmes qu'eux-mêmes avaient créés par leur maladresse. En conséquence, ils nous déroulaient le tapis rouge, nous réservaient des chambres dans les meilleurs hôtels et se tenaient à l'écoute de nos moindres desiderata.

J'adorais ces missions courtes — leur durée excédait rarement quelques jours —, où je débarquais en pays inconnu, me faisais expliquer la situation et me mettais immédiatement au travail. Les problématiques étaient incroyablement variées, tant dans les thèmes que dans l'approche à adopter. Je me souviens par exemple d'un séjour à Minneapolis (dont les hivers n'ont pas grand-chose à envier à la Sibérie) où, avec l'aide de deux jeunes agents, je récrivis en un week-end toute la politique sanitaire du Lesotho. Je progressais rapidement, comme si toutes mes expériences précédentes n'avaient eu que pour but de me préparer à ce métier. Je mesurais mieux à présent ce que m'avait apporté mon passage à Córdoba ; j'apercevais immédiatement les failles des dossiers qu'on me présentait, plaçant sans hésiter une probabilité sur leur chance d'être découvertes. Quelques coups de fil me suffisaient généralement pour déterminer l'ampleur des réparations nécessaires. Même si j'étais par nature plus enclin à rescénariser qu'à corriger, je ne laissais plus mon bon plaisir me dicter ma conduite. J'en étais récompensé par le sentiment de satisfaction que j'éprouvais chaque fois que je refermais un dossier : moi qui mettais naguère cette organisation en péril, j'en étais maintenant le défenseur le plus consciencieux et pas le moins habile.

Le poste comportait également une dimension sociale non négligeable. Mon réseau s'étendait à vue d'œil. Je sentais bien que ma réputation me précédait partout où j'allais et que mes interlocuteurs quêtaient systématiquement mon approbation. Les patrons d'entités invitant traditionnellement à leur table les agents des Opérations spéciales de passage, je me retrouvais à discuter d'égal à égal avec des directeurs de Bureaux de vingt ou trente ans mes aînés.

Je ne travaillais évidemment pas seul. J'accompagnais toujours un agent plus expérimenté, généralement hors classe, qui bien que surveillant étroitement mon travail, m'abandonnait volontiers sa part de la besogne pour aller discutailler avec ses vieux copains. Je ne m'en formalisais pas : j'étais jeune et j'avais encore tout à apprendre. Du reste, j'attendais autre chose de ces vétérans : qu'ils me fassent partager leur expérience. Certains avaient plusieurs centaines de missions à leur actif et pouvaient enchaîner les anecdotes pendant des heures. J'adorais les faire parler du CFR lui-même, de la façon dont le rôle des Opérations spéciales avait évolué dans le temps ou de la stricte séparation des pouvoirs qui existait entre les corps et le Comité exécutif. J'en appris plus grâce à eux pendant ces six premiers mois aux OS qu'au cours de mes cinq premières années réunies.

J'eus à deux reprises l'immense privilège de faire équipe avec Khoyoulfaz, qui me conquit littéralement par sa gentillesse. Pour lui, le CFR n'était qu'une idée ; ce qui comptait, c'étaient les hommes et les femmes qui le composaient. « Notre organisation, m'expliqua-t-il, ne compte que quelques milliers de membres. Avec de la patience et une bonne mémoire, il est possible de presque tous les connaître. » Il ne semblait de fait dépaysé nulle part. Je le vis manger du singe au Congo et des sauterelles à Bangkok. Il avait soigneusement choisi nos missions. La première, particulièrement épineuse, dépassait mes compétences et me donna un aperçu de son savoir-faire. La seconde était triviale et nous laissa du temps pour revenir sur son numéro d'acteur à Córdoba. Je mesurai la finesse du patron des Opérations spéciales quand il m'expliqua ce que je n'osais m'avouer à moi-même, à savoir qu'il me faudrait plusieurs années pour exorciser totalement le souvenir de cette journée. « Lena l'a enfoui au fond de sa mémoire, mais je vois bien que toi, tu n'as pas envie d'oublier. C'est bien qu'on se connaisse. Je me débrouillerai pour que tu rencontres Jones lors de ton passage à Krasnoïarsk. »

Le problème, c'est que je ne posais plus souvent mes valises en Sibérie. Le monde devenait mon jardin. À force de vivre dans les avions, il me semblait tout naturel de terminer une mission le jeudi à Karachi et d'en démarrer une nouvelle le lundi à Brisbane. Je me ménageais quelques jours de tourisme chaque fois que c'était possible, quitte justement à ne plus jamais repasser par l'Académie. Cela signifiait malheureusement que je ne rattraperais jamais le temps perdu avec mes condisciples de première année. Luis Carildo continuerait à me voir sous les traits du cow-boy solitaire et je devais bien admettre que cela me peinait un peu. J'appelais de temps à autre Stéphane Brioncet, que sa félicité conjugale toute neuve aidait à supporter la monotonie de son poste aux Ressources humaines. Je ne vis Lena qu'une fois cette année. Je lui succédai à Milan, où elle avait coincé un petit malin qui s'amusait à lancer la police italienne sur la piste de mafiosi imaginaires. Elle s'était mis tout le Bureau à dos en moins d'une semaine.

Début décembre, Khoyoulfaz me confia ma première mission en solo. Contrairement à la plupart des dossiers qui exigeaient une intervention immédiate, celui-ci ne présentait pas de caractère d'urgence particulier et pouvait être traité depuis Krasnoïarsk. Le CFR n'était pas encore en danger d'être découvert mais l'un de ses scénarios, échafaudé au début des années cinquante, était critiqué de toutes parts et risquait de s'effondrer.

Je m'absorbai dans la lecture du dossier, qui comportait plus d'un millier de pages. Peu après la Deuxième Guerre mondiale, l'agent norvégien de classe 3 Ole Gabriel Hagen s'était mis en tête de faire croire au monde que les Vikings avaient découvert le continent américain plusieurs siècles avant Christophe Colomb. C'était parfaitement plausible : les Vikings avaient découvert l'Islande en 870 et colonisé le Groenland au xᵉ siècle ; de là à imaginer qu'ils aient pu pousser jusqu'en Amérique, il n'y avait qu'un pas. Plusieurs légendes scandinaves mentionnent d'ailleurs une telle odyssée. Mais, en 1950, aucun historien ne les prenait au sérieux.

Les notes de Hagen, pieusement conservées par les archivistes du CFR, ne m'éclairaient guère sur ses intentions. Hagen entendait manifestement rappeler aux États-Unis leur dette à l'égard de l'Europe (à une époque où le plan Marshall les autorisait à s'en croire affranchis) en soulignant au passage l'avantage que représenterait pour le CFR de pouvoir recourir aux figures de la mythologie nordique pour décrypter les idiosyncrasies américaines. Je soupçonnais la véritable explication d'être plus prosaïque : Hagen était un joueur invétéré (plusieurs citations de l'Inspection générale émaillaient son dossier personnel) qui s'était passionné pour les Vikings le jour où il avait découvert qu'il descendait en ligne presque directe du célèbre chef de guerre Harald à la dent bleue.

Le plan de Hagen était d'une simplicité biblique : faire apparaître l'Amérique sur une *mappa mundi* (une carte du monde) antérieure à 1492. C'était le projet de sa vie et il entendait bien n'en négliger aucun aspect. Il chercha d'abord à se procurer — en dehors des circuits officiels — un parchemin vierge très ancien, mais toutes les pièces qu'on lui signalait étaient soit déjà utilisées, soit trop récentes. En 1951, après trois ans de recherches, il se porta acquéreur, à travers une fondation religieuse, du fonds de la bibliothèque d'un monastère andalou au seul motif qu'il comprenait plusieurs rouleaux de parchemin en peau de mouton datant de la première moitié du XVe siècle.

L'élaboration de la *mappa mundi* fut un effort collectif. Hagen coordonna les contributions de cinq cartographes spécialistes du Moyen Âge sans jamais leur révéler évidemment à quoi il emploierait leurs travaux. Il fit plusieurs choix, forcément discutables, en obéissant à un double impératif : la représentation de l'Europe, de l'Afrique et de l'Asie devait être aussi proche que possible des documents de l'époque afin de crédibiliser par ricochet la présence de l'Amérique ; la carte devait puiser certains éléments à la source des légendes scandinaves (ce que Lena dans sa pédanterie aurait appelé un « facteur de corroboration »).

Le meilleur faussaire du CFR — un Grec du nom de Kandalis dont j'avais employé le fils trois ans plus tôt à Córdoba — se chargea de la réalisation pratique. Il gâcha trois parchemins avant que Hagen ne se se déclare satisfait du résultat. Le Norvégien s'était évidemment gardé de représenter l'Amérique sous les contours que nous lui connaissons aujourd'hui. Il avait dessiné une île oblongue orientée Nord-Sud, grande comme environ la moitié de l'Europe, à laquelle il avait accolé un texte latin signifiant à peu près : « Par la volonté de Dieu, après un long voyage depuis l'île du Groenland vers les plus lointaines parties restantes de l'océan d'Occident, naviguant vers le sud au milieu des glaces, les compagnons Bjarni et Leif Eriksson ont découvert une nouvelle terre, extrêmement fertile et ayant même des vignes, qu'ils ont nommée Vinland. » Je souris en lisant ces lignes, car elles empruntaient à une histoire bien connue des écoliers islandais, la *Saga d'Erik le Rouge*.

Hagen, qui savait que son œuvre serait scrupuleusement examinée, s'avisa qu'elle semblerait plus crédible si elle apparaissait en compagnie d'autres pièces réellement authentiques. Par chance, le CFR posséédait dans sa collection — dont j'entendais parler pour la première fois et sur laquelle je me promis d'interroger Khoyoulfaz — un manuscrit inestimable : un codex intitulé *Historia Tartorum* (Histoire des Tartares) dans lequel un moine franciscain, Giovanni da Pian del Carpine, relate son voyage chez le Khan de Karakoram aux alentours de 1245. Dans une lettre enflammée datée du 12 janvier 1953 que j'avais sous les yeux, Hagen suppliait le Comité exécutif de le laisser relier l'histoire des Tartares et la carte du Vinland dans un même ouvrage.

Il eut gain de cause au printemps 1953 (la signature figurant au bas de la lettre d'acceptation est évidemment illisible). En 1957, la carte du Vinland fit son apparition chez un bouquiniste de Genève, passa entre plusieurs mains, dont celles du marchand d'art Laurence C. Whitten et du philanthrope Paul Mellon, ce dernier finissant par l'offrir à l'Université Yale en 1965 dans un grand tapage de publicité. Yale recruta immédiatement les services du docteur Raleigh Ashlin Skelton, un émérite cartographe britannique, dont le rapport concluant à l'authenticité du document eut deux conséquences inattendues : Yale fit assurer la carte du Vinland pour la modique somme de 25 millions de dollars et Ole Gabriel Hagen fut promu agent hors classe.

Toutefois Hagen ne savoura pas longtemps son triomphe. En 1972, un autre docteur, Walter McCrone, mit en évidence, en analysant l'encre de la carte, des traces d'anatase, une forme cristalline du dioxyde de titanium inconnue avant le XXe siècle. Comme s'ils avaient attendu ce signe depuis des années, plusieurs historiens sortirent du bois et listèrent les incohérences du document. On estimait généralement que la première circumnavigation du Groenland remontait à l'année 1900 ; comment la carte du Vinland pouvait-elle donc représenter le Groenland dans une forme et des dimensions presque exactes ? Les linguistes ne manquaient pas non plus d'arguments. Le texte latin contenait plusieurs fois la diphtongue *æ*, quand les copistes du XVe siècle se contentaient d'un simple *e* ; et, d'ailleurs, ils n'auraient jamais latinisé le nom « Eriksson » en « Erissonius » : cet usage n'était apparu qu'au XVIIe siècle.

Devant cette avalanche d'éléments concordants, les curateurs de Yale battirent prudemment en retraite et annoncèrent qu'ils se rangeaient à l'opinion dominante : la carte du Vinland était un faux. Hagen vécut ce revirement comme une trahison. Dans son journal (qui était annexé au dossier), il fustigeait la pusillanimité de « ces universitaires toujours d'accord avec le dernier qui a parlé ». Il commença à perdre les pédales dans les années quatre-vingt. Un rapport médical réalisé à la demande de l'Inspection générale montre que dans les dernières années de sa vie, Hagen s'identifiait tellement à sa cause qu'il lui arrivait d'oublier qu'elle n'avait jamais existé que dans son imagination. Il se suicida en 1990 en apprenant que Yale avait prêté la carte du Vinland au British Museum pour une exposition intitulée *The Fake Exhibition*. La carte y figurait en bonne place, aux côtés du suaire de Turin.

Yale avait peut-être flanché, mais le CFR, lui, restait loyal aux siens. Abasourdi par la mort de Hagen, un de ses collègues et amis du Bureau d'Oslo, Svein Jacobsen, s'assigna un fol objectif : refaire authentifier la carte du Vinland. Il sollicita le concours des Opérations spéciales. Khoyoulfaz n'eut pas le courage de le lui refuser. Le CFR engagea des moyens considérables au service d'une opération de diversion sans précédent. Le stratagème fonctionna partiellement : en 1992, Thomas Cahill, un historien américain, indiqua qu'il avait trouvé de l'anatase dans plusieurs autres manuscrits médiévaux dont l'authenticité ne souffrait aucune discussion ; il précisa toutefois que l'anatase de la carte du Vinland était d'une origine différente, probablement synthétique. Quelques historiens se remirent quand même à croire à l'odyssée de Leif Eriksson ; la mémoire d'Ole Gabriel Hagen était momentanément sauve.

Mais Khoyoulfaz savait bien que la carte du Vinland n'avait pas fini de hanter le CFR. Yale n'avait pas résisté à la tentation de publier en 1995 un nouvel ouvrage réaffirmant l'authenticité de sa *mappa mundi*. De nombreux scientifiques, piqués au vif par cette démonstration d'arrogance, proposaient déjà de soumettre le document et son encre à de nouvelles analyses. Khoyoulfaz s'était montré très clair : le CFR ne pouvait plus se contenter de réagir, il lui fallait reprendre la main.

Certes, pensai-je en refermant le dossier. Mais comment ? Pour moi, la cause était entendue : un jour ou l'autre, on établirait de manière indiscutable que la carte était un faux. Il y a cent ans, les experts scrutaient les œuvres douteuses au microscope. Cinquante ans plus tard, ils s'étaient rués sur une nouvelle invention, la datation au carbone 14 qui permettait de déterminer à quelques années près quand une toile avait été peinte. Aujourd'hui, les nouvelles technologies moléculaires laissaient encore moins de chance aux contrefacteurs. D'ailleurs, presque tous les grands faux de l'histoire du CFR avaient fini par être percés à jour. Ils avaient fait illusion pendant cinq ans ou deux siècles avant de succomber à un nouveau test que leur créateur, si adroit fût-il, n'avait pas anticipé.

Svein Jacobsen avait rendu un dernier hommage à son ami Hagen, mais il n'avait fait que reculer l'inéluctable. Je n'arriverais pas à sauver la carte du Vinland, c'était entendu, mais je pouvais au moins lui offrir une sortie honorable. Je décidai d'élargir le champ de mes recherches.

Je fis dès le premier jour une trouvaille prodigieuse. En 1960, un couple d'explorateurs norvégiens, Hans et Anne Stine Ingstad avait découvert les restes d'un village viking à l'Anse-aux-Meadows, sur l'île de Terre-Neuve au Canada. La datation au carbone 14 avait établi de manière irréfutable que les vestiges — plusieurs bâtiments dont une forge et une scierie — remontaient à la fin du xe siècle. Le doute n'était donc plus permis : les Vikings avaient bien accosté en Amérique du Nord cinq siècles avant Christophe Colomb, même si, selon les historiens, ils ne s'étaient pas attardés plus de quelques années.

Le CFR ne fait parfois que devancer l'histoire, avait coutume de dire Gunnar. Ce dossier en était le meilleur exemple : dans une sorte d'intuition fulgurante, Ole Gabriel Hagen avait imaginé l'histoire et les faits lui avaient donné raison. Le plus étonnant, c'est qu'il n'en avait conçu aucune fierté. Il aurait pu estimer en apprenant la nouvelle de la découverte de l'Anse-aux-Meadows que sa mission était terminée. Personne ne lui aurait chipoté son succès. Pourtant il n'avait pas lâché le morceau. Il ne lui suffisait pas de savoir que les Vikings avaient bien traversé l'Atlantique, il espérait encore prouver qu'ils l'avaient fait en suivant sa carte. Les médecins du CFR appelaient cette pathologie, relativement fréquente chez les joueurs, le « syndrome du démiurge ».

Je sus que je touchais au but quand je rencontrai au détour d'un article un autre personnage haut en couleur : le Père Joseph Fischer, un jésuite autrichien épris de cartographie médiévale, qui suggérait dès 1902 que les Vikings avaient mis le pied en Amérique bien avant Christophe Colomb. Fischer ne dédaignait pas les scoops : on lui devait la découverte de la première carte contenant le terme « America ». Je demandai à ce stade au Bureau de Vienne de me fournir davantage d'informations sur son compte. Je retins ma respiration en lisant la notice biographique préparée par un jeune agent de classe 1 : le père de Fischer était peintre et l'on pouvait imaginer qu'il avait enseigné à son fils les techniques élémentaires de mélange de pigments. Le reste de la notule décrivait un homme fin, sûr de ses idées et qui se serait sans doute fort bien entendu avec Ole Gabriel Hagen. Il ne m'en fallait pas davantage : je fis fabriquer quelques courriers signés du Père Fischer qui imitaient l'écriture de la carte du Vinland et je lançai la rumeur selon laquelle l'ecclésiastique était l'auteur de la fausse *mappa mundi*. J'ajoutai qu'il n'avait réalisé le document que pour son usage personnel avant d'en être dépossédé quand les nazis avaient saisi la collection du collège jésuite où il officiait, ce qui expliquait pourquoi la carte n'avait ressurgi que bien des années plus tard. Je n'avais pas imaginé que ma version prendrait aussi rapidement. Aujourd'hui, plus grand monde ne doute des origines autrichiennes de la carte du Vinland. Le Père Fischer y a gagné une postérité amplement méritée.

Ainsi tout finissait bien. Les Vikings avaient réellement découvert l'Amérique. Ole Gabriel Hagen pouvait reposer en paix. Nous avions perdu la bataille de la carte du Vinland, mais personne ne soupçonnerait jamais notre rôle dans l'affaire. Une seule chose me chagrinait : cette propension qu'avait le CFR à produire des faux documents qui risquaient de se retourner un jour contre lui. Je partageai mon inquiétude avec Yakoub, qui m'invita à coucher mes réflexions par écrit. Je m'exécutai volontiers en expliquant pourquoi, selon moi, la falsification physique avait vécu.

« La production de faux convaincants, capables de résister à un examen scientifique approfondi, va devenir de plus en plus difficile, pour ne pas dire carrément impossible, écrivais-je en conclusion de mon mémo. Des dossiers comme la carte du Vinland n'ont plus leur place dans notre organisation. Ils la mettent en danger pour des victoires qui seront de plus en plus éphémères. Pourquoi prendre ce risque quand l'avènement de l'ère numérique nous ouvre tant d'opportunités fabuleuses ? Je pense qu'il est temps pour le CFR de changer de paradigme et de concentrer ses efforts sur ce qu'il fait le mieux : la manipulation des mots et des idées. »

12

J'envoyais chaque année à Noël un peu d'argent à l'association Survival International, qui soutient la cause des derniers peuples tribaux éparpillés à travers le monde. Je recevais à ce titre des nouvelles régulières des Bochimans. Elles n'étaient guère fameuses. À en croire les correspondants de Survival International, le Botswana avait récemment redoublé ses efforts pour expulser les Bochimans de leur Kalahari ancestral. La communauté internationale, un temps sensibilisée à leur cause, avait progressivement détourné son regard, laissant au président Masire le champ libre pour déplacer les tribus qui contrariaient ses desseins diamantaires.

En janvier 1998, je lus dans la gazette de l'association que l'administration botswanaise avait accepté d'ouvrir des discussions avec les Bochimans. Cela ne présageait rien de bon à mes yeux. Les juristes du gouvernement, formés dans les meilleures universités américaines, n'allaient faire qu'une bouchée des émissaires bochimans, probablement analphabètes. Masire confirmait sa réputation d'habile manœuvrier : en amenant les Bochimans à la table des négociations, il privait d'arguments ceux qui dénonçaient sa gestion unilatérale du conflit, même si je restais persuadé qu'au fond de lui il était bien décidé à ne rien céder d'essentiel. Bref, les malheureuses tribus du Kalahari s'apprêtaient à tomber dans un piège.

À moins que. J'appelai ce jour-là le standard de Survival International pour offrir mes services dans le cadre des prochaines négociations. Je me présentai comme un spécialiste des études environnementales (ce n'était qu'un demi-mensonge) prêt à travailler bénévolement pendant quelques semaines au printemps (l'année scolaire se terminait mi-février et ne reprenait que début avril). Ma candidature fut chaleureusement accueillie. « Nous ne décourageons jamais les bonnes volontés », dit le responsable du programme Afrique australe au téléphone, avant d'ajouter : « Particulièrement quand nous n'avons pas à les payer. » Après tout ce que les Bochimans avaient fait pour moi, pensai-je, c'était bien le minimum.

J'avais déjà beaucoup voyagé à l'époque, y compris dans des pays pauvres comme l'Inde ou le Vietnam, mais je ne m'étais rendu qu'une fois en Afrique, pour une mission éclair au Congo. Je commençai sur une bonne impression : Gaborone, la capitale du Botswana où je me reposai quarante-huit heures de mon épuisant périple aérien, est une ville à la fois pittoresque et moderne. Lyle Owen, le délégué — botswanais — de Survival International, m'en fit fort aimablement les honneurs, sans toutefois me cacher que je risquais d'être secoué par mon séjour dans le désert. Sur le moment, je ne le pris pas entièrement au sérieux. Encore un type qui sous prétexte que j'étais islandais se figurait que je n'avais jamais vu la misère en face, pensai-je en embarquant à l'arrière de sa Jeep.

Et pourtant Lyle avait raison : rien n'aurait pu me préparer à ce que je découvris quand il s'arrêta en fin d'après-midi au bord d'un campement tribal dans la région de Ghanzi. Car ce n'est pas la pauvreté qui frappe chez les Bochimans, mais cette impression d'être brutalement plongés plusieurs centaines, que dis-je, plusieurs milliers d'années en arrière, à l'aube de l'humanité. Les mendiants de Calcutta vivent dans la rue, au milieu des automobiles et des affiches publicitaires, immergés malgré tout dans la modernité ; les Bochimans, eux, vivent en grappes dans des huttes de branchages sans voisins à des centaines de kilomètres à la ronde. Les Indiens n'ont pas le téléphone ; les Bochimans ne savent même pas qu'il existe.

Je discutai une bonne partie de la nuit avec Lyle, qui parlait un peu le khoisan, autour d'un feu qu'entretenaient à grand-peine nos hôtes (dès le soleil couché, il faisait à peine plus chaud qu'à Krasnoïarsk). Je tombais de haut. J'avais imaginé un peuple beau, fier et empli de spiritualité ; je ne croisais que des regards brisés où se lisaient la soumission et une irrépressible lassitude. Les Bochimans, jadis réputés pour leurs fresques rupestres, ne peignaient plus depuis des décennies. Ils n'en avaient plus le temps, trop occupés qu'ils étaient à pomper la rosée du matin avec des pailles et à reverser le précieux liquide dans les œufs d'autruches qui leur servaient de jarres. En fait de spiritualité, ils fumaient du chanvre pour tromper l'ennui du quotidien. Parfois — rarement —, ils se décoraient le visage et dansaient.

Les semaines suivantes, que je passai entre différentes tribus, me confirmèrent mon impression initiale : les Bochimans n'avaient aucune chance de s'en sortir. Si encore les Huguenots ne les avaient pas chassés des terres giboyeuses qu'ils occupaient il y a encore trois siècles, ils auraient pu se développer harmonieusement, croître démographiquement, enrichir une culture, un folklore déjà respectables tout en assimilant graduellement les avancées en matière de santé ou d'éducation que la civilisation pouvait leur offrir. Au lieu de quoi, ils semblaient promis à un déclin inexorable. Je les avais cru cent mille, ils n'étaient déjà plus que quelques milliers. En l'espace de quelques générations, ils avaient désappris à travailler la pierre. Ils ne possédaient véritablement plus que deux outils : leur arc et le kwé, sorte de pieu terminé par une corne animale qui rendait autant de services qu'un couteau suisse. Ils imitaient à la perfection le cri des oiseaux mais en étaient réduits à suivre dans le ciel la trajectoire des vautours en espérant qu'elle leur indiquerait l'emplacement de quelque carcasse d'hyène ou de singe.

Je me gardai bien de l'avouer à Lyle, mais j'en venais presque à comprendre l'attitude du gouvernement. À l'heure où le Botswana s'arrachait enfin à la pauvreté et se targuait de posséder l'économie la plus dynamique du continent, les Bochimans faisaient sérieusement tache, non pas parce qu'ils se développaient moins rapidement ou qu'ils avaient choisi une autre voie, mais tout simplement parce qu'ils régressaient et se nécrosaient à vue d'œil. Quand j'entendais Lyle fustiger la réthorique officielle qui prétendait vouloir déplacer les habitants du Kalahari pour leur propre bien, je trouvais de plus en plus difficile de faire semblant de l'approuver. Au fond, les Bochimans ne seraient-ils pas plus heureux dans des contrées moins arides ? Et en admettant qu'ils aspirent un jour à se mêler au reste de la société, leur statut actuel d'attraction touristique et d'objet d'étude pour ethnologue à barbe blanche leur laissait-il la moindre chance d'y parvenir ? Lyle soulignait le droit imprescriptible de tout peuple à rester sur ses terres, mais oubliait que c'étaient les Bantous, puis les colonisateurs européens qui avaient poussé les Bochimans vers le Kalahari. Jamais les Bochimans, un peuple de chasseurs et de cueilleurs, n'auraient d'eux-mêmes élu domicile en ce lieu inhospitalier où il y avait si peu à chasser et quasiment rien à cueillir. Pourquoi s'acharner alors, si ce n'est par principe ?

Je gardai mes doutes pour moi. Survival International faisait par bien des aspects un travail admirable. Les cadres de First People of the Kalahari — le seul mouvement que le gouvernement botswanais tenait pour interlocuteur valable — reconnaissaient bien volontiers leur dette à l'égard de l'association britannique et avaient du mal à cacher leur excitation à propos des négociations à venir. Ils connaissaient ma position sur le sujet — Masire feindrait de les écouter mais ne leur accorderait rien de concret —, mais ne pouvaient se départir entièrement de leur optimisme. On pouvait croire aux miracles. Eux en tout cas y croyaient.

Les derniers jours précédant l'ouverture des discussions se chargèrent de tempérer l'enthousiasme de notre camp. Les parties se rencontreraient à Gaborone et non dans le Kalahari. À ce revers indiscutable (l'avantage du terrain nous était dénié) s'ajouta celui du désistement de Ketumile Masire au profit de son vice-président, Festus Mogae. Que Masire, qui dirigeait le pays depuis dix-huit ans, choisisse cette semaine entre toutes pour se retirer en disait long sur l'importance que le gouvernement attachait à notre sommet. Du reste, le futur retraité nous porta le coup de grâce en annonçant qu'il présiderait quand même les négociations, soit, autrement dit, qu'il laissait à son successeur toute latitude pour le désavouer ultérieurement. Les débats n'étaient pas encore ouverts qu'ils étaient déjà clos.

Et de fait, le jour venu, Masire nous balada avec élégance. Le sujet était complexe, nous exposa-t-il en substance. C'est parce qu'il se souciait du sort des Basarwa (le nom officiel des Bochimans, que ceux-ci récusaient pourtant) qu'il cherchait depuis plusieurs années à leur venir en aide. Le Kalahari n'était pas un environnement adapté à leur mode de vie et ne leur laissait aucune chance de se développer (sur ce point, je lui donnais raison). Le fait que le sous-sol du Kalahari contienne peut-être des diamants (le « peut-être » était charmant quand on songeait qu'Orapa était récemment devenue la première mine du monde avec une production annuelle supérieure à dix millions de carats) n'influençait en rien son jugement.

Alors pourquoi ne pas rechercher ensemble un site plus approprié à la culture des Basarwa ?

Notre délégation lui expliqua en détail pourquoi. Masire écouta tous nos arguments comme s'il les entendait pour la première fois, le regard pénétrant, le buste penché en avant et les extrémités des doigts jointes. J'essayai de deviner ses pensées. « Surtout ne pas les interrompre. Leur serrer longuement la main sur le perron du palais présidentiel en souriant à la caméra de Botswana TV. Leur donner rendez-vous dans six mois quand mon successeur aura eu le temps de s'installer. » Il croisa mon regard et sembla se demander ce que je fichais là. Je n'avais pas ouvert la bouche de toute la réunion, pour la bonne raison que je ne savais pas quoi dire.

Je rentrai à Krasnoïarsk en proie à une colère sourde, ne sachant que penser de cette expérience, partagé entre tant de souvenirs inoubliables (la danse du sang, la fameuse « Mokama », cette femme grosse qui était allée accoucher en solitaire dans la brousse et était revenue sans nourrisson, car elle n'avait pas les moyens d'élever un autre enfant) et l'intuition qu'à vouloir sanctuariser les Bochimans on risquait fort de précipiter leur déchéance.

J'eus la surprise en arrivant à la résidence la veille de la rentrée de tomber sur des visages familiers. Youssef et Magawati m'attendaient dans le foyer. Je ne les avais pas vus depuis un an et je les serrai dans mes bras en réalisant brusquement à quel point ils m'avaient manqué.

« Ne me dites pas que vous prenez vos quartiers ici, dis-je, incrédule.

— Mais si, mon vieux, répondit gaiement Youssef. Tu as devant toi les académiciens Donogurai et Khrafedine.

— Tous les deux ? » m'écriai-je. Cette troisième année prenait soudainement une tout autre tournure.

« Ça n'a pas été sans peine, dit Maga, me laissant imaginer des tractations compliquées.

— Vous auriez pu me prévenir quand même.

— Figure-toi qu'on a essayé, dit Youssef.

— Depuis quand n'as-tu pas allumé ton portable ? demanda Maga.

— Disons que j'ai été peu joignable ces derniers temps », concédai-je. Ils le savaient pertinemment, du reste. Je les avais appelés avant de partir au Botswana.

« Si on allait dans ta chambre ? suggéra Maga. Je suis sûre que les agents des Opérations spéciales sont infiniment mieux logés que les bizuths...

— À peine, si tu savais. »

J'aurais pu ajouter que j'avais passé moins de temps dans ma chambre l'année précédente que dans le salon de certaines compagnies aériennes.

« Et puis, poursuivit Maga, nous avons quelque chose à te dire. »

À ces mots, une Chinoise qui était assise a proximité et n'avait pas perdu un mot de notre conversation plongea vivement le nez dans son magazine.

« Tu as raison. Suivez-moi. »

Quand j'eus proposé de préparer un thé et que Maga eut fini de s'extasier sur la décoration de ma chambre (« Avoue que tu t'es inspiré de *Chambre froide*, le magazine des professionnels de la réfrigération »), Youssef s'éclaircit la gorge :

« Nous voulions que tu sois le premier à le savoir. Nous nous sommes fiancés la semaine dernière à Khartoum.

— Quelle bonne nouvelle ! m'exclamai-je. Encore que je ne puisse pas dire que ce soit vraiment une surprise. Quand comptez-vous vous marier ?

— Dans trois ans, répondit Maga. À la sortie de l'Académie.

— Nous habiterons séparément jusque-là, précisa Youssef dans une tentative de clarification parfaitement inutile.

— Nous aimerions que tu sois témoin à notre mariage, dit Maga.

— On avait dit qu'on lui en parlerait plus tard, bougonna Youssef.

— Je n'ai rien entendu, dis-je, conciliant. Mais j'accepte, évidemment.

— Parce que tu t'imagines que tu avais le choix ? plaisanta Maga. Tu seras bon pour un voyage en Indonésie. Au fait, si tu nous racontais tes vacances en Afrique ?

— Ce n'étaient pas des vacances », soupirai-je.

Je leur décrivis par le menu les conditions de vie des Bochimans, l'attitude intraitable du gouvernement botswanais et le malaise que j'avais senti monter au fil des semaines. J'avais cru que l'éloignement m'aiderait à prendre du recul, mais même à dix mille kilomètres de distance, ma voix tremblait de rage contenue.

« Tu ne crois pas que tu prends tout cela trop à cœur ? demanda Youssef.

— Mais tu ne comprends pas, dis-je, excédé contre moi-même plus que contre lui. Je leur ai consacré mon premier dossier ; là-dessus un as du marketing à Londres a décrété que le sujet était suffisamment porteur pour en faire une saga, mais personne ne s'est préoccupé de ce que vivent réellement les Bochimans au quotidien !

— Mais tu les as aidés, Sliv, intervint Magawati. Ton dossier a fait davantage pour eux que n'importe quelle association.

— Non, dis-je. C'est bien là le problème. Croismoi, j'ai eu l'occasion d'y réfléchir sous la hutte. Les citations dans la presse internationale, la décennie des peuples indigènes, tout cela, c'est de la poudre aux yeux. Je ne dis pas que ça n'a pas flatté mon ego pendant un moment, mais au fond, qu'est-ce que cela a apporté aux Bochimans ? Rien. J'ai sensibilisé les grandes puissances au sort du plus vieux peuple de l'humanité ? La belle affaire ! Et cette façon de raisonner par superlatifs, quelle arrogance ! Comme si les gamins que j'ai vus là-bas se souciaient de leurs origines millénaires...

— Tu ne peux pas dire ça, intervint Youssef. Les Bochimans sont un symbole.

— Pour toi ou moi, oui. Pour le CFR, à la limite. Mais eux ne le conçoivent pas ainsi. Tout ce qu'ils veulent, c'est une terre avec du gibier et de l'eau en abondance, et on ne peut vraiment pas dire qu'ils se rapprochent de leur objectif. D'ailleurs, je me posais une seule question avant de partir : le sort des Bochimans s'est-il amélioré depuis cinq ans ? Eh bien, je peux vous donner la réponse : c'est non. Au contraire, il n'a cessé de se détériorer depuis que j'écris sur eux, au point qu'il est permis de se demander si l'on peut encore les sauver.

— C'est vraiment ce que tu penses ? demanda Magawati.

— Je ne sais pas, répondis-je honnêtement. Mais je déteste me dire que les Bochimans ont fait pour moi bien plus que je n'ai fait pour eux.

— Tu peux sûrement rétablir l'équilibre, dit Youssef.

— Comment ? demanda Maga. En offrant tes bras ?

— J'y ai pensé, dis-je, mais ce serait dérisoire. Et pour faire quoi ? Creuser des puits ? Apprendre à lire aux enfants ? Je ne serais même pas certain de rendre service aux Bochimans.

— Cela me paraît pourtant difficilement contestable, rétorqua Youssef.

— Tu dis cela parce que tu ne les as pas rencontrés, répondis-je. Je refuse de partir du principe qu'ils aspirent à nous ressembler. S'ils avaient voulu nous imiter, ils l'auraient fait depuis longtemps. Si nous entendons réellement respecter leur identité, nous devons les aider à devenir ce qu'ils sont ou ce qu'ils seraient devenus si l'histoire ne les avait pas ballottés comme des fétus de paille depuis des siècles.

— Et que sont-ils d'après toi ? demanda Youssef.

— Je déteste parler en leur nom, mais je dirais en substance : un peuple de chasseurs-cueilleurs pacifiques qui aiment peindre et danser.

— Je vais peut-être te choquer, dit Maga, mais tu

crois qu'en l'an 2000 un peuple répondant à cette description a encore sa place sur cette terre ?

— Tu ne me choques pas, répondis-je, songeur. C'est évidemment la vraie question. Si l'on adopte une lecture darwiniste de l'histoire, force est de reconnaître que les Bochimans n'ont pas trouvé leur place dans la chaîne alimentaire...

— Je ne suis pas certain de pouvoir te suivre, m'interrompit Youssef. Depuis quand les peuples doivent-ils apporter la preuve qu'ils peuvent assurer leur survie ? »

Magawati répondit à ma place :

« Depuis la nuit des temps, mon chéri. L'histoire balaie impitoyablement les groupes ethniques ou religieux qui sont incapables de démontrer leur contribution commerciale, politique ou artistique. Quand on dit de deux peuples qu'ils vivent en bonne intelligence, cela signifie seulement qu'ils auraient plus à perdre à se combattre qu'à coopérer.

— Exactement, dis-je. Or les Bochimans n'ont jamais voulu jouer à ce jeu et, pour être honnête, je les en crois incapables. Toutefois, ils disposent aujourd'hui d'une carte maîtresse : la terre sur laquelle ils habitent regorge de diamants. À condition de jouer habilement leur atout, ils ont peut-être une chance de s'en sortir.

— Tu veux les assister dans leurs négociations avec le gouvernement ? demanda Youssef.

— Pas dans leurs formes actuelles en tout cas, dis-je en secouant la tête, car elles n'aboutiront à rien. Les deux parties veulent la même chose, mais pour des raisons différentes : le Botswana désire accéder au sous-sol du Kalahari, tandis que les associations affirment le droit des Bochimans à demeurer sur les terres qu'ils habitent depuis trois siècles. Il n'y a pas de discussion possible dans ces conditions.

— Que suggères-tu ? dit Maga.

— De reformuler les termes du problème. Les associations se trompent de combat. Les Bochimans n'ont pas besoin du Kalahari et de ses diamants, ils ont besoin de contrées giboyeuses au climat plus clément, capables de les nourrir puis, dans un deuxième temps, de soutenir leur développement démographique. Quelque chose me dit que Masire ou son successeur accepterait de se départir de quelques milliers de kilomètres carrés en échange de la libre exploitation du Kalahari. Leur pays est grand comme la Thaïlande et cinquante fois moins peuplé. Le sacrifice ne devrait pas leur paraître insurmontable.

— Un échange de terres ? C'est astucieux, commenta Youssef. Mais, dans vingt ans, on découvrira de la bauxite ou du palladium sous les pieds des Bochimans et ils devront encore déménager.

— Pas s'ils forment un État souverain, dis-je.

— Tu sous-entends qu'ils auraient obtenu leur indépendance, remarqua Magawati.

— Ce n'est pas si absurde que ça en a l'air. Qui s'y opposerait ? Sûrement pas le Botswana si leur appui au nouvel État fait partie des conditions d'un accord. Encore moins les Nations unies, qui y verront le couronnement de leur fameuse décennie des peuples indigènes.

— Les Bochimans eux-mêmes ? hasarda Youssef.

— Ils seront sans doute les plus durs à convaincre,

mais je suis prêt à prendre le risque. Tout deviendrait tellement plus simple : ils seraient enfin libres de s'organiser comme ils l'entendent, d'accepter ou de refuser l'aide que ne manqueraient pas de leur proposer les diverses agences des Nations unies...

— Tu réalises ce que tu dis ? m'interrompit Maga. Vu leur stade de développement, je doute que les Bochimans soient capables d'écrire une constitution ou de quémander des subventions agricoles.

— Naturellement, dis-je. Mais les bonnes volontés ne manqueront pas. Et puis, c'est leur seule chance. Si nous ne faisons rien, les Bochimans auront disparu d'ici à vingt ans.

— Sliv a raison, jugea Youssef. Mais tu sous-estimes l'ampleur de la tâche. Obtenir l'indépendance de la nation bochimane tout seul depuis Krasnoïarsk ? As-tu seulement idée des critères constitutifs d'un État ?

— Non », dis-je dans un grand sourire, heureux de voir que mes amis ne me prenaient pas totalement pour un fou. « Mais je suis pressé de me mettre au travail. »

Je ne débutai cependant pas mes recherches aussi tôt que je l'aurais souhaité. Deux longues missions à Pékin puis Seattle mobilisèrent toute mon énergie pendant un trimestre. Ce n'est qu'en juillet 1998 que je trouvai quelques jours pour explorer les arcanes du droit international.

Je me familiarisai d'abord avec les notions de pays, d'État et de nation que j'avais eu jusqu'alors tendance à utiliser indistinctement.

Une nation est une communauté humaine unie par une langue, une religion ou une culture communes, qui prend généralement ses racines dans un mythe fondateur (Romulus et Remus, Moïse conduisant le peuple juif) ou dans des événements historiques (les colons du *Mayflower* puis, plus tard, la révolte contre les Anglais avaient contribué à la définition de la nation américaine). Les Bochimans pouvaient sans contestation possible prétendre au titre de nation.

Un État est une nation (ou un groupe de nations) organisée à l'intérieur d'un territoire précis, soumise à un gouvernement et à des lois communes. La plupart des États recouvrent une seule nation (le Japon, la France, etc.) ; on parle alors d'États-nations. La Belgique est un exemple d'État qui abrite deux nations : la nation flamande et la nation wallonne.

Le terme de pays, qui est souvent confondu avec celui d'État, est en fait moins restrictif que ce dernier. Un pays n'est pas nécessairement souverain. Le Groenland et le Danemark sont deux pays, mais seul le Danemark est un État. Le Kalahari n'était pas un pays et encore moins un État.

J'appris ensuite qu'il existe deux grandes catégories d'États : ceux qui sont reconnus par les Nations unies et ceux qui ne le sont pas. La taille n'a rien à voir à l'affaire : la Suisse avec ses sept millions d'habitants ne siégeait toujours pas à l'ONU en 1998 ; les îles Marshall, cent fois moins peuplées, y avaient adhéré en 1991. Plusieurs raisons peuvent expliquer qu'un État ne siège pas à l'ONU : il ne le souhaite pas (c'était le cas de la Suisse alors) ; il n'en a pas les moyens financiers ou diplomatiques ; ou il sait qu'on ne prendra pas sa candidature au sérieux (chaque année, des milliardaires illuminés achètent des îles dans le Pacifique, s'en proclament les monarques et se livrent à toutes les activités qui en découlent : choix d'un drapeau et d'un hymne, promulgation d'une constitution, etc.). Cela dit, rien n'empêche un État non reconnu par l'ONU d'entretenir des relations diplomatiques bilatérales avec d'autres États.

Dans le cas d'espèce, il me paraissait évident que l'État bochiman devrait rechercher la reconnaissance internationale. Le capital de sympathie que le CFR et d'autres avaient réussi à susciter pour la cause bochimane constituerait un atout précieux au cours des négociations avec le Botswana, conférant à notre camp l'aura de crédibilité qui lui faisait défaut aujourd'hui.

J'en arrivai enfin aux critères communément utilisés pour évaluer la légitimité d'un pays prétendant au statut d'État. Ils étaient au nombre de huit.

1. Ses frontières doivent être reconnues par la communauté internationale.

2. Il doit être absolument souverain sur son territoire.

3. Il doit être reconnu par d'autres États souverains.

4. Il doit battre monnaie et être le siège d'une véritable activité économique.

5. Des habitants doivent y résider de manière permanente.

6. Il doit posséder un réseau de communication et de transport.

7. Il doit assurer un certain nombre de services publics, tels que la justice ou le maintien de l'ordre.

8. Il doit garantir les droits civiques de ses rési-

dents et créer les conditions de systèmes de santé et d'éducation.

La lecture de cette liste me plongea dans un profond abattement. Les Bochimans semblaient si loin du compte que c'en était presque comique. Ils ne répondaient pour l'instant qu'au cinquième critère (avoir des résidents permanents). Quant à des mots comme « souverain » ou « réseau de transport », ils n'existaient probablement même pas dans la langue khoisan.

Mais je ne baissai pas les bras pour autant. À y regarder de plus près, on pouvait en effet classer les sept autres critères en deux catégories.

La première recouvrait les critères dont l'atteinte dépendait presque exclusivement de l'issue des négociations avec le Botswana. Si celui-ci acceptait d'échanger le Kalahari contre un nouveau territoire, il reconnaîtrait contractuellement les frontières de l'État bochiman (critère n° 1) et renoncerait à y exercer sa souveraineté (critère n° 2). Et dès lors que le Botswana aurait reconnu le nouvel État, on pouvait imaginer que d'autres pays africains lui emboîteraient le pas (critère n° 3). Le Botswana contrôlait donc à lui seul trois des sept critères manquants. J'avais pu observer Masire en action, je ne doutais pas trop d'obtenir son accord.

Les critères réunis au sein de la deuxième catégorie — se doter d'une police, d'une monnaie, d'un système de santé, etc. — ne dépendaient à première vue que des Bochimans eux-mêmes. Toutefois, j'étais lucide : un peuple ne sachant ni lire ni compter n'avait pas l'ombre d'une chance d'atteindre ces objectifs. Du reste, toute tentative de dissimuler les faiblesses structurelles de leur candidature n'aurait fait qu'exposer les Bochimans au ridicule international. Mieux valait selon moi jouer cartes sur table et chercher d'emblée le soutien de l'ONU, dont les agences spécialisées telles que l'Organisation mondiale de la santé ou le Programme pour le développement ont justement pour vocation de venir en aide aux pays démunis ou insuffisamment organisés. Si les Nations unies prenaient la décision politique de soutenir l'avènement d'un État bochiman — une hypothèse qui demandait naturellement à être validée —, elles mettraient à sa disposition des juristes, des ingénieurs et des économistes et feraient en sorte que les critères soient remplis. Cette analyse me confortait dans ma conviction qu'il fallait associer l'ONU le plus en amont possible dans les négociations.

Au total, la partie s'annonçait délicate. Il faudrait d'abord convaincre les Bochimans et les associations qui gravitaient autour d'eux, puis vendre l'idée d'un échange de territoires au gouvernement botswanais, et enfin obtenir la bénédiction de la communauté internationale. Je n'y parviendrais jamais seul.

Comme chaque fois que j'ignore vers qui me tourner, j'appelai Gunnar pour lui exposer mon projet. Il m'écouta attentivement puis me livra son verdict :

« Je comprends pourquoi tu ressens le besoin d'aider les Bochimans, dit-il, mais nous ne sommes pas une association humanitaire. Je ne pourrai pas transmettre ton dossier au Comité exécutif s'il apparaît comme une sorte de tentative de rédemption personnelle. Rends-toi service : évite les envolées lyriques et montre plutôt en quoi un État bochiman servirait les intérêts du CFR. Au bout du compte, c'est la seule chose qui les convaincrait. »

Je me mis au travail le soir même.

13

Quelques mois plus tard, Khoyoulfaz me dépêcha à Toronto, où la fameuse Initiative Pétrole était en train de partir en quenouille. Le plan profondément contre-intuitif mis au point par Vassili Podorenko, l'agent hors classe en charge du projet, m'avait pourtant paru astucieux quand Youssef me l'avait exposé. L'objectif de l'Initiative consistait à faire grimper le cours du brut. Au lieu d'alerter l'opinion sur l'amenuisement des ressources mondiales (selon certaines Cassandres, les compagnies pétrolières découvrent chaque année moins de pétrole qu'elles n'en extraient), Podorenko prétendait au contraire que la planète disposait de réserves quasi illimitées. Il invoquait en renfort de sa théorie l'existence d'immenses gisements de sables bitumineux (une forme dégradée du pétrole), dont diverses avancées technologiques promettaient à brève échéance de réduire les coûts d'exploitation aujourd'hui prohibitifs. La menace de la pénurie s'éloignant, les gouvernements relâcheraient leur garde et les populations cesseraient de surveiller leur consommation. La demande pour les produits pétroliers progresserait et, au bout du compte, les prix repartiraient à la hausse.

La théorie était séduisante mais, jusqu'à présent, les faits lui avaient donné tort. Le cours du brut, loin de progresser, déclinait depuis maintenant dix-huit mois. Un autre agent, comprenant la vanité de son entreprise, aurait sans doute rendu les armes. Mais Vassili Podorenko, lui, s'était engagé dans une sorte de quitte ou double suicidaire qui contrevenait à toutes les règles de prudence. Fatalement, ses tentatives de manipulation, de moins en moins subtiles, avaient fini par attirer l'attention de l'industrie énergétique.

« Or s'il y a bien une chose dont je n'ai pas envie, c'est de me retrouver sous le microscope des compagnies pétrolières, me dit Khoyoulfaz que je n'avais encore jamais vu aussi soucieux. Elles ont encore plus de moyens que nous et infiniment moins de scrupules. À l'heure qu'il est, je suis sûr qu'elles font le tour de leurs indics pour comprendre qui s'intéresse autant aux sables bitumineux. On ne peut pas les laisser remonter jusqu'à Podorenko.

— Pourquoi Toronto ? demandai-je. Il y a une connexion avec le Plan ?

— C'est une des questions auxquelles il vous faudra répondre. Comme n'importe quel dossier, l'Initiative de Podorenko a été approuvée par Londres. Les Anglais prétendent toutefois qu'ils auraient retoqué le projet s'il n'avait pas contenu un courrier du Plan expliquant en quoi celui-ci contribuait de manière essentielle à je ne sais quelle directive de la période triennale. Le problème, c'est que personne à Toronto ne se souvient avoir écrit, et encore moins signé, un tel courrier.

— Complicité interne ? suggérai-je.

— Ce n'est pas à exclure, répondit évasivement Khoyoulfaz.

— C'est plutôt le genre d'affaires dont s'occupe l'Inspection générale, non ?

— Ils seront là aussi, dit sombrement Khoyoulfaz. C'est une totale. »

Dans le jargon du CFR, une « totale » désignait une intervention conjointe des Opérations spéciales et de l'Inspection générale. Il n'en sortait généralement rien de bon pour celui qu'elle visait.

« Vous ferez équipe avec Guillermo Jones. Il vous remettra une copie du dossier. D'ici là, pas un mot aux membres de l'Initiative, et surtout pas à votre ami Khrafedine. »

Nous arrivâmes à Toronto le dernier jeudi de novembre en fin d'après-midi. Le taxi entra dans le district des affaires et nous déposa devant un immeuble d'un luxe à couper le souffle, véritable cathédrale de verre et d'acier : le quartier général du Plan. Jones s'amusa de mon air béat.

« Avoue que ça t'en bouche un coin ! Ils ont fini la construction l'an dernier. Officiellement, c'est le siège d'une société de négoce.

— Incroyable », murmurai-je. Les installations de l'Académie témoignaient du pouvoir d'influence du CFR, mais le bâtiment que j'avais sous les yeux dégageait une impression de puissance proprement stupéfiante.

Nous étions attendus. L'adjoint d'Angoua Djibo,

un Canadien nommé Walter Vinokur, vint lui-même nous chercher à la réception. Il ne s'embarrassa pas de salamalecs et nous conduisit directement au quinzième et dernier étage dans une salle de réunion aux murs capitonnés. Peu après, il introduisit l'équipe de l'Inspection générale dans laquelle je reconnus mon condisciple de l'Académie, le Nigérian Buhari Obawan. Nous nous saluâmes d'un hochement de tête.

« Merci à tous d'être venus aussi vite », commença Vinokur, un grand type sec qui était un expert de l'histoire des religions. « L'Initiative Pétrole menace de nous échapper. Depuis quelques semaines, nos spécialistes des marchés de matières premières nous rapportent des rumeurs préoccupantes. Selon eux, des émissaires des principales compagnies pétrolières se seraient réunis à Genève mardi dernier pour comparer leurs connaissances sur les sables bitumineux. Tout le monde regarde du côté du Canada et du Venezuela, les deux pays qui possèdent les plus gros gisements et ont par conséquent le plus intérêt à développer de nouvelles techniques d'exploration-production. C'est une diversion bienvenue mais qui risque malheureusement de ne pas durer.

« Vous mesurez tous, je pense, la gravité de la situation. L'agent hors classe Podorenko qui conduisait l'Initiative refuse de coopérer. Nous l'avons officiellement mis à pied hier. Il prétend avoir respecté tous les protocoles de sécurité, mais nous n'accordons plus aucun crédit à ses propos depuis que nous savons qu'il s'est aidé d'un faux courrier du Plan pour faire approuver son Initiative. La lecture de son dossier devrait vous éclairer davantage sur sa personnalité. »

Il nous tendit à chacun une épaisse chemise cartonnée.

« J'entends récupérer tous ces dossiers complets avant votre départ. Je propose que nous nous répartissions la tâche de la manière suivante. Hanoune et Obawan, vous interrogerez Podorenko dès ce soir. Essayez de savoir s'il opère en solo ou s'il a agi sur ordre. Tanaka, vous ferez équipe avec mon responsable de la sécurité. Il a mis de côté les dossiers de plusieurs agents du Plan auxquels j'aimerais que vous jetiez un œil. Nous avons sûrement un traître dans les murs. Jones, Dartunghuver, vous éplucherez l'ensemble des sources produites sous la responsabilité de Podorenko. Je veux savoir si ce garçon est juste inconscient ou si quelque chose nous échappe. Nous ferons le point deux fois par jour. Pas de question ? Alors au travail. »

Vinokur connaissait son métier et l'enquête progressa rapidement. Podorenko était un garçon brillant. Le fait qu'il ait décliné sa sélection à l'Académie ne l'avait pas empêché d'être promu agent hors classe à trente-six ans. Il avait signé plusieurs dossiers extrêmement spectaculaires dont un, sur la dérive des continents, avait fait tellement de bruit que le patron du Comité d'approbation des dossiers s'était ultérieurement excusé de l'avoir accepté. Il choisissait lui-même ses collaborateurs, de préférence jeunes et dociles. Il ne travaillait jamais deux fois avec les mêmes agents. Il possédait plusieurs voitures de sport, ce qui n'était pas totalement impossible vu son traitement mais indiquait quand même des priorités inhabituelles dans notre organisation.

Dès le deuxième jour, nous savions à quoi nous en tenir : Podorenko était un joueur, une de ces têtes brûlées qui prennent leur plaisir à s'attaquer à des chantiers réputés impossibles, comme faire grimper le cours du pétrole ou monter une fausse candidature au prix Nobel de la paix. Se doutant que Londres recalerait son projet, il avait cherché du soutien du côté du Plan, où un complice trop heureux de servir une cause si ambitieuse avait écrit un courrier bidon et l'avait glissé dans une pile de documents qui partaient à la signature.

Le troisième jour, Podorenko cracha le nom de son acolyte au Plan, Piotr Barowski, un jeune agent polonais qui avait déjà eu maille à partir avec l'Inspection générale. Barowski, terrorisé de se trouver au centre d'une enquête interne de cette envergure, avoua sans difficulté et offrit sa démission. Vinokur la refusa, mais saisit le passeport du Polonais et l'informa qu'une Commission de discipline statuerait prochainement sur son sort.

Le quatrième jour, Jones recommanda au nom des Opérations spéciales de laisser tomber l'affaire. Même si les compagnies pétrolières avaient noté qu'un acteur non identifié tentait de déstabiliser le marché, il nous paraissait extrêmement improbable qu'elles parviennent à remonter jusqu'à Podorenko. Mieux valait les laisser ressasser les maigres éléments dont elles disposaient que risquer d'attirer leur attention en lançant un scénario alternatif. Il était trop tôt pour dire si les campagnes de Podorenko contribueraient à terme à modifier l'équilibre de l'industrie pétrolière ; ce n'était de toute façon plus de notre ressort. L'Inspection générale confirma notre analyse. Vinokur nous remercia pour notre coopération et siffla la fin de la mission.

Il était dix-huit heures ce lundi soir. Notre avion ne partait que le lendemain. Je m'aventurai au bout du couloir où se trouvait le bureau d'Angoua Djibo. Je ne l'avais pas vu depuis mon arrivée et j'espérais lui présenter mes respects. La porte était ouverte. Je toquai pour signaler ma présence.

« Sliv, s'exclama Djibo en levant la tête du rapport qu'il étudiait. Entrez, je vous attendais. »

Ce diable d'homme semblait capable de prédire les moindres faits et gestes de ses congénères, comme si seule la logique mouvait leurs actes. À moins, pensai-je, qu'il ne bluffe pour s'excuser de ne pas être venu me saluer en premier.

« J'ai réservé une table à la salle à manger, dit-il en souriant comme s'il avait une fois de plus lu dans mes pensées. Vous dînez avec moi. »

Il glissa quelques documents dans une sacoche et se leva. L'ameublement du bureau reflétait l'éclectisme de son propriétaire : des masques africains y côtoyaient des peintures abstraites, plusieurs cartes anciennes décoraient les murs. Je reconnus sur une étagère une rose des sables semblable à celle que m'avait remise Djibo quatre ans et demi plus tôt à Honolulu.

La salle à manger pouvait accueillir huit à dix convives. Ce soir-là toutefois, la table avait été dressée pour deux personnes. Le maître d'hôtel nous récita le menu et ajouta qu'il avait pris la liberté de servir un vouvray avec l'entrée, un consommé aux épinards.

« Et vous avez bien fait, commenta Djibo, toujours vigilant sur le choix des vins.

— Je suis ravi de vous revoir, reprit-il quand le maître d'hôtel se fut éclipsé. C'est moi qui ai demandé à Yakoub de vous affecter sur cette mission. Je ne vous ai pas vu depuis quoi ? Un an ?

— Neuf mois. Quand vous êtes venu à Krasnoïarsk donner cette série de conférences sur le Plan.

— Avec le succès que l'on sait puisque Lena et vous avez opté pour les Opérations spéciales.

— C'est-à-dire que...

— Ne vous justifiez pas, me coupa Djibo. Je vous taquinais. Je suis certain que vous avez fait le bon choix. Yakoub ne tarit pas d'éloges à votre sujet.

— Je suis content de l'apprendre. C'est un instructeur exceptionnel.

— Il use parfois de méthodes peu conventionnelles, mais je crois pouvoir dire que les Opérations spéciales n'ont jamais été aussi efficaces que sous sa férule. »

J'aurais pu élaborer sur le thème de l'hétérodoxie des méthodes de Khoyoulfaz, mais je ne souhaitais pas entamer cette discussion avec Djibo. Il ne m'avait sûrement pas mandé à Toronto pour revenir sur le passé.

« Je voulais vous tenir informé des suites de votre mémo sur la carte du Vinland, dit-il.

— Je me demandais en effet ce qu'il en était advenu.

— Le Comité exécutif l'a lu. Pour tout vous dire, il a même figuré à l'ordre du jour d'une de nos réunions. C'est plutôt rare pour un document émanant d'un agent de classe 3. Nous avons tous approuvé votre décision de lâcher le projet Vinland et je dis cela quoi qu'il m'en coûte personnellement. Je connaissais bien Ole Gabriel Hagen. L'amitié que nous lui portions, ses collègues et moi, a longtemps obscurci notre jugement. Nous aurions dû mettre un terme à cette histoire beaucoup plus tôt, quand l'universitaire américain a analysé l'encre de la carte et y a trouvé des traces d'anatase inconnue au Moyen Âge.

— Je le pense aussi, dis-je.

— Votre recommandation de renoncer à toute forme de falsification physique a suscité un tout autre débat, continua Djibo. Le sujet est incontestablement dans l'air du temps. Yakoub Khoyoulfaz se plaint régulièrement que ses équipes passent leur temps à poser des rustines sur des canots qui prennent l'eau de toutes parts. Il rouvre certains dossiers tous les ans, en sachant pertinemment qu'ils n'ont pas d'avenir, qu'un jour ou l'autre il faudra les torpiller comme vous avez torpillé la carte du Vinland. Je pense comme vous qu'il est vain de lutter contre le progrès scientifique, progrès qu'ironiquement la direction du Plan exalte dans toutes ses directives.

— C'est plus que vain, dis-je. C'est dangereux.

— Et pourtant certains membres du Comité exécutif défendent farouchement la falsification physique, reprit Djibo comme s'il ne m'avait pas entendu. Ils font valoir que notre organisation lui doit certains de ses plus beaux succès et qu'en y renonçant elle se couperait d'une partie de son héritage. Ils ont naturellement raison.

— Bien sûr, dis-je, mais nous devons penser à notre survie avant tout. Si nous n'y prenons pas garde, la falsification physique finira par avoir notre peau. »

Djibo ne releva pas. Il semblait absorbé dans ses réflexions. Je devinai que les discussions, qui touchaient aux valeurs mêmes du CFR, avaient été houleuses.

« Nous avons mis la question au vote, dit-il. Trois voix de chaque côté. La situation paraissait bloquée. Et puis au deuxième tour, l'un de nous a revu sa position. Les partisans de votre mémo l'ont emporté par quatre voix à deux. L'IG rédige actuellement une directive qui proscrira le recours à la falsification physique.

— C'est une sage décision », dis-je en me gardant de tout triomphalisme. Je soupçonnais au ton de sa voix qu'Angoua Djibo était le membre du Comité exécutif qui avait changé de camp.

« Je m'attends à une vive opposition de la part des anciens, reprit Djibo. La directive va changer en profondeur leur façon de travailler. D'ailleurs, je vous demanderai peut-être de faire la tournée des principales unités pour expliquer ce qui nous a décidés à introduire cette réforme.

— À votre service », dis-je.

Le maître d'hôtel débarrassa mon assiette et déposa à la place un turbot aux pommes de terre en robe des champs. Djibo, lui, inspectait l'étiquette de la bouteille, un meursault premier cru de 1990.

« Je voulais aussi vous dire un mot de ce document que vous avez adressé à Gunnar Eriksson, dit-il négligemment en remplissant mon verre.

— Le mémo Bochimans ? demandai-je, tous les sens soudain en alerte.

— C'est un projet en tout point remarquable.

— Merci, dis-je, j'y ai mis beaucoup de moi-même.

— Je m'en rends compte, dit Djibo. C'est pourquoi je ne voulais laisser à personne d'autre le soin de vous demander d'y renoncer. »

Le ciel me tomba sur la tête.

« Y renoncer ? Mais pourquoi ?

— Parce qu'il n'entre pas dans les priorités du CFR », dit simplement Djibo.

Je crus lire dans ses yeux qu'il le déplorait, aussi me sentis-je autorisé à plaider ma cause.

« Dans ce cas, il est peut-être temps de réévaluer nos priorités. Avez-vous pensé aux immenses avantages que nous apporterait un État bochiman : des légendes à volonté, la possibilité d'imprimer nos propres passeports, sans parler de la valise diplomatique ou d'une représentation à l'ONU ? Sérieusement, vous n'aimeriez pas savoir ce qui se dit dans les couloirs des Nations unies ?

— Nous n'avons pas besoin d'un ambassadeur à l'ONU pour savoir ce qui s'y trame, dit Djibo.

— Naturellement. Mais avouez qu'un État renforcerait notre organisation, il la mettrait à l'abri des polices nationales tout en lui donnant une voix sur les grandes questions internationales, en un mot il l'institutionnaliserait. Notez bien que je ne suis pas complètement naïf, je sais qu'il nous faudra du temps. Les négociations prendront des années, des décennies peut-être, mais je suis convaincu que le jeu en vaut la chandelle. »

Djibo se pencha en avant et me regarda droit dans les yeux.

« Je n'ignore rien de tout cela, Sliv. J'ai lu votre dossier. Tous vos arguments sont exacts même si vous avez omis, probablement sur les conseils d'Eriksson, le plus important d'entre eux : la nécessité de réparer l'injustice dont les Bochimans ont été victimes devant l'histoire. Croyez-moi, nul n'est plus sensible que moi à leur sort. Mais nous ne pouvons pas engager ce combat aujourd'hui. Nous en menons beaucoup d'autres, plus importants et que nous avons surtout de meilleures chances de gagner.

— Par exemple ? demandai-je effrontément.

— Vous savez bien que je ne vous répondrai pas, dit Djibo sans se formaliser de mon insolence. Je ne peux que vous demander de me croire quand j'invoque l'intérêt supérieur du CFR.

— Ah non ! dis-je rageusement en repoussant mon assiette. Vous n'allez pas me resservir les vieux clichés ! Vous ne trouvez pas que j'ai déjà payé mon tribut à l'intérêt supérieur ?

— Nous connaissons tous le courage et la loyauté dont vous avez fait preuve dans certains moments difficiles, concéda diplomatiquement Djibo.

— Des moments difficiles ? m'emportai-je. J'ai failli me foutre par la fenêtre, oui ! Angoua, vous me connaissez ? Vous ne trouverez jamais de soldat plus intense, plus dévoué que moi. Je ne me marierai sans doute jamais, mes amis se comptent sur les doigts d'une main et je vois ma mère une fois par an. Je gravis les échelons plus vite que n'importe qui, mais on dirait que mon avis ne vaut toujours pas tripette. D'ailleurs ces deux mémos en sont la preuve : le Comité exécutif accepte l'un et refuse l'autre, sans même me donner une chance de les défendre.

— Vous les défendez avec vos mots, rectifia Djibo. Et ils sont formidablement éloquents.

— N'empêche qu'à l'arrivée les décisions se prennent au-dessus de ma tête. Je veux avoir voix au chapitre, Angoua. Je ne veux plus être simplement celui qu'on regarde jeter des idées en l'air en en gardant une de temps en temps.

— Votre heure viendra...

— Mais quand ? Quand, Angoua ? J'ai tout de même gagné mes galons, non ? J'ai publié quatre dossiers dont deux sont étudiés à l'Académie, j'ai résisté à la tentation de dénoncer le CFR alors même que mon officier traitant m'enfonçait la tête sous l'eau et je fais un sans-faute aux Opérations spéciales. Qu'est-ce qu'il vous faut de plus ? Dites-le-moi et je le ferai. »

Djibo but une gorgée de meursault pour temporiser. Je sentis l'adrénaline physiquement refluer à l'intérieur de mon corps.

« Il n'y a rien de plus à faire, dit-il enfin. Continuez ainsi, en maintenant le même niveau d'engagement et d'exigence. Je ne suis pas habilité à vous faire des promesses, mais je suis certain que vous finirez par exercer ce pouvoir auquel vous aspirez.

— Je me fiche du pouvoir, dis-je. Je veux simplement disposer de tous les éléments, donner mon avis et débattre avec mes pairs.

— Votre heurc viendra, répéta Djibo. Mais vous devez être patient.

— J'aurai trente ans dans trois mois, dis-je sans trop savoir ce que je cherchais à démontrer par là.

— C'est bien ce que je dis. Vous êtes encore un jeune homme. Faites-moi confiance, Sliv.

— Pourquoi vous ferais-je confiance ? demandai-je, à court d'arguments.

— Je ne peux pas répondre à cette question à votre place », dit Djibo.

Comme s'il nous avait écoutés tapi derrière la porte, le maître d'hôtel entra pour débarrasser nos assiettes. Nous le regardâmes officier en silence, Djibo en faisant tourner son vin dans son verre et moi en méditant sur ses dernières paroles.

Le téléphone sonna. Le maître d'hôtel décrocha puis tendit le combiné à Djibo, qui laissa son interlocuteur faire les frais de la conversation.

« C'était Vinokur, dit-il en raccrochant. Il avait demandé au Bureau de Moscou de placer les comptes bancaires de Podorenko sous surveillance. Les résultats viennent de nous parvenir. Podorenko a reçu plusieurs virements substantiels ces derniers mois. Tout semble indiquer qu'il travaillait en sous-main pour un homme d'affaires proche du Kremlin qui a acheté dès 1994 deux énormes gisements de sables bitumineux en Alberta.

— En 1994 ? dis-je. Avant le lancement de l'Initiative ?

— Exactement. Son succès leur aurait rapporté plusieurs centaines de millions de dollars.

— Alors Podorenko est un escroc... Moi qui le prenais pour un joueur.

— C'est ce qu'il voulait nous faire croire. Les scénarios tapageurs, les voitures de sport : tout cela faisait partie de sa couverture.

— Et Barowski ? demandai-je, encore sous le choc.

— L'enquête le dira, mais il a probablement été manipulé par Podorenko. »

Nous discutâmes les implications de ce coup de théâtre en buvant le café.

« En tout cas, dit Djibo, vous êtes encore ici pour quelques jours. »

Il nous fallut en fait une semaine entière pour démêler toute l'affaire. Podorenko rendait des menus services à son oligarque depuis des années, mais sa combine pour valoriser des gisements bitumineux canadiens dépassait en audace et en complexité toutes ses opérations précédentes. Je comprenais mieux à présent pourquoi il refusait de répondre à Youssef quand celui-ci l'interrogeait sur les motivations du projet.

Podorenko et Barowski furent exclus du CFR et rendus à la vie civile. Nous prîmes soin de révéler au Russe avant de le relâcher quelques embarrassants secrets que nous détenions sur son compte et celui de son mentor. Dans le milieu trouble où évoluaient les deux hommes, l'exposition publique de ces secrets équivalait à un arrêt de mort.

14

Je rentrai à Krasnoïarsk en proie à des sentiments contradictoires.

Le Comité exécutif avait retenu une de mes propositions. Mieux, il m'associait à la promulgation d'une directive qui ferait date. Pour la première fois, j'avais l'impression de marquer l'histoire du CFR.

Il en aurait toutefois fallu bien davantage pour me rendre heureux. Angoua Djibo avait en effet aussi anéanti le seul projet qui me tînt véritablement à cœur, celui auquel je venais de consacrer les six derniers mois de ma vie. En évoquant « d'autres combats plus importants », il m'avait rappelé que le CFR n'appartenait pas à ses agents et ne s'estimait pas tenu d'épouser leurs causes, si nobles fussent-elles. Les Bochimans devraient se trouver un autre héraut. Je pressentais malheureusement que ce ne serait pas chose facile.

Au fond, pensai-je dans l'avion qui me ramenait vers la Sibérie, Djibo m'avait une fois de plus fourni autant de raisons d'aimer le CFR que de le détester. Il m'avait témoigné sa confiance en me donnant pour mission de parcourir le monde afin de vendre une réforme délicate aux vieux briscards de l'organisation. Il avait su piquer ma curiosité par quelques mots soigneusement choisis : quels pouvaient bien être ces autres combats, plus importants que d'aider un peuple tyrannisé par l'histoire à obtenir son indépendance ? Et dans le même temps, il m'avait donné du CFR l'image d'une organisation plus soucieuse de sa cohésion que de ses actions, plus préoccupée de sa survie que de son bilan.

Ce constat en demi-teinte n'aurait pas dû constituer une surprise. Et pourtant, c'était la première fois depuis trois ans que je me sentais capable de porter une appréciation objective sur le CFR. Pendant dix-huit mois — de la descente de Jones et Khoyoulfaz à Córdoba jusqu'à ma décision de rejoindre les Opérations spéciales —, je n'avais pu juger le CFR sans me juger moi-même. Nos sorts étaient inextricablement liés et mon écrasante détestation de moi-même ne laissait aucune chance à mon employeur, qui était tour à tour la drogue dont je me haïssais de ne pouvoir me passer et, en tant que mobile de la mort de John Harkleroad, l'instrument et le complice de ma déchéance. Et puis la dépression avait brutalement cédé la place à l'euphorie le jour où Gunnar m'avait libéré du fardeau de ma culpabilité. Depuis dix-huit autres mois, j'avais succombé au charme de Yakoub Khoyoulfaz et recommencé à parer le CFR de mille vertus et pouvoirs (y compris celui de redessiner les frontières), laissant parfois s'éteindre cet esprit critique dont le développement m'avait causé tant de souffrances. Cette phase se terminait aujourd'hui et, à l'égal de mon abattement post-cordobien qui n'était déjà plus qu'un mauvais souvenir, elle me semblerait probablement d'ici peu anachronique, voire carrément incongrue.

Mais sans doute était-il nécessaire que je passe par ces deux phases pour oser enfin regarder la vérité en face : jusqu'à présent, le CFR n'avait été qu'un miroir qui me reflétait ce que j'y projetais. Idéal du temps où j'étais idéaliste, il était devenu méprisable quand j'avais commencé à me mépriser. Tant que j'ignorerais sa finalité, il continuerait de me renvoyer mes propres interrogations. Il ne me révélerait pas qui j'étais. Au mieux il m'aiderait peut-être à le découvrir.

Un cycle se terminait, un autre commençait sans doute dont je ne distinguais pas encore bien les contours et dont je doutais au fond de moi qu'il m'apportât moins de motifs de frustration que le précédent. Je ne lui demandais finalement qu'une chose, qu'il me réserve un petit grain de bonheur, une poussière de félicité qui m'empêcherait de basculer dans l'aigreur ou la jalousie le jour du mariage de Youssef et Magawati.

Les derniers mois de l'année défilèrent à toute vitesse : d'autres missions, toujours plus variées, toujours plus lointaines (Delhi, Panamá, Venise...), me retinrent loin de Krasnoïarsk, où Youssef et Magawati achevaient leur première année. Alors que démarrait la dernière série d'épreuves, ils avaient tous deux préservé leurs chances de pouvoir choisir leur corps de prédilection : le Plan pour Youssef, que le dénouement de l'Initiative Pétrole avait rassuré sur la détermination du CFR à traquer ses brebis galeuses ; les Opérations spéciales pour Maga, qui n'aimait rien tant que m'entendre relater mes enquêtes.

Quant à moi, j'étais libre comme tout agent de classe 3 de m'installer une fois l'Académie terminée dans le pays et la ville de mon choix. Après avoir envisagé plusieurs destinations sud-américaines, je me décidai à rentrer à Reykjavík. Gunnar me manquait, ma mère se languissait de son fils, et puis je trouvais amusante l'idée de servir une organisation globale depuis l'une des plus petites capitales du monde. Lena Thorsen fit une fois de plus le raisonnement inverse du mien et annonça son intention d'aller s'installer à Los Angeles.

Alors que les pots d'adieux se multipliaient dans les couloirs de la résidence, mes amis prirent prétexte de mon trentième anniversaire pour organiser une virée-surprise à Krasnoïarsk la veille de mon départ. Ne me doutant de rien, j'étais occupé à finir mes valises quand Stéphane fit irruption dans ma chambre et me traîna, en refusant de répondre à mes questions, jusqu'à une Zil où nous attendaient Youssef, Maga et Aoifa (cette dernière enceinte de cinq mois). Le chauffeur démarra aussitôt et nous conduisit au Nikolaï, le meilleur restaurant de la ville, où le menu gastronomique ne comporte pas moins de sept plats, parmi lesquels blinis, caviar, pelmeni (des beignets de viande aux épices qui constituent la spécialité de la Sibérie) et pirojki (une sorte de tourte fourrée au poisson ou à la viande). Youssef, qui carburait comme à son habitude à l'eau minérale, accepta tout de même de lever son verre avec nous pour une série de toasts qui semblaient spécialement conçus pour me faire rougir.

« Au meilleur scénariste qu'il m'ait été donné de rencontrer, dit Stéphane en choquant son godet de vodka contre le mien.

— À un idéaliste qui s'ignore, renchérit Youssef après que Stéphane eut rempli nos verres à nouveau.

— À mon ami Sliv, dit Maga en me regardant droit dans les yeux.

— Au futur parrain de notre enfant, dit Aoifa en serrant la main libre de Stéphane dans la sienne.

— Vraiment ? dis-je éberlué. Mais vous comptez vraiment sur moi pour lui faire le catéchisme ? C'est que je pourrais avoir tendance à prendre des libertés avec les Écritures... »

Aoifa prit un air horrifié.

« Tu ne crois quand même pas que je vais confier l'éducation religieuse de mon enfant à un luthérien ? Falsificateur par-dessus le marché ! s'exclama-t-elle.

— Tu lui apprendras d'autres choses, intervint Stéphane.

— Couper du bois, prédire un tremblement de terre, s'orienter dans la taïga sibérienne..., énuméra Magawati tandis que je remplissais les verres d'une main passablement tremblante.

— À mon tour de porter un toast, dis-je en levant mon verre. Je bois à d'authentiques amis : à toi, Stéphane, qui a tenu la plume dans mon premier dossier, avec le brio et le succès que l'on sait ; à toi, Youssef, qui m'aide à poser les questions auxquelles je n'ai pas toujours le courage de répondre ; à toi, Maga, qui pardonne sans juger ; à toi Aoifa, qui porte un enfant que je chérirai comme le mien.

— À nous tous ! s'écria Stéphane avant que nos yeux ne s'embuent complètement.

— À nous tous ! » reprîmes-nous tous en chœur.

Chris Marker fait dire à l'un de ses personnages : « Après quelques tours du monde, seule la banalité m'intéresse encore. » Je crois comprendre ce qu'il veut dire. Aucune image de mes nombreux tours du monde n'a imprimé ma mémoire aussi fortement que cette nuit-là. Je me souviens de Stéphane dont les claquements de doigts faisaient apparaître plats et boissons comme par magie ; de Youssef qui accepta « pour me faire plaisir » de danser avec nous sur le rythme endiablé des violons cosaques ; de Maga, qui ne me quitta pas des yeux de toute la soirée et me demanda enfin, comme si elle s'inquiétait de me voir quitter son giron, « si j'étais prêt ».

« Je ne l'ai jamais été davantage », répondis-je en souriant.

Finalement, le patron du restaurant nous mit dehors sur le coup de 2 heures du matin. Le chauffeur jaillit de la Zil comme un diable de sa boîte et se précipita pour nous ouvrir la portière, sans la moindre remarque pour notre pitoyable apparence. Je laissai la banquette arrière aux deux couples et montai à l'avant. Aoifa et Maga discutèrent quelques minutes, puis le silence s'installa, ce même silence de la forêt qui m'avait frappé trois ans plus tôt quand j'étais arrivé à l'Académie.

Trente ans, pensai-je en fermant les yeux. À un âge où Picasso avait déjà peint *Les Demoiselles d'Avignon* et Mozart produit l'essentiel de son œuvre, je craignais encore d'être en train de consacrer ma vie à une idée qui n'en valait pas la peine. Aurait-il pu en être autrement ? En y réfléchissant bien, je n'avais pris qu'un risque en rejoignant le CFR, mais il était considérable : j'avais remis mon destin entre les mains d'autres hommes (principalement Gunnar Eriksson et Angoua Djibo) en supposant que la valeur de chacun d'eux — qui s'était du reste confirmée — reflétait celle de l'organisation à laquelle ils appartenaient. Avec le recul, ce raisonnement m'apparaissait extraordinairement fragile. Malheureusement, je n'en avais pas de meilleur. Parfois monter un escalier est la seule façon de savoir où il mène.

Je jetai un coup d'œil à l'arrière. Maga s'était endormie, la tête sur l'épaule de Youssef. Stéphane ronflait légèrement. Faut-il que nous ayons confiance, pensai-je. Nous voilà, cinq beaux esprits aux sens déréglés par l'alcool, entassés dans une voiture lancée à pleine vitesse dans la nuit et que conduit un chauffeur dont nous ne connaissons même pas le nom.

Comme j'étais assis à l'avant, je gardai les yeux sur la route dans un effort dérisoire pour rester éveillé.

À suivre...